LA CONCUBINA
DEL DIABLO

ISBN: 1453677933
EAN-13: 9781453677933

Sin ninguna duda, este libro te lo dedico a ti.

Ángeles Goyanes

LA CONCUBINA DEL DIABLO

"Cuando comenzaron a multiplicarse los hombres sobre la Tierra y tuvieron hijas, viendo los hijos de Dios que las hijas de los hombres eran hermosas, tomaron de entre ellas por mujeres las que bien quisieron"

". . . los hijos de Dios se unieron con las hijas de los hombres y les engendraron hijos. Estos son los héroes famosos muy de antiguo".

Génesis VI

PRIMERA PARTE

—Así que ha venido a salvar mi alma —susurró, desde su lecho, la impasible voz de la mujer, quien permaneció, pensativa, con sus fríos ojos azules clavados en el techo.

El padre DiCaprio recorrió, tímida e indecisamente, la distancia que mediaba entre la puerta de la celda y la litera donde la mujer yacía, pálida y lejana como una figura de cera. Dio un respingo cuando oyó el fuerte sonido de la puerta al cerrarse con violencia tras de sí y giró brevemente la cabeza, con la asustada expresión de un animal acorralado. La mujer no se inmutó. Su semblante acartonado parecía incapaz de expresar emociones.

—Seguro que usted desea la paz con Dios —acertó él a decir.

Una extraña risilla irónica escapó de la mujer.

—Ha dado en el clavo, padre —dijo, sin volver la vista hacia él.

Las manos del sacerdote caían laxas y se cruzaban sobre una pequeña Biblia. Sus oscuros cabellos y ojos resaltaban sobre una piel muy blanca y joven de marcadas y hermosas facciones contraídas en un constante gesto de alerta.

—¿Querrá entonces que la escuche en confesión? —preguntó.

La mujer dirigió con lentitud su acerada y vacía mirada hacia él.

—¿Por qué? —preguntó en un tono airado—. ¿Acaso no lo ve todo Dios? ¿Por qué habría de explicarle lo que no ignora?

Se incorporó despacio, sin dejar de mirarle un solo instante con sus incitantes ojos azules, y se situó cuan cerca pudo de él. Era alta, de modo que sus ojos se miraban frente a frente. Su voz era apenas un murmullo cuyo hálito él podía sentir sobre su rostro cuando le habló de nuevo.

–¿No será su morboso cerebro el que ansía regodearse en la horrenda visión de aquellos cuerpos infantiles acribillados a puñaladas? ¿Quiere que le describa detalladamente cómo lo hice? ¡Apuesto a que con eso le bastaría para darme la absolución!

El sacerdote se sintió recorrido por un escalofrío que le enfureció de súbito.

–¡Basta! –prorrumpió–. ¡Es usted...!

–¿Qué? –inquirió la mujer inclinándose aún más sobre el rostro de él y obligándole a retroceder–. Dígamelo, padre. ¿Qué soy? ¿Un demonio, tal vez?

El sacerdote miraba al suelo, evitando por todos los medios el contacto visual con la mujer, aferrándose a la Biblia que estrechaba ahora contra su pecho.

–No iba a decir eso –murmuró cohibido.

–¡Falso!– exclamó ella, y de un violento movimiento le precipitó sobre el camastro.

Por un momento se sintió aterrado ante la mirada colérica de aquella asesina con quien había pedido entrevistarse a solas. Quiso gritar. Sintió abrirse su boca y el rígido movimiento de la lengua en el interior. "Socorro", decían sus labios, pero ni un sonido ahogado escapó de ellos.

Ella permaneció de pie, observándole allí tumbado, con la expresión tan impávida y serena ahora como si nada la hubiese alterado. Luego, dando media vuelta, lentamente, se dirigió al ventanuco, desde el que podía verse el patio de la cárcel. El sol, impasible, penetraba a través de él a raudales, como cualquier otro día, como si no estuviese irrumpiendo en el habitáculo de un condenado a muerte. Un charco de su luz iluminaba la sencilla mesa circular y las dos sillas que, junto con la litera y un lavabo, constituían todo el mobiliario.

El padre DiCaprio se levantó vacilante, poniendo la mano sobre su acelerado corazón, y contempló la espigada silueta de la mujer y la rubia y ondulada melena que caía sobre su espalda, bellamente iluminada por el sol. Su mirada vagaba por el patio, absorta en sus pensamientos.

—¿Quiere saber cuándo fue la última vez que me confesé? —inquirió, contemplando las escasas y algodonosas nubes que ornamentaban el brillante y límpido cielo azul.

Precavido, el sacerdote había dado algunos silenciosos pasos y se encontraba ahora cerca de la puerta. La mujer continuó hablando en el momento en que él abría la boca para contestar.

—Tenía quince años —explicó en voz queda—. Acababa de cometer un terrible pecado: había besado a Geniez.

Dio media vuelta para enfrentar su mirada, plena de ironía, con la del sacerdote, y quedaron en silencio unos instantes, sin poder apartar la vista el uno del otro.

—Le extraña, ¿no es así? —prosiguió ella—. No es lo que usted llamaría un pecado. Pero entonces sí lo era. Un pecado que me hubiera conducido al infierno. Yo era joven, ingenua e ignorante. Era fácil llenar mi cabeza de falsas promesas y castigos eternos. Tenía que confesarlo. Lo necesitaba.

El padre DiCaprio la había escuchado atentamente, pero, extrañado y receloso ante sus palabras, había acortado aún más la distancia que le separaba de la puerta. Los ojos de ella le contemplaban ahora como un mar de terciopelo; suave, bello, pero frío y punzante terciopelo azul.

—¿Tiene el estómago fuerte, padre? —le preguntó—. Debería tenerlo si en verdad está dispuesto a oírme en confesión. Y me gustaría que lo hiciera. Me gustaría mucho que lo hiciera.

—Y yo deseo hacerlo —contestó el sacerdote, y avanzó unos pasos irreflexivamente hacia ella hasta que, de pronto, como apercibiéndose de su imprudencia, se detuvo.

—Nos llevará largo tiempo. Tendré que comenzar por el principio, casi por el inicio de mi vida, para que usted me comprenda y pueda así absolverme de todos mis pecados. —De nuevo se hizo en ella patente aquella malévola e irónica sonrisa—. ¿Cree que podrá, padre? ¿Seré acreedora del perdón de mis pecados?

El sacerdote pareció ponerse en guardia nuevamente.

—Lo será —contestó—, si realmente está arrepentida de haberlos cometido.

La mujer se deslizó por la habitación, acariciando con sus finos dedos la pequeña mesa circular. El sacerdote la seguía con la vista, aunque ahora no podía ver su rostro.

—¡Oh! ¡Si fuese tan sencillo como eso! —exclamó ella—. ¡Si mis crímenes pudiesen medirse por baremos humanos! He aquí la ironía, padre. Usted ha venido a salvarme de un pequeño crimen que no cometí, ignorante de las verdaderas atrocidades que me condenan irremisiblemente, las que no tienen posible perdón, aquellas que le harían abominar de mi compañía.

De pronto, se dio media vuelta encarando su rostro, ahora afligido, con el del sacerdote.

—Merezco la muerte —musitó—. Es cierto.

Él permanecía inmóvil, abrumado por sus contundentes palabras.

—¿Aún insiste en escuchar mis pecados? —le preguntó.

El padre asintió, pero parecía mareado, como si se encontrase inmerso en una atmósfera asfixiante.

—¿Me promete que, oiga lo que oiga, rezará por mí? No creo que tenga mucha importancia la oración de un mortal, pero, al menos, le daré a usted ese trabajo. Al fin y al cabo, muchos pagarían por oír lo que voy a contarle.

—Lo haré —aceptó él—. Se lo prometo.

—Entonces, por favor... —rogó ella, y extendió la mano con elegante gesto, instándole a tomar asiento en una de las dos sillas junto a la mesa.

Mientras él lo hacía, ella se dirigió de nuevo hacia la ventana. Fijó su mirada en un punto cualquiera y se sumió en sus pensamientos. Pronto se escuchó su voz, suave y confidencial.

—Mil doscientos doce fue el año en que todo empezó. Vivíamos en el Languedoc, Francia, en un lugar a medio camino entre Narbonne y Béziers.

—Perdone —la interrumpió el sacerdote con timidez, pero en voz suficientemente alta como para llamar su atención—. ¿Qué fecha ha dicho? —preguntó, cuando ella se volvió para mirarle, inquisitiva y molesta por la interrupción–. He creído entender mil doscientos doce –dijo, con una sonrisilla que se burlaba de su propia torpeza.

–Ésa es exactamente la que he dicho –respondió ella hoscamente–. Tómeme por loca o mentirosa si quiere, pero, por favor, no vuelva a interrumpirme. –Y clavó su mirada en la de él hasta que le vio asentir levemente. Luego, volviendo otra vez su rostro hacia la ventana, continuó su relato–. Aunque nadie nos hubiera llamado otra cosa que campesinos, mi padre había sabido aprovechar a nuestro favor la introducción de la moneda en el campo, a la que otros de nuestra misma condición, e incluso grandes señores, no habían conseguido adaptarse. Contábamos con la ayuda de Monsieur de Saint–Ange, un gran feudatario pariente lejano de Felipe II y amigo de la infancia de mi padre, a quien no sólo había facilitado la propiedad de las tierras que trabajaba, sino que, además, le había guiado con sus conocimientos y sagaz instinto para los negocios durante los últimos y cambiantes años. A instancias suyas, mi padre se había convertido en prestamista de los campesinos con menores recursos. Él les facilitaba las monedas, súbitamente imprescindibles para la compra de semillas, animales y aperos de labranza, y ellos le entregaban sus tierras como garantía de unos préstamos que nunca conseguirían devolver. Esto era, en realidad, una práctica muy frecuente.

»De este modo, en poco tiempo nos hicimos propietarios de un extenso lote de tierras, espoleados tanto por la incapacidad de los demás para adaptarse a los nuevos tiempos como por la bondad de Monsieur de Saint–Ange, quien, en numerosas ocasiones, nos prestó sin cargo las monedas necesarias para negociar.

»Ese año, Geniez, el hijo de Monsieur de Saint–Ange, acababa de terminar sus estudios en la escuela catedralicia de Reims. Tenía quince años, la misma edad que yo, y era mi gran amigo. Su padre pensaba enviarlo a Montpellier al curso siguiente. Decía que había mostrado inclinación a la ciencia desde que era un niño y que allí se concentraban las mejores escuelas de medicina del mundo occidental.

»Cuando regresó de Reims, casi no le reconocí. Su universo parecía limitarse al obsesivo fervor místico que le había sido inculcado durante sus estudios en la escuela catedralicia, y a su también enfermiza admiración por su hermano Paul, quien se había convertido en un famoso héroe de la cruzada contra Constantinopla.

»A menudo disertaba conmigo durante horas, haciendo alarde de aquella maravillosa dialéctica que había tenido la oportunidad de aprender y que ahora dominaba, convenciéndome de la necesidad de continuar la lucha contra la herejía antes de que todos pereciésemos aplastados bajo su peso.

»Aunque existían diferentes movimientos reformistas en el seno de la Iglesia, era el catarismo, que había nacido en Albi, muy cerca de nosotros, la herejía por antonomasia, la que había arraigado fuertemente entre las clases populares del Languedoc gracias a sus promesas de igualitarismo y tolerancia respecto al cumplimiento de los preceptos.

»Se puede decir que, a pesar del poco entusiasmo que yo mostraba por la religión, había llegado a resultarme atractiva y misteriosa aquella visión que propugnaba de un mundo concebido como un eterno enfrentamiento entre dos principios igualmente poderosos, el bien y el mal. Geniez me lo recriminaba continuamente. Pero su padre, sin embargo, no sólo era tolerante con la innovación religiosa, sino que más de una vez convirtió el castillo de Saint–Ange en lugar de predicación de los prefectos del catarismo.

»Mi padre temía por él, pues hacía tiempo que Roma ya había tomado las armas, alarmada ante la expansión de la herejía. Un ejército internacional de cruzados había caído sobre el Languedoc, y, tras el incendio de Béziers la situación se había convertido en una auténtica guerra. Todos sabíamos que no tardarían en tomar Provenza.

»Pero Monsieur de Saint–Ange era obstinado. No porque, en realidad, le importase un comino el erigirse en valedor de la doctrina albigense, sino, más bien, porque no estaba dispuesto a consentir ningún atentado contra su propia libertad, contra su derecho a expresar sus ideales o a compartirlos con los campesinos, con quienes, a menudo, se le podía ver confrontando opiniones de igual a igual, tras haber escuchado al prefecto o a alguno de los profesores a quienes hacía venir desde París para explicarnos los nuevos avances científicos o las nuevas tendencias filosófico–culturales. Quizá pensaba que su parentesco con Felipe II le dotaba de cierta protección, de cierta inmunidad ante las hordas católicas. En cierto modo es posible que así fuera, puesto que hubieron de pasar tres años desde la toma de Béziers hasta la noche de la tragedia.

»La recuerdo perfectamente. Geniez me había rogado que le acompañara al sermón antiherético que se había instaurado la costumbre de celebrar semanalmente en el cementerio o en el atrio de la iglesia. Aunque en absoluto me interesaba y ya había asistido aquella mañana a la obligada misa diaria, acudí por el placer de estar en su compañía.

»Aquella noche el sermón tuvo lugar en el cementerio. Aún puedo ver los esfuerzos del enjuto predicador intentando volver al redil a las ovejas descarriadas mediante un discurso enardecido y terrorífico: el dragón cayendo sobre nosotros, el lago de azufre y fuego abriéndose para devorarnos, los diablos arrancándonos pedazos de carne con sus enormes tenazas... Y todo esto, ¡sólo por leer las Sagradas Escrituras en provenzal o por no venerar a los santos!

»Hacía frío cuando regresábamos al castillo, donde mi familia y yo habíamos sido invitados a cenar por Monsieur de Saint–Ange. Llegábamos tarde. Yo caminaba deprisa y en silencio, sobrecogida todavía por las horribles imágenes sugeridas en el sermón. Geniez, por el contrario, no paraba de hablar excitadamente, mostrando su admiración por el predicador y su deseo de subir él mismo al púlpito un día a arengar a los fieles.

»Tardamos más de veinte minutos desde que dejamos el cementerio hasta que las tenues luces del castillo se hicieron visibles. Se oían extraños ruidos y voces lejanas que parecían provenir de él. Los sonidos se hacían más audibles y las luces parecían titilar, sacudiéndose nerviosamente, según nos acercábamos. Geniez seguía ajeno al mundo, absorto en un insoportable discurso que en aquel momento me aturdía y disgustaba. Traté de hacerle ver mis temores, pero no me escuchó. Cuando estuvimos lo bastante cerca, los sonidos comenzaron a hacerse reconocibles. Objetos arrojados con violencia estrellándose contra el suelo o las paredes, hombres gritando presas de un paroxismo colérico. Nos detuvimos en seco, tratando de vislumbrar algún movimiento en el interior del castillo.

»Los vigías no estaban en sus puestos, ni tampoco los centinelas. Un grupo de diez o doce caballos desconocidos esperaba a la puerta. Corrimos hacia el interior asustados, ciertos ya de que algo terrible estaba sucediendo, y sin detenernos a pensar en nuestra propia seguridad.

»Entramos justo a tiempo de ver a Monsieur de Saint–Ange siendo arrojado contra el suelo del comedor por un hombre de barba roja y descomunal barriga. Geniez lanzó un chillido y corrió en auxilio de su padre.

»–¡Padre! ¿Quiénes son estos hombres? ¿Qué quieren? – gritó, ayudándole a levantarse.

»Había al menos cinco hombres en aquella estancia, todos ellos ataviados con las vestiduras, armas e insignias de los cruzados, pero se oían ruidos y voces provenientes del piso superior que indicaban la presencia de más. Sus espadas estaban desenvainadas, sus rostros rabiosos. Uno de ellos sujetaba a mi madre de espaldas contra su pecho, asiéndola por el cuello y por la cintura, mientras mi padre, sentado sobre una silla, la miraba desesperado y sintiendo la aguda punta de una espada hundiéndose en su garganta con cada oscilación de su pecho.

»Yo temblaba aterrada, aún al otro lado del umbral, contemplando las sangrantes figuras de dos de los criados del castillo yertas al pie de la escalera. Nadie se había dado cuenta de mi presencia. Quise esconderme tras una de las enormes columnas a sólo unos pasos de mí, pero mis músculos se negaban a obedecer. Seguí de pie, petrificada, escuchando los quejidos de angustia de mi madre y las protestas, pronto acalladas con un golpe en la nuca, de Geniez. Sentía mi corazón latir y latir y la sangre se agolpaba en mi cerebro anestesiado por el terror. Contuve un grito al percatarme de que otros hombres descendían por la escalera. Si me quedaba donde estaba me verían. Conseguí dispararme hasta la columna y me apoyé con todas mis fuerzas, deseando poder fundirme en ella y desaparecer así de aquel horrible tormento.

»Los hombres bajaban arrastrando unos grandes sacos que producían un ruido metálico al saltar sobre los escalones. El de la barba roja, el que había luchado con Monsieur de Saint–Ange, los esperaba, impaciente, en el comedor.

»–¿Qué habéis encontrado? –les preguntó, con una voz ronca y desagradable.

»–Sólo plata –respondió uno de ellos, dejando ver, rabiosamente, sus dos únicos y negros dientes–. Candelabros, roscas de frascos de perfume, peines, cepillos..., pero ni rastro de joyas.

»–Entiendo –dijo el barrigudo mesándose la barba.

»Echó un perezoso vistazo a la enorme mesa de roble que nos había sido preparada. Había restos de comida sobre tres de los platos. Sin duda, mis padres y Monsieur de Saint–Ange habían empezado a cenar sin nosotros. Tomó una copa de plata y, lentamente, vertió en ella el vino hasta que se derramó por los bordes. Luego, con toda parsimonia, se acomodó en una de las macizas sillas de roble y alcanzándose la fuente del cordero se sirvió un gigantesco pedazo, desgarrándolo con sus propias manos. Comenzó a masticarlo flemáticamente mientras se sabía el blanco de todas las miradas. Sus hombres se reían al oírle eructar cuan ruidosamente podía. Bebió, y el vino resbaló de sus labios, colándose por los entresijos de su barba roja, que parecía absorberlo como si fuese una esponja.

»No podría decir cuánto tiempo duró la angustia de aquel terror, de aquel atenazante silencio. Segundo a segundo se hacía mayor, como niebla caliginosa cuyo espesor aumenta conforme avanza la noche.

»–Excelente comida, chevalier –se burló, pasándose la manga por el escondido espacio que ocupaban sus labios–, digna de un rey. –Y sus hombres prorrumpieron en carcajadas.

»Luego, tomó el enorme cuchillo de trinchar la carne y, mirando a mi madre, que seguía sujeta e inmovilizada, se levantó y se aproximó a ella, blandiéndolo en un juego malévolo. Mi madre se retorció aterrada, gritando, al tiempo que un hilillo de sangre empezaba a brotar de la garganta de mi padre.

»–¡Callad a ese maldito perro! –bramó súbitamente el jefe, y, al darse la vuelta, la grasa de cordero brilló sobre su barba alumbrada por la mortecina luz de las velas.

»Fue entonces cuando me di cuenta de que Deacon, mi perro, ladraba desde uno de los salones opuestos al comedor, a mi espalda.

»–Yo iré –dijo uno de los hombres, uno con aspecto de deficiente, mientras desenvainaba la espada.

»No tardé en oír cómo se incrementaban los ladridos de Deacon, y, luego, sus gemidos de dolor. Me lo imaginé atado, indefenso, luchando por liberarse y sufriendo por su impotencia para defender nuestras vidas y, en aquel momento, la suya propia. No lo dudé. Me deslicé sin respirar, sobre las puntas de los pies, los pocos metros que me separaban de la puerta. Nadie se dio cuenta.

»Cuando llegué a la estancia, vi a Deacon ladrando ferozmente, atado a una de las columnillas clásicas que decoraban la chimenea, con la espuma derramándose entre sus fauces, los ojos centelleantes y todo su cuerpo en tensión, tratando, vanamente, de lanzarse sobre el hombre, que, a prudente distancia de él, se desternillaba con una risa grotesca mientras le amenazaba con el atizador del fuego.

»–Se acabó el juego –dijo, y, tras arrojar el hierro, desenvainó su espada y la alzó en el aire por encima de su cabeza.

»Miré desesperada a todas partes buscando algo que pudiese servirme para atacarle, pero no lo encontré. Inconscientemente, me abalancé sobre él con las manos extendidas y le empujé con todas mis fuerzas. Perdió el equilibrio, tropezó con Deacon, y cayeron él y su espada. Se levantó, sobrecogido, al sentir el morro de mi perro entre sus piernas, y se apartó velozmente de él, asustado. Cuando se recuperó, me miró con sus ojos bovinos. Lejos estaba el pánico que antes me invadiera. La ira, el odio y la repugnancia habían tomado posesión de mí.

»—¡Vaya, vaya! —exclamó—. ¡Mira por donde voy a tener una fiestecita privada!

»Consiguió alcanzarme él antes que yo el amparo de Deacon que, deshecho en ladridos, custodiaba la espada. Me apretó contra sí, dejándome sin posibilidad de movimiento. Sentí su repulsiva baba enfriándose en mi cuello y mis mejillas, sus manos adiposas tratando, excitada y torpemente, de levantar mi larga falda, posándose luego sobre mis muslos. Atrapé su labio inferior entre mis dientes y mordí y mordí hasta que, tirando frenéticamente de mis cabellos, consiguió apartarme de sí, blasfemando.

»Volé entonces hasta Deacon y, tomando la espada, asesté un golpe contra la cuerda que le aprisionaba. ¡Y qué placer sentí entonces al ver sus agudos colmillos aferrados al cuello de su enemigo! ¡Y cómo me decía a mí misma con el corazón palpitante, "No lo sueltes, Deacon, no lo sueltes", al ver al hombre luchando inútilmente, exhausto ya, por apartarle de sí, sintiendo como su cuello se desgarraba, aumentando su tormento, al intentarlo! Y entonces la ira que me arrebataba habló por mi boca rogando: "Mátalo, mátalo, mátalo", y yo misma apretaba mis dientes, enfurecida, como si también los tuviese clavados en su garganta, por el enloquecido afán de animar a Deacon a acabar con él, a destrozarlo, a retorcer sus colmillos en aquella nauseabunda carne. Y qué orgullosa me sentía de él, que había sabido hallar el punto exacto de la yugular, que se había prendido a ella, ignorando el dolor que aquel hombre trataba de infligirle, hasta que, tendidos ya en el suelo, supo que aquel cuerpo inerme había perdido todo hálito de vida y se apartó de él.

»Entonces vi la sangre manando de la herida del hombre y a Deacon con el lomo humedecido por la suya. El terror me invadió de nuevo. Quería huir, a toda costa, de aquella pesadilla.

Deseaba desaparecer, que la tierra se abriera para tragarme antes que afrontar la muerte de mis seres queridos y, luego, mi deshonra y mi propia muerte. Presa del pánico, corrí hasta la trampilla del pasadizo en el que tantas veces habíamos jugado Geniez y yo, y, levantando el tapiz que ocultaba la portezuela, la abrí y me agaché dispuesta a penetrar en el angosto agujero. Pero no lo hice. No me pregunte por qué. Creo que, en el fondo, siempre fui valerosa. Sí, estoy segura de ello. O quizá era sólo que las pasiones me arrebataban el juicio... Recogí la espada del suelo, ignoro con qué intención ni sé qué pensamientos pasaron por mi cabeza en aquellos momentos. ¿Qué podía hacer yo por ayudarles? Tal vez preferí morir junto a ellos antes que padecer la angustia de su muerte y la conciencia de mi cobardía.

»Sosteniendo el enorme peso de la espada con ambas manos, anduve, temblorosa y aún indecisa, hasta la puerta del comedor, rogando a Dios por nuestras vidas. Me oculté tras la columna sujetando a Deacon por la cuerda que había quedado alrededor de su cuello, instándole al silencio, y observé la cruenta escena.

»Mi padre y Monsieur de Saint–Ange estaban sentados y con las frentes apoyadas sobre la mesa. Detrás de cada uno de ellos, un hombre con la espada ya alzada amenazaba con decapitarles. No pude encontrar a mi madre. Geniez estaba de pie, cerca del cerdo de la barba roja. Los otros dos desconocidos habían desaparecido del comedor.

»–¡Canallas! –gritaba Geniez–. ¡Condenados asesinos! ¡Pagaréis por esto!

»Los hombres se mofaban de él y bebían de sus siempre colmadas copas de vino.

»–¡Usurpadores asesinos. –Continuaba gritando–. ¡Usurpáis el sagrado nombre de los cruzados! ¡Lleváis puestas sus ropas y portáis sus símbolos y su pendón, pero no su conciencia. ¡No sois más que vulgares ladrones, aves de rapiña escudadas tras el nombre de Cristo! ¡Él os hará pagar esta ofensa!

»–Acabemos con esa lengua –dijo uno de ellos, avanzando

hacia Geniez.

»–Todavía no –dijo el jefe calmosamente, y el otro se detuvo y le miró, impaciente y molesto. Luego, se dirigió a Geniez–. Y bien, jovencito, ¿quieres ver morir a tu padre? Te lo preguntaré una vez más y sé que ahora no me defraudarás. Porque ahora sabes de lo que soy capaz, ¿verdad?

»Y, con su bota, dio la vuelta a un cuerpo en el que no había reparado, al estar medio oculto a mis ojos por la mesa, y pude ver que era el cadáver de mi madre, y yo misma me sentí morir. Pero el horror continuaba sin detención, sin dejarme siquiera un segundo de paz, un instante para pensar o llorar. Mi temblorosa mano flaqueó y Deacon escapó de mi lado entre roncos y desquiciados ladridos de cólera.

»Lo que vino después fue muy rápido. Deacon se abalanzó sobre el hombre que estaba a punto de asesinar a mi padre tan sorpresivamente que su espada cayó al suelo.

»–¡Detened a ese perro! ¡Detened a ese perro o mataré a este hombre! –gritó el que estaba tras Monsieur de Saint–Ange.

»Entonces, éste, valientemente, trató de darse la vuelta para enfrentarse a él, pero la espada cayó sobre su cuello cercenándolo de inmediato. Mientras, Geniez, que había estado esperando la oportunidad de tomar uno de los pesados candelabros de plata, aprovechó la confusión para golpear con él, una y otra vez, hasta que cayó al suelo, muerto, al asesino de Monsieur de Saint–Ange.

»Entretanto, mi padre había tomado la espada del suelo y luchaba contra el jefe. Pero mi padre, aunque fuerte y valeroso, no era un espadachín. Pronto perdió su espada y vio la cruel sonrisa del enemigo mientras hacía oscilar la suya como un péndulo mortal que, alcanzándole en el cuello, segó su cabeza. Las llamas de la chimenea se avivaron y, crepitando, lanzaron diminutas chispitas azules y rojas como minúsculos fuegos de artificio, cuando cayó dentro de ella. Su cuerpo permaneció de pie, aún vivo aunque decapitado, durante algunos segundos. Sus brazos se elevaron como si, asombrados, quisieran cerciorarse de que la cabeza ya no estaba allí, mientras, sobre él, el león del escudo de los Saint–Ange, lloraba lágrimas de sangre. ¿Se encuentra usted bien, padre? –preguntó la mujer, viendo que el sacerdote se enjugaba la frente con un pañuelo.

–Sí, sí –murmuró él débilmente–. Es sólo que hace calor aquí, ¿no le parece?

–No mucho, en realidad –le contestó ella, con una tenue pero dulce sonrisa, y tomando asiento frente a él–. Pero no se preocupe. Ya queda poco. Pronto abandonaremos para siempre el castillo de Saint–Ange. Aguante sólo unos segundos más. Geniez gritaba desgarrado –siguió narrando–. No es preciso que le explique cuáles eran mis sentimientos en aquellos instantes. El pánico, la angustia, el dolor, la furia... Vi la abominable faz del hombre, sonriendo zumbona y amenazante a Geniez mientras comenzaba a perseguirle alrededor de la mesa, y a él, que, como toda defensa, esgrimía el ya sangriento candelabro.

»Por fin consiguió acorralarle en una esquina de la estancia, sosteniendo horizontalmente su espada contra el cuello de Geniez. Pero he aquí que aún quedaba una vela encendida en el candelabro y que su llama prendió en la barba roja del asesino. Sus ojos vieron el ardiente fulgor que ascendía hasta ellos, su olfato percibió el extraño efluvio de su pelo derritiéndose, y, soltando la espada, trató, enloquecidamente, de apagarlo con sus propias manos, que, abrasadas, iban y venían palmeteando sobre su barba, mientras todo él parecía poseído por una danza frenética. Mas, cuando se dio la vuelta separándose de Geniez, ciego de miedo, su vientre encontró la aguda punta de una espada sujeta por mis manos, que deslizaban su filo, firmemente, en sus entrañas.

»Cuando, en nuestra huida, me detuve un instante en el umbral para llamar a Deacon, que seguía prendido al cuello de su víctima, contemplé, mareada, el tétrico modo en que la convulsa y humeante antorcha en que se había convertido su cabeza, iluminaba los cuerpos de nuestros seres queridos. De pronto, sentí la mano de Geniez que, aferrada a mi brazo, tiraba de él obligándome a correr. Las ebrias voces de los hombres se alzaban desde la bodega. "El pasadizo", susurré.

»Reptamos penosamente por él, a ciegas, durante más de una hora, sin descanso, siempre temerosos de que pudieran seguirnos a pesar de haber cerrado la trampilla tras nosotros.

»Cuando alcanzamos el final del túnel, bendijimos la fría claridad nocturna. Corrimos, mudos y entre lágrimas sin fin, hasta llegar a la cumbre de uno de los montes que rodeaban nuestro valle y, desde allí, miramos hacia Saint–Ange.

»Apenas había estrellas en aquella fría noche de luna llena, pero en la faz del cielo un brillo púrpura resplandecía como si el firmamento hubiese encendido un fuego, abajo, en la Tierra, para calentarse. Todo Saint–Ange ardía en llamas. La poderosa solidez del castillo, las frágiles casitas de madera, los viñedos que trepaban por las colinas, las tierras de labor... Todo. No sé si fue obra expresa de aquellos malnacidos o si, simplemente, el fuego que había comenzado en el castillo se había extendido. No lo sé.

»Caímos exhaustos, embriagados de dolor y agotamiento. Dos huérfanos angustiados observando, bajo la luna, cómo cuanto amábamos se convertía en cenizas. Recuerdo haber pensado en las penas del infierno con que el predicador nos había amenazado y que, en ningún modo, me parecían peores que las terrenas. Recuerdo los amados aromas desprendiéndose, como cualquier noche, de las jaras, retamas y tomillos, envolviéndonos con su invisible manto. Hasta que, ya incapaz de resistir más, toda consciencia me abandonó.

»La tierna caricia de Geniez sobre mi mejilla me despertó con las suaves luces del alba. Debíamos abandonar el Languedoc, me decía, llegar hasta Montpellier, donde vivían sus tíos. Yo le escuchaba vagamente, sumida todavía en un sueño que hubiera deseado eterno. Y, a pesar de todo, debía dar gracias a Dios. Gracias por no haberme dejado absolutamente sola en el mundo. Por haber conservado a Geniez y a Deacon a mi lado.

»Emprendimos el camino hacia Montpellier en silencio, cada uno inmerso en sus pensamientos. Llorando. Repasando las escenas vividas aquella noche, que cada vez pasaban por mi cerebro de forma más escueta, concentrada y fugaz, como si éste hubiera conseguido prensarlas hasta el límite, para que ocuparan el mínimo espacio, pero sin omitir ningún detalle ni una sola pizca de dolor. Pensé que nada conseguiría acabar jamás con aquella agonía.

»Tras caminar cinco o seis horas, mi cuerpo comenzó a sentir sus inextinguibles e inoportunas necesidades. Tenía hambre y sed, y estaba agotada física y anímicamente. El sol refulgía, inmutable y esplendoroso, en lo más alto del cielo, provocando un calor abrasador desconocido para nosotros. Quizá usted también conozca las delicias del benigno clima Mediterráneo. Incluso un poco adentrados en el interior, como nosotros estábamos, el verano solía ser, aunque seco, suave y apacible, sin las bruscas oscilaciones propias de París, por ejemplo. Pero aquel año el calor parecía solidificarse a nuestro alrededor. Respirábamos una pesada mezcla de fuego gaseoso y polvo del camino que incrementaba insufriblemente nuestra fatiga. Las venas se inflamaban, nuestros ojos, ya de por sí hinchados por el llanto, ardían enrojecidos incapaces de soportar la intensidad de la luz.

»Conseguimos llegar a un pequeño pueblecito llamado La Flèche cuyas gentes se apiadaron de nosotros y nos dieron alimentos y cobijo. Fueron ellos quienes nos hablaron de Etiénne de Cloyes y la cruzada infantil que había emprendido.

»Los ojos de Geniez brillaban exultantes, ansiosos de saber, mientras escuchaba la historia del nuevo Moisés, pero mi corazón aceleraba su ritmo, angustiado, lo supe después, por un presentimiento fatal.

La mujer se interrumpió mientras observaba la atenta expresión del padre DiCaprio.

—Estoy segura de que usted conoce bien los hechos de esta cruzada, padre —afirmó.

—Sí, desde luego. He leído sobre ella —contestó él.

—Entonces conocerá el final de la historia. Sabrá porque no eran infundados mis, aparentemente irracionales, temores.

–Sí, lo sé. Recuerdo lo que ocurrió. Fue... dramático, espeluznante.

–Eso es. Un drama que la historia reduce a dos líneas sin importancia en un libro de texto. No obstante, no puedo pegar un salto. Debo ir paso a paso en mi relato incluso aunque usted pueda predecir su final. De un lado, por el plácido gozo que me causa el desprenderme de mis recuerdos, el convertirlos en palabras que jamás había compartido con otro ser humano; y, de otro..., bueno, no se lo diré, o acabará por saberlo todo antes de tiempo, y entonces mi historia carecería de interés y emoción y usted dejaría de mirarme con esa expresión estupefacta con que lo ha hecho hasta ahora.

La mujer le dirigió una leve sonrisa. Sus sonrisas tenían un deje mágicamente ambiguo. Cierto velo de melancólica ironía mezclado con un halo de superioridad.

El padre DiCaprio la miró azorado y esbozando, a su vez, un amorfo conato de sonrisa.

–La vida y milagros de Etiénne de Cloyes se fue desgranando de entre los labios de los labradores –prosiguió ella, sentada relajadamente frente al sacerdote–. Había nacido en Cloyes, Orleans. Era un humilde pastor de no más de doce años. Cristo, decía, se le había aparecido en el monte mientras cuidaba de sus ovejas y le había dado sus divinas instrucciones. "Hijo mío –le habría dicho–, tú has sido elegido para la más grande empresa que hayan visto los pueblos pasados y podrán ver los venideros. Esto es lo que te ordeno: Ve a París y allí solicita audiencia con el rey Felipe Augusto, a quien entregarás la carta que he de darte. Si él no te escuchara, habrás de predicar mi palabra por cada pueblo de Francia hasta que hayas conseguido reunir un ejército de niños. Os dirigiréis luego hasta la ciudad de Marsella, sin más armas o bienes que el verbo con el que te instruyo. Y yo te digo que, al igual que las aguas del mar Rojo se abrieron para permitir el paso del pueblo elegido, así se separarán las aguas del mar Mediterráneo para permitir el vuestro; que llegaréis a Tierra Santa, donde el milagro habrá tornado a los lobos en corderos y rendirán a vuestros pies mi Santo

Sepulcro. De este modo logrará la inocencia de mis bienamados niños lo que las armas de los guerreros no han conseguido".

»Vi la envidia asomar a los ojos de Geniez al escuchar las palabras de encomio, las interminables alabanzas que los campesinos dedicaban a Etiénne de Cloyes. Cuando acabaron de hablar supe que Geniez ya no estaba allí. Que estaba en Jerusalén recuperando, enfebrecido, el Santo Sepulcro. Geniez, el héroe de las cruzadas, el émulo de su hermano Paul. No veía la hora de partir hacia Marsella.

»El iluminado había obedecido las órdenes de Cristo. Recorrió toda Francia predicando su mensaje, de tal forma que la popularidad y leyenda que rápidamente le rodearon le facilitaron una entrevista con el rey Felipe Augusto cuando llegó a la corte de París, dispuesto a entregarle la carta que le había sido encomendada. Pero, ni sus palabras ni el mensaje divino consiguieron convencer al rey. Etiénne abandonó la corte y, sin ningún desconsuelo, continuó su predicación, como Cristo le había indicado, estableciendo una cita en Vendóme para el veinticinco de Junio. Eso había sido cinco días atrás, y, según las últimas noticias, había conseguido reunir nada menos que a treinta mil niños. Desde allí se dirigirían todos juntos a Marsella, donde tendría lugar el milagro, pasando por Tours y Lyon.

»Eso, me dijo Geniez aquella noche con los ojos encendidos como por la lujuria, nos daba un margen de tiempo suficiente. Nuestra parada en La Flèche había sido providencial. ¿Es que yo no lo veía? Llegaríamos el mismo día que ellos, tal vez un poco antes, si partíamos enseguida. Me opuse con todas mis fuerzas. Que no iría jamás, que le abandonaría e ingresaría en un convento, le dije, sin la menor intención de cumplir aquella amenaza contra mi propia persona.

»—¿Qué perdemos? —insistió, inclinándose ansioso y voraz sobre mí, de forma que me pareció tan detestable como una caricatura burlesca de sí mismo presentándole arrebatado por su loco frenesí religioso—. Si las aguas se abren será un milagro y no correremos ningún riesgo. Si no se abren daremos media vuelta hacia Montpellier y no habrá pasado nada irreparable. De cualquier forma, será bonito ver la cantidad de chicos y chicas que acudirán a Marsella. Merecerá la pena sólo por ver el ambiente, sin duda será una fiesta. ¿No lo ves? ¡Será un acontecimiento histórico!

»No es que él me convenciese a mí. Es que a mí me fue imposible convencerle a él. Tanto si las aguas se separaban como si no, me parecía abominable la idea de sumergirme entre los cuerpos histéricos de treinta mil fanáticos religiosos con quienes nada tenía en común, salvo, quizá, un inconsciente deseo de encontrar la muerte. Deseaba morir, sí. Y cuanto más tiempo transcurría, el ansia se hacía mayor, más nítida y tangible. Pensé que me había equivocado al pensar que no estaba sola: desde luego que lo estaba. Si hubiera tenido un solo familiar en el mundo, alguien a quien recurrir en busca de consuelo... ¿A qué venía esa locura de querer abandonar Francia? Al menos no estábamos en la miseria. Yo sabía que el abogado de mi padre y de Monsieur de Saint–Ange vivía en Montpellier. Habíamos perdido el castillo y mi casa, pero no las tierras. Las tierras siempre tendrían un valor, aunque las cosechas se hubiesen malogrado. Estaba segura de que, económicamente, no debería depender de nadie, no pasaría penalidades en ese aspecto. El pariente de Geniez en Montpellier, una buena persona a quien yo conocía, había sido nombrado mi tutor en caso de fallecimiento de mi familia. ¿Por qué caminar diez días más bajo aquel sol torturante? Yo no quería ir a ninguna parte. De hecho, ni siquiera a Montpellier. Sólo deseaba caer en una fosa y morir. Y, cuantos más problemas me planteaba, cuanto más tiempo transcurría y más clara se hacía mi conciencia de lo que había sucedido, más lo deseaba.

»Pero, dos días después, cogí el gran hatillo que nos habían preparado, con alimentos suficientes para al menos una semana, me abracé llorando a nuestros amables anfitriones y me despedí de ellos para siempre. Mi agonía era tal que actuaba como si no estuviese viva. Simplemente me dejaba llevar como un ser en trance, me dejaba arrastrar por Geniez.

»No podría describirle de forma completa las angustias de aquel viaje. Un verano señalado por el Cielo para la tragedia. Tal vez fuera una artimaña de Dios para disuadir a los jóvenes franceses de su loca hazaña, y así evitar su fatal destino. Nadie había conocido un calor como aquel. Sólo cuando alcanzamos la costa se hizo más soportable. O menos cruel. Dormíamos al raso, cuando ya no podíamos más y caíamos desfallecidos. Cuando teníamos más suerte y lográbamos llegar a algún pueblo o aldea, solicitábamos cobijo a cualquiera de los vecinos.

»Geniez no cesaba de perturbar mis pensamientos con sus oscuras peroratas. Le encontraba estúpido, fastidioso. Me hubiera complacido desligarme de él. Pero, ¿a dónde iba a ir una joven de quince años sin una moneda en el bolsillo? No me veía mendigando yo sola hasta llegar a Montpellier. Por tanto, me limitaba a caminar a su lado, respondiendo algo de vez en cuando, sin saber siquiera de lo que hablaba.

»Caminamos tanto que al noveno día llegamos a Marsella. Habíamos recorrido más de trescientos kilómetros. Apenas me tenía en pie. Mi piel estaba abrasada, mi estómago demasiado vacío, mi cuerpo agotado, mi mente ausente.

»Pero Geniez tenía razón. Marsella era una ciudad engalanada que esperaba impaciente la llegada de los jóvenes cruzados. Me pareció una ciudad muy agradable, muy viva, y capaz de despertar mis adormecidos sentidos. Dos grandes vías la dividían en cuatro secciones surcadas por anchas calles y avenidas que se dedicaban cada una de ellas por completo a una sola rama específica del comercio. Mercaderes y artesanos se extendían a lo largo de ellas ofreciendo a voces sus mercancías. Paños, algodones recién teñidos, sedas y telas delicadas en una avenida; muebles tallados sobre maderas preciosas en otra; vinos exquisitos de cualquier parte del mundo en otra de ellas: joyas maravillosas, sal y ricas especias, perfumes elaborados con el preciado ámbar gris, objetos de adorno orientales, en las demás. Todo parecía grande y espacioso, como si estuviera pensado para recibir usualmente gran afluencia de gente. Era lógico, Marsella era un puerto de extraordinaria importancia comercial. El barullo de la gente me hizo sentir mejor, menos a solas conmigo misma.

»Etiénne de Cloyes no había llegado todavía. Pero sí había muchos jóvenes que, al igual que nosotros, habían acudido a esperarle directamente a Marsella. Se les veía tan agotados como a nosotros, tumbados en cualquier rincón de la calle dormitando, a veces en grupos numerosos. Geniez no tardó en acercarse a uno de ellos, formado por cinco o seis muchachos, muy jóvenes y desastrados, que charlaban animadamente sentados en el muelle. Era muy sociable. Yo no, en absoluto, y no tenía ninguna gana de entablar conversación con ninguna de aquellas pandillas de locos. No tenía nada que decirles.

»Me quedé a prudente distancia, simulando interesarme por las baratijas de un puesto callejero, para evitar que me importunasen.

»La brisa marina resultaba un alivio delicioso. Paseé por el puerto, sin rumbo fijo, observando la azul inmensidad que se rompía en blancas espumas al chocar suavemente contra el malecón. Varios puestecillos vendían chucherías adecuadas para los niños, y también algunas baratijas y alimentos sencillos. Me moría de hambre. No comía nada desde el día anterior, pero no tenía una sola moneda. Pasé por delante de los puestos con la mirada vidriosa y anhelante y las piernas temblorosas.

»El puerto estaba lleno de gente. Una multitud de curiosos de todas las edades en espera del gran acontecimiento. Su llegada se esperaba para el día siguiente, oí decir a uno. Todo acabaría al día siguiente, pensé yo. Desde lejos escuché la voz de Geniez que me llamaba a gritos. No hice el menor caso y seguí caminando, absorta y mareada, sintiendo cómo mi cuerpo se abría paso entre la muchedumbre que avanzaba en sentido contrario, golpeándome en su brusca marcha, como si tuviera la urgencia de llegar a alguna parte. Pero, al propio tiempo, sentía como si ellos mismos me empujaran a algún lugar opuesto a su destino. Sólo tenía que dejarme llevar para no seguir su camino. Deacon caminaba pegado a mí, atemorizado por el gentío. Me desvié hacia el menos concurrido malecón para evitar que pudieran hacerle daño. Allí me senté, embaída, a disfrutar del silencio y la soledad, a meditar.

»Desde que era una niña, siempre había tenido el doloroso conocimiento de la soledad en que mis diferencias me recluían. Siempre fui demasiado inteligente, demasiado pensativa, y, ahora, además, demasiado bella. Nada de eso me granjeaba unas amistades que, por otra parte, tampoco buscaba. La gente me parecía falsa y ruin, mediocre e ignorante, zafia y egoísta. No entendía las guerras, la incapacidad para la convivencia, la imposición de los principios, el sometimiento de los unos a los otros, la obediencia ciega, la esclavitud, la pobreza, las envidias, los odios, los crímenes... Nunca tuve un afecto excesivo por mi propia especie, excluyendo a mi más íntima familia y a los Saint–Ange. Ahora mi soledad era algo más que moral. Geniez era el único ser humano que aún me quedaba, y necesitaba aferrarme a él para soportar la existencia.

»El vacío de mi estómago me provocaba unas sensaciones internas que nunca antes había experimentado: ruidos, ardores, malestar, flojera... Estaba mareada, casi ida, como víctima de una embriaguez que me hubiese privado de las emociones. Nada tenía importancia; ni el hoy, ni el mañana. Ni siquiera el hambre que padecía me urgía a actuar o a pensar. El malecón me pareció un bonito lugar para sepultarse y morir. Pero morir no es tan fácil, por más pura y constante que sea el ansia. Y yo no iba a morir. Lo sabía, y esa certidumbre me llenaba de angustia.

»Súbitamente, reparé en que Deacon no estaba a mi lado, que hacía bastante rato, de hecho, que no le veía. En mi estado de nervios me sentí aterrada. Me levanté precipitadamente y miré por todas partes llamándole a voces. Enseguida vi que corría hacia mí agitando su largo rabo. Suspiré aliviada y sentí las lágrimas nublando mi vista. Cuando llegó a mi lado me abracé a él. Parecía muy feliz. Entonces, levanté la vista hacia el extremo del malecón, el lugar del que Deacon venía.

»Fue entonces cuando le vi por primera vez.

»Me quedé paralizada, muda de asombro y fascinación. Su

imagen invadió mi mente expulsando todo otro pensamiento. El mundo entero había desaparecido. No había miserias, orfandad, dolor. No estaba sola. Ya no.

»Tenía su mirada fija en mí. Desde la lejanía, vi sus hermosos cabellos oscuros, largos hasta un poco por debajo del hombro, agitándose levemente movidos por la suave y húmeda brisa; sus facciones, masculinas y delicadas. Era alto, muy alto en comparación con los hombres de la época, y vestía ropas de caballero, pero sencillas: una camisa blanca de tela fina, cubierta por un amplio y largo fustán que caía por encima de los calzones con perfiladuras de seda verde que cubrían sus rodillas y de las mallas de hilo gris que se ajustaban a sus perfectas pantorrillas. Pero no fue su apostura la que instantáneamente me cautivó tras el súbito impacto de su visión. Fue algo diferente. Algo profundo, abstracto, metafísico. Una lectura espiritual que, de alguna forma, comprendí de inmediato.

»Ambos permanecíamos inmóviles, uno frente al otro. Podía ver claramente su extraña expresión. Adusta, circunspecta, pero, a la vez, hondamente dolorida. Como si sufriera un continuo enfado consigo mismo del que no pudiera escapar. Sentí una profunda tristeza. Ansié acercarme a él, decirle que le conocía, que le amaba, que le necesitaba. Pero aquellos fueron mis últimos pensamientos antes de, rendida de hambre y agotamiento, caer desmayada bajo el sol ardiente del Mediterráneo.

–II–

»Cuando desperté, no estaba en el puerto, sino en una cama cálida y confortable como no disfrutara en muchos días. La imagen de la criatura maravillosa volvió a mi cerebro no bien recuperé la consciencia, incluso antes de abrir los ojos. ¿Dónde estaría? ¿Me habría llevado él a aquel lugar?, me preguntaba, con el corazón palpitante de emoción. Oí el sonido de una silla que se movía junto a mí, arrastrándose pesadamente por el suelo de madera. Aún me encontraba mareada y exhausta; la cabeza se me iba al tratar de moverla, incluso muy ligeramente. De pronto, sentí un paño húmedo y frío sobre mi frente y abrí los ojos inmediatamente. Unos cabellos morenos habían resbalado sobre mi cara impidiéndome la visión. Me defendí de ellos nerviosamente, y, su propietaria, que colocaba el paño sobre mi frente, se retiró en seguida.

»Se trataba de Celine, una jovencita que formaba parte del grupo con el que Geniez había trabado amistad. Me explicó que nos encontrábamos en una posada y que mi acompañante estaba abajo, comiendo con sus hermanos.

»Inmediatamente la pregunté si había visto a mi caballero, pero ella, que se sorprendió ante mi descripción y pareció pensar que el sol me había afectado demasiado, simplemente sacudió la cabeza en señal de negación.

»Segundos después la puerta se abrió y Geniez apareció con una bandeja en la que llevaba sopa, pan y un filete de pescado para mí, acompañado por los tres jóvenes hermanos de Celine.

»Me sentí mucho mejor un par de horas después de haber comido y deseé salir en su busca. Me moría de ganas de volverlo a ver. Era como si todo hubiera cambiado de repente.

Merecía la pena seguir viviendo por la esperanza de llegar a conocerle. Aunque, en mis más íntimas fantasías, no me limitaba a tan poco.

»Dejé a Geniez repasando, entusiasmado, los hechos, protagonistas y lugares de cada cruzada con Celine y sus hermanos, y me aventuré por las calles de Marsella.

»Escruté el puerto de punta a punta, penetré en tiendas y tabernas, pero, cuando la noche cayó, tuve que regresar a la posada, apagada y decepcionada, sin haber encontrado rastro de él. Quizá había tomado alguno de los barcos que yo había visto zarpar aquella tarde. Posiblemente era un rico comerciante veneciano, o un príncipe, tal vez...

»Aquella noche dormí con Celine. Me enteré de que ella y sus hermanos procedían de noble cuna y habían partido a la cruzada con el pleno consentimiento de sus padres. Creían a pies juntillas que Étienne era el nuevo Moisés y que les guiaría en una memorable e histórica aventura a través de las tierras secas del Mediterráneo.

»Al mediodía siguiente, Etiénne de Cloyes penetró en Marsella a la cabeza de unos quince o veinte mil seguidores infantiles, casi todos ellos con un penosísimo aspecto. El resto hasta los treinta mil que se habían llegado a reunir en Vendóme, no había resistido el largo camino bajo los rigores de aquel tórrido verano. El hambre, la sed, el agotamiento, habían hecho que muchos de ellos desistieran a mitad de camino y regresaran. Qué inteligentes y afortunados.

»Marsella recibió alborozada a los jovencísimos cruzados que habían conseguido llegar hasta ella. Eran una masa heterogénea con un único punto en común: la edad. Muchos no sobrepasaban los diez años, dieciocho los mayores, aunque el número de estos no era muy alto. Unos eran de noble cuna, otros hijos de comerciantes, abogados o médicos, otros, simplemente campesinos. Muchos de ellos contaban con la bendición de sus familias para acometer tan alta empresa, pero los que no habían tenido la fortuna de conseguirla tan fácilmente, habían optado por escaparse sin más. Los mayores esperaban la gloria; los más pequeños, la aventura. Los hijos de los nobles iban a la cabeza de la marcha a lomos de sus caballos, portadores de la insignia de la cruzada: la oriflama. Joviales, orgullosos y ataviados para la ocasión, flanqueaban el indignantemente suntuoso carruaje desde el que Etiénne saludaba a los eufóricos marselleses como un experto caudillo de doce años de edad. Su gravedad, la exagerada majestad de que se había imbuido, como un Cesar regresando victorioso tras la campaña, despertaban no pocas risas y comentarios.

»Mientras apreciaba el espectáculo en toda su histórica valía, asomada al balcón de nuestra habitación de la posada, no cesaba de otear entre las cabezas en busca de aquella que, ni por un segundo, dejaba de ocupar el centro de mis pensamientos. Alcanzaba a ver casi todo el puerto desde tan arriba. Si él estuviera allí habría de verle, sin duda, con su apostura destacando por encima del populacho. Pero mi búsqueda parecía infructuosa.

»No dejé que la desazón me invadiera y seguí curioseando entre los niños y niñas que invadían alegremente el puerto, a pesar del evidente agotamiento que sufrían. La actividad había parado en la ciudad. Comerciantes, visitantes, gentes piadosas o meros curiosos, venidos, expresamente, a presenciar el gran acontecimiento desde pueblos de los alrededores o desde ciudades lejanas, multitud de sacerdotes y enviados de Roma, muchachos escapados de sus casas en el último instante y llegados de cualquier punto de Francia, se congregaban en el puerto animando y vitoreando a los cruzados. Les obsequiaban con pan, queso, cecina, mojama y agua, que eran rápidamente repartidos y consumidos.

»Etiénne de Cloyes poseía la oratoria de un Cicerón. No era extraño que hubiese logrado encandilar a tantos niños, y adultos, en sus arengas a través del país. Cuando el carruaje se detuvo, aproximadamente en la parte central del puerto, tuve ocasión de comprobarlo. Se puso de pie, sin apearse de él, y, con la tranquila seguridad de un general veterano, agradeció, con toda la potencia de su ya poderosa y profunda voz, la cálida acogida dispensada y la fe puesta en él, que, prometió, pronto se vería recompensada. Los aplausos y ovaciones ahogaban sus palabras. Entonces, él callaba, hasta que un nuevo y respetuoso silencio se imponía. Ignoro si estaba loco, si había sido engañado por un astuto burlador sin escrúpulos, o si el Cielo se olvidó de su promesa o simplemente, quiso reírse de él y de todos nosotros. Pero Etiénne creía firmemente. No había un atisbo de duda en su mirada ni falta de convicción en su persuasivo discurso. El milagro estaba a punto de suceder, decía, que todos se preparasen para el largo camino. La palabra de Dios sería su arma y su escudo. ¿Los alimentos? Tranquilos, Dios proveerá a lo largo del camino.

»Cuando Etiénne descendió del carruaje, el silencio y la expectación se hicieron impresionantes.

»Etiénne debía haber pensado que un cayado sería un elemento vital en una escena tan bíblica como la que habría de interpretar, pues se había hecho con uno, de un tamaño casi superior al suyo, que apoyaba violentamente en el suelo con cada paso, como si le fuese de alguna necesidad. Anduvo, firme, veloz y seguro, a lo largo del muelle, en dirección a un dique en el que penetró hasta convertirse en una lejana cabecita rubia, seguida, a algunos metros de distancia, por la avanzadilla de los nobles, siempre a caballo. Y, tras ellos, aquellos a quienes entonces denominábamos como *popolo minuto,* los pobres, en definitiva.

»Era imposible no dejarse llevar por la pasión del momento. Me agarraba tan fuertemente a la barandilla que, de pronto, me di cuenta de que las manos me dolían y estaban casi amoratadas, y tuve que aflojar la presión. Estaba boquiabierta. ¿Y si de verdad ocurría?, me planteé por primera, vez, arrastrada por la excitación popular. Entonces la vida tendría sentido, tal vez. Tanta gente allí reunida, tan fervorosa... Si Dios existía debía hacerlo, para no decepcionarles. Incluso aunque Etiénne no fuese más que un chiflado.

»¡Y qué chiflado era! Había llegado al extremo del dique y

ahora tenía el rostro y los brazos, báculo pastoral incluido, alzados hacia el cielo. El silencio y la quietud eran absolutos. Sólo el mar osaba mantener su eterno balanceo, irrespetuoso e indiferente a las órdenes divinas que nunca llegarían.

»Una plegaria popular estalló, rompiendo la quietud. Miles y miles de personas unidas en un suave y armónico rezo en la seguridad de haber sido elegidos para participar en la visión del milagro. Pero los minutos pasaban y la naturaleza no hacía un solo movimiento innatural. El volumen de la oración se hizo más potente, como si los fieles, extrañados por la falta de respuesta, tratasen así de llamar la atención de un Dios demasiado lejano u ocupado para escucharles. Es imposible saber cuánto tiempo se mantuvo aquella situación, pero sí, al menos, más de una hora. Muchos Ave Marías, muchos Padre Nuestros. Los más impacientes abandonaban la plegaria colectiva y se esforzaban por levantar la vista por encima de las cabezas de la multitud, con el fin de observar los movimientos, mejor dicho, la inmovilidad de Etiénne, y algún cambio en las aguas que sugiriese que estaban prestas a abrirse.

»El sol caía de lleno sobre todos ellos, convirtiendo la espera en un infierno y reflejándose sobre el hiriente azul del impasible mar. Empezaron a escucharse comentarios de impaciencia y recelo por encima de la desoída invocación, que acabó convertida en un murmullo disonante abandonado por la mayoría. Algún tiempo después, hasta los más persistentes y fieles creyentes habían acallado sus preces en favor de un silencio doloroso y oscuro. Luego estallaron las voces airadas, esparcidas aquí y allá a lo largo del puerto. Farsante, llamaban a Etiénne, embustero, infiel, hereje y otros insultos peores. Él estaba ahora arrodillado en el mismo lugar, con la cabeza gacha y las manos entrelazadas, como si continuara rezando. Recuerdo que, al cabo de unos minutos de soportar los insultos, súbitamente, se levantó, se dio la vuelta, y empezó a gritar con el semblante descompuesto. Parecía acometer verbalmente contra los sublevados, pero se había levantado tal griterío enfebrecido que dudo que él mismo pudiera escuchar sus propias palabras. Los nobles que habían cabalgado a su lado eran los únicos que permanecían, simplemente, callados, con los rostros transfigurados por la decepción, pero como si aún no admitiesen el fracaso o no lo diesen todo por perdido.

»Lentamente, los niños, abatidos por la desilusión y el cansancio, comenzaron a dispersarse. Fue un espectáculo triste y lamentable, aunque esperado. Celine, que se había quedado conmigo en el balcón, parecía muy compungida y traté de consolarla. Incluso a mí, que en el último momento había deseado que el milagro sucediera, el penoso ambiente me hacía sentir desazonada.

»Poco a poco, el puerto se iba despejando de niños y adultos, que penetraban al interior de la ciudad como almas en pena.

»Geniez y los hermanos de Celine no tardaron en subir a nuestra habitación. Parecían regresar de un funeral. Puede imaginar su frustración, el dolor ante sus ilusiones muertas. Se repartieron entre las sillas y la cama sin pronunciar una palabra. Pensé que eran estúpidos, pero también que Dios era injusto. Que, si yo hubiera sido Él, me hubiese costado menos trabajo ejecutar el milagro que soportar el dolor de defraudar a mis hijos.

»Todos nos iríamos al día siguiente. Nuestros amigos nos llevarían a caballo hasta Montpellier y luego continuarían hacia París. Así lo habíamos decidido antes de salir aquella noche a despedirnos de Marsella.

»Pero entonces Etiénne volvió a actuar. Oímos su voz atronando en el puerto con un incansable llamamiento.

»Que Dios había cambiado sus planes, nos decía, para que no tuviésemos que caminar tan gran distancia, agotados como estábamos. ¡Loado sea el Señor, porque, incluso en aquellas circunstancias, había pensado en el bienestar de sus hijos! ¡Qué grandes eran Dios y sus mediadores, que habían dispuesto siete naves para que sus siervos llegasen con bien a Tierra Santa! "¡Deus le volt!", gritaba, la consigna de los cruzados, "¡Deus le volt!".

»El solo nombre de los mediadores divinos ya causaba pavor. Hugo, llamado el Hierro por razones que dejo a su imaginación, y Guillaume, de sobrenombre el Cerdo. Dos generosos mercaderes que se ofrecieron a fletar, de forma completamente desinteresada, siete naves en las que embarcarían al visionario y a sus seguidores hasta Jerusalén.

»El entusiasmo general me horrorizó. Sin un milagro de envergadura, tal como las aguas del Mediterráneo separándose a nuestro paso, ¿qué impediría a los infieles asesinarnos sin más?

»Los barcos partirían a la mañana siguiente con todos los jóvenes que cupiesen en ellos. Me quedé espantada cuando advertí la euforia de Geniez y comprendí que también esta vez me arrastraría tras él.

»Así fue. A la mañana siguiente, efectivamente, las naves partieron conmigo en una de ellas. Y entonces, cuando ya era demasiado tarde, mientras, ya zarpando el barco, me despedía de los dueños de la posada, a quienes había dejado al cuidado de Deacon, volví a verle.

»El corazón me dio un vuelco. No era ningún espejismo. Era él, y tenía su mirada clavada en mí. Vi cómo andaba un par de pasos hasta el borde mismo del muelle y extendía su mano hacia mí. Me estaba pidiendo que saltara, que fuera a él. No me cabía duda. No había tiempo para dubitaciones. Elevé mi pierna derecha y la pasé por la borda dispuesta a saltar. Pero, entonces, escuché un grito tras de mí y, de pronto, me vi rodeada de manos que me impedían lanzarme al agua. Impotente, grité con todas mis fuerzas, completamente desesperada al ver la inusitada velocidad que alcanzaba el velero y que me separaba de él más y más a cada segundo. Suplicaba que me soltaran, porque debía lanzarme o moriría. Pero ellos no lo entendían. "¿Qué te ocurre?", me decían, "¿Quieres matarte?" Y, así, el puerto quedó en la lejanía y, de nuevo, le perdí.

»Molesto por el escándalo, el capitán ordenó que nos encerraran a todos en la bodega. Pero eso fue lo que nos salvó la vida, pues a la altura de la isla de San Pietro, junto a Cerdeña, atravesamos una tormenta de tal magnitud que dos de las naves que nos acompañaban se perdieron y las cinco restantes quedaron completamente destrozadas y con la tripulación reducida a la mitad. Durante el resto de la travesía tuvimos que colaborar en el arreglo de los desperfectos y en todas las tareas del barco, incluyendo el remar. Nos trataban como a los esclavos que pronto seríamos.

»Perdí la noción del tiempo. ¿Qué me importaba, al fin y al cabo, el contar los días transcurridos? Un día, como cualquiera de los anteriores, fuimos pacíficamente cercados por una escuadra sarracena que, al parecer, esperaba ansiosamente la mercancía que Hugo, el Hierro y Guillaume, el Cerdo, traían para ellos. A partir de aquel momento tres de las naves se separaron de nosotros, ("Una estrategia militar", nos mintieron) y sólo volví a saber de ellas por los libros de historia. Guillaume, el Cerdo, las acompañó hasta su destino: Bagdad. Hugo, el Hierro, que viajaba en el otro barco que continuó con nosotros, nos guió hasta el nuestro: Alejandría.

»Cuando el barco atracó, en el puerto oriental de Alejandría, nos hicieron descender a latigazos y nos obligaron a subir a los carros que nos aguardaban en el puerto.

»El faro se erguía dominante y tan ajeno a nuestro sufrimiento y angustiadas súplicas como las miles de personas que invadían las sucias calles egipcias, y que apenas nos dedicaban una mirada indiferente.

»Los carros fueron llegando al mercado de esclavos uno tras otro. La venta ya había comenzado cuando el nuestro lo hizo, y no fue hasta ese preciso instante cuando comprendimos, con absoluta seguridad, que nuestro destino era mucho peor que la muerte. Nos obligaron a bajar y entre varios hombres nos llevaron, a golpe de látigo, hasta un rincón tranquilo del mercado donde dividían la mercancía en varios grupos. Todos los sacerdotes fueron puestos a un lado. Geniez y yo fuimos separados entre angustiados gritos de miedo y dolor. Me colocaron del lado de las mujeres y a él con el resto de los niños. Después Hugo, el Hierro, se apeó del carro en que venía, y, tras ayudar a descargar al resto de los niños y jóvenes, comenzó a dividirnos más específicamente.

»–¿Quién de vosotros tiene estudios? –preguntó–. ¿Quién sabe leer y contar?

»Nadie respondía. Entonces descargó el látigo sobre el cuerpo de uno de los chicos y le cogió por la oreja.

»–Tú, noble pimpollo. ¿No te ha llevado tu papá a una de esas buenas escuelas? –dijo, sacudiéndole tan violentamente como podía.

»El muchacho aulló de dolor y respondió que sí, que había estudiado en París.

»–Para el gobernador Al–Kamil, entonces –dijo el Hierro, arrojándole contra el grupo de los sacerdotes–. ¡Vamos! –gritó luego–. ¡Todos los que sepan de letras o números a su lado! –Y chasqueó repetidas veces el látigo sobre todos nosotros–. El gobernador tiene muchos negocios que mantener y necesita secretarios e intérpretes. Los que vayan con él tendrán más suerte que el resto, os lo aseguro.

»Celine y sus hermanos se miraron y después, como muchos otros, echaron a correr hacia el grupo que pertenecería al gobernador. Geniez vino hasta mí, me tomó de la mano y me llevó también con ellos.

»–¡No! –exclamó el Hierro sujetándome del brazo–. Tú vales mucho más que un simple secretario. ¡Las mujeres quietas en su lugar! El gobernador ya tiene su cupo. Y sacaré mucho más por ellas en el mercado.

»Los gritos de todos nosotros deberían haber estremecido el corazón del Cielo. Pero, si lo hicieron, nunca lo manifestó. Luchamos, pateamos, gritamos, indiferentes al látigo que caía sobre nuestros cuerpos, pero todo fue inútil. Perdí de vista a Geniez para siempre mientras era arrastrada al pie de la tarima donde aguardaría mi turno para la venta. Los clientes se resguardaban del implacable sol bajo unos soportales de los que partía un toldo que cubría la plataforma donde exhibían a sus víctimas.

»Celine estaba conmigo, pero lejos, y los hombres nos impedían movernos para acercarnos la una a la otra. A ella la tocó antes que a mí. Fue espantoso. La subieron a la tarima y la despojaron de las pocas, sucias y destrozadas ropas que aún la cubrían. Celine trataba de agarrarse a ellas, gritando como una posesa mientras ni el público ni los subastadores podían contener las carcajadas al verla encogerse sobre sí misma, cubriéndose el cuerpo con los brazos mientras pronunciaba cuantos insultos conocía.

»El tórrido aire estaba invadido por un olor pestilente y penetrante. La sangre embotaba mi cerebro. Pensé que iba a desmayarme agobiada por el hedor, el sofocante calor, el puro terror que sentía y la estridente algarabía que formaban aquellos canallas. El mercado estaba muy concurrido y los hombres pujaban cada vez más alto, enormemente divertidos por el sufrimiento de su víctima. El subastador subrayaba humillantemente sus encantos. La sujetó por los brazos, obligándola a exhibirse, sin que en ningún momento dejara de defenderse e insultarles a todos, lo cual no hacía sino subir su precio.

»Finalmente, alguien se la llevó.

»Tuve que sufrir muchas más ventas antes de que llegara la mía. Y, durante ese tiempo, contemplando los rostros de los compradores, meditando acerca de mi futuro, adopté una resolución: me suicidaría a la menor oportunidad. Mi decisión me hizo sentir feliz. De pronto, nada me importó. Era como si hubiera recuperado la paz, la tranquilidad. Pronto estaría a salvo, dejaría de padecer para siempre. Me prometí a mí misma que yo no daría ningún espectáculo, que no me resistiría ni pronunciaría una sola palabra, que dejaría que me desnudaran sin hacer un solo movimiento para impedirlo.

»Pero no fue tan sencillo. Pensaba subir a la tarima por mi propio pie, pero me sentí forzada por unas manos tras de mí que, brutalmente, me obligaban a hacerlo sin que pudiese posar mis pies en los escalones. Ya arriba, el subastador me empujó con toda bestialidad hasta el centro de la plataforma. No puede ni imaginar cómo me sentí entonces, con los ojos hambrientos de aquellos extraños moros fijos en mí. Vestidos con sus túnicas, largas hasta los pies, tocados con fezes y turbantes, y hablando en su enloquecido e incomprensible idioma, me parecieron los seres más repugnantes de la Tierra. Y podía ir a parar a la cama de cualquiera de ellos. Ni siquiera me acordé de la decisión que había tomado. Cuando sentí las manos del subastador mostrando al público mis rubios cabellos, me volví contra él bruscamente asestándole un codazo en la cara, que tenía inclinada hacia mí hombro. Se quedó tan sorprendido que durante unos segundos no hizo otra cosa que palparse la nariz y escuchar las risas de los compradores. Pero pronto cogió el látigo y lanzó su punta contra mí. Los compradores comenzaron a gritarle, indignadamente, frases que yo no podía comprender, y varios de los tratantes subieron a la tarima dispuestos a quitarle el arma de las manos. No querían que me estropeara, ¿comprende? Le echaron de allí y continuaron ellos la tarea. Mientras dos me sujetaban, el tercero me arrancó las ropas y quedé completamente desnuda.

»Fue justo en ese terrible momento cuando le vi por tercera vez. Me quedé inmóvil, inánime, como si con las ropas me hubiesen arrebatado las fuerzas. Me soltaron y no hice el menor movimiento, ni tan siquiera para cubrirme. ¡Él estaba allí! Me miraba desde unos pasos por detrás del ahora enmudecido público. Mantenía la misma expresión de seriedad, de profundo disgusto por la vida. Yo le miraba tan boquiabierta como si fuese él quien estuviera desnudo ante mis ojos sobre aquella plataforma. "¡Estoy salvada!", pensé. Durante un segundo me di cuenta del absoluto silencio que mantenían subastadores y compradores, de que todos posaban sus insaciables miradas en cualquier parte de mi cuerpo excepto en mi rostro, y de mi propia falta de pudor. De pronto me sentí humillada y avergonzada de que él me viera así, no sólo desnuda, sino en aquellas circunstancias. Algo estúpido que no puedo explicar. Supongo que nuestra indefensión y nuestra impotencia nos avergüenzan más que ningún otro hecho.

»Sin apartar mi vista de él, comencé a escuchar cómo los compradores lanzaban sus ofertas por mi cuerpo. Los subastadores parecieron despertar, y, señalando las diferentes partes de mi físico, supongo que empezaron a alabar sus encantos para incrementar el precio final. Los ojos de él estaban tan clavados en los míos que, en realidad, parecían no mirarme. Me sentí tan ausente durante algunos minutos que fue como si hubiera desaparecido. De repente, me di cuenta de que unas manos tiraban de mí despertándome de mi ensueño.

»–Vamos, baja –me dijo uno de los que me habían sujetado–. Vete con tu amo.

»¡Me habían vendido y él ni siquiera había pujado! ¡No era posible! ¿Tal vez había enviado a alguien a hacerlo en su nombre?

»Un ser groseramente repulsivo me esperaba al descender de la tarima. Farfullaba algunas palabras en francés que no me era posible entender. Trató de besarme, babeante, a través de una barba descuidada. Me defendí, llena de asco, y se rió. Otros compradores parecían felicitarle. Mi esperanza se desvaneció en el aire. Aquel hombre me había comprado para él. Todo parecía indicarlo así. Miré hacia atrás, perpleja, buscando de nuevo su mirada, una respuesta.

»–¡No me dejes! –grité con todas mis fuerzas–. ¡No me dejes! Pero ya ni siquiera podía verle.

»¿Cómo era posible?, me preguntaba una y otra vez. Él no estaba allí por casualidad. Yo le había visto en el puerto cuando los barcos partían. Él debió tomar uno posterior que nos habría seguido. ¿Cómo, si no, habría averiguado nuestro paradero? A no ser que lo conociera de antemano..., que fuera un tratante de esclavos como cualquiera de los otros... Pero eso no tenía ningún sentido. ¿Por qué iba a haber tomado un barco posterior teniendo los siete para escoger? Además, él estaba solo. Tan solo como cuando le vi en Marsella. No, él no era uno de ellos, imposible. ¿Cómo, siquiera, se me había ocurrido pensar una cosa así? Pero, entonces, ¿por qué? ¿Por qué no me había ayudado? ¿Por qué me abandonaba a mi suerte?

»El gordo barbudo me había subido en un elegante carro a cuyo conductor parecía urgir para que arrancara.

»Me di la vuelta buscándole con la mirada. Desde la altura

del carro tenía una magnífica perspectiva del mercado. Un muchacho a quien conocía bien estaba siendo vendido en aquel momento, y todavía quedaba una larga cola de niños atemorizados esperando su turno. Pero él ya no estaba, se había ido. Por dónde, sin que yo le viera, era imposible decirlo, pues el mercado era una plaza cerrada cuyo amplio pero único acceso atravesábamos nosotros en aquel momento.

»El gordo se pasó el camino medio tumbado encima de mí, baboseándome y sin dejar de hablar, como si yo pudiera o quisiera entenderle.

»Su casa era enorme; un lujoso palacio, podríamos decir. Supongo que era un comerciante, o, tal vez, un hombre de Estado. No lo llegué a saber. Pero, de cualquier forma, era, sin duda, un hombre muy rico. El interior del palacio era suntuoso. Mármoles en los suelos, marfiles y oro en la decoración, y una mezcla de las arquitecturas griega y árabe.

»Él estaba tan emocionado y satisfecho con su adquisición que no cesaba de reír como un borracho idiotizado mientras me guiaba orgullosamente por la casa, arrastrándome de la mano. Atravesamos un bonito patio con un gran estanque en su centro. Varias puertas se abrían a este jardín. Nos detuvimos junto a una de ellas y me soltó mientras buscaba las llaves en un bolsillo oculto bajo su túnica. Luego me indicó que penetrara en su interior.

»Dentro había dos mujeres árabes bordando un tapiz, que se levantaron reverentemente en cuanto nos vieron entrar. Se inclinaron ante él y así permanecieron mientras recibían sus instrucciones respecto a lo que debían hacer conmigo.

»Recuerdo las palabras que me dirigió, en un lamentable francés, antes de abandonar la estancia.

»—Bella para mí. Esta noche, gran noche.

»Eso dijo.

»Las mujeres me llevaron a otra estancia y me dieron un buen baño con mucha espuma y sales aromáticas que me resultó delicioso. No me lavaba a conciencia desde el día trágico en Saint–Ange, imagínese... Me había acostumbrado tanto a mi olor y al de los que viajaban conmigo que ni siquiera lo percibía. Pero el gordo sí lo había hecho, desde luego, según me pareció deducir por sus gestos, y también las dos mujeres, que expelían un delicado aroma a rosas. Después, me peinaron, me perfumaron, me vistieron con una túnica rica y preciosa, hecha con tela bordada con oro, y me adornaron con algunas joyas.

»Ya sólo me quedaba esperar el fatídico momento. A no ser que pusiera remedio...

»Me llevaron de nuevo a la estancia donde las había visto por primera vez y continuaron con su labor. Paseé desesperadamente mi vista por cada rincón de la estancia en busca de un cuchillo o cualquier cosa que pudiese utilizar para acabar con mi vida. Pero en aquella habitación no había un solo objeto capaz de ocasionarme ni la más pequeña herida, y tanto la puerta del jardín como la que daba al interior de la casa estaban cerradas con llave. Una de las mujeres la había cerrado al entrar, sin duda para impedir que yo pudiese escapar.

»A través de la reja que daba al jardín pude ver, aterrada, cómo la amenaza de la noche se convertía en realidad. Transcurrido un tiempo impreciso para mis sentidos oímos llamar a la puerta, y la mujer que tenía la llave se levantó y la abrió, tras escuchar la voz de quien aguardaba tras ella. Ambos cruzaron unas palabras y luego la mujer me instó a acompañarla. Creo que debimos recorrer el palacio de punta a punta, antes de llegar al vacío dormitorio que sería el escenario de nuestra romántica velada. Entré. La mujer cerró la puerta tras de mí y oí como la llave giraba en la cerradura.

»La habitación era grande, y estaba bien iluminada por múltiples candelabros de pie.

»Una nueva oportunidad para encontrar un arma que aproveché desesperadamente. Registré a toda prisa los pocos muebles que había, pero no hallé nada que pudiera serme útil. Me senté en la cama y me eché a llorar. Después, al levantar la vista, me percaté de que las paredes de aquella habitación estaban íntegramente recubiertas de espejos. Podía romper cualquiera de ellos y utilizar un pedazo para abrirme las venas. Bien, había encontrado una solución. Pero el corazón parecía ir a estallar en mi interior cuando comprendí que la idea abstracta se acababa de convertir en una posibilidad real que habría de llevar a cabo sin ninguna demora. Fue en ese instante de sublime conciencia de la realidad cuando hube de admitir lo que siempre había sabido: que carecía de valor para suicidarme.

»Me puse en pie y me dirigí a la pared, en la cual veía mí reflejo infinitamente multiplicado. Ante él me arranqué el odioso vestido que me había sido puesto para excitar los sentidos de aquel hombre que me iba a violar, esforzándome por destrozarlo lo más que podía. Luego, me despojé rabiosamente de las joyas y de la diadema que contenía mi cabello en un moño absurdo. Quedé completamente desnuda ante los espejos que me devolvían mi imagen allá donde mirase.

»—¡No! —grité—. ¡No! ¡Maldito Dios! ¡Maldita humanidad! ¡Maldita humanidad! ¡Maldita humanidad!

»La estancia se llenó con mis gritos incontenibles que reverberaban en los espejos lo mismo que mí imagen.

»—Malditos —continuaba profiriendo imparablemente—. ¡Canallas! ¡Condenados!

»Cogí un taburete y lo estrellé contra los espejos sin dejar de gritar las mismas frases.

»—¡Os odio! ¡Reniego de vosotros! ¡Especie maldita! ¡Especie condenada!

»Intentaba borrar mi desgracia, el sufrimiento por la pérdida de mi familia, de mi vida pasada. Pero era mi propia imagen, únicamente, la que desaparecía de los espejos.

»—¡Dios mío, ayúdame! ¡Ayúdame! —supliqué después, caída a los pies de la cama.

»Así me encontró el egipcio cuando entró pocos minutos después. Se quedó perplejo al ver el destrozo que había ocasionado en su nido erótico. Cerró la puerta tras de sí y vi que su orondo semblante enrojecía de cólera y que venía hacia mí. Me puse en pie rápidamente, asustada. Y, por primera vez, llena de ira, se me ocurrió defenderme en lugar de suicidarme, y comencé a buscar en derredor algún pedazo de espejo que pudiese servirme para clavárselo a él, y no a mí.

»Él se detuvo al percatarse de mi desnudez y me miró embobado de arriba a abajo, ya sin otra intención agresiva que la de violarme. Le miré recelosamente, con el único pensamiento ahora de hacerme con un cristal y acabar con él. Parecía sencillo, porque los fragmentos estaban por todas partes, pero él era un hombre fuerte y yo debía actuar con inteligencia o sólo conseguiría empeorar mi situación.

»Pero el hombre no me dejó tiempo para intentarlo siquiera. Antes de darme cuenta se había lanzado sobre mí como una fiera hambrienta y me había derrumbado sobre la cama bajo su propio cuerpo. Cuando, excitada y torpemente, logró despojarse de sus ropas, su miembro estaba listo para la penetración.

»Yo me llené de terror al sentirlo entre mis piernas desnudas. Era muy inocente, mucho más, por supuesto, de lo que lo son hoy en día las niñas de la misma edad, y mis experiencias se limitaban a un beso fugaz y escondido.

»Traté de mantener apretadas mis piernas con todas las fuerzas de mi ser cuando comprendí lo que estaba a punto de suceder. Pero él, jadeante, no encontró trabajo en obligarme a hacer lo contrario. Fue peor aún cuando introdujo su lengua en mi boca, aprovechando mis alaridos de horror, mis plegarias a Dios.

»Mordí su lengua y conseguí que se apartara, pero sólo para abofetearme. Cuando volvió a caer sobre mí, dejé que las lágrimas escapasen por entre mis párpados cerrados, mientras, en una última y vana acción de defensa, clavaba mis largas uñas sobre su espalda. Él gritó y me golpeó la cabeza, pero no se retiró.

»Fue entonces cuando, al abrir los ojos, le vi de nuevo frente a mí.

»No podía creerlo. ¿Cómo había logrado entrar? ¿Por qué estaba allí? Me miraba con su misma circunspecta expresión de siempre, y, a la palpitante luz de las velas, me pareció una criatura espectral. Pero era él, y estaba allí, seguro. Y, su mano, extendida hacia mí, sujetaba un cuchillo cuya empuñadura me ofrecía.

»Apenas tenía que alargar la mano y el cuchillo sería mío. Eso era lo que él pretendía. Pero, ¿por qué no lo hacia él? ¿Por qué no me libraba él mismo de aquella tortura?

»No me quedaba tiempo para preguntas o dubitaciones. Tomé el cuchillo tan pronto comencé a sentir que el glande de aquel hombre penetraba en mí. Lo así con ambas manos y lo hundí sobre el lado izquierdo de su espalda, apretando y apretando hasta que el mango se detuvo al chocar con la barrera de su carne. Supongo que debí atravesar su corazón, porque no hizo un solo movimiento después de un único grito ahogado y una contracción espasmódica al percibir el filo penetrando en su interior.

»Me quedé llorando y tratando de liberarme por mí misma de aquel cuerpo muerto que me aprisionaba bajo su peso. Pero me sentía tan débil y angustiada en aquel momento que todo intento era vano. Como si mis músculos o mi cuerpo, o mi alma, se negaran a seguir soportando la vida sin ayuda. Fue él, entonces, quien, empujando el cuerpo, lo desplazó hacia el otro lado de la cama sin el menor esfuerzo.

»Entonces, me incorporé y lo miré, atribulada y confusa. Un millón de preguntas hervían en mi cerebro, que, una y otra vez, se cuestionaba el prodigio de su presencia.

»Se inclinó hacia mí, y, al hacerlo, su espesa cabellera se deslizó ante mis ojos al tiempo que sentía, durante una fracción de segundo, la cálida cercanía de su mejilla contra la mía, mientras pasaba sus brazos bajo mis piernas y tras mi cintura y me levantaba en el aire.

»Tan pronto me encontré en sus brazos, los míos le rodearon el cuello, instintivamente. Le contemplé extasiada, sin poder apartar mi mirada de sus ojos, que nunca había visto tan de cerca. Era como si él me permitiese penetrar a través de ellos, que me abstraían del mundo inspirándome un sinfín de emociones.

»Sin fruncir el ceño, parecía que lo estuviera haciendo. Yo

me preguntaba el porqué de aquella constante seriedad, de aquel severo silencio. Y, sin embargo, era capaz de percibir un sufrimiento incomparable que se asomaba a su angustiada mirada como una muda petición de ayuda.

»Comencé a sentirme invadida por el más dulce sopor que en mi vida sintiera. Toda preocupación había desaparecido. Por fin estaba con él, en sus brazos. Deslicé el dorso de mi mano por su mejilla y reparé en el extraordinario calor que emanaba de él. Sus ojos me miraban recelosos, casi molestos ante mi osadía, de modo que, trastornada, aparté mi mano de su mejilla. Me fijé detenidamente en su rostro. Era el conjunto más dulce y hermoso que había visto jamás, a pesar de su extraña dureza. Pero, pronto, los párpados se me hicieron tan pesados que me costó trabajo mantenerlos abiertos. Contemplé sus labios mientras me sumergía en un sueño en el que nada importaba, y me imaginé posando los míos sobre ellos. Durante escasos segundos advertí el modo en que mi conciencia se envolvía en una bruma, cálida y oscura, que me privaba de todo sentido. Era una embriaguez placentera y deliciosa cuya llegada me sumergía en un estado de voluptuosa paz. Sólo muy vagamente aprecié, desde mi lejana indiferencia, que mi mejilla desmayada acariciaba, despreocupada y gozosamente, el cabello de él, que mis brazos se aferraban a su cuello, en un último acto consciente, temerosos de perderle.

–III–

»Era de día cuando, al abrir mis párpados de nuevo, mis atónitos ojos descubrieron la desconocida y singular arquitectura que me había protegido, quizá, durante toda la noche. La pequeña y fresca nave cuadrada se abría al exterior mediante un vano del que partía una interminable procesión de columnas que, coronadas con capiteles lotiformes, siglos atrás habrían soportado el peso de una techumbre de piedra que ahora yacía a sus pies descuartizada. Corrí al exterior, inquieta porque estaba sola, asustada y desnuda, y deseando encontrarle.

»Al salir, descubrí que me hallaba en un islote en medio de una extensión de agua de tan enorme anchura y quietud que resultaba difícil definir como un río o un lago. En sus lejanas e idénticas márgenes las pequeñas palmeras brotaban dispersas y ancladas en una tierra de aspecto arenoso y reseco. El islote era pequeño, podía recorrerse en cinco minutos, pero en su fértil tierra crecían numerosos ejemplares de una frondosa vegetación que me resultaba desconocida, fascinante e irreal. Parecía un vergel en medio de un desierto de agua y arena infinita.

»De repente, cuando más extrañada, asustada y sola comenzaba a sentirme, escuché un sonido proveniente del agua, un chapoteo. Me acerqué prudentemente a la orilla y me escondí tras la fronda. Mi corazón se aquietó y una sonrisa de felicidad distendió mis constreñidas facciones. No estaba sola. Él estaba allí.

»Nadaba de espaldas a mí, de forma que no podía verme. Reparé en que había dejado sus ropas en la orilla, y que, por tanto, debía estar completamente desnudo. La idea me puso más que tensa y palpitante. Ni siquiera me atrevía a respirar, para evitar que él advirtiera mi presencia. Sudaba como nunca en mi vida, tanto por el calor húmedo, que se hacía sentir en aquel lugar como en ninguna otra parte del mundo, como por la perturbadora excitación que se estaba apoderando de mí.

»Parecía deslizarse sobre las aguas, como si no hiciese el menor movimiento para impulsarse en ellas, lenta y silenciosamente, en profunda paz. Su cabello, empapado hasta la raíz, flotaba tras él como el majestuoso plumaje de un cisne oscuro. De improviso, se dio la vuelta y nadó, suavemente, hacia la orilla.

»Quise alejarme para impedir que me sorprendiera espiándole, pero no pude dar un paso. Como no podía apartar mi vista de él. Cada uno de sus gestos y movimientos me sugería una imagen gloriosa, mil emociones apasionadas que me atrapaban, que me atraían hacia él. Debí quedarme con la boca abierta cuando su espléndido cuerpo chorreante salió del agua y me ofreció su perfil, mientras contemplaba el vacío, la nada, que poblaba la margen vecina. Recogió el cabello a un lado de su cuello y lo escurrió entre sus manos. Cada uno de sus gestos me embobaba, me hechizaba. Poseía el equilibrio perfecto entre la delicadeza y la virilidad. Parecía un bello y misterioso felino dispuesto a abandonar su engañoso grácil caminar para lanzarse fieramente sobre su presa. Sí, eso me sugería. Una potencia oculta y acallada dispuesta a estallar.

»Reparé, por primera vez, en que era absolutamente barbilampiño, a pesar de que aparentaba una edad de unos veinticinco años, o quizás veinte, o quizás treinta. Era difícil calcularlo, porque había en él una extraña disonancia difícil de descubrir bajo su dura expresión. Tampoco había vello en su pecho, ni en sus brazos y piernas, por lo que yo alcanzaba a ver. Pero si un pequeño triángulo, húmedo y rizado, adornando su sexo.

»Le recordé como le viera segundos antes, sumergido bajo el agua, tan lejano como si contemplara la Tierra desde un mundo superior, como cada vez que le había visto.

»—Es un cisne —pensé, desposeyéndole voluntariamente de sus aspectos más inquietantes–. Sí, un cisne bello y distante.

»Entonces, giró su cabeza y miró exactamente al lugar desde donde yo le observaba escondida. O eso creía.

»–Ven a mi lado –me dijo con su suave voz.

»Me quedé tremendamente sorprendida y avergonzada, pero su voz me pareció el sonido más dulce que jamás hubiera escuchado, y la frase que pronunció fue un sueño hecho realidad. Hice ademán de obedecerle casi inmediatamente, pero, de improviso, me percaté de mi desnudez y me mantuve oculta.

»–Es que... –dubité–. Estoy desnuda.

»Mi pudor era en parte fingido, porque estaba orgullosa de mi belleza y deseando que él la apreciara. Además, tiempo había tenido de contemplarme mientras dormía.

»Me tendió la mano, de la misma forma en que lo había hecho tiempo antes en el puerto de Marsella, y el recuerdo de aquella mano que no pude alcanzar me hizo salir en su busca sin un segundo de duda. Caminé deprisa hacia él y tomé su mano entre las mías arrebatada por un éxtasis místico. Parecíamos Adán y Eva descubriéndose por primera vez en aquel diminuto paraíso en el centro de un universo estéril.

»–Salvaste mi vida –dije yo, rompiendo el perturbador silencio.

»–¿Tú crees? –me contestó, y su pregunta no me dejó más perpleja que el tono de su voz y el fugaz e irónico gesto que trazó en su semblante.

»–Desde luego –afirmé sin vacilar–. Me seguiste desde Marsella, ¿no es cierto? No podías estar en el mercado por casualidad.

»El sol incidía en sus pupilas que lo reflejaban convertido en fúlgidas estrellas azules. Las gotitas de agua resbalaban desde los húmedos cabellos a través de sus delicadas facciones. Parpadeó al sentirlas penetrar en sus ojos y dirigió estos luego a las aguas que, instantáneamente, reflejaron en ellos su triste tono verdusco. Después, levantó su mano libre y se secó con ella la frente y las húmedas cejas.

»–Es cierto –me susurró, como trastornado ante la confesión de un secreto inadmisible–. Vine a por ti.

»Hubiera debido alegrarme al escuchar aquella frase que tanto ansiaba oír, pero su actitud me tenía desconcertada. Aunque me permitía estrechar su mano entre las mías, no mostraba calidez alguna. Más bien parecía molesto, disgustado por mi presencia.

»—¿Dónde estamos? —le pregunté—. ¿Qué lugar es éste? —y señalé al edificio en el que había despertado.

»—Eso es un antiguo templo —me dijo—, y éste un islote cualquiera en el Nilo; lejos, muy lejos de Alejandría. Estás totalmente a salvo de los hombres.

»—Lo sé —le respondí de inmediato, sin darme cuenta exacta del alcance de sus palabras.

»Hizo un suave pero seguro movimiento que me obligó a liberar su mano.

»—¿Quién eres? ¿Cómo te llamas? —le pregunté.

»Me miró como si le hubiese formulado una pregunta inesperada.

»—Shallem —contestó tras unos instantes—. Me llamo Shallem.

»—¡Qué precioso! —exclamé, pues cualquier nombre aplicado a él me hubiera parecido el más hermoso.

»No se inmutó. Sentí que los rayos de sol escocían mi piel y que el sudor resbalaba por todo mi cuerpo. Quería oír mil respuestas de sus labios, pero ya era plenamente consciente de que él no estaba dispuesto a darlas.

»—Quisiera bañarme —afirmé, ansiando acabar con la incomodidad que su actitud y nuestra desnudez me provocaban—. Borrar las huellas de sus dedos sobre mi piel, eliminar el rastro del perfume.

»—Hazlo —me respondió.

»Me metí en el agua con cuidado y me restregué el cuerpo con las manos. Luego, ya sumergida hasta la cabeza, me volví hacia él y le mire.

»—Tú eres un sueño, ¿verdad? Tú no eres real, como tampoco lo es este lugar —le dije—. Nada de lo que haces es normal, tu actitud no es normal. Este lugar es imposible y tú eres un desvarío de mi mente, una fantasía perfecta. Porque tú no eres humano, eso lo sé desde el día en que te vi por primera vez. ¿Qué ha pasado? ¿No he resistido más y me he muerto sin darme cuenta? Entonces, tú eres mi ángel, mi ángel guardián. Ven conmigo al agua, mi ángel, antes de que despierte de mi ensueño.

»No sé por qué dije aquellas cosas. Supongo que la presión había sido tan grande que estaba a punto de perder la razón. Porque, realmente, me hallaba inmersa en una extraña borrachera, como si de veras hubiese bebido y ningún mecanismo inhibidor quedase despierto para reprimirme de decir cuanto pasaba por mi mente. Nunca tuve un sentido muy estable de la realidad. Cualquier imprevisto era capaz de descentrarme, de aturdirme.

»—No estás muerta, Juliette, ni estás soñando —me respondió—. Sal del agua.

»Le obedecí automáticamente.

»—No te he dicho mi nombre —le dije, nuevamente perpleja—. Deseaba que tú me lo preguntaras. ¿Cómo lo sabes?

»Bajó su mirada hacia mi pecho de forma ausente, pensativa. Me pareció que mi cabeza comenzaba a temblar y que algo espantoso me oprimía en la base de la nuca.

»—Tú te has dado la respuesta —me contestó.

»—Yo aún no estoy loca —le dije—. Tú eres real —miré hacia abajo, hacia su evidente y masculino sexo, intentando tranquilizarme—. Los ángeles no tienen sexo, sino alas.

»—Vamos dentro —me pidió—. He de enseñarte algo.

»Echó a andar deprisa hacia el interior del templo y yo corrí tras él y le cogí de la mano para sentir de nuevo su contacto electrizante, lo que no trató de impedir.

»—Túmbate —me pidió cuando llegamos a la nave.

»Le miré asombrada, suponiendo que deseaba hacerme el amor en aquel suelo inmundo y polvoriento. Me sentí desolada, no porque no desease la intimidad con él, sino por el modo frío y traumático en que todo estaba sucediendo.

»Le obedecí, entre deseosa y resignada. Me tumbé y esperé

sentir su cálida piel rozando la mía, estremeciéndola. Pero él no se echó sobre mí como yo esperaba, sino que se hizo a un lado y se arrodilló junto a mi cabeza.

»—Ahora —me dijo quedamente—, voy a llevarte a un lugar. Sólo tienes que cerrar los ojos. Hazlo, cierra tus ojos.

»Hice lo que me pedía. Noté que algo en mi cerebro se adormecía rápidamente, que mi conciencia se perdía. Entonces sentí una sensación indescriptible, maravillosa; un vértigo fugaz a través del universo que me trasladó a otro mundo en menos de una centésima de segundo. No hubo túneles, ni luces a su final. Sólo estuve allí. Súbitamente.

»Me di la vuelta, aterrada por mí hazaña, y vi que Shallem estaba a mi lado. Me sentí aliviada. No me importaba estar en el infierno si estaba con él. Pero, ¿adónde habíamos ido? Parecía un hermoso lugar de la Tierra, en realidad. Un espacio cerrado por la exuberante vegetación. Una pequeña cascada dejaba caer sus aguas eternas sobre un riachuelo cristalino que corría sobre su lecho pedregoso iluminado por una luz radiante.

»Con una comprensión metafísica supe que había abandonado mi cuerpo y que éste yacía en indefensa soledad en un templo perdido en algún punto del Nilo. Pero no me importó demasiado. No. No me importó en absoluto. Fue sólo un pensamiento fugaz. Un conocimiento de los muchos que aprehendí con sobrenatural clarividencia tan pronto me encontré libre de ataduras carnales. Yo era yo, pero no era carne, sino algo así como una réplica inmaterial de mi cuerpo. Quizá no mi más pura esencia, mi espíritu, sino algo de lo que éste formaba parte. Como el Ka en que los antiguos egipcios creían. Ellos pensaban que el ser humano se compone de cuatro elementos: el cuerpo; el ka, un doble intangible del cuerpo; el ba, comparable al alma; y el khu, la chispa de la llama divina.

»Sin embargo, Shallem no era intangible. Me había abrazado a él sin ninguna dificultad y podía sentir los enérgicos latidos de su corazón bajo mi oído. Noté cómo intentaba separarme de sí, cómo sus manos me cogían por los hombros y me hacían girar hacia una visión maravillosa, para luego alejarse de mí sin que ya apenas me diera cuenta de ello.

»Entonces fui testigo del mayor prodigio que yo hubiera presenciado hasta aquel día: un ángel inenarrablemente hermoso apareció ante mí, levitando a unos centímetros del suelo, rodeado de un halo de oro resplandeciente.

»Supe con certeza, en aquel mismo instante, que él era uno de ellos, pues su aspecto era idéntico al de los ángeles que yo había visto en las iglesias y en las pinturas de los libros, con su media melena dorada y sus níveas alas emplumadas, y, sin embargo, sin que nada pareciese justificarlo, me sentí invadida por el terror.

»Se posó en el suelo, junto a mí, agitando levemente las exquisitas alas con la sola intención de fascinarme. Y, luego, lentamente, el aura que lo iluminaba comenzó a desvanecerse toda ella.

»Yo lo contemplaba como en un trance, absorta e hipnotizada. Todos sus gestos eran suaves y delicados, sus ademanes gráciles y elegantes. Despacio, plegó las alas sobre su espalda y la etérea esencia que las conformaba se desvaneció. Quedó así desnudo de adornos divinos, con sus indescriptibles ojos clavados en los míos, mientras levantaba su diestra sobre mí, tal como un dios dispuesto a bendecirme.

»Quise huir, espantada por su presencia, pero era incapaz de ejecutar el menor movimiento. Él me miraba con intriga y curiosidad, como si pudiese profundizar en mi interior a través de mis ojos.

»Luego, viendo que aproximaba su rostro al mío, incrementé mi esfuerzo por escapar, pero él me rodeó con sus brazos, sujetándome con firmeza. Percibí entonces su calor y su fragancia mientras me estrechaba contra sí y sus labios se acercaban a los míos. Grité:

»–Shallem.

»Traté, angustiada, de huir de él, pero, con estupor, me di cuenta de que no había materia que pudiese ser rechazada. Sus intangibles manos evitaban mi caída sosteniéndome por la cintura. Podía verlas, podía sentirlas, pero no podía tocarlas.

»La sangre se agolpó en mi cerebro y, aterrada, volví a llamar:

»–¡Shallem!

»Enloquecidamente, intenté palpar aquellos brazos que me circundaban, que me sostenían, pero no estaban constituidos de materia más sólida que la luz que lo había iluminado. Era incorpóreo, inaprehensible, etéreo.

»Estaba completamente horrorizada; mi cerebro bullendo atiborrado de preguntas que no podía responder.

»Extendí mi mano hacia atrás, demandando, inequívocamente, el socorro de Shallem, llamándole a gritos incapaz de volver la cabeza, de apartar mi mirada de aquella criatura cuyo contacto me sumergía en el más profundo terror.

»–Shallem. Shallem. –sollocé desmayada de horror y agitando desesperadamente mi mano en busca de la suya–. ¡Suéltame, por favor, suéltame! –suplicaba.

»Pero él no parecía dispuesto a cumplir mi deseo, y todo cuanto yo podía hacer por defenderme consistía en golpear el aire con cada intento de apartarlo de mí. Vi que de nuevo acercaba sus labios a los míos y me debatí vanamente entre sus brazos sin dejar de gritar un nombre.

»–¡Shallem! ¡Shallem!

»El ángel levantó su inexpresiva mirada hacia Shallem, separándose unos centímetros de mi rostro y luego la devolvió a mí. Volví a luchar por retirarme de él, aunque sabía que nada podía hacer por mí misma.

– ¡Shallem –grité incansablemente–. ¡Shallem!

»Al fin, sentí los fuertes brazos de Shallem atrapando mi cintura y mi pecho y liberándome mediante una violenta sacudida. La criatura había quedado a unos metros de mí, y, durante un fugaz instante, vi la sorpresa reflejada en su rostro, que se transmutó, inmediatamente, en el de una muda e inexpresiva figura de cera.

»Mientras Shallem me abrazaba protectoramente contra su pecho, sentí sus miradas agresivamente clavadas la una en la otra. Puse mis manos sobre las suyas y me apreté a él cuanto pude, cerrando mis llorosos ojos llena de pavor y deseando desaparecer de allí, de aquella presencia y lugar abominables.

»Ninguno de los dos decía una sola palabra, pero yo comprendía que se hablaban de forma inexplicable

»–Se acabó –dijo Shallem–. Para siempre.

»El ser le contempló inmutablemente y, ladeando levemente su cabeza, me miró con ojos hipnóticos al tiempo que extendía hacia mí su mano, exhortándome con arrogancia a reunirme con él. No me moví. No había embrujo capaz de alejarme de los brazos de Shallem, que me retenían ahora con más fuerza, permitiéndome sentir una deliciosa oleada de calor emanando de él que me envolvía sensual y protectoramente. Cerré los ojos y recliné mí cabeza contra su pecho. Permanecía sumida en una especie de anulamiento, sintiendo que mis fuerzas me abandonaban, y conservando tan solo el mínimo de conciencia indispensable para darme cuenta de que aún estaba viva.

»–Te quiero –murmuré aturdidamente–. Sácame de aquí, ángel mío. Llévame contigo.

»Fue un vértigo lo que sentí entonces. Una caída libre sobre un cuerpo que me atraía con más poderosa gravedad que la propia Tierra. No fue una dulce posesión la que realicé, sino un violento choque, un golpe seco y una expansión inmediata a cada una de sus células. Desperté sobrecogida, tragando aire por la boca, como si un súbito peso sobre el pecho me acabase de vaciar los pulmones.

»Estábamos de nuevo en el interior del templo. Me había incorporado y cruzaba los brazos sobre el pecho como si temiera sufrir un ataque de nervios. Mis pies estaban helados, y también mis manos, a pesar de que sentía el húmedo sudor corriendo por todo el cuerpo.

»–Tengo miedo –musité–. Tengo miedo.

»Y me encogí sobre mí misma al borde de la locura, llorando y balanceándome como si buscase recuperar el delicado equilibrio de mi cerebro.

»Notaba su mirada fija en mí, indecisa. De pronto dejé de moverme. Advertí algo extraño en mi corazón, una arritmia o algo así, que me desconcertó. Él se puso a mi lado, acuclillado, y me retiró el cabello de la cara pasándolo por detrás de la oreja. El primer gesto afectivo que me dirigía. Mi corazón saltó de alegría. Cuando volví mi mirada hacia él, apenas pude reconocerlo en los dulcísimos ojos, que, melancólicos e implorantes, sentí hundirse hasta el fondo de mi corazón. Jamás en mi vida había visto una expresión más deliciosamente tierna. Todo rastro de adusta severidad había muerto. Parecía perdido, irresoluto.

»–Explícame –le pedí jadeante–. Tienes que decírmelo. Quién eres tú, quién era él.

»–Tú sabes quiénes somos –me respondió suavemente–. Somos ángeles.

»Le miré con los ojos desorbitados mientras mi corazón palpitaba con tal potencia que apenas podía entender sus palabras.

»–Vi sus alas –musité, no para él, sino para mí misma, como si fuera un íntimo pensamiento–. Sus alas blancas y su luz inmensa, como un fuego poderoso, mucho más impresionante que en las pinturas. Tú no eres un ángel. ¿Dónde están tus alas?

»–Lo que viste no es real –me respondió con suavidad–. Él no tiene alas realmente. Tú esperabas verlas. Eran importantes para que creyeras, para fascinarte. Por eso te produjo esa ilusión. Quería dominarte, seducirte. Sus alas desaparecieron, ¿recuerdas?, y también su luz. Ésa es su auténtica imagen.

»Hizo un breve silencio para estudiar mi enloquecida, ausente, expresión.

»–Sólo los pájaros tienen alas –añadió, sonriendo débilmente.

»–¿Tú eres un ángel? –repetí, más por el profundo trastorno que sentía que porque aún tuviese algún género de dudas–. Pero tu aspecto es humano. Puedo verte, tocarte...

»–Mi apariencia es humana, pero yo no lo soy. Mi carne tiene el tacto de la tuya, pero no está formada por su misma materia.

»–Pero tú no eres una visión, como la de esas alas. Tú eres real, ¿verdad? –le pregunté desesperada.

»–Sí, yo soy real –me respondió–. Tan real como tú misma.

»–¿Quién era él? Tú le odiabas, lo percibí.

»Bajó la mirada, como si detestara el tener que responderme. Luego la paseó por el vacío del templo, pensativo, dudoso.

»–Es uno de mis hermanos –contestó con voz insegura–. Él..., deseaba conocer a una mujer. ¿Comprendes?

»–¿Me llevaste allí para entregarme a él? –pregunté indignada.

»Él se limitó a asentir con un gesto.

»–Pero, ¿por qué? –sollocé–. Yo pensé que tú me querías, y sólo me buscabas como regalo, ¿no es eso? –pregunté, aumentando el volumen de mi voz. ¿Es ése el tipo de obsequios que los ángeles se hacen entre sí?

»–Cálmate, por favor –me rogó, cogiéndome las manos y pasando su brazo libre sobre mis hombros–. Tú no lo entiendes. No consentiré que nadie te haga más daño.

»–Pero, ¿por qué lo hiciste? ¿Por qué? –le pregunté en un llanto abierto.

»–Era un precio que debía pagar.

»–¿Por qué? ¿Para qué?

»–Era el único modo de que él me permitiera regresar al otro lado, al lugar en donde nuestro Padre nos recluyó, y de donde yo escapé.

»–¿Y por qué deseabas volver allí?

»–No soportaba más la presencia de los mortales, quería olvidarlos, perderlos de vista. Pero mi hermano piensa que nuestro mundo es su reino privado

»–¿Y por qué no le pediste ayuda a Dios, a tu Padre? –le pregunté, ingenuamente. Y él me respondió del mismo modo, con la voz quebrada:

»–Dios ya no me quiere. Él..., se enfadó conmigo.

»Sus ojos parecían haberse cuajado de lágrimas. Sólo una sensación. Una impresión irreal. Pero un sufrimiento real, verdadero y profundo.

»–Bueno –le respondí yo, apiadada ante su dolor–, ya verás como te perdona. Dios es misericordioso; todo nos lo perdona cuando estamos arrepentidos. ¿Se lo has pedido?

»Me sonrió dulcemente y asintió con la cabeza.

»–¿Y no te ha perdonado? –le pregunté, asombrada del desdén de Dios ante semejante criatura–. ¿Pues qué hiciste de malo?

»Me miró maravillado, como si se encontrase en una situación totalmente inopinada.

»–Desobedecí sus leyes –me respondió simplemente–. Él me castigó. Nos encerró a presenciar la destrucción de este planeta a mí y a mis hermanos.

»–No sufras, por favor. Él te perdonará pronto. Ya lo verás –intenté consolarle.

»–No hago mucho por merecerlo, ¿sabes? –me respondió, con una dulce y tenue sonrisa. Luego, bajó la mirada y su rostro se ensombreció al preguntar–. ¿Has comprendido quién soy en realidad?

»–Perfectamente –respondí sin vacilar. Él levantó la mirada y la clavó en mis ojos, en mi alma–. Eres uno de los ángeles rebeldes. Un... diablo.

»–Ésa es sólo una estúpida denominación humana. Pero no tienes nada que temer de mí –me aseguró.

»–Lo sé –susurré–. Siempre lo he sabido.

»Me asombré del terror que no podía sentir. Estaba junto a un demonio, él mismo me lo acababa de confesar, y, en todo lo que yo podía pensar, era en que estaba tan cerca de mí que comenzaba a sentirme extrañamente agitada, deseosa de consolarle, de abrazarle, de besarle, de devorarle.

»–¿Quién era él? –reuní las fuerzas para preguntar–. ¿El príncipe de los demonios? ¿Cómo le llamáis? ¿Lucifer? ¿Satanás?

»–Su verdadero nombre es Eonar –me contestó–. Y apenas nada de lo que tú crees saber sobre él, sobre nosotros, es cierto.

»Me acarició el cabello mientras yo, simplemente, le contemplaba inmóvil y extasiada, disfrutando de cada uno de sus suaves parpadeos, del lento movimiento de sus ojos que seguían la sutil caricia de sus manos sobre mi piel. No era sólo mi corazón, sino mi alma misma la que le anhelaba. Poco a poco, un fuego abrasador fue encendiéndose en mi pecho y apoderándose de mí. Empezaba a sentir las mordeduras de un amor indomable, prohibido, innatural. La sangre me afluía del corazón a la cabeza y corría por mis venas como una colada de plomo fundido. Me tomó el rostro entre sus manos y me miró silenciosa, fijamente, con sus brillantes ojos. Algo me impulsó a hacer lo mismo, a poseer su rostro entre mis trémulas manos. La cabeza me daba vueltas, me sentía desfallecer. "¿Sufre él tanto como yo?", me preguntaba. Y pensé en el infierno y en los castigos que en él me esperaban por cometer aquel terrible pecado mortal, aquel crimen contra natura. Pero el infierno me parecería la gloria si él estaba allí, si se me permitía, siquiera, contemplar su mirada durante el horrible tormento. Oh, si me hubiese visto en aquel momento el desquiciado predicador de Saint–Ange. ¡Qué poco efecto habían surtido en mí sus plegarías! Bajé mi vista hasta sus labios, movida por emociones que nunca antes había sentido. Tenían un color rosado muy vivo, eran carnosos y deliciosamente apetecibles. Sentí cómo mi cabeza resbalaba desmayadamente de entre las manos que la sostenían y mis labios acudían al encuentro de los suyos. Mi corazón palpitaba, dolorosamente, al percibir su cálido aliento perfumado, su respiración, que yo inhalaba, ebria de un deseo amoroso, como si con ella aspirase su alma. En mi ávido deseo yo lo abrazaba, lo apretaba, lo estrujaba contra mi pecho, contra todo mi ser. No fueron besos lo que intercambiamos, sino el soplo ardiente que nos embargaba. "¡Qué me importa que mi alma se condene! ¡Qué me arrojen al infierno si mi amante es mi castigo!", pensaba.

»De pronto, noté que intentaba, suavemente, poner fin a aquel éxtasis. Sus manos me separaron unos centímetros y mis ojos, mórbidos, contemplaron los suyos disparando sobre mí el sombrío dardo de sus pupilas, ahora verdeazuladas, cargadas de tristeza, de preocupación.

»–El infierno es sólo una idea humana –me aseguró–. No existe tal lugar, ni nadie encargado de infligir despiadadas venganzas sobre los cuerpos mortales o las almas inmortales. No sé explicarte qué lugar es ese al que te llevé. No estás preparada para comprenderlo. Es un lugar dentro de la propia Tierra al que los mortales no pueden acceder.

»Me quedé perpleja. Había escuchado mis pensamientos, seguro.

»—No tus pensamientos —me dijo—. Puedo ver tu alma. La veo con mis ojos de ángel como veo tu cuerpo con los de mi carne inmortal. A través de ella lo sé todo de ti. Conozco tu corta existencia en este cuerpo y todo cuanto te sucedió antes de habitarlo. Es hermosa. Muy hermosa.

»No podía superar la estupefacción, el miedo ante semejante allanamiento de mi más íntimo ser. Él sonrió abiertamente ante mis pensamientos. ¡Qué dulcísima, cautivadora sonrisa. "¡Oh, sí, mi ángel! —pensé—, ¡Penetra hasta el fondo de mi alma, hazlo! ¡Seré tu amante, tu esclava! Pero no me dejes, no me dejes jamás. Sí existe el infierno, claro que existe. Tú me arrancaste de él y me entregaste a la gloria de tu abrazo, de tu simple presencia. No me dejes, te lo suplico. Donde quiera que tú estés está el Paraíso, el Edén, el Cielo mismo".

»—No quiero volver nunca a ese lugar. Me aterra —le confesé.

»—No volverás. Pero Eonar intentará vengarse —me susurró—. Busca concebir un hijo mortal, pero odia mezclarse entre los humanos. Por eso te llevé a su presencia. Debía buscarle una mujer adecuada a sus pretensiones. Ése fue el precio que se me impuso si quería librarme de los mortales y regresar con los míos. Le llevé a muchas mujeres antes que a ti y a todas las desdeñó. Ninguna era suficiente para él, ninguna era digna de engendrar a su hijo. La envidia ante el amor que nos tenemos fue la que le empujó a elegirte. Nunca debí llevarte allí. Nunca. Estaba demasiado ciego. Ciego de odio contra el mundo, y lo pagó el único mortal a quien no odiaba, por más que lo deseara. ¿Puedes entenderlo?

»—Creo que sí.

»—Ahora nos iremos de aquí. Hemos de huir para que no nos encuentre, pero no en el espacio, pues tardaría muy poco en dar con nosotros, sino en el tiempo. De ese modo será más fácil que pierda nuestro rastro. ¿Lo entiendes?

»Sacudí la cabeza negativamente.

»–Nos adelantaremos unos años, no muchos, cuarenta o sesenta. ¿Cómo llamáis a este año? Mil doscientos... ¿veinte?

»–Doce –balbuceé yo, sin apenas entender nada.

»–Sí, bien. Iremos a mil doscientos sesenta u ochenta. No tienes nada que perder. Nada te ata a esta época. Todos tus seres queridos han muerto ya.

»De pronto recordé a Geniez.

»–Tu amigo ha luchado por encontrar su destino –me dijo Shallem, algo molesto–. Dejemos que disfrute de él. Sabrá encontrar en ello la voluntad de Dios, ¿verdad?

»Asentí. Y Deacon... Él estaría bien, con los dueños de la posada que tanto cariño le habían cogido, pero siempre le echaría de menos...

»–No estoy segura de entender lo que dices, pero haré lo que tú digas con tal de no perderte. Ya no podría soportarlo. No podría soportar la vida sin ti. Si ahora me dejaras el suicidio sería una bendición, un alivio que no dudaría un instante en llevar a cabo, por más cobarde que sea.

»–¡No! –exclamó, súbitamente alarmado–. Escúchame, no debes hacer eso. Nunca. ¿Entiendes? Nunca. Si algo nos llegara a separar te buscaré donde quiera que estés. Te lo prometo, lo haré. Pero no debes poner fin a tu vida, pase lo que pase. Yo jamás olvidaré la promesa que te estoy haciendo. Confía en mí.

»–Pero si tú me dejas, si te cansas de mí o te asqueo cuando envejezca...

»–Yo nunca voy a dejarte. ¡Tu vida es tan breve!

»–¿Habré envejecido? –pregunté repentinamente, presa de un súbito horror.

»–¿Cuándo? –se sorprendió él.

»–Cuando... estemos en esa fecha, en mil doscientos setenta.

»–No. Serás igual que ahora. No te robará ningún año de vida –me respondió, con una tierna caricia.

»–Eres muy hermoso para ser un diablo –bromeé sonriéndole–. No tienes cuernos, ni rabo, ni pezuñas... ¿No los tienes, realmente, o te los has quitado para no asustarme?

»Los ojos le brillaron como estrellas y mostró el nácar de sus dientes al reír.

»–Claro que me los he quitado. ¿No esperarás que ande con mi temible aspecto entre los mortales?

»Aunque estaba casi segura de que bromeaba, no pude evitar asustarme.

»–Tranquila –me dijo–. Sólo es otra delirante ficción humana. Éste es el aspecto con que yo nací, y te puedo asegurar que ninguno de los míos tiene nada semejante.

»Le contemplé embelesada, encantada de haberle hecho reír. Sus ojos de ángel parecían más angelicales que nunca.

»Apoyé la cabeza sobre su hombro y me deleite aspirando la cálida fragancia de su cuello. Un cuello delicioso, fuerte, cálido y aromático.

»–Eso es –me dijo, sin que ya apenas le escuchara–. Duerme.

»Aún tenía su tersa carne entre mis manos y su perfume en mi olfato cuando me di cuenta de que un dulce sopor me había invadido por unos momentos.

»–¿Y cuándo nos iremos, Shallem? –le pregunté, luchando por desperezarme.

»–Ya nos hemos ido –me contestó, con un tono sutilmente burlón.

»–¿Adónde? –inquirí, sin saber a qué se refería.

»–A entonces –me respondió, buscando mi mirada.

»–¿A entonces? –le pregunté pasmada y escrutando a mi alrededor. El sol relucía en el exterior con la misma intensidad de unos momentos antes y la temperatura continuaba igual de abrasadora. La misma arenilla alfombrando el suelo del templo, las mismas columnas erosionadas a la salida–. Te estás burlando de mí. Estamos en el mismo sitio..., y en el mismo momento. Nada ha cambiado en este lugar.

»–Tal vez por eso me gusta. Por su cuasieterna inmutabilidad, por su peculiar fortaleza ante un paso del tiempo al que no parece rendirse. ¡Todo lo humano es tan fugaz, tan perecedero, tan mutable! En esta región se encuentran sus obras más logradas, las que suponen un mayor desafío a la mano implacable de la naturaleza y del tiempo. Por eso me gusta estar aquí. El desierto es imperceptiblemente mutable, y todo lo que en él se encuentra se transforma con mayor lentitud. Apenas cambia nada durante milenios. Eso es importante para quienes contemplamos el mundo con ojos eternos.

»–¿Entonces es verdad? ¿Ya lo hemos hecho? –inquirí perpleja.

»–Sí –me respondió, sonriendo ante mi estupefacción.

»–No noto nada especial. Sigo igual. Exactamente igual. ¿Cuánto tiempo ha pasado?

»–Para nosotros ninguno.

»–¿Y para el mundo? –le pregunté, inmersa en una sensación de irrealidad.

»–No lo sé exactamente en tiempo mortal. Unos sesenta años, creo. No importa demasiado, ¿no crees?

»–¿Habrán muerto las personas a quienes conocía? Geniez, Celine y sus hermanos... ¿Crees que los habrán rescatado los cruzados?

»–Tal vez –me contestó compasivamente, aunque no lo pensaba en absoluto ni tampoco le importaba.

–Está muy callado, padre –advirtió la mujer tras un breve descanso en su narración.

El padre DiCaprio la observaba con los músculos tensos, las piernas cruzadas y el pecho apretado contra el borde de la mesa.

–Usted me prohibió hablar –dijo–. ¿Recuerda?

–¿Sí? Bueno. Únicamente no quería que me distrajese con su humana incredulidad mientras trataba de recordar el lejano preámbulo a la historia de mi vida. Ahora quisiera saber algo. ¿Cree una palabra de lo que le estoy contando?

El sacerdote bajó la mirada como si considerase y midiese su respuesta cautelosamente.

–Ya veo que no –dijo la mujer–. ¿Y qué motivos podría tener para mentirle?

Él levantó la mirada y estudió su sereno semblante.

–Tal vez sólo quiera entretenerse, divertirse a mi costa haciendo uso de su innegable imaginación. ¿Intenta burlarse de alguien concreto? ¿De la Iglesia, de la humanidad, del mundo entero, o sólo de mí?

Los ojos de la mujer se clavaron en él como profundas llamaradas azules.

–Existe otra opción que su obtuso cerebro se niega a tener en cuenta –dijo quietamente–. Que todo cuanto le cuento sea verdad. Que yo sea una pecadora arrepentida y usted mi confesor. Yo no soy Dios ni Jesucristo. No escatimaría los milagros necesarios para convencerle si fuese capaz de realizar alguno. Pero sólo soy una débil mortal como usted. Sólo puedo pedirle, humildemente, que tenga fe en que no le miento. ¿Qué esperanza tendré yo, si no, de obtener, al finalizar mi confesión, su perdón, bendición y consuelo?

El sacerdote la miraba atentamente, como intentando descubrir en su rostro un gesto o expresión delatoras. Pero no lo encontraba.

–Usted es un religioso. Ha estudiado la Biblia y debería creer en ella –dijo la mujer, dirigiendo la mirada al pequeño libro que el sacerdote había depositado sobre la mesa y acariciaba con su mano–. ¿No es un dogma cuanto ella dice? En la Biblia se habla de los ángeles. Permítamela, por favor, quiero recordarle algo.

El sacerdote depositó el librito, con cierto recelo, sobre la mano extendida de su confesada, y observó, aliviado, la delicadeza con que ella separaba entre sus dedos las finísimas hojas.

–Aquí está –dijo ella–. Se lo leeré literalmente. Génesis VI: "Cuando comenzaron a multiplicarse los hombres sobre la Tierra y tuvieron hijas, viendo los hijos de Dios que las hijas de los hombres eran hermosas, tomaron de entre ellas por mujeres las que bien quisieron", y añade más adelante: ". . . los hijos de Dios se unieron con las hijas de los hombres y les engendraron hijos. Estos son los héroes famosos muy de antiguo".

La mujer levantó la vista y tendió la Biblia al sacerdote.

–¿Quiere leerlo usted mismo? –preguntó.

El sacerdote tomó el librito abierto que se le ofrecía y se lo llevó a la vista maquinalmente.

–Tal vez crea en ello con la ceguedad de un axioma, o quizá su opinión vaya más allá de la simple duda. Pero, de cualquier forma, estoy segura de que no cuenta con argumento alguno capaz de refutar incuestionablemente las palabras bíblicas. Puede dudar, pero no puede negar. ¿Estoy en lo cierto?

–Supongo que sí.

–Luego admite la posibilidad de que ángeles y mujeres puedan mantener relaciones amorosas, puesto que la Biblia así lo afirma. ¿Y circunscribe, en algún versículo que yo me haya saltado, esas relaciones interespecies a algún tiempo preciso? ¿Señala su fin tras alguna época o hecho concretos? No indica nada al respecto, ¿verdad? No sugiere nada expresa o indirectamente porque no es necesario advertir de la continuidad de los hechos, sino sólo de su término. Y me temo que mientras haya mujeres sobre la Tierra este hecho no concluirá.

–Así expuesto parece lógico, posible –dijo el sacerdote alteradamente–. Pero es tan..., tan..., innatural... No sé. Yo... ¿Dice que su forma era tan humana y masculina que no se podía distinguir del resto de los hombres?

–Sí, es cierto. Pero eso es algo que la Biblia sostiene de forma natural. Sigamos en el Génesis, por ejemplo. ¿Recuerda cuando Yavé se presenta ante Abraham acompañado de dos ángeles? "Estaba sentado a la puerta de la tienda a la hora del calor, y alzando los ojos, vio parados cerca de él a tres varones", así lo cuenta el Génesis. Y unos versículos más allá, esos dos ángeles llegan a Sodoma y son invitados a la casa de Lot, donde cenan tranquilamente y se disponen a pernoctar, hasta que los sodomitas en pleno irrumpen violentamente en la casa, pues han confundido a los ángeles, tal era su aspecto mortal, con simples humanos a los que desean conocer carnalmente. "¿Dónde están los hombres que han venido a tu casa esta noche? Sácanoslos para que los conozcamos", piden a Lot, que ha salido a la calle para hablar con ellos. Pero él, que no ignora sus intenciones, se niega a hacerlo. Sólo cuando Lot es atacado por ellos, los ángeles despliegan sus poderes, dejando instantáneamente ciegos a todos los sodomitas. Bastante crueles, por cierto, para no llevar el apellido "caídos". Déjemela, déjemela un momento, por favor. –Y la mujer retomó la Biblia de las manos del confesor y la hojeó hasta encontrar lo que deseaba–. Vea como se refiere a ellos la Biblia: "Forcejeaban con Lot violentamente, y estaban ya para romper la puerta, cuando sacando los hombres su mano (es decir, los ángeles) metieron a Lot dentro de la casa y cerraron la puerta. A los que estaban fuera los hirieron de ceguera, desde el menor hasta el mayor, y no pudieron ya dar con la puerta. Dijeron los dos hombres a Lot: «¿Tienes aquí alguno, yerno, hijo o hija? Todo cuanto tengas en esta ciudad sácalo de aquí, porque vamos a destruir este lugar, pues es grande su clamor en la presencia de Yavé, y éste nos ha mandado para destruirla»". ¿Puede explicarse más claramente?

–Bien. Admito que lo que dice no carece de sentido para un creyente, pero...

–Pero estas cosas nunca ocurren a nadie que nosotros conozcamos, y menos aún a nosotros mismos.

–Sí, eso también –confirmó el sacerdote. Y luego quedó en silencio y su mirada se tornó huidiza, como si no se animara a realizar una incómoda pregunta–. El hecho de que él... fuese un... ángel caído, lo..., es decir, ¿lo diferenciaba en algún sentido? ¿Lo hacía... menos... ángel?

–Absolutamente no. Sé que intenta asimilarlo al diablo tradicional, que a usted le resulta tan cómodamente familiar. Pero tendrá que quitarse esas ideas de la cabeza. Empezar desde cero, como estamos haciendo.

–¿No me está mintiendo, entonces? ¿Debo creer que es verdad lo que me cuenta, escuchar con los oídos del confesor?

–¡Vaya! Al menos he sembrado la duda. ¿Le parezco una mujer con ganas de reírse, de burlarse? ¿Cree que tengo ganas de inventar historias fabulosas, o de gastar saliva, siquiera?

El confesor contempló atentamente el rostro de la mujer.

–No –admitió–. No lo parece.

–Hace bien en mantener cierta prevención. Pero probablemente cargará con esta duda el resto de sus días. Y jamás podrá compartirla con nadie. Eso está claro, ¿verdad? Ha comprendido que esto no es un juego, sino una confesión.

–Desde luego –aseguró el padre DiCaprio–. Todo cuanto me revele será secreto de confesión.

Los interlocutores se estudiaron silenciosa, mutua y atentamente durante un minuto.

–Estoy totalmente sedienta. Necesito agua o no podré articular una sola palabra más. ¿Es tan amable de pedir que nos la traigan? A usted le harán caso.

–Desde luego. Naturalmente –dijo el sacerdote. Y, rápidamente, se levantó de su asiento y, tras golpear la puerta, realizó su petición al vigilante–. En seguida la traerán –aseguró, sentándose de nuevo, ansiosamente, como si esperase que, a pesar de todo, la mujer continuara su relato sin aguardar la llegada de la bebida.

Pero, como no lo hacía, pareció sentirse incómodo en el silencio y anhelante de escuchar la continuación de la historia.

–¿Querría continuar, por favor? –rogó, sin poder reprimirse.

–Sí, claro. Desde luego. Veamos. ¿Qué debería explicarle ahora? Nos habíamos quedado en el templo, ¿verdad? Durante la primera semana de nuestra unión, pernoctamos bajo el templete del islote. Digo pernoctamos porque la mayoría del tiempo diurno lo pasábamos enseñándome los tesoros ocultos en el interior de las pirámides aún no expoliadas por los ladrones. Él me explicaba los misterios de la antigua religión egipcia, me descifraba los jeroglíficos inscritos en las paredes y en los sarcófagos, me contaba la historia de los que estaban allí momificados, cuando era interesante.

»Nos habíamos construido una cama, cómoda, aunque rudimentaria, a base de alfombras. Shallem no necesitaba dormir, pero siempre se acostaba a mi lado. Yo me abrazaba a él, llena de felicidad, y me sumergía en un dulce sueño. Pero, si durante la noche despertaba, Shallem me producía la sensación de estar profundamente dormido. Aunque, no era éste su verdadero estado. Simplemente, una parte de su alma divina se ausentaba del cuerpo, que dejaba a mi lado, cuidándome y confortándome, pese a su aparente inconsciencia. Por la mañana me esperaba un opíparo desayuno a base de frutas frescas y desconocidas, tortas y dulces, y productos típicos de regiones del mundo que nada tenían que ver con Egipto. Me cuidaba amorosamente, tiernamente. No necesitaba comer, por supuesto, pero tampoco tenía inconveniente en hacerlo, por satisfacerme, por acompañarme. Parecía encontrar gusto en seguir ciertos comportamientos humanos, pero, como supe más adelante, lo que realmente intentaba era evitar el poner de manifiesto las diferencias que nos separaban.

»Naturalmente, yo le bombardeé con todo tipo de preguntas, como se puede imaginar. Pero pronto comprendí que extraer cualquier información de Shallem resultaba, más que difícil, absolutamente imposible. Se negaba a hablar de cualquier cosa ajena a mi mundo. Dios, sus hermanos, su visión de mis vidas pasadas, lo que me ocurriría tras la muerte, sus propios poderes, todo eran temas tabú que yo, me decía, por mi propio bien, no debía conocer, y que él jamás me desvelaría. Después de estas conversaciones abortadas yo me sentía frustrada y desazonada, no sólo por los mismos motivos por los que usted se hubiese sentido así, sino también porque, como cualquier amante, deseaba conocer de mi amado. Entonces, él buscaba mis ojos con su mirada cargada de una ardiente ternura ante la cual me derretía irremediablemente. Y ésa fue siempre su drástica y eficaz manera de acallar mis preguntas.

»Cada noche me regalaba la visión de su cuerpo divino desnudo bajo la luz argentada de una luna de nácar flotando sobre las plácidas aguas del Nilo. Allí se bañaba, mientras yo me extasiaba en su contemplación, desde la orilla, y su nombre invadía sin cesar mis labios. En seguida me unía a él. Y en mitad de las aguas, junto al atronar de una cascada de besos, comenzaba a susurrarme al oído palabras de amor, que ascendían a mi cerebro como el aroma embriagador de un filtro amoroso. Entonces, me sacaba en brazos de las aguas, y caíamos abrazados sobre la aún tibia cubierta arenosa del fecundo islote.

El padre DiCaprio carraspeó nerviosamente y cambio de posición repetidamente sus brazos, que descansaban sobre la mesa.

La mujer sonrió cálidamente al sacerdote.

—Pasada una semana, Shallem decidió que debía encontrar un lugar para mi descanso más confortable y acorde a mi fragilidad humana. Alquiló una casita cerca del puerto de Alejandría y me prometió que partiríamos hacia Europa en el primer barco que admitiese pasajeros. Como le he dicho, no me importaba donde estuviésemos mientras estuviéramos juntos. Pero, pudiendo elegir, prefería abandonar aquella tierra ardiente, inhóspita y llena de horribles recuerdos.

–Disculpe.

–¿Sí?

–Pero, ¿él no podía...? Ya sabe... ¿No podía volar?

–Oh, sí, desde luego. Pero ya le he indicado que no deseaba remarcar las diferencias entre nosotros. Apenas llevaba a cabo actos que no pudiese realizar igualmente cualquier mortal. Bueno, para entrar en las pirámides, por ejemplo, no tenía más remedio que hacer uso de sus poderes. Nos desmaterializábamos y reaparecíamos en el interior. Muchas veces estaban ocultas bajo toneladas de arena, de modo que él me indicaba un punto en el suelo bajo el que decía hallarse la cúspide de la pirámide y yo no veía nada, sino arena. Para no asustarme, yo hundía la cabeza en su pecho y cerraba los ojos y no volvía a abrirlos hasta que penetrábamos al oscuro e irrespirable interior. A veces, yo me sentía tan ahogada que teníamos que salir corriendo antes de que los gases me afectaran de veras. Por eso, dejamos de frecuentar las pirámides intactas y ocultas y nos dedicamos a las más conocidas y holladas. Mucho menos emocionante, pero más beneficioso para mi salud. Claro, que acceder a ellas desde Alejandría era muy difícil, estaban demasiado lejos. Unos doscientos kilómetros al sur, en el Valle de los Reyes, cerca de El Cairo. Por eso, sólo fuimos una vez más desde que nos trasladamos a Alejandría. Una única, última y maldita vez.

»El barco partía aquella tarde y yo quería despedirme de Egipto haciendo el amor, una vez más, en alguna de sus pirámides. Era muy emocionante y misterioso, y el ambiente me daba tanto miedo que no me despegaba un centímetro de Shallem. Él se negó, en principio, pues no deseaba poner en evidencia su naturaleza, pero, con caricias y besos, conseguí convencerle. Si me había trasladado sesenta y siete años más allá, ¿por qué no unos pocos kilómetros? Yo no me iba a asustar, ni nada de eso. Al fin y al cabo, ya lo había hecho antes: el día en que me sacó del palacio del moro, cuando me llevó a la presencia de Eonar... ¡Cómo le molestaba que le recordara esto último! ¡Qué conmovedora expresión de triste vergüenza invadía su hermoso semblante!

»Por fin, se decidió, a regañadientes. Con un beso me tapó los ojos y me apagó los sentidos. Y estuvimos allí, al pie de una pequeña pirámide. Entrar reptando por los estrechos conductos abiertos por los ladrones era divertido y emocionante. Pero antes había que encontrar la entrada, oculta bajo kilos de arena. Shallem la halló con facilidad y retiramos la arena que la cubría, ansiosamente. Anduvimos a gatas por el túnel y, vagamente, durante un segundo, se me pasó por la mente la imagen de mí misma recorriendo un oscuro pasadizo, aterrada y con los ojos inundados de lágrimas. ¡Hacía tanto tiempo de aquello, y tan poco, a la vez! La oscuridad era absoluta y yo me arrastraba en pos de mi ángel, jugueteando con sus piernas y su trasero y riéndonos los dos.

»Ya me dolían las rodillas cuando por fin llegamos a la cámara mortuoria. Había antorchas, imprescindibles para alumbrar la vida eterna del difunto, pero que, por suerte, aún no había utilizado. Quedaba poco más que la momia, en un sarcófago de madera, y sus utensilios personales, de escaso valor: peines, espejos, paletas y resecos colores de maquillaje, comida fosilizada, jarras con vino evaporado, algunas figuras de madera, toscas y demasiado grandes para ser transportadas por los invasores..., ese tipo de cosas. Pero lo que más me interesaba eran las maravillosas ideas que sus pinturas sugerían. Su particular concepción de la muerte y del más allá. Supe traducir algunos de sus jeroglíficos quinientos años antes de que Champolion naciera. Me parecían tan fascinantes..., tan complicados y simples a la vez... Curioseé por todas partes de la mano de Shallem, que me dirigía escurridizas y juguetonas miradas de reojo. Seducida, me acerqué aún más a él y le levanté la larga y fea túnica que vestía. No llevaba nada por debajo: excitante, delicioso. Paseé mis manos por sus tersos muslos y su provocativo vientre. Le despojé de su sencilla túnica, derritiéndome con el pensamiento de lo que estaba a punto de suceder.

»Pero, de repente, me detuvo las manos y me exhortó a guardar silencio. Por su expresión parecía como si hubiese escuchado un ruido extraño. ¿Pero quién lo iba a haber emitido? De haber alguien más allí, nos hubiéramos dado inmediata cuenta; sobre todo él, claro. Sin embargo, parecía súbitamente alarmado, algo había allí que él podía percibir, aunque yo no. Le pregunté, repetida y nerviosamente, qué ocurría, pero ni siquiera parecía escucharme.

»De súbito, algo le golpeó haciéndole caer al suelo. Algo que yo no pude ver hasta que las llamas de las antorchas se extinguieron repentinamente. Decenas, cientos de pálidas y dinámicas luces habían invadido la cámara. Creo que grité como nunca en mi vida mientras aquellos monstruos de intangible energía atacaban a Shallem y elevaban la temperatura de la cámara como cientos de minúsculos soles. La luz era muy blanca y cegadora y hube de cubrirme los ojos con las manos mientras trataba de acercarme a él, gritando su nombre desesperadamente, en tanto aquellas poderosas formas intentaban retenerle en el suelo. Una a una, iban desapareciendo en su invisible lucha contra él, dejando una suave estela azul como único testigo de su presencia. Pero, de pronto, la pirámide comenzó a temblar como si fuese el epicentro de un terremoto.

»–¡Sal de aquí, Juliette! –me gritaba Shallem frenéticamente–. ¡Coge el barco! ¡Te buscaré! ¡Vete! ¡Ahora!

»Histérica, no cejaba en mi empeño de acercarme a él. Pequeños fragmentos de piedra habían comenzado a caer sobre mi cabeza, que intentaba proteger con las ya doloridas manos. Apenas podía abrir los deslumbrados ojos. Mi corazón se negaba a abandonarle, pero mi cerebro me decía que no podía ayudarle, que nada malo podía sucederle, que él era inmortal, pero yo no. El derrumbamiento era inminente y el terror me ayudó a actuar.

»Encontré a tientas la salida y me introduje por ella, desplazándome sobre manos y rodillas con toda la velocidad de que era capaz, y con los ojos tan llenos de lágrimas y el corazón de pena y terror, como lo había tenido aquella noche en el oscuro pasadizo de Saint–Ange. Mis músculos estaban rígidos y ateridos de miedo. Escuché, tras de mí, cómo el derrumbamiento se convertía en realidad en la cámara donde Shallem se encontraba. El polvillo de las viejas piedras caía sobre mi cabeza y hube de cerrar los ojos, que de poco me servían abiertos en aquella oscuridad. Sufrí visiones horribles de mí misma encerrada para siempre en la pirámide milenaria, junto con la momia de aquel mayordomo real, que era su legítimo propietario.

»Tuve la impresión de que la pirámide se hundía. Lancé un chillido y continué reptando despavorida, enloquecidamente, a lo largo de aquel inmenso, inacabable túnel, que tanto me había divertido en el camino de ida, cuando había mordido y besado la cálida y exquisita carne sobrenatural de Shallem. Ahora sólo lloraba y chillaba, trastornada, mientras sentía la presión de la pirámide sumergiéndose en la arena del desierto y desmoronándose sobre mi cabeza.

»De pronto, me di cuenta de que había llegado al final del pasadizo, a la salida, pese a que no se veía ninguna luz. Arena y arena y arena, millones de granos de arena obstruían la entrada.

»Introduje mis manos en la masa monstruosa que había penetrado en el corredor, arañándola como una gata desesperada. La arena era muy suelta, muy poco pesada. Tomé aire, me di impulso, e introduje en ella la cabeza con los ojos bien apretados. Dios mío, si hacía cualquier falso movimiento y me equivocaba de dirección... Debía ir hacia arriba, hacia arriba. Nadé en un mar de arena infinita en medio del terror ante la muerte horrible e inminente y de la asfixia real y presente. Noté cómo la pirámide parecía ceder, intentando succionarme, arrastrarme con ella en su seco remolino. No oía nada, no veía nada, estaba falta de todo sentido. Hubiera caído si la masa no me hubiese constreñido adaptándose a cada pliegue de mi cuerpo.

»Continuaba y continuaba luchando con la arena, pero no

parecía ascender, no parecía desplazarme un milímetro del mismo lugar. Levantaba, pesadamente, manos y pies, como en una imposible escalada, y la arena subía con ellos, y luego volvía a bajar. Siempre la misma arena, siempre al mismo lugar. Estaba envuelta, enterrada en vida bajo los dorados granos que penetraban por los orificios de mi nariz, de mis oídos, que buscaban un hueco entre pestaña y pestaña y anidaban en mi pelo. El aire que expulsaba por mi boca no parecía tener cabida, trataba de volver a mí, y, en aquella breve y cuidadosa expulsión, la sedienta arena penetraba en busca de la escasa humedad de mi lengua, de mi boca entera. Me había desviado, pensé, sin duda era un cuerpo horizontal preparado ya para recibir la muerte.

»El terror comenzó a petrificarme, a impedirme el movimiento. En mi asfixia, abrí la boca y la arena penetró hasta mi estómago con ansia voraz. Ya estaba medio muerta, en realidad. ¿Por qué seguir luchando? ¿Por qué no entregarse a ella, sin más resistencia, y dejar de sufrir? No sabía la respuesta, pero continuaba luchando, ya apenas sin fuerzas.

»Pero, de pronto, mi mano emergió a la superficie y la caricia del aire y los rayos solares hicieron saltar mi corazón. ¡El aire! Seguí debatiéndome, con renovadas fuerzas, en mi loco pedaleo. Y parecía no llegar nunca. Pero ahora sabía que estaba allí, que podía lograrlo si la falta de oxígeno no me mataba antes. Y a punto estuvo de hacerlo, pero no lo consiguió. Al fin, alcé la cabeza en busca del gas vital y los abrasivos rayos del desierto. Aspiré y aspiré y, después, en seguida, acabé de salir de mi encierro, temerosa de que se abriera como arenas movedizas para tragarme de nuevo.

»La pirámide no se había hundido mucho, en realidad. No tanto como yo me había figurado. Un metro, o poco más. Parecía intacta, además. Al fin y al cabo, era una construcción prácticamente maciza. Aunque unos cuantos bloques hubiesen sido dinamitados en su interior, casi no la hubiese afectado. ¡Qué arquitectura más prodigiosa!

»Pero yo sí estaba hecha papilla. Mi cuerpo estaba exhausto, mis pulmones congestionados, mis ojos irritados por las arena que se había abierto camino a su interior, y mi cerebro, sobre todo mi cerebro, a punto de perder toda noción de la realidad. ¿Qué eran aquellas formas intangibles y asesinas? ¿De dónde procedían y por qué habían atacado a Shallem? ¿Y dónde estaba él, mi Shallem? ¡Estaba muerta sin él! ¿Qué me había dicho? ¿Que tomara el barco? ¡Pero si estábamos, quizá, a doscientos kilómetros, o tal vez más! Cuatro kilómetros se convertían en cuatrocientos a través de aquel desierto infernal.

»Sin dejar de atormentarme con tales pensamientos, eché a andar cuan rápido pude por el terror a que aquellos seres saliesen de la pirámide dispuestos a infligirme suplicios inimaginables. Tal vez era la forma en que la justicia divina se manifestaba, pensé.

»Caí rendida, no bien había recorrido trescientos metros. Tenía un miedo irracional y obsesivo a la soledad y vacío del inmenso desierto. Agorafobia, lo llaman ahora. Pero estaba cerca, muy cerquita del Nilo. Repté hasta él y me lavé la cara con sus tibias aguas, porque no tenía fuerzas para más, y me enjuagué la terrosa boca. Seguiría su curso. Al menos, no moriría de sed. Cuando me encontré mejor reanudé el camino. Jamás llegaría antes de que el barco zarpara, eso ya lo sabía, pero tenía que intentarlo. ¿Quién sabía? Podía ocurrir algún milagro.

»Y ocurrió. Estaba a punto de desmayarme, nunca el calor del desierto me había parecido tan atroz cuando estaba con Shallem, y creí que era un espejismo. Pero no. Era una barca de vela. O algo así. Pedí socorro a gritos y, en el silencio del desierto, no tardé en ser escuchada y ver cómo el bote se dirigía hacia mí. Distinguí dos figuras masculinas a bordo. De nuevo iba a caer en manos humanas. "Ahora me violarán, me robarán y me asesinarán", pensé, tal era mi fe en el género humano. Pero tuve más suerte. Se trataba de un inofensivo y servicial abuelo con su nieto de unos diez años. Por supuesto, no entendían una palabra de ningún idioma de los que yo conocía. Pero mi aspecto lo decía todo. Saqué una bolsita con la considerable suma de que Shallem me había provisto para que atendiera a mis humanos caprichos y me desviví por hacer entender la palabra "Alejandría". Pero a ellos no parecía querer decirles demasiado. Mímicamente intenté hacerles ver que debía coger un gran barco para Europa, pero mi mímica no era muy buena y la palabra Europa no parecían haberla oído jamás. Entonces recordé el bonito y enorme cementerio romano de Alejandría que Shallem me había enseñado unos días antes. "Kom El Shokafa", pronuncié, "Kom El Shokafa", al tiempo que les mostraba el dinero y les indicaba la dirección. Fue una suerte que recordase aquel nombre. Por fin me entendieron. Subí a la extraña barquita, provista de un toldo, y respiré casi aliviada. ¿Llegaría a tiempo? Intenté averiguar a qué distancia estábamos. Pero eso era pedir demasiado.

»Apenas había viento, pero al menos nos desplazábamos. Por el camino pensaba constantemente en el destino de Shallem y en cuándo volvería a verle. Tal vez me esperase en Alejandría, en el barco. ¿Por qué no? ¿Qué podría retener a un ángel?

»Me sorprendí cuando comencé a vislumbrar las primeras casitas de adobe junto al río, que indicaban la proximidad de la civilización humana.

»–¿Cerca? ¿Cerca? –preguntaba nerviosamente, desesperada porque no me comprendían.

»–Kom El Shokafa –entendí que decía el anciano, indicando, mediante el tono alegre de su voz y sus gestos, la cercanía del lugar.

»Sí. Pronto vi la enorme aglomeración de la ciudad, de Alejandría. Magnífico. Aquella pirámide no estaba en el Valle de los Reyes, como yo había temido, o hubiéramos tardado muchísimo más tiempo en llegar. Sin duda el mayordomo real había pretendido ocultar su última morada a la rapiña de los ladrones, aunque no lo había conseguido.

»Habríamos tardado un par de horas. Tenía tiempo de sobra para ir a casa a por el pasaje y el dinero. Ojalá Shallem me estuviese esperando allí.

»Pagué al anciano el dinero que le había ofrecido, agradeciéndole el viaje en la lengua universal. Corrí hacia casa, suplicando por encontrar a Shallem en ella. Pero estaba tan vacía como la habíamos dejado. Mis esperanzas desvanecidas destrozaron mi corazón. Me senté al borde de la cama y temblé. "Bueno –intenté consolarme–, aún puede aparecer en el barco".

»Aproveché el tiempo para lavarme y cambiarme de ropa, y, cuando fue la hora, recogí mis cosas y me encaminé al puerto. El barco ya estaba atracado, de modo que entregué mi pasaje y me dirigí a lo que entonces hacía las veces de camarote, nuevamente con la esperanza de que él hubiera subido ya, y me estuviese esperando en él. Pero estaba vacío. Decepcionada, regresé a cubierta y escruté el puerto hasta que el barco zarpó. Nada. "Puede subir en cualquier momento de la travesía", me dije. Y este inspirado pensamiento me reconfortó.

–V–

»Los días fueron pasando, lenta y dolorosamente. Sufría mi soledad como si una parte de mi propia alma se hubiese ausentado de mi ser. Apenas comía, no podía dormir. De día y de noche subía a la cubierta y oteaba el aire en busca de alguna señal indefinida, de alguna manifestación sobrenatural. Me sentía enervada y vacía. ¿Estaría Shallem en algún peligro que escapase a mi comprensión?, me preguntaba una y otra vez. ¿Cuánto tardaría? ¿Cómo podría yo, en la espera, resistir la vida, su ausencia, su vacío?

»La travesía se me hizo eterna. Estaba deseando llegar al puerto porque había fraguado una nueva ilusión: Shallem me estaría esperando en él. Si no era así, ¿qué haría yo? ¿Adónde iría?

»Pronto debí dar respuesta a estas cuestiones.

»Cuando la tierra se hizo visible en el horizonte mis ojos se clavaron en ella en busca del espléndido amado que hubieran distinguido a kilómetros. Pero, conforme el barco arribaba, mi vista se nublaba por las lágrimas. Como me temía, tampoco estaba allí, en el antiguo y familiar puerto de Marsella.

»Al menos me encontraba en tierra amiga y conocida, donde todo el mundo hablaba mi lengua y compartía mi cultura. Aquella era mi tierra, después de todo; si es que yo alguna vez tuve tierra.

»Reservé habitación en una posada con vistas al puerto, pero no en la misma en la que me había alojado unos tres o cuatro meses, es decir, sesenta y siete años atrás, pues ya ni siquiera existía.

»Había tenido la precaución de cambiar las monedas

egipcias a uno de los marineros del barco, quien viajaba a Alejandría con frecuencia y tendría ocasión de hacer uso de ellas, de modo que contaba con algún dinero, aunque poco, para sobrevivir, humildemente, durante una o dos semanas. Pero no podía cometer ningún gasto que pareciese innecesario o no vital. Ni tan siquiera me atrevía a adquirir un traje nuevo, a pesar de que vestía una espantosa túnica egipcia que me hacía llamar tremendamente la atención.

»¿Qué haría cuándo se me acabase el dinero si Shallem no había regresado? Pensé en mis tierras de Saint–Ange. Mi tutor estaría tan muerto como yo misma debería estarlo. Nosotros, Geniez y yo, habríamos sido dados por muertos en el incendio y mis tierras habrían pasado inmediatamente a posesión de la Iglesia, según había sido estipulado. No tenía forma de recuperar nada. No conocía a nadie que aún pudiese vivir. No tenía a donde ir. No poseía nada. Absolutamente nada. Me hallaba en mucho peores circunstancias que unos pocos meses antes.

»Marsella no había cambiado demasiado. Había abundantes empleos para quien supiese hacer algo, cualquier cosa. Pero no había nada que yo supiese hacer. Busqué trabajo en las tabernas, como camarera, en los talleres y tiendas, como vendedora. Pero lo único que conseguía eran impertinentes insinuaciones.

»Las cruzadas y el monacato eran las salidas de que un hombre sin dinero disponía en aquellos días. ¿Y una mujer? La prostitución o el convento. Esta última opción fue la que tomé. Una de las camareras de la posada en que me alojaba me había sugerido tal idea. Ella conocía uno apropiado en Orleans, en el que una tía suya llevaba viviendo cuarenta y siete años. Era pequeño, de regla poco rigurosa, y no era imprescindible dote para ingresar en él. Justo lo que necesitaba. Pero, ¿me encontraría Shallem en un convento? Me encargaría de ello, dejaría un buen rastro tras de mí, por si acaso sus medios sobrenaturales no le bastaran para hallarme tan oculta. ¿Qué otra cosa podía hacer?

»Con el dinero que me quedaba conseguí transporte hasta el convento. Como había decidido hacer, proclamé a los cuatro vientos mi nombre y el lugar a donde me dirigía, para que Shallem no encontrara dificultades en mi búsqueda. Lo grabé en las paredes, puertas y árboles en cada parada que hacíamos. Y me comportaba como una verdadera estúpida, con el fin de no pasar desapercibida e impresionar mi imagen indeleblemente en las retinas y la memoria de todos cuantos me vieran.

»En verdad el convento era sumamente recogido. No vivían más de doce monjas en él, todas de avanzada edad. Su orden se estaba extinguiendo, de modo que acogieron mi sangre fresca con sin igual alegría. Apenas me hicieron preguntas. Nada más abrirse la verja del convento, sin darme oportunidad de preguntar por el nombre que la camarera me había indicado, se reunieron todas a mi alrededor y, prácticamente, me obligaron a pasar al interior. Dudo mucho que hubiese podido escapar, si no hubiese estado en mi intención el quedarme.

»En seguida me proveyeron de un hábito de novicia, que hubieron de desempolvar para mí, unas sandalias, un rosario, un crucifijo y un anillo. Me mostraron la celda que habría de servirme de modesto cobijo y me ofrecieron sus humildes alimentos. No podía pedir más por menos.

»Ni siquiera se habían preocupado lo más mínimo en conocer mi origen, en profundizar en los superficiales motivos que expuse al manifestar mi intención de pertenecer a la orden. Simplemente, se sintieron fascinadas por mi juventud y decidieron no dejarme escapar.

»Parecían vivir totalmente ausentes de la realidad. Eran como los personajes de alguna fantasía delirante que nunca se sabe cómo van a reaccionar, porque no se mueven dentro de los límites de lo real, ni actúan por principios conocidos o muestran sentimientos sólidos y fundamentados

»No mantenían relaciones con el exterior, excepto para aceptar displicentemente las limosnas que se les ofrecían. Tenían una pequeña huerta y algunas gallinas, gracias a las cuales subsistían. En esta huerta gastaban la mayor parte de las horas. El resto se iba en rezar interminables y monótonas plegarias, la limpieza del convento y la preparación de las comidas. Porque todas ellas colaboraban en cada uno de estos quehaceres.

»Se reían por las cosas más absurdas, y empleaban un argot propio y bromas privadas incomprensibles para cualquiera ajeno a su grupo de locas. No dudé en que pronto acabaría en el mismo estado si había de permanecer mucho tiempo entre ellas.

»Era invierno, y en el interior de mi celda hacía un frío terrible. Encogida sobre la cama, paseando por el claustro, colaborando en las labores cotidianas o rezando las inútiles oraciones, uno solo era el pensamiento afincado en mi mente: él.

»Imagino que las monjas interpretaban mis usuales abstracciones y prolongados silencios como el especial recogimiento al que mi místico y superior espíritu conseguía acceder. Me miraban como a una santa eternamente sumergida en un éxtasis. Eso era lo que deseaban creer, y jamás indagaron en busca de cualquier otra explicación. Y yo pensaba a menudo en Dios, sí, pero no como mi Hacedor, sino como el padre injusto que hacía sufrir a mi dulce e inocente amor, y que quizá le estaba sometiendo a un horrible castigo que mi rudimentario cerebro no acertaba a imaginar. Un castigo divino al diablo salaz que se unió en concubinato con una mortal. Pero, ¿por qué no había querido acabar conmigo, con la sacrílega humana que ahora osaba habitar en la morada que le había sido encomendada a Él? ¿Tal vez ése iba a ser mi castigo? ¿Vivir prisionera hasta el fin de mis días en aquella mazmorra?

»Quizá me había equivocado al encerrarme tras los gruesos y contemplativos muros de un convento. ¿Y si había algo, incomprensible y sobrenatural, que dotase a aquel lugar de rezos y meditación de una especie de escudo protector contra influencias malignas, que me ocultase de Shallem, de alguna manera, o que le impidiese a él acceder a mí?

»Pero, pronto descubrí que tal imaginaria e invisible protección divina, por desgracia, no existía.

»Ocho días habían pasado desde mi llegada al convento. Era

una noche fría y estrellada; hermosa, en realidad. Tendida ya sobre mi dura cama, gozaba y sufría a la vez recordando la sobrehumana calidez del exquisitamente formado cuerpo de Shallem. Yo estaba ensoñada con el pensamiento de que su bella apariencia no era más que el pálido reflejo de ese alma superior que yo adoraba y vislumbraba a través de sus ojos, y sobre la que él tenía aún tantas cosas que explicarme.

»Y, de repente, una luz cegadora inundó la minúscula celda. Deslumbrada, no pude distinguir nada durante unos minutos. El corazón batía contra mi pecho más lleno de temor y recelo que de una prudente alegría.

»Pronto distinguí una silueta de apariencia humana, pero delineada con un lápiz de luz, que, espléndida y silenciosa, se perfilaba contra la oscuridad. Sentí que la cabeza me daba vueltas ante la increíble sospecha, más que sospecha, certidumbre, de su identidad.

»Avanzó unos pasos, majestuosos, hacia mí, hasta que pude ver, con absoluta claridad, la perfección de sus rasgos. Quedé inmovilizada, aterrada, atónita.

»–Tú aquí –dije en un hilo de voz–. ¿Cómo? ¿Por qué?

»Me contemplaba como quien estudia, al tiempo con curiosidad y desagrado, a un insecto más o menos repugnante. De pronto, sin que él hiciera el más leve movimiento físico, las mantas que me cubrían comenzaron a deslizarse sobre mi cuerpo. Lancé un grito y traté de retenerlas, pero, bruscamente, como si unas manos invisibles les hubiesen dado un violento tirón, saltaron hasta la punta de mis pies dejando al descubierto el blanco y sencillo camisón de algodón que cubría mi cuerpo.

»Él estaba desnudo, como la primera vez que le había visto, sólo que esta vez no había preparado ninguna mascarada en mi honor. Era él, simple y llanamente él.

»–Por favor –le rogué sollozando–, dime dónde está Shallem.

»Sin abrir los labios permitió que una idea atravesara mi mente.

»–¿Tú le retienes? ¿Eres tú?

»Su rostro tenía la nula expresividad de una figura de cera. Ni un solo gesto, ni una arruga, ni siquiera parecía parpadear.

»Miré el crucifijo de madera, colgado sobre mi cama, que hubiera debido proteger mi sueño.

»–Ésta es la casa de Dios –tartamudeé tontamente–. No deberías estar aquí.

»No se inmutó.

»Su ausencia de movimientos y expresión estaba a punto de volverme loca. De sobra sabía lo que quería, lo que había venido a buscar.

»De pronto, incapaz de ejecutar el menor movimiento o sonido, contemplé, espeluznada, la inmodesta forma en que su sexo se elevaba ante mis ojos, con insólita rapidez y fortaleza, como si acabase de obedecer a una orden fría y urgente.

»Me encogí sobre la cama, aterrada ante lo que me esperaba. Abrí la boca para gritar, para pedir socorro, para suplicar al Dios que me había destinado tamaña venganza, pero sólo mi jadeante respiración era capaz de cruzarla. Quise levantarme, huir, pero no podía apartar la mirada de aquellos ojos insondables e imposibles que no reflejaban el menor deseo hacia mí.

»De repente, se echó sobre mí. Sentí sus piernas desnudas sobre las mías y el intenso calor que emanaba de él. Pero no buscaba, en absoluto, la caricia de mi cuerpo, sino únicamente la entrada hacia mis órganos reproductores. Intenté impedirlo. Juro que lo hice, a pesar de la mesmérica fascinación con que me había embrujado. Pero, ¿qué podía yo contra los poderes de aquella criatura?

»No me rozaba con ninguna parte de su cuerpo salvo con el órgano imprescindible para cumplir su propósito. Se mantenía en alto, lo más lejos posible de mí, con las manos apoyadas sobre el colchón y los brazos extendidos. No buscó placer físico alguno. Introdujo, costosamente, la indispensable longitud de su pene y se quedó absolutamente quieto, observándome. Me tenía alelada, incapaz de cualquier movimiento en su contra. Me limitaba a mirarle con los ojos dolorosamente abiertos, sin siquiera atreverme a rozarle, porque aquello, yo lo sabía, le hubiera repugnado. Apenas parecía real lo que estaba sucediendo en la oscuridad de aquella tenebrosa celda a la que aún no me había acostumbrado. Pero era pavorosamente cierto. Se mantuvo inerme durante unos pocos segundos, hasta que percibí inequívocamente su ardiente flujo divino, impetuoso como la lava de un volcán, acudiendo a su irrefrenable encuentro con mi óvulo humano. Entonces, rápidamente, como tras una desagradable misión cumplida, se apartó de mí y se puso en pie.

»Intenté hablar. Decir cualquier estupidez. Que le odiaba, que acabaría con su hijo sin darle siquiera la oportunidad de nacer. Pero no era capaz de articular palabra. Me quedé estupefacta al ver que había cogido mi jofaina y que se estaba apresurando a lavar en ella su pene, como si hubiese sido inficionado por las escasas secreciones que me había arrancado. Su engañoso aspecto humano me impulsaba a levantarme y lanzarme sobre él; pegarle, abofetearle. No iba a matarme, pensaba yo, ahora que por fin había consumado tan repulsivo acto con una mortal. Pero nunca fui una heroína, y aquello hubiera sido tentarle demasiado.

»Lágrimas de ira, odio e impotencia corrían a raudales por mis mejillas.

»—Ya te has vengado, canalla —acerté a murmurar—. Ahora devuélveme a Shallem.

»Se acercó al borde la cama y me miró profunda e inquietantemente.

»—Piénsalo —continué, aterrada ante mi osadía, pero con el coraje que el amor me infundía—. No podré resistir la vida sin él. Me mataré antes de que tu hijo vea la luz.

»Pienso que fue una buena estrategia por mi parte, pero, lo más que conseguí fue ver, por primera vez, cómo un irónico conato de sonrisa animaba levemente su rostro.

»Y, luego, desapareció. Me encontré mirando a la nada, con la misma tonta y asustada expresión desafiante. Pero no suspiré aliviada ante su marcha, como hubiera debido, sino que me sentí aún más sola y consternada, porque él era el único ser que conocía capaz de responder a mis preguntas y de devolverme mi vida, mi alma y mi corazón. Y me había dejado en espantosas, horribles, circunstancias.

»Pero, antes que preocuparme por mi terrorífico embarazo, lo hice por Shallem. No era Dios, como yo había supuesto, quien había lanzado su justicia sobre él, sino aquel monstruo incompasivo de poderes cuyo alcance yo ignoraba, pero superiores, sin duda, a los de Shallem. ¿Qué le habría hecho? ¿Estaría sufriendo? Y ahora yo deseaba que estuviese junto a mí como jamás lo había anhelado. ¿Conseguiría algo mi amenaza, a pesar de aquella mordaz sonrisa?

»Eonar no había dejado una sola huella en mi cuerpo que me asegurase que aquella incruenta violación había sido un hecho real. No había sentido dolor, a pesar de las contracciones musculares a las que el terror me había obligado. No tenía señal física alguna que yo pudiese ver o sentir. Pero era un hecho. Había estado en mi celda. En aquella misma pequeña y austera celda tenebrosa en la que apenas conseguían entrar los más intrépidos rayos de luna a través de su absurdamente minúsculo ventanuco enrejado. Y ahora todo estaba en paz. El mundo no había experimentado el más nimio cambio. El aire fresco de la noche continuaba oliendo a romero y a tierra húmeda, y los grillos cantaban, indiferentes a lo ocurrido. El silencio en el interior del convento era absoluto. Los ángeles del Cielo no bajaban, espeluznados, a por mí, a poner fin de inmediato a la sacrílega concepción. La idea de su posible ayuda me reconfortó. Si sus hermanos caídos lo hacían, ¿por qué no iban a poder ellos, igualmente, acudir a mí?

»Me dirigí a ellos en voz alta, imaginándolos invisiblemente reunidos en torno a mi celda tras intuir, o quizá presenciar la tragedia, y contemplándome ahora, apenados, desde aquel otro lado que no podemos ver, pero desde el que si podemos ser observados. Les recé a ellos, tan familiares y reales, en lugar de a Jesús o a la Virgen. Les supliqué que aquel embarazo no tuviese lugar, les juré que era inocente, que mi único crimen era amar el bello corazón de su hermano, al que nunca podría renunciar. Pero él no era un demonio, les dije, sino un ser tan hermoso como ellos mismos pudieran serlo. Durante más de una hora les rogué, desesperadamente, que se dejaran ver, que no podía soportar la idea de pasar por aquello en total soledad. Agucé los oídos, intentando captar su respuesta, pero allí no había presencia sobrenatural alguna capaz de atender mis súplicas o de acallar mi angustia, o, si la había, tal vez se limitaba a criticar mi osadía con enconado enojo.

»Cansada, humillada, me tumbé en la cama en busca del sueño que, gracias a Dios, No tardaría en llegar, mientras no dejaba de implorarle a Él mismo, a la Virgen y a todos los santos que aquella criatura nunca llegara a nacer.

»Pocas horas más tarde amaneció el día siguiente. Los gallos del convento me despertaron tan inmisericorde y puntualmente como solían, e, inmediatamente, mi corazón saltó desbocado con los recuerdos de la noche anterior.

»Me levanté, tambaleante, y me vestí con mi sobrio y viejo hábito. Acudí a la capilla provista de un angustiado fervor que nunca antes había sentido. Paladeé cada palabra de la misa, encontrando en ellas significados y mensajes providenciales que interpreté dirigidos a mi única persona. Tuve miedo, mucho miedo, en el momento de introducir la Sagrada Forma en mi boca. Me consideré indigna de recibirla, pensé que abrasaría mi impura lengua. Pero lo único que hizo fue permanecer pegada a ella como si se negara a penetrar en mi ser. Pero debía hacerlo, debía limpiarme por dentro, purificarme. Hubiera deseado comulgar por segunda vez, pero no me atreví a solicitarlo. Continué en la capilla, cuando ya las monjas habían ido a desayunar pues el pan ázimo era el único alimento que podía calmar mi hambre. Deseaba devorarlo a manos llenas, bloquear mi estómago con él, que se arrastrase como lava candente a través de mi interior, de forma que no quedase un solo resquicio de mí en el que no hubiese penetrado su fuego purificador. Él podía quemar cualquier mal que anidase en mi cuerpo, destruir aquel germen maligno. Me pareció un principio alentador el que no hubiese acabado conmigo nada más penetrar en mi boca. Aún no estaba totalmente perdida.

»Durante horas permanecí arrodillada implorando a todos los santos conocidos y, muy especialmente, a la Virgen María, quien mejor sabría comprenderme, y a los ángeles del Cielo.

»Sentí una mano sobre mi hombro y di un respingo. Vi la cara rechoncha y colorada de una de las monjas, que venía a por mí. Era la hora de comer, me decía, llevaba más de seis horas orando, Dios no estaría contento si no atendía las necesidades del cuerpo del que me había dotado del mismo modo en que alimentaba mi espíritu. Al darme la vuelta, vi que otras tres o cuatro monjas me observaban desde la puerta, curiosas y bobaliconas, como espiando a una santa en pleno éxtasis. Qué desgracia que todas fuesen tan estúpidas, que no hubiese ni una sola en quien poder confiar.

»Pasé los siguientes días meditando y rezando fervorosamente, y atendiendo diligentemente a mis obligaciones conventuales, esperando, tontamente, ganar con ello algún punto ante el tribunal divino. Mi fe y mi esperanza no se alterarían hasta dos semanas después del encuentro. Entonces tendría la menstruación y mi temor al embarazo se disiparía en el aire como el humo de una hoguera tras una violenta tormenta.

»Catorce, dieciséis, veinte días. Al principio me consolé con la posibilidad de un retraso debido a los nervios. Treinta días después no había consuelo posible. Estaba embarazada. Todos mis rezos y súplicas no habían servido de nada. ¡Cuánto se habría reído Dios de mí, rodeado de todos sus malditos ángeles y su corte celestial! Me estaba bien empleado, supongo. ¿Acaso no había desafiado al Cielo, primero, e implorado luego su ayuda, tras haber cometido sacrilegio? ¡Ah!, si aquel hijo fuese de Shallem, ¡qué el cielo hubiese tratado de impedir su nacimiento!

»La palabra aborto era una constante en mi pensamiento. Era la solución urgente e incuestionable. Empecé con métodos caseros que no me causaron sino insoportables malestares y vómitos. Decidí, entonces, que necesitaba la ayuda de una experta. Pero, ¿cómo acceder a ella, mientras estuviera en el convento? Y no quería abandonarlo. Me había acostumbrado a él y al sereno alejamiento del mundo de los humanos que sus muros me dispensaban.

Una llave se oyó girar en la cerradura de la puerta de seguridad, y el sacerdote y su confesada contemplaron en silencio al hombre que penetraba en la celda y depositaba sobre la mesa una bandeja con una botella de agua y dos vasos.

Tras agradecérselo, volvieron a quedarse a solas.

El sacerdote llenó por dos veces el vaso de la mujer, que bebió ávidamente, y, después, el suyo.

–El tiempo fue pasando –continuó ella tras el breve descanso–, el embarazo seguía el curso normal de cualquiera humano, y Shallem no aparecía sino en mis sueños. Cada día sufría más intensamente el tormento de su ausencia.

»Por pura desidia y cobardía, dejé que mi vientre mostrara los signos evidentes de su estado. Pero el amplio hábito me libró del escándalo hasta el séptimo mes. Cuando me preguntaron de quién era, contesté la verdad: "De un ángel".

»Se reunieron a deliberar durante varias horas y luego me notificaron mi expulsión del convento. Tal vez no mentía, me dijeron, pero ellas dependían de las limosnas de las gentes piadosas y no podían arriesgarse a un escándalo que las dejase sin medios de subsistencia, el huerto era demasiado pequeño...

»Me echaron cuando aún no había amanecido, en plena oscuridad, para evitar ser vista saliendo del convento en mi estado. Tuvieron la deferencia de darme algún dinero. Con él podría pagar un par de noches en alguna posada. Después, mi hijo y yo, probablemente, moriríamos de inanición en cualquier esquina.

»Tomé alojamiento en el pueblo más cercano, hundida en el dolor y la incertidumbre. Lloré sobre la cama sin poder pensar en otro plan que no fuese acabar con mi vida y sus desgracias y con aquella criatura que estaba a punto de nacer, hasta que, al mediodía, sentí la debilidad producida por el hambre. Gasté mi escaso peculio en una cena decente, con buena carne roja y sangrienta, en el comedor de la posada. Y allí, mientras las lágrimas rodaban aún por mis mejillas, mezclándose en mi boca con el dulce sabor de la carne, tuve la suerte de conocer a Dolmance de Grieux.

»Mi aspecto era lamentable. Vestía la misma espantosa túnica con la que había llegado al convento, y que marcaba mi avanzado estado con toda claridad. Dolmance de Grieux adivinó rápidamente mi situación. Estaba en la mesa contigua, acompañado de otro caballero. Ambos vestían ricas telas trabajadas a la última moda. Su atildado peinado, sus modales, su aspecto general, denotaban su nobleza de cuna.

»A los veinte minutos, el caballero que le acompañaba abandonó el comedor y Dolmance se sentó a mi mesa, tras solicitar mi mudo consentimiento.

»—Disculpad mi atrevimiento —me dijo—, pero las circunstancias de la vida han hecho que dos solteros necesitados de cónyuge nos reunamos en esta mesa. —Se silenció y me miró atentamente, como si esperase que yo, ofendida, refutase de inmediato sus palabras. Pero éstas me traían sin cuidado—. ¿No me equivoco? Vos sois extremadamente joven, y, por vuestro aspecto, deduzco que la diosa fortuna no os ha favorecido últimamente. ¿Tenéis familia? ¿No? Pero sí un pequeño problema a punto de estallar, ¿no es cierto? Dejadme adivinar. Él, el padre, y disculpad mi osadía, que no es movida por la ociosa curiosidad, sino por el afán de llegar al entendimiento de vuestras circunstancias personales, y, quizá, a un acuerdo beneficioso para ambos, el padre, decía, ha perdido la vida en San Juan de Acre, dejándoos sola en tan embarazosas circunstancias.

»Me miró esperando una respuesta y yo, a quien sí comenzaba a mover la curiosidad, asentí gestualmente.

»—Bien —continuó—, creo que no es erróneo suponer que un esposo joven, apuesto, adinerado y dispuesto a compartir su ilustre apellido con vos y vuestro pequeño, no sería una solución del todo indeseable para vos. Poseo la mayor fortuna de Orleans y una enorme y hermosa casa en el campo donde vuestro hijo podría crecer saludable y felizmente, además de recibir la más exquisita educación en todos los campos conocidos. Vos poseeríais cuantas riquezas materiales puedan serles ofrecidas a una mujer, una asignación especial y absoluta autonomía en el gobierno de la casa. En cuanto a mí, mi trato no resulta violento o repugnante en ningún momento, mi conversación es amena, soy limpio en la mesa y jamás tendréis que soportarme en la cama.

»Yo le miraba con tal aire de incrédula perplejidad que se echó a reír. Su risa era suave y agradable y alegraba luminosamente sus negros ojos y su rostro moreno y bien parecido.

»–Es una burla un tanto cruel y estúpida, caballero –le increpé.

»–No es ninguna burla, Mademoiselle, creedme. Necesito una esposa y vos un marido. ¿Creéis que podréis encontrar otro mejor? No tenéis nada que perder. Por supuesto, me parecen lógicos vuestros recelos. Preguntad por mi reputación, en la posada, en el pueblo, a mis propios sirvientes... Soy conocido como hombre alegre, pacífico y de buen carácter. Mis costumbres son intachables, salvo por un pequeño detalle que os confiaré una vez halláis aceptado ser mi esposa, pero de cuya promesa os liberaré si ese pequeño detalle os resultara... digamos, intolerable.

»–¿Estáis hablando en serio? –continué dudando.

»–Absolutamente, Mademoiselle.

»–Y, si eso fuera verdad, ¿por qué escogerme a mí? Ni siquiera me conocéis.

»–Digamos que ha sido una decisión extremadamente urgente. No tengo tiempo ni ganas de recorrer el mundo buscando la esposa ideal. Además, muy posiblemente, ni siquiera llegaría a apreciar o siquiera conocer nunca sus valores, si estos fueran excesivos. No me interesan determinados detalles, ni tampoco busco el amor. Y, ahora que os he mirado a los ojos y he escuchado el delicioso timbre de vuestra voz, creo, sinceramente, que si recorriese toda Francia no encontraría una esposa que satisficiera mis superfluas necesidades mejor que vos. Sois suave en el trato, dulce, delicada y grata para mi visión. Supongo que no seréis muy cultivada, pero eso tiene solución. Y, además, pronto me daréis un hijo sin el menor esfuerzo por mi parte. No puedo pedir más. Se diría que es la providencia quien os ha traído hasta mí.

»Calló y me miró. Estaba confusa, aunque ya no dudaba de su palabra.

»–¿Qué dijisteis de la cama? –le pregunté.

»–Oh, sí. En realidad, me temo que me he delatado antes de tiempo. Se trata del pequeño detalle del que os hablaba. Tal vez sea algo enojoso para una mujer tan joven como vos. Pero yo..., nunca os ofreceré favores sexuales.

»–¿Por. . .qué razón?

»–Digamos que ya he entregado mi corazón a otra persona.

»–¿Y no podéis casaros con ella?

»–Me temo que nuestra sociedad no tiene miras tan anchas. No es de vuestro bello sexo, aunque no es menos bello que vos.

»–¡Oh! –exclamé larga pero suavemente–. Entiendo. No os atraen las mujeres.

»–Efectivamente, Mademoiselle. Me deleito infinitamente más con aquellos deliciosos placeres que ni los mismos dioses fueron capaces de rechazar. ¿Os resulta repugnante?

»–Ni mucho menos. Pero, ¿estáis seguro de que, en un momento dado, no podría atraeros... mi persona?

»–Absolutamente, querida. Es un hecho consumado. Nunca os sería de utilidad en ese sentido. Aunque, naturalmente, comprendería que, con la mayor discreción, y siempre dentro de los límites de mi propiedad, satisficierais vuestras necesidades sexuales con los caballeros, discretos caballeros, repito, de vuestra elección. La misma tolerancia exigiría de vos. Tengo por costumbre organizar esporádicas... reuniones en mi casa, a las que las damas no están invitadas. ¿Comprendéis su naturaleza?

»Asentí anonadada.

»–Perfectamente –aseguré.

»Y de pronto me di cuenta de que aquello era mi salvación. Un hombre que me sacaría de la miseria hasta que Shallem apareciera, sin exigirme nada a cambio. ¿Nada?

»–Este trato, parece, efectivamente, muy ventajoso para mí –dije–, pero, ¿cuál es el beneficio que os reporta a vos?

»–Mi querida amiga, en este mundo de hipocresía social en el que vivimos los amores entre Adriano y Antinoo en lugar de conmovedores y hermosos, como deberían, se encuentran sucios y despreciables. Digamos que necesito dar una imagen de mí mismo más convencional y tolerable por la sociedad. Mis negocios y mi estatus social así me lo exigen, y he llegado a una edad en la que no lo puedo demorar más. Estoy a punto de ser presentado a ciertas puritanas personas de la alta sociedad cuya amistad podría reportarme considerables beneficios. Mi matrimonio acabará con los sucios chismorreos que indudablemente han demorado su visita a mi casa. ¿Me explico?

»–Con admirable perfección. Necesitáis un adorno, una muñeca delicada y hermosa capaz de cerrar para siempre las bocas de vuestros censores; que no desee, recalco, desee jamás, vuestros favores sexuales ni, a ser posible, los de ningún otro caballero; que simule, de puertas afuera, con rostro de felicidad, vivir en continua luna de miel un matrimonio convencional; que sepa dispensar un trato encantador a vuestros invitados de la alta sociedad y que disponga de una mente abierta y tolerante, y de unos ojos que sepan cerrarse hábilmente ante el desfile de amantes, que, sin duda alguna, invadirá cotidianamente vuestro hogar. Y eso es, exactamente, lo que habéis encontrado.

»–¡Magnífico! ¿Aceptáis pues?

»–Antes he de aclarar algo.

»–¿Qué es ello?

»–Nuestro matrimonio es un pacto de negocios, como bien he dicho, de puertas afuera. No incluye, ni incluirá jamás comercio carnal alguno, ni con vos, ni con nadie que a vos se os ocurra. Si este punto se infringiese, lo cual se haría contra mi voluntad, nuestro contrato quedaría inmediatamente rescindido, y yo os abandonaría levantando el mayor escándalo posible.

»–Os aseguro, querida hermosa mía, que no tocaría vuestra suave carne ni aunque me fuera la vida en ello.

»–No quisiera que os ofendieseis, sois francamente hermoso. Pero, como os ocurre a vos, mi corazón ya ha sido robado, y aunque sangre, permanece fiel a la memoria de su captor.

»–Eso es muy bonito, pero, sois tan joven que no tardaréis en olvidarle y sustituirle en vuestro corazón. Por tanto, y en previsión de las circunstancias futuras que, sin duda, tendrán lugar aunque ahora lo neguéis, he de rogaros que, llegado el momento, me mantengáis informado de quienes hayan de ser vuestros amantes, a fin de planear una estrategia conjunta que impida que ambos nos convirtamos en la comidilla del país.

»–Os lo prometo, si así os quedáis más tranquilo. Pero, cuando se ha catado el néctar de ambrosía, no sabéis cuan agrio resulta el gusto de la miel.

»Se rió abiertamente.

»–Sin duda hoy es mi día de suerte –dijo.

–VI–

»Nos casamos siete días después. El tiempo justo para hacer los arreglos oportunos y enviar las invitaciones a sus más íntimos amigos y parientes. Mis recelos y naturales temores habían desaparecido a los dos días de aquel primer encuentro. Para entonces me había procurado informes suyos de todos los habitantes de la zona, y, como él había afirmado, tenía fama de hombre bondadoso, apacible, jovial y encantador, aunque eran bien conocidas sus costumbres disolutas. Para el día de la boda le conocía bastante bien. No era una persona reservada, aunque sí algo tímida, lo que producía un contraste encantador. Era sensible y elegante, y, sobre todo, se hallaba dotado de una inteligencia extraordinaria y una admirable cultura. Poseía lo que en la época podía considerarse una vastísima biblioteca, que suponía un auténtico orgullo para él y un extremo placer para mí. Y todo cuanto tenía me lo mostraba, no fatuo y arrogante, sino con natural sencillez y deseoso de compartirlo conmigo.

»No tuve nada de qué arrepentirme tras los esponsales. Me trataba encantadoramente, como a una hermana. Me traía flores y otros obsequios, y se preocupaba constantemente de mi estado. Parecía ilusionado conmigo. Y yo, a los pocos días no podía prescindir de él. Tanto es así que me molestaba encontrarle junto a su amante o a cualquier otra persona, pues eso me privaba del placer de su compañía, y sin ella me sentía sola y la pena se apoderaba de mí.

»Nueve meses habían pasado sin tener noticias de Shallem. Me preguntaba cómo había conseguido resistirlos y cuánto tiempo más habría de esperar todavía. Constantemente me sorprendía a mí misma consultándole mis decisiones e imaginando las respuestas que él me daría, tal como si salieran de su propia boca. En algún momento me sentía temerosa de que él no comprendiese la naturaleza del acuerdo entre Dolmance y yo, y casi me arrepentía de un matrimonio que, por lo demás, era perfecto para mí.

»Yo estaba aterrada cuando llegó el momento de que mi hijo naciera. El embarazo había transcurrido espléndidamente, teniendo en cuenta las circunstancias. Pero eso no había impedido mis constantes temores. ¿Qué saldría de allí? ¿Sería humano, más o menos?

»Dolmance me había traído un buen médico de la ciudad y dos comadronas. Cuando las contracciones llegaron, no sólo no sentí dolor, sino, más bien, lo contrario. La criatura estuvo fuera sin que apenas me diera cuenta.

»Escruté, temerosa, la expresión del médico cuando la tuvo en sus brazos.

»–¡Dios santo! –exclamó–. ¡Monsieur Des Grieux! ¡Fíjese en sus ojos! ¡Es el bebé más hermoso que he visto jamás!

»Dolmance y las comadronas se deshicieron en alabanzas antes de entregarme al niño. Nunca hubiera esperado algo así. Era, efectivamente, la criatura más hermosa jamás concebida. ¡Cuánto, Dios mío, cuánto se parecía a su padre! ¡Pero era tan expresivo, tan dulce y alegre! Tenía la piel sonrosada y el cabello rubio. Y aquellos ojos... Apretó su manita en torno a mi dedo sin dejar de sonreír y emitir graciosos y dulces sonidos. ¡Y yo que le había odiado todo ese tiempo!

»–¡Juliette! –me susurró Dolmance sentándose en la cama, a mi lado, y con expresión anonadada–. ¡Ahora entiendo lo del néctar de ambrosía!

»Pasó el tiempo. Chretien, éste es el nombre con el que bauticé a mi hijo, por cierto, sin el menor problema pese a mis miedos al respecto, Chretien sabía hablar con prodigiosa perfección a la edad de un año, pero no sólo en francés, sino también en inglés, ya que ambos idiomas resultaban de uso corriente entre la aristocracia y la alta burguesía.

»Un día, aún no había cumplido año y medio, Dolmance, que solía leer con el niño en sus brazos, descubrió que había aprendido a leer sin enseñanza alguna. En cuanto se dio cuenta de su increíble inteligencia contrató para él profesores de todas las materias, cuyos conocimientos había absorbido en su totalidad a la edad de cuatro años.

»Chretien era un prodigio absoluto. No sólo dominaba las enseñanzas que le habían sido inculcadas, sino que poseía sus propias teorías acerca de todo problema. Por mera observación había aprendido a tocar todos los instrumentos que habíamos puesto a su alcance. Su carácter era extraordinariamente dulce y se ganaba la adoración de cuantos le conocían. Su fama recorrió toda Francia, de forma que no tardó en llegar a oídos del rey, quien reclamó su presencia ante sí. Yo me negué a ir, pero Dolmance llevó al joven genio a palacio, donde cautivó a toda la corte, lo cual supuso un notable empujón para sus ya de por sí prósperos negocios.

»Yo me había convertido en toda una dama encantadora, cultivada por Dolmance y por los mismos instructores de Chretien y vivía en aparente tranquilidad, aunque, por dentro, el suplicio de la ausencia de Shallem llenaba todo mi ser. "Tal vez mañana vuelva –me decía cada día–, tal vez mañana".

»Pero esta frágil calma se interrumpió un día, pues, cuando estaba casi a punto de cumplir los seis años, algo espantoso comenzó a suceder con Chretien. Él siempre había tenido a Dolmance por su padre, eso era lo que nosotros le habíamos dicho. Pues bien, un día, sin motivo, comenzó a mostrarse arisco con él y a llamarle por su nombre de pila.

»–¿Por qué has tratado de ese modo a tu padre? –le pregunté cuando estuvimos a solas.

»–Él no es mi padre –dijo en muy alta y segura voz, y golpeó la mesa con el libro que tenía en la mano y salió de la habitación sin atender a mis órdenes en contrario.

»Me quedé perpleja, ignorando qué podía haberle llevado a tal convencimiento.

»Después de aquello, su tratamiento hacia nosotros se hizo intolerable. Nos ignoraba por completo, no respondía si le hablábamos, y, si insistíamos en obtener respuesta, abandonaba la estancia con la peor educación. Tratarle era muy difícil dada su inteligencia. Era como un adulto superdotado inmerso en un cuerpo minúsculo y arrobadoramente encantador. Sus respuestas, cuando las había, eran acres, mordaces y desafiantes, y jamás encontraban una réplica a su altura.

»Dolmance sufría tremendamente, y yo, que le quería con gran ternura, padecía el doble por esta causa. Él no merecía aquel trato. Siempre se había portado como un padre sensible y amoroso. Jamás le había contestado con una mala palabra, sino que siempre le había dado cariño y lo mejor de cuanto podía ofrecerle. Dolmance no le hubiera querido más de ser su propio hijo.

»Y ahora se me planteaba una pregunta inquietante. ¿Habría sabido Chretien, de alguna forma, quién era realmente su padre?

»–¡Sé quién es mi padre! ¡Ha venido a mí! –gritó un día encorajinado, con su rubia y agitada melena cubriendo sus increíbles ojos.

»–¡No sabes lo que dices! –grité yo, aterrada ante la posibilidad de que aquello fuese cierto y de que pudiese pronunciar el nombre de su padre delante de Dolmance, quien le miraba espeluznado.

»–¡Os desprecio! ¡Ya no hay nada que podáis enseñarme! ¡Os detesto! –gritó. Parecía increíble verle allí, aullando tales estremecedoras palabras a quienes más le querían, con su pequeño pero bien desarrollado cuerpo y la belleza extraordinaria de su cutis rosado apenas transmutada por su ataque de ira.

»–¿Es ésta la educación que yo te he dado? –intervino Dolmance, temerosamente.

»Chretien le miró con los punzantes ojos tan clavados en los suyos como si esperase arrancarle sangre, pero no contestó una palabra.

»El cambio operado en Chretien se convirtió en el centro de nuestras vidas. Dolmance se obsesionó hasta tal punto que abandonó sus negocios y apenas veía a su amante. Sin embargo, nosotros dos éramos los únicos que sufríamos el cambio de nuestro hijo. De cara al resto del mundo continuaba comportándose como la misma criatura adorable ante cuyos pies nadie hubiera dudado en postrarse. Desde nuestros criados hasta la nobleza, su poderoso encanto y seducción los convertía en simples esclavos. Ante cualquier visita, incluso la más humilde, Chretien desplegaba oportunamente su fascinante atractivo como las plumas de un pavo real. Y nadie hubiera adivinado la furibunda bestia en que era capaz de convertirse.

»Pero, entre nosotros tres, los enfrentamientos tenían lugar constantemente. No había ya nada que pudiese entretenerle, conocimientos que aún no hubiese adquirido. No sabría decir el número de lenguas extranjeras que aprendió a través de la simple lectura de libros. Era demasiado rápido asimilando, de modo que el aburrimiento se cebaba fácilmente en él, ocasionándole frecuentes accesos de ira.

»—¡Quiero viajar! ¡Necesito salir de aquí! —gritaba—. ¡Quiero estar con mi padre!

»—¿Por qué dices eso? —se enfureció un día Dolmance—. ¿Quién crees que es tu padre?

»—Basta, Dolmance, te lo ruego —supliqué, asustada de lo que pudiese salir a la luz.

»—¡Mi padre no es un hombre, es un ser superior! —exclamó Chretien.

»—¡Tu hijo se ha vuelto loco, Juliette! —continuó Dolmance, irrefrenablemente—. ¡Se ha vuelto loco!

»— Ya no os necesito. ¡Mi padre vendrá y os hará pedazos, a los dos!

»Diez días después, encontré muerto a Dolmance en su cama. Un cuchillo de cocina le atravesaba el pecho. Quisiera explicarle el inmenso dolor que sentí, lo mucho que le lloré. Él había sido el mejor amigo que había tenido nunca, y fue mi propia carne quien acabó con su joven vida. En ningún momento me cupo duda de ello. Me arrodillé a los pies de su lecho y me deshice en llanto. Después, la cólera se apoderó de mí. Recorrí toda la casa buscándole, gritando frenéticamente su nombre. Los criados me informaron de que había salido a montar a caballo. Fui tras él. ¿Con qué exacta intención? Lo ignoraba. Sólo sabía que en aquel momento le odiaba, le aborrecía, que él mismo merecía la muerte. Le encontré jugando con sus perros, cerca de los límites de nuestra propiedad. Llena de furia, me bajé del caballo y, allegándome a él, le así férreamente por los tiernos hombros.

»—¡Dime que no has sido tú! —le grité zarandeándole—. ¡Dime que no le has matado!

»—¿Y qué importa? —me preguntó con auténtica perplejidad—¡Suéltame, bruja!

»—¡Contéstame! ¿Lo has hecho tú?

»—¡Sí, sí, sí! —chilló—. ¡Yo lo he hecho! ¿Y qué? ¿Qué falta nos hace? ¡No servía para nada! Ahora todo esto es mío, y yo puedo llevar sus negocios mejor de lo que lo hacía él.

»—¿Es que no tienes sentimientos, maligna criatura? —le grité fuera de mí—. Él siempre te quiso.

»—¡Qué lástima! —se limitó a decir, lleno de indiferencia e insultante ironía.

»Y después, como perdiendo por arte de magia su cínico tono, su expresión se transformó en la de un lindo querubín, en la de un pequeño encantador capaz de despertar el instinto protector de cualquier adulto, y al que uno querría besar, acariciar y mimar sin detención. Me echó los brazos alrededor el cuello y me besó dulce y suavemente.

»—Ten cuidado, mami —susurró a mi oído. Y luego, con una elocuente sonrisa, me miró a los ojos y se fue.

»Acusé a uno de nuestros criados del asesinato de mi esposo. ¿Qué podía hacer? Escogí a un viudo sin familia a quien nadie lloraría, excepto yo. En aquella época, cuando un amo acusaba de cualquier falta a sus sirvientes, éstos no tenían escapatoria posible. Nadie iba a exigirme pruebas o testigos. Entonces la justicia era más rápida que hoy y fue ejecutado a los pocos días, sin siquiera ser informado del delito cometido. Los remordimientos por aquel crimen cayeron sobre mi conciencia como la peor penitencia y me acompañaron durante mucho tiempo. Me sentía sucia y avergonzada. ¿Quién era yo para enviar a la muerte a aquel pobre hombre inocente? Pero, ¿qué alternativa había tenido?

»Aquella noche no pude dormir. Apenas pegué ojo a la siguiente. No quería dormir, no podía. Tenía miedo, terror de mi propio hijo. Cuando el sueño me vencía, lo veía penetrando silenciosamente en mi alcoba con un inmenso cuchillo de cocina en la mano y despertaba sobresaltada. Sabía que no me quería más de lo que había querido a Dolmance, que no tendría inconveniente en acabar conmigo a la mínima molestia que me atreviese a originarle.

»Mi aspecto era peor día a día. Apenas comía, no dormía tranquila, o no dormía en absoluto. Temía despertar y verle caer sobre mí como un espectro. Pensé en apostar un criado a mi puerta durante toda la noche, y así lo hice. Le conté que padecía pesadillas muy intensas, y que si me oía quejarme debía entrar y despertarme.

»Gracias a eso aquella noche dormí un poco más tranquila, pero, cuando, a la mañana siguiente, abrí la puerta de mi alcoba, descubrí a mi criado muerto, al pie de las escaleras.

»La sangre se me heló en las venas.

»–Ha sufrido un accidente –me susurró burlonamente Chretien, junto al cadáver.

»Y, más tarde, dulcemente abrazado a la mujer de su víctima, la consolaba con su tierna e inocente voz–: Está en el cielo, Marie –Y la besaba la mejilla, y enjugaba sus lágrimas con sus propios deditos–. Era tan bueno que Dios le necesitaba a su lado, y se lo ha llevado con él. No llores, ahora será feliz para siempre.

»Y, ya en la intimidad, sujetando mi mano entre las suyas, firmes y duras como pequeñas tenazas, me conminó:

»–No vuelvas a apostar vigías a tu puerta, estúpida, o moriréis los dos. ¡Aaaah! ¡No sé cuánto más podré soportarte!

»Comencé a espiarle. Le seguía, sigilosamente, a través del jardín y por los campos de nuestra propiedad. Mandé hacer diversos agujeros en la pared de la habitación contigua a la suya, donde solía encerrarse durante horas. ¿Qué esperaba descubrir? Algo muy concreto. Esperaba verle reunirse con su padre, verle hablar con él, o, a falta de esto, sorprenderle realizando alguna actividad sobrenatural. Pero jamás le descubrí haciendo cosa alguna que no hiciese cualquier niño normal, jamás fui testigo de ningún encuentro extraordinario.

»Pero no dejaba de preguntarme cuál sería la misión para la que habría sido concebido. Su padre había comenzado a instruirle, le había revelado su propia identidad y quién sabe cuántas cosas más. ¿Qué pretendería de él?

»Cuando le bañaba, pues a él aún le gustaba que lo hiciese, registraba su cuerpo en busca de la marca, de la señal de la bestia que no había podido encontrar donde el Apocalipsis indica, esto es, en la mano derecha y en la frente. El 666 no aparecía por ninguna parte, ni tampoco cualquier otra marca extraña. El que tenga inteligencia calcule el número de la bestia, porque es número de hombre, dice San Juan. Naturalmente, entonces yo ignoraba por completo que la bestia a la que se refiere fuera el imperio romano, o que el 666 fuese la clave gemátrica que esconde el nombre de Nerón, prototipo del perseguidor de cristianos. El oscurantismo religioso se alimentaba de cábalas, enigmas, promesas infernales e incomprensibles parábolas en latín. La literalidad era la norma a seguir. Y yo lo creía a pies juntillas. Mi hijo era el hijo del dragón y, sin duda, llevaba su marca, seguro. Sin embargo, no era así. Reconocí las zonas más ocultas de su cuerpo, palpé bajo su cabello. No había señal alguna que encontrar.

»Hice también, desde luego, mis propios cálculos supersticiosos, inventé criptogramas a partir de su fecha de nacimiento, de la de su concepción, del año y la edad que tenía cuando asesinó a Dolmance, lo relacioné con todo tipo de acontecimientos y fechas bíblicas, me convertí en una maestra de la cábala, pero jamás descubrí en él nada de lo Escrito.

»Estaba obsesionada con su naturaleza. ¿Tendría poderes sobrehumanos? ¿Sería inmortal?, me preguntaba sobrecogida.

»Y él se paseaba por la casa dirigiéndome acres miradas de soslayo, o se sentaba al escritorio de Dolmance a repasar la contabilidad, la correspondencia comercial, o a reescribir las cartas que nuestros apoderados, representantes o abogados dirigían a los proveedores y clientes.

»Yo estaba perdida en aquel maremágnum contable que él dominaba a la perfección. Tanto por terror como por ignorancia, me veía obligada a obedecer sus instrucciones sin ninguna vacilación. Él me indicaba sobre qué productos convenía incidir, qué mercados había que buscar, quién carecía de capacidad para satisfacer nuestras expectativas comerciales y, por tanto, debía ser despedido. Y yo cumplía sus mandatos sin la menor demora. Naturalmente, esto me obligaba a entrometerme de continuo, sin excesivo conocimiento, en el trabajo de nuestros empleados, lo que me granjeó, especialmente por mi condición de mujer, no pocos problemas y enemistades. Pero me faltaba el valor para enfrentarme con él.

»A los pocos meses de morir Dolmance, me di cuenta de que me había convertido en su esclava, lo mismo que lo eran el resto de seres, racionales o no, a quienes conocía. Yo carecía de voluntad propia. Desde luego, él ya no me necesitaba como madre, sino tan sólo como su títere. En ocasiones intenté rebelarme, e incluso traté de dominarle, de hablar con él, de refrenar sus extraños instintos. Y, entonces, las amenazas de muerte, sutiles o directas, brotaban de sus ojos o de sus labios.

»—Mi padre podrá hacer lo que yo no pueda, recuérdalo —me intimidaba.

»Y yo aprovechaba aquellas ocasiones para preguntarle por su padre, si sabía quién era, cuándo le había visto. Me dijo que era el príncipe de los ángeles y que cada noche le llevaba a su reino.

»No sé si tenía más miedo de él o de su padre, a quien imaginaba como un constante vigía invisible, ingrávido en el aire y siempre atento a cualquier falso movimiento por mi parte para poner inmediato fin a mi existencia. A veces, absorta en esta creencia, me desplazaba tras los pasos de Chretien mirando a lo alto y rogando: "Devuélveme a Shallem y me alejaré de tu hijo en cuanto tú quieras. Todo será suyo. Por favor, por favor, devuélveme a Shallem".

»Pronto comprendí que mi muerte no sería una realidad por el momento. Chretien se había dado cuenta de que yo le era imprescindible para dirigir su pequeño imperio mientras fuese menor de edad. A mí podía manejarme como a una marioneta, era el cuerpo adulto que él necesitaba, una prolongación de su propio brazo, su eslabón de unión con un mundo al que un día accedería por derecho propio. Entretanto, yo, mientras siguiera cediendo a todos sus caprichos sin preguntar, como hasta ahora, estaría relativamente a salvo.

»Y pronto descubrí su extraordinaria capacidad para capturar la voluntad de las personas. No era, exactamente, un estado hipnótico lo que las afectaba, sino, más bien, un hechizo, un encantamiento, como si al contemplar su dulce rostro bebiesen de una pócima mágica que obnubilase su razón y les impulsase a cumplir sus deseos. Por ejemplo, las ofertas que obtenía de nuestros proveedores eran auténticas gangas. A menudo conseguía comprar por debajo del coste o vender a precios que ni un loco hubiera pagado. Los apoderados le tenían un respeto que yo estaba muy lejos de disfrutar. Empezaron consultándole pequeños problemas. Al principio, tal vez sólo como un juego. Pero, con el tiempo, reconocidos sus infalibles aciertos y genialidad, depositaron en él una fe ciega.

»Las visitas sociales continuaban acudiendo a nuestra casa con la asiduidad de antaño para contemplar la cada vez más inigualablemente prodigiosa belleza de Chretien, aún deliciosamente infantil, de disfrutar con sus cariñosos y generosos besos, de deleitarse con la música que él mismo componía, de entrar con él en conversaciones políticas, o disquisiciones teológicas o filosóficas que dejaban mudos, boquiabiertos y rebajados a sus fascinados interlocutores. Era para ellos mucho más que un genio, era un ídolo adorado ante quien todos deseaban inclinar la rodilla. "¿Qué ocurrirá cuando sea un hombre?", me preguntaba.

»Yo, en ocasiones, me quedaba extasiada contemplando el brillante e hipócrita espectáculo que ofrecía.

»—¡Te comportas como una imbécil ante nuestros invitados! ¡Les resultaría más ameno conversar con una marioneta antes que contigo! ¿Quieres estropearlo todo? —me amonestaba a menudo, tras las visitas. Y sus ojos ardían adueñados por una furia diabólica que atenazaba mis músculos.

»Me hundí en la más absoluta aflicción. Me abandoné a ella. Me encerraba en mi alcoba la mayor parte del día; a rezar, a meditar, a llorar. De tanto en tanto, Chretien irrumpía en ella exigiendo imperiosamente mi presencia ante alguna visita imprevista. Entonces, me arreglaba y bajaba corriendo, porque el no hacerlo hubiese podido ser considerado suicidio. No me atrevía a abandonar la casa; si aún se me permitía vivir era porque la adornaba, porque la completaba y, también, dirigía.

»Y mi esperanza de volver a ver a Shallem estaba casi muerta. Pensé que me había repudiado por alumbrar al hijo de Eonar. Pensé que éste jamás le liberaría mientras su hijo existiese. Pensé que habría dejado de quererme y alguna otra ocuparía ahora su dulce corazón.

»Pero me equivoqué.

»Estaba en el lago de nuestra propiedad. Pensaba en él, en mi ángel, mientras sentía los delicados picos de los cisnes comiendo de mi mano. De repente, dejaron de hacerlo. Sus esbeltos cuellos se alzaron al unísono para contemplar, regocijados, la desnuda figura cuya belleza competía con la de ellos. Me quedé paralizada, inmóvil. Mis labios quedaron congelados en una muda exclamación de inconmensurable alegría. Sentí un nudo en la garganta y un estremecimiento erizando el vello de todo mi cuerpo. Apreté la mano fuertemente contra mi boca, y las lágrimas estallaron, furiosas e incontenibles. Quería tocarle, comprobar que estaba allí, fundirme en sus brazos, pero no podía moverme, sólo contemplar sus ojos, su sonrisa. Todo el horror había finalizado. Él estaba allí.

»Se agachó a mi lado y asió mi rígida cabeza entre sus manos. Me abracé a él y derramé mis lágrimas sobre la blanca carne de sus hombros. Le besé, le devoré, con mis manos, con mis ojos.

»–Mala –me susurró tiernamente–. Pensabas que me había olvidado de ti.

»–No –sollocé, a punto de morir de felicidad–. Sólo lo temí.

»Luego caí extasiada ante la visión de sus ojos inmersos en los míos.

»–Estás desnudo –observé, mientras derretía mis labios en sus mejillas.

»–Claro –me contestó–. Acabo de llegar.

»–Pero, ¿cómo? ¿Por qué has tardado tanto? –le pregunté sin dejar de besarle.

»–Eres tú quien ha tardado, mi amor –me contestó, enredando sus suaves dedos entre mi cabello–. Yo acabo de escapar de la pirámide. ¿Recuerdas?

»Estaba confusa, pero demasiado feliz para preocuparme por ningún extraño enigma. Estaba allí, y en aquel instante no importaba nada más. Me besó repetidas veces, estrujándome apasionadamente contra sí.

»–Ni un solo día he dejado de llorar por aquel momento, ángel mío. –le respondí–. Lo recuerdo como si fuera ayer.

»–Para mí ha ocurrido hace sólo una fracción de segundo. ¿Comprendes? Tuve que escapar en el tiempo. Ellos, los espíritus, no lo pueden hacer. Acabo de salir de la pirámide y he venido directamente hasta ti, atraído por tu alma.

»Le miré atónita, asombrada.

»–Entonces. . .–murmuré–, todo este tiempo..., no ha existido para ti... Yo pensé... Él me dio a entender que te había capturado. ¡Creí que estabas en su poder!

»–Lo sé, lo sé, cariño –susurró, acunándome en sus brazos.

»–¡Siete años! –exclamé–. ¡Me dejaste a su merced durante siete años! ¿Por qué? ¿Por qué no unos días o unas horas? ¿Sabes lo que ha sido de mi vida? ¿Sabes lo que él me hizo?

»Desvió la mirada y apretó los labios. Sentí que mis palabras le habían herido profundamente. Pero me sentía furiosa y traicionada y me limité a mirarle casi con dureza, exigiendo una respuesta.

»–¿Cómo podría explicarte esto? –se lamentó– ¿Cómo hacerme perdonar lo que has sufrido por mi culpa, por mi error?

»Durante unos segundos abandonó su vista sobre el lago. Me di cuenta de que los cisnes no sólo no se habían dispersado, sino que le contemplaban muy quietos desde la orilla, como un atento auditorio. El lago se reflejaba en sus inquietas pupilas verdeazuladas.

»–Cuando tú buscas un lugar concreto, la cumbre de una montaña, un barco en el mar, es tu vista quien te conduce hasta él –me explicó–. Lo mismo me ocurre a mí, porque yo también poseo ese sentido. Pero, cuando busco un alma entre los millones existentes, es otro sentido el que me guía. Es indiferente que la busque alrededor de la Tierra o a través del tiempo. Lo hago siempre con el mismo sentido, porque ella tiene algo que me atrae hacia sí, algo que impresiona mi sentido, como la luz impresiona tu retina. Pero esa cualidad de tu alma que me permite ser atraído por ella, esa luz que hace que me sea posible distinguirla entre millones, había sido encubierta. Era como si hubiese sido disfrazada toda ella con ropas que la ocultasen a mi visión sobrenatural. Si he conseguido llegar aquí, a este preciso momento, ha sido porque él la ha desnudado. Si no lo hubiese hecho hasta dentro de veinte años, no te hubiera encontrado hasta entonces, aunque para mí no hubiese transcurrido un instante más. ¿Entiendes? Eras como uno entre diez mil barcos navegando en la niebla. Yo salí a buscarte, ignorando que la niebla me impediría encontrarte donde esperaba. Fui un estúpido confiado. Nunca imaginé que él emplearía semejantes trucos. ¿Lo ves? Si no hubiese empleado otra visión que la de un mortal te hubiese encontrado tan solo unas horas después. ¡Has sufrido tanto por mi culpa!

»—No te atormentes, vida mía —le supliqué, besándole y maldiciéndome por el tono en que le había hablado—. Ya nada me importa sino estar junto a ti. Todo eso ha pasado. No me afecta más que una horrible pesadilla. Que nada vuelva a separarnos jamás, eso es lo único que deseo. Pero, ¿por qué crees que lo hizo? ¿Por qué te permitió encontrarme?

»—Mi hermano... —dijo sonriendo, y desvió la vista hacia el lago, endulzándola como ante una visión deliciosa—. Él es mi ángel protector.

»—¿Ah, sí? ¿También los ángeles tienen..., tenéis ángel de la guarda? —bromeé.

»—Sólo nosotros dos. Nos tenemos el uno al otro —me respondió, y vi que sus ojos se habían iluminado con un tierno resplandor.

»—Le quieres mucho, ¿verdad? —le dije—. Debe ser casi tan maravilloso como tú. ¿Podré conocerle?

»—Sí. Os encantaréis.

»—Pero ¿por qué te refieres a él como tu hermano?, como si

fuese tu único hermano, quiero decir. Tú tienes muchos hermanos, ¿no?

»–Sí, pero... Él es mucho más que eso. Lo siento, no disponéis de una palabra más exacta para expresarlo, no podrías comprenderlo. Somos como... dos partes de una misma esencia.

»–¿Como gemelos? ¿Puede haber otro igual a ti en el mundo? –le pregunté asombrada.

»–Es algo más complicado –se rió, y me miró con esa especie de tierna conmiseración con la que contemplamos a un niño curioso que intenta abarcar conocimientos por encima de su escasa capacidad. Una expresión que tantas veces, a lo largo de los siglos, habría de perdonarle.

»Me abracé a él compulsivamente. Y entonces fue cuando descubrí la asombrada mirada de Chretien clavada en nosotros. Se había detenido a unos diez metros y observaba la desnuda belleza de Shallem con los ojos abiertos como platos.

»Shallem se dio la vuelta y le miró durante unos segundos. Después, poniéndose en pie, exhibió frente a él, ostentosa y deliberadamente, su majestuosidad. Chretien parecía una criatura frágil e indefensa cuando se aproximó a él, alzando su atónita mirada cada vez más y más hacia la imponente figura de Shallem. Fijó su vista en la amplitud de su pecho, en la perfecta musculatura que brotaba delicadamente bajo su piel. Shallem le miraba altivamente, con manifiesta arrogancia, mientras el sol arrancaba a sus cabellos hermosos destellos caoba. Mi hijo lo contemplaba con un respeto y admiración elocuentes. Estaba fascinado, maravillado.

»–Tú eres uno de ellos –musitó–. Seguro. –Y, tras una pausa, añadió tímidamente–: Mi padre dice que sois todos idiotas.

»Shallem avanzó un paso hacia él y Chretien retrocedió de inmediato. Nunca antes le había visto respetuoso, y mucho menos asustado.

»–Has mentido, Chretien –le amonestó Shallem en un tono severo y obligándole nuevamente a retroceder frente a su avance–. No es eso lo que tu padre te dijo. "Guárdate de ellos porque nunca tendrás sus poderes", eso fue lo que te dijo, ¿no es cierto? Y, ¿sabes por qué razón nunca los tendrás? Porque él fue demasiado cobarde para transmitírtelos.

»–¡Déjame! –gritó Chretien–. ¡Vete!

»Corría en círculo alrededor de Shallem, como si hubiese algo que le impidiera alejarse definitivamente. Estaba asustado. Más. Verdaderamente aterrado.

»Súbitamente, con un gesto sobrenatural. Shallem se lanzó sobre él y Chretien se encontró alzado por sus brazos sin haber tenido la menor oportunidad de escapar. Mi corazón palpitaba excitado mientras escuchaba con indiferencia, no, con alegría, sus chillones gritos de auténtico pánico

»Vi que le llevaba hacia el lago y pensé que se disponía a lanzarlo al agua. Pero mi rostro debió cambiar de color cuando observé que no se detenía en la orilla, sino que, como Jesucristo, continuaba caminando sobre las aguas sin que apenas se marcasen sus pasos sobre la débil superficie. Los cisnes, que le habían seguido con la mirada, se acercaron lentamente hacia ellos, dibujando un suave surco tras de sí.

»Shallem se había detenido a unos diez o quince metros de la orilla y le estaba diciendo algo al niño. Agucé mis oídos intentando captar sus palabras, pero hablaba en susurros y no pude oír nada. Después, girándose para mirarme, lo alzó sobre las palmas de sus manos con los brazos extendidos y lo arrojó al agua. El cuerpo de Chretien produjo un instantáneo socavón en el agua en el cual se perdió durante unos segundos. Cuando salió, tosiendo y con el congestionado rostro cubierto por sus rubios cabellos, Shallem estaba agachado acariciando el suave plumaje de los cisnes.

»–¡Shallem! –le llamé, maravillada ante la naturalidad con que ejecutaba el milagro–. ¡Shallem, ven!

»Alzó la cabeza para mirarme, e, inmediatamente, se levantó y se encaminó a mi encuentro.

– ¡Shallem! –le llamó Chretien.

»Y Shallem se detuvo y, tras darse la vuelta, agachó la cabeza para mirar el fascinado semblante de Chretien, que contemplaba anonadado el contacto de sus pies sobre la superficie del agua.

»–¿Cómo se hace? –le preguntó.

»Shallem sonrió y le tendió la mano, y Chretien dudo antes de extender la suya. Pero lo hizo. Y, maravillado, riendo y mirando a Shallem como a un dios recién descubierto, mi hijo caminó sobre las aguas cogido de su mano. ¡Qué dulce niño inocente era en aquellos momentos! Shallem le miraba y le sonreía.

»–¿Puedo yo solo, Shallem? –le preguntó, cándido y emocionado.

»–No –le contestó–. Te hundirás si te suelto.

»–¿Seguro?

»–¿Quieres comprobarlo?

»Chretien se detuvo y miró hacia sus pies, comprobando que estaban firmemente asentados en el agua.

»–¡Seguro que puedo! –exclamó con arrogancia. Y Shallem le soltó la mano e, inmediatamente, volvió a hundirse en el agua.

»Pero reía cuando salió del lago. Hacía años que no le veía tan ingenuamente infantil. Viéndolos juntos, mirándose francamente a los ojos sin dejar de sonreír, me pregunté sí ahora todo cambiaría, si bajo el influjo de Shallem volvería a ser la criatura encantadora que un día había sido, si podría Shallem liberarle de su maldad.

»Era tan feliz que apenas podía creer que le hubiese recuperado. Me convertí en una lapa adherida a su piel, lo cual, por suerte, parecía encantarle. Pasábamos juntos todas las horas del día y la noche en perpetua pasión.

»Le expliqué todas las cosas que me habían ocurrido, tan solo por desahogarme, pues él las había visto en mi alma mejor de lo que mis labios nunca pudiesen describirlas. Y, a menudo, le repetía lo mucho que le había echado de menos, las infructuosas oraciones que le había dirigido a él, a Dios, a la Virgen, y a todos los ángeles del Cielo, con el mero propósito de sentir sus besos redoblándose sobre mi piel y sus susurrantes caricias sonoras estremeciéndome de placer.

»Chretien había quedado fascinado con Shallem desde el primer instante en que le vio. Estaba entusiasmado con su presencia en nuestra casa. "¿Te quedarás conmigo, verdad?", le preguntaba una y otra vez. Se había convertido en una auténtica obsesión para él. Parecía seducido por él, enamorado de él.

»Escuchábamos sus sigilosos pasos de espía tras nosotros cada vez que paseábamos por el jardín. Le perseguía a hurtadillas a donde quiera que fuese. Le observaba de reojo durante las comidas, imitando, mudo de admiración, hasta sus gestos más insignificantes; su forma de coger la copa, de retirarse el cabello del rostro, el modo en que partía el pan o en que cruzaba las piernas. Ansiaba su presencia, su compañía.

»Chretien abandonó sus negocios al ver que eran algo que no podía compartir con Shallem, que a éste no le interesaban lo más mínimo, que entraban dentro de lo que él denominaba, despectivamente, "asuntos humanos". Ambos, mi hijo y yo, pronto tuvimos ocasión de comprobar el alcance de la aversión que Shallem sentía por los humanos. Era una abominación extrema que le conducía de continuo al menosprecio y la ofensa, sin hacer distinciones entre servidumbre y nobleza. Y a Chretien esta actitud, que él era el primero en pagar, le parecía fascinante. Había encontrado a alguien por encima de lo humano y lo divino. Un maestro de lo sobrenatural. Una criatura ideal a cuya perfección aspiraba. Alguien, por fin, a mayor altura que él.

»Sin embargo, Shallem le esquivaba de continuo. Le toleraba, pero no le mostraba el menor afecto. "Hermosa flor envenenada", le llamaba, rechazando constantemente su compañía.

»Pero el humillante desdén con que Shallem le trataba no hacía sino engrandecerle ante sus ojos. Era un gracioso capricho del dios, parecía pensar. Y, lejos de caer en la tristeza o el desánimo, sus esfuerzos y su afán persecutorio se duplicaron. Le suplicaba que volara, que anduviese de nuevo sobre las aguas, que se volatilizase, que hiciese tal o cual cosa extraordinaria. Cuando, tras horas o días de continua insistencia, por fin se resignaba a su falta de atención, o a sus ásperas contestaciones, cambiaba a tácticas menos agresivas. Y entonces le pedía ampliación a las explicaciones sobre los hechos divinos que su padre le había enseñado, con palabras y expresiones que un humano vulgar no hubiera entendido jamás, y que, por supuesto, nunca hallaban respuesta.

»–¿Por qué no hablas con él? –le preguntaba yo, dolida ante los continuos desaires con los que le castigaba–. ¿Por qué no le moldeas a tu imagen? Él te adora. Sí supieras cuánto ha cambiado desde que estás tú aquí...

»Shallem me dirigía una de sus compasivas sonrisas, casi afligida, como si se lamentara de mi pertenencia a una especie de tan pobres sentidos, y luego me decía:

»–No, mi amor. No ha cambiado en absoluto. Admira mi superioridad, todas las cualidades que me diferencian de los hombres y que quisiera para sí. Me envidia. Me mataría si pudiera, si con ello adquiriese el más simple de mis sentidos sobrehumanos. Me mataría, incluso, si con ello consiguiese que una sola de las pestañas que ahora admira, adornasen su propio ojo. No me ama a mí, sino lo mío. No te culpes por no quererle. No lo merece. Pero, gracias a Dios, no es más que un mortal, y, como tal, puede morir en cualquier momento.

»–Yo aún confío en él. Si tú le ayudas puede mejorar. Hace apenas dos años, era... angelical, como tú.

»–Entonces no conocía a su padre, su directa descendencia divina, su posición sobre el resto de los mortales, su supremacía, la grandeza que puede alcanzar. Ningún espíritu humano podría resistir el veneno de esos conocimientos sin aspirar a la propia divinidad. Créeme. Chretien jamás asimilará que nunca llegaría a ser nada más que un mortal aunque el propio Yavé fuese su padre. Debemos irnos, Juliette. No quiero hacerle daño, y su padre está vigilante, alarmado por mi presencia, por mi contacto con su hijo. Él estará bien, no temas. Tiene quien le protege.

»–¿Estás seguro de que no puedes ayudarle? –insistí.

»–Totalmente. No es más que un vulgar espíritu humano envenenado. Es demasiado tarde para él.

»–Dame sólo unos días más, Shallem. Para...

»–Como quieras.

»–Cometí el error de anunciarle a Chretien nuestra partida. Pensé que, aunque lamentaría la marcha de Shallem, en el fondo se alegraría de librarse de mí. Pero no había calculado con exactitud su pasión por su dios. Ante sus ojos, yo era la culpable de que Shallem quisiera abandonarle. Yo lo apartaba de su lado por mi única voluntad. No parecía aceptar ni preocuparle el hecho de que Shallem le detestara sin disimulo, el que ni siquiera aguantara su proximidad. Tal vez, porque superar este rechazo era un auténtico reto al que él, ante cuyos pies caían rendidos hombres y mujeres, nunca había tenido ocasión de enfrentarse.

»–¡Cerda! ¡Le necesito! –me gritó cuando le anuncié, diplomáticamente, nuestra decisión de dejarle a sus anchas en la casa, dueño y señor de todas las posesiones, y de no estorbar, en el futuro, su voluntad–. ¡No dejaré que te lo lleves! ¡Te juro que no lo consentiré!

»–¿No te dijo tu padre que te apartaras de él? –ironicé.

»–¡Que sea él entonces quien le sustituya! –gritó–. ¡Estoy harto de estar solo! ¡Harto! –se volvió entonces hacia la ventana y se cubrió los ojos con las manos. Estaba llorando.

»Conmovida, no pude evitar acercarme a él. Su cabello parecía fundirse con los rayos del sol. Pasé mi mano sobre él, tan suave como las plumas de un cisne, y luego acaricié su mejilla.

»–Tú nunca estarás solo –le susurré.

»–Déjame –sollozó–. Apártate de mí.

»Ignorando su frialdad, me agaché para posar mis labios sobre su mejilla. No sentí nada.

»Ya había comenzado a introducir en mis baúles las pertenencias que me quería llevar. Pocas, aparte de la ropa. Había decidido que partiéramos en cuanto todo estuviese embaulado.

No había nada, ni el menor sentimiento, capaz de retenerme allí por un día más.

»Era el día del séptimo cumpleaños de Chretien. Yo trabajaba apresuradamente, seleccionando, de entre los gratos recuerdos de Dolmance, algún pequeño objeto que pudiese llevar conmigo. Finalmente, pensé en uno ideal, el antiguo ejemplar de *La Odisea* que tan buenos momentos nos había hecho pasar.

»Bajé a la biblioteca y busqué el tomo. Era fácil de encontrar, pues los libros de asunto mitológico habían sido los favoritos de Dolmance y estaban al alcance de la mano. Subí con él a mi alcoba y abrí el pesado baúl. Había sitio de sobra. Lo coloqué, cuidadosamente, entre dos vestidos para evitar que pudiese sufrir algún daño.

»Y entonces, cuando me iba a levantar, el pesado borde de la tapa del baúl cayó sobre mi cuello. Me encontré aplastada, asfixiada entre el cuerpo del baúl y su cubierta. Bajo el enorme peso mi cuello se hallaba constreñido, la sangre se agolpaba sin poder circular, el dolor se hacía insoportable. La sujeté con todas las escasas fuerzas que mi postura y la falta de aire me permitían. Intenté gritar, pero el aire no cabía por mi garganta. De repente, el peso se hizo mayor, sentí algo que hacía fuerza y unos pequeños saltos, los de un niño sentado en lo alto de la tapa. "Shallem", intentaba decir yo, "Shallem", pero estaba abandonándome ya al delicioso sopor de la muerte y era incapaz de luchar en su contra. La imagen de Shallem era todo lo que veía en mí mente, mi último pensamiento.

»Entonces, sentí que el peso disminuía, que la tapa se había levantado y que los brazos de Shallem me depositaban en la cama. Mi respiración se había convertido en un agónico estertor. Por la voluntad de mis pulmones, que padecían fuertes e interminables convulsiones, tragaba aire una y otra vez, como si nunca fuese a saciarme.

»La opresión en el cuello desaparecía muy lenta y dolorosamente. Me abracé a Shallem en cuanto tuve fuerzas para ello. Sus besos me calmaron, y el ritmo de mi respiración se restableció poco a poco.

»Y, cuando separé unos centímetros mi faz de la suya para poder contemplar sus ojos, un bulto tendido en el suelo llamó mi atención. Era el cuerpo sin vida de Chretien. De su abierta cabeza aún manaba la sangre a borbotones. Shallem le había estrellado contra la pared.

»Lancé una agónica exclamación y apreté compulsivamente la cabeza de Shallem, que dirigió la vista hacia él.

»–Oh, no –dijo irritado, como si acabara de percatarse de lo que había hecho–. ¡Maldito!

»Chretien estaba tendido en el suelo como si su cuerpo nunca se hubiera visto animado por la vida.

»Me levanté de la cama y me acerqué a él, flotando como en un sueño. "Es mi hijo quien yace muerto", me repetía una y otra vez, atormentada por la ausencia de los sentimientos que, suponía, debía sufrir en aquel instante. No deseaba llorar, ni abrazarme convulsa a aquel cuerpo exánime. No sentía tristeza, ni el menor dolor.

»En su rostro inanimado permanecía la misma expresión de soberbia y suficiencia tan bien conocida por mí.

»Como un relámpago atravesó mi mente la imagen de la lujosa cripta que Dolmance se había obstinado en construir, y junto a cuyos restos un sepulcro vacío esperaba mi cuerpo. Corrí al cajón donde guardaba la llave de la cripta y con ella en la mano volví al lado de Shallem.

»–Shallem, por favor, llevémosle a la cripta. No puedo dejarle ahí.

»–No hay tiempo. Ven aquí.

»–¡Por favor!

»Vaciló unos instantes, y luego, dirigiendo su reprobatoria mirada al techo, farfulló algo que no pude entender, para después, agacharse y tomar el cadáver en sus brazos.

»Lo llevó hasta la cripta, por delante de mí, sin decir una sola palabra.

»En cuanto abrí el grueso portalón, la cámara se iluminó tenebrosamente. La losa del sepulcro inscrito con mi nombre se apoyaba contra éste. Shallem no tuvo más trabajo que el de depositar el cuerpo en su interior y cubrirlo con la pesada losa

»Cuando Chretien desapareció para siempre de mí vista, experimenté una suerte de amargo alivio que me disgustó sentir. Levanté los ojos hacia el Pantocrátor que había iluminado los pasos de Dolmance hacia la vida eterna. Allí seguía, con su diestra alzada, a un tiempo bendiciéndole y señalándole el camino de salvación. Un camino que yo, seguro, nunca tomaría.

»Shallem no se detuvo un instante más de lo imprescindible. Echó a andar hacia las escaleras sin cesar de instarme a seguirle. Pero yo estaba dando mi último adiós a Dolmance, a Chretien, y a toda la angustiosa vida que había padecido hasta entonces.

»Cuando oí que Shallem me llamaba, casi con enfado, desde lo alto de las escaleras, me di la vuelta y acudí sin más demora a su encuentro. Shallem dio un par de pasos más y me esperó en el exterior de la cripta. Pero ocurrió que, cuando estaba a punto de alcanzarle, la puerta de la cripta se cerró con enorme violencia dejándome casi sumida en la oscuridad. Sólo a través de la negrura del sucísimo ventanuco penetraba algo de luz.

»Oí los cristales del ventanuco estallar en mil añicos mientras intentaba, desesperada e inútilmente, abrir la pesada puerta de hierro.

»De súbito, sentí frío. Un frío envolvente y sobrenatural que heló, de inmediato, cada uno de los poros de mi cuerpo. Que se ceñía a mi carne como si, a fuerza de contraerla, pretendiese desprenderla de los huesos. Un frío que había sobrevenido repentinamente, sin gradación. Alcé la cabeza con dificultad, pensando que la sangre se estaba congelando en mis venas. Al abrir los ojos comprobé que me dolían como si su humedad natural se hubiese convertido en una fina lámina de hielo que se fraccionara al parpadear, clavándose en el cristalino. Miré y no vi nada. Me volví hacia la ventana intentando vislumbrar siquiera un ínfimo resplandor que me indicase que no estaba ciega. Pero allí no había luz, sino una niebla caliginosa mucho más negra que la noche, más gélida que el hielo. No estaba ciega. Al menos aún no. La niebla que me impedía ver era palpable y podía sentirla entre mis dedos como un vapor tenuemente viscoso.

»De repente, el frío se eclipsó. La niebla se impregnó de una cegadora luz blanca innatural que me obligó a protegerme los ojos con las manos. Y con ella el calor. Tórrido, abrasador. Sus átomos horadaron los míos como la piedra arrojada traspasa las aguas del río. Sólo unos segundos más, y la sangre hubiera hervido en mi corazón.

»Pero entonces llegaron, de nuevo, el frío y la oscuridad. Y después, otra vez, el fuego y la baba de la niebla derritiéndose sobre mi rostro.

»Iba a morir. Y la muerte era espantosa.

»Pero, por fin, unos ruidos.... golpes..., insistentes, fortísimos, al otro lado de la puerta. Y Shallem pronunciando mi nombre y tomándome con sus manos.

»Quería morir junto a él. Que nuestras almas descendiesen juntas al averno o que vagasen por el oscuro y silencioso universo sin separarse jamás, disfrutando el mutismo del sereno vacío, de su apaciguador sosiego, hasta el fin de los tiempos. Él me estrechó poderosamente contra sí. Sentí la calidez de su mejilla y la suavidad de su fragante cabello. No podía apretarle más fuertemente de lo que ya lo hacía. Quería unirme a él. Fundirme con él. Tenía los ojos fuertemente cerrados y el rostro enterrado en su cabello. Sentí que mis huesos iban a quebrarse bajo la presión de su abrazo, pero no me quejé. Deseaba que siguiera haciéndolo más y más fuerte. Que por nada del mundo me soltase.

»"¡El Cielo al fin!", me decía en mi delirio, pero no lo era. Era la Tierra aún, una Tierra que se abría bajo nuestras pisadas, dispuesta a devorarnos. De nuevo estaba con mi amor, y luchaba por no perder la consciencia. Estábamos fuera, pero la niebla que inundaba la cripta se originaba en el exterior. Nos encontrábamos inmersos en ella, y parecía la boca de Leviatán.

»Shallem volaba, evitando las llagas de la Tierra, guiado por algún sentido sobrehumano.

»La casa se hallaba libre de niebla. Puertas y ventanas estaban bien cerradas y era demasiado espesa para poder penetrar a través de sus resquicios. Me depositó en una cama y encendió el candelabro que había junto a ella. A su tenue luz, vi su faz contemplándome espantada. El cuerpo me ardía y sentía mi carne tumefacta, como si hubiese engrosado varios centímetros, mientras que un velo rojizo me impedía contemplarle con claridad. Ambos teníamos los cabellos y las ropas chorreando aquella baba pegajosa.

»Quise hablar, despedirme, pero no pude. Mi vida se escapaba por segundos. Mi aspecto debía ser el de un auténtico monstruo. Él, en cambio, conservaba la misma apariencia saludable de siempre, pese a la suciedad de sus ropas y cuerpo, y al cabello, que le caía, empapado y lacio, sobre los hombros. Las llamas de las velas incidían sobre la película cristalina en que se había convertido la niebla sobre su rostro, haciéndola brillar con mil colores, y su piel se mantenía tersa, inarrugable, a causa de aquella mascarilla. Pero tenía, ahora, un aspecto fiero, salvaje, la expresión de quien está dispuesto a luchar denodadamente y hasta el final para conservar lo que ama. Apretó mi mano entre las suyas, como solemos hacer los mortales para consolar en la enfermedad a nuestros seres queridos, y, muy lentamente y con los ojos cerrados, se aproximó hacia mí.

»Sentí su aliento junto a mis labios y una sentencia, breve, contundente, brotando de los suyos:

»–Vive –susurró.

»Era un dulce mandato imperativo, una exhortación indeclinable que no admitía contradicción ni negativa. Y, luego, un conjuro en forma de beso, largo, profundo. Un beso empíreo, metafísico, sin relación alguna con un beso humano.

»Y su beso me insufló de nuevo el hálito vital.

»Noté como algo indoloro penetraba en mí tan fuerte y violentamente como el vórtice de un huracán. Un salto en el vacío y caer y caer vertiginosamente, y, en décimas de segundo, igual que lo había hecho en Alejandría, aquella parte de mi ser que ya había empezado a abandonarme regresó. Y la vida volvió a mí en todo su esplendor, con toda su energía.

»La inflamación, las ampollas, el dolor..., todo había desaparecido. Sabía que no iba a morir, que la fuerza que Shallem me había transmitido había curado todas mis heridas. Mis ojos veían con claridad; mis manos, otra vez suaves y tersas, se escurrirían mil veces más entre el marfil de las suyas.

»Le miré como sólo Dios o un ángel pueden ser contemplados: con adoración.

»Pero en seguida vi a Bronco, mi perro favorito, que nos miraba desde el centro de la habitación, estático como una escultura de ébano. Tenía el rabo pegado entre las piernas y un aire de ausente anonadamiento, como si de pronto estuviera... vacío.

»Luego comenzó a gemir, cada vez más fuerte, igual que si padeciese fortísimos dolores, hasta que, de súbito, cesó. Clavó sus ojos, brillantes como ascuas, en mí y comenzó a gruñir fieramente, exhibiendo sus amenazadores colmillos.

»El gruñido se transformó en algo inusitadamente salvaje. Una especie de bramido furioso totalmente impropio de un perro.

»–¡No te muevas! –exclamó Shallem sin apartar la vista de él–. ¡Está poseído!

»Bronco estalló en llamas un instante después de haber iniciado el salto sobre mi cama. Pero no ardió durante largo tiempo, como hubiera sido normal, sino que una combustión súbita en décimas de segundo lo redujo a cenizas. No podía creer lo que había visto. Durante unos instantes, la estupefacción me impidió, incluso, respirar. Observé a Shallem, entre reverente y asombrada ante un poder que jamás se me había ocurrido que pudiese poseer.

»Y, de repente, una peste indescriptible comenzó a adueñarse del aire. Era un olor fétido, nauseabundo, casi sólido y masticable, parecido, quizá, al que se puede olfatear a un centímetro de distancia de un cadáver putrefacto. Un hedor que provocaba arcadas y ante el que la expresión de mi cara se había transformado en un rictus de repugnancia.

»–¿Qué es eso? –pregunté.

»–¡Están aquí! –exclamó Shallem.

»Al otro lado de la ventana el mundo se había convertido en una terrorífica intermitencia de luces abrasadoras y gélidas sombras. Y, dentro del dormitorio, un nuevo horror. Un sonido. Un chirrido mortífero como la mano de un caballero que, envuelta en su guante de hierro, se desliza por una pared de pizarra. Penetraba hasta el centro mismo de mi cerebro deshaciéndolo como una papilla. Era incesante y fuerte, muy fuerte, más fuerte...

»Shallem sujetó mi cara entre sus manos oprimiéndola hasta hacerme daño. Yo me tapaba los oídos con las manos y tenía los ojos muy apretados, como si aquel vano gesto pudiese ayudarme a luchar contra el sonido. Él quería que los abriera. Al hacerlo le vi, serio, pálido, fortísimo, sobrenatural, con una asombrosa expresión de dureza en sus ojos, fijos en los míos.

»Aquella poderosa expresión es mi último recuerdo de esta etapa. Así se cierra el prólogo de mi vida. Cuanto aconteció hasta este momento constituye apenas mi gestación. La breve y dolorosísima experiencia entre los mortales, que me marcó para siempre; el descubrimiento del amor y de las criaturas celestiales. Todo ello fue sólo un preludio a mi larga existencia, una iniciación que presagiaba los increíbles sucesos a los que estaba inevitablemente destinada.

SEGUNDA PARTE

–I–

»Desperté al sentir los rayos del sol sobre mis ojos. Dormía en cama extraña y Shallem no estaba a mi lado. Me alarmé.

»Eché un vistazo por la habitación. Suelo, techo y paredes de madera. Una jofaina y un espejo. Y la cama y una mesilla como todo mobiliario.

»Una posada, sin duda.

»Shallem entró justo cuando iba a levantarme. Me tranquilicé al verle.

»Presentaba un aspecto limpio y deslumbrante. Sus cabellos ya habían sido lavados y lucía la melena suelta y lustrosa de siempre. Sus ojazos brillaban como claros de luna y sus labios sonreían. Se le veía feliz. Se acercó a mí y me tomó las manos sin dejar de sonreír.

»–Shallem, ¿dónde estamos? –le pregunté.

»–Oh, seguimos en Sorgues –me contestó, como si no tuviera la menor importancia.

»–Pero, ¿qué lugar es éste? Las habitaciones de la posada no son así. Yo las conozco. Es que..., ¿hemos viajado en el tiempo? ¿No es eso?

»Shallem asintió sin dejar de sonreírme.

»–¿Y en qué fecha estamos?

»–¿Qué importa?

»–No mucho, pero quisiera saberlo...

»–En mil cuatrocientos cuarenta.

»Lancé una ruidosa exclamación.

»–¡Doscientos años! ¿Por qué tanto? ¡No voy a reconocer el mundo!

»Shallem se rió y me besó.

»—No ha cambiado en absoluto –afirmó–. Te lo aseguro.

»Pasamos en Sorgues dos noches más y luego resolvimos dirigirnos a París. Shallem me aseguró que Eonar no dejaría de buscarme para vengarse de él por haber asesinado a su hijo, y París era la ciudad grande más cercana a Orleans, donde más posibilidades teníamos de pasar desapercibidos al menos algún tiempo.

»Shallem había adquirido en la posada dos jacos lentos y perezosos, aunque dóciles y fuertes, y con ellos iniciamos nuestro viaje.

»Doscientos años después, los parajes de Orleans continuaban igual de hermosos. Campánulas espiando el paso de los viajeros escondidas entre los matorrales; adelfillas y dedaleras, como agujas góticas adornando los bordes del camino; malvas, tanacetos, pensamientos y chirivías compartiendo el sendero en perfecta armonía, salpicándolo de preciosos colores y formas aterciopeladas. Mitos, como cantarinas bolas de algodón, trinando desde sus ramas; carboneros y herrerillos alegrando el espacio con su música. El cielo, inmenso y de un azul transparente, tan distinto al de ahora... En fin, un colmo de dichas para el viajero que lo atravesaba.

»Recuerdo un día, cuando llevábamos un par de jornadas de viaje, en que Shallem refrenó abruptamente su montura y se detuvo, mirando hacia la espesura del bosque, como si pudiera percibir algo inasequible para mí. Puse los cinco sentidos, preguntándome qué ocurriría, intentando captar algún sonido o ver algo extraordinario. Pero lo que fuera me resultaba completamente impenetrable.

»Shallem se adentró en el bosque seguido por mí, y, tras ocho o diez minutos, descendimos de los caballos y continuamos a pie. Caminaba sin la menor vacilación, apartando las ramas de los arbustos que entorpecían nuestro camino. Y, en seguida, entre la maraña de matorrales, distinguimos la figura de una corza moribunda.

»Estaba tumbada, agonizando, con ambas patas traseras,

aprisionadas en una cruel trampa de cazador, completamente destrozadas. Uno de sus corcinos estaba acostado junto a ella, con la cabeza tristemente apoyada sobre el vientre materno; el otro, que se sostenía, a duras penas, sobre sus jóvenes patitas, trataba de llegar hasta Shallem. Al verlo, quise lanzarme en su busca, tomarlo entre mis manos, besarlo, compartir con él la tremenda pena que se desprendía de sus enormes ojos negros. Pero, sólo había avanzado un paso hacia él, cuando sentí la mano de Shallem clavándose, como una garra, en mi brazo. Lanzó un grito. Un grito salido de las profundidades de su ser, bronco y dañino, que me dejó anonadada.

»–¡No!

»Le miré y vi a alguien que no conocía. Intenté obligarle a soltarme, tratando de levantar, infantilmente, sus dedos, uno a uno.

»–¡Shallem, me haces daño! –protesté.

»–¡Contágiale tu hedor humano y su madre no volverá a amamantarle! –me gritó. Fue como si me apuñalara.

»No sabría explicar la virulencia del odio que sentí emanar de él; de la expresión de su semblante, de la mano que me oprimía lastimándome adrede, de sus palabras... En aquel momento yo era una apestada. La representante de toda una especie maldita que él hubiera deseado borrar de la faz de la Tierra. Si el destruirme a mí hubiera significado exterminar al género humano, habría apretado sus manos sobre mi cuello en lugar de en mi brazo, como lo hacía. Casi estuve a punto de disculparme, y lo hubiera hecho, de haber sabido de qué. Me sentía tan miserable como si yo misma hubiese colocado aquel cepo ovoide de agudas puntas de hierro que acechaba emboscado entre los matorrales; como si le hubiese roto las patas con mis propias manos, condenando a muerte a sus pequeños.

»–¡Yo no elegí mi condición, Shallem! –grité a mi vez–. ¿Vas a hacerme pagar los pecados cometidos por aquellos a quienes aborrezco tanto como tú mismo? Odio a mi especie. Tú lo sabes, ¿no es cierto? Nunca he necesitado decírtelo. ¿No es verdad que lo sabes y que me amas por ello? ¿Por qué me martirizas, por qué me humillas si cuanto comparto con ellos es esta envoltura carnal, si no tengo en común con ellos más que tú mismo?

»Shallem soltó mi brazo. Parecía arrepentido. Iba a contestarme cuando la corza lanzó un lastimero gemido. Se aproximó a ella y, abriendo el cepo asesino, liberó sus ensangrentadas patas. Pero estaba ya demasiado débil para moverse. Shallem se arrodilló a su lado y los corcinos acudieron a darle golpecitos con sus hocicos. Parecía que trataran de pedirle socorro desesperadamente, como si realmente supieran que él podía salvarla. Buscaron sus manos, introduciendo entre ellas sus cabecitas, tratando de levantarlas, urgiéndolas a actuar.

»Su cara se desfiguró, incapaz de soportar el sufrimiento de aquellas criaturas que tanto amaba, y, cogiendo entre sus manos una de las patas heridas, las deslizó a través de ella, siempre de arriba a abajo, de arriba a abajo. La corza no parecía sufrir. Los corcinos observaban, quietos y en silencio, atentos al firme y lento movimiento de las manos sobre el delicado miembro de su madre. Yo, atónita, contemplaba la estela azulada de energía que se desprendía de su roce y que ascendía hasta disiparse en el aire.

»Cuando dejó, cuidadosamente, la patita en el suelo, ésta había dejado de ser un amasijo de astillas de hueso. Por un instante quedó, recia y sana, junto a la otra, todavía partida, que él tomó también entre sus manos, acariciándola como hiciera con la primera.

»Se había formado un aura alrededor del cuerpo de Shallem, púrpura en su origen, pero cuyo tono se aclaraba hasta convertirse en un tenue amarillo orlado de azul evanescente. Incluso yo me hallaba inmersa dentro de estas ondas energéticas que aún se extendían por detrás de mí, abarcando un radio de al menos unos diez metros. Todo lo veía bajo su influencia, ahora de un añil brillante en su fuente, que se difuminaba en la distancia confundiéndose y desvaneciéndose entre la energía solar.

»Shallem acarició el lomo de la corza, que levantó, primero, la cabeza para mirarle, y luego, poco a poco, se incorporó deseosa de lamer, con su larga lengua, el rostro de aquel que, ella lo sabía, no era un ser mortal; aquel de quien nada debía temer.

»La corza se levantó, exuberante de vida, saltando transportada de alegría, lo mismo que sus hijos. Jugaron como cuatro cachorros, manteniéndome completamente al margen, hasta que, finalmente, aunque temerosa como si fuese a interrumpir un ritual sagrado, decidí acercarme a ellos para acariciar yo también a la corza. ¿Por qué no iba a hacerlo? Yo amaba a los animales casi tanto como él, había sufrido ante su agonía y me había regocijado con su salvación. ¿No podrían ellos comprender que yo también los amaba, que ningún daño provendría de mí? Quise ser uno de ellos. Un espíritu mágico y omnipotente como Shallem. Alguien cuyo amor no pudiese ser rechazado. Alguien a quien aquellos a quienes amaba no pudiesen evitar amar.

»Pero no lo era.

»No bien la corza se dio cuenta de mi intención huyó de mi proximidad. Shallem se dio la vuelta para mirarme, y temí que clavara en mí de nuevo aquella detestable mirada de hostilidad, pero no lo hizo. Su expresión reflejaba una alegría santa e inocente. Su aura se había ido extinguiendo poco a poco, renovando cuanta vida había tocado. Yo misma me sentía más fuerte, más vital, como rodeada de un escudo protector que el mal no pudiera atravesar. Y él... Jamás le había visto tan feliz. "Debió haber un día –pensé yo–, en que siempre mirase con esta expresión, con esta mirada. Como un recién nacido sollozando de alegría ante las bellezas de la Tierra. Sí. Esta es la mirada de un ángel".

»Me tendió la mano y yo la tomé. Con la otra acarició a la corza y me pidió que le imitara. Cuando lo hice, la corza se acercó gustosa a nosotros, al tiempo que los corcinos jugueteaban entre nuestras piernas y yo sentía la magnética energía de Shallem fluyendo a través de todo mi ser.

–II–

»Alquilamos una casita, íntima y acogedora, en el centro de un París donde bullían cuarenta o cincuenta mil almas, de desharrapados y hambrientos en su mayor parte. Almas cuyos días transcurrían dormitando bajo los puentes del Sena o recorriendo las malolientes calles en busca de desperdicios de los que alimentarse. Los ingleses, hacía cuatro años expulsados de París, lo habían dejado sumido en un estado desesperado. Familias a las que habían robado sus escasos bienes; niños huérfanos mendigando por las calles; hogares reducidos a cenizas; enfermos sin techo para cobijarse... Ése fue el vengativo adiós de unos ingleses cuya posición en Francia sólo se había mantenido gracias a la ocupación militar de Guyena, Normandía, París y algunos territorios al norte del Loira, y al apoyo del duque Felipe de Borgoña. Perdido éste, el ejército francés, que aún vibraba con la fuerza de Juana de Arco, había conseguido desalojar a los ingleses de París. Aunque el periodo de la ocupación aún duraría mucho más tiempo.

»Para mí era como aterrizar en un mundo caótico, desconocido y descompuesto donde era preciso asimilar, en poco tiempo, un estado de cosas y unas emociones que impregnaban el ambiente pero que a la historia le había llevado años urdir. Y yo me encontraba perdida en aquella insospechada Francia, guerrillera y misérrima y tan llena de inquina que utilizaba el término "inglés" como el peor de los insultos.

»Durante algún tiempo me gustó mezclarme con las gentes de los mercados, hablar con ellas mientras hacía la compra..., tratando de desentrañar y, tal vez, salvar las distancias que nos separaban. Quizá deseaba comportarme como la más común de las esposas, darle el aire de normalidad a mi vida, ilusa de mí, del que había carecido desde los quince años. Pero no tardé en darme cuenta de que nunca encontraría un lugar en aquel tiempo en el que incluso el idioma había experimentado cambios.

»Por esta razón y porque no podíamos soportar la visión de tanta miseria y dolor nos acostumbramos a relegar nuestras salidas casi exclusivamente a la noche, durante la cual disminuían tanto la hediondez del ambiente como las hordas de pedigüeños desharrapados.

»Mi impotencia para poner fin a la maldad humana y a sus consecuencias me corroía las entrañas. Donde quiera que mirase sólo era capaz de distinguir la avaricia, el egoísmo, el ansia de poder, el rencor, la venganza, el odio. Tanto entre los niños que pedían limosna a la salida de Notre–Dame y que, de haberme encontrado a solas, me hubieran asesinado para robarme los pendientes; como entre los chulos descontentos, que molían a palizas a las prostitutas en las calles adyacentes; o entre los posaderos que se aprovechaban de las bien merecidas y sudadas borracheras de sus clientes para limpiarles los bolsillos; o entre los barqueros del Sena, que se emboscaban en la oscuridad para violar a las mendigas que se guarecían bajo los puentes; o entre los ladronzuelos, que solían morir a manos de sus propios compañeros por robarles las ganancias del día.

»Detesté París con todas mis fuerzas porque era una cárcel de la que, por mi propio bien, no podía escapar.

»Shallem encontraba un gran placer en forzar de noche las puertas de Notre–Dame para penetrar en ella, melancólico y silencioso, y recorrer sus naves, contemplando, circunspecto, cada relieve, cada estatua, cada escena de las portentosas vidrieras, siempre como si lo hiciera por primera vez.

»A veces se conformaba con detenerse en el exterior, con aspecto de curiosidad, observando los monstruos diabólicos que rematan la balaustrada, como si esperase ver su propia imagen. Pasaba su vista de las alas pétreas a los ridículos cuernos y a la lengua, que se asomaba, burlesca e insultante, por entre el hocico de uno de ellos. Luego me miraba, y, poniendo las manos en sus mejillas, fingiendo apoyarse en una imaginaria balaustrada en la misma postura del monstruo, me sacaba la lengua imitando cómicamente su gesto de mofa, y estallábamos en carcajadas.

»Pero la mayoría de las veces, sin embargo, nuestra visita no terminaba en risas, sino que permanecía sentado, a veces incluso tumbado, en alguno de los fríos bancos durante horas, sin hacer el más mínimo caso de mis peticiones; de mis ruegos para que nos fuésemos de allí; de mis quejas de hambre, frío o cansancio; o de mis simples preguntas que, hasta que me acostumbré a verle en aquellas situaciones, surgían, nerviosa y convulsamente, de mis labios.

»–¿Qué ocurre, Shallem? ¿Qué te pasa? –le inquiría.

»Pero, ante la ausencia de respuesta, y ante su propia aparente ausencia, mis preguntas acabaron por cesar y me limitaba a sentarme junto a él, pacientemente, besándole de vez en cuando sin que ni siquiera me mirara. Hasta que el más pequeño gesto de su faz me daba a entender que había vuelto a mí y, sin darle la posibilidad de escapar de nuevo, le preguntaba:

»–Shallem, ¿nos vamos?

»–Sí, cariño, sí. Vámonos ya. Debes tener frío, ¿no?

»Pero su sola mirada me calentaba.

»No obstante, ni Notre–Dame ni ningún otro templo guardaba un especial significado religioso para él. Dios no estaba en ellos más que en otros lugares. Sin embargo, aquellos enormes huecos formados por sillares macizos se convertían en magníficos observatorios desde los cuales Shallem podía analizar el espacio, con mayor facilidad y seguridad que en otros lugares, en busca de presencias enemigas.

»Paseábamos bajo el límpido cielo de París, admirando los contrafuertes de la catedral reflejados en las aguas del Sena. Había cientos de estrellas, miles. Nos sentamos en un banco, junto al río, espantando con las manos las nubes de mosquitos que nos atravesaban. La noche era cálida. Serían las cuatro de la madrugada y no había una sola persona vagando por las calles que pudiera acercarse a molestarnos.

»Nos quedamos mirándonos a los ojos, perdido el uno en la mirada del otro. Yo nunca me hartaba de contemplarle. Era tan vital y sensible que su expresión cambiaba continuamente. Pero, ya fuese ésta triste o alegre, enfurecida o tierna, siempre subyacía en su semblante aquella expresión eternamente melancólica, eternamente rebelde. ¡Qué experiencias habría vivido para acumular tanta amargura!

»Llevó mi mano hasta su boca y la besó. Luego me rodeó con su brazo.

»—Ahora hay tanta paz... —susurré—. Aquí, en este rincón, es difícil creer la cantidad de personas que estarán despidiéndose de la vida en cualquier esquina de la calle, víctimas de las epidemias o de sus semejantes.

»—¿Te importa eso? —me preguntó, con su delicada y tranquila voz—. ¿Sufres por los hombres?

»—Sólo por los inocentes. Porque los hay, Shallem, tiene que haberlos. Otras almas como la mía. Otras personas que se estremezcan ante la palabra guerra igual que yo lo hago. Que no puedan comprender por qué una especie inteligente no es capaz de vivir en paz consigo misma; por qué los hombres necesitan exterminarse unos a otros; por qué los locos rigen sobre los cuerdos. ¡La Tierra es tan grande y nosotros tan pequeños! Y, sin embargo, si el hombre pudiera, robaría incluso el aire que sus hermanos respiran. ¿Has visto esas armas espantosas, los cañones? ¿Cómo es posible que un ser formado de mi misma esencia pueda concebir un engendro mortal como ése?

»"Quisiera cambiarlos, Shallem. Conseguir borrar de ellos todo rastro de egoísmo y maldad. Algún día debieron ser así. ¿No es cierto? Buenos y generosos. ¿O es que siempre ha sido el hombre tan dañino como lo es hoy?

»—Siempre —me contestó sin vacilar—. Me hablas de un modo tan ingenuo, tan inocente... ¡Si el hombre pudiera cambiar! ¿Crees que eso no se ha intentado ya? Pero mientras el hombre exista, siempre será posible encontrarlo asesinando a su hermano o eliminando a otras especies de la faz de la Tierra. Así será hasta el fin de sus días, y nadie, ni siquiera Dios, podrá cambiarlo.

»–¿Por qué soy yo uno de ellos, Shallem? –le pregunté amargamente–. ¿Por qué, si, en realidad, no lo soy? Soy un espíritu desvinculado del cuerpo que accidentalmente habita. Un cuerpo que es una cárcel de la que no puede escapar.

»"¿Qué tengo yo que ver con esa muchedumbre tiránica, con este ejército sanguinario y destructor que es la humanidad?

»"Yo nunca he sido uno de ellos, Shallem. Siempre me he sentido diferente, ajena a ellos. Incluso cuando no era más que una niña. Nunca he entendido nada de lo que ocurría a mi alrededor, de sus luchas, de su prepotencia. Y la posibilidad de ese entendimiento me horroriza, por cuanto tendría de aceptación.

»"Hace tiempo, antes de conocernos, o cuando de nuevo me encontré sola, en sueños, me veía a mí misma luchando por volar. Agitando locamente brazos y piernas, tratando de escapar de ellos, de ascender y ascender lejos de la Tierra. Pero nunca lo conseguía. Nunca lograba alejarme lo suficiente. La Tierra me atraía mientras ellos trataban de sujetarme con sus manos, siempre demasiado cerca, siempre rozándome.

»Permanecimos en silencio mucho tiempo, apretados uno contra el otro en deleitoso consuelo, contemplando la inmutable magnificencia del cielo iluminando la catedral.

»–¿Crees que yo quiero ser como soy? –murmuró Shallem, casi inaudiblemente, como si temiera que alguien indebido pudiese enterarse de sus más íntimos y secretos pensamientos–. ¿Crees que deseo vagar eternamente, entre estos seres a quienes odio infinitamente más que tú?

»–¡Oh! ¡Shallem! ¿Por qué pensamos siempre en ellos? No lo hagamos nunca más. Ahora nos tenemos el uno al otro. Disfrutemos de este momento. Me arrepiento de haberte hablado como lo he hecho. Te he entristecido.

»–No. No lo has hecho, Juliette. La tristeza, que esperaba adormecida, se ha despertado, eso es todo. –Hizo un doloroso silencio y levantó los ojos hacia las estrellas–. ¿A dónde pertenezco yo ahora? –continuó, con una voz tan apenada que estremecía cada partícula de mi ser–. ¿Quién soy yo ahora? ¿Quién, sino un proscrito condenado al exilio en el infierno, un espíritu errabundo en perpetua huida? Mis propios hermanos me niegan el regreso al mundo del que no debí salir. El mundo al que Él nos relegó.

»–¿Lo harías? –le pregunté. Y mi voz era apenas un quejido ahogado por el lento discurso de las aguas del río–. ¿Volverías a él si pudieras, abandonándome en la soledad de este infierno?

»–No –respondió de inmediato–. Nunca te dejaría.

»Durante unos segundos permanecimos en elocuente silencio. Contemplándonos.

»–Juliette –me dijo–, llevo tanto tiempo pensando en ello. ¡Si pudiese regresar a Él, reflejarme en sus ojos de nuevo! ¡Si recobrase Su Amor! No puedo vivir más tiempo con el fuego de su vacío abrasando mi alma. No quiero. –Su voz era un quedo lamento que me partió el alma cuando, mirándome con sus angelicales ojos verdeazulados, plenos de inocencia, dirigió a mí su divina pregunta–. ¿Podré volver a su lado de nuevo? ¿Volveré a recuperar la Gracia de Dios?

»Le escuché estupefacta, desconcertada, comenzando sólo a comprender la verdadera magnitud de su desarraigo, de su dolor. Sus ojos brillaban titilantes, lo mismo que las estrellas, mientras aguardaba impaciente mi respuesta, como si esta tuviese alguna importancia. Acerté a darle la que necesitaba, la única que podría soportar en aquel momento.

»–Él es misericordioso. Todo padre... desea... recuperar el amor de sus hijos, por muy grande que haya sido su enfado con ellos. Y a veces quieren más a los hijos descarriados. ¿No dijo algo así Jesucristo? El pastor que abandona a todo su rebaño por recobrar a la oveja extraviada. Él está deseando recuperarte, seguro. ¿Quién no lo estaría?

»Dije esto con la mayor convicción de que fui capaz, disimulando mi asombro ante el deseo que me había expresado. Pero él se aferró desesperadamente a mis palabras, porque la imperiosa necesidad de aliviar su dolor le impelía a hacerlo.

»–Es cierto –me dijo, reafirmando vigorosamente sus palabras con sus gestos–. Es cierto.

»Le miraba medio embobada, intentando, todavía, deshacerme de mis últimos prejuicios, de reajustar mis esquemas. ¿Y aquél era un demonio? ¿No se suponía que no debía preocuparse sino de engañar y llevar al hombre a la perdición? ¡Pero su corazón era tan frágil, tan vulnerable! Lleno de dudas, temores, deseos y aflicciones mortales.

»¡Y ahora me salía con aquello, con que no podía continuar viviendo si no recuperaba la Gracia, con que necesitaba contemplar de nuevo el rostro de Dios y que Éste le mirase con Amor! ¡Quería ser un buen ángel de nuevo, ascender al Cielo y ocupar su lugar al lado de su Padre!

»¿Sería eso posible?, intenté responderme más tarde, abrazada a él en la tranquilidad de nuestro lecho. E intenté pensar en alguien que pudiese darme la respuesta. Pero nadie en la Tierra podía.

»A partir de aquella noche sus esfuerzos redentorios se hicieron claramente visibles.

»Cuando entrábamos en las tiendas, en busca de comida, libros o adornos para el salón, o acudían a nuestra casa el sastre o la modista, con quienes él jamás había cruzado más palabras que las puramente imprescindibles, intentaba, torpe y dificultosamente, iniciar una pequeña charla con ellos, obsequiarles con aquella sonrisa que enloquecía a cualquier mortal, acercarse a ellos, mostrarse amable, en suma.

»Se había vuelto tolerante con los mendigos que, a menudo, nos esperaban a la salida de nuestra vivienda, en la rica calle Saint Denis, y solía llevar preparado un saquito con abundantes monedas que distribuía entre ellos.

»Pequeños hechos como estos tenían la virtud de hacernos sentir mejor. Menos solos, quizá. Menos apartados de la realidad circundante. Ya sabe. Siempre es más feliz el que da que el que recibe. Y el aliviar, aunque fuera mínimamente, las desgracias de quienes nos rodeaban, nos hacía concebir nuevas, irreales y rebuscadas esperanzas respecto al futuro. No sólo respecto al nuestro, sino al de la humanidad entera, en cuyo seno vivíamos.

»Lo malo fue que la generosidad de Shallem fue pronto conocida por los mendigos de todo París, que colapsaban la calle y se arracimaban a nuestra puerta haciéndonos insoportables las salidas y despertando las iras de nuestros ricos y nobles vecinos, que no tardaron en recurrir a la fuerza para despejar sus dominios de aquellos molestos y hediondos vagabundos de dientes carcomidos.

»Estas mismas personas se sentían fascinadas por nosotros. Supongo que debíamos parecerles una mágica pareja de bellísimos jóvenes, distantes y misteriosos, cuyos secretos decidieron desentrañar, y, por ello, fuimos invitados a cuantas reuniones y fiestas de sociedad se celebraron en París; ese otro y reducidísimo París que aún podía permitirse el lujo de vestir de gala y llevar a su mesa los manjares más exquisitos, servidos por criados a quienes trataba como a auténticos esclavos. Por supuesto, Shallem, que deseaba mantenernos al margen de la humanidad, declinaba cuantas invitaciones nos ofrecían. Pero yo, vanidoso ser humano, conseguí convencerle para acudir a unas cuantas. Necesitaba un motivo para verme adornada con mis más hermosas ropas y joyas. Deseaba penetrar en los ricos salones del brazo de mi príncipe encantado. Sentir los suspiros de admiración de las demás mujeres. Sus ojos clavados en su majestuosa apostura. Sin embargo, y a pesar de los lujos ficticios de que se rodeaba, la nobleza estaba, a su modo, casi tan empobrecida y llena de problemas como cualquier otro estamento, así que pronto me cansé de soportar sus farragosas disquisiciones políticas y dejamos de frecuentar su compañía.

»En nuestro nuevo estado beatífico, era común vernos inmersos en las escasas diversiones de que la plebe podía disfrutar: los teatrillos al aire libre bajo la entonces cuarentona Tour de Jean Sans Peur, tan cansada como nosotros de asistir a las reiterativas obrillas de combates de ingleses contra parisinos; el guiñol, los poetas, los cantantes, los músicos espontáneos, en la Square du Temple; los malabaristas, pintores y juglares, diseminados a orillas del Sena; la degustación de los siempre exquisitos vinos de mi tierra en las concurridas tabernas.

»Eran pequeñas delicias que nos permitían contemplar la vida desde su óptica más placentera, mezclarnos entre la gente sin ser molestados por ella.

»Durante uno de nuestros paseos conocimos al pequeño Jean Pierre. Era una criatura encantadora dotada de una negra mirada llena de arrebatadora dulzura. No alcanzaba los seis años. Dormía en la calle. En cualquier calle donde el crepúsculo le sorprendiera. Su única compañía en el mundo y su único tesoro era un huesudo cachorrito blanco del que nunca se separaba.

»La primera vez que le vimos, atravesaba el puente de La Tournelle con el perrito en brazos. Nosotros estábamos apoyados en la barandilla, contemplando los vespertinos reflejos solares sobre las aguas del río y los campos que surgían de la penumbra, no demasiado lejos, por detrás de las últimas casas de París. Una enorme mancha blanquecina, esfumada, bajo el astro cegador y gigantesco, y, a sus lados, sombras claroscuras en las que se adivinaban las siluetas de los árboles.

»Se detuvo a nuestro lado, mirándonos con una enorme y cándida sonrisa. Paz, era lo que irradiaba. Paz, bondad, ingenuidad, amor...

»No decía nada. No pedía nada. Sólo miraba con aquella dulce sonrisa.

»Nos quedamos observándole alejarse sobre el puente de madera, con sus graciosos andares de pequeñuelo travieso y sus raídas ropitas.

»Durante muchos días no pude quitarme su imagen del pensamiento. Es curioso que las emociones más intensas, las que más profundamente penetran en nuestro interior, se producen siempre en el silencio de una mirada. ¡Y qué elocuente puede llegar a ser ésta! Como si las almas se asomaran a los ojos y, recuperando por un momento sus incógnitas esencias, pudieran comunicarse sin palabras de un modo mil veces más eficaz que a través de ellas.

»Avergonzada por no haberle prestado ningún tipo de ayuda, le busqué durante varios días, recorriendo la ciudad de arriba a abajo e inventando absurdas excusas para justificar mi empeño en dar tales caminatas, con el fin de disimular ante Shallem mis intenciones, que, en realidad, ni yo misma conocía con exactitud.

»Le encontré, por fin, dormitando sentado en el frío suelo y apoyado contra el muro de una casa cercana a la biblioteca del Louvre. Y entonces supe exactamente lo que quería hacer.

»Nos habíamos detenido a su lado, y yo dije:

»–Así de sola estaría yo, Shallem, si no te tuviera a ti.

»Él me apretó la mano. Paseábamos siempre cogidos de la mano.

»–Tú puedes ver su alma, Shallem. ¿No es cierto que no es un niño corriente? Parece tan bondadoso... Es diferente, ¿no es cierto?

»Shallem me miró, tremendamente molesto.

»–¿No es cierto? –repetí.

»–Sí, lo es –musitó a regañadientes–. Es un guía. ¿Y qué?

»–¿Un guía? –inquirí.

»Contempló al niño con una singular mezcla de odio y admiración y luego desvió la vista. Evidentemente, era uno de esos temas tabú, "del más allá", de los que, para mi desesperación, se negaba a hablarme.

»Echó a andar, forzándome con su mano a seguirle. Pero me resistí.

»–Esta vez no, Shallem. Tendrás que responderme –le dije, tratando de parecer firme y resuelta.

»Movió la cabeza en todas direcciones. Sus ojos no quedaban fijos en ninguna parte. ¡Cómo sufría cada vez que le inquiría sobre lo que yo desconocía y tanto anhelaba saber! Me soltó la mano, cruzó las suyas sobre su pecho, se ocultó la boca con la diestra. ¡Qué gestos de inquietud tan deliciosamente humanos!

»–Es alguien cuya alma ya ha obtenido la salvación –dijo entre dientes. Apenas podía oírle. Me esforcé. Sabía que nunca repetiría lo que estaba diciendo– Es libre. Puede ir a donde quiera. Recorrer el universo entero. Pero ha decidido volver aquí para guiar a los humanos, para ayudarles en lo que pueda. Si no le destruyen antes...

»Tal revelación me dejó completamente asombrada.

»¡Pensar que podía existir alguien así! Alguien tan cargado de amor como para regresar a la Tierra, cuando podía ser libre y feliz, a continuar lo que, sin duda, ya habría empezado en vida ¡o vidas! pasadas. Tal idea me maravilló.

»Lo miré fijamente, intentando encontrar poderes sobrenaturales que no hubiera advertido. Pero era un ser humano totalmente normal. No una criatura dotada de poderes extraordinarios o majestad divina que hicieran fácil el cumplimiento de su misión, sino sólo un alma vulgar y corriente sin mayores ventajas de las que yo tenía. No había más que observar en lo que había devenido: en un pobrecito niño vagabundo totalmente indefenso.

»–¿Él lo sabe? –pregunté–. ¿Sabe quién es y por qué está aquí? ¿Puede recordar algo?

»–Podría darte una respuesta muy larga –me contestó Shallem en voz muy baja, como si no quisiera despertarle–. Saberlo, lo sabe, recordarlo, no tiene mayores recuerdos de su pasado que cualquier otro mortal.

»–Y sí, conociendo nosotros su origen y su misión, decidiéramos ayudarle a llevarla a cabo, a sobrevivir, al menos, si nos convirtiéramos en sus protectores, ¿no nos situaríamos más cerca del perdón? Tú, que tienes toda la eternidad por delante, podrías erigirte en protector de una nueva raza superior que sobreviviría bajo tu amparo. ¿No se inmutaría el corazón de Dios ante el mecenas de las almas puras, de los justos, de los santos? ¿No sería la mayor prueba de arrepentimiento el extender tu égida sobre sus criaturas? ¡Probémoslo, Shallem! ¡Llevémoslo a casa!

»Con estas palabras le convencí, del mismo modo que habría hecho con cualquier amante mortal. Más fácilmente, quizá.

»A los cinco días de estar con nosotros Jean Pierre parecía un principito. Le habíamos encargados ropas majestuosas y su cuerpo despedía aromas de lavanda. Y, sin embargo, no parecía ni más bello ni más arrebatador que vistiendo sus desgastadas ropitas sucias, con su gracioso pelo desgreñado y algunos tiznajos por la cara.

—Pero, ¿y él? ¿Shallem? —Interrumpió el sacerdote–. ¿Lo aceptó tan fácilmente?

—Bueno, ya le he dejado entrever que Shallem sentía cierta envidia hacia él, hacia el hecho de que un humano hubiese ganado la Gracia que a él le estaba vedada. Sin embargo, también se sentía atraído hacia aquella criatura que ya poco tenía que ver con un ser humano. Mi ángel, perdido, como siempre, entre dos sentimientos contradictorios: el amor y el odio. Cuando le convencí, aceptó sólo llevado por aquel afán redentorio y por su ansia de congraciarse con Dios y pagar su deuda, que yo, tan hábilmente, le había expuesto, pero no por un auténtico deseo de contribuir a la mejora de la especie humana.

»No obstante, Jean Pierre se ganó su afecto a pulso. Era un niño muy pequeño y desvalido, físicamente subdesarrollado, incluso, a causa de la inanición, pero muy inteligente y dulce, y le encandiló con sus constantes muestras de ternura hacia él.

»Cualquiera que nos hubiese visto, paseando los tres de la mano por la ribera del Sena, o de excursión por los campos próximos al castillo de Vincennes, hubiese pensado que éramos una perfecta y vulgar familia de nobles franceses.

»Continuamos viviendo en París durante unos cuatro meses, sin hacer otra cosa que pasear nuestro amor bajo el sol y las estrellas y observar cómo el subdesarrollado cuerpecito de Jean Pierre se recuperaba de su atraso, mientras que su espíritu ganaba en bondad, día a día.

»Éramos felices.

»Yo me sentía invadida por una piadosa amnesia que había ido, poco a poco, difuminando mis recuerdos hasta convertirlos en no más que la borrosa remembranza de una inverosímil pesadilla.

»Ya no me causaban dolor. Ningún sufrimiento. Era como si todos aquellos hechos me hubiesen acaecido en una vida pasada, una vida anterior que ya no existía. Yo había sido la víctima de un tormento que ya nunca podría afectarme, porque nada en el mundo podía dañarme bajo la égida de Shallem.

»Pensaba que mi vida transcurriría en adelante tan simple y apaciblemente como las de los demás mortales, que viviríamos sin más preocupación que la de unir cada noche nuestros labios bajo las estrellas.

»¡De qué modo me equivocaba!

»La nueva tragedia llegó un día de Febrero, acompañada de los gélidos vientos nórdicos que cada invierno convertían las calles de París en un inmenso y dantesco cementerio.

»La Luna llena reflejaba su luz sobre el cárdeno celaje fluorescente, que volvía a derramarla, violácea y sombría, sobre un tétrico París adormecido.

»Un rayo plateado iluminando el horizonte y, diez segundos

después, un trueno en la lejanía.

»Jean corría hacia casa por delante de nosotros, con Omar enredándose entre sus piernas.

»Ya estábamos cerca, en la rue Saint Martin, delante de la puerta de Saint Nicolas Des Champs, cuando me percaté, conturbada, de que le habíamos perdido de vista. No quise llamarle a gritos por no despertar a toda la vecindad, pues era muy tarde y en París, en invierno, la gente se acostaba muy temprano. Había poco que hacer levantado, excepto pasar frío y consumir la cera de las velas o el aceite de los candiles.

»Pero Shallem sí lo hizo. Arrebatado por un presentimiento angustioso corrió calle abajo gritando su nombre con toda la fuerza que sus pulmones le permitían. Un profético grito de terror.

»Y la bóveda celeste, cada vez más oscura, más amoratada.

»Apenas veía unos centímetros por delante de mí hasta que llegó el resplandor, vivísimo y fugaz, iluminando la calle. Y durante este segundo me di cuenta de que estaba sola, de que Shallem había desaparecido y de que sus voces, si es que las seguía dando, ya no eran audibles ni siquiera en la lejanía. Tuve miedo.

»Uno, dos, tres, cuatro, cinco, y el trueno ensordecedor.

»Seguí corriendo, aprovechando las luces súbitas y fugaces, cada vez más numerosas, hasta el cruce con la rue Turbigo. Desde él, escuché un alarido sobrenatural, un aullido desgarrador proferido con la potencia de mil gargantas.

»El cielo quedó en silencio, expectante, escuchando aquel sonido que desafiaba a su propia voz.

»París entero se estremeció conmovido. Oí las voces de las gentes que, asomadas a las ventanas, se preguntaban unas a otras por su origen. Pero nadie osó salir. El frío era demasiado intenso.

»Guiada por algún instinto que no sé nombrar, llegué hasta el callejón donde Shallem se estrechaba, arrodillado, junto al cuerpo inerte de Jean Pierre. La sangre brotaba de su pequeño cráneo, espesa y opaca, tan negra en la noche como su propio cabello. Omar yacía muerto junto a él.

»Me tiré al suelo junto a ellos, gritando presa de un ataque de histeria.

»Shallem, en absoluto silencio, seguía apretando el cuerpecito contra su pecho. Tenía los ojos fijos en el vacío y la mirada dentro de sí mismo. Era imposible leer en su rostro.

»Yo me dirigía a él sin parar, desesperada, sollozando implorante:

»–¡Por favor, por favor, sálvale! ¡Tú puedes hacerlo, tú puedes!

»–Se ha ido –me respondió en un susurro, sin dejar de abrazarse al cuerpo y sin dirigirme su inescrutable mirada–. Es un cuerpo vacío.

»–¡Tráelo de nuevo, Shallem, te lo suplico! ¡Él quiere regresar, no te será difícil! Es necesario aquí. ¡No puede morir! ¡Por Dios Bendito, haz algo!

»Estaba desesperada ante su impasibilidad. Deseaba verle hacer cualquier cosa, por inútil que pudiese resultar. Pero él no se movía.

»–Ya no está aquí –susurró–. No puedo hacer nada.

»–¡Sólo inténtalo! –volví a exhortarle, obcecadamente, sin poder creer que se resignase tan fácilmente a la pérdida de Jean Pierre.

»La seca tormenta iluminaba el callejón en que nos encontrábamos. Patéticas criaturas sollozando de impotencia ante la invencibilidad de la muerte.

»–Quizá no esté lejos todavía –insistí, tontamente, incapaz de aceptar la injusticia de su muerte–. ¿No podrías atraparle de alguna manera, interceptarle en su camino? –Ni siquiera me preocupé del bochorno que mis necias y vanas súplicas hubieran debido causarme. El dolor era demasiado grande–. ¡Por favor, haz algo! ¡Hazlo!

»De nuevo, el cielo centelleante me ofreció una visión del lúgubre callejón sin salida. Por primera vez me apercibí de que no estábamos solos. Tres chiquillos, poco mayores que Jean, nos observaban, amedrentados y temblorosos, junto al muro del fondo. Acorralados. Uno de ellos blandía un atizador de hierro en las manos, otro, un gran cuchillo de cocina. Exhibían sus armas como fieras atrapadas, intentando acobardar al enemigo. Había miedo, pero también valor y resolución en sus rostros infantiles. Eran fieras salvajes intentando sobrevivir en la selva de piedra y cristal. La más pura esencia del hombre sin domesticar. Robar, matar... Todo con tal de seguir viviendo.

»Apenas les dediqué más tiempo del que duró la centella. Seguí, consternada, apretando la delicada manita mortal de mi amado Jean, instando torturantemente a Shallem.

»–¿No puedes hacer nada? –volví a acuciarle.

»Un rayo iluminó sus ojos, que ahora me miraban. Me dio un vuelco el corazón. Eran feroces, desconocidos.

»Luego, casi de inmediato, el cielo pareció desquebrajarse, agónico, y el callejón retumbó bajo sus fatales agüeros.

»"¿No puedes hacer nada?", había preguntado yo. Y recibí la respuesta.

»Sí –una breve sílaba plena de connotaciones que me llenaron de horror–, puedo. –Y, luego, volviendo sus ojos a los niños, añadió, presa de furia–. ¡Y lo haré!

»Se levantó dejando caer el cuerpo de Jean con el mismo descuido que un fardo de ropa sucia. Para él ya no era una cosa que mereciese mayor delicadeza. Me levanté también, aterrada por lo que, estaba segura, iba a suceder.

»–¡No debes hacerlo! –grité–. Piensa en Jean. Él nunca lo consentiría. Te estará viendo allá donde esté y esto le hará sufrir más que su propia muerte. ¡Por Dios, no lo hagas! ¡No te mancilles ahora!

»Se volvió hacia mí con los ademanes de una fiera y un grito colosal me obligó a echarme atrás.

»–¡Sal de aquí, Juliette! ¡Vete y no mires atrás!

»Creo que, durante un instante, temí incluso por mi propia vida. Vi los rostros aterrados de los niños, que, gimientes, se asían unos a otros de los brazos procurándose inútil amparo. Pero no me atreví a decir una sola palabra más.

»Doblé la esquina del callejón, sólo un paso, quedándome

clavada contra la pared, escuchando los gritos de auxilio de los niños, ahogados continuamente por el estruendo del firmamento.

»Deseaba mirar con todas las fuerzas de mi ser. Pero la historia de la mujer de Lot había acudido a mi memoria y temía convertirme en una estatua de sal. "No mires atrás", me había advertido él. Lo mismo que el ángel a Lot.

»Apreté los ojos cuan fuerte pude y me tapé los oídos. Para no ver. Para no escuchar.

»Los abrí al cabo de un par de minutos, cuando sentí sus ojos clavados en los míos.

»No dijo nada. Se limitó a tenderme la mano para que yo la cogiera. Pero no podía. No quería marcharme de allí sin saber de qué modo lo había hecho. ¿Morbosidad?, quizá. ¿Deseo de conocer hasta dónde llegaba su poder?, más probablemente.

»Despacio, muy despacio, por si, en su ira, deseaba impedírmelo, doblé de nuevo la esquina que me impedía la vista del callejón. No hizo un solo movimiento.

»La tormenta se había alejado y me fue muy difícil ver.

»En el lugar donde Jean y Omer habían muerto no había sino restos de unas cenizas esparcidas. Pero, al fondo, en el mismo sitio donde los había visto por última vez, junto al muro, tres figuras esculpidas en carbón se estrechaban en su último abrazo. Estáticas. Como si la lava del Vesubio hubiese caído inesperadamente sobre ellas, deseosa de inmortalizar su terror. ¡Dios mío! ¡Cómo se estremeció mi alma al observar sus horrorizadas expresiones, sus posturas, la desesperada e inútil forma en que cada uno de ellos había buscado la protección de los otros!

»Los rocé con mi pie para comprobar su textura, pensando que al hacerlo se volatilizarían en cenizas, igual que le había ocurrido a Jean, borrando toda huella de su existencia. Pero no ocurrió así. Me asombró su consistencia. Los golpeé ligeramente con el pie y vi que eran duros. Comencé a patearlos, cada vez más fuerte, y era como chocar contra pedernal ennegrecido. Parecían indestructibles.

»Y, como los desgraciados pompeyanos que murieron con sus tesoros entre los brazos, así habían quedado petrificados, con el pequeño crucifijo de oro, que aquella misma mañana le había regalado a Jean Pierre, colgando de su ahora negra y rígida cadenita.

»¿Restos de fuego, olor a chamusquina, una nube en forma de hongo elevándose en el cielo? No. Nada.

»La ciudad estaba en absoluto silencio. Me di la vuelta y anduve hasta Shallem, que me esperaba al otro extremo de la callejuela.

»Sus pupilas se habían convertido en brasas incandescentes resplandeciendo en su semblante, dolorido, pero satisfecho.

»Me tendió de nuevo la mano y, esta vez, la acepté.

—Pero, ¿no tenía miedo de él, del monstruo que era, de lo que acababa de hacer? —inquirió, espantado, el confesor.

—Puede que fuera un monstruo el que había matado a esos niños, pero era mi amante quien me tendía la mano. Es así de sencillo.

»Quizá yo fuese tan diabólica como Shallem. Es bastante probable que yo misma hubiese intentado matarles de no haberlo hecho él. Tal vez lo que sentía hacia él en aquellos instantes fuese gratitud por haber visto cumplido mi inexpresado deseo de venganza; amor, por haber compartido sus mismas emociones; admiración, por aquel nuevo prodigio que me había permitido conocer.

—No puedo creerlo —dijo el sacerdote sacudiendo la cabeza.

—¿No? Quizá el tiempo haya difuminado mis recuerdos. Es posible que, en el fondo, estuviera tan absolutamente espantada que no pudiese reaccionar sino dejándome conducir como un pelele hasta nuestra casa. ¿Es mejor así? ¿Le satisface más esta reacción?

El padre DiCaprio movió la cabeza, desconcertado, y no dijo nada.

—Me condena, ¿verdad? Por haber seguido a su lado tras presenciar los asesinatos. Pues más me condenará cuando sepa que no me importó en absoluto; que disfruté ante la imagen de aquellos hórridos fósiles; que les di de patadas insultándoles llena de rabia, tratando, vanamente, de fraccionarlos en mil pedazos como a una enorme figura de porcelana, hasta que Shallem me confesó la verdad: que nunca se romperían, que sus almas habían quedado atrapadas dentro de aquellas envolturas invulnerables, gimiendo y suplicando por toda la eternidad. Entonces mi venganza quedó satisfecha. El saberlos prisioneros en aquella cárcel eviterna fue mi único consuelo por la pérdida de Jean.

»Le parezco un ser detestable. ¿No es cierto?

—El deseo de venganza es un sentimiento humano —musitó el sacerdote, con la mirada vagamente fija en sus manos, que jugueteaban, nerviosamente, con el crucifijo.

Estaba aterrado. La idea de un ser capaz de encerrar las inmortales almas en las prisiones indestructibles de sus propios cuerpos era más de lo que podía soportar.

—¿También lo es el vivir amorosamente con un íncubo? Así es como lo llaman, ¿no? —La mujer aparentó esperar una respuesta que sabía no iba a llegar—. Le asusto —dijo—, ¿no es así?

—Supongo que... rebasa los límites de mí... No poseo una mente muy abierta —consiguió contestar el sacerdote.

—Jamás se me hubiera ocurrido dejarle. Le adoraba. Creía compartir con él la misma naturaleza. Era el único ser sobre la Tierra del que podía decirlo, por pretencioso que pueda resultar. Veo que no me mira con muy buenos ojos. Me encuentra soberbia, ¿verdad? Cree que miro por encima del hombro a toda la humanidad. Es posible que así sea. Más que posible. Recibí mucho daño de ella, y, de Shallem, sólo amor. ¿Por qué hubiera debido renunciar a él? ¿Me lo puede explicar?

El silencio en espera de una respuesta se hizo insoportable para el confesor. Quiso ponerle fin como fuera.

—No, no sabría —mintió. ¡Hubiera podido darle tantas respuestas! Pero se sentía completamente agobiado.

—¡Está mintiendo! —dijo ella, en voz baja pero rabiosa, al tiempo que golpeaba la mesa con su puño. Usted no entiende lo más mínimo el que haya podido convivir ni un solo día con el que usted, con su estrecha y obtusa mente, aún sigue llamando diablo. ¿Me equivoco? ¿Es que no me he explicado lo suficiente? ¿He sido demasiado sucinta?

—No, no... —intervino, tímidamente, el sacerdote.

—¡Es que no tengo tiempo para extenderme más! Debe esforzarse por comprenderme. Mi tiempo se acaba...

—Lo sé, lo sé. Y la comprendo. Créame, por favor. Tranquilícese.

La mujer recuperó la calma y su semblante de nuevo quedó pálido e indiferente.

»—Aquella noche nuestra casa parecía un velatorio —prosiguió—. La ausencia de Jean se hacía insoportable, el vacío, asfixiante. Era un tormento el pensar que jamás volvería a contemplarlos juntos jugando al ajedrez, sobre el mueblecito que Shallem había adquirido para ello; enseñándole a leer y a escribir con corrección, como un amantísimo padre; persiguiéndose por la casa como dos cachorros; que nunca más me recostaría con él sobre la cama, con su cabecita apoyada sobre mi pecho, mientras le contaba un cuento.

»Nuestra feliz existencia como padres de familia había concluido.

TERCERA PARTE

I

»Al día siguiente, un sol radiante y un cosquilleo en la nariz me despertaron. Shallem jugaba con una pluma sobre mi cara.

»Tenía en la mirada ese brillante color verdeazulado de los días dichosos. Apartó la pluma y me besó con celestial ternura.

»–Buon Giorno –musitó sonriendo.

»Al principio no comprendí. Su rostro me impedía ver el lugar donde nos encontrábamos, pero, cuando se apartó de mi campo de visión pude contemplar el desconocido baldaquino que cubría la cama, las extrañas telas que tapizaban las paredes, los refinados muebles que jamás había visto.

»–¿Dónde estamos? –le pregunté.

»–¿Dónde crees? –me devolvió la pregunta, descansando su cabeza sobre mi pecho.

»–¿Es que no estamos en París? –inquirí, ante la extraña decoración circundante.

»–¡París! ¡Nombre abominable! –exclamó–. Olvida París. Olvida todo lo que allí ocurrió. Ahora empieza una nueva vida, una nueva era. ¡Estamos en Florencia, amada mía!

»Nuevamente hube de contemplar con ojos de recién nacida el mundo que me rodeaba.

»Nunca había estado en Florencia, pero intuía, desde luego, que todo en ella debía ser diferente. Había leído las obras de Dante, Bocaccio y Petrarca y escuchado algunas noticias de boca de los nobles parisinos. Eso era todo. Pero, cuando salí a la calle, me di cuenta de que las diferencias no eran meramente debidas a un cambio de lugar.

»Allí había maravillas inimaginables de las que nunca había

oído hablar. Las calles eran limpias, los edificios suntuosos, los mendigos escasos...

»Los caballeros caminaban erguidos envueltos en lujosos terciopelos multicolores, con sus graciosos gorritos emplumados y las espadas colgando del cinto como un adorno más. Sortijas en los dedos, el cabello y la barba repeinados; síntomas de elegancia. Aunque la moda no había cambiado excesivamente, el gallardo porte de los florentinos parecía más a propósito para lucir el exquisito refinamiento de su época. ¡Los italianos son tan hermosos!

La mujer quedó en silencio unos instantes mirando al confesor, y, al recordar su apellido, le preguntó:

—¿De dónde es usted, padre? ¿Dónde nació?

—En Springfield, Missouri —contestó él.

—De ascendencia italiana, sin duda. ¿Sus padres?

—Sí, ambos. Romanos.

—Maravilloso. ¿Y qué nombre de pila le pusieron?

—Christian.

—¡Christian! —exclamó. Y luego preguntó—: ¿Conoce Roma?

—No. Nunca he estado en Italia.

—Eso debería considerarse un pecado. Y, lo de hacerse sacerdote... No fue su primera vocación, ¿verdad?

—No —el confesor se azoró durante unos instantes y luego rió tímidamente—. Quería ser actor. Pero cuando se nace en Missouri no hay muchas oportunidades para ello.

—Quizá debió buscarlas con mayor énfasis, abrirse camino a través de las dificultades. Dicen que el éxito aguarda a quien cree en sí mismo. ¿Lo hacía usted? ¿Creía en sí mismo?

—Yo sí. Pero dudaba de que llegasen a creer los demás.

—Entonces no creía lo suficiente.

—No importa. Pronto fui llamado por Dios.

—¿Le llamó cuando aún pretendía ser actor o cuando ya había cejado en el intento?

—¿Qué importa eso?

—Lo define todo. Contésteme, por favor.

—Esta conversación no viene al caso.

–Ya había cejado. Debió intentarlo con mayor ahínco, ser más perseverante. Es muy guapo. Apuesto a que la mitad de Springfield era una colección de corazones rotos por su culpa. Pero su familia no disponía de dinero para enviarle al lugar adecuado con las suficientes comodidades y usted no estaba dispuesto a llegar a Los Ángeles con doscientos dólares en el bolsillo, a vender hamburguesas y a hacer todo tipo de trabajos desagradables para, por las noches, compartir el dormitorio con seis colegas en su misma situación. Y ahora se arrepiente.

–Es usted quien debe arrepentirse, ¿recuerda?

–No se irrite, padre. Sólo quería comprobar que estoy hablando con un ser humano y no con un muñeco de cartón–piedra.

La mujer se quedó mirándole fijamente con su enigmática sonrisa hasta que él desvió la vista, avergonzado.

–Como le iba diciendo –continuó ella–, todo en nuestro rededor me resultaba tan absolutamente desconocido que enseguida me di cuenta de que no únicamente habíamos cubierto una distancia en el espacio, sino también en el tiempo.

»Con mucha prudencia y apuro conseguí enterarme de la fecha exacta: 1520.

–¡1520! –exclamó el confesor–. Habían transcurrido... ¿Setenta y nueve años más?

–Exacto. Setenta y nueve años desde la muerte de Jean. Trescientos veintitrés años desde el día de mi nacimiento.

»Pero yo, por supuesto, estaba en el apogeo de mi juventud. ¿Cuántos años tendría? Déjeme pensar... La verdad es que ya entonces había perdido la cuenta exacta de mi edad, pero debían ser unos... veinticuatro años. ¡Y qué hermosos lucían en mí, ataviada con los ricos ropajes florentinos, con la cascada de mi cabello rubio, que siempre me resistí a sujetar en complicados moños, cubierto por una redecilla adornada con perlas, desparramándose sobre el terciopelo negro de mi bernia, y enmarcando mis facciones de porcelana, mientras mis ojos resplandecían ante la contemplación de tanta belleza!

»¡Qué pareja hacíamos! ¡Cómo se volvía la gente, hombres

y mujeres, para admirar a aquellos jóvenes, vivientes cánones de belleza clásica! Apolo y Dafne. Eso éramos.

–¡Caramba! No es usted muy modesta –comentó el sacerdote.

La mujer sonrió.

–A veces la modestia y la mentira van hermanadas. Y yo no quiero mentir...

»Shallem tenía razón. Era una nueva vida la que, una vez más, comenzaba para nosotros. Y el escenario, infinitamente más agradable que cualquiera de los anteriores.

»Nos hospedamos en una casa alquilada entre el Duomo y el Arno. Como antes el Sena, el Arno conoció nuestras interminables y elocuentes miradas, nuestros besos de amantes lujuriosos navegando bajo los hermosos arcos de sus puentes.

»A veces, cuando, esforzadamente, separábamos nuestros labios para respirar y abríamos los ojos, nos encontrábamos flotando a la deriva lejos del perímetro amurallado de la ciudad, en pleno campo ya. Pero la soledad y la magnificencia de la negra bóveda celeste salpicada de brillantes lentejuelas plateadas no hacían sino incrementar nuestra pasión.

»El Arno resultó ser un río aún más romántico que el Sena, y sus aguas, mucho más cálidas, bañaron nuestros cuerpos, desnudos a la luz de la Luna, en innumerables ocasiones.

»Pese a que mi felicidad era completa y que, a mi parecer, los intentos redentorios de Shallem habían concluido, se empecinó en visitar, unas veces de día, otras de noche, todas las iglesias de la ciudad. ¡Y había tantas que uno podía pasar el día entero sin hacer otra cosa que entrar y salir de ellas!

»–¿Cómo pude ser tan estúpido? –me susurraba su cálida voz, con la tenues llamitas del Duomo escintilando en sus húmedas pupilas–. Todo eso acabó –insistía una y otra vez–. ¡Forjar tan locas esperanzas! ¡Alentar semejante ilusión tras miles de años suplicando en vano! ¿Por qué iba Él siquiera a dirigir su mirada hacia nosotros, después de lo que hicimos?

»Y cuanto más intenso y falsamente convincente se tornaba su discurso, más evidente se me hacía que cuanto decían sus labios, trémulos e irritados, era inmediata y ardorosamente refutado por su alma, y que no era sino una constante porfía la que mantenía consigo mismo, una perpetua disputa entre su insatisfecho deseo de Dios y el aparente odio al que el dolor provocado por Su desdén le abocaba irremediablemente.

»Y mil veces insistí con mi infatigable pregunta:

»–¿Pero qué pudiste hacer tú, Shallem, ángel mío, que Nuestro Padre Misericordioso no pueda perdonarte?

»Y él retiraba su mirada, alarmado, como si temiera que el horrible recuerdo de sus actos pasados se reflejara en sus ojos.

»–Cosas horribles –se limitaba a decirme, cuando contestaba algo–. ¿No te basta con lo que viste en París?

»Y entonces, para distraer mi atención de aquel comprometido tema, me hablaba, sucintamente, de las extrañas relaciones que mantenían él y su hermano Cannat, a quien parecía adorar, con el resto de los ángeles caídos, a quienes él se refería con eufemismos delicadamente atenuantes como: "el resto de los ángeles que estamos en la Tierra", "los proscritos", o "a quienes nos exilió", "repudió", o, incluso, "abandonó".

»Bien es cierto que daba gusto cobijarse entre los gruesos muros de la catedral cuando el calor apretaba; admirar la belleza de sus mármoles y frescos, la perfección de sus esculturas, la riqueza de su decoración. Pero las largas esperas a que Shallem me sometía mientras se ausentaba del mundo terrenal, acababan por producirme bostezos incontrolados y una exasperada e indisimulada irritación.

»Pero Shallem se disculpaba a su regreso explicándome que aquel era un buen observatorio para explorar nuestro entorno, que resultaba imprescindible que controlase los movimientos de aquellos espíritus a quienes Eonar había enviado a atacarnos en Egipto y que aguardaban calladamente una nueva oportunidad, y que debíamos cerciorarnos de que no estábamos amenazados.

»Shallem reconocía los espacios fuera de nuestro espacio, allá donde el tiempo no existe porque no hay movimiento, decadencia ni muerte, sino sólo la vida sobrenatural de los ángeles inmutables y eternos.

—¿Y qué sabe de esos espíritus dañinos? —Preguntó el sacerdote—. ¿No la explicó algo acerca de ellos?

—Sí —afirmó la mujer, ayudándose con un resuelto movimiento—. Pero no sé si...

—¡Oh, por favor! ¡Se lo ruego! —suplicó encarecidamente el padre DiCaprio.

—Está bien. Mi relato no quedaría comprensible sin ello. Esos prosélitos de Eonar no eran más que espíritus humanos como el suyo y el mío. No necesaria o particularmente perversos en vida mortal. Espíritus que, tras la muerte de su carne y no habiendo alcanzado la Gloria de Dios, no tenían otra opción que la de regresar a la Tierra en un nuevo cuerpo. Pero el terror que a muchos de ellos les causaba esta idea les impulsaba a negarse a hacerlo. En este caso, son los ángeles del Cielo los que intervienen, los que tienen el poder de forzar a los espíritus humanos a tomar un nuevo cuerpo. Y, en algunas ocasiones, es aquí cuando Eonar o alguno de los otros entra en escena, protegiendo, maliciosamente, a esos espíritus del poder de sus hermanos del Cielo, impidiéndoles que cumplan su misión. Estos ángeles rebeldes rara vez exigen algo al espíritu a cambio de este favor. El placer de sustraerlo al poder de sus traidores hermanos, la reafirmación de su rebeldía, el saber que lo entregan al horror del eterno extravío en un estado innatural y agónico, es suficiente para ellos. Pero muchos de estos espíritus, perdidos en la infinita soledad del perpetuo vacío, buscan la compañía de estos ángeles que no atienden sino a sus propios fines; desean su tutela, su guía, no importa a dónde les dirijan. Si piensa un poco, verá que no es necesario estar muerto para seguir este comportamiento.

—Y fue a éstos a quienes envió contra ustedes.

—Así es. Naturalmente a Shallem apenas podían hacerle cosquillas. Sin embargo, debieron ser hábilmente adiestrados, a juzgar por lo bien que cumplieron su objetivo en Egipto: separarme de él.

»Cannat, el hermano de Shallem, él mismo y unos pocos solitarios más, eran considerados los rebeldes entre los rebeldes. Primero, de forma que Shallem jamás me aclaraba, se habían levantado contra Dios, pero luego, también desconocía cómo, contra los propios proscritos.

»Cannat y Shallem habían sido los primeros en escapar de ese lugar fuera de nuestro espacio conocido; un lugar en donde Dios les había recluido por algún motivo que Shallem tampoco especificaba.

»Pero no todos los ángeles tenían el poder para escapar de allí, ni tampoco todos soportaban la estancia entre los mortales, como Eonar, que prefirió no mezclarse nunca con los mortales. En realidad, de los que habían huido, la mayoría no soportaba demasiado tiempo en compañía de los humanos, por ello, todos regresaban a la que antes había sido su prisión, pero que ahora era lo más cercano al paraíso, y que, recuperadas las ganas, volverían a abandonar nuevamente, estableciéndose así un ciclo continuo.

—Se había convertido en una especie de balneario de reposo —apuntó el sacerdote.

—Sí. Exactamente. Una desierta isla tropical donde gozaban de su única compañía, pero que tampoco bastaba para satisfacer las inquietudes de los ángeles. Sólo uno de ellos, Cannat, no había necesitado regresar jamás. Parecía adaptarse perfectamente a la existencia entre nosotros. Pero Shallem sí quiso regresar. Y cuando lo intentó, descubrió el inmenso odio que latía en el corazón de Eonar contra él y contra Cannat, a quienes consideraba culpables de la huida, para él indeseada, de la mayoría de sus hermanos más poderosos. Eonar pensaba que Shallem y Cannat se habían erigido en sus líderes, pero esto no era verdad. Ellos nunca pretendieron liderar, como tampoco admitieron el liderazgo que Eonar y algunos otros habían tratado de imponer.

»Más adelante lo comprenderá todo mucho mejor. Pero es preciso que le cuente las cosas importantes en el mismo orden y en los contextos y tiempos exactos en los que yo las descubrí. Mis conocimientos sufrieron una, no sé si decir lenta y gradual, o, más bien, brusca y tardía evolución, y quiero que usted la siga y la comprenda en lo posible.

La mujer se llevó las manos a la cintura y estiró su columna vertebral y luego sus brazos. Entretanto, al observar el sacerdote sus vacilantes y alternas miradas a la botella y a su vaso vacío, se apresuró a llenárselo. Ella lo tomó y lo apuró ávidamente.

—Se lo agradezco, ¿sabe? —le dijo, tras depositar el vaso sobre la bandeja plateada—. El que no consintiera que me esposaran a una mesa de acero.

—Ah, sí. Bueno, no me pareció que aquello fuera empezar con buen pie.

—Hemos de continuar —dijo ella—. Como era de esperar en una ciudad tan próspera como Florencia, eran numerosas las invitaciones de nobles y burgueses que constantemente declinábamos. No deseábamos ningún contacto con persona alguna que no fuese estrictamente imprescindible: nuestras dos sirvientas, el sastre y la modista cuando eran necesarios, y pocos más, por no decir ninguno.

—Espere un momento, por favor —la interrumpió el confesor, reclinándose ansiosamente sobre la mesa—. Siempre está usted hablándome de las riquezas que disfrutaban, ropas, joyas, criados. Pero, ¿y el dinero para todo ello?

—Dios Santo —murmuró la mujer, llevándose la mano a la boca y ladeando la cabeza en un gesto de desconsuelo. Luego se volvió hacia el sacerdote—. Pero, ¿cómo es capaz de hacer preguntas tan estúpidas, padre? ¿Cree que un ángel puede tener dificultades para conseguir unos míseros pedazos de metal?

El padre DiCaprio pareció sentirse avergonzado, pero aún no acababa de entender.

—Entonces, ¿lo robaba? —insistió.

La mujer exhaló un profundo suspiro de descontento y le miró como a un niño insoportable y obcecado cuyas preguntas no quedara más remedio que satisfacer.

—Sí —contestó bruscamente.

Al padre DiCaprio le costó un mundo continuar ahondando

en el tema, pero no se amilanó.

–¿De qué manera? –Estaba encogido sobre la silla, como si temiera que la mujer, que tenía los ojos clavados en los suyos, saltara en cualquier momento sobre él, igual que una fiera. Tragó saliva–. Quiero decir... ¿Mataba para robar?

–Pues... –la mujer dudó unos instantes, con absoluta inmutabilidad–. No creo que le hiciera falta.

–¿No lo sabe? –inquirió él, con asustado asombro.

–No, no estoy segura –repitió pensativamente, como si fuera la primera vez en su vida que se preocupara por aquel detalle–. Aunque es posible que en alguna ocasión lo hiciera. De hecho, recuerdo una vez... Pero no. No hay tiempo para contárselo. No me distraiga con nimiedades, por favor. Prosigo. Vivimos más de dos meses intensamente felices en la ciudad de la flor. Hicimos el amor en todas partes. En la plaza de la Señoría, de noche, bajo la imponente mirada del David de Miguel Ángel; envueltos por la luz que se coloreaba al atravesar las vidrieras de la iglesia de la Santa Cruz; en el convento de San Marcos, donde Shallem imitaba al ángel de Fray Angélico, rendido a los pies de la virgen, con sus alas multicolores extendidas y los brazos cruzados sobre el pecho, como en una declaración de amor. Admirando los frescos de Santa María Novella, de la Santa Trinita; en el Duomo, por supuesto; sumergidos en el regazo del Arno. Aunque, donde más nos gustaba, era una vez traspasadas las murallas de la ciudad, fuera de sus lindes, en alguna de las colinas, desde las cuales la alta cúpula de la catedral parecía envuelta en un capullo de rosa, pero donde no había humanos o inmortales que pudiesen despertarnos de nuestro éxtasis, sino sólo la quietud y el silencio, la serenidad de un cielo negro tachonado de palpitantes estrellas de apariencia eterna e inmutable.

»En estas colinas pasábamos hora tras hora hablando de mil cosas distintas. De los hombres; de las bellezas naturales dispersas por cada rincón de la Tierra, que yo aún no conocía; de los fabulosos animales que las habitaban; incluso del arte y de la música, creaciones humanas por las que Shallem se sentía interesado, y de la incomodidad de los favorecedores trajes que vestíamos y de los que nos solíamos desprender tan pronto estábamos a solas.

»A veces nos sorprendía la caída de la noche sobre la colina tras haber disfrutado de una plácida tarde de sol. Admirábamos el crepúsculo en absoluto silencio, mudos de asombro. El más cotidiano de los milagros contemplado con la impresión de quien abre los ojos por primera vez. Luego nos tumbábamos, siempre en la cumbre, a observar cómo, lentamente, el cielo perdía completamente su color hasta inundarse de la blanca claridad lunar. Shallem era el más romántico de los seres. Hubiera podido llorar ante la belleza de la aurora; pero Shallem no había sido creado para llorar, por más que Dios se empeñase ahora en arrancarle las lágrimas. Luego nos dormíamos, allí, cobijados por la bóveda celeste, abrazados uno al otro hasta el amanecer, cuando dejábamos que las rápidas corrientes del Arno masajearan nuestros cuerpos, obligándolos a desperezarse.

»No podíamos ser más felices. O quizá sí.

»—Pero, Shallem, ¿cómo es que no quedo encinta? —le pregunté un día, ya desesperada ante mi injustificada infertilidad.

»Él detuvo su sorprendida mirada sobre la mía.

»—¿Te gustaría? —me pregunto.

»—¡Pues claro! —Exclamé yo, asombrada ante su duda—. ¿No lo sabes? ¿Acaso no soy hialina para ti? Tú conoces todas mis preguntas y todas mis respuestas.

»—¡Qué aburrido sería si fuese así! —me respondió, alzando en el aire su sombrerito de terciopelo azul, cuya accidentalmente arrancada pluma se entretenía en recomponer—. Conozco algunas, sí, pero me gusta oírlas de tu voz.

»—Tú lo has impedido, ¿verdad? —le pregunté, pues, tras muchas cuitas, había llegado a tal conclusión.

»—Sí —me contestó. Y me miró ahora más inmóvil y atento, como de veras sorprendido porque yo le concediese alguna importancia.

»—Pero, ¿por qué? Daría casi cualquier cosa por un hijo tuyo, Shallem. ¿Por qué me lo niegas?

»Por unos momentos pareció incrédulo ante mi revelación. Apartó su vista de mí y la devolvió a su sombrerito mientras trataba, sin ninguna concentración, de ensartar la pluma en su interior. Un par de veces inició el ademán de volverse a contestarme, pero en seguida vacilaba y parecía reconsiderar su respuesta.

»—¿Has oído la antigua sentencia "Ojo por ojo, diente por diente"? – me preguntó por fin.

»—Sí –le contesté, sin comprender aún a donde quería ir a parar.

»—Yo maté al hijo de Eonar... –me respondió conturbado, y se detuvo esperando que yo adivinara la consecuencia.

»Durante un minuto me quedé simplemente atontada.

»—Pero... –farfullé finalmente–. También era mi hijo. No tiene derecho a cobrarse venganza sobre mi descendencia.

»—Esa consideración a él no le importa –me dijo Shallem, levantándose y acercándose a mí. Y ahora estaba muy apenado, porque de pronto se había percatado del dolor que la imposibilidad de tener un hijo suyo podía causarme–. Tú no le importas. Es conmigo con quien tiene una deuda pendiente y piensa saldarla con mi primer hijo. No importa a quien haya de aplastar por conseguirlo, y menos aún si es sólo un humano.

»Fue un golpe inesperado y terriblemente doloroso el escuchar aquellas palabras. Desde la concepción de Chretien, había imaginado con ilusión lo que sería engendrar un hijo de Shallem. Durante sus primeros años de vida había fantaseado imaginando y soñando que realmente lo era. Después, mientras Jean–Pierre había vivido con nosotros, no había podido evitar el desear que pronto le diéramos un hermanito.

»Sí, llevaba mucho tiempo forjando unas ilusiones que daba por sentado que un día se cumplirían.

»Pero, ¿cómo podía aquel monstruo hacerme aquello? Violarme, utilizarme para engendrar a su hijo, y, ahora, amenazarme con la muerte de mi segundo hijo. Hubiera deseado ser Dios para poder exterminarle.

»–Pero, Shallem, algo habrá que podamos hacer. No es posible que caiga sobre mí esta nueva condena, que no vaya a poder tener un hijo jamás. Ansiaba un hijo tuyo, Shallem. Con tu dulce mirada y tu espíritu indomable. Un doble tuyo que pudiera mecer en mis brazos y besar hasta hacerle perder el sentido. Tienes que dármelo, Shallem, por favor –le supliqué, a punto de echarme a llorar–. No me niegues toda esperanza. No me digas que jamás será posible.

»–No sabía que fuese tan importante para ti –me dijo, haciéndome reclinar la cabeza sobre su hombro.

»–Lo es –afirmé.

»–Si lo intentáramos... –vaciló–. No sé...

»–Luego, hay una posibilidad –dije, levantando la cabeza para mirarle.

»–No es así exactamente. Pero, si tan importante es para ti, quizá... Tal vez podría negociar.

»–¿Quieres decir ofrecerle algo a cambio de que respete la vida de nuestro hijo?

»–Sí. Es posible que acepte. Le gustan ese tipo de acuerdos, siempre y cuando sean lo suficientemente... tentadores.

»–¿Y qué podría pedirte a cambio?

»–Ojo por ojo...

»–¿La vida de otro inocente? –le pregunté, y el corazón saltó en mi pecho.

»Durante largo tiempo permanecimos en silencio. Shallem me estaba dejando meditar, calibrar las opciones. Esperaba mi respuesta.

»–Aún me quedan muchos años de vida, Shallem, Dios mediante. Quiero un hijo tuyo. Me haré a la idea de que el primero no sobrevivirá, de que nacerá muerto o algo así. Pero, después, podremos tener un segundo.

»Debí suponer que Shallem nunca sería tan miserablemente conformista y resignado como yo.

»–Bien –susurró, rodeándome con sus brazos–, si tan grande es tu deseo no lo demos por muerto antes de haberlo engendrado. Lucharemos por él.

»Aquella misma noche concebimos a nuestro hijo.

II

–¿Qué es eso, padre, esos ruidos? –preguntó la confesada señalando hacia la puerta.

–No lo sé. Parece una protesta de los presos.

–Sí, eso parece. Debe ser por la comida –La mujer sonrió leve e irónicamente al sacerdote y éste le devolvió la sonrisa. Después realizó una fuerte inspiración–. Bien. Sigamos. Vendedores de todo tipo de cosas se reunían los domingos bajo las amplias arquerías de la Lonja dei lanzi. Me gustaba acudir a disfrutar del alegre bullicio de la gente, que iba enfundada en sus más vistosas galas; hurgar entre las monedas antiguas; escoger algunas flores para nuestros jarrones; probar las fragancias de los perfumes; deslizar los dedos sobre las ricas telas, la sarga y el estambre.

»Toda la plaza de la Señoría se atestaba de una ruidosa multitud que curioseaba entre los puestecitos de artesanía. Los jóvenes estudiantes se citaban en torno al Palacio Viejo, para contemplar desde allí el desfile de hermosas señoritas que les dirigían insinuantes miradas. Había muchísimos estudiantes, especialmente de arte. Alegres, bellos, cultos, elegantes y atrevidos.

»Uno de ellos, Leonardo di Buoninsegna, se enamoró perdidamente de mí.

»Leonardo tenía un talento extraordinario como pintor. Le conocí una tarde en que había ido a comprar carne al que hoy llaman el Puente Viejo. Allí se encontraban las mejores carnicerías, y allí coincidimos nosotros. Yo estaba sola, ya que Shallem odiaba la vista de los animales despedazados. Y, he de decir, que fue Leonardo quien me sorprendió contemplándole descaradamente. No pude evitarlo. Leonardo era una auténtica maravilla como hombre. Tenía el cabello cortado en media melena y era de un negro tan brillante que el sol le arrancaba todas las tonalidades del arco iris. Y sus ojos..., sus ojos eran de color violeta, orlados por unas cejas de fino trazo que le dotaban de un cierto aspecto picarón. Los labios, delgados, mantenían un rictus eternamente sonriente en su rostro lampiño. Disfrutaba el atractivo de las personas felices. Ése, tan especial, que irradia de su interior dotándoles de irresistible carisma. Yo le miraba, evaluando su belleza, lo mismo que hacía con cuantas obras de arte me tropezaba. Porque eso era mí: una obra de arte a la que jamás se me hubiera ocurrido intentar acceder. No lo deseaba. Mi disfrute consistía en la mera contemplación de la belleza. La del David, la de la catedral, la de un ser humano. ¿Cuál es la diferencia? Mi espíritu se estremecía con el mismo goce ante cualquiera de ellas.

»Es más, el hecho de comprobar que no era una admirable escultura viviente, distante e inalcanzable, sino meramente un hombre que ahora se dirigía a mí con sus más seductoras miradas y edulcoradas palabras, deshizo irremediablemente el hechizo.

»Pero, allí estaba, haciéndome galantemente la corte, reflejándose mis ojos en el límpido espejo de los suyos. Me hablaba de no sé qué tonterías a las que yo no prestaba atención. Y luego, por el camino hasta mi casa me declaró su amor; que no estaba en el puente por casualidad; que yo era la mujer más bella que había visto en su vida; que llevaba medio mes siguiéndome a todas partes, esperando la oportunidad de poder hablarme; que todos los estudiantes de la ciudad estaban locos por mí "¿No los habéis visto, asomándose a los balcones a vuestro paso?", me adulaba. Me quedé perpleja ante su descaro. ¿Cómo se atrevía a dirigirse así ante una mujer casada?, le pregunte. Me dijo que era el inmenso amor que sentía hacia mí el que le daba el valor, que no deseaba sino una mirada, una sonrisa que le permitiese avivar la pequeña llamita de la esperanza que había prendido en su corazón.

»–No alberguéis esperanza alguna, caballero. Olvidadme, por vuestro propio bien –le pedí, ya en el portal de mi vivienda.

»–Me temo que eso no será posible, mi señora –me respondió.

»Después, tomó mi mano entre las suyas, admirándola como una joya preciosa, y se acarició con su dorso, voluptuosamente, la mejilla. Y luego, la besó.

»Ignoro por qué exacto motivo le consentí ninguno de estos actos. Sólo sé que, cuando se inclinó ante mí en señal de despedida y pude, por fin, librarme de él y penetrar en mi casa, me sentí reconfortada. Jamás le querría, ni a él ni a ningún otro mortal. Mi antiguo pensamiento volvió a mi mente: ¿Quién puede desear la miel tras haber degustado el néctar de ambrosía?

»Corrí escaleras arriba, ansiosa por echarme a los brazos de mi amor después de tan desagradable e inacostumbrada experiencia. Me lo imaginé repantingado sobre su sillón, leyendo alguno de los graciosos libros que había adquirido sobre las costumbres licenciosas de la época y que tanto le divertían. Me lanzaría sobre él y me lo comería a besos. ¡Oh, qué ganas tenía de hundirme en la profundidad de sus ojos! Nunca más volvería a salir sola. Nunca, nunca más.

»Pero, cuando abrí la puerta del saloncito, Shallem estaba de pie, contemplando la calle a través de los cristales del balcón. Habría observado toda la escena. No se dio la vuelta al oírme entrar pronunciando alegremente su nombre, sino que permaneció hierático, con las manos asidas en la espalda, extremadamente rígido e inmóvil, como si ni siquiera respirase.

»Me sentí como una niña pequeña pillada en flagrante travesura y a punto de recibir la regañina de su padre. ¡Y qué soberbia regañina podía ser aquella! El corazón me palpitaba alocadamente. No sabía qué hacer. Decidí que, puesto que, en realidad, no tenía nada de qué avergonzarme, lo más lógico sería actuar como si no pasara nada.

»–Shallem, ya he vuelto –le dije, con la voz más alegre que pude simular. Él no pronunció palabra. Ni tan siquiera pareció haberme oído. Era evidente que sí pasaba algo, y muy grave–. Voy a llevar la carne a la cocina –continué, en el mismo fingido tono.

»Ni se inmutó.

»Tardé todo el tiempo que pude en la cocina. Guardé la carne; calenté leche, me quedé, adrede, obnubilada, mirando como rebosaba del cazo al llegar al punto de ebullición, para así tener algo que limpiar; esparcí los paños sobre las sillas y los muebles para volver a colocarlos en el mismo sitio en que estaban; redistribuí los útiles sobre sus soportes, e iba, de nuevo, a contemplar cómo se salía la leche del cazo, cuando escuché el sonido de un portazo.

»Asomé, con prudencia, la cabeza, a través de la puerta de la cocina. No estaba en el pasillo. Subí, sigilosamente, la escalera y miré en el interior del salón. Tampoco estaba allí. Recorrí, de puntillas, el resto de las habitaciones. Definitivo. Se había marchado. Me asomé al balcón, pero ya no le vi.

»Por un momento suspiré aliviada. No sabía cómo enfrentarme a aquella situación. Mas, pronto un súbito estremecimiento recorrió mi cuerpo. ¡Leonardo! ¿Sería capaz? No, no era posible. ¿Habría ido a buscarle, a él, inocente mortal enamorado, para someterle al mismo espantoso castigo que a los niños del callejón en aquella noche negra de París? Pero, ¿qué crimen había cometido él más que el de amar a quien no debía, el mismo en que incurría yo?

»Sentí un frío intenso. Manos y pies se me habían congelado. El vello de mi cuerpo erizado, mis piernas tambaleantes. El pavor.

»¿Por qué? ¿Por qué infligir tan atroz destino a un ser cándido e inofensivo? ¡Cómo le habían brillado los alegres ojos al mirarme, mientras charloteaba nerviosamente! ¡Qué dulce y platónico amor sentía por mí! Un amor que, deseándolo todo, no esperaba nada. Era un hombre fuerte y seguro, pero a mi lado adquiría los modos de un quinceañero bobo y temblequeante. ¡Cómo me emocionaba aquello!

»Recordé algunas de las atropelladas frases con que me

había aturullado de camino a casa. Había mencionado un sitio. Un lugar de reunión de estudiantes donde, según él, mi nombre se convertía en poesía y mi persona en musa de la inspiración. ¡Qué dulce y romántico era! "La Posada de las Artes", sí, eso era. Y yo sabía perfectamente dónde se hallaba. Habíamos pasado por su puerta en infinidad de ocasiones.

»Una resolución inesperada se adueñó de mí. Acudir allí. Buscarle. Preguntar por él. Encontrarle. Salvarle a toda costa.

»Recuerdo que, con las prisas, me torcí el pie en la escalera y estuve a punto de caer rodando. El dolor iba in crescendo según corría por las calles de la ciudad, pero no me detuve un solo instante.

»La noche se hacía incipiente.

»Atravesé calles y más calles, cojeando, hasta que, al fin, divisé el cartelón de hierro que pendía del muro. "Posada de las Artes", decía.

»Abrí violentamente la puerta.

»Un barullo infernal me sacudió.

»Había muchachos por todas partes. Sentados, de pie, a horcajadas sobre la silla, con un pie en ésta y otro en el suelo, bailando, riendo, recitando, tocando música...

»Pero, de pronto, la escena se transmutó súbitamente. Me habían visto. Y cada rostro que me contemplaba se transformaba en una pálida y atónita máscara silenciosa. Miembros rígidos, charlas y risas que se cortan abruptamente. En cuestión de segundos la algarabía se fue apagando hasta convertirse en un tenue murmullo y, luego, el silencio total. Veinte pares de ojos dirigiéndose embobados hacia mí.

»Cada joven había quedado en una postura diferente y estática, pero, a la vez, natural. Como si sorprendidos por un fotógrafo inesperado hubiesen vuelto la mirada a la cámara, paralizando su actividad todos a una y congelando por unos instantes la escena.

»Escruté cada rostro buscando el de Leonardo, deseando que, de repente, su jovial silueta se destacase entre la multitud, dirigiéndose a mí y pronunciando, exultante, mi nombre, con sus ojos violetas centelleando. No hubo tal.

»Casualmente, sorprendí la mirada inquieta y avergonzada de uno de los muchachos, que observaba, de reojo, un enorme dibujo clavado sobre la pared. Era el dibujo de una mujer. Una mujer bellísima y ricamente ataviada. Los habilísimos juegos de luces y sombras de grafito no dejaban lugar a dudas. El collar y los largos pendientes de perlas. El óvalo perfecto y la nariz, pequeña y delicada. El brillo de los ojos. El cabello suelto. El porte arrogante. Sí, era yo.

»Cuando volví mi asombrada vista hacia los muchachos, ni uno solo se atrevió a sostenerme la mirada.

»–¿Dónde está el autor? –pregunté–. ¿Dónde está Leonardo?

»Silencio y miradas de complicidad.

»–Está en su estudio, señora. –Fue la voz, ronca, estruendosa, del posadero la que lo rompió. Señaló al techo con su dedo índice–. En la planta de arriba.

»Me desplacé resueltamente por los estrechos pasillos entre las pesadas mesas de roble, maldiciendo el verdugado español de mi vestido.

»Los chicos me miraban idiotizados. En aquel momento no me apercibí, pero lo que había hecho era, en aquellos tiempos, absolutamente extraordinario. Entrar en la posada, como una exhalación, una mujer sola en busca de un joven apuesto, ya era anonadante por sí solo. Pero ahora, encima, subía decidida los escalones que me conducirían a su mismísima habitación. ¡Solos, los dos! Pero ninguno de aquellos baladíes detalles humanos me importaba un ápice.

»Continué subiendo, presurosa, escuchando en el hiriente silencio el tintineo de los jarayanes de oro que pendían de mi vestido.

»–¡Cuarto número seis! –oí gritar al posadero tres escalones antes de alcanzar el rellano.

»Número seis. Lo busqué hacia la derecha. No, no era por allí. Volví sobre mis pasos, llena de nervios. Seis, sí, allí era. Aporreé la puerta gritando su nombre. Deseando, sin esperanza, que la puerta se abriera.

»Pero ocurrió. Muy despacito, se entreabrió. Sentí horror. ¿Serían los ojos de Shallem, brillantes como ardientes ascuas después de su crimen, los que asomarían a través del resquicio?

»Un pelo oscuro, una frente pálida y el ángulo de un ojo se hicieron visibles. Luego, media faz, asombrada, perpleja, casi asustada.

»—¡Juliette! ¡Dios Santo, Juliette! Pero, ¿cómo es posible tanta dicha?

»¡Estaba vivo! ¡Gracias al Cielo había llegado a tiempo!

»—Dejadme pasar, Leonardo, os lo ruego. —Estaba emocionada, llena de alegría.

»—Pero, señora, es que... Me temo que mi aspecto no sea el más adecuado para recibiros. Dejadme un minuto para adecentarme, os lo suplico.

»—No, no hay tiempo, Leonardo —repliqué—. Abridme la puerta, por Dios. ¡Ahora!

»La abrió, lleno de púdica vergüenza, ocultándose tras ella mientras pudo. Sólo vestía unas ahuecadas calzas cortas de sarga celeste, de prominente bragueta en forma de concha, y una camisa blanca llena de pequeñas manchitas multicolores. El estudio estaba lleno a rebosar de materiales pictóricos: tablas, lienzos de lino y de cáñamo meticulosamente enrollados, un par de bastidores apoyados contra la pared, cajas de utensilios de dibujo y pinceles nuevos, pinturas, y otras cosas cuyos nombres y utilidades desconozco. Todo en perfecto orden.

»Junto a la ventana había un bastidor abierto, pero oculto por una sábana.

»No sabía exactamente qué decirle. No lo había pensado. No esperaba encontrarle con vida.

»Yo me hallaba en el centro del estudio y él permanecía, aún, pegado a la puerta abierta. No se atrevía a cerrarla. Hubiera resultado indecoroso.

»—Cerrad la puerta —le ordené.

»Dudó unos instantes, totalmente asombrado, y luego obedeció.

»—¿No habéis recibido la visita de mi esposo? —le pregunté,

con transparente inquietud, más por empezar de alguna manera que por interés de obtener la obvia respuesta.

»–¿Vuestro esposo aquí? No, no, mi señora –se aproximó hacia mí–. ¿Qué es lo que ha ocurrido, señora? ¿Qué tenéis que decirme?

»–Vuestra vida corre un peligro inimaginable, Leonardo. ¿Me amáis?

»Se arrodilló teatralmente a mis pies y apretó una de mis manos entre las suyas, besándola y besándola.

»–Señora –susurró–. ¿Lo dudáis, mi ángel de amor?

»"Ángel de amor", su expresión me inquietó aún más, a pesar de la gracia que me hacía.

»–En ese caso, debéis obedecerme, aunque mi petición se os antoje incomprensible y cruel. Y levantaos, por favor.

»Cuando lo hizo, contemplé de nuevo sus ojos, seductores y astutos. ¡Ay! ¡A cuántas mujeres habría mancillado impunemente tras robarles el corazón! Pero eso no le hacía acreedor de aquel monstruoso castigo.

»–Marchaos, abandonad Florencia. Ahora, en este mismo instante –se lo rogué con toda la desesperada persuasión de que fui capaz, pero sabiendo que sería inútil.

»–¿Marcharme? ¿Dejar Florencia y dejaros a vos, ahora que Dios ha escuchado mis plegarias y estoy a punto de tocar el Cielo? Señora, ¿qué me pedís? –me contestó.

»–Moriréis, debéis creerme. Mi esposo acabará con vos –insistí dramáticamente–. Lo mismo que ha hecho con decenas de mis pretendientes.

»–¡Señora! ¡Os preocupáis por mí! ¡Os importo! ¡El Cielo sea loado! –exclamó, tomando, de nuevo, mi mano entre las suyas y besándola. Me solté con un tirón enérgico.

»–¡No lo entendéis! –grité, impotente–. ¡Vuestro final será horrible, atroz! ¿No decís que me amáis? Demostradlo. Cumplid mis deseos si es así, o pensaré que mentís.

»–No, no –musitó, intentando apaciguarme–. Mi amor es puro y verdadero como jamás lo había conocido antes. Puedo jurarlo ante Dios.

»–Entonces, hacedme caso. ¡Creed en mí!

»Leonardo bajó los ojos, pensativo, y, dándome la espalda, caminó hasta el extremo de la habitación. Luego se volvió hacia mí, sacudiendo la cabeza en señal de negación.

»–Huir sería perderos para siempre –dijo, lánguidamente–. Morir sin siquiera haber luchado por conquistar vuestro amor. Si muero a manos de vuestro esposo, como con tanta desconfianza hacia mi valía me auguráis, lo haré sin remordimientos, satisfecho de no haber desperdiciado mi oportunidad. Nunca huiré sin intentarlo, porque la muerte en vida me aguardaría al final de la escapada. Lucharé. Y, tras la lucha, moriré como un hombre o viviré a vuestros pies mientras Dios me lo permita.

»Sus palabras fueron justo las que esperaba, las que temía.

»Sentí un mareo. La emballenada basquiña me comprimía el tórax impidiendo mi acelerada respiración tras la carrera. Me arrimé al bastidor junto a la ventana, buscando algo en que apoyarme, pero, antes de perder las fuerzas, sólo alcancé a sujetarme en la tela que lo cubría y que arrastré conmigo en mi caída. En un instante Leonardo estuvo a mi lado, evitando que mi cabeza chocara contra el suelo. Farfullaba palabras que me resultaban ininteligibles.

»–Estoy bien –le dije–. Estoy bien.

»Me ayudó a levantarme.

»Cuando estuve de pie, recuperada, pude contemplar el lienzo que había quedado desnudo sobre el bastidor. Era la pintura más bella y asombrosa que jamás había contemplado. Oí la voz, temblorosa, de Leonardo, diciéndome:

»–Es una pintura al óleo. Una técnica moderna. No quería que lo vierais todavía. No está terminado. El tema está basado en un mito romano: Venus y Adonis.

»Desde luego que no hubiera querido que lo viera. Allí estaba yo, una diosa Venus de portentoso cuerpo desnudo, sujetando las bridas del encabritado caballo de Adonis. Un Adonis, que, por supuesto, no era sino el propio Leonardo.

»–Espero que no os moleste que... –empezó a decir, tartamudeante–, haya osado... imaginaros... desnuda.

180

»Le miré y bajó los ojos. Volví a contemplar detenidamente la maravilla de aquella pintura, trazada a pequeñas pinceladas exquisitas de mil tonalidades diferentes, como jamás había admirado antes. Era realmente fascinante, minuciosamente detallista, sugerente, emocionante, perfecto. El bosque, en el que casi podían contarse una a una las hojas de los árboles; una nube solitaria recorriendo el cielo; un ciervo de enormes astas, sin duda la presa de Adonis, contemplando la escena desde la lejanía; al fondo, las montañas. ¡Qué poco tenía que ver con las sosas pinturas de pálidos colores planos y perfecta delineación tan populares hasta entonces! Y Venus era yo, sin duda. Idéntica en cada una de mis facciones; incluso en las partes de mi anatomía que él jamás había visto y que la ropa no insinuaba. Cada detalle estaba recreado con pasmosa exactitud. La técnica no era tan moderna, en realidad; en Flandes llevaba casi cien años, pero en Italia era una completa novedad, al menos para el profano.

»Leonardo observaba mi examen arrebolado, temeroso de mi veredicto.

»–¿Os gusta, señora? Por nada del mundo quisiera causaros enojo. Si es así yo... lo destruiré ahora mismo, ante vuestros ojos.

»–¡No! ¿Qué decís? Os prohíbo que lo destruyáis. Es la obra de arte más maravillosa que jamás he contemplado. Vos me habéis convertido en una diosa, Leonardo.

»–Sí, mi señora. Vos sois mi diosa.

»–He de irme –afirmé, dirigiéndome a la puerta.

»–Dadme un segundo para vestirme y os acompañaré a vuestra casa, Juliette.

»–¡Ni soñarlo! –aullé, furiosa, ya con el picaporte en la mano–. ¿Estáis loco? ¿Es que no vais a parar jamás de tentar al destino? Yo soy la muerte para vos. La parca Atropo y no Venus, y cortaré el hilo de vuestra existencia si persistís en vuestro empeño. Controlaos, o lo lamentaréis hasta el fin de los días.

»Leonardo me escuchó entre impresionado y divertido.

»–Sin duda exageráis, mi señora –me contestó con una sonrisa–. Pero vuestras palabras, envueltas en sutil y atractivo misterio, no hacen sino aumentar mi deseo.

»"El buscar vuestra compañía es promesa de muerte, decís; pero vuestra ausencia es la muerte misma.

»"Antes os amaba por vuestra belleza y encantos, y por los velados secretos que a través de ellos se translucían; ahora, por los inescrutables arcanos de que vuestros ojos me hacen partícipe, por las insólitas emociones que vuestras palabras despiertan en mí, por vuestras amenazas de mil y un incógnitos peligros a causa de mi amor.

»"Habéis hecho mal en venir si pretendíais disuadirme con tales promesas, pues, en lugar de haberos librado de mí, si antes os amaba, ahora os adoro".

»Tras oír aquellos argumentos no tuve nada más que decir, salvo una despedida.

»–Adiós, Leonardo. Sé que no va a servir de nada el que os lo diga, pero yo no os amo, ni, lamentablemente, podré amaros nunca.

»–Dadme tiempo, Juliette.

»–No lo entendéis, Leonardo. No queréis entenderlo –dije en voz baja, aunque algo exaltada–. Yo amo a mi esposo. Y nunca podré amar a nadie más.

»–Sí –me contestó, con su eterna sonrisa un poco entristecida–, lo sé. Él es néctar de ambrosía y yo sólo miel. Pero, ¿no habéis pensado en que, la ambrosía, al igual que la miel, puede tener distintas calidades, y en que puede darse el caso en que la de ésta sea superior a la de aquélla?

»Me quedé paralizada. Boquiabierta. ¿Cómo podía él haber descubierto un pensamiento tan íntimo, tan mío? Porque, ¿quién más en la Tierra podía utilizar aquella metáfora con tanta propiedad como yo? Nadie. ¿No?

»La palabra casualidad era inaplicable.

»–¿Cómo habéis podido leer mi pensamiento? –le pregunté sin rodeos. Estaba acostumbrada a los hechos cuasimilagrosos.

»–Es un don que tengo –me contestó. Su expresión era afable, pero los relámpagos que iluminaban sus ojos delataban cierta picardía–. A muchas personas les sucede. ¿No lo sabíais?

»–¿Y qué más sabéis de mí? ¿Qué más habéis podido leer? –le inquirí, recelosa.

»Él me miró a los ojos, luego movió los suyos a derecha e izquierda, arrugando ligeramente la frente, mordiéndose el labio inferior, simulando realizar un profundo esfuerzo mental. Pura comedia.

»Por fin, enarcando las cejas cuanto pudo, con fingida expresión de inocencia, mostrando al completo las orlas violeta oscuro que enmarcaban sus iris, me contestó:

»–¿Todo?

»Me enardecí ante su insolencia, asustada ante la posible veracidad de su afirmación.

»–¿Cómo es posible? –pregunté, mientras una nube de aturdimiento surcaba mi mente.

»–Ya os lo he dicho. Es un don –respondió con toda calma.

»–¿Qué es lo que sabéis exactamente? Decidme algo de ese todo –le ordené.

»–No quisiera escarbar en temas tan dolorosos –apuntó, sin sombra de ironía. Parecía arrepentido de su anterior petulancia.

»–No os preocupéis. Hablad –le insté.

»–Vuestra vida ha sido un calvario. Un infierno, diría yo.

»–Detalles –le exhorté. Necesitaba asegurarme exactamente de sus conocimientos.

»–Vuestros padres asesinados, vuestros hijos también.

»No me quitaba la vista de encima. Sus ojos parecían dos dagas de hielo hundiéndose sobre los míos.

»–¿Mis hijos? –inquirí.

»–Sí. Vuestro hijo natural y vuestro hijo adoptivo.

»–¿Y mi esposo?

»–No sé nada de él –me respondió.

»–¿Y mi hijo natural? ¿Quién era su padre?

»–Lo ignoro. Ciertas partes de vuestro pensamiento me resultan inaccesibles. Me negáis la entrada y yo os respeto. Rehúso tratar de forzarla. Hay recuerdos que es mejor relegarlos a rincones escondidos del cerebro, o, de lo contrario, no dejarían de torturarnos durante toda nuestra existencia. Creo que ahí están los vuestros, y ahí deben continuar.

»Me pareció una buena respuesta, aunque no podía pensar con demasiada claridad. Quise creer en la posibilidad de que fuera sincero y, en alguna medida, me tranquilicé.

»–Está bien. Será mejor que me vaya –dije.

»–¿Cuándo volveremos a vernos? –me preguntó, con los ojos encandilados.

»–Nunca, si todo va bien –le respondí–. Adiós, Leonardo. Guardaos de volver a seguirme. Y olvidadme, hay muchas mujeres hermosas en Florencia.

»Leonardo denegó con la cabeza.

»–Simples caricaturas de vos. No tienen parangón. ¿Miel, tras haber conocido el néctar de ambrosía?

»Abrí la puerta y salí, andando sin mirar atrás hasta que escuché su llamada.

»–Juliette, no sufráis por mi vida –dijo, acrecentando su sonrisa–. Mi padre me sumergió en el río Estix al nacer; incluido el talón.

»Se refería al mito griego de Aquiles. Ya sabe. Al nacer, su madre le sumergió en las mágicas aguas del río Estix con intención de convertirle en un ser invulnerable. Pero cometió el error de sujetarle por el talón, impidiendo que las aguas lo bañaran. De este modo, el talón se convirtió en la única parte vulnerable de su cuerpo.

»Le miré unos momentos, apenada. ¡Era tan valiente, tan fanfarrón! Seguí andando.

»–¡Juliette! –volvió a llamarme.

»–¿Sí? –Le miré.

»–Recorrí las siete vueltas –dijo, ahora con la expresión gravemente ensombrecida–. Completas.

»Me quedé observándole atentamente, intentando desentrañar el significado oculto de sus palabras.

»El río Estix daba siete vueltas al infierno, que se encontraba en su centro.

»¿Qué habría querido decir?

»Volvió a sonreír melancólicamente y penetró en su estudio.

»No me di ni cuenta de lo que ocurría en la posada. De si había ruido o había silencio; de si había tanta gente como a mi llegada, o había más, o había menos; o de si me miraban o me ignoraban. No sabría decirlo. Estaba inmersa en mis confusos pensamientos.

»Anduve hasta mi casa lo más lentamente que pude. Tras la visita que acababa de hacer, mi situación con Shallem había empeorado todavía más. Me daba miedo verle, aunque también lo deseaba.

»Pensaba en Leonardo, en sus posibles medias verdades y en las incógnitas indescifrables que me había lanzado y que daban vueltas y más vueltas en mi cerebro, incapaz de llegar a ninguna conclusión totalmente aceptable.

»Sin duda, había fanfarroneado. Sólo conocía algunos de los más importantes detalles de mi vida. Lo cual ya era demasiado. Pero, incluso aunque me hubiese mentido y lo supiese todo, absolutamente todo, ¿qué?

»Y en cuanto a lo del río Estix, ¿habría querido enviarme algún mensaje, tan oscuro y terrible que no se atrevía a pronunciarlo en alta voz, o no había sido más que un engañoso acertijo, pronunciado en su afán de hacerse misteriosamente interesante? Si era así, había funcionado.

»Por fin, llegué a casa. Introduje, temblorosamente, la enorme llave en el interior de la cerradura. Ya era de noche. ¿Habría vuelto él? Sí. Lo supe porque el cerrojo estaba completamente echado, y yo, con las prisas, me había limitado a cerrar de un portazo.

»Al cerrar la puerta tras de mí, mi corazón palpitaba impetuosamente. Subí los escalones. Uno a uno. Con la única y débil luz que provenía de un candelabro en el salón.

»Allí debía estar él.

»La puerta estaba entreabierta. La empujé con mis manos

hasta abrirla de par en par. Temblando.

»Allí estaba.

»De pie.

»Su imponente figura tenuemente iluminada por la luz ambarina de las llamitas. La melena desgreñada y los ojos, pungentes, clavados en mí. Parecía un espectro.

»Me quedé pegada al suelo. Muda.

»No llevaba más que unas calzas cortas casi completamente ocultas por la sucísima camisa blanca que colgaba por encima de ellas.

»La mano izquierda apoyada en la cadera, una pierna flexionada, y algo, largo e indistinguible, cayendo sobre su muslo derecho.

»Aguanté su mirada como pude, mientras sufría un tropel de sentimientos contradictorios.

»Eché un rápido vistazo al tenebroso saloncito. Las llamitas flameaban como tétricos espíritus danzantes, pero todo estaba limpio y correcto, como yo lo había dejado.

»La alfombra española, tan mullidita; un par de sillas Dante de respaldos de cuero, fantasmagóricas, junto a la pared; el sgabello de nogal, que en la oscuridad parecía un antiguo sarcófago romano, tallado con los mismos motivos que la mesa a la que servía de asiento; y la mesa ovoide, meticulosamente situada en el centro del medallón dibujado en la alfombra.

»Todo sumido en tinieblas.

»Sin pensarlo dos veces, atravesé la habitación, con el corazón palpitante, buscando la larga vela con la que encendíamos la lámpara del techo. Por fin, la encontré, oculta detrás de la cortina. La así, y, nerviosamente, la arrimé a una de las llamitas del candelabro. Después encendí con ella cada una de las velas de la lámpara del techo.

»Pude ver con total claridad los reflejos de las llamas danzando sobre sus gélidas pupilas, refractándose en su brillante cabello, e iluminando las pequeñas, oscuras e inconfundibles manchas de sangre sobre su desgarrada camisa.

»Algunas parecían desordenadas salpicaduras producidas

por una lluvia sanguinosa; otras, estudiadas pinceladas maestras de diferente trazo e intensidad.

»Me espanté.

»Luego, mis ojos se posaron en el largo objeto que colgaba desde su cintura y que no había podido distinguir a mi llegada. Lo miré horrorizada. Era una espada.

»–Armas humanas para un mundo de humanos –musitó.

»Estaba estupefacta, incapaz de intentar coordinar una frase con algún sentido.

»Le miré de arriba a abajo. Era evidente que la había usado. Pero, ¿contra quién, en aquella adorable Florencia de encantadores ciudadanos?

»–¿Qué has...? –quise preguntarle–. ¿Qué ha pa...? ¿Por qué...?

»–¿Nunca te has dado cuenta de lo tiernecitos que sois los humanos? –me preguntó. Y en el tono de su voz no se detectaba ningún sarcasmo.

»Desenvainó la espada; fina, larguísima, afilada y ensangrentada.

»–¿A quién ha sido? –inquirí en un hilo de voz–. ¿A quién has matado?

»–¡Pero, querida! –se burló–. ¿Ya no lo recuerdas? ¡Maté a decenas de tus pretendientes!

»¡La mentira que yo le había contado a Leonardo!

»–¡No! –grité.

»Un grito de angustia. Se me ocurrió en un instante. Él había estado allí mientras hablábamos, invisible e inmaterial, como era, en realidad. Le había matado al marcharme y había regresado a casa antes que yo. Como un rayo de luz. Él podía hacerlo.

»Arrojó la espada al suelo. La sangre mancharía la alfombra que yo tanto amaba, pensé, neciamente. Tenía un nudo en la garganta. Me asfixiaba.

»Anduvo hacia mí lentamente. Tenía el semblante serio, terriblemente serio, amenazador. Me quedé inmóvil, congelada. Hubiera dado un paso atrás, pero ni a eso me atreví. Se detuvo a dos pasos de mí. Sombrío, silencioso, circunspecto.

»–¿Quieres que te lo cuente –me preguntó–, que te explique el modo en que aceché a mis víctimas en la oscuridad; en que provoqué con mis palabras sus instintos criminales; la absurda bravura con que acometieron contra mí, ignorantes de mi condición; la facilidad con que ensarté sus cuerpos en mi espada?

»Yo apenas podía respirar.

»–Dime que no ha sido culpa mía –le rogué en un susurro descompuesto.

»–¿Tu culpa? –preguntó sin apenas darse cuenta.

»–¿Por qué lo hiciste?

»–¿Y por qué no? Me gusta hacerlo. Llega a ser divertido –me respondió. Parecía una inescrutable figura de cera, lívida e impávida.

»Yo me sentía, cada segundo que pasaba, más trastornada, más cerca del desmayo.

»–Es como la caza –continuó–. La caza divierte a los hombres. ¿No es así? Y hay que adiestrarse si se pretende ser buen cazador.

»Sus palabras eran irónicas, pero su voz, sus ojos, estaban llenos de amargura.

»La sangre circulaba torpemente a través de mis venas. Lo noté. El cerebro embotado, los miembros helados...

»–Ah, pero he sido justo –prosiguió–. Jugué con sus mismas cartas y maté con sus mismas armas. No todos los hombres pueden decir lo mismo.

»–Dime por qué –murmuré.

»–¿Por qué? ¿Qué diferencia hay entre matar con motivo o sin él? ¿No es a la misma muerte a quien entrego sus almas condenadas, la que reduce a polvo a justos e injustos por igual? Tarde o temprano, a todos os acoge en su seno, la madre muerte.

»Sus ojos relampagueaban. Las siniestras lucecitas continuaban su danza fúnebre sobre su rostro, sobre sus manos, sobre el teñido filo de la espada, sobre los muebles, incluso sobre la cálida alfombra.

»No podía moverme; me sentía sobre arenas movedizas a punto de abrirse bajo mis pies.

»–Es igual de injusto matar con razón o sin ella, Juliette. De modo que, ¿qué importa tenerla o carecer de ella?

»–¡Pero sin duda existe un motivo!

»–Desde luego. ¿No lo recuerdas? Es el precio que he de pagar por la vida de mi hijo. Seiscientas sesenta y seis víctimas mortales a cambio de la vida del hijo de un ángel. Es más que un precio justo, es un precio muy bajo.

»–¡Seiscientas sesenta y seis! –exclamé horrorizada.

»–Sí. La cifra es una broma de Eonar. ¿No es graciosa?

»–Shallem, tú no puedes hacer eso. No quiero. No te dejaré.

»–¡Ah, no, querida! –exclamó levantando su mano derecha de tal forma que pensé que iba a lanzarla sobre mí–. ¿Crees que ahora voy a abandonar a la muerte al hijo que ya he engendrado?

»–Pero no puedes, no debes hacerlo, Shallem, amor mío –sollocé.

»–Oh, sí. Desde luego que puedo. De hecho, ya sólo me restan seiscientas sesenta.

»–¿Y no ves lo que te hace sufrir? ¡No quiero que continúes! –grité, y me lancé sobre él y me abracé a su pecho llorando–. Por favor, te lo suplico... ¡Oh, Dios! ¡Ojalá nunca te lo hubiera pedido! Tú me advertiste lo que podía exigirte, pero te juro que jamás pensé que llegaría el momento en que habrías de... Te lo suplico, Shallem, tanto por esos inocentes como por ti mismo y por mi propia alma, pues yo soy tu cómplice en estos crímenes.

»Escuché los acelerados latidos de su corazón y percibí su agitada respiración. Ni siquiera me tocaba.

»–Shallem, ¿me culpas a mí? –le pregunté de improviso–. Ha sido culpa mía, ¿verdad?

»–Por supuesto que no –me respondió firmemente, y acarició mi cabello con su mejilla y lo besó–. Es sólo culpa de mi propia debilidad para afrontar lo que no debería costarme el menor trabajo ejecutar. Además..., creo que no debería fiarme de él.

»Levanté la mirada para implorarle de nuevo.

»—Entonces no lo hagas. Shallem, no consientas que te utilice. ¿No lo ves? ¡Sólo busca divertirse a costa de tu sufrimiento!

»—Te equivocas. Haré lo que me ha pedido con sumo placer. Es un deporte que practico habitualmente. Siempre lo he hecho. Nunca me ha costado el menor trabajo.

»—¡Sé que no estás ciego a tus propios sentimientos, no los enmascares delante de mí! Él también los conoce, ¿por qué, si no, iba a pedirte algo tan espantoso? Escúchame, Shallem, no dejes que se burle de ti, no permitas que te haga sufrir. Deseo un hijo, sí, y quisiera poder evitar que éste sufriera el menor daño, pero te amo infinitamente más a ti, y no puedo soportar el ser la causante de tanto sufrimiento. Tendremos otro hijo, Shallem. Todos los que queramos...

»—Escúchame tú a mí ahora —me dijo, con el fiero enojo de quien pretende convencernos de las falsas palabras que desearían ardientemente convertir en realidad—. Esto es un juego para mí y para todos los míos. No hay vida humana que valga una sola de nuestras lágrimas, excepto, para mí, la tuya. ¿Qué me importa sacrificar un millón de vidas mortales? Si supieras cuántas veces lo he hecho a cambio de nada, por mera diversión... Mi hijo va a nacer porque yo lo he deseado, porque yo lo he engendrado consciente de las consecuencias, y nunca, ¿entiendes?, nunca lo abandonaría a su suerte aunque tuviera que aniquilar a toda la humanidad por salvarlo a él.

»Dijo algo más, algo que entreoí difusamente, como en una pesadilla. Después, noté que mis rodillas se quebraban y sus brazos me sostenían. Y, luego, nada más.

—¡Santa Madre de Dios! —exclamó el confesor.

—¿Es todo lo que se le ocurre? —inquirió burlonamente la mujer. Se puso en pie y, durante unos instantes, permaneció quieta junto a su silla, con los dedos tamborileando sobre la mesa—. Hemos de proseguir —dijo luego, pensativa, y lentamente cruzó la habitación hacia la ventana—. Continuamos viviendo en Florencia. Las cosas habían cambiado, pero no sustancialmente. Nuestros paseos, la contemplación del orto solar extramuros, nuestro amor, eran cosas que permanecían invariables. Me atrevería a decir que, a partir de aquel momento, vivimos aquellos momentos con mayor intensidad, más unidos que nunca ante nuestro pavoroso secreto y el incierto futuro que aguardaba a nuestro hijo no nacido.

»Florencia continuaba siendo nuestra amada ciudad de colores refulgentes.

»Uno podía pararse en cualquier esquina durante horas a contemplar el arte, que emergía de los más recónditos rincones. Nada podía ser abarcado de un vistazo y todo podía ser estudiado diez, veinte veces, sin dejar en cada una de ellas de descubrir detalles inadvertidos.

»Florencia era un enorme palacio de luminosa techumbre azul y grandes espacios abiertos, y nos pertenecía.

»Pero, al caer la noche, el horror comenzaba.

»Me dejaba en casa, imaginando, en mi soledad, las atrocidades que estaría cometiendo, pensando en los rostros demudados de sus víctimas al sentir la espada en sus entrañas. Seres inocentes cuya sangre alimentaba el corazón de mi hijo.

»Luego volvía a mí. Amargado, lo mismo que lo estaba la noche en que me lo confesó todo, sombrío y cogitabundo.

»A veces, entraba en la casa con la mirada perdida, como un alma en pena, y, sin mediar palabra, se introducía en el lecho; pero, otras veces, regresaba encorajinado, torturándome con sus frases hirientes, punzantes, detallándome a quién había matado, cómo lo había hecho, y el extremo placer que había sentido en ello.

»Pero la única verdad era que el matar a los florentinos le causaba un dolor insoportable; que amaba su juventud, su alegría de vivir, su refinamiento, su amor por la belleza y la perfección, su aura filosófica, su valor y su rebeldía. Eran como pequeñas copias humanas de él mismo. Criaturas deliciosas entre las cuales habíamos hallado la felicidad. Y él no podía encontrar en ellas defectos tan grandes que justificasen la matanza.

»Consciente de su dolor, le propuse que nos fuésemos, que dejásemos Florencia, que buscásemos un lugar donde cada víctima no constituyese un suplicio. Pero me dijo que no, que el lugar era aquel y que el dolor formaba parte del precio, de la expiación de la culpa, que cuanto más sufriese en el acto, más esperanzas tendría nuestro hijo, pues él no estaba seguro de que Eonar cumpliese su palabra.

La mujer hizo un largo, muy largo receso. En el silencio absoluto se oía el sonido de su respiración, pesada, agotada.

–Fueron, por tanto, estudiantes, la mayoría de los que murieron –añadió.

–¿Y qué fue de Leonardo? –se interesó el sacerdote.

–Leonardo. Shallem no le había matado. Nunca había tenido intención de hacerlo. Le vi multitud de veces. Escondido tras aquella puerta, vigilante desde alguna esquina, asomado en algún balcón. Pero jamás tuvo ocasión de acercarse a mí nuevamente. No volví a salir sola. Sé que espiaba mis movimientos y que a veces se allegó hasta mi casa, esperando, pacientemente, alguna salida de Shallem, para aporrear la puerta o tirar piedrecitas al balcón hasta su regreso. Pero nunca le contesté.

»Naturalmente, también Shallem le veía observándonos, a hurtadillas, en nuestros paseos. Lo mismo que veía las miradas deshonestas que muchos otros hombres me dirigían. Entonces, se limitaba a mirarme a los ojos y sonreír dulcemente. Temerosa de que, harto de sus persecuciones, acabara eligiendo a Leonardo como víctima cualquier noche, acabé rogándole, con los mejores argumentos que pude, que respetara su vida.

»–No tienes por qué preocuparte –me dijo, y, de inmediato, comenzó a hablar de no sé qué otro tema alborozadamente.

–III–

»Bien. Antes le hablaba de la plaza de la Señoría.

»Seguimos acudiendo a ella cada domingo, como si tal cosa, como si en el transcurso de mis nueve letales meses la población estudiantil que inocentemente la frecuentaba no estuviese reduciéndose a la mitad. Yo observaba los ojos de Shallem, posados distraídamente sobre los rostros de los muchachos, preguntándome qué pensaría. "Ese par esta noche; aquel nunca; éste no; éste sí", me imaginaba.

»Pero, uno cualquiera de esos domingos en que paseábamos por la plaza, Shallem, repentinamente, frenó en seco, quedándose clavado en el suelo con la expresión llena de asombro, y apretándome la mano hasta arrancarme un gemido.

»Observé lo que él contemplaba. Una escena trivial. Un joven, bellísimo, que, a juzgar por sus ropas, hubiera podido pasar por el dux de Venecia, galanteando con una hermosa dama.

»Nada anormal. En apariencia.

»Había una pareja en aquella actitud en cada rincón de la plaza. Sólo que, aquel caballero, aunque besaba la mano de su dama en aquel momento, tenía los ojos clavados en Shallem.

»Nada más verle aprehendí su extraordinaria naturaleza.

»No sabría darle una razón para ello que le ayudara a usted mismo a distinguir al mortal del inmortal. Para mí, era algo puramente instintivo, con el tiempo llegué a conocer el porqué. Y la mirada de ambos, clavada la una en la otra, no me dejaba lugar a dudas.

»Cuando la dama se marchó, el ángel se volvió de frente, hacia nosotros, sin despegar, ni una fracción de segundo, la vista de Shallem.

»Al punto quedé prendada de él. De su apostura, de su arrogancia, de su sonrisa. Sin tener en cuenta su extraordinaria belleza, su aspecto era el de un ser humano normal, pero su piel dorada parecía desprender luz por cada uno de sus poros.

»Llevaba el cabello, voluminoso y rubio, largo hasta el hombro y ligeramente hirsuto en las puntas. Sus ojos eran brillantes y algodonosas nubecillas teñidas de azul y sombreadas por tupidas y pálidas cejas.

»Era robusto y bellísimo; muy hermoso.

»Avanzó hacia nosotros con paso principesco. ¡Cómo brillaban sus ojos cuando sonreían al atónito Shallem! Pero no había asomo de sorpresa en él.

»Cuando llegó a su lado, se quedaron uno frente al otro; mirándose, comunicándose a su modo. Y Shallem continuaba observándole como si no diese crédito a sus ojos.

»Por fin, se lanzaron uno a los brazos del otro. Un abrazo fuerte y convulso, como un sincero abrazo mortal.

»Permanecieron así estrechados durante largo tiempo; con los párpados apretados, hablando en silencio. Después, muy poco a poco, con disgusto, se fueron separando, como si les costara un mundo el tener que hacerlo.

»La nueva criatura celestial, a quien yo, arrebatada de admiración, no había quitado los ojos de encima, se volvió a mí, contemplándome, de arriba a abajo, detenidamente.

»El sol lucía espléndido en el cielo azul, burda imitación de sus hipnóticos ojos.

»Miró a Shallem.

»—Casi, casi te entiendo —le dijo, en un perfecto francés.

»Lo pronunció muy lentamente, articulando las palabras con total perfección. Su voz era pura e inmaculada. Deliciosa, como el tañido de un arpa; de la lira de Apolo, decía él.

»—Juliette —dijo Shallem, con la voz quebrada por la emoción—, éste es mi hermano. Cannat.

»Cannat se inclinó para besarme la mano, con exquisitos modales.

»—Madame —dijo—, sois la mujer más hermosa concebida en

los últimos dos millones de años.

»Me reí nerviosamente.

»Shallem parecía totalmente encantado. Buscaba el contacto físico con Cannat como si temiera que fuese una ilusión, un espejismo que pudiese desvanecerse en el aire en cualquier momento. ¡Y el placer con que había pronunciado la palabra hermano, deleitándose en ella como si el término sólo pudiese serles aplicado a ellos dos!

»—No esperabas mi visita, ¿verdad? –le preguntó Cannat.

»—No –respondió Shallem, desbordante de satisfacción.

»—Quise darte una sorpresa, y venir a ayudarte. ¡Siempre en problemas, mi díscolo hermano! –Me miró de reojo y masculló–: Espero que merezcan la pena. Y, además, voy a aprovechar mi estancia en Florencia para visitar... –volvió a mirarme por el rabillo del ojo. Evidentemente, le desagradaba hablar en mi presencia–, a alguien. Vayamos a un lugar tranquilo, ¿eh? Hablaremos más tarde.

»Durante el camino de regreso a casa me di cuenta de lo poco que deseaba la compañía de otro que no fuese Shallem. Y eso, aunque la presencia de Cannat me resultaba fascinante y maravillosa.

»Pese a que procuraban hablar en francés, introducían continuamente palabras ajenas y extrañas que jamás fui capaz de comprender o retener en la memoria. De vez en cuando, acallaban sus voces vulgares para mantener silenciosas y secretas conversaciones de las que sólo unas risas repentinas y alguna palabra escapada me hacían saber. Me sentía fuera de lugar, sobrante. Cannat era uno de los suyos, su hermano predilecto. Alguien con quien podía hablar sin despegar los labios corpóreos, alguien que le conocía como yo jamás llegaría a conocerle. Conocía y compartía su esencia, sus secretos, incluso puede que sus más íntimos pensamientos. Cannat era uno de los suyos, y yo no.

»Ya en casa, Shallem sentó a Cannat en su silla favorita y arrimó cuanto pudo a su lado una de las pequeñas Petrarca, en la cual tomó asiento él mismo.

»Allí permanecieron, durante tiempo incontable, continuando con su muda conversación y cubriéndose de mimos y caricias.

»–Espero que se te hayan quitado para siempre las ganas de regresar con ellos –le dijo Cannat.

»Shallem apretó los labios y asintió.

»–Te lo pondré difícil la próxima vez que intentes dejarme – continuó Cannat–. Sólo te metes en problemas y me arrastras a ellos.

»Shallem le sonreía y le contemplaba con amor y admiración. Yo, mientras tanto, me preguntaba si alguno de ellos sería consciente de mi presencia.

»–¿No habíamos quedado en no saltar en el tiempo? – prosiguió Cannat con su dulce tono recriminatorio.

»–No tuve más remedio. Ya lo sabes –se defendió Shallem, en un suave tono confidencial.

»–¿Y la última vez? –insistió Cannat.

»–No soportaba París –arguyó Shallem tras unos segundos, como arrepentido por su acción o disgustado por tener que confesarla.

»–Shallem –susurró firmemente Cannat, deslizando su mirada azul por el rostro de su hermano, y tomándolo delicadamente entre sus manos–. ¡El planeta entero es París! Siempre. No importa cuán lejos escapes. ¡De nada vale que salgamos huyendo ante todo lo que nos disgusta porque cada época venidera es peor que la anterior!

»–Ya lo sé. Ya lo sé –murmuró Shallem.

»Y su expresión, triste y compungida, impulsó a Cannat a besarle dulcemente en los labios, sin dejar de retenerle entre sus manos.

»Después, abrazado a él, me dirigió una fría mirada para luego, separándose ligeramente para mirarle a los ojos, volver a reprenderle.

»–Shallem –le dijo, ahora francamente serio y recriminatorio–, ¿qué te ha impulsado a darle lo que le has dado? No conoces las consecuencias.

»Shallem desvió la mirada súbitamente alarmado. Yo, que, por supuesto, no tenía idea de a qué se refería Cannat, hubiera dado cualquier cosa por atreverme a preguntar. Pero Cannat no insistió, sino que detuvo nuevamente sobre mí su fascinante mirada. Había en él algo atrayentemente salvaje. Se fijó en mi vientre, ya bastante abultado.

»–Un varón –dijo, y chasqueó la lengua–. ¡Qué lástima! Hubiera preferido una bella damita como su madre.

»Ambos se rieron. Yo no. Simplemente me quedé estupefacta. Ni siquiera se me había ocurrido la idea de que Shallem pudiera conocer el sexo de nuestro hijo. Y me fastidió el que, conociéndolo, no se hubiese molestado en hacerme el menor comentario al respecto.

»¿Acaso pensaba Shallem que yo era como Cannat, que la verdad sobre todas las cosas me había sido infundida por Dios lo mismo que a él, y que, por tanto, cualquier enseñanza me resultaba superflua? Así parecía, según su comportamiento. Tal vez era lo que deseaba de mí, que fuese como él, como Cannat.

»No dije nada. Pero por dentro me sentía enojada y dolida y tremendamente celosa. No hubiera podido ocultárselo ni a los ojos de un ser humano, mucho menos a Shallem.

»De pronto, sentí una voz en el interior de mi cerebro. Bueno, no una voz, sino la propia voz de mi mente repitiendo, como un eco, el pensamiento que le había sido enviado.

»"Lo siento". Una frase clara y contundente, que no había surgido de mí misma. Me quedé muda de asombro. Jamás me había ocurrido nada igual. Miré a Shallem. Sí, claro. Había sido él. Allí estaba, mirándome con la misma expresión que si las palabras acabasen de brotar de sus labios.

»¿Le habría oído también Cannat? No, sin duda, no. En aquel momento se dirigía, abstraídamente, a contemplar la vista desde el balcón.

»Me sentí encantada. Era nuestro propio lenguaje secreto que nadie más podía oír. Ni siquiera Cannat, eso era lo mejor. Por eso lo había empleado Shallem en aquel preciso instante por primera vez. Nuestros lazos y nuestra complicidad seguían tan firmes como siempre. Eso había querido demostrarme. Y el sentir su pensamiento era maravilloso, fascinante.

—Pero, ¿por qué no lo había hecho nunca con anterioridad? –preguntó el sacerdote.

—Bueno, es muy sencillo, no había tenido necesidad. Siempre estábamos solos y juntos y, como se habrá dado cuenta por todo lo que le he ido explicando, a Shallem le gustaba servirse de su cuerpo. Bien. Llegó la noche. La hora en que Shallem se dirigía, taciturno y circunspecto, al cassone de nuestro dormitorio.

»El cassone era mi tesoro. Un arcón enorme trabajado como una joya, con exquisitos bajorrelieves dorados y el frontal y los laterales pintados por la propia mano de Botticelli. En él guardábamos, sin distinción, ropas, joyas, documentos y..., la espada de Shallem.

»Cannat llevaba puesta la suya. Un arma riquísima, cuidadosamente fraguada, y con la empuñadura adornada con hilo de oro.

»La desenvainó y la blandió suavemente en el aire, mirándome. Las luces de las velitas la arrancaban destellos dorados.

»—¿Vendrás con nosotros? –me preguntó.

»La sola idea de ser testigo de aquellas masacres de inocentes me hacía temblar.

»—No –contestó Shallem por mí.

»—Lástima –comentó Cannat–. Hubiera sido más divertido.

»¿Divertido?, pensé, pero no había una chispa de burla o ironía en sus palabras.

»Incluso me dirigió una mueca apenada y compasiva. "¡Qué le vamos a hacer! Otra vez será", venía a significar.

»Me encontraba perdida ante él. No sabía exactamente cómo interpretarle.

»Se despidieron.

»Shallem se aproximó a mí.

»—Adiós, amor mío. No tardaré –me susurró, con su tierna voz, acariciando luego mis labios con los suyos.

»Luego se acercó Cannat. Cuando clavaba sus hechizantes

ojos en los míos, me era imposible retirar la mirada. Así sucedió esta vez. Acarició, muy delicadamente, mi cabello. Me estremecí ante su contacto. Cannat era, ¿cómo lo diríamos? ¿Irresistible? Sí, ese puede ser un término humanamente aproximado para describir lo indescriptible. Aterradoramente irresistible.

»Disimulé. Shallem observaba desde el umbral, informalmente apoyado en el marco de la puerta.

»Cannat tenía, como ya he dicho, creo, unos modales primorosos. Suaves y elegantes y extremadamente delicados.

»Su mano izquierda se posó sobre mi cuello, como una caricia de terciopelo. Su rostro se acercó al mío. Sentí la suavidad de su vaporoso cabello cosquilleando mi piel; el peculiar aroma de su inigualable perfume celestial, idéntico al de Shallem; y, luego, el cálido y tenue soplo en que se convertía su casi inaudible vocecita, penetrando voluptuosamente en mi oído, erizando cada vello de mi cuerpo.

»–Adiós, amor mío. No tardaré –repitió.

»Cuando sentí su beso, gélido, sobre mi mejilla, supe que la pesadilla no había hecho sino empezar.

»Volvieron pronto, como me habían prometido. Entraron por la puerta cogidos por el brazo como dos borrachos tambaleantes. Sin las elegantes chamarras de terciopelo ni los sombreritos con que habían partido; despechugados y manchados de sangre por todas partes. Lastimosos, sucios y desgreñados, subían los escalones apoyándose el uno en el otro en medio de absurdas y blasfemas carcajadas.

»Me escondí en el dormitorio. No podía resistir aquella visión.

»Desde allí escuché el bullicio de sus risotadas y a Shallem llamándome a gritos. No me moví. Estaba pasmada, perpleja. Shallem jamás había reaccionado así después de una matanza.

»–¡Oh, Shallem, Shallem! –oí exclamar a Cannat–. ¡Cuánto te he echado de menos! En realidad, no sé cómo he podido pasar sin ti. ¡Ya había olvidado los viejos tiempos! ¡Aaaay! –suspiró–. ¡Ha sido fabuloso! ¡Único! ¿Y sabes por qué? –y su voz se volvió un susurro extremadamente suave, tierno y confidencial cuando respondió su pregunta–. Porque lo hemos hecho... juntos.

»Cannat paladeaba siempre las palabras. Las convertía en auténticamente especiales con su perfecta dicción; como si estuviese descubriendo matices ocultos en su significado o, incluso, hubiesen carecido de él hasta salir de sus labios.

»Shallem no le respondió. No, al menos, con palabras. Pero yo escuché, con el oído atentamente pegado a la puerta, el elocuente sonido del silencio y el impulsivo choque, aún más revelador, de sus cuerpos al abrazarse.

»No me cupo duda de que Shallem había cambiado bajo la nefasta influencia de Cannat.

»Cada noche, Cannat consagraba sus víctimas a sí mismo mientras instigaba a Shallem, como un maestro perverso, a terminar con las suyas con la mayor crueldad.

»Y cada noche regresaban satisfechos, embriagados de sangre y ahítos de la constatación de su supremacía, de su omnipotente dominio, de la degustación de su propio poder.

»Tras la crápula nocturna, Cannat siempre acompañaba a Shallem hasta casa.

»Permanecía un rato con él, en el saloncito, saboreando los hórridos detalles de sus crímenes, las excitantes dificultades surgidas durante la cacería, las vanas reacciones de sus desventuradas presas.

»A Cannat le gustaba que sus víctimas luchasen con fiereza; que se debatiesen por salvar la vida, con arrojo y valor. Esto, claro, confería mayor emoción a la captura. Y, en alguna ocasión, cuando las cualidades de la víctima eran excepcionales, la había llegado a perdonar la vida.

»–Sólo si no han quedado demasiado malheridos –aclaraba–. Los hombres de coraje son escasos, no hay que desperdiciarlos. Los dejo vivos y, cuando se han recuperado, vuelvo en su busca. De este modo me garantizo una segunda oportunidad de diversión. Merece la pena, te lo aseguro. ¡Si vieras sus caras cuando me presento ante ellos por segunda vez! –se rió graciosamente. Lo más dañino de Cannat era que incluso en las circunstancias en que se mostraba como el ser más depravado y abominable, seguía pareciendo encantador–. ¡Se diría que viesen al mismísimo diablo! ¡Y las cosas que dicen! –De nuevo se rió, mientras paseaba gesticulante por el saloncito admirando las hermosas obras de arte–. Sus exaltadas imprecaciones, sus ridículos exorcismos, sus patéticas invocaciones a su impasible Dios Todopoderoso. ¡Resultan tan emocionantemente absurdos! Hasta tres veces he llegado a jugar con alguno de ellos. ¡Míseros bárbaros!

»"Ay –se lamentó, tomando asiento frente a Shallem–, pero es tan difícil contenerse a matarlos en la efervescencia del placer. ¡Y cuántas veces he tenido que arrepentirme de mi falta de voluntad! ¡Cuántas veces no he podido resistir el deseo de contemplar las hermosas orlas azuladas, rosadas, violetas, carmíneas, arrancándose de sus fláccidos cuerpos, desvaneciéndose para siempre, apagándose al mismo tiempo que el lento palpitar de su corazón!

»"¡Ese sublime momento! ¡Mágicas estelas multicolores de imponderable belleza, libres, ascendiendo hasta el infinito como lucecitas incandescentes!

»"Pero tú, Shallem, ¡te has vuelto tan ñoño! Demasiado tiempo conviviendo sólo con humanos–. Y me miró a mí, torvamente, como si fuera la culpable de ello.

»Luego, se levantó de su asiento y se arrodilló junto al de Shallem, que le sonreía, tomándole la mano con suma delicadeza y jugueteando con sus dedos.

»–¡Cuánta falta te hacía tu hermano! –le susurró.

»Y después se la besó, con la misma concupiscencia con que lo haría un amante.

»Durante las conversaciones de este tipo yo procuraba ocultarme en la cocina, fingiendo dar instrucciones a la cocinera. Al poco de aparecer Cannat, hice que ella y la doncella, que al principio, y en aras de nuestra intimidad, sólo venían las horas imprescindibles para limpiar y preparar la comida, permanecieran durante todo el día en casa. Así evitaba el insoportable griterío del exaltado Cannat a su regreso por las noches, y me ofrecía la oportunidad de poder ausentarme, disimuladamente y con el pretexto de hablar con ellas, en los momentos en que me sentía un estorbo o no podía soportar las descripciones de sus matanzas.

»Tras estas charlas, cada noche, invariablemente, Cannat desaparecía. Por la puerta, como un vulgar mortal, en ocasiones. Pero, otras veces, simplemente se desvanecía, de súbito, en el aire. Otras, cuando la noche había resultado especialmente emocionante y se sentía excitado, saltaba por el balcón, aullando desquiciado y ejecutando increíbles acrobacias de volatinero.

»A Cannat le encantaba rodearse de espectáculo. No perdía ocasión de lucir sus dotes excepcionales, de mostrar sus poderes.

»Le gustaba asustar, aterrar a sus víctimas, mostrarles exactamente lo que era; jamás ninguno murió sin saberlo. Raramente mataba con la espada, aunque le gustaba llevarla para provocarles e iniciar la pelea. Él prefería, más bien, utilizar sus técnicas privadas, sus trucos demoníacos. Deslumbrarlos. Sentir la admiración en los rostros de ellos, el pánico cuando se percataban de la naturaleza de su verdugo.

»Shallem le había prohibido que utilizara cierto tipo de poderes sobrehumanos en mí presencia. Decía que yo era muy susceptible e impresionable y que podría asustarme fácilmente. ¿Se imagina, padre? Yo, impresionable. ¡No habría tenido oportunidades de morir de un infarto desde que le conocía! ¡Si mi vida era puro terror! Pero Shallem jamás llegó a comprender del todo la naturaleza humana, lo mismo que yo nunca llegué a comprenderle a él. De todas formas, Cannat no podía evitar el utilizar algunas de sus facultades, que los mortales llamamos, incorrectamente, poderes sobrenaturales, delante de mí. Y no era que no pudiese controlarse, sino que buscaba, deliberadamente, despertar mi admiración. La admiración de todos los mortales. Cannat se sentía un dios en la Tierra, y alardeaba constantemente de serlo.

La mujer hizo una pausa con la mirada perdida, dirigiendo sus pensamientos hacia aquellos momentos.

–Shallem me lo contó –siguió hablando–. Que, al igual que dos hijos del mismo padre nunca tienen la misma inteligencia, el mismo carácter o la misma belleza, así ocurre también entre los ángeles. Y los poderes, sí, llamémoslos poderes, para entendernos, los poderes de Cannat eran inconmensurables. Algo mayores que los de Shallem e infinitamente más importantes que los de algunos de los otros. Sólo uno de ellos los ostentaba aún mayores: Eonar. Pero Eonar nunca... casi nunca se manchaba los pies en la Tierra. De modo que Cannat ejercía su predominio en total libertad, invencible, irrefrenable. Lo más parecido a un dios que habitaba entre nosotros, y perfectamente consciente de su poder.

»Para Cannat era un sacrificio el tener que soportar mi compañía. Constantemente sorprendía sus miradas de rabia mal contenida cuando estaba deseoso de encontrarse a solas con Shallem, o cuando éste me dirigía su atención o cualquier demostración de afecto delante de él.

»Con el fin de mantenerme al margen, Cannat salpicaba sus frases con un sinfín de palabras misteriosas que contribuían a hacerme completamente incomprensibles los ya de por sí oscuros asuntos de sus conversaciones. Yo, que, por supuesto, no osaba interrumpirlas, ni aun abrir la boca en su presencia, salvo que él se dirigiera a mí expresamente, me limitaba a contemplar, embobada, la elegancia de sus movimientos, acompasados con su armoniosa voz, y toda la hermosura de su ser, mientras me maravillaba de lo diferente a Shallem que era, en todos los aspectos, cosa que los comentarios de éste nunca me habían llevado a deducir. Yo lo había imaginado casi como una réplica de Shallem, un alter ego, un gemelo espiritual. ¿Cómo imaginar que pudiera haber entregado su dulce corazón a alguien tan perverso? La palabra diablo cobraba auténtico significado al serle aplicada a Cannat. Pero ni siquiera él lo era auténticamente. Nada es tan simple como aparenta.

»Cannat disfrutaba indeciblemente con las demostraciones amorosas de Shallem en mi presencia. Se abrazaba a él, como un amante celoso, mientras buscaba mi atónita mirada y me sonreía despectivamente. Parecía querer demostrarme a quién pertenecía Shallem en realidad.

»Pero, a los pocos días de su aparición, Cannat descubrió que le encantaba hablar conmigo y dedicarme largos discursos; sorprenderme con historias que me dejaban boquiabierta; contemplar mi humana expresión de anonadamiento ante sus increíbles revelaciones; responder a mis atónitas preguntas.

»—Pero, Shallem —se maravillaba—, ¿es que nunca le has explicado nada a esta criatura? ¿Es que nunca habláis?

»Shallem levantaba brevemente la vista del libro que estuviera leyendo y nos sonreía.

»—No le creas ni la mitad de lo que te cuenta —me aconsejaba—. Miente más que habla. Le gusta fantasear.

»Pero, o sus fantasías estaban magníficamente tejidas, o no parecía mentir tan a menudo como Shallem me aseguraba.

»Cannat le regalaba a Shallem montones de libros. Casi cada día llegaba con uno bajo el brazo. Ambos nos reíamos por las noches, cuando nos quedábamos a solas, sospechando que lo hacía para entretener a Shallem y así poder explayarse a gusto conmigo. Porque, cuando Shallem no estaba absorto en la lectura, interrumpía constantemente su discurso.

»—Basta de palique, Cannat. ¿No te basta con los millones de humanos que has embaucado hasta ahora, que también tienes que engañarla a ella? —le regañaba cariñosamente.

»—¿Embaucado? —le respondía Cannat con la voz falsamente afectada—. Me limito a dar un aliciente a sus monótonos días, a sacarlos de la desidia de su existencia. Necesitan algo en qué creer, alguien a quien entregarse en cuerpo y alma, que les ahorre el trabajo de pensar y que gobierne sus vidas. Y yo, muy gustosamente, me ofrezco a ello. ¡A ellos les encanta que lo haga! ¿Qué crees que sería de ellos, criaturas incapaces, sin la guía y el consuelo de mi presencia? ¡Y todavía me recriminas! ¡Vaya! ¡Pero si me convierto en su bufón sólo por darles placer!

»–¡Cínico! –se reía Shallem.

»–Pero, ¿de qué estáis hablando? ¿A qué os referís? – intervenía yo, perpleja ante su diálogo.

»Cannat me dirigía una mirada conmovida, como habría hecho con una hermana pequeña de entendimiento aún poco desarrollado e incapaz de captar el significado de las conversaciones de los mayores.

»–No te preocupes –me consolaba–. Yo te lo explicaré todo. Pero en otro momento. Cuando este adorable incordio no esté presente para interrumpirnos.

»Un día, Cannat apareció con la última edición del que era el libro más leído en aquellos tiempos, un auténtico éxito de la época: *Maleus Maleficarum* o *Martillo de las Brujas*, era su título. Una obra escrita por dos dominicos, que sistematizaba las anteriores aportaciones de los manuales inquisitoriales sobre lo que debía saberse en materia de brujas y la forma de combatirlas.

»Para el pensamiento culto, el poder de las brujas, a quienes designaba con el nombre latino de *maleficae,* procedía del demonio. La bruja se había entregado a su poder. Se había convertido en su sierva mediante el "pacto satánico", expresado en una señal que "el príncipe de las tinieblas" había marcado con una uña en el cuerpo de su nueva vasalla. En este sentido, la brujería era el peor de los pecados, puesto que implicaba la deliberada apostasía de la verdadera fe.

»Durante generaciones, los inquisidores y las autoridades civiles persiguieron a los sospechosos de brujería aplicando estos criterios.

»Aquel escrito arrancaba de Shallem carcajadas irreprimibles, y no digamos de Cannat, quien, poco a poco, y pacientemente, mientras Shallem se distraía con él o con otros parecidos, me fue explicando la verdad sobre todas las cosas.

»Yo miraba a Shallem, que, de vez en cuando, levantaba la vista indudablemente fastidiado, intentando dilucidar el porqué de su empeño en mantenerme en la más absoluta ignorancia, de su obstinación por protegerme de lo que, decía, "no debe ser recordado por los mortales durante su estancia en la Tierra". Recordado, y no aprendido, porque, según él, todos esos conocimientos forman parte de nuestro propio ser, y su memoria vuelve instantáneamente a nosotros tan pronto como abandonamos nuestros cuerpos, para perderse, nuevamente, en el preciso momento de nuestro renacimiento terrenal. ¿Acaso fue Dios quien dispuso este precepto sobre la ignorancia de los mortales? Y, aún en ese caso, ¿qué obligaba a Shallem a respetarlo? Él, que silenciosa y constantemente le desafiaba, vanagloriándose de su independencia, de su rebeldía. ¿Qué le inducía?, si es que realmente había un motivo digno de ser tenido en cuenta, y no era, meramente, el producto de un capricho, el deseo de mantener el misterio entre nosotros.

»Nunca llegué a dar una respuesta totalmente satisfactoria a estas preguntas.

»Incluso me aventuré a inquirir sobre ellas a Cannat, pero, si sabía o no el porqué, daba lo mismo. Se limitaba a encogerse de hombros con una expresión de indiferencia. Porque Cannat sólo me contaba lo que quería y cuando quería, en la medida en que le apeteciera.

»El *Maleus Maleficarum* consiguió divertir a Shallem durante toda una tarde. Tarde que, Cannat, encantado por el éxito de su elección, empleó en explicarme, susurrante, misterioso y reverente, como un antiguo patriarca hebreo, el secreto de sus orígenes.

»–Y El Señor creó a Sus Hijos llenos de su misma Gloria y Majestuosidad –narraba–, y Ellos eran su única compañía en el Reino Celestial.

»"Y luego dijo El Señor: "Crearé ahora un hermoso universo para que Mis Hijos gocen en él". Y así lo hizo.

»"Y, he aquí, que de entre todos los planetas recién creados, los Hijos de Dios quedaron fascinados por la belleza de uno de ellos, un diminuto paraíso en un lugar cualquiera de la Creación. Y todos los Hijos lo escogieron como su hogar.

»"Y mientras Él continuaba su Obra, Sus Hijos disfrutaban

las delicias del vergel del universo.

»"Pero, en él, la vida no se detuvo, sino que nuevas especies de árboles y de flores surgieron para deleite de los ángeles; y, en las aguas salobres del mar, aquella vida adquirió movimiento.

»"Y los ángeles fueron felices al ver que podían compartir su pensil con las nuevas criaturas que lo alegraban y que, dotadas de voluntad colonizadora, reptaban tierra adentro, trepaban por los árboles, y compartían con ellos la aurora y el crepúsculo.

»"Sin embargo, la vida crecía desordenadamente, carente de una guía divina, y los ángeles estuvieron a punto de advertir a su Padre; pero viendo que las especies se sucedían unas a otras, desapareciendo siempre inexorablemente, decidieron no molestarle, pues la vida de los nuevos seres no era, a los ojos de los Hijos de Dios, más larga que el resplandor de una chispa de fuego a los ojos de los mortales.

»"Hasta que, un día, los Hijos de Dios no tuvieron más remedio que informarle de los peligros que asolaban su pequeño paraíso.

»"–Padre –le dijeron–, cuando más hermosa estaba nuestra Tierra, se ha desarrollado en ella una especie dañina y desmandada cuyas manos arrasan cuanto sus ojos son capaces de distinguir. No gozan de tu aliento divino, Padre, y sus mentes están trastornadas, pues disfrutan con sus crímenes como ninguna otra criatura bajo la bóveda del firmamento, y hacen sus víctimas entre cuanto corre, nada, vuela o, simplemente, respira sobre la Tierra. Te pedimos pues, Padre, que nos libres de ellos, o, de lo contrario, no tardarán en destruir nuestro planeta y a cuantos seres vivos habitan en él; y, algún día, traspasarán sus fronteras, poniendo en peligro, también, la vida allende él.

»"El Señor escuchó, compungido, la petición de Sus Hijos.

»"No puedo destruir a esas criaturas –les contestó–, pero tampoco exponer a los habitantes de los planetas que circundan el vuestro a su ira incontrolada. Salid, pues, de él, y lo enviaré al confín del universo, allá donde jamás podrán conocer otra vida que la que surja en su propio seno. Dejad que su vida se extinga de forma natural. Regresad a mi lado y gozad del resto de maravillas de Mi Obra, y de las que crearé para vosotros.

»"Los ángeles ascendieron al lado de su Padre, apenados por tener que abandonar su paraíso y a los seres vivos que tanto querían, pero ansiosos por alejarse del lado del hombre. Pero, un grupo de ellos, permaneció, sin embargo, en la Tierra, rehusando abandonar lo que amaban.

»"–Padre –le dijeron–, ¿por qué hemos de ser nosotros, Tus Hijos Bienamados, quienes suframos el castigo, mientras los indeseados reciben como premio el paraíso que nos pertenece? ¿Es que ahora los amas a ellos más que a nosotros? ¡Destrúyelos, Padre! Porque nosotros jamás abandonaremos la Tierra que nos entregaste.

»"–Está bien –les contestó el Padre–. Continuad en ella mientras lo deseéis. Pero tened siempre presente mi único mandato: jamás destruyáis la vida sobre la Tierra, porque en toda ella alienta mi esencia.

»"Una vez dicho esto, envió Dios la Tierra a los confines del universo, como había prometido, rodeándola de planetas eternamente estériles.

"Y cuando el ángel que más había amado al Padre, aquel a quien Él había dotado con mayor profusión de los espléndidos dones divinos, presintió la ruina del paraíso que amaba, fue el primero en descargar su odio contra el culpable: el hombre, el mismo que le había robado el favor del Altísimo.

»"Cuando el ángel mató, la ira de Dios se cernió sobre Sus Hijos en forma de condena: la de permanecer eternamente exiliados sobre la Tierra; la de no volver a disfrutar, jamás, la Gloria junto al Supremo.

»"Y, viendo Dios que el hombre era criatura inteligente, decidió dotarle de su propio espíritu.

»"Concibió un mundo en el cual hombres y ángeles pudiesen cohabitar sin que aquellos pudiesen dañar a éstos ni éstos percibir la presencia de aquellos.

»"Pero el poder que había imbuido Dios a Sus Hijos era

enorme, y muchos de ellos conseguían entrar fácilmente en el mundo de los humanos, mezclándose con ellos.

»"Y los Hijos de Dios se prendaron de las hijas de los hombres y se unieron carnalmente a ellas, y tuvieron descendencia. Todos, excepto Eonar, pues a ninguna mujer encontraba digna de sí.

»Esto fue lo que me contó. Y en aquellos minutos descubrí de Shallem más de lo que había conseguido sonsacarle durante todo el tiempo que llevaba viviendo con él.

»Salí de la oscuridad en la que Shallem había querido mantenerme a salvo con respecto a sus orígenes, respecto a su existencia anterior a nuestro encuentro, que se obcecaba en simular que no había existido.

»Al estar a mi lado, por mi bien, se empeñaba en aparentar que era humano. Y parecía feliz simulando ser mortal; fingiendo que su cuerpo era de carne y que podía sufrir el dolor; pretendiendo que tenía hambre y que necesitaba comer; bostezando por la noche, como si el sueño pudiese llamarle. Pero sólo había un tormento que él pudiese sufrir: el dolor espiritual. De ahí, tal vez, que fuese padecido por él con mayor intensidad que ninguna otra criatura lo padecía. A veces parecía que lo apreciaba, que se aferraba a él como si le purificase de todos sus pecados, como si pensara que, cuanto mayor fuera éste, más posibilidades tendría de llamar la atención de su Padre, de conseguir que se apiadase de él. Y tras cada lid contra sus propios fantasmas, contra Dios, contra el hombre, o contra el inaceptable destino, Shallem acababa agotado y fortalecido, y más bello en su interior y, aún más sensible que nunca lo hubiera sido.

»Cuando estábamos juntos, de verdad lo creíamos, que él era un hombre y yo una mujer. Que no había nada, oculto y extraordinario, detrás de aquella evidencia. Pero, luego, cualquier nimiedad hacía estallar la chispa, siempre latente, de su odio hacia la humanidad. Pues Shallem, mi Shallem, mi tierna criatura, estaba tan atada a sus orígenes como cualquiera de nosotros lo estamos, y su vida, tan sujeta a su condición como lo está la de cualquier ser.

»Pero ahora sabía la verdad. Cannat me la había mostrado sin tapujos, sin disfraces de ningún tipo. Ahora conocía el motivo que impulsaba a Shallem a aborrecer al género humano.

»Cannat miró amorosamente a Shallem, que parecía sumergido en la lectura.

»Luego se volvió a mí, sonriendo con un placer malévolo que me hizo estremecer.

»Asintió.

»"Sí", me decían sus ojos, "Los dos. Juntos. Siempre juntos. Desde el principio de los tiempos. Matando, seduciendo, luchando. Dos demonios de la peor calaña. ¿Qué diablos te habías creído tú? ¿Que Shallem era un ángel de bondad? ¿Que jamás había puesto su mano sobre un hombre o una mujer? ¿Que había nacido el día que te conoció?"

»Y Shallem, que, entre risotada y risotada provocada por el *Maleus Maleficarum,* había prestado atención, algunos instantes, al monólogo de Cannat, no desmintió una palabra.

»Quizá, pensaba yo, simplemente, consideraba que eran mentiras inofensivas las que me estaba contando, y que, por tanto, no merecía la pena perder el hilo de su lectura para llamarle la atención.

»Pero lo cierto es que parecía inquieto y que sus miradas a hurtadillas se habían impregnado de una profundidad significativa.

»–¿Es cierto lo que me ha contado, Shallem? –Le pregunté, intencionadamente al percibir esos detalles, nada más terminar Cannat su narración.

»–No lo sé. No estaba escuchando –me mintió, fingiendo indiferencia.

»–¡Oh, yo te lo explicaré! –le dije.

»Sabía que, de ser ciertas mis sospechas, aquello constituiría para él una amenaza. Su simple reacción me permitiría conocer la verdad. Y así fue.

»Dejó el libro sobre la mesita, con gesto fingidamente animado y, simulando deseo, exclamó:

»–Otro día me lo contarás. Juliette. ¡Vayamos ahora a pasear

por la colina! ¡Necesito aire fresco y desentumecer los músculos! Y tú también. Estás muy pálida.

»Cannat se rió.

»—Necesitas aire fresco, desentumecer los músculos... ¡Qué
expresiones humanas, Shallem! ¡En verdad has perdido la conciencia de tu identidad!

—Espere un momento —interrumpió el confesor en un visible
estado de nervios— ¿Me está diciendo que lo sabe todo, que,
realmente, Cannat le reveló la verdad sobre todas las cosas?
Sobre el sentido de la vida, el destino de las almas, la existencia
de Dios... ¿Todo?

—Así es. Pero no se emocione, padre. No es el asunto que
nos atañe. Además, ¿cómo puedo estar segura de nada? Shallem me aseguraba que Cannat me mentía. Una cosa puedo
asegurarle, que jamás he conocido otra presencia divina sobre
la Tierra que no fuera la de ellos.

—Pero Dios existe —insistió el padre DiCaprio—, ellos hablan
de su Padre, de un Creador del universo.

—Es cierto. Pero, ¿es Dios, o un dios? —insinuó la mujer.

—¿Qué intenta decirme? —El sacerdote iba a explotar. Estaba
seguro de ello.

—Que el universo es infinitamente grande y sus grandezas ni
empiezan ni acaban en nuestra limitada idea de Dios.

—¿La idea de Dios limitada?

—Así es. Dios es Alfa y Omega, según el hombre, el principio y el fin de todas las cosas. Pero, ¿qué ocurre cuando ninguna cosa es finita, sino que todas se reciclan constante e indefinidamente?

—Pero todas las cosas tienen un principio, incluso aunque ca-
rezcan de fin. Los mismos ángeles lo tuvieron.

—Es cierto. Pero, ¿todas, todas las cosas?

—Todas.

—Y, ¿cuál es el principio de Dios, según usted?

—Él es Dios.

—Buena respuesta. ¿Significa eso que no tiene principio?

–Sí.

–Es muy cómodo contestar así, aunque no se deduzca de ninguna evidencia. Pero usted sabe que no es posible. ¿Y si Dios sólo fuera uno más entre muchos de un universo superior; un universo diferente al nuestro, y tan gigantesco que nuestra pequeña concentración de galaxias no fuese mayor a su lado que cualquier estructura molecular de este planeta? Y nuestro pequeño universo, podría estar inmerso en él sin que nosotros lo supiéramos; lo mismo que una bacteria sobre mi piel es incapaz de ver más allá del minúsculo espacio al que se adhiere. ¿Sabe el virus que fluye a través de la sangre que ésta pertenece a un ser que también está vivo, a un animal que piensa y se desplaza?

»Quizá no seamos mucho más que eso. Virus, a nuestra vez, sobre algún otro cuerpo vivo, gigantesco. Y, nuestra Tierra, un átomo cualquiera de sus inmensas moléculas. Inmensas para nosotros, claro.

–¡Santo Dios! ¡Qué increíbles fantasías tiene usted!

–Sí, son increíbles. Pero no son mías. Cannat me lo explicó.

–¿Lo hizo?

–Sí. Pero no lo diga como si por ello fuese un dogma de fe incuestionable. Cannat mentía a menudo, y yo rara vez fui capaz de discernir cuando lo hacía y cuando no.

»Según esta tesis, ese ser procedente de un mundo inimaginable por nosotros, habría creado nuestro universo como un experimento; lo mismo que los científicos de hoy recrean genéticamente la vida en sus laboratorios. Una especie de explosión atómica en versión gigante y, ¡boom!, el universo. Un mero accidente. Pero me disgustan estos pensamientos.

–A mí también –corroboró el sacerdote–. No sólo son increíbles, sino también desasosegantes. Sería horrible que eso fuese verdad.

–Sí, pero estoy segura de que he conseguido mi objetivo. Evitar que usted siga haciéndome preguntas del tipo *quehaydespuésdelavida.* Yo creo en Dios. Y también en la historia que le acabo de referir: la creación del mundo según Cannat. No sé nada más –aseguró firmemente. Pero, con estas palabras, más bien manifestaba su decisión de mantener el silencio y no, en realidad, una auténtica ignorancia.

»Shallem y Cannat pasaban a veces largos períodos de tiempo mirándose a los ojos, mudos y absortos el uno en el otro. Se contemplaban embobados como un dios a otro dios, como el amante a su amado, como el padre al hijo. Con admiración, con deseo, con orgullo.

»En aquellos momentos el mundo parecía eclipsarse a su alrededor, y yo, por supuesto, ni siquiera existía.

»Shallem le quería más que a nada en el mundo. Esto lo había sabido yo desde el momento en que los vi juntos por primera vez. No. Miento. Lo supe mucho antes. Me había bastado contemplar su rostro cuando me hablaba de él mucho tiempo antes de conocerle, descubrir el orgullo que sentía, la añoranza que padecía en su ausencia. Todas las penas que lo acosaban, la amargura nocturna en su corazón, el temor por la suerte de nuestro hijo, todo quedó relegado a un segundo plano cuando Cannat apareció.

»Y Cannat llamaba a Shallem su "esencia de Dios", su "suspiro divino", y él, a quien encantaban estos apelativos, a veces se lanzaba sobre su hermano, devolviéndoselos en forma de besos, y otras, se dejaba amar con arrobadora indolencia, e, incluso, con graciosa y dulce altanería.

»Y Cannat le adoraba con sumisa devoción.

»Se mostraba con él como su padre, su amante, su amado, su hermano, su maestro, su guía, su protector, su dios y su esclavo. Todo a la vez. Una mezcla equilibrada y perfecta.

»Y Shallem caía rendido en sus brazos como en los de un Titán omnipotente y reposaba en la tranquila seguridad de su fortaleza.

»Se puede decir que para Cannat y para mí Shallem era el centro de nuestras vidas. Nuestro amado. Y también el nexo que nos unía. Y así ocurrió hasta el fin.

»En cuanto a mí, Cannat me atraía hacia su persona con la misma intensidad que la tierra hacia su centro.

»Créame, padre, que esa atracción era algo que un ser humano no podía evitar. Cannat desprendía una invisible fuerza magnética a la que era imposible sustraerse. Fuéramos donde fuésemos, todas las miradas se dirigían hacia él. Disponía de una corte de admiradores. Y las mujeres... ¡Cuántas mujeres iban tras él! ¡Cómo le acechaban las alcahuetas en la oscuridad de la noche, con las cartas de amor de sus señoras esperando respuesta! ¿Y cómo iba él a negar satisfacción a una dama? Sin duda visitó los lechos de todas las florentinas.

—¿Las mataba después? —preguntó el padre DiCaprio.

—No. No por norma, al menos. Le gustaban demasiado las mujeres.

El sacerdote exhaló un suspiro de alivio.

—Entonces —inquirió de nuevo—, ¿Shallem se dejaba arrastrar totalmente por él? Disfrutaba con sus crímenes como nunca lo había hecho, según entiendo.

—No. No es así. Con lo que Shallem disfrutaba realmente era con la compañía de Cannat. Cannat era vital y arrollador. La vida en la Tierra le parecía fascinante y divertida, y el hecho de que el hombre la hubiera invadido no era sino un motivo más de diversión para él. El hombre era, según sus propias palabras, un juguete de los ángeles, "su juguete". Él siempre había sabido adaptarse a los cambios en su vida. Poseía una portentosa capacidad de reacción, todo lo contrario de Shallem. Shallem jamás llegó a aceptar el abandono de Dios, nunca se resignó a la invasión del hombre, a su propio encierro terrenal, a su soledad. Cosas, todas ellas, que para Cannat constituían pura satisfacción. Lejos de ser una cárcel, la Tierra era "su reino", su lugar de esparcimiento y solaz, y la aparición de la humanidad sobre ella, un acontecimiento providencial; su pasatiempo, sus muñequitos vivientes siempre dispuestos a retozar con él, a procurarle distracción, a causarle regocijo. ¡Y qué divertido era jugar con ellos! Y las mujeres... ¡Ah, las mujeres! Deliciosas bacantes al servicio de sus orgías. Adoradoras incondicionales eternamente postradas a sus pies. ¡Pero si el mundo entero era una fiesta!

»Cannat hallaba placer en todo cuanto albergaba la Tierra. Sin duda, no debía existir sobre ella criatura más proclive a la felicidad que él. Dios sabía lo que hacía cuando lo creó.

»Amaba el cielo azul de los días cálidos y despejados, cuando el sol lucía, plácido y radiante, incitando a la calma total. Pero se extasiaba en la contemplación de los silenciosos fucilazos de las noches de estío, o en la escucha del fragoroso tronido de los relámpagos en la lóbrega tormenta invernal.

»Amaba la paz del día, los tranquilos paseos por la ciudad, nuestras charlas, nuestros silencios, los enormes edificios llenos de tesoros y bellezas que nunca se acababa de conocer. Nunca menospreciaba los valores del hombre como artista. Nunca, en ninguna de sus diversas manifestaciones. Muy al contrario. Era fácil escucharle ponderando las virtudes de tal o cual obra, alabando determinadas creaciones, o elogiando la labor de algún maestro. Cannat admiraba la obra del hombre. De ese mismo hombre a quien, en las lizas nocturnas, se complacía en aniquilar despiadadamente.

»Le encantaba la hermosura de los trajes principescos, la suave pomposidad de las holgadas telas, sus vivísimos colores, el gallardo y solemne aspecto que le otorgaban.

»Todo, humano o divino, parecía haber sido creado para satisfacer el goce de sus sentidos. Incluso el de aquellos que, según podríamos deducir de su propia naturaleza, no hubieran necesitado ser satisfechos, como, por ejemplo, el gusto.

»Pero, hallaba una fruición indecible en la degustación de los vinos. A menudo nos llevaba a Shallem y a mí de taberna en taberna, algunas de ellas desagradables subterráneos parecidos a cuevas, catando un caldo en ésta y otro en aquella, sin parar de ensalzar, entusiasmado, el bello color del morapio, su exquisito e intenso aroma, y la forma en que deleitaba su pala-

dar. También éramos conocidos en las mejores posadas florentinas, donde Cannat se repapilaba con deliciosos manjares en
los que nunca la carne era uno de sus ingredientes.

»–¿Cómo puedes comer eso? –me preguntaba, con la más
exagerada mueca de repugnancia deformando su rostro–. Seres
formados de tu misma materia. ¿No ves que el hombre no necesita alimentarse de carne? Fíjate en tus dientes. ¿Acaso te
parece que son adecuados para despedazar la carne?

»–A veces siento la necesidad de ella –le contestaba yo.

»–Sí –puntualizaba con cáustica desaprobación y expresión
de desprecio–. Como el vampiro de la sangre de sus víctimas.

»Aquellos reproches me resultaban sumamente incómodos y
humillantes. Tanto como las numerosas pullas que me lanzaba
con ánimo de zaherirme, aprovechando cualquier ausencia de
Shallem, y que tanto dolor me causaban.

»Porque, cuando Shallem no estaba presente, Cannat, con
expresión maligna y acerva, disfrutaba mortificándome de mil
pequeñas maneras. Eran múltiples las asechanzas que tramaba
contra mí, y de las que nunca me atrevía a hablar por temor a
sus represalias o a caer fulminada bajo sus severas miradas.
Pero, cuando Shallem reaparecía, sus angelicales ojos azules
volvían a mirarme con engañoso y fingido afecto, volvía a simular confraternizar conmigo, a aparentar preocupación por mi
estado, pese a que Shallem, bien lo sabíamos todos, conocía
perfectamente sus auténticos sentimientos.

–Pero, entonces – se interesó el sacerdote–, las veces que
buscaba su compañía, apartando, incluso, a Shallem, para contarle todas aquellas cosas, ¿por qué lo hacía?

–Él nunca había tenido oportunidad de conocer a fondo a un
ser humano, de hablar con él como lo hacía conmigo, de profundizar en sus emociones, en sus sentimientos, en su visión
del mundo, de engañarle y jugar con él sólo verbalmente, en la
tranquilidad familiar de nuestro salón. Además, como ya le he
dicho, le gustaba seducirnos, deslumbrarnos, adueñarse de
nuestra voluntad. Hasta que me conoció a mí, jamás había tenido oportunidad de intentarlo mediante el mero uso de la pala-

bra, en un tête à tête como los que mantenía conmigo. Para él era una situación totalmente nueva y emocionante el ver los atónitos ojos de asombro de un ser humano contemplándole extasiados y no aterrados, mientras le desvelaba los enigmas de lo incognoscible mediante aquella fogosa elocuencia suya de regusto latino y llena de labia pero que, a veces, se convertía en un sermón tan pesado y ampuloso como el de un sacerdote.

»Porque le gustaba practicar su oratoria, entrenarse, cambiar de registro, escoger el lenguaje de acuerdo con el determinado tono de voz más adecuado para expresar, para interpretar su narración. Inflexionaba la voz, esa sublime voz penetrante y melodiosa, con la perfección del mejor actor, siempre en el momento oportuno, para mantenerme escuchando, en vilo y con la boca abierta, sus increíbles narraciones.

»El hablar conmigo era una diversión más de las muchas que le ofrecía la vida; y era novedosa y le permitía desarrollar su fecundísima imaginación, fantasear. Yo era su público.

»—¿Sabes quién es Zeus? —me preguntó un día, con los ojos muy abiertos.

»—Desde luego —le respondí—. El dios de dioses de la mitología griega.

»—No te pregunto eso —precisó—. Ya sé que sabes lo que saben los demás —silabeó lenta y claramente—. Te pregunto si sabes QUIÉN —remarcó— es él.

»Por entonces ya conocía a Cannat lo suficiente como para adivinar la respuesta que me estaba insinuando, pero quise jugar con él.

»—¿Jehová? —le contesté con mi más estúpida expresión.

»—Ha —espiró—. Te conozco. Sabes perfectamente lo que quiero decir —aseguró—. Sí. Yo soy Zeus. O lo fui, mejor dicho, hasta que perdí el interés. ¿Y quieres saber quién fui antes?

»El tono de su voz se había elevado peligrosamente. Esperaba mi respuesta, como si la necesitara, inclinado sobre mí con las manos apoyadas en los brazos de mi silla y su cara de bellísima fierecilla muy cercana a la mía. Miré a Shallem. Estaba ocupado cepillándose una chamarra de terciopelo turquí y no parecía prestarnos atención. Pero estaba. Con eso me bastaba para sentirme aliviada y a salvo.

»–Sí –afirmé.

»–Te lo diré –me respondió, feliz de poder explayarse a sus anchas. Se apartó de mi silla y recorrió la habitación con las manos enlazadas y los ojos elevados, pensativo–. Hace tiempo, mucho tiempo para una vida mortal –comenzó, con el tono misterioso del abuelo que intenta mandar a los nietos a la cama asustándolos con un cuento de terror–, cuando las mujeres no eran las bellezas que son hoy –me sonrió–, y casi ni siquiera podían recibir el nombre de tales, los ángeles, todos los ángeles –aclaró, mirándome–, nos paseábamos libremente por la Tierra entre aquellas horribles y peludas bestias que caminaban encorvadas, pero que eran capaces de encender fuego frotando dos pedazos de pedernal, provocando así espantosos incendios que nosotros habíamos de sofocar, y de desgarrar los cuerpos de sus víctimas mediante útiles de piedra que ellos mismos elaboraban, pues no disponían, al contrario que los animales carnívoros, ni de la dentadura ni de la fuerza apropiadas para asesinarlas y devorarlas.

»"Y aquellas salvajes criaturas, admiradas ante la contemplación de los ángeles y de los pequeños milagros con los que éstos trataban de impresionarles con el fin de dominar su violencia, de inmediato les reconocieron como seres divinos, seres superiores más allá de toda explicación.

"Y más adelante, cuando algunos de los Hijos de Dios cometieron la imprudente equivocación de donar su propia semilla a las hijas del hombre, en la creencia de que, instaurando en él su propia esencia divina, disminuiría su crueldad, el hombre aumentó, rápida, prodigiosa y peligrosamente su inteligencia, a causa de ello.

»"Y algunos de entre ellos aprendieron a sacar provecho a sus creencias, a alentarlas y ampliarlas con ideas supersticiosas que se inventaban con el fin de erigirse ellos mismos en semidioses de los temerosos y crédulos miembros de sus tribus. Así nacieron los brujos, los adivinos, que pretendían ponerse en contacto con sus dioses mediante estrambóticas y enloquecedoras danzas, coadyuvados por pócimas alucinógenas preparadas con jugos de plantas, que les hacían ver las más horribles y fantasmagóricas visiones, que ellos interpretaban como mensajes de los dioses, a pesar de que los ángeles habían abandonado ya, disgustados y vencidos, los territorios ocupados por las indómitas bestias.

»"Y así nacieron en el hombre las ideas acerca de lo sobrehumano, de lo sobrenatural, de lo divino.

»"Más tarde, cuando sólo los ángeles rebeldes permanecíamos sobre la Tierra, el hombre comenzó a reproducirse en cantidades extraordinarias, y sus tribus se extendieron a lo largo de todo el globo, como si, deliberadamente, anduviesen tras los pasos de los dioses.

»"Y los encontraron.

»"¡Y qué tentación suponía para estos el satisfacer las quimeras de los ilusos, el acercarse hasta ellos, transformados, en ocasiones, en seres de apariencia fabulosa e imposible con tal de fascinarlos! ¡Observar, espeluznados ellos mismos, los sangrientos sacrificios, las cruentas inmolaciones y los despiadados holocaustos, nunca exigidos por los dioses, pero que el hombre les ofrendaba entre cantos de júbilo y bailes desenfrenados! Bárbaro, sádico animal el hombre.

»"¿Y qué ángel hubiera podido resistirse a la sutil venganza que suponía el exterminio del hombre a manos de sí mismo? ¿A poder disfrutar de la matanza, con la burla mayúscula que suponía la observancia del divino precepto: "Jamás destruyáis la vida sobre la Tierra?" Porque ellos jamás mataban, jamás hacían daño alguno a sus fanáticos veneradores. He ahí la sorna, la artimaña con que se burla la ley, y, por ende, el sarcasmo. "Te lo dijimos, oh, Padre, que el hombre acabaría con cuanto alienta en la Tierra, pero, con suerte, acabará antes con su propia especie. ¿Dónde hay otro animal que, como él, devore en un orgiástico festín las entrañas de sus hijos? Nosotros no le forzamos. Nosotros no se lo pedimos. Es de él de quien emana la lacra, de quien surge la aberrante perversión. Él es el maligno. ¡Oh, animal perturbado e indigno de nuestro reino!"

»Cannat interrumpió su discurso. Shallem llevaba un rato sentado elegantemente sobre la otra silla Dante, dos eses cruzadas de exquisita proporción y de frágil apariencia bajo su robusto cuerpo. Estaba escuchando a Cannat tan atentamente como yo. Tranquilo y alegre. Con sus brazos descansando laxamente sobre los de la silla. Con algunos mechones de su rebelde cabello, tan oscuro y brillante, escapados del lazo en que los había apresado para cepillar su ropa más cómodamente, y cayendo, libres, sobre su divino rostro, acariciando suavemente las dulcísimas cejas, atravesando los seductores y varoniles pómulos, atreviéndose a penetrar, incluso, entre la tentadora y delicada línea de sus voluptuosos labios de color albérchigo. Sus graciosas y oscuras pestañas se agitaban, coquetas, sobre las húmedas y risueñas pupilas verdeazuladas. Cannat abrió la cortina del salón y, de pronto, el sol cayó de lleno sobre ellas, iluminándolas y llenándolas de vida.

»Cannat y él se miraban con complicidad. Quise levantarme, harta de permanecer en la misma posición durante horas, y apoyé las manos en los brazos de mi silla. Hice fuerza, pero me resultó absolutamente imposible levantar mi pesado y torpe cuerpo. Probé de otra manera, me impulsé hasta el borde de la silla para después, haciendo alarde de todo mi vigor, tratar de incorporarme. Pero, maldita sea, no podía. Mi vientre hipertrofiado me pesaba toneladas. No podía reconocer ni manejar mi propio cuerpo. Les vi de reojo, contemplando, con seriedad, mis denodados esfuerzos. Al punto me detuve. Me sentí ridícula, humillada; aún más prisionera de mi propio cuerpo de lo que nunca lo había estado. Pero debía calmarme, aguantarme. Al fin y al cabo, era nuestro hijo el que crecía en mi interior.

»–¿No vas a seguir? –le preguntó Shallem con su relajante voz.

»Pero Cannat no contestó. Me miraba absorto, extasiado, con abierto aire de extrañeza. Sólo por un segundo detuvo sus ojos en el sudor de mi frente, en mis manos inflamadas por el exceso de sangre. Luego se acercó a mí con el rostro tremendamente sorprendido, como si hubiera visto algo sobrenatural, algo que yo misma no podía adivinar. Se detuvo a mi lado sin dejar de mirarme, ya con evidente fascinación.

»Vi su mano derecha levantarse, muy lentamente, tanteando en el aire algo que parecía mirar fijamente. Después levantó la izquierda sin mutar su cara de asombro, adelantándola, girándola sobre sí misma, como si la hubiera hecho penetrar bajo una cascada invisible en cuyas aguas disfrutara bañándola.

»Contempló sus manos, su cuerpo, miró a nuestro alrededor con la expresión de estupefacción de quien no da crédito a sus ojos. Sea lo que fuere lo que veía, ambos estábamos inmersos en ello.

»–¡Mira, Shallem! –musitó con asombrada gracia infantil, sin desviar la vista–. ¡Estoy dentro de ella! ¡Es inmensa! ¡Y tan hermosa....!

»Yo estaba aún más perpleja de lo que él parecía estarlo. Me miró fijamente. Sus ojos tan desbordantes de emoción como los de quien, por primera vez, descubre el placer de lo prohibido. Mientras yo, aturdida y paralizada, continuaba hundida en la silla mirándole atónita, extendió su brazo hacia mí, cuan largo era, señalando mi vientre, la palma de su mano inclinada sobre él a un metro de distancia. ¡Y la sentí! ¡Dios mío, la sentí sobre mi vientre tan tersa y cálida como si ni la distancia ni la ropa existiesen! Me asusté y me revolví en la silla ahogando un grito en el estómago. Y, entretanto, la sensación seguía allí, lo mismo que la mano de Cannat, tan tensa, crispada y endurecida como si realmente me estuviera tocando.

»–¡Shallem! –supliqué.

»–Tranquila –musitó Cannat de inmediato.

»Y su mano se movió en el aire y la sentí deslizarse sobre mi piel como si estuviera desnuda.

»Desesperada, traté por todos los medios de levantarme, pero entonces su mano se alzó ligeramente en el aire y sentí ahora una opresión insoportable sobre mi pecho que me clavó contra la silla. No podía mover un solo músculo. No podía hablar. No podía respirar. Sólo mis ojos de espanto denotaban vida en mi ser.

»—¡Cannat, basta! —Shallem se había levantado colérico de su silla y avanzaba a grandes pasos hacia Cannat.

»—¡Suéltala de inmediato! ¿Me oyes? —gritó.

»Pero Cannat no oía nada. Parecía totalmente abstraído, como si para él el mundo se hubiera reducido a nosotros dos. Yo estaba al borde de la asfixia cuando Shallem le golpeó con todas su fuerzas, separando su energía sobrehumana de mí.

»Mientras Shallem me levantaba de la silla, abrazándome contra su pecho, vi como Cannat se golpeaba la cabeza contra la repisa de mármol de la chimenea. Un golpe fatal. La sangre comenzó a manar de su cráneo como el agua del caño de una fuente.

»Sofocada y aterrada como estaba, no pude gritar. Le miré con los ojos extraviados intentando, con mis torpes gestos, atraer la atención de Shallem sobre él.

»Shallem se volvió para mirarle.

»El charco alrededor de su cuerpo era desproporcionado y él había quedado tendido bocarriba tan inmóvil como un cadáver humano.

»—¡Ya basta, histrión! —le gritó Shallem. Nunca antes le había visto tan declaradamente enfadado.

»Cannat no dio señales de vida. Un hombre hubiese muerto instantáneamente, no había duda, pero él no era un hombre.

»De repente, algo pareció moverse en su interior. Su estómago yerto se abombó igual que si un duende caminara por su interior tentando las paredes en busca de una salida. Su garganta se movía como si de pronto la tráquea hubiese cobrado vida propia y quisiera escapar a través de la carne. Algo abultado se abría paso esforzadamente hasta su boca. Una pequeña cabeza verde emergió curiosa entre sus labios pálidos y amoratados. Vi su cuerpo escamoso y cilíndrico; su oscilante lengua bífida sibilando; sus ojillos elípticos escudriñando la habitación mientras se alzaba lentamente desde el nido de la boca de Cannat. Y grité. Grité con toda mi alma.

»La serpiente consiguió evadirse del cuerpo de Cannat y

comenzó a zigzaguear en nuestra dirección. Me abracé a Shallem desesperadamente y, por encima de mis propios gritos enloquecidos y de mis mórbidos pensamientos, escuché los alaridos de Shallem.

»–¡Pon fin a esto de inmediato, Cannat! ¿Qué demonios pretendes, maldito bufón?

»Y la serpiente, erguida e inmóvil, nos miraba con sus ojuelos astutos y penetrantes sin dejar de agitar su extraña y sibilante lengüecilla.

»–¡Basta! –gritó Shallem nuevamente.

»Y, súbitamente, la serpiente desapareció. Se disipó en el aire. E, instantáneamente Cannat, sonrosado y lleno de vitalidad, se incorporó estallando en carcajadas.

»Cuando se puso en pie y se dirigió hacia nosotros, sus chorreantes ropas formaron un reguero de sangre tras sus pasos. Mi alfombra quedó empapada por la estela del indeleble tinte rojizo. Y él no dejaba de reír.

»–¡Vamos, Shallem! –dijo en medio de sus risotadas–. ¡Pero si sólo era una broma! ¿O es que ya no te acuerdas de quién me enseñó ese truco? No parecías tan considerado hace diez mil años, cuando volábamos tras aquellos infelices con nuestras enormes alas negras bien extendidas –dijo, agitando sus brazos como alas y mirándome fijamente–, y nuestras lenguas de serpiente de afilados colmillos venenosos preparadas para inocular. Y la idea fue tuya, ¿recuerdas?

»Shallem pareció sentirse incómodo. Yo todavía temblaba, contemplando, atontada, la ensangrentada pelambrera rubia de Cannat, su boca, en la que nada sobrenatural se veía ya, repitiéndome las inverosímiles palabras que acababa de escuchar, negándome a creer lo que había visto, lo que había oído.

»–Lengua viperina... –le increpó Shallem.

»Supongo que lo dijo sin recapacitar en su significado exacto, que le salió espontáneamente sin más, como una frase hecha. Pero el caso es que a Cannat le hizo una gracia indecible. Parecía que nunca iba a acabar de reír, tropezándose estúpidamente con todos los muebles.

»Entretanto, el sol brillaba indiferente sobre el charco de sangre, recordándome la escena que acababa de tener lugar, certificando que realmente había sucedido, que no era mero fruto de mi exaltada imaginación, o un engaño de la memoria como probablemente me empeñaría en creer poco tiempo después.

»Shallem, ángel protector, ángel cuyos dientes venenosos habían horadado el cuello a miles de mortales, me sostenía contra sí amparándome de cualquier posible peligro.

»Miraba ceñudo a Cannat. Furioso.

»Por alguna razón, su expresión o la forma protectora en que me abrazaba, tan humana, acrecentaba aún más la risa perturbadora y demencial de su hermano. Cayó derrengado sobre una silla, doblándose en un vano esfuerzo por detener las carcajadas.

»–¡Te lo advierto, Cannat –le gritó Shallem–, ya basta!

»Cannat hizo tremendos y sinceros esfuerzos por callarse. Poco a poco, la risa se convirtió en leves hipidos llorosos. Se apretaba el vientre, como si le doliera. Encorvado sobre su estómago, exhausto, al fin se calmó. Pero pasó de la risa a la más extrema gravedad. Miró a Shallem con los ojos desorbitados, el ceño fruncido, mostrando los dientes de marfil como haría una fiera presta a atacar.

»Se levantó de un salto de la silla dirigiéndose a nuestro encuentro.

»Sentí los brazos de Shallem apretándose en torno a mí. A mí, que me sentía desfallecer; a mí, cuyo inflado vientre me impedía hundir la cabeza sobre su pecho, como era mi deseo.

»–¿Me adviertes QUÉ? –rugió Cannat– ¿Qué harás si no me porto bien? ¿Me pegarás? ¿Me matarás? –Estaba muy cerca de nosotros. Podía percibir las vibraciones de su terrible vozarrón retumbando en mi cabeza al tiempo que, asustada, le veía gesticular furiosamente–. ¡Estoy harto de tu ridícula jerga humana! ¡Me das pena, Shallem! ¡Pena! Convertido en patético ángel de la guarda... –Me señaló desdeñosamente–. ¿Hasta dónde piensas llegar? ¡Mírate a ti mismo! Abrazado a una mortal... –

gruñó con desprecio–. Encadenado a una mortal a quien insuflaste tu propio espíritu.

»–¡Iba a morir! –exclamó Shallem, en lo que reconocí como un auténtico grito de justificación.

»–¿Y qué si iba a morir? –Gritó Cannat, agitando sus puños cerca de mi rostro–. ¡Debía morir, Shallem! Así sucede con los mortales. Es su bendito destino. Y ella lo es. ¿Recuerdas? –Se detuvo y me miró durante un inquisitivo instante–. O lo era... –musitó después–. ¿Qué la ocurrirá ahora, Shallem? ¡Contesta! ¿Qué ocurrirá con ella? ¿Podrá morir? ¿Cómo? ¿Cuándo? Respóndeme si puedes, Shallem. ¿Puedes?

»–¡Sí! ¡Podrá hacerlo en cuanto devuelva a mí mi espíritu! –estalló Shallem.

»Una parte de mi martirizado cerebro no estaba allí Se había escapado, dulce y gentilmente, de mí. Se había dormido, evadido, esfumado. Y aquella parte me llevó consigo. Pensé que no estaba allí realmente, que aquello no estaba teniendo lugar, que no era más que un sueño meándrico y aterrador, una pesadilla enloquecedora en la que estaba perdiendo la razón, pero de la que, tarde o temprano, acabaría por despertar.

»–¿Cómo puedes estar seguro, Shallem? Nadie lo ha hecho antes que tú –decía una voz completamente desquiciada e irreal–. ¿Y qué es ella ahora? –se esforzaba la voz por entrar en mi mundo–. ¿El producto de tu experimento, de tu egoísmo? ¿Qué será de ella si no puede morir, si su cuerpo sigue y sigue envejeciendo durante cientos de años hasta caerse a pedazos? ¿Seguirás tú a su lado entonces? ¿Soportarás la visión de tu obra? ¿Estarás, siquiera, allí para verlo? Deberás estarlo, Shallem, ¡para recuperar lo que te pertenece!

»–¡Una palabra más y desapareceré de aquí para siempre! ¿Me oyes? ¡En este mismo instante! –gritó Shallem desesperado, incapaz de escuchar en voz alta las cuestiones que, sin duda, él mismo se habría planteado.

»Y yo, una mujer en trance, los escuchaba como si nada de lo que decían tuviera ni la más vaga relación conmigo.

»–Tuya es –condescendió Cannat quedamente–. Y tú, Sha-

226

llem, no sólo compartes el infierno con el hombre, ¡has creado el tuyo propio!

»Cannat tomó su birrete de tafetán de encima de la mesa y miró a Shallem severamente, sin decir palabra. Se fue por la puerta, espetado, circunspecto, como un caballero despechado.

»No sé cuánto tiempo más permanecimos abrazados, fusionados. Shallem se negaba a soltarme, a mirarme a los ojos, a explicarme...

»–Shallem –murmuré angustiada, tratando de desasirme de él–. ¿Qué ha dicho? ¿Qué es lo que ha dicho? Era una broma, ¿verdad? ¿No puedo morir? ¿Por qué no puedo morir?

»¿Qué decía yo? ¿Por qué me preguntaba aquellas cosas sin sentido? ¿Cuál era la enloquecida zona de mi cerebro que me empujaba a murmurar tales tonterías?

»–Cálmate, Juliette, sólo quería asustarte –musitaba Shallem apretándome tan fuerte como si esperase que su abrazo acallara mis preguntas–. Tuve que hacerlo. En Orleans, ¿recuerdas? Te iba a perder.

»"¿Por qué me respondes, Shallem?", me preguntaba, "¿Qué es esto? ¿La farsa de dos amantes, la comedia de dos enamorados? ¿Por qué sigues el juego si esto no es verdad, no puede ser verdad?"

»Shallem percibía la locura adueñándose de mí. La razón extraviada tratando de retornar a su lugar.

»–No le hagas caso, amor mío. Cannat adora fantasear, mentir, eso es todo. Ya te lo advertí. No debes creer lo que ha dicho.

»–¿No serás tú el que me está mintiendo ahora? No he visto que refutaras una sola de sus palabras –musité: la expresión vacía, los ojos mudos, los labios caídos.

»–Lo que ha dicho son necedades. Fantasías que se le han ocurrido de repente –Un hombre, un doctor, sí. Convenciéndome de mi cordura.

»–¿Por qué no me lo dijiste? ¿Cómo es posible que yo no lo haya adivinado? –inquiría la parte de mí que se esforzaba por permanecer en la habitación.

»–No quería asustarte. Temía que no comprendieras...

»–¿Por qué no me explicas nada, Shallem? ¿Por qué nunca me explicas nada? ¿Por qué me mantienes en la más dolorosa ignorancia por temor a infligirme un daño infinitamente menor? ¡Tú eres quién no comprende!

»Lo vi en la lejanía. Mejor que un drama épico, sí. Me gustaba más. Dos amantes confesándose. Y yo luchando por despertar, por volver. Por estar entre ellos. Ella debía escucharlo todo, debía preguntarle, debía saber. Y la bellísima criatura que la sostenía alzó los ojos al cielo y luego los cerró, como si luchara contra el llanto.

»–El saberlo todo –decía él–, podría conducirte a la locura. ¿No te das cuenta?

»–Perfecta cuenta –murmuré; un pingajo ausente entreviendo la obra desde la última fila–. Quiero saber. Exijo saber.

»–Parte de mi alma penetró en ti. Hubieras muerto de lo contrario. Es como... como una extensión de mí mismo que habita en ti. Algo que impide que la muerte pueda expulsarte de tu cuerpo. No eres susceptible a ella: ni a la enfermedad, ni a la muerte violenta. Nada puede dañarte. Nada puede acabar con tu vida. Nada, excepto el poder de mi Padre... o de mis hermanos. Pude retirarme de ti segundos después de impedir tu muerte. Pero no quise. No podía soportar la idea de que de nuevo fueses vulnerable, de exponerme a que pudieses dejarme para siempre. Y, ¿lo ves? Estás aterrada ante el conocimiento. Yo tenía razón. No debías saberlo.

»–Te equivocas –murmuré, contemplando las brillantes chispitas del ingrávido polvo a la luz del sol–, debía saberlo. Por tu boca, en tus dulces palabras, perdida entre tus brazos y caricias. Lo hubiera comprendido. Te hubiera amado aún más, si fuese posible. Pero así no. No por la pérfida boca de Cannat. Esto es lo que me produce la locura. Si pudieras comprender que nada que emane de ti puede causarme terror... Tú eres el único que teme. Temes mostrarte como eres cuando es por serlo por lo que te amo. Y tú no lo entiendes... No logras entenderlo... ¿Qué clase de monstruo soy yo ahora? Dímelo, Shallem. ¿Tiene nombre lo que me has hecho? ¿Qué clase de ente diabólico soy si no puedo morir?

»—¿Me lo recriminas? —preguntó entristecido—. ¿Hubieras preferido morir aquel día? ¿Hubieras preferido que, estando en mi mano el salvarte, te dejara morir? ¿Me convierte esto ante tus ojos en ese ente diabólico del que hablas?

»—No —murmuré aturdida—. Claro que no. No eres tú, Shallem. Soy yo. Yo, que ya no sé lo que soy. Que no sé qué pensar de mí misma. Y no sólo por esto sino por... todo lo que me sucede...

»—¿Lo ves, Juliette? Ahora somos uno sólo. Mis sentimientos son tus sentimientos; tus miedos, mis miedos; mis esperanzas, tus esperanzas. Somos un solo ser. ¿Lo entiendes? Mucho más que la unión carnal de los hombres.

»El sol me quemaba la cabeza. La irrealidad se hacía tangible. ¿O era la realidad? Volvía, sí. Estaba volviendo.

»—Es cierto, ¿verdad? No sabes exactamente cuál será mi final. Y yo necesito saber que voy a morir, Shallem... No podría vivir con esa incertidumbre, sopesando cada día las palabras que él ha pronunciado, pensando...

»—¡Cállate, Juliette! —exclamó—. No debes atormentarte así. Cuando llegue el momento recuperaré lo que te di, y tú serás libre para morir. Debes morir. El sueño es el descanso del cuerpo, la muerte el reposo del alma. Es imprescindible que mueras y, por más que me duela, cuando llegue el momento dejaré que la recibas. Lo haría aunque tú me suplicaras lo contrario.

»—¿Cuándo será ese momento? —pregunté.

»—No debes saberlo —me contestó.

»—¿Por qué? —grité alejándome de él—. ¿Crees que podría ese conocimiento conducirme a la locura? ¿Hay algo todavía que no haya intentado volverme loca? ¡Fijemos una fecha!

»—No.

»—¿Por qué no? —continué gritando—. ¿No puedes fijar la que se te antoje, no eres tú el dueño de mi vida y mi muerte? ¡Cuarenta años! ¡Me dejarás libre a mi destino dentro de cuarenta años! Aún dejaré un hermoso cadáver. Y hasta puede que consiga vivir algún año más por mis propios medios.

»—¡No! —gritó, mirándome de arriba a abajo, como si no me reconociera por mis palabras.

»—¡Fíjala tú, entonces! ¡Pero dame la seguridad de que nunca seré lo que Cannat ha descrito!

»Shallem recorrió la habitación tambaleante apoyándose en los muebles a su paso como un hombre destrozado por el dolor. Deseé con todas mis fuerzas que aquello no fuese real, que yo no estuviese esperando la fecha de mi muerte de sus labios.

»—Ochenta años desde este día —murmuró Shallem aún dándome la espalda.

»—¡Ochenta años! —exclamé atónita—. ¡Pero tendré más de cien años, nadie puede vivir tanto! ¡Seré un cadáver ambulante, me repudiarás mucho antes!

»—¡Ochenta años! —gritó fuertemente Shallem, mientras se volvía hacia mí atravesado por el dolor. Se quedó plantado a mi lado, con la cara crispada—. Terminemos ahora —dijo—. Hay otra cosa que debo decirte, sobre nuestro hijo. Cuando nazca le daré mucho más de lo que pude darte a ti. Le dotaré de facultades inimaginables para un ser humano, y, bajo su apariencia mortal, se esconderá una criatura invulnerable. Nadie, ni siquiera Eonar, podrá destruirle. Su cuerpo será parte del mío, su alma, mi alma, y, cuando alcance el final de su crecimiento, su desarrollo cesará, dejará de caminar hacia su fin porque él no tendrá fin. Eternamente mantendrá el vigor y la juventud. Lo haré en el mismo instante de su nacimiento. Antes de que cualquier alma humana pueda apoderarse de su cuerpo, yo entraré en él.

»Yo escuchaba enajenada estas declaraciones mientras mi cerebro se convertía en un torbellino de frases e ideas bíblicas y mitológicas que pugnaban por unirse en coherente trabazón: "Jayanes de nombradía", "Aquiles", "laguna Estigia"...

»—Sólo necesitamos que Eonar le permita vivir durante ese precioso segundo —añadió quedamente.

»—¿Y tú lo has... lo has hecho antes? —pregunté.

»—Lo he hecho, pero de eso hace ya mucho tiempo. Y Can-

nat, él también lo hace, lo sigue haciendo aún... Tú conoces a...
–durante unos instantes pareció sopesar la conveniencia de
acabar su frase–. Conoces a su hijo –terminó.

»–Leonardo –musité para mí–. Debí imaginarlo. Él quiso
decírmelo... Quiso compartir su secreto conmigo. Pero no supe
entender. ¿Cómo hubiera podido adivinar...?

»–Pero, Juliette –me preguntó suavemente–, ¿es que no te
parece bien?

»Una pregunta formulada con una simpleza tal... La eterna
sinceridad infantil de Shallem.

»–No sé –gemí desmoralizada–. Sí. Supongo que sí. No me
cabe todo, Shallem. No me cabe todo. Soy humana, o eso creo.
No puedo asimilarlo todo...

»Él, emocionado, me sostuvo el rostro entre sus siempre cálidas manos, observando, dolido, las brillantes gotitas que surcaban mis mejillas, que se estancaban en el arco que sus dedos
formaban sobre mi rostro.

»–Perdóname, mi amor –susurró con sus labios deslizándose
sobre mis párpados, sobre mis mejillas, cubriéndome de besos–
. ¡He dado siempre tantas cosas por sentadas, por sabidas! Pero
sólo porque me sentía incapaz de hablar de ellas, porque no
quería que nuestras diferencias pudiesen separarnos, pudiesen
hacer que me temieras.

»Shallem sostenía ahora mi cabeza de modo que nuestras
miradas se encontraban.

»El sol, presunto ahuyentador del mal, penetraba a raudales
en el pequeño y bellamente decorado saloncito. Todo limpio,
impoluto. Ningún inmenso charco de sangre sobre el pulcro
suelo de madera. Ni la más pequeña mancha sobre mi cálida e
inmaculada alfombra española. Ni una diminuta salpicadura en
la impecable chimenea. La sangre de Cannat había desaparecido. Si es que alguna vez había estado allí. ¿Lo había hecho?
¿Es que Cannat, realmente, podía sangrar? No, seguro que no.

»Los carnosos labios de Shallem brillaban humedecidos por
mis lágrimas. Qué sabor más curioso sería para él.

»Sentía su mirada suplicante, implorando mi amor, mi perdón. La mirada rendida del vasallo sobre su señora, del amo sobre su esclava. La esclava a quien había privado de la más esencial de las libertades: la libertad de morir. Ahora no sólo me era esencial para seguir viviendo, para seguir alentando cada día de mi existencia, para protegerme de los suplicios de lo desconocido o de las cotidianas torturas terrenales, sino incluso para acceder a la muerte misma. Ahora era algo más que una libre atadura amorosa la que nos unía. Ahora estaba encadenada a él.

»Sin embargo, cuando los miraba, sus ojos no albergaban misterio más sobrenatural que el insólito amor que sentía por mí, ni ocultaban intenciones más perversas que las de saberse amado, que las de posar sus labios sobre los míos.

»Shallem no conocía los padecimientos del cuerpo humano, ni mucho menos los de la vejez. Nunca moriría. El suyo era un prodigio divino, inmutable, inalterable. ¿Cómo iba él a comprender los pensamientos que me torturaban en aquellos instantes? Pensamientos sobre un cuerpo eternamente decrépito, arrastrándose por el suelo, cayéndose a pedazos como el de un leproso, según Cannat había sugerido. Mi prisión inmortal.

–V–

»Cannat desapareció durante muchos días. Ya lo había hecho en otras ocasiones, en realidad. Después, regresaba contando historias fantásticas sobre lugares exóticos de los que yo nunca había oído hablar, y sobre regiones inexploradas del nuevo mundo donde decía reinar como un dios.

»Pero esta vez tardó mucho más tiempo del habitual en volver. No creo, sin embargo, que esta demora estuviese en modo alguno relacionada con aquella fuerte disputa. En primer lugar, porque Shallem y él estuvieron en continuo contacto espiritual, o como quiera llamársele, y en segundo lugar, porque no había mortal, o causa de mortal, en el mundo capaz de enturbiar, por más de unos instantes, su apasionado amor.

»Shallem le informaba cada día sobre la marcha de mi embarazo, sobre los sacrificios que seguía realizando y sobre si percibía o no alguna presencia que usted y yo denominaríamos sobrenatural.

»Yo estaba encantada con la marcha de Cannat. Le odiaba a muerte. Estúpidamente, le hacía responsable de casi todos mis males. Pero era injusto, yo lo sabía. Lo único que él había hecho, lo que había hecho siempre, egoísta y, a menudo, cruelmente, era abrirme los ojos a una realidad que ya estaba ahí antes de que él apareciera, una realidad de la que Shallem había tratado, tan ingenuamente, de protegerme.

»Fue maravilloso volver a estar a solas con Shallem, día y noche. Aunque, lamentablemente, mi avanzado estado me impedía llevar a cabo las mismas gozosas actividades de siempre, como montar a caballo o trepar por las colinas, Shallem me llevaba muchas veces, en brazos o en barca, a los preciosos enclaves desde donde solíamos contemplar el crepúsculo o, simplemente, las techumbres de la ciudad. Allí me descubría las maravillas de las flores silvestres en toda su belleza, y las asombrosas costumbres de los insectos y pequeños animalitos en los que la humanidad apenas suele reparar.

»–¿Ves la cúpula de la catedral, allá a lo lejos, en toda su magnificencia? –me decía con una pequeña hormiga explorando la palma de su mano–. Pues la grandeza de esta pequeña criatura viviente es millones de veces mayor que la de cualquier posible obra humana. Miles de hombres serían capaces de reconstruir esa catedral, si yo la derrumbara. ¿Pero quién entre ellos sería capaz de devolverle la vida a este animal? No hay vida humilde o inferior a otra, porque, aunque muchas son capaces de arrebatarla, ninguna es capaz de devolverla.

»Y Shallem volvía a ser mío, única y exclusivamente mío. Y se convertía de nuevo en un ángel; en mi ángel de dulces, rebeldes y melancólicos ojos verdeazulados. Todo para mí.

»Cuando no salíamos de casa, un profesor me daba lecciones de todas las artes incluidas en el *trivium* y en el *cuadrivium,* además de italiano, y otros me enseñaban a tocar el clavicordio y a dibujar. Sin embargo, mis pensamientos estaban tremendamente lejos mientras los profesores impartían sus lecciones. No habíamos vuelto a hablar ni una palabra más acerca de lo sucedido aquella noche, pero había mil cuestiones que hubiera deseado preguntarle, y, si me reprimía, era sólo por miedo a ver sus ojos de nuevo húmedos de dolor por causa mía.

»Y a estos pensamientos se añadieron otros igualmente torturantes. Comencé a tener miedo. Un miedo vago, todavía, pero que se vislumbraba como una auténtica promesa de terror. Un miedo del que Shallem me había advertido y que luchaba por ocultar a su alma omnisciente. Pero la fecha había quedado grabada a fuego en mi memoria: 7 de Agosto de 1600. El día de mi muerte. Y no era sólo la muerte en sí lo que me aterraba, sino la larga, larguísima y, un día, penosa y decadente vida que me aguardaba.

»Pero yo no quería morir. No mientras Shallem estuviese a

mi lado y yo pudiese sostenerme sobre mis pies aunque fuese con su ayuda.

»Cada noche le preguntaba por Cannat. Dónde estaba y, sobre todo, cuándo pensaba volver. Y cada noche suplicaba, a un Dios que debía condenar mi atrevimiento, que Cannat no volviera jamás. Que no apareciera sorpresivamente al día siguiente, o le encontrásemos en casa a la vuelta de nuestros paseos, destrozando mi paz y felicidad.

»Cuando, una noche, le hice esas mismas preguntas por enésima vez, estando en la cama, su mano se posó serenamente sobre mi vientre y sentí sus cálidos besos de consuelo sobre mis mejillas.

»–Nunca temas ningún daño de Cannat, Juliette –me susurró–. Jamás te lo causará. Puede que trate de asustarte, no puede controlarse aunque lo intenta, pero cuidaría de ti, lucharía por ti, si fuera necesario.

»–Sí –le respondí–. Entre otras cosas porque eso le divertiría enormemente; sería una excitante novedad para él.

»–Entre otras cosas –se rió.

VI

»Final e inevitablemente, Cannat regresó una noche, con unas ropas extrañísimas y una alegría desconcertante, dispuesto a arrebatarme a Shallem de nuevo. A llevárselo de cacería.

»Y así sucedió. Shallem estuvo prácticamente apresado en la telaraña de su poderosa *joie de vivre* hasta una semana después.

»Faltaba un mes para que diera a luz. Me había tumbado en la cama después de comer, a reposar mi insoportable peso, y me quedé dormida.

»Cuando desperté, me alegré de ver a Shallem junto a mí, dormido también.

»Giré un poco para verle mejor, con todas las dificultades propias de mi creciente anatomía. Qué palidito estaba, casi lívido. Pero no importaba, seguro que no estaba enfermo. No quise reprimir el deseo de besarle. Me acerqué a su rostro y, al posar mi mano sobre él, interrumpí el ademán de aproximar mis labios a su mejilla. Algo inquietante me había sorprendido. Estaba frío. Gélido, como un pedazo de hielo. Él, que era la criatura más cálida que podía existir.

»Eso fue lo primero que noté, lo primero que me asombró. Pero no lo único. Su textura era indescriptible; me pareció haber tocado un cirio. Un pedazo de cera, duro, suave, frío y muerto.

»Mi primer y fugaz pensamiento fue que había abandonado su cuerpo, como a veces solía. Pero renuncié a él de inmediato. Jamás antes había tenido aquel horrible aspecto. Asustada, empecé a sacudirle llamándole a voces. "Shallem –decía–, Shallem, despierta. Shallem, vuelve, por favor". Pero parecía exactamente un pesado y rígido cadáver. Sin embargo, aquello era completamente imposible, y, aunque yo lo sabía, estaba completamente aterrada ante la idea de haberle perdido de alguna manera.

»Me levanté dificultosamente de la cama para abrir las cortinas, y rodeándola, me puse de pie a su lado.

»Tenía las manos enlazadas en el pecho y las piernas juntas e inermes, como un muerto en su ataúd. No respiraba. Aquello no era sino un cuerpo humano agarrotado y vacío, y, a la luz del sol, observé claramente que tenía las manos y el rostro ligeramente cárdenos. Un cuerpo sin vida, sin la menor duda.

»Grité con todas mis fuerzas, suplicándole que volviera, preguntándole dónde estaba, zarandeando su cuerpo y apretando su rostro y sus manos, consternada.

»Cannat no tardó en acudir a mis gritos enloquecidos.

»–¿Qué pasa? –me preguntó sobresaltado.

»–¡Shallem está muerto! –le contesté. En mi inquietud no encontré otra forma para expresarlo, aunque sabía que no era exacto, que era imposible y absurdo, que no podía ser cierto.

»Cannat le miró un segundo y luego, alarmado, se lanzó sobre su cuerpo con el rostro descompuesto, los ojos desorbitados, los dientes fuertemente apretados, llamándole y sacudiéndole tan vanamente como yo lo había hecho. Parecía trastornado, horrorizado, tanto o más que yo lo estuviera.

»Siguió zarandeando exasperadamente el cuerpo de Shallem durante unos instantes, mientras gritaba su nombre y lo miraba sobrecogido y atormentado por su propia impotencia. Luego, de súbito, se apartó de él y se encaró conmigo con la expresión desencajada, los ojos congestionados, iracundo.

»–¡Tú! –rugió fuera de sí, apuntando su dedo contra mí como una amenaza–. ¡Tú, maldita, es tu culpa! ¡Tú le obligaste a hacerlo!

»Avanzaba hacia mí, encolerizado, con las manos extendidas, dispuesto a estrangularme.

»Loca de miedo y angustia, retrocedí unos pasos sin comprender nada de lo que estaba sucediendo o de lo que él había querido decir. Sólo sabía que Shallem no podía estar muerto, pero que algo igualmente espantoso se infería de la monstruosa cólera de Cannat.

»Tardó un segundo en reducirme, en tenerme estrujada contra la pared atenazándome la cabeza con ambas manos y aplastando brutalmente mi prominente abdomen. Lancé un angustiado alarido de dolor y sentí como si fuera a reventarme por la presión de su cuerpo contra él.

»—¡Te lo suplico! —le imploré.

»—¡Tú, maldita! —repitió, con su voz imponente desgarrando mis tímpanos.

»A pesar de todos los consuelos de Shallem al respecto, yo estaba segura de que las fornidas manos de Cannat, ahora enroscadas como serpientes alrededor de mi cuello, no tardarían más de un segundo en apretar sobre él hasta quebrarlo como al caparazón de un insecto. Las sentí enrollándose, lentamente, cada vez con más y más fuerza, hasta hacerme percibir los primeros síntomas de la asfixia.

»Pero Cannat se resistía a apretar.

»Cerró los ojos en su lucha consigo mismo y luego, sofocado por el tremendo esfuerzo que para él suponía la renuncia a mi muerte, repentinamente, se apartó de mí.

»Mi desequilibrado peso me hizo caer al suelo en cuanto me soltó, y lancé un chillido descompuesto al sentir el golpe sobre mi vientre. Quedé tendida, llorando a gritos y quejándome del espantoso dolor que sentía.

»Inconmovible, sin prestarme la menor atención, Cannat regresó al lado del cuerpo de Shallem. Se quedó de pie, rígido, mirándolo grave y ásperamente como si ya no lo reconociera.

»—Estúpido y confiado —le oí mascullar, encogida sobre mi vientre.

»De pronto escuché un ligero estallido. Alcé la cabeza desde donde yacía para averiguar lo que había sucedido, y, tratando de incorporarme, me sujeté el vientre en erupción con ambas manos.

»Rompí a gritar frenéticamente. El cuerpo de Shallem ardía en fragorosas llamaradas.

»Cannat volvió su rostro hacia mí y me miró con infinito aborrecimiento.

»–Vuestro lecho será su pira funeraria –me hirió–. Muy apropiado. ¿No te parece?

»Yo clamaba, suplicante, entre ímprobos esfuerzos por acabar de levantarme, y presa de una tos cada vez más virulenta. La alcoba se había convertido en un fuliginoso horno crematorio inundado de humo irrespirable.

»Quería morir yo también. Ir a donde él hubiera ido. Me acerqué lo más que pude hasta las llamas gigantescas. El calor era insoportable. Apenas podía distinguir ya su cuerpo abrasado. Desaparecía de mi vista devorado por las rojizas lenguas de fuego.

»Y, de pronto, como si la corriente de gas que la alimentara se hubiese visto interrumpida, la enorme hoguera se extinguió. Súbitamente.

»Y allí, salvo el humo y el hedor, no quedó nada que pudiera delatar lo que había sucedido.

»Las cenizas no existían. Las sábanas estaban incólumes, frías incluso. La cama intacta, sin un sólo tiznajo o quemadura

»Mientras Cannat abría las ventanas yo me agarraba, gimiente, a uno de los postes de la cama.

»–Has destruido su cuerpo –sollocé–. ¿Cómo podrá volver ahora?

»–¿Su cuerpo? –dijo, acercándose a mí airadamente, mirándome con supino desprecio–. ¿No entiendes nada, verdad? Nunca has entendido nada. ¿Nunca has visto la muda de una serpiente? Eso es lo que acabo de destruir, un pellejo inútil y abandonado. ¿Pensabas que el cuerpo de Shallem era ése? ¿Un triste y blando cuerpo humano como el tuyo? No, querida mía, no.

»–¿Dónde está ahora? –le pregunté.

»–Tú debes saberlo –se burló–. Él te dio ese poder.

»–No lo sé, no sé nada –gemí–. Dímelo, te lo suplico.

»–Está bien. Te lo diré. Te gustará saberlo –dijo, acribillándome con la mirada–. Eonar le engañó. Le atrajo hacia sí con la falsa promesa de respetar la vida de vuestro hijo, y ahora lo retiene para impedir que esté a tu lado cuando el niño nazca y que pueda insuflarle su espíritu. Porque si lo hiciera, vuestro hijo sería completamente inmortal, invulnerable incluso para él.

»Me quedé traspuesta, anonadada. ¡Empezaba a conocer tan bien aquel estado!

»–¿No irás a ayudarle? –le pregunté en un murmullo.

»–No, querida mía –me contestó con irónico desdén–. Si te dejara, caerían sobre ti como plaga de langosta, y cuando Shallem volviera no hallaría ni tus huesos como reliquia. Me quedaré a tu lado. Te cuidaré mientras rezas porque Shallem consiga llegar a tiempo. Haré lo que él me pidió. Sí, él me lo pidió. Seré tu ángel guardián mientras pueda soportarlo. Pero, recuerda, estamos solos. ¡Y ahora apártate de mí o pondré a prueba tu inmortalidad!

»Me dejó allí, en aquella alcoba desierta, con el gélido terror punzando mis entrañas.

»Era media tarde y, conforme el humo se disipaba, la luz vespertina me permitía observar la habitación con toda claridad. Es curioso que cuando era más joven pensaba que las cosas horribles sólo podían esperarnos emboscadas tras la desamparante oscuridad. Pronto aprendí que mientras las inofensivas pesadillas de nuestros sueños se constriñen a las tinieblas de nuestro cerebro, los terrores de la vigilia no distinguen entre la Luna y el Sol, ni se extinguen al abrir nuestros ojos a la luz; que los rayos solares no poseen influencia alguna sobre el transcurso del mal.

»Todo estaba en absoluto silencio. Un ligero olor a humo y un agudo dolor en mi vientre, únicos testigos que aún certificaban la veracidad de mis recuerdos.

»Me tumbé sobre la cama, a llorar y llorar hasta que mis ojos quedaron secos de lágrimas, recordando la dulce y expresiva mirada de mi amado que, quizá, no volvería a ver jamás, ahora que su cuerpo humano había ardido ante mis ojos. En cierto modo, pensé, lo había perdido para siempre. Aquellos labios que consideraba míos; aquella pequeña naricita suya, tan graciosa; aquella aromática melena en cuyo interior mis dedos no volverían a hundirse jamás; aquel pecho, cálido y adorable, donde nunca volvería a descansar mi cabeza.

»¿Qué aspecto tendría Shallem el día que volviese a mi lado? ¿Podrían despertar en mí sus nuevos rasgos las mismas emociones que el cuerpo que había amado? ¿Se asomaría su alma a su nueva mirada, hablándome en silencio desde ella, como siempre había hecho? ¿Inspiraría en mí, en definitiva, el sentimiento amoroso? Yo amaba su alma, sin duda, disociándola de su cuerpo como mil veces él me había exhortado a hacer. Pero, ¿hasta qué punto era mi mente capaz de separar la materia del espíritu? ¿Podrían mis ojos inmortales, los ojos de mi alma, ignorar la visión ofrecida por los ojos de la carne?

»–Cuando digo te amo –me había susurrado Shallem–, es mi alma quien habla a la tuya a través de estos labios. Yo no soy cuerpo, como no lo eres tú. Ni tampoco lo es lo que yo amo de ti.

»–También yo, Shallem –le había contestado yo–. También yo amo tu alma.

»"Pero también la manifestación física de tu alma", había pensado para mí.

»Me tumbé sobre la cama, exhausta. Ahora estaba sola. Abandonada indefensa a los dudosos cuidados de Cannat; del monstruo que era Cannat.

VII

»Me había quedado dormida y no me desperté hasta la mañana siguiente. Bastante tarde, además, porque no amaneció un día claro, sino que las nubes impedían que el sol iluminase mi alcoba con la suficiente potencia como para obligarme a despertar.

»Qué oscuro estaba. Un día de lo más triste con aquellos nubarrones amoratados a punto de descargar sobre Florencia. Las cortinas seguían descorridas y la ventana abierta, tal como Cannat lo había dejado la tarde anterior, de modo que el fuerte viento penetraba a sus anchas, fresco y húmedo, en el interior de mi alcoba. Qué extraño día de Septiembre. Me levanté y cerré los ventanales. Estaba algo mareada. No acababa de acostumbrarme a que, en mi estado, debía levantarme muy despacio para evitarlo. Estaba deseando dar a luz. Volver a ser yo misma.

»De pronto el miedo arreció en mi interior en forma de una virulenta comezón hormigueando en mi estómago. ¿Dónde estaría Cannat?

»Anduve hasta la puerta y, armándome de valor, la abrí. Le encontré al otro lado, en el salón. Totalmente abstraído, permanecía reclinado sobre la mesa escritorio, sujetándose la frente con la mano derecha y asiendo con la zurda uno de los libros favoritos de Shallem.

»Era un libro muy costoso, encuadernado en cuero y con multitud de pinturas en su interior. Un ejemplar único. Pero Cannat lo tenía cerrado, y, sosteniéndolo por el lomo, lo deslizaba por debajo de su nariz como si pudiese extraer de él fragancias encantadoras. Le vi sonreír, perdido en sus visiones.

Cannat no sólo podía percibir claramente en aquel objeto el aroma de Shallem, que, en realidad, impregnaba la casa entera, sino que, además, podía revelar con perfecta nitidez cada una de las veces en que lo había tenido en sus manos. El momento y lugar en que lo adquirió, las sillas y circunstancias en que se había sentado a leerlo, los comentarios que me había dirigido al respecto. Cada objeto de la casa era una especie de moderno vídeo a través del cual Cannat obtenía las más diversas informaciones sobre nuestro pasado en aquella casa. Lo que sabía la alfombra, lo sabía Cannat. Los jóvenes asesinados por la espada de Shallem, los conocía Cannat, uno a uno. Las emociones que nos despertaba la contemplación de las valiosas pinturas colgadas de las paredes, las percibía él con mayor intensidad que si le fueran expresadas por nuestras palabras. Esto me lo había explicado hacía tiempo, y aunque ya, seguro, no había en la casa objeto alguno que no hubiera investigado y que pudiese mostrarle algo que aún desconociera, él seguía tratándolos como preciadísimos relicarios que le hablaban de Shallem una y otra vez con sólo tocarlos.

»Parecía sumido en plácidos recuerdos. Utilizando un símil de hoy en día, su expresión era la del que se sienta en su sillón favorito a disfrutar, por enésima vez, de la película que tanto le gusta.

»Pero, de improviso, pareció despertar.

»Me vio.

»Su expresión se agrió, depositó con estrépito el libro sobre la mesa y se quedó mirándome, fijamente.

»–Arréglate –me ordenó hoscamente–. Voy a llevarte a comer.

»El tono de su voz era desagradable, pero la cólera ya se le había pasado por completo. No dije nada. Me retiré para hacer lo que me había mandado.

»Cannat se ocupaba de cubrir mis necesidades vitales con solicitud paternal.

»Me llevaba a los mejores locales, los que antes solíamos

frecuentar con Shallem, y donde Cannat, espléndido en propinas y arrebatador en sus encantos, recibía un trato principesco. Allí me acomodaba en la silla, con sus distinguidos pero fríos y distantes modales, y pedía para mí los manjares que se le antojaban, por supuesto, sin incluir nunca carne en el menú y sin preocuparse de si me apetecían o no. Si se me ocurría protestar, alegaba que aquellos eran los que más me convenían en mi estado, y la discusión quedaba zanjada.

»Se preocupaba, así mismo, de llevarme a dar largos paseos por la ciudad y, a veces, también por el campo, dependiendo de su humor, pues esto lo consideraba tan necesario para mí como el alimento convencional.

»Nunca se despegaba de mi lado, ni siquiera a la hora de dormir y, por tanto, se acostaba en mi propia cama. Desde luego, al principio me sentía sumamente incómoda a causa de esto, aunque nunca me atreví a protestar, pero yacer con Cannat era lo mismo que hacerlo con una estatua de mármol. Nunca se quitaba la ropa ni se metía entre las sábanas ni, desde luego, dormía. Jamás deslizó descuidadamente sus dedos sobre mi piel o susurró una tibia palabra reconfortante a mi oído. Se limitaba a tumbarse junto a mí con los ojos dirigidos hacia arriba y las manos cruzadas sobre el pecho, en absoluto silencio, y, a menudo, no cambiaba de postura en toda la noche. No. Para Cannat no constituía ningún placer el vigilar mi sueño. Pero ni una sola noche dejó de hacerlo.

»Sin embargo, ni cuando nos quedábamos en casa, cada uno ocupado en sus propios entretenimientos, ni cuando me llevaba a tomar el sol, bogando lentamente en nuestra barquichuela sobre las tranquilas aguas del Arno, dejaba de mostrarse frío y lejano, ni me dirigía la palabra excepto en lo imprescindible, ni me ofrecía otras miradas que las de un profundo e inalterable desdén.

»Era como si hubiera recibido de su hermano el desagradable encargo de cuidar de su indefensa mascota, un conejito al que él detestaba porque le producía la más aguda de las alergias, pero al que no tenía más remedio que amparar. Me odiaba, pero no podía abandonarme porque yo era propiedad de Shallem.

»Y, sin embargo, aparte de esta hiriente frialdad, no había nada que pudiese recriminarle. A él, que, como me señaló un día, había perdido su preciada libertad para cuidar de una insignificante humana que le repelía. A él, que estaba día y noche pendiente de mí, en lugar de recorrer las camas de Florencia como un amante furtivo, las tabernas de sus calles como un borracho pendenciero o de vagar por todos aquellos fantásticos lugares del planeta que desbordaban mi imaginación. No. No había nada que pudiese reprocharle al sacrificado Cannat. Nada, hasta un día, claro, en que ni el hálito de Shallem que impregnaba mi ser le dio las fuerzas para soportarme más.

»Era demasiada tranquilidad, demasiado aburrimiento para su inquieto espíritu, siempre ávido de fuertes emociones. Primero empezó con pequeñeces, pero rompiendo, eso sí, la promesa que hacía tiempo le había hecho a Shallem de no asustarme con sus poderes.

»La primera vez que lo hizo era de noche y yo estaba durmiendo. Desperté súbitamente, como nos ocurre a menudo, sin justificación aparente, cuando alguien perturba nuestro sueño observándonos con fijeza.

»Y allí estaba: el ángel de la Anunciación de Fray Angélico con sus emplumadas alas multicolores, su media melena rubia y las manos cruzadas sobre el pecho, envuelto en un halo de luz.

»–Y el ángel del Señor anunció a Juliette –declamó con una melódica voz.

»Me quedé estupefacta; sentada en la cama, agarrándome a las sábanas, contemplaba el prodigio muda de admiración. Luego, el ángel levantó sus ojos vítreos hacia mí y, dirigiéndome un gesto burlón e insinuante, de pronto, desapareció, o, mejor dicho, se transmutó con tal rapidez que era imposible para el ojo humano percibir el cambio. Pero allí, en el lugar donde el ángel ficticio había estado, el real se retorcía entre risas histéricas.

»Yo estaba anonadada. Nunca había observado ninguna transformación tan espectacular, aunque sabía que podían llevarlas a cabo. Pero verlo con mis propios ojos... semejantes cambios de la materia... Fue mucho más duro que cuando la serpiente asomó por su boca, pues ahora no contaba con el abrazo protector de Shallem.

»Mientras Cannat se reía, yo me sujetaba el pecho tratando de calmar mi corazón desbocado.

»Me harté de insultarle, pero todas las presuntas ofensas que se me ocurrían le hacían una gracia indecible.

»—Oh, continúa, por favor —me pedía entre risas cuando yo terminaba con mi consabida sarta de injurias

»Pero aquella primera vez fue sólo el aperitivo que abrió el voraz apetito de malsana diversión de Cannat. Pues, una vez probado el primer bocado, ya no pudo parar.

»Sus miríficas transformaciones se sucedieron a diario durante un tiempo, arrancándome incontenibles alaridos de terror que a él le resultaban hilarantes. Se me aparecía bajo todas las formas que quepan en su imaginación: reptiles espantosos de cuya existencia yo ni siquiera conocía; entes mitológicos formados por una amalgama de distintos animales, reales o ficticios; cuerpos humanos... Recuerdo una vez en que permaneció junto a mí en el saloncito, durante toda una tarde, bajo la apariencia de una mujer.

»—Me encanta ser mujer —afirmó con una voz tan aguda y cristalina que únicamente en la entonación recordaba a la auténtica—. Una vez lo fui durante más de diez años. Pero no es un cuerpo tan práctico como el de un hombre...

»Pero un día..., Dios mío..., aquella fue su más odiosa metamorfosis. Un día se transformó en el propio Shallem.

»Lo vi en el umbral, con su melena oscura mal recogida tras las orejas, en un gesto tan suyo; sus dulcísimos y siempre húmedos ojos verdeazulados, que yo creía inimitables, con su amorosa expresión; sus labios, rojos y apetecibles como granadas exquisitas; la recia robustez de su cuerpo y su viril apostura, casi discordante con la delicada ternura que irradiaba su rostro. Sí, aquella era la imagen exacta de Shallem y, sin embargo, mi ser no se emocionó ante su aparición ni por un solo instante. No en vano un retacito de su alma avivaba la mía.

»–¿Por qué me haces esto? –le grité, al tiempo que me dirigía airadamente a su encuentro–. ¿Por qué me odias de este modo?

»–No necesitas mi respuesta –me contestó con la cálida voz de Shallem–. Sin embargo, te equivocas. Yo no te odio, realmente.

»Me acerqué a él lo máximo que pude. ¡Dios! Qué engaño más sofisticado y diabólicamente perfecto.

»–Porque si lo hiciera –continuó calmosamente–, habría acabado contigo hace ya mucho tiempo. ¿Sabes cuándo? El mismo día en que Shallem te llevó a su templo. Para entonces, yo ya sabía que acabarías siendo su juguete predilecto. Pero, ¿por qué privarle de ese placer que tan caro le iba a resultar? Me gusta ver a Shallem enfrentado con el mundo, radiante de furia, preparado para la lucha. Y a él también le divierte. ¡A veces resulta tan monótono vivir eternamente en este insulso mundo de humanos! Son buenas cierta dosis de tensión y una pizca de emoción para desentumecer nuestras facultades divinas. Y eso sólo lo proporciona la liza contra los nuestros, los dioses, los poderosos. Matar humanos carece de emoción. No hay un desafío real. Tú has sido el pretexto para una hermosa contienda, que, espero, tendrá las dimensiones adecuadas.

»"Por otro lado, ¿cuánto puede durarle a Shallem el capricho por materia tan perecedera? ¿Los ochenta años que te ha prometido, como máximo? ¿Qué es eso en la infinita vida de un ángel? Puedo esperar.

»"Luego volverá a mí, más hastiado que nunca de su existencia entre los hombres, lo mismo que ha hecho mil veces. Oh, sí, querida, ¿pensabas que eras la única? –me preguntó, sonriendo odiosamente.

»–Mientes –le increpé–. Sólo quieres hacerme daño

»–¿Puedes estar segura? –me interrogó, lanzándome una perversa mirada.

»–Sí, lo estoy. Dirías cualquier cosa con tal de verme sufrir.

»–De eso sí puedes estarlo –aseguró, y comenzó a hacer avanzar lentamente hacia mí su perfecto disfraz, y yo, temerosa de su encanto diabólico, retrocedí–. ¿Sabías que pudo evitar que tu cuerpo envejeciera, y no lo hizo? –me preguntó, pasándose el cabello por detrás de la oreja, como Shallem solía hacer–. Aún podría hacerlo, si quisiera. ¿Por qué no lo hará? ¿Eh? ¿Tú qué crees? –me había acorralado contra la pared, apoyando sus brazos sobre ella–. Pero, ¿sabes?, espero que no se canse de ti antes de la fecha de tu muerte. Así tendré la oportunidad de desnudar mi hombro para que llore sobre él. Me encanta consolarle. ¡Es tan dulce! La más tierna de las obras divinas.

»–Y tú la más dañina.

»–Pero, querida mía, ¡aún no hablas con conocimiento de causa!

»–Cómo es posible que Shallem te quiera? –murmuré.

»–¿Cómo es posible que te soporte a ti? –gritó–. ¡Esa es la pregunta! –luego calmó su voz–. Mira mis labios –me rogó, con la más seductora de las voces de Shallem–, jugosos como fresas maduras. Son los labios que tanto ansías, los que tanto echas de menos. –Se inclinó hacia mí, hasta que aquella copia inmejorable del cabello de Shallem se deslizó como una cascada oscura deteniéndose sobre mi hombro. Y luego añadió susurrante–: Son los labios húmedos y cálidos de Shallem; los que tanto deseas. ¿No quieres besarlos?

»Por un segundo me asustó un fugaz anhelo de dejarme embriagar por la seductora ilusión.

»–Ser abominable –le espeté.

»–¡Juliette! –exclamó falsamente asombrado. Y, después, me preguntó con voz conmovedora–: ¿Es que ya no me quieres?

»–No me embaucarás, monstruo –le dije.

»–Oh, querida, no es lo que pretendo. No me negarás que no estás precisamente en el momento de mayor atractivo de tu vida –miró mi abultado vientre y sonrió con sarcasmo–. ¿De veras crees que a Shallem le importaría que copulásemos juntos? Te equivocas. Le encantaría.

»–Cerdo.

»–¿Cuánto tiempo crees que te recordará después de tu muerte? ¿Una semana? ¿Un mes? No sufras. Yo le ayudaré a olvidar. Yo le consolaré de tu pérdida.

»–¡Vuelve a tu ser, maldito!

»–Oh, no, querida, no te equivoques en eso. Tú eres la maldita. Yo soy un ángel –Y sacudió la cabeza como si lo dijese con inocente convicción.

»–¡Adopta de nuevo tu auténtica forma o me iré! ¡Me iré, te lo juro!

»–¡Y a mí qué me importa si te vas? –gritó–. ¡Qué me importa lo que te ocurra? ¡Apártate de mi lado y no vivirás dos segundos!

»–¿Y si no me importa morir? ¿Y si me expongo a la muerte y ésta me acepta? ¿Qué le dirás cuando Shallem te mire a los ojos y averigüe la verdad?

»–¿Y qué crees? ¿Que se abalanzará sobre mí dispuesto a vengar a su amada, como en la obra de un teatrillo callejero? –gritó–. ¿Qué mierda piensas que eres para él comparada conmigo? Un pasatiempo de unos años; dulce y hermosa, pero pasajera compañía en su experiencia como mortal. Eso eres. No más. Criatura miserable y perecedera cuya carne apestará un día con hedor insoportable. Ni siquiera nuestros cuerpos se constituyen de la misma materia. Aborréceme si quieres, pero créeme cuando te digo que jamás llegarás a conocer, ni en superficie, al ser que tanto amas. No podría expresar en palabras humanas el tiempo transcurrido desde nuestra divina creación, somos parte del mismo espíritu, esencia de la misma esencia, y, aún así, ni yo mismo le conozco. Shallem es una criatura muy complicada; yo, en cambio, soy tremendamente sencillo, ¿no te parece?

»–Monstruo falaz –le insulté. Pero él sólo soltó una risilla sardónica.

»–¡Qué lamentable falta de elocuencia sufres! –dijo.

»A la hora de acostarnos, Cannat, por hacerme daño, aún

conservaba la apariencia de Shallem. Sus palabras acerca de la auténtica inmortalidad que éste me había negado reverberaban en mi cerebro. Yo había creído en ellas. Shallem había podido evitar que yo envejeciese, que yo le abandonase, y no lo había hecho; no había querido hacerlo. Tal vez Cannat tenía razón, y Shallem sabía que, por más que ahora me quisiera acabaría cansándose de mí. Todo parecía apoyar esta idea, y yo no podía soportar la pena que me causaba. Cannat se tumbó de lado, junto a mí, y fue paseando su dedo índice por cada curva de mi trémulo cuerpo. Luego se acercó y depositó un beso en mi mejilla; hundió su rostro entre mi hombro y mi cabello y, con su brazo cruzado inocentemente sobre mi pecho, pareció quedarse dormido. El corazón me golpeaba en el pecho como un tambor.

»Cuando, después de aquel día, perdí, o fingí perder el miedo a sus horribles transmutaciones, Cannat se cansó de su juego.

»Estuvo tranquilo durante unos días, e incluso se mostró más amable conmigo. Me contestaba ampliamente cuando le preguntaba por la situación de Shallem, o si corríamos peligro inminente nosotros. También encontró gusto en pasear conmigo por el campo durante la noche y contarme historias fascinantes que usted daría su vida por conocer, pero que no viene al caso narrarle. Lo hacía con el mismo placer con que me instruía en el saloncito de casa cuando Shallem estaba, pero con más... con más intimidad, con mayor complicidad; no solamente como un modo de pasar el tiempo, sino como el padre que enseña al hijo los entresijos de la vida que cree ser el único en conocer.

»Tal vez el hecho de hacerme partícipe de los misterios que un mortal no debe conocer, o recordar durante su vida como tal, era para Cannat un modo más de fastidiar sutilmente a Dios. Quién sabe.

–VIII–

»Pero la inacostumbrada falta de acción hacía padecer a Cannat extraños altibajos en su conducta cuya víctima, por supuesto, era yo.

»El cénit del terror llegó un día sin que nada lo hubiese provocado o advertido. Así es Cannat, le gusta dar sorpresas imprevistas.

»Fue un terror sutil y sofisticado que sólo a un ángel malévolo podría ocurrírsele y que sólo él era capaz de llevar a cabo.

»Aquel día había estado muy cariñoso; sospechosamente cariñoso. Me había subido en brazos hasta la cima de una colina donde habíamos almorzado. Fue agradable. Hacía un buen día; soleado, pero no demasiado caluroso. Llevamos una cesta con comida y mucho vino que, según ya le he mencionado, a Cannat le encantaba, aunque, como es de suponer, no le hiciera el menor efecto.

»Nos sentamos a la sombra de un gran árbol y allí almorzamos tranquilamente.

»–¿Quieres que te muestre algo? –me preguntó cuando hubimos acabado.

»Su expresión era la de un niño afanoso por enseñar sus pequeños tesoros.

»–Claro –le contesté enseguida, pensando que se trataría de alguna planta u animalito oculto bajo tierra, que para Shallem y para él constituían admirables maravillas.

»Se puso en pie con el rostro encendido y me tendió las manos para ayudarme a levantar.

»–Está un poco lejos –admitió, y, con mirada pícara, añadió–: Pero te cogeré en brazos y llegaremos... volando.

»De pronto se me ocurrió sospechar ante tanta deferencia.

»–¿No estarás tramando algo malo? –le inquirí.

»–¡Oh, no! Te parecerá muy aleccionador, ya lo verás –me miró de forma inquisitiva, casi implorante, esperando mi conformidad–. Valdrá la pena, te lo prometo –insistió.

»–Si me llevas a algún lugar para asustarme se lo contaré a Shallem. También yo te lo prometo –le amenacé, como una niña.

»–Shallem lo vio y no se asustó...

»Aquel comentario sí que picó mi curiosidad. Deseé saber qué era lo que Shallem había visto y de lo que no me había hablado. Mi usual interés por conocerlo todo sobre él pudo más que mis temores. Cannat permanecía mirándome expectante.

»Aún no había vencido todos mis reparos cuando la respuesta salió de mis labios como dotada de voluntad propia.

»–Bueno, vamos.

»Él esbozó una amplia y angelical sonrisa y me cogió en brazos.

»–Agárrate bien –me recomendó.

»Al principio no caí en la cuenta de lo que pretendía hacer. Estaba embobada contemplando sus ojos desde aquella posición. Aquel día lo había pasado bien, y, puesto que llevaba una temporada bastante amable, empezaba a sentir una especie de afecto por él. Ya sabe, el síndrome de Estocolmo. Fue cuando noté que nos elevábamos en el aire, como si nuestra masa corporal se hubiese hecho nula, cuando, percatándome de lo que estaba ocurriendo, me aferré a su cuello, gritando, espantada. Vi el suelo a gran distancia por debajo de nosotros mientras continuábamos nuestro ascenso. De repente, una idea que me causó pánico se me pasó por la cabeza. ¿Y si Cannat me dejaba caer? "Te haré probar tu inmortalidad", me había amenazado. ¿Y si era eso exactamente lo que pretendía?

»Subimos tanto que comencé a sentir asfixia. Jamás hubiera sospechado que llegaría a aferrarme a Cannat con tanta fuerza, pero la sensación de ingravidez me resultaba tan espantosa como el temor a la caída libre.

»Llegados a un punto, Cannat se detuvo. Yo tenía mi mejilla firmemente apoyada contra su cabello, de modo que no me era posible verle la cara a no ser que despegase mi cabeza de la suya; cosa que, por mi seguridad, no estaba dispuesta a hacer, a pesar de sus esfuerzos para intentar mirarme a los ojos.

»—Mírame —me ordenó—, o tendré que soltar una mano para obligarte a hacerlo.

»Lentamente, y cerciorándome de no aflojar la tensión en torno a su cuello, volví mi rostro hacia el suyo. En mi vida había visto unos ojos más azules que los suyos, con la inmaculada pureza de aquel cielo sin nubes reflejándose en ellos. Jamás había sido más ángel que en aquel momento, con su cabello rubio ondeando contra el látigo del viento, y flotando ingrávido a cientos de metros del suelo. Florencia aparecía a lo lejos, más diminuta que las figuritas de un belén. Mi colisión contra el suelo era una posibilidad inminente y. sin embargo, yo no veía otra cosa que el reflejo de mis ojos en los suyos iluminados por su sonrisa.

»—¡Ops! ¡Me olvidé de ponerme las alas! —bromeó—. ¿Tienes miedo?

»—No —contesté automáticamente.

»—Si te dejara caer —habló su susurro en mi oído—, ¿en cuál de tus mil inmortales pedazos anidaría tu alma? ¿Un soplidito de ella en cada porción de carne, quizá? ¿O se concentraría toda ella en una determinada, en un pequeño fragmento de cerebro, por ejemplo? Interesantes conjeturas.

»—Prometiste no asustarme —balbucí.

»—Y no lo hago. Pero también te prometí que sería aleccionador, y esto forma parte de la clase de hoy. Tema: cuerpos humanos inmortales. Claro, que si te disgusta la lección y quieres abandonar el aula como sugeriste el otro día... eres libre de hacerlo. Piénsalo. Nunca he sostenido a una mujer tan gorda y empiezan a flaquearme los brazos.

»—No te tengo ningún miedo —mentí—, si estuvieses tan seguro de que Shallem te perdonaría el que me hicieses algún daño no llevarías a mi lado todo este tiempo, pues te resulta insoportable mi compañía, como dices. —Y mis palabras me sonaron irreales y mi voz me pareció desconocida.

»—¿Por qué eres tan estúpida de enfrentarte a mí en esta situación? ¿No ves que podría perder el control y lanzarte contra el suelo, sólo por el placer de demostrarte que te equivocas, incluso aunque luego me arrepintiera?

»—No correrás ese riesgo —aseguré, perpleja ante mi propio atrevimiento—, le amas demasiado.

»—No te he traído hasta aquí para matarte, aunque me están entrando fortísimas ganas de hacerlo; pero eso estropearía la mejor parte de la lección. ¡Vas a arrancarme el cuello! ¿Por qué tienes tanto miedo? ¿Nunca has volado con Shallem?

»—Claro que sí, pero él nunca me amenazó con estrellarme contra el suelo.

»—Tampoco yo lo he hecho. Eran meras hipótesis, imprescindibles para llevar a cabo nuestro estudio. ¿Cuántas veces has volado con Shallem? Apuesto a que ninguna.

»—¿Por qué tú no puedes ver en mi alma, Cannat? —le pregunté con sutil ironía—. Ni siquiera sabes las cosas más evidentes. Shallem nunca necesita preguntarme.

»Cannat pareció súbitamente irritado.

»—Continuemos nuestro estudio ahora —dijo.

»Y entonces comenzamos a movernos como flechas batiéndose contra el aire rabioso, cada vez a mayor y mayor velocidad. Al principio, mi terror era tal que sentía náuseas, pero Cannat era un vehículo mucho más estable que cualquier avión moderno; el viento no le desviaba ni un ápice; parecía batir a nuestro lado, pero no contra nosotros. Cobré valor y me encontré mirando al frente lo mismo que él, y embargada por el inmenso placer de la velocidad. Él me sujetaba fuertemente. Me sentí segura. Cannat no tenía la menor intención de soltarme. Nunca la había tenido. Pude verificar la gigantesca redondez de la Tierra. No estábamos muy arriba, claro, pero aún así se distinguía claramente que su superficie no era plana, sino ligeramente elíptica. Los arbolitos eran graciosas miniaturas. Las formas geométricas abundaban por todas partes y parecían dividir los cambiantes paisajes en cientos de diferentes escenas. En fin, contemplé el mundo como ningún humano lo había hecho hasta entonces. Luego, casi repentinamente, Cannat aumentó nuestra velocidad hasta llegar a un punto en el cual el empuje era tal que apenas me permitía ni pestañear. Durante unos segundos me sentí como si fuéramos dos estatuas pétreas suspendidas en el aire, completamente inmóviles; vivas, pero imposibilitadas para alzar un brazo o girar la cabeza. Como si nosotros estuviésemos fijos, clavados en un punto preciso del espacio, mientras la Tierra giraba locamente bajo nuestros cuerpos volátiles, quietos, esperando a que ella se detuviese. Y mi piel estaba tersa y fría como el cuero y me dolía agudamente.

»Después, poco a poco, la velocidad empezó a decrecer, y el mundo, que se había convertido en una oscura mancha verde, de nuevo nos mostró su majestuosidad. El paisaje había cambiado ostensiblemente. Las pequeñas colinas de Florencia se habían transformado en cumbres gigantescas, y en el fondo del espectacular valle que conformaban, un lago descomunal descansaba sus plácidas aguas. Me quedé admirada ante la frondosa y bellísima vegetación; por el modo en que cada especie, desconocida para mí, parecía colonizar los diferentes escalones en que se dividían las montañas.

»–Es maravilloso –me oí musitar.

»Luego me di cuenta de que Cannat me miraba atentamente y de que mis brazos se limitaban a posarse sin más alrededor de su cuello. Pero no tuve miedo.

»–Hemos llegado –declaró, y comenzó el descenso.

»Y el mundo se hizo más y más grande, hasta que los diminutos árboles llegaron a ser mucho más altos que nosotros

»Cannat se posó delicadamente en el suelo y luego me depositó a mí sobre él.

»–Nunca había visto nada igual –manifesté fascinada.

»–Le daremos unos azotes a Shallem cuando vuelva por no haberte mostrado las maravillas del mundo.

»–Sí, se los merece. Siempre me está prometiendo llevarme

a mil sitios, pero las cosas nos han venido tan torcidas...

»–No le defiendas. No tiene defensa posible.

»–Tienes razón. Hemos tardado tan poco en llegar aquí... Cannat, nunca he visto un oso. ¿Habrá osos aquí? –Y, en mi ingenuidad, le sonreí agradecida por haber querido mostrarme aquel lugar.

»–Seguramente sí –me contestó–. Pero Shallem te los enseñará otro día. Ése no es nuestro objetivo hoy. Él, que se ocupe de mostrarte las bellezas naturales, yo me encargaré de tu instrucción. Ven.

»Me tomó de la mano, y, andando sólo unos pasos, me descubrió la pequeña entrada a una gruta. El misterio, o la aventura, no sé, me resultaron tan atractivos que no me paré a pensar en lo que podría esperarme en el interior. Entré, y al hacerlo me sobrecogió un estremecimiento. El acceso era tan pequeño y cubierto de vegetación que nada más traspasarlo la oscuridad se hizo casi absoluta. ¿Qué me tendría preparado Cannat?

»Le vi tomar una antorcha y cómo ésta, inmediatamente, flameó a su contacto. Luego me cogió de la mano y me dijo:

»–No tengas miedo.

»Pero su expresión había adquirido un tal aspecto de excitación que al punto me sentí temblar. Me quedé tan clavada en el suelo que, cuando tiró suavemente de mi mano para que le siguiera, no fui capaz de hacerlo. Presentía algo espantoso dimanando de aquel lugar. Me aterraba penetrar en su oscuridad. ¿Y si me dejaba allí encerrada, en aquella terrorífica y desconocida negrura, sin siquiera el auxilio de la antorcha que había encendido? Fijé la escrutadora mirada en el indistinguible fondo de la caverna.

»–No tengas miedo –insistió molesto, instándome a seguirle con un suave pero imperativo tirón de su mano–. No sufrirás ningún daño. Confía en mí –me persuadió.

»Le seguí. ¿Qué opción tenía?

»Cannat me arrastró tras de sí, presuroso, a través de un estrecho y sofocante corredor de unos cien metros que desembocó en una enorme sala de altísimos techos de los que pendían afiladas estalactitas que, en algunos puntos, habían llegado a convertirse en robustas y fantasmagóricas columnas cuyas espectrales sombras parecían querer engullirnos como gigantes hambrientos.

»En el centro de aquella sala, fría y tenebrosa, las aguas freáticas formaban un manso lago de cristal. Parecía el final de la cueva, pero no lo era.

»Cannat me guió hasta una grieta en la roca. Era muy estrecha, demasiado para que yo pudiera pasar a través de ella.

»—No sé si podré entrar —manifesté, y realmente no tenía ninguna gana de intentarlo.

»—Inténtalo —me susurró Cannat seductoramente—. Con cuidado.

»Desconfié.

»—Tú primero —le exigí.

»Él me sonrió y penetró a través de la hendidura con la facilidad de un hombre de goma, y, desde el otro lado, me animó a reunirme con él. Me apresuré a intentarlo, dado que la única luz que portábamos se había convertido en una llamita mortecina fuera de mi alcance, y yo me hallaba inmersa en la oscuridad. Es curioso, ¿qué temería que surgiese de ella, si ya me encontraba en compañía del propio diablo?

»Por un momento me sentí encallada en las paredes de aquella grieta, y pensé que nunca conseguiría salir de ella. Pero, cuando Cannat me tranquilizó, cogiéndome de nuevo la mano, la operación me resultó más sencilla.

»Todo el cuerpo me dolía cuando por fin conseguí desencajarme, y me había lastimado el delicado vientre.

»—¿Ves que fácil ha sido? —comentó Cannat, y parecía casi tierno, sino fuera por el inquietante brillo malicioso de sus pupilas.

»Tomé aire y traté de calmar mi corazón. Me sentía mareada por el susto y por la falta de oxígeno del lugar, y mis náuseas se incrementaron al ser alcanzada por un olor vomitivo.

»—¡Dios! —exclamé—. ¿De dónde viene esa peste?

»Miré a mi alrededor tratando de encontrar la fuente del hedor. La nueva sala parecía mucho más pequeña que la anterior, y su techo caía, como una losa asfixiante, a menos de dos metros del suelo.

»Anduvimos con cuidado de no golpearnos la cabeza con las estalactitas o tropezar con las pequeñas pero numerosas estalagmitas. Y, conforme avanzábamos, la fetidez se hacía más intensa, espesa e irrespirable.

»De pronto me detuve sorprendida. Había oído algo. Sí, sin duda. Eran lamentos. Débiles lamentos humanos.

»–¡Ahí hay alguien! –exclamé, con una mezcla de asombro y terror.

»Cannat pareció divertirse. Forcé la vista tratando de vislumbrar de dónde procedían aquellos angustiados quejidos; agucé el oído, en completa tensión, pero no me fue posible ni conjeturarlo, pues el lugar era una especie de caja de resonancia donde cada rumor parecía provenir de mil puntos distintos.

»–Vamos –me instó Cannat, obligándome a seguirle–. Con cuidado.

»Con mi brazo derecho me agarré al suyo que, al tiempo, me llevaba de la mano izquierda. Tal era mi pavor que él me parecía el menor de todos los males que podían acecharme emboscados en las tinieblas. Aunque, en definitiva, todos procediesen de él.

»De pronto, tres antorchas, colgadas en un rincón de la sala, parecieron prender por deseo propio.

»Mientras mis ojos se espantaban ante la hórrida visión que la luz les ofrecía, Cannat analizaba los cambios en mi rostro con el mismo interés con que un científico investiga las reacciones de los animales de su laboratorio tras un peligroso experimento.

»Cuerpos y cuerpos se amontonaban por la sala en diferentes grados de putrefacción. Diez o quince, al menos, yacían uno sobre otro formando una tétrica pirámide de carne descompuesta. Pero, otros, cuatro, se mantenían de pie sujetos mediante grilletes y cadenas. Uno de ellos, más que un cadáver ya casi un esqueleto de carne devorada por los gusanos, se sostenía encadenado entre dos columnas naturales. Mientras los grilletes de los otros cuerpos, tres mujeres, habían sido clavados en la roca que tocaban sus espaldas. Pero, Dios mío, uno de ellos era el de una mujer muy joven y, aunque decrépita y casi tan lívida como el resto de los cadáveres, ¡aquella chiquilla estaba viva! ¡Y cómo se alzaron sus gritos al percatarse de nuestra presencia, por encima de ese extraño clamor de trémulos plañidos cuyo origen exacto no acababa de localizar!

»Sus aullidos desesperados reverberaban en las paredes del nauseabundo nicho, y su angustia se expandió en el aire como un vómito de fuego que penetraba en mis huesos, petrificándome, como si, por un momento, todo el dolor del mundo se hubiese concentrado en aquel lugar.

»—¡Sácala de aquí! ¡Por amor de Dios, sácala de aquí! ¡Está viva! —supliqué.

»Cannat me miró con su sonrisa falsamente ingenua y, al hacerlo, sus pequeños dientes de marfil me parecieron los agudos colmillos de una fiera.

»—Pero, querida —declaró indolente—, ¡si todos lo están!

»Me quedé en trance, incapaz de pensar o articular palabra, aturdida por los gritos de la muchacha y por el pestífero hedor al que era imposible sustraerse.

»Vomité, bajo la atenta y estudiosa mirada de Cannat. Me encontraba tan mal que deseaba morir si era la única forma de escapar de allí.

»Y, entretanto, aquella monótona letanía de ilocalizables gemidos se elevaba, vanamente, como una súplica torturante y eternamente desoída.

»—¿Lloras, Juliette? —me susurró Cannat—. Llora. Las lágrimas te sientan como joyas.

»Todo el contenido a medio digerir de mi estómago abandonó mi cuerpo. Pero las arcadas no me dejaban descansar, y seguía encorvada, asiéndome a una columna, y sintiendo ya el regusto amargo de la bilis en mi boca, mientras la cueva giraba a mi alrededor.

»Cannat se inclinó hacia mí.

»–¿No oyes sus quejumbrosos lamentos? –susurró a mi oído, con absoluta indiferencia y frialdad.

»Los ojos me escocían y el corazón me palpitaba desbocado tras los esfuerzos provocados por el vómito.

»–Míralos, Juliette –me instó Cannat, regodeándose en mi sufrimiento–. Sus cuerpos están muertos, se descomponen lentamente. Pero sus almas permanecerán encadenadas a ellos hasta el mismo fin. Hasta que no quede un fragmento de hueso como recuerdo de su existencia.

»Entonces, tomándome por los hombros, me obligó a acercarme al hombre que colgaba encadenado entre las columnas calcáreas.

»–¡Abre los ojos, Juliette! –me exhortó–. ¡Ábrelos!

»Y me sacudió violentamente hasta que no tuve más remedio que obedecer.

»–¡Fíjate! Aún tienen fuerzas para exhalar sus horribles estertores. ¡Escúchalos!

»–¡Por el amor de Cristo, Cannat, sácame de aquí! –supliqué entre lágrimas.

»–Lo haré, cariño, lo haré. Cuando hayamos terminado la lección –me aseguró, con su eterno aire de maliciosa ingenuidad.

»Miré los restos del hombre frente a mí y vi que nada animaba su cuerpo nauseabundo. Su cabeza colgaba, macilenta y desmayada, sobre el hombro izquierdo; sus ojos eran opacos, muertos; el color de sus restos, de un verde amarillento. Iba vestido con sucias y sangrientas ropas de sarga, y las muñecas que rodeaban los grilletes estaban tan destrozadas que podían advertirse los blancos huesos asomando entre los deshechos jirones de carne descompuesta. Pero, de entre sus labios, amoratados, inmóviles y carcomidos, sin duda alguna brotaba un sonido. El cuerpo estaba muerto, pero habitado.

»–¿Qué te parece a ti? –me interrogó febrilmente Cannat. Y, dirigiendo la antorcha al rostro del cadáver, se acercó hasta tal punto a mí que sus palabras ardieron en mi mejilla–. ¿No dirías que está vivo?

»Me volví a mirarle. Sus ojos refulgían bajo los juegos de luces y sombras de las llamas como zafiros misteriosos, y sus labios se entreabrían en el gesto amenazador de una fiera. Me sujetaba; de no ser así me hubiese caído.

»–Quiero salir de aquí –balbuceé, y Cannat observó fascinado las ardientes lágrimas que rodaban por mis mejillas.

»–No seas tan llorica, amor. Ahora sólo nos tenemos el uno al otro y debemos ayudarnos a aclarar nuestras dudas. Contesta a mi pregunta.

»–No sé –gemí–, no sé nada. Me estoy volviendo loca.

»Cannat se rió suavemente.

»–Escucha –susurró, arrojando al suelo la antorcha y obligándome con ambas manos a acercar el oído a los labios del desgraciado.

»El pensamiento de rozar con mi piel la carne putrefacta me hizo aullar de terror. Y, al darse cuenta Cannat del pánico que el contacto del cadáver me causaba, entusiasmado por su descubrimiento, me forzó hasta restregar con mi rostro la blandura pútrida que recubría los huesos del esqueleto viviente.

»Con la amplia y sensible extensión de mi piel, noté como la suya se derretía bajo la fricción sin mayor resistencia que la de una papilla. Mi propio rostro, compelido por la fuerza de Cannat, horadaba aquella masa que se fundía a su contacto como la cera bajo la ardiente llama. Ni siquiera me atrevía a abrir la boca para gritar, o los ojos, que apretaba desesperadamente, para impedir que aquella repelente sustancia pudiese penetrar en mí.

»Noté mi nariz chocando involuntariamente con la suya, como contra un frágil paredón que tratase de demoler y que lentamente cedía, desprendiéndose del hueso y dejando, en su lugar, un vacío orificio.

»El cadáver bamboleaba en el aire, colgado de sus cadenas como de un columpio, por las violentas sacudidas que Cannat me imprimía, pues parecía pretender taladrar aquellos huesos muertos con los míos, hasta que al fin cayeran al suelo fragmentados.

»Yo sólo suplicaba a Dios para mis adentros que pusiera fin a aquella pesadilla, no importaba cómo fuera o a costa de lo que fuese. Pero Él no me escuchaba, al igual que no había escuchado a los seres gimientes cuyos lamentos servían de telón de fondo a mi propia tortura.

»–¡Bien! –exclamó Cannat, y llevándome contra su pecho me sujetó de espaldas a él con sus brazos cruzados sobre los míos de forma que me impedía limpiarme el rostro con el borde de mi falda, como luchaba desesperadamente por hacer. Y luego me preguntó–: ¿Te gustan los animalitos? ¿Sí? –y dicho esto, arrancando las ropas que cubrían el cuerpo descompuesto, puso al descubierto la inmensa cavidad en la que se alimentaban, como de un exquisito pastel, los repulsivos necrófagos. ¡Y los brazos del hombre se alzaron haciendo sonar las cadenas como si quisiera protestar, y su mandíbula, casi desnuda de carne, se abrió articulando una muda palabra!

»Mi alarido fue tan fuerte y profundo que me sobrevino un inmenso dolor en la garganta, y, después, apenas fui capaz de emitir unos ridículos gritos afónicos.

»Los ojos de Cannat ardían con una profunda fascinación, con un placer maligno.

»–Pero, querida –me dijo–, si también ellos son hijos de Dios. Tal vez quieras verlos más de cerca.

»Y, loca de terror, vi cómo, de nuevo, me acercaba al cadáver, bajando mi cabeza a la altura del vacío estómago del hombre, y supe que pretendía introducirla en aquella caverna inundada de repugnantes criaturas, capaces de perforar mi propia carne. Luché con todas las fuerzas de mi ser, mientras mis roncos gritos se acompañaban por los desquiciados alaridos de la mujer y por el coro de gemidos de los no muertos.

»–Shallem –supliqué, sin apenas darme cuenta de lo que decía–. Shallem.

»Y me pregunté acerca de aquel don que él me había dado y que un día, me había explicado, podría verme en la necesidad de usar, pero que ni siquiera sabía lo que era, cómo usarlo o si podría utilizarlo contra Cannat.

»–Shallem no está aquí, amor. ¿O crees que también poseemos el don de la ubicuidad? –se burló Cannat.

»–Sí lo está –sollocé–. Él está dentro de mí.

»Esto enfureció a Cannat.

»–¿Y por qué le llamas? –me preguntó, esforzándose por no gritar y sacudiéndome con violencia–. ¿Acaso no tienes bastante conmigo? ¿No te cuido bien yo, que me ocupo, no sólo de proteger tu cuerpo, sino además de alimentar tu espíritu y cultivar tu entendimiento como Shallem jamás se ha molestado en hacer? Nunca te ha tratado de forma diferente en la que trata al resto de flores que adornan los jarrones de vuestra casa. ¿Puedes decirme que no es así? ¿Qué sabías tú de nada hasta que aparecí yo? Shallem te encuentra tan débil e incapaz que piensa que es peligroso e inútil el enseñarte cualquier cosa. ¿Para qué? ¿No soy yo mejor, que he confiado en ti, abriéndote los ojos a la vida como a una brillante pupila? ¿O hubieras preferido permanecer ciega e ignorante, con la mirada eternamente oculta en el pecho amoroso pero mudo, distante y egoísta de Shallem? Esa misma frase que acabas de pronunciar, ¿acaso lo sabías antes de que yo te lo mostrara? ¡Ni siquiera te había explicado que su espíritu forma parte del tuyo! ¿Encuentras eso justificable?

»Paró un momento, como molesto por su arrebato, y luego templó la voz para añadir:

»–Shallem es demasiado voluble para fijar su atención en algo o en alguien –y, con amarga expresión de dolor, confesó en voz más baja– ni siquiera en mí, por demasiado tiempo. Te amará hasta el fin, probablemente, pero no estará a tu lado cuando éste llegue. Y sufrirá por dejarte, te lo aseguro, pero lo hará. Nada podrá más que su eterna búsqueda de sí mismo. ¡Y te abandonaría en este mismo instante si te viese la cara! ¡Límpiate, estás repugnante!

»Y me soltó para que pudiese hacerlo.

»Aquella plasta de carne descompuesta y helada se había resecado y adherido a mi piel, de modo que apenas había podido entreabrir los párpados durante el breve discurso de Cannat.

Pero la humedad de mis constantes lágrimas contribuía a re-blandecerla.

»—¿Es cierto lo que me dijiste? ¿Pudo evitar que yo enveje-ciese? —le pregunté.

»—Sí, desde luego que es cierto —me contestó, y no había malicia o ironía en su voz.

»—¿Por qué no lo hizo? —continué, pues, en mi amargura, soñaba con una respuesta que me confortase, pero me sentí humillada y estúpida, porque era como regalarle a Cannat mo-tivos para regodearse en mi desgracia, y de existir una respues-ta que pudiese consolarme, tal vez no me la diera. Sin embargo, lo hizo.

»—Tu cuerpo debe morir para que tu alma descanse, para que se reencuentre con Dios, y para que halle la Paz durante algún tiempo y fuerzas para regresar a la mortalidad. Shallem piensa que tu alma podría enfermar si este ciclo se interrumpiese —Y soltó una breve risilla silenciosa, como si encontrase que por ello yo era un ser defectuoso.

»La naturalidad con que me habló, sin ninguna vacilación, su inesperada sincera respuesta, el consuelo que ésta me apor-taba, me dejaron ausente y vacía por unos instantes. Pero no tuve demasiado tiempo para pensar en ello.

»—¡Y tú, basta ya! —gritó abruptamente Cannat, y, a grandes zancadas, se dirigió hacia la mujer viva, que no había dejado un segundo de chillar frenéticamente.

»Pero, cuando Cannat llegó hasta su lado, ella enmudeció de terror y sus ojos parecieron querer escapar de las órbitas. Todo su cuerpo formaba una tensa equis, y sus facciones estaban tan pálidas y rígidas como las de una estatua.

»—Eso es —susurró Cannat, pasando las yemas de sus dedos por la aterida mejilla de ella—. Así me gusta, dulce Ornella.

»Y, de pronto, ella gritó, y vi correr un hilillo de sangre que penetraba en la comisura de sus labios, y su cabeza tratando de alejarse, vana y enloquecidamente, de la mano de él. Chillaba de nuevo, pero sus gritos eran broncos, flojos e intermitentes, como un llanto hiposo. Me acerqué más hasta ellos, y, a la trémula luz, pude ver, con espanto, aquello de lo que la muchacha trataba de escapar. Las uñas de Cannat se habían vuelto duras, garfas y agudas, como las de la pungente garra de un felino, y se clavaban débilmente en su mejilla.

»Las lágrimas de la chica se mezclaban con su sangre conformando rápidos reguerillos de color de vino que resbalaban hasta su cuello.

»Grité como antes ella había gritado por mí y, perdiendo la noción de mi propia vulnerabilidad, me enfrenté con Cannat. Le agarré por el brazo tratando de impedir que hiriera nuevamente a la mujer, le pateé, le empujé, pero era lo mismo que tratar de dañar a una estatua de plomo. Permaneció prácticamente inamovible, levantando únicamente los brazos en un gesto humano, como si tratara de protegerse el rostro cuando intenté golpeársela. Entonces se volvió hacia mí, y, con facilidad, me asió una de las manos, pero no la otra, puesto que la dimensión de mi vientre le impedía acercarse lo suficiente, que empleé en arañarle la cara con mis largas y afiladas uñas.

»Al punto de hacer esto me arrepentí. Acababa de darle la excusa adecuada para destrozarme la cara con sus zarpas.

»Cuando me soltó para llevarse la mano a la mejilla que yo había intentado lastimarle, vi cómo su expresión pasaba del asombro a la indignación y cómo, luego, me miraba, irresoluto, durante unos instantes.

»Di un paso atrás, y eso pareció la señal para que él se aproximara a mí. Despacio. Agitando en el aire, estudiada y amenazadoramente, sus mortíferas uñas, con el fin de aterrarme, y chasqueando la lengua en su boca repetidamente, mientras sacudía la cabeza como si estuviese reprendiendo a un niño.

»Quise alejarme, pero me era imposible desplazarme un milímetro, las múltiples configuraciones calcáreas me impedían toda clase de movimientos.

»Cannat se allegó a mí hasta que quedamos unidos por el abdomen como dos hermanos siameses.

»–¿Cuál es el fundamento para que hayas hecho tan rápidamente de ella tu hermana putativa? –me susurró con afectación y arrancándole matices exquisitos a su hermosa voz–. ¿Que su carne sangra como la tuya? ¿Que sus gritos superan los tuyos? –Y desviando ligeramente la mirada hacia atrás, a donde se encontraba la chica, sonrió burlonamente–. ¿Te ha iluminado el Señor, de pronto, y has visto, con la claridad de una revelación, que ambas formáis parte de la gran familia humana, y que ello es razón suficiente para ayudaros la una a la otra?

»"Ya no es tan sencillo, Juliette. Ya no puedes escoger. Tú elección está hecha y es inalterable. No hay marcha atrás. Te mueves con un cuerpo humano, pero también lo hago yo. ¿Crees que eso garantiza que lo soy? Renegaste mil veces de tu especie, y con razón, y Shallem y yo somos ahora los tuyos. ¡Los tuyos! Y cualquier mortal con quien te cruces por la calle, cualquiera que te dirija unas palabras de afecto o admiración, cualquiera que se detenga para hablar contigo de la hermosa Florencia, de los precios del mercado o del calor del sol, no tiene en común contigo más que el pájaro que cada mañana se posa para alegrar tu ventana, y que respira el mismo aire que tú, se alimenta como haces tú y habita un cuerpo mortal, lo mismo que tú. ¡y eso es todo! Has cambiado de familia, Juliette. Te has casado con Shallem, y ahora yo soy tu único hermano.

»Luego, cuando posó sus uñas en mi rostro, me quedé tan rígida y estremecida como antes lo había estado la mujer. Pero no las clavó en mí, sino que se limitó a deslizar delicadamente las yemas de sus dedos.

»Perpleja, con los ojos clavados en los suyos, tomé la mano que me acariciaba y entrelacé sus dedos en los míos. Observé sus uñas, palpé la dureza de su placa córnea, la agudeza de sus puntas, estudié el modo en que se unían a sus largos, blancos, hermosos y humanos dedos. Perfecto. Como si siempre hubiesen formado parte de ellos.

»Cuando volví a mirarle a los ojos, sorprendí en ellos un extraño destello de satisfacción. Al punto lo vi claro: Cannat se había sentido encantado de mi osadía.

»Mientras tuve sus manos entre las mías, disfruté un sosiego total. Me abstraje de la peste nauseabunda, de los conmovedo-

266

res lamentos, del llanto de la chica, sin ver otra cosa que la peligrosa belleza de Cannat, tan meticulosamente perfecta en todos sus detalles, y el fulgor de sus ojos azules, que me miraban como zafiros candentes. Caí en el letargo de un sueño dulce y prometedor, en el embeleso de su hipnótico hechizo, y, ansiosa de la paz que me ofrecía, me dejé arrastrar por él como la hoja por la corriente: falta de toda voluntad.

»Y mis dedos penetraron voluptuosamente en la espesura de su cabello, cálido y agradable como una suave y mullida madeja de angora, mientras mis ojos se rendían al sueño sin la menor resistencia.

»Entreabrí los ojos para ver cómo los suyos se cerraban y sus labios se separaban, mientras se inclinaba sobre mí, enlazando sus manos tras mi cuello.

»El mundo había desaparecido. Todo era silencio, salvo por el monótono y placentero crepitar de las antorchas.

»Y, como una llama de pasión, sentí el abrasador aliento de Cannat sobre mi piel. Y su fuego no dejaba de quemar mi rostro, mis párpados, mis pómulos, mis mejillas, que esperaban hambrientos percibir sobre ellos la húmeda caricia que no llegaba.

»Después, al elevar, delicadamente, mi mentón con sus manos, lo sentí tan próximo a ellos que mis labios se abrieron a los suyos. Y allí siguieron, suspirando, anhelantes, bajo el fuego que también a ellos abrasaba, por el beso que no habría de llegar.

»–¡Apestas! –exclamó súbitamente.

»Y, cuando, de inmediato, abrí los ojos, despertándome de mi ensueño, vi la desagradable máscara de repugnancia en que se había transformado su rostro y cómo, bruscamente, se soltaba de mí.

»–Te has portado mal, Juliette, muy mal –me recriminó suavemente, sacudiendo ante mí su dedo índice, en cuyo extremo destacaba la punzante costra oscura–. Y es porque sabes que te quiero y que nunca te haría daño. Así es que... –Y, en dos trancos, se allegó hasta la mujer y la abofeteó brutalmente con el dorso de su mano, arrancándole un grito angustioso–, está jovencita pagará tu atrevimiento.

»Permaneció mirándome expectante, estudiando mis mínimos gestos cuidadosamente, con el ceño fruncido y el oído atento, como si esperase que yo hiciese algo drástico e inesperado, como abalanzarme violentamente contra él, o simplemente dramático, como caer al suelo entre sollozos y alaridos descompuestos.

»Pero, ante mi ausencia de reacciones, vi cómo la desilusión se reflejaba en su rostro.

»–Ya entiendo –manifestó sonriendo–. Quieres que acabe con ella. ¿No es cierto? Incluso aunque lo haga del modo más brutal y cruel, aunque no puedas olvidar sus gritos de sufrimiento en el resto de tu vida, por larga que llegue a ser, tendrás el consuelo de haberte cerciorado de que su alma se libera. No quieres que salgamos de aquí dejándola con vida, ¿verdad? ¿Y ella? ¿Cuál es su deseo? Contéstame, Ornella –le pidió. Y la pobre desgraciada lloraba de tal modo que su famélico cuerpo no debía contener sino lágrimas–. ¿Deseas morir, o prefieres seguir viviendo? Ya conoces tu destino si lo haces –la advirtió Cannat, y extendiendo su brazo, señaló al resto de sus víctimas–. ¿Quieres convertirte en uno de ellos, contemplar, siempre consciente, la putrefacción de tu propio cuerpo, tu carne deshaciéndose a pedazos como la de un leproso, tus ojos, apagados e inservibles, colgando de las órbitas, los insectos devorando tus entrañas? Oh, pero no sentirás nada porque estarás muerta. Sólo tu alma sufrirá, prisionera en esta cueva mientras quede una partícula, una ceniza de tu ser mortal. Sólo yo podría liberarte. Y te aseguro que no lo haré nunca.

»En aquel momento la pirámide de cadáveres se derrumbó, y los lamentos agónicos de los no muertos inundaron la tumba de roca. Y algunos de los cuerpos, los que habían sufrido una muerte más reciente, se movieron ligera y esforzadamente, como si tratasen de reptar por el suelo para alcanzar a Cannat. Grité aterrada. Pero el conato de movimiento apenas duró unos segundos.

»–¿Lo ves? –me comentó irónicamente–. Están vivos.

»Luego fijó su atención nuevamente en la mujer.

»–¿Y bien? ¿Qué has decidido, Ornella?

»Y ella me miró suplicante, con sus ojos saltones y enrojecidos, y sin dejar de llorar. Me pregunté qué conclusiones habría extraído sobre la relación entre Cannat y yo, después de todo lo que había visto y escuchado. ¿Qué clase de criatura capaz de liberarla de su martirio pensaría que era yo, a juzgar por el modo en que me miraba?

»–¡Estoy perdiendo la paciencia! –bramó Cannat junto al rostro de ella, y sus sollozos se acentuaron ante la nueva oleada de terror.

»Entonces ella comenzó a tartamudear algo ininteligible que repetía patéticamente al ritmo de sus hipidos. Las greñas oscuras y enredadas le caían por la cara, sucia como de hollín y sanguinolenta, en la que las lágrimas habían trazado blancos surcos serpenteantes. Era una visión espantosa que me encogía el corazón. Su terror, su delgadez, su dependencia de aquel ser sacrílego.

»–Qui, qui, qui, vamos, querida lo estás consiguiendo –la animaba Cannat insufriblemente.

»–...morir... Quiero... morir –terminó ella, con su apagada y discontinua voz.

»–¿Perdón? –dijo él, señalando su propio oído y fingiendo que no había escuchado con claridad–. ¿Qué has dicho?

»La muchacha renovó el frenesí de su llanto.

»Yo me negaba a hablar o a hacer un solo movimiento porque sabía muy bien que toda aquella escena me estaba siendo dedicada, y que Cannat sólo esperaba verme participar en ella para avivar el fuego de su crueldad. De modo que permanecí sobrecogida e impotente, pero intentando afectar indiferencia. Pero lo único que conseguí fue exasperar aún más a Cannat y que cargara su furia sobre la muchacha.

»–¡Repítelo! –rugió.

»–¡Quiero morir! –gimió ella absolutamente descompuesta, y me di cuenta, por su expresión y por el tono de su voz, de que la razón estaba a punto de abandonarla.

»Qué piadoso hubiera sido que se desmayara. Qué lógico y natural un desvanecimiento que la sumergiese en el misericordioso estado de la inconsciencia. Pero sus fuerzas eran mucho mayores de las que cabría esperar, y, también desear.

»—Pero, Ornella, querida –dijo él con su hiriente sarcasmo–, eso va contra la ley de Dios. ¿No esperarás que yo haga algo así? ¿Y tú, Juliette, pecarías por salvar a esta mujer de sus miserias mortales?

»Le miré con la cara en blanco, tratando de no translucir emoción alguna.

»—Creo que no va a ayudarte –la dijo, como si lo lamentara profundamente.

»Y, luego, todos nos volvimos a observar a una de las mujeres no muertas encadenada a la pared, y cuya garganta acababa de proferir un sonido estremecedor.

»—Dios te hará pagar este sacrilegio, Cannat. Tiene que hacerlo –le aseguré.

»—¿Sí? –inquirió con burlón retintín–. Eso nos auguró uno de sus lastimosos y cobardes mensajeros –y pronunció ridículamente esta última palabra, al tiempo que abría los brazos ampulosamente en un gesto de desprecio–. Pero Shallem y yo le dimos una patada tan fuerte que aún debe estar flotando por el universo.

»—Todos los ángeles del Cielo bajarán a por ti, Cannat. Todas las fuerzas del Cielo se desataran...

»—Sería un encuentro divertido –me atajó–, aunque estaría en ventaja. Pero aún no he hecho méritos suficientes para ganar ese premio. Pensándolo bien, y ahora que me lo sugieres, creo que debería comenzar a hacerlos. Estoy harto de la aburrida y monótona matanza cotidiana de los cargantes e insípidos mortales. Despedazarlos es tan sencillo y tedioso como deshojar una margarita. Necesito contrincantes a mi altura, o mis dotes sobrehumanas quedarán anquilosadas. ¿Cómo me propones que empiece a tentar al Cielo? ¿Te parece que podría practicar con esta mujer? Aunque tal vez no sea lo bastante sustanciosa como para ofender al Cielo. ¿Crees que habrá alguien en Él a quién le importe un ápice cuál sea su destino? Francamente, yo no.

»Y, de nuevo, la abofeteó, y me miró, esperando que yo reaccionara. Y, al ver que no lo hacía, se puso rojo de furia y volvió a estrellar, esta vez con fuerza sobrehumana, la palma de su mano sobre la cara de ella. Y, al hacerlo, le clavó las uñas de punta en las mejillas y la sangre empezó a manar de los cinco profundos agujeros. Y también creo que debió romperle la mandíbula, puesto que ella no gritó, sino que puso los ojos en blanco y se quedó como ida, emitiendo unos sonidos roncos y débiles, parecidos a los estertores que brotaban de los no muertos.

»—Vámonos —dijo Cannat. Y vino hasta mí y, tomándome bruscamente del brazo, me arrastró hacia la grieta por la que habíamos penetrado.

»—¡Pero, no puedes dejarlos así! —gemí.

»—¿Qué? —dijo él, como si no diera crédito a sus oídos.

»—¡Oh, por favor, por favor! —le rogué—. ¡Libérala o acaba con su vida, pero no dejes que la ocurra eso! —Y luché por impedir que llegáramos a la salida, oponiéndome, porfiadamente, a la mano que me remolcaba—. ¡Libérala!

»—¡Nunca! —dijo él entre dientes, mientras se volvía para sujetarme con ambas manos.

»Entonces, a mi espalda, oí un sonido agudo y extraño que me hizo volverme para mirar. La pobre mujer observaba nuestra pelea, riendo tontamente. Había perdido la razón. Pero, cuando Cannat la miró, cesó de reír, y el terror se congeló en su rostro como si de golpe hubiera vuelto a ella la cordura.

»—¡No puedes permitirlo! ¡No lo hagas! —volví a gritar.

»—¿Y qué puede importarte eso a ti? —me gritó. Era evidente que la situación ya no hacía sino aburrirle; que la broma, para él, había terminado.

»—Te ruego que acabes con su vida —le imploré.

»—¡Acaba tú con ella! —rugió, y pasándome una mano por debajo del hombro y agarrándome bestialmente el brazo con la otra, me llevó en volandas al lado de ella.

»Ella nos miró, algo embobada, pero claramente horrorizada. Comprendía claramente la situación, no había duda.

»–¡Vamos, sor Piadosa, hazlo! –bramó él–. ¡Coge una piedra y abre su maldita cabeza!

»–¡Yo no puedo! –grité–. ¡No puedo hacerlo!

»–¿Por qué no? ¡Lo has hecho otras veces!

»–Pero ella es inocente –gemí–. Y es... es...

»–¡Es una mujer! ¡Es como tú! ¡Te recuerda a ti misma en la
que un día puede ser tu situación! ¿No es ése tu temor? ¿No es
ésa la razón por la que no puedes verla sufrir, por la que no
aguantas el pensamiento de que su alma habite eternamente en
su cuerpo pútrido? ¡Podrías ser tú misma! ¡Sí!

»–¿Has preparado todo esto para torturarme? ¿Sólo para torturarme? –sollocé.

»–Oh, no, ni mucho menos.

»–¿Por qué, entonces?

»–Ésta es mi colección. Mi colección de insectos.

»–Estás loco.

»–Esa cualidad no puede serme aplicada.

»–Estás tratando de volverme loca, igual que a ella.

»–Y esa afirmación no es veraz. La enfermedad no puede
afectarte. ¿No se te había ocurrido pensarlo?

»Estaba alelada, pronunciando las palabras como en un sueño brumoso y tratando dolorosamente de comprender el significado de las suyas.

»–Dime la verdadera razón –le exigí–. ¿Por qué has hecho
esto?

»Se acercó a mí, espetado, y me miró severamente.

»–Colecciono almas –dijo–. Soy un fanático de las almas;
las selecciono, las catalogo, las atesoro. ¿Ves? Me gusta capturar almas como los humanos atrapan insectos. Y, al fin y al
cabo, yo no soy tan cruel como ellos; no los atravieso vivos con
letales agujas, impertérrito ante su dolor. Tengo un gran reper-
torio, todas son distintas, todas son hermosas; ésta es sólo una
muestra, una vitrina, una hoja de mi inmenso álbum. Soy un
experto, un gran experto en almas. Me gusta contemplarlas;

admirar su belleza inmortal. Por eso las apreso. Si los hombres pudiesen ver lo que yo veo, venderían su alma al diablo por poder robárselas a sus semejantes. Pero ése es mi poder. Sólo mi poder y de Shallem.

»Me quedé completamente anonada, mientras él contemplaba el pelele embaído en que me estaba convirtiendo.

»–Dime –me pidió–, ¿aún quieres que acabe con la vida de esta linda mariposa?

»Le miré con absurda expresión, como si fuese un actor en una pesadilla de la que el sol estuviese a punto de despertarme y, por tanto, no me fuese necesario padecer la tortura de buscar contestación a su lacerante pregunta. Pero allí no había sol, y mis ojos se nublaban por momentos.

»–¿Dejarás su alma en libertad? –creo que murmuré.

»–Sí –afirmó–, esta vez me conformaré con su cuerpo.

»La mujer pasaba de uno a otro su mirada desencajada, contemplándonos como a dioses capaces de decidir algo más que la vida y la muerte. Luego la clavó fijamente en mí, en el ser con tan clara influencia sobre el dios, esperando la respuesta que me negaba a pronunciar. Ella padecía temblores febriles. Pensé que, de cualquier forma no tardaría en morir, pero en ese caso su alma quedaría atrapada, pues Cannat no la liberaría a no ser que yo le pidiese que la matara. Me sentí verdadera y deseadamente enferma; como un niño que hubiese cometido una terrible travesura y que supiese que sus padres no podrían enfadarse si le veían en peligro. Sólo quería que ambos, la víctima y el verdugo, me librasen de la responsabilidad de su muerte. Pero entonces vi que ella comprendía mi indecisión y que su cabeza se movía, lenta y temblorosamente, en señal de suplicante afirmación.

»–Mátala –murmuré.

»Ningún sentimiento afloró al rostro de Cannat, más bien pareció como si por fin le hubiera dado permiso para cumplir un trabajo molesto que quisiera solucionar cuanto antes. Se dio media vuelta, en cuanto hube pronunciado mi petición, y dijo:

»–Bien, necesito un alfiler para inaugurar esta nueva colección.

»Y empezó a buscar, arriba y abajo, entre todas las estalactitas y estalagmitas de la cueva, hasta que encontró una, larga,
fina y afilada, que le pareció bien. Y, tras arrancarla, se acercó
con ella hasta la mujer, y luego me miró, para ver si yo había
comprendido sus intenciones. Y cuando se dio cuenta de que sí,
lo mismo que ella, que gritaba presa de pánico, sonrió imperceptiblemente y, levantando la monstruosa arma, atravesó con
ella a la mujer. Sus gritos se acallaron para siempre. Pareció
morir instantáneamente, con aquello allí clavado, exactamente
en el centro de su pecho, mientras la sangre manaba por todos
sus orificios.

»Entonces sólo recuerdo a Cannat sacudiéndome nerviosamente mientras yo estaba tendida en el suelo, y pronunciando
mi nombre como si estuviera seriamente preocupado. Y yo
sentía una incómoda humedad saliendo de mi cuerpo, y como si
un charco tremendo se formara bajo él. Y me oía, entre sueños, diciendo: "El niño, Cannat, estoy rompiendo aguas". Pero
cuando entreabría los ojos me daba cuenta de que aún no había
pronunciado las palabras. Y luego sé que Cannat me tomó en
brazos y que, tras un espantoso ruido, la grieta se volvió un
boquete y Cannat lo atravesó deprisa, pues la cueva comenzaba
a derrumbarse.

–IX–

La mujer quedó en silencio, con los ojos fijos en las manos del confesor.

–Qué lástima –dijo–. De nuevo está estrujando las páginas de su Biblia. Están casi destrozadas. Me da pena ver maltratar los libros. Siempre he sido muy cuidadosa con ellos.

El sacerdote pareció despertar de una oscura pesadilla. Parpadeó repetidas veces para descansar los ojos, pues le dolían de lo fija y desorbitadamente que había estado mirando a la mujer. Emitió un ligero silbido y relajó sus músculos. Luego se pasó la lengua por los resecos labios mientras apartaba a un lado la maltrecha Biblia.

–Lo siento –se disculpó. Y llevó su espalda hacia el respaldo de la silla–. ¿Tuvo el niño allí?

–Cannat parecía desesperado. Le oía desde algún punto entre la consciencia y la pérdida total del sentido, diciéndome frases estúpidas en cuyo significado no debía reparar en su aturdimiento. Que no podía tener el niño aún, me repetía, que debía esperar, que no podía hacerle eso, que debía darle a Shallem una oportunidad. Y me decía todo esto como si estuviese en mi mano, y no en la suya, el detener el proceso. Y yo sudaba y me debatía en sus brazos, suplicándole que me tumbara en el suelo. Porque no podía pensar en otra cosa que en estirar mi cuerpo y encontrar un punto de apoyo para que mi aturdida cabeza dejase de girar sobre sí misma imparablemente. Sé que percibí una cegadora bocanada de luz y que él, finalmente, me depositó en el suelo nada más salir de la cueva. Y desde allí podía escuchar el sonido de sus techumbres desmoronándose para siempre, con aquellas almas eternamente encarceladas en su interior.

»Sentía dolor, mucho dolor. Y Cannat debió ver mi cara constreñida por él, porque le oí susurrarme nerviosas y preocupadas palabras de consuelo, tratando de remediar lo que él mismo había provocado. Que pronto pasaría, me decía, que me tranquilizase, que él me ayudaría. Pero entonces sentí una contracción que me indicó que el parto había comenzado irremediablemente.

»Aullé de dolor, y al ver lo que por su causa estaba a punto de suceder, Cannat me subió la ampulosa y complicada vestimenta por encima del vientre, no para preparar el parto, sino para posar sobre él sus ardientes manos, que calmaron instantáneamente mi dolor y detuvieron las contracciones.

»El sudor frío cesó. El mundo dejó de dar vueltas a mi alrededor. La serenidad y el sosiego me invadieron, entumeciendo gratamente mis sentidos. Percibí el delicioso y adormecedor calor del sol sobre mis párpados cerrados y sobre la mitad desnuda de mi cuerpo. La verdadera paz estaba llegando, por fin. Era la hora de dormir. De disfrutar del aletargamiento de los miembros y del bienvenido sopor de la consciencia.

»Estaba en la cama del que fuera mi querido hogar de Florencia cuando desperté. Sólo que ya nada lo hacía querido; ni siquiera hogar. Era sólo un lugar. El Erebo personal que compartía con Autólico. Y yo, no era yo, sino un mero ser vivo cuasiinconsciente, insensible y desfallecido, falto de toda voluntad. A veces, ni yo misma sabía que estaba viva, porque los pensamientos habían enmudecido en mi cerebro, pero otras me daba cuenta, con horror, de que todavía seguía en Florencia, de que Shallem no había regresado, y de que el monstruo estaba, sin duda, a pocos pasos de mí, esperando pacientemente mi despertar para continuar mi martirio. Y ante esta idea me hundía de nuevo en la nada, en la más profunda y deseada inconsciencia, con la esperanza de no despertar hasta que Shallem hubiese regresado, o de no despertar jamás.

»De vez en cuando captaba una voz ininteligible, un murmullo desagradable que me hacía estremecer de terror. Y las lágrimas corrían a torrentes por mi rostro, mudo y hierático, como único medio de expresión. De tanto en tanto sentía algo metálico y molesto introduciéndose por la fuerza en mi boca y derramando en su interior un líquido caliente y grasiento, e imaginando, en mi ensueño, que era la doncella quien me prodigaba tales cuidados, me dejaba alimentar displicentemente, lo mismo que las plantas nos dejan verter el agua sobre sus macetas. Pero si, por un segundo, me esforzaba en regresar de mi ausencia para agradecerle sus cuidados con una mirada o un triste conato de sonrisa, me percataba de que era Cannat quien sostenía la cuchara y un ataque de histeria se apoderaba de mí.

»—No estás enferma —me decía Cannat—. No puedes estarlo.

»Y era cierto. No volvía en mí porque no quería volver. Porque me espantaba la posibilidad de estar a solas con él. Pero, a mi pesar, pasados los primeros días, mis sentidos fueron regresando al temible estado de consciencia. Sin embargo, yo continué con la mirada perdida en el vacío, fingiendo un letargo que, para mi desgracia, ya estaba muy lejos de disfrutar.

»Cannat se sentaba en la cama y, durante horas, me narraba historias inconcebibles, que yo creía fantasías inventadas para hacerme salir de mi mutismo: sobre seres que pululaban a millones por todas partes, pero tan minúsculos que el ojo humano no podía verlos; sobre seres gigantescos con aspecto de dragones, que se habían extinguido incontable tiempo atrás; sobre hombres con aspecto de monos, que nos habían precedido; y otros muchos cuentos extraordinarios que la ciencia aún no me ha demostrado.

»Yo lo escuchaba todo atenta y plenamente lúcida, pero simulando un distanciamiento de la realidad que, como le he dicho, ya era totalmente fingido.

»Y Cannat lo sabía.

»Como sabía que se había propasado conmigo desdeñando los frágiles límites de la resistencia humana. Que se había expuesto a sí mismo a sufrir el trance del nacimiento prematuro de mi hijo. Una posibilidad que había podido comprobar el nerviosismo que le causaba. De ninguna manera deseaba ser el causante de que Shallem perdiese la oportunidad de hacer de su hijo el inmortal que debía de ser, como él había hecho con Leonardo, y, sin embargo, había estado a punto de ocasionarlo.

»Por eso, desde aquel día en la cueva, Cannat me trató entre algodones. Con paciencia y comprensión ante mis silencios. Con mimos y cuidados paternales a pesar de mis desaires. Sin irritarse jamás con ocasión de mis ataques de nervios, reales o ficticios. Peinándome, lavándome incluso, obligándome a levantar para desentumecer mis músculos, trayéndome diligentemente las comidas y dándomelas mientras fue necesario.

»Me pedía que no le temiera, me aseguraba que nunca había querido hacerme daño. Que no debía estar asustada pues yo nunca sería como los seres que había visto en la gruta, ya que nada tenía en común la forma en que Shallem había compartido su espíritu conmigo con lo que él había hecho con aquellos humanos para retener sus almas.

»También, con intención de consolarme, me prometía cosas que me hacían estremecer de pavor. Como que él buscaría un cuerpo joven para mí cuando el mío envejeciese, y luego otro, y otro más, de modo que yo no debía preocuparme por nada.

»No sé cuál de las opciones me conmocionó más. Si la de vivir eternamente dentro de mi cuerpo en putrefacción, o la de vagar de uno a otro como un espíritu diabólico y errabundo, habitando en cuerpos ajenos, robados a los vivos para poder seguir caminando sobre la Tierra.

»Sin embargo, no había malicia en su ofrecimiento, y en ningún momento se apercibió del pánico que su promesa causaba en mí.

»Me hablaba así con intención de mantenerme sosegada, de evitar que otro posible ataque de angustia me provocase un nuevo intento de parto.

»Me rogaba, en voz baja, que le dijese algo, que le contestase; me aseguraba que no tenía motivos para persistir en aquella actitud, que estaba muy pálida y debía salir a pasear, pues Shallem le echaría una bronca si me encontraba con tan mal aspecto. Pero yo continuaba obstinadamente muda y absorta en el vacío, perdida en mis pensamientos, y aún temblequeante ante el temor y la desconfianza que me inspiraba.

»Y mis pensamientos eran uno sólo. La visión, indeleble y espectral, de la mujer atravesada por la inmensa forma natural y manando sangre. Los alaridos roncos, profundos, imparables e idénticos unos a otros de los que, tapándome los oídos con las manos, había tratado de protegerme, preguntándome de quién surgirían, para darme cuenta, embotada e histérica, de que era yo quien los profería, y de que era incapaz de contenerlos.

»Y a donde quiera que mirase, la visión me perseguía como el dibujo en una lámina de vidrio superpuesta a mis ojos. Una macabra lentilla imposible de arrancar. Y, si, tratando de escapar a ella, cerraba los párpados, la aparición se hacía más nítida y cruel sobre el fondo rojizo u oscuro, y el sonido de mis gritos colapsaba mi cerebro.

»Y entonces miraba a Cannat pensando: "Él lo hizo", y en mis ojos se percibía tal espanto que, temeroso, abandonaba el dormitorio ante la posibilidad de provocarme un ataque.

»Y un día, no pude resistir por más tiempo la duda que, hacía tiempo, martilleaba mi cerebro en mi empeño por aferrarme a la mortalidad. Cogí el cuchillo que Cannat me había traído para partir la carne, sí, carne, y, aprovechando su breve ausencia, con él me abrí las venas de la muñeca.

–¡Dios santo! –intervino el sacerdote.

–Comprenda que no es que yo deseara morir, pese a todos los horrores acumulados. Mi intención no era suicidarme. Pero me negaba a admitir el que el prodigio de la inmortalidad se hubiera obrado en mí. "¿Qué cosa soy yo, si eso es verdad?", me preguntaba. Al cortarme las venas hubiera deseado ver manar la sangre a borbotones y sentir el dulce vahído de la muerte guiándome de la mano. Y, cuando me hubiese asegurado de que, efectivamente, estaba muriendo, de que podía morir, me hubiera apañado para llamar a Cannat y que él me salvara. Pero, si la muerte no llegaba, debía saber de qué modo concreto le era impedido. Debía ver cómo se coagulaba la sangre sobre mi muñeca, o se cerraba, instantáneamente, mi herida; formas que cientos de veces había imaginado.

–¿Y qué ocurrió?

–Que no brotó ni una sola gota de sangre a pesar del dolor que me aseguraba que el filo del cuchillo había penetrado en mi carne. Pero ésta se cerró tan rápido que ya lo estaba antes de que acabara de extraer el cuchillo. Resultó, en apariencia, como la falsa cuchilla con que los magos simulan cortar por la mitad a su presunta víctima. Entró y salió, y mi carne quedó como si nunca hubiera estado allí. Por tres veces lo probé, mirando, atónita, como, clavado en mis venas, interrumpía dolorosamente el flujo sanguíneo, produciéndome un espasmo en el corazón –algo que, por si sólo, hubiera debido matarme–, hasta que lo sacaba, dejando inmaculada mi muñeca, como si no fuera más que un artículo de broma. Y hubiera seguido descubriendo, hipnotizada, que aquel cuerpo mío ya nada tenía que ver conmigo, de no oír los pasos de Cannat, que al entrar en la alcoba debía encontrar la consabida máscara de cera, hermética y afásica.

»Pero, al final, Cannat encontró la solución para sacarme de mi mutismo. Ya lo había probado todo y todo había fracasado, pero, ante la inminencia de mi parto, era de esperar que Shallem apareciera en cualquier momento, después de hacer un final y apoteósico uso de sus fuerzas para liberarse. Y no podía encontrarme así, pensaba Cannat. Cuando él regresara debía parecer que todo había marchado bien, que él, Cannat, había cumplido escrupulosamente su promesa. Necesitaba conseguir como fuera congraciarse conmigo, hacerme regresar a un estado de normalidad.

»–Te he traído a alguien –me dijo, misteriosamente, una soleada tarde, cuando faltaban cinco días para el de mi parto–. Es una sorpresa –añadió–. Te gustará.

»Me eché a temblar y, desdeñosamente, me di media vuelta en mi cama para perderle de vista. Pensé que estaría tramando alguna atrocidad de las suyas. Él mismo transformado en Shallem, o algo peor.

»Salió de la alcoba murmurando algo a lo que no presté

atención. Luego escuché los pasos, claramente diferenciados de los suyos, de una persona que penetraba cuidadosamente en ella, como con miedo de molestar a un enfermo. Se quedó parado al borde de la cama, en silencio, tímido e indeciso, durante un tiempo que me mantuvo en vilo, pues él estaba a mi espalda y no podía verle.

»–Juliette –susurró.

»Sentí el instantáneo impulso de darme la vuelta y mirarle, había reconocido su voz. Pero no lo hice. "Tiene que ser él. El monstruo metamorfoseado", pensaba.

»–¿No vas a saludar a tu visita, Juliette? –sonó, desde la puerta, la voz de Cannat.

»Entonces me giré, lentamente, temerosa de Dios sabía qué. Cannat estaba a la entrada de la alcoba, apoyado en el marco de la puerta con aire de afectada seriedad. Y, a mi lado, junto a la cama, los espléndidos ojos de color violeta de Leonardo me miraban preocupados. Me incorporé dubitativa y asombrada, sin dejar de preguntarme aún si aquella visión no sería, simplemente, una alucinación provocada por Cannat.

»–¿Eres realmente tú? –susurré por fin.

»–Sí –me contestó, tomándome la mano dulcemente–. Soy yo de verdad. Estate tranquila.

»Vi que Cannat observaba, quieto y atento, el resultado de su experimento. Bien. El asunto iba bien. De momento, había hablado. Yo deseaba que se fuera. Quería estar a solas con Leonardo.

»–Padre –dijo éste–, ¿te importaría dejarnos?

»Y Cannat, bastante satisfecho, abandonó la habitación.

»Yo estaba tan contenta de verle... ¡Había tantas cosas que deseaba contarle! Esta vez se lo confesaría todo, absolutamente todo. A él, al único inmortal que podía comprenderme; al inmortal casi tan humano como yo lo era. Me lancé a sus brazos y comencé a hablar inconexa y embarulladamente. Le conté como Eonar me había obligado a tener a su hijo; lo mucho que amaba a Shallem; lo que había sucedido con él y lo que pretendía hacer con nuestro hijo; el miedo cerval que sentía por su padre, por Cannat, y los horrores a que me había sometido.

»–No sigas, cariño, no te tortures –me repetía una y otra vez–. Lo sé todo, no es preciso que continúes.

»Pero yo seguía, incontenible, desahogándome como nunca recordaba haber hecho, pronunciando con torpeza frases deslavazadas e incomprensibles. Pero no importaba. Necesitaba oírmelo confesar todo, del mismo modo que hoy lo estoy haciendo. Deseaba sentir su carne de carne prieta sobre la mía. Y no puede imaginarse el modo en que el escucharme a mí misma admitiendo la realidad me reconfortaba. Acabé diciéndole que yo era inmortal y que me negaba a serlo, que apenas podía reconocerme a mí misma, y cosas que nunca me había atrevido a pensar, del puro daño que me hacían, y de las que después me arrepentí enormemente, como que yo no era más que un juguete en las manos de los caídos y una concubina en los brazos de Shallem. La concubina del diablo, le dije. Y aún me odio y me avergüenzo por haberle calificado de aquel modo.

»Él me escuchaba, con su inmortal pero humano corazón partido de dolor, estrechándome fuertemente contra sí.

»–Lo sé todo, amor –continuaba susurrándome– Siempre lo he sabido.

»Después me pidió que me vistiera para que pudiéramos salir de allí. Y lo hice rápida y vehemente, deseando huir de la cercanía de Cannat, siquiera por un rato.

»Quisiera saber explicarle el bálsamo que Leonardo supuso para mi dolor. No sólo era lo más cercano a mi extraña naturaleza que podía encontrar, sino que además veía en él el retrato de la maravilla en que un día se convertiría mi hijo.

»Y yo no fui la única en hacer confesiones. También Leonardo me esclareció todo lo relativo a él, como había ardido en deseos de hacer la última vez que nos vimos.

»Había nacido, trescientos veinte años atrás, en Roma. Su madre era una mujer de noble cuna y de gran inteligencia. Cannat se acostó dos veces con ella. La primera se limitó a seducirla; la segunda le explicó quién era y lo que pretendía, y ella aceptó. Nueve meses después volvió para cumplir su promesa: adornar a su hijo con los dones divinos.

»Leonardo no sólo leía claramente el pensamiento, podía mover objetos a distancia, prender fuego con su simple deseo, ausentarse de su cuerpo para visitar lugares remotos, trasladarse en el tiempo, destrozar el cerebro de sus enemigos con el poder de su mente –aunque me aseguró haberlo hecho sólo una vez y por absoluta necesidad–, sustraerse a la gravedad, comunicarse con los animales. Leonardo nunca había conocido el dolor físico o la enfermedad.

»Su padre le había visitado a menudo durante su vida, pasando con él largas temporadas y luego desapareciendo con la firme promesa de volver pronto. Pero podía comunicarse con él, no importaba la distancia o el tiempo que hubiese entre ellos, como consigo mismo.

»Me dijo que Cannat y él se amaban, pues, en definitiva, eran el mismo ser, pero que Cannat podía acabar, él y sólo él, con su vida en cualquier momento, haciendo regresar a sí mismo la parte de su espíritu que había cedido a su otro cuerpo, al cuerpo de Leonardo. Y que él sabía que, tarde o temprano, acabaría haciéndolo, pues poseía un tesoro que Cannat ambicionaba: la capacidad para leer las almas. Entonces dejaría de ser una criatura con voluntad propia y regresaría a su fuente, al espíritu de Cannat, al cual engrandecería con aquella capacidad.

El padre DiCaprio hizo un nervioso ademán con su mano para interrumpir a la mujer.

–¿Pero cómo era posible que el hijo pudiese leer las almas cuando el padre no podía hacerlo? –preguntó. Y se quedó, con los ojos y la boca muy abiertos, esperando la respuesta.

–Leonardo no estaba seguro de ello, aunque tenía algunas teorías. Pensaba que, al reproducirse el alma de su padre, podía haber aparecido en su fruto alguna de las características de su abuelo, es decir, de Dios, que latiesen de forma residual en Cannat. Es muy sencillo si lo trasladamos a la esfera humana. Suponga que un nieto cuyo padre tiene los ojos castaños, hereda los ojos verdes de su abuelo. Hoy sabemos el porqué, los genes y todo eso. Pues algo así habría sucedido en esta especie de partenogénesis del alma de Cannat. Pero a Leonardo también se le había ocurrido otra posibilidad; la de que, de alguna forma, Cannat le hubiese traspasado involuntariamente aquel preciado don. Esta opción me resultaba inverosímil, porque, conociéndole como le conocía, sabía que no hubiera resistido trescientos veinte años sin un don tan valioso para él, si ya hubiese estado acostumbrado a poseerlo.

»Leonardo sabía cosas de nosotros que nosotros mismos desconocíamos. Porque no sólo veía, además, sabía interpretar lo que veía.

»La tarde pasó en un suspiro en el oscuro rincón de la desierta tabernita en que nos encontrábamos, y parecíamos no parar de hablar ni para respirar. Éramos dos criaturas extrañas, dos monstruos gemelos en su soledad. Pero Leonardo iba a tener un sobrinito, un igual a él, hijo de su tío Shallem. Y la idea pareció gustarle.

»Al llegar la noche le supliqué que se quedase conmigo en casa, que no me dejase a solas con su padre. Él me respondió que era imposible, que Cannat le había prohibido expresamente el hacerlo, que era la única condición que le había impuesto para poder verme, pues él se lo había estado suplicando desde la desaparición de Shallem. Cannat tenía miedo de que nuestra inmortal humanidad nos uniese demasiado fuerte como para separarnos después, pero eso sólo hubiese podido ocurrir si yo hubiera perdido toda esperanza de que Shallem volviese a mi lado.

»Por tanto, Leonardo me dejó en casa, despidiéndose hasta el día siguiente, y, de nuevo, me encontré, lúcida y en pie, a solas con Cannat. Un Cannat silencioso y abstraído que apenas me prestó atención, y que me envió a la cama con un vaso de leche.

»Luego, como cada noche, se acostó en la cama, junto a mí, tras apagar las últimas velas.

»—Juliette, date la vuelta, mírame —me pidió, con la voz triste y apagada.

»No pude evitar hacerlo.

»–Juliette, Shallem..., Shallem... –empezó, con la voz quebrada y marchita–. Todos los prosélitos de Eonar están contra él. No tiene una posibilidad de escapar. Son una jauría persiguiendo a un lobo. Es más fuerte, pero son demasiados. –Quiso continuar hablando, pero su voz se había extinguido. Volvió a coger aire–. No llegará a tiempo –añadió en un suspiro.

»–Lo sé –susurré, contemplando desde tan cerca, maravillada, la triste expresión de Cannat, lo vulnerable e inofensivo que parecía al compartir el sufrimiento de Shallem.

»–¿Cómo? –me preguntó.

»Encogí perezosamente los hombros.

»–De alguna manera.

»–Claro –murmuró.

»–¿No puedes ir tú a ayudarle? –pregunté lacrimosa.

»–No tendría sentido. Si te dejara te matarían por acabar con tu hijo más rápidamente. Y entonces Shallem os perdería a los dos. Podrá tener más hijos, pero no recuperarte a ti.

»–¡Pero yo soy inmortal, lo sé!

»–No para cualquiera de nosotros.

»–¿Pero y Shallem? –sollocé.

»–No te preocupes por él. Le dejarán en paz en cuanto el niño nazca. El esfuerzo común que deben realizar para retenerle es enorme y aburrido. Están deseando ponerle fin.

»–¿Pueden hacerle algún daño?

»–Ninguno, salvo el moral. Está tan... tan triste, tan impotente y apenado...

»Cinco días después llegaron, puntualmente y en ausencia de su padre, los primeros vagidos de mi hijo. Fue un parto magnífico, físicamente indoloro, y en el que un ángel de fúlgidos ojos azules me asistió en todo momento.

»La llegada del niño me causó escaso gozo, he de admitirlo, salvo por el hecho de que me había librado de aquella criatura que, con mi voluntad o sin ella, crecía hasta imposibilitarme la existencia en mi propio cuerpo. Pero ello sólo obedecía a un motivo: que no habría nada en el mundo capaz de hacerme feliz hasta el regreso de Shallem.

»Por otro lado, el amor que debía sentir por mi hijo, y que, de hecho, sentía y refrenaba, me resultaba doloroso y temible en la clara certidumbre de su breve existencia, de su vida condenada antes de ser engendrada

»Tras el alumbramiento, Cannat, como una experta nodriza, se ocupó de lavarlo con agua tibia, le puso las ropitas que le habíamos hecho confeccionar, y me lo entregó sin una sola palabra.

»Era adorable, todo lo hermoso que puede ser un recién nacido. A mis ojos, mucho más de lo que lo había sido Chretien. Su piel suave, hecha de pétalos de rosa; sus ojitos, brillantemente glaucos, mirando con estrábica fijeza y curiosidad; sus miembros, tan pequeños, graciosos y delicados como los de un muñeco. No se podía decir, en verdad, que fuese igual a Shallem. Sin embargo, en mi angustia y mi necesidad de encontrar su compañía y su recuerdo en todo cuanto veía, así deseé creerlo y así lo manifesté en voz alta, quizá como medio de reafirmar mi creencia.

»—¡Qué sabrás tú! —me contestó acremente Cannat. Y, señalando al niño, añadió—: Ése es sólo un pedazo de carne humana procreado por dos cuerpos. Lo mismo que ha procreado a miles. Los humanos engendráis cuerpos, pero las almas que los animan no proceden de vosotros. ¿De qué os llamáis padres, pues? Os limitáis a producir cuerpos vacíos que serán ansiosamente ocupados por espíritus cualesquiera sin la menor relación con vosotros. Y así ha ocurrido con tu hijo. Nunca será más que una ínfima parte de Shallem, algo imperceptible. No es su hijo. No en la manera en que nosotros lo entendemos. Los humanos generan cuerpos, los ángeles concebimos almas. Y, además —añadió, en el colmo del desdén—, no tiene el menor parecido con él.

»Me quedé tremendamente dolida pensando en las palabras que había pronunciado y a las que tanto sentido encontraba. ¡Qué mal, qué frustrado se sentiría Shallem!

»Si por algo me sentía feliz, era porque estaba convencida, y así me lo había asegurado Cannat, de que Shallem no tardaría en llegar. La excitación crecía en mí segundo a segundo. "Tal vez pase por delante de mí y no sea capaz de reconocerle", me decía mientras miraba a uno cualquiera de los paseantes que cruzaban la calle, y a quienes me avergonzaba de no poder descartar como el nuevo Shallem. "¿Cómo será ahora?", me había preguntado cientos de veces, sin animarme nunca a preguntarle a Cannat. "¿No se confundirá mi alma? ¿Será capaz de distinguir, bajo la nueva envoltura, al ser que ama? ¿Podré soportarlo si no reconozco su tierna expresión, su dulce calor?", me preguntaba, ¿Y si no lo aguantaba y huía ante la visión de ese ser desconocido? ¡Qué dolor infligiría en el corazón de Shallem si no pudiese contenerme, si él pudiese leer, que seguro podría si lo hubiera, algún signo de espanto, de horror ante su nueva forma! Y yo por nada del mundo quería hacerle daño, tenía que contenerme como fuera. Antes hubiera preferido morir a herirle de esa forma.

»Y estas preguntas e inquietudes me martirizaban el cerebro tras el parto como venían haciendo desde la desaparición de Shallem. De hecho, me preocupaba más de contar los minutos y de mirar por la ventana, como si esperase verle aparecer por la esquina de la calle, que de ocuparme debidamente de mi hijo.

»—¿Quieres que le dé yo de mamar al niño? —Oí, nebulosamente, unas horas después de dar a luz, mientras contemplaba, con el pecho agitado, el tránsito de la calle.

»Me di cuenta de que el niño lloraba a pleno pulmón y de que yo ni siquiera le había oído.

»—Cuídale bien mientras viva —me dijo Cannat—. No será demasiado tiempo. De modo que no te causará muchas molestias.

»Y me puso al niño en los brazos.

»Estaba frenético. Tenía los tiernos bracitos levantados y doblados, y sus blancas manitas se cerraban en minúsculos puños. Apretaba fuertemente los párpados, y su carita estaba tan inflamada y enrojecida por la rabia que parecía que fuese a explotar. Su tosecita de bebé con la garganta irritada por el llanto furioso, sonó dos o tres veces. Cobró aliento y reanudó, aun más violentamente, sus ruidosas quejas; frágiles, pero tan agudas y vibrantes que atravesaban el cerebro.

»De pronto me di cuenta de que había nacido, de que existía, y de que yo le amaba; y supe, también, que, al igual que yo, Shallem le amaría, no importaba lo que dijese Cannat. Y lucharía por él, como había luchado por mí, pese a que fuera mortal.

»–Shallem. Mi Shallem –susurré. Y lo llevé hasta mis labios y lo besé desesperadamente.

»Luego, rápidamente, indiferente a la mirada siempre escrutadora de Cannat, me desabroché el camisón y satisfice su hambre.

»La incógnita sobre el nuevo aspecto que Shallem presentaría ante mí, y que tantos desvelos me había causado, se despejó pocas horas después.

»El niño estaba en la cama. Cannat meditaba, cabizbajo, esperando. Y yo, me limitaba a mirar por la ventana soñando con que Shallem apareciera, caminando como un mortal, con paso rápido, y envuelto en su capa de terciopelo azul.

»Pero no fue así. Surgió de pronto, de la nada. Por unos instantes quedó instalado en mitad de la habitación, inmóvil y silencioso, como si quisiera pasar desapercibido para, durante unos segundos, deleitarse en la contemplación de nuestra intranquila espera, de nuestra angustia por él.

»Cuando le vi, él miraba a la cuna y Cannat le miraba a él. Y era él, ÉL, sin duda. El conocido y adorado cuerpo de mi amado total y absolutamente desnudo. Renacido a la vida terrenal. Y no puedo explicarle hasta qué punto me alivió este reconocimiento. Cómo la eludida respuesta a mis preguntas, que siempre había sabido, pero nunca admitido, al fin tuvo libertad para desvelarse con hiriente claridad: le amaba en cuerpo y alma, pero era incapaz de disociar su alma de su cuerpo. Y este pensamiento me avergonzó profundamente. Recordé fugazmente a Shallem hablándome del nulo valor del cuerpo y de la imponderable valía del alma; enseñándome que ésta, humana o divina, es lo único que merece ser amado; diciéndome que el cuerpo no es más que un instrumento, un vehículo, un órgano mutable del alma, aunque, en su caso, fuese inalterable, y que sólo al alma podemos llamar, con toda propiedad, nosotros mismos.

»Me esforcé por borrar aquellos pensamientos de mi mente. "Si sólo amas mi cuerpo, no me amas a mí", me había dicho. Pero no era verdad. Porque su cuerpo era un poema y cada uno de sus miembros un verso dentro de él. Su mirada una estrofa por sí sola que me hablaba de las delicias de su alma, de la belleza de su espíritu, de sus sentimientos encontrados ante un mundo inaceptable. No era la gracia alada de sus gestos, el dúctil movimiento de su cabello flotando al viento, la armónica cadencia de su suave voz, la tierna expresividad de su luminosa mirada, sino la sensibilidad que me mostraban, las vivencias de que me hacían partícipe, los sentimientos que me sugerían, las emociones que despertaban en mí. Es decir, lo que el cuerpo me hacía saber acerca del alma. Y, si en la breve vida del hombre, el rostro llega a ser el reflejo del alma, ¿puede imaginar lo que se translucía en la mirada de Shallem, después de millones de años de existencia? En un cuerpo más hermoso que el suyo, pero carente de esa emotividad, quizá no hubiera sido capaz de amarle con la misma pasión. Él veía mi alma nítida y directamente, pero todo lo que yo podía ver de la suya pasaba a través de su cuerpo.

»Creo que me levanté como impulsada por un resorte al ver que Cannat lo hacía también y que se dirigía al lado de Shallem con evidente intención de abrazarlo. Pasé como una flecha por su lado y le di tal empellón que, desprevenido como estaba, trastabilló. De este modo conseguí alcanzar primero el abrazo de Shallem, que contempló atónito mi maniobra y la consiguiente furia de Cannat.

»—Has vuelto, amor mío, has vuelto —le decía, sollozando y estrechándole con todas mis fuerzas, como si temiera perderlo de nuevo–. Y tu cuerpo... ¡Yo vi cómo se quemaba! No esperaba volver a verlo nunca. ¿Será éste tu aspecto para siempre? –le pregunté como una mema.

»Él dejó de besarme y me miró, incrédulo y desconcertado.

»–¿Qué quieres decir? –me preguntó, atónito ante mis palabras–. ¡Éste es mi cuerpo! ¿Cuál iba a ser mi aspecto si no? –continuó, extrañado, como si lo que había ocurrido fuese lo más natural del mundo y así debiera parecérmelo a mí.

»Era el mismo de siempre, confuso, ofendido y desconsiderado ante mi sempiterna ignorancia.

»El dolor de Shallem, su impotencia y frustración por no haber podido darle a su hijo lo que había deseado, por haberse sentido secuestrado y esclavizado, dejaron en él huellas profundas.

»–Lo siento –me decía, con los ojos brillantes de dolorida emoción–. Lo siento.

»Yo le consolaba como podía. Le decía que no importaba, que nadie hubiera conseguido escapar, que querríamos al niño lo mismo aunque fuese humano, y que ahora sólo debíamos preocuparnos de que nada malo le ocurriera. Más adelante tendríamos otro hijo y nadie podría impedirle ejercer su poder sobre él. Pero cuando le observaba mirando al niño en su cuna, cuando le cogía en sus brazos y, con los ojos cerrados, posaba su mejilla sobre la suave y minúscula de él, sabía que pensaba en lo que hubiera podido ser y no era, en el portentoso hombre inmortal en que hubiera podido llegar a convertirle y que nunca sería. Shallem no podía soportar la indefensión y el fracaso, lo mismo que no podía soportar las ataduras ni la imposición de la autoridad.

»Pero el tiempo fue pasando, nuestras heridas cicatrizando y Cyr, nuestro hijo, creciendo sin que nada pareciese atentar contra su vida.

»Ahora éramos cinco. No siempre, pero, a menudo una vez a la semana, Leonardo se nos unía en nuestros paseos o en nuestras comidas. Caminábamos los dos juntos, extraños semihumanos unidos por el especial misterio de nuestra singularidad, por el aislamiento inherente a él. Y, por detrás de nosotros, dos ángeles de rostros suspicaces nos seguían como padres atentos a los juegos de sus hijos, uno de ellos con un niño mortal en brazos o enseñándole a dar sus torpes y humanos primeros pasos. Yo, de tanto en tanto, me daba la vuelta para comprobar que todo iba bien, que mi hijo se encontraba en perfecto estado y que mi amor me seguía, receloso, sin quitarme la vista de encima.

»Leonardo se había convertido en un pintor de enorme relevancia y dirigía su propio taller. Pintó montones de retratos nuestros, siempre bajo el disfraz de personajes mitológicos. Y vendía tantos como pintaba a los ricos comerciantes, que parecían más encantados cuanto mayores eran las sumas que le pagaban por sus obras.

»La vena angelical de Cannat por fin se destapó durante esta larga época de paz, a la cual él, durante algunos periodos, contribuía modestamente. Adoraba a Cyr. Y éste le quería tanto a él que muchas veces creí ver la llama de los celos refulgiendo en los ojos de Shallem. Cyr lloraba cuando Cannat se iba para ausentarse durante días. Se quedaba tan triste y melancólico que no había manera de animarle. Y sólo volvía a sonreír, con una sonrisa pícara idéntica a la de su tío, cuando éste regresaba.

»Yo fomentaba el cariño de Cannat por mi hijo. Era un alivio el saber que le quería y que nunca sentiría por él los espantosos y crueles celos que sentía por mí, y por los que tanto daño me había hecho. No obstante, a veces dudaba de que el suyo fuese un cariño totalmente limpio y desinteresado, y sospechaba que podían existir motivos ocultos cuando, a menudo, le veía arrancando a Cyr de los brazos de su padre, como si le molestase contemplar escenas de amor entre los dos o temiese que Shallem llegase a querer al niño más de lo que él consideraba conveniente.

»Sin embargo, como le digo, yo fomentaba su cariño por Cyr con frases tan humanas y familiares como: "Tiene tu misma sonrisa", "Imita tus mismos gestos", "Se ha pasado la tarde preguntando por ti", "No quiere más que estar todo el día contigo", y otras igualmente verídicas y halagadoras, y que inflamaban eficazmente la vanidad de Cannat.

»A pesar de las incidencias, como las muchas veces que Cannat tuvo que regresar en el acto de donde estuviera, porque, en su ausencia, Shallem detectaba, invariablemente, las malditas e infernales presencias dispuestas a asesinar a nuestro hijo, disfrutamos una época de gran felicidad.

»Cannat se comportaba correctamente conmigo, algo mejor que antes de que Shallem nos dejara. Era tolerante con mis defectos de humana y, a veces, incluso cariñoso. Y era una suerte que adorase de ese modo a Cyr, porque estaba claro que Cannat era el seguro de vida de nuestro hijo.

»Otro que sentía celos era Leonardo. Celos de Shallem, porque yo le amaba, celos de Cyr, porque era amado por Cannat.

»Shallem sostenía una extraña relación con Leonardo. Le quería, pues en el fondo era el propio Cannat, pero también se mostraba celoso del amor que éste le profesaba. Algo absurdo, porque, en realidad, los tres formaban parte del mismo ser. Siempre me extrañó que Shallem no quisiera más a aquella parte de Cannat que lo era también de sí mismo, y la única explicación que conseguí encontrar fue que los celos de Cannat no eran nada en comparación con los de su hermano.

»Los mejores períodos eran aquellos en que Cannat desaparecía y nos quedábamos solos los padres y el hijo. Entonces era feliz como nunca, entregada de lleno al amor de Shallem.

»Yo había cambiado. A su cruel y gravosa manera, Cannat me había hecho enfrentarme a la realidad en toda su plenitud.

»Mis viejas, heredadas y falsas convicciones se habían derrumbado lenta y dolorosamente. En el transcurso de unos pocos días él las había sustituido por todo un mundo de ideas abstractas pero reales. Y todo ello me había hecho reflexionar y crecer. Cannat me hizo no sólo más sabia, sino también más madura y más, mucho más fuerte. Ése era mi débito para con él. Y ahora trataba de afrontar mi relación con lo sobrehumano de una forma diferente.

»Hablé con Shallem. Le expliqué cuáles eran mis conocimientos y cuáles mis dudas; los temores que albergaba, el modo en que percibía mi propio cambio, que había dejado de ser una niña ignorante y que si, como él afirmaba, ahora estábamos más cerca el uno del otro, debía intentar descender de su posición de altura para llegar hasta mí y compartir su mundo conmigo. Y conseguí, hasta cierto punto, que dejara de verme como una tierna amapola presta a marchitarse en el momento de ser arrancada de sus raíces. Porque yo, definitivamente, había sido arrancada de mis raíces terrenales, pero había arraigado nuevamente entre ellos. Ellos, que ahora, claramente, sin miedos, trances, ni visiones espectrales, constituían mi familia.

»Creo que el nacimiento de Cyr fue el que consiguió que, al fin, me encontrara conmigo misma. El ver a mi hijo mecido por los brazos del ángel, a mi hijo, que con tres años pronunciaba extrañas sentencias sobre seres que yo no podía ver, y que era capaz de desprenderse de su cuerpo con su mera voluntad, por extraño que parezca fue el choque definitivo que me incrustó en la realidad, y que me hizo afincarme en el suelo de tal forma que el ciclón que un día habría de llegar, no conseguiría arrancarme de él.

»Le pedí a Shallem que me mostrara cuanto había prometido, es decir, las maravillas del mundo. Y, poco a poco, lo fui consiguiendo. Quise saber exactamente cuáles eran sus poderes, los que le diferenciaban de Cannat y de todos los demás. Y, de cuando en cuando, reticentemente, me mostraba alguno de ellos.

»A veces, cuando Cannat regresaba de sus viajes, con los ojos encandilados por la felicidad del reencuentro con los suyos, entre los cuales parecía incluirme a su pesar, me quedaba absorta contemplando la maravilla de su ser, y rememoraba, entre las oscuras brumas del recuerdo, que miles de almas, muchas de ellas no muy lejos de Florencia, yacían eternamente encadenadas a sus restos humanos porque a aquella poderosa y resplandeciente criatura así se le antojaba.

»Y me acordaba también de los horrores a que me había sometido, las revelaciones con que me había iluminado, los forzados cuidados que me había dispensado con tanta antipatía. Y, pese a todo, algo debía agradecerle a Cannat, algo que Shallem nunca había sabido hacer: descender a mi nivel para auparme hasta el suyo.

»Pero nada de esto llegó de repente, de forma inesperada, sino que fue fruto del tiempo y de la convivencia.

–X–

»La tranquilidad llenaba nuestro hogar. Cannat se transformaba, durante el tiempo que pasaba con nosotros, en un perfecto y casi aburrido caballero. Sólo sus aventuras galantes lo sacaban de la rutina. No mataba, a no ser que tuviera lo que él considerase un buen motivo para ello.

»En cuanto a Shallem, continuaba su búsqueda. Tras periodos de absoluta normalidad, atravesaba otros en los que se pasaba el día callado, grave, meditabundo. A veces permanecía inmóvil, en absoluto silencio y sumido en sus impenetrables pensamientos, durante horas. Cannat le contemplaba absorto, evidenciando en su rostro el inextricable misterio que constituía para él. Luego volvía a mí la vista y me miraba sin perder aquella expresión, como si yo fuese una innegable prolongación del enigma de Shallem.

»–Haz uso de lo que te ha dado –me exhortaba–. Penetra en él. Dime qué le pasa.

»Pero yo, por más tiempo y esfuerzos que empleaba en intentarlo, no encontraba la manera de hacerlo. Era como si aquello del espíritu de Shallem vivo dentro de mí no fuese más que una broma que ellos se hubieran inventado. No tenía ninguna clase de poder.

»Mi única habilidad era la humana facultad de pensar y elucubrar. Y gracias a ella recordaba y enlazaba las otras circunstancias y lugares en que le había visto en tal actitud, con aquella conmovedora y melancólica expresión en su semblante, que ahora se había vuelto secreta y huidiza, como una vergüenza que temiera compartir. En Notre–Dame, junto al Sena, en el Sacre–Coeur... y así conjeturé que Shallem seguía soñando con

Dios, que la obsesión no le había abandonado ni aun después de todos los horrores cometidos que le alejaban todavía más de Él: el odio que se había avivado en él la noche de la muerte de Jean, los jóvenes inocentes que había sacrificado a Eonar... ¿Y pensaba que Dios haría ojos ciegos a todo eso? ¿Realmente cabía esa posibilidad? Quién lo sabía.

»Y Cannat trataba a toda costa, vana, pero obstinadamente, de penetrar en sus pensamientos, resistiéndose a ser un mero observador impotente a su sufrimiento. Le preguntaba sobre ello con toda la infinita seductora persuasión de que era capaz. Le espiaba, le perseguía. Trataba de entretenerle buscándole todo tipo de diversiones, como un humano haría con un pariente deprimido. Y aunque Shallem no confesaba, aunque permanecía inescrutable y aislado, como una bella estatua de mármol, expresiva, pero silenciosa y hermética, Cannat, mediante la ayuda de Leonardo, llegó al conocimiento.

»—¡Otra vez esa estúpida pasión! —me decía a solas—. ¿Por qué no puede ser feliz? ¿Por qué no puede olvidar? ¿No se da cuenta de que nada de lo que fue nuestro existe ya, de que ni siquiera Dios existe? ¿Por qué no vuelve la cabeza y descubre lo que tiene ante sus ojos, en lugar de andar siempre con la añorante mirada perdida en un pasado irrecuperable? El mundo es suyo, la humanidad es suya, y allá donde él no llegue, yo se lo alcanzaré. ¿Por qué ha de estar siempre errabundo y melancólico? ¿Qué espera de Dios? ¿La remisión? ¿Está loco? ¿Está ciego?

»Y no dejaba de mirarme enloquecido mientras se hacía estas preguntas, como si considerase que yo, que formaba parte de Shallem, debía tener todas las respuestas.

»Y yo, en aquel momento de dulce intimidad, con los ojos inundados por las lágrimas, acariciaba suavemente su mejilla y le susurraba:

»—Si pudiese adaptarse dúctilmente a su destino, si, sumisamente, se conformase con buscar la felicidad en él sin oponerse a su suerte, si no fuera indómito y desafiante a toda ley y a toda autoridad, el marginado entre los marginados, el rebelde entre los rebeldes, el inquieto, el insatisfecho, el apasionado, ¿le amarías tú?, ¿le amaría yo?

»–Sólo quiero que sea feliz –me replicó–. Y no me importa lo que haya de hacer para conseguirlo.

»Su voz era triste y cansada, sus ojos se posaban, huidizos, sobre sus propias manos, sobre las vivas y crepitantes llamas, rojizas y anaranjadas, que él mismo había encendido, no tanto por respeto a un frío que no podía sufrir, como para embellecer la habitación con los íntimos juegos de luces que resplandecían por toda ella y con el luctuoso chisporroteo azulado que tan a menudo se producía.

»–Yo no soy el diablo –continuó, en un tono de voz tan bajo que no estaba segura de haberle entendido–. Nunca lo he sido. El diablo no existe, como no existe el infierno fuera del lugar en que la humanidad crece. El infierno es un estado. El estado a que ellos se abocan. Nada de eso que te contaban de pequeña es verdad. No hay mayor malignidad que la del propio hombre. Sólo él es capaz de tramar semejantes castigos infernales tras la muerte para quienes, en vida, no se atienen a sus reglas innaturales, y ellos mismos, erigiéndose en dioses, designan satisfechos a quienes deben padecerlos.

»Sumido en sus pensamientos se masajeó la frente como si los ojos le dolieran o estuviera tremendamente cansado.

»–No hay diablo –insistió quedamente–. No hay infierno. No hay ángeles caídos. Sólo hay ángeles. Ángeles en el exilio.

»Yo le miraba anonadada, no sólo porque nunca le había visto en un estado semejante, sino también porque jamás hubiera creído que pudiese caer en él.

»–No soy malvado –continuó, con la lánguida mirada perdida, como si tratase de reafirmar esa idea ante sí mismo.

»–Lo sé, Cannat –le aseguré, presa de un compasivo sentimiento amoroso–. Lo sé.

»Según decía esto me acordé de aquellos a quienes había asesinado con espantosa crueldad y sin el menor motivo, pero la necesidad de consolarlo me estaba empujando hacia él, y su mano, grande, blanca, poderosa y surcada de preciosas venitas azules, descansaba entre las mías.

»–Aquello no cambió nada –murmuró en un trance–. El día en que ocurrió... Si hubieras visto el rostro de Shallem; su inocente expresión de absoluta incomprensión, lo mismo que la mía..., su confusión... "¿Por qué?", me preguntaba una y otra vez, "¿Por qué hemos de irnos, Cannat?", como si yo fuese el dios que lo había dictaminado. "¿Por qué esta injusticia proviene de Él?" Me miraba a los ojos con la dulce e ingenua expresión que entonces tenía, los suyos animados por brillantes chispas de perplejidad. Y entonces supe que nunca abandonaríamos la Tierra.

»"Ni él, ni yo, ni ninguno de los otros sabíamos lo que habría de ocurrir. Confiábamos en Él, en que Su Amor por nosotros acabaría obligándole a salvarnos... Nunca sospechamos... Pero, aún así, nada cambió. Somos los mismos. Sus ángeles. Otros conceptos sólo existen en la mente del hombre: lo único diabólico sobre la Tierra.

»Luego me miró. La expresión confundida, los ojos hambrientos de cariño.

»–Pero Shallem aún sigue creyendo... –susurró–. Perdido...

»Enlacé mi brazo entre el suyo y apoyé mi cabeza sobre su hombro.

»–Cada vez le sucede más a menudo –continuó quedamente–. Se retrae en sí mismo, se oculta por más tiempo en sus ilusos sueños, en esa melancolía indescifrable. ¡Ojalá pudiese leer en su alma como él lee en la mía!

»Hasta entonces nunca había visto una mayor expresión de tristeza y angustia en los ojos de Cannat. Aquello me tenía hechizada. Sus desvelos por Shallem, los sufrimientos que padecía por él y sólo por él, la forma en que buscaba protegerle de todo mal, su amor, tan poderoso como posesivo, sus denodados esfuerzos por comprender los laberínticos pensamientos del complicado y conflictivo espíritu de su hermano. Le amaba con pasión, con reverencia, como a un dios, igual que yo lo hacía. Y nosotros, Cannat y yo, nos igualábamos en aquel desbordante amor como pobres esclavos devotos implorando, insatisfechos, los favores de un dios lejano e indolente.

»Cannat acercó sus labios a mí y me besó dulcemente en la sien. Los sentí apretados largo tiempo contra mi vena palpitante. Me besaban el corazón, el alma.

»–Vuestro amor es eterno –me oí susurrar embriagada–. Es el único amor eterno. Dime que siempre estarás con él. Dime que siempre lo cuidarás...

»Había cerrado los ojos, arrebatada por el éxtasis, y mi cuerpo no existía: nunca había existido. Toqué las llamas y las llamas no quemaban. Y las llamas no alumbraban. La luz era blanca, muy blanca, y no hubiera sido factible descomponerla en un espectro de colores. Todo estaba, pero nada era lo mismo. Cannat sostenía aún mi frente, pero su beso había concluido y su mirada embelesada se dirigía al frente, a la chimenea, a mí. Le miré como si no comprendiera lo que hacía allí dentro, dentro de su propio cuerpo. Y entonces vi que, súbitamente, nuestros cuerpos caían desmayados, como si su fuerza hubiese cesado de improviso, y que el mío yacía aplastado bajo su peso. Y no me importó nada, nada, en absoluto, el destino de aquella materia de otro mundo a la que sólo de un modo vago e impreciso reconocía como mi envoltura terrenal. Me era totalmente ajeno. Como si nunca hubiese estado dentro de él. Eso era exactamente.

»Una esquina del techo atrajo mi atención. El mejor lugar de observación para un espíritu libre. Deseé estar en él y, por mi mera volición, allí estuve. Sin volar, sin flotar. Desde allí pude contemplar, con mi auténtica visión, el espectáculo sobrenatural de aquel salón que ahora se había convertido en un extraño y mortecino lugar en el más allá. Tan desvaído, tan falto de color, tan muerto como mi laxo cuerpo tendido en el sofá, frente a la pálida y silenciosa chimenea. ¿Y qué si nunca volvía a él? ¿Debería hacerlo? ¿Realmente debería hacerlo?

»¿Y aquella criatura inverosímil ocupando el centro de la habitación, a sólo unos centímetros del techo? ¡Oh, Cannat! ¡Tú sí tienes color! ¡Tú eres el color! ¡Sublime, celestial! "Mírate", me dice. Y lo hago, y al instante le comprendo. "Colecciono almas", me había dicho. Y viéndome a mí misma me pregunto: "¿Y quién no lo haría, Cannat?" ¡Oh, Dios mío! ¿Pero qué soy, en realidad? ¿Qué prodigio invisible a los ojos de los mortales? Y comprendo más. Comprendo a la humanidad entera en su inacabable búsqueda de la belleza, de la perfección. Comprendo que se buscan a sí mismos, su fuente, sus orígenes, su propio ser, a través de inconscientes recuerdos de su auténtico yo.

»"¡Quiero salir! –grito–, ¡sobrevolar las techumbres de Florencia, hacer acrobacias en la cúpula de Santa María de las Flores!" ¡No! ¡No! Nada de eso existe ya, ¿verdad, Cannat? Ahora me guiarás con tu hermosa mano a nuestro verdadero mundo. Al mundo de los vivos. Y sí. Llega hasta mí y acaricia mi mejilla. "¡Puedo sentir!", exclamo. Y tu rostro, tu impecable rostro de varón, tus facciones angulosas, el fulgor de tu mirada azul, tu tentador cabello... lo palpo, lo veo, a través de tu fascinante luz multicolor. Pero, ¿y yo? ¿Sigo teniendo mi rostro de mortal? Desciendo hasta el espejo y me miro en él. ¿Dónde estoy? ¡No me reflejo! ¡No puedo verme! Me palpo el rostro y ¡qué distinto me resulta su contacto! No soy mujer, ya no, sino un compendio gigantesco de luces y colores, pálidos, alegres, brillantes. Cannat conserva su apariencia por debajo de la luz. Él es un ángel. Nació con ese aspecto y nunca morirá, es por eso.

»"Falta Shallem –me digo–, y también nuestro hijo", los únicos seres que consigo recordar de mi vida mortal. Esperémosles y huyamos luego. Sí, fuera del mundo de tinieblas, a la luz, lejos, muy lejos

»"Vuelve ahora", me dice Cannat. Me espanto. Me horrorizo. "¡No!", grito, y Cannat me ordena: "¡Regresa!", y suelta un exabrupto. "¡No! ¡No! ¡No! –clamo–, ¡No quiero hacerlo!" Y Cannat viene hasta mí y me sonríe y, ¡Ah!, un vértigo incontenible, un espasmo en el agitado pecho y un grito que escapa de mi boca mortal. Trato de incorporarme y me resulta imposible, lucho contra el peso del cuerpo de Cannat y no se mueve un ápice. Y, ¡Dios!, qué dolor en el hombro, qué opresión en el pecho. Cannat se levanta y mi hombro parece desgarrarse.

»–Lo siento –me dice–, la próxima vez caeré hacia el otro

lado.

»Le miro, alelada.

»—Me has obligado a volver —le digo, como acusándole de un crimen monstruoso.

»Y Cannat me sonríe y me abraza, y yo le dejo hacer, sin fuerzas para impedírselo o corresponderle.

»—Bello, muy bello, bellísimo —dice—. No se lo digas a Shallem, no le gustaría. Será nuestro secreto.

El sacerdote dibujó una pirámide con las manos y, cerrándola, cubrió con ella su boca, mientras sus ojos miraban extáticos a su confesada.

La mujer le miró y pareció sentir un inmenso placer en ello. Como si encontrase relajante su visión.

—Pero no quiero que se llame a engaño —dijo, al cabo de unos segundos—. No quisiera darle una falsa impresión de la relación entre Cannat y yo, que se movía, por entonces, entre la ocasional ternura y la indiferencia y los raptos de maldad con los que me devolvía a mi lugar. Por eso, ahora le contaré una anécdota, porque ya no es más que eso, que le resultará esclarecedora.

»Ocurrió un día en que Shallem y el niño se habían quedado rezagados, ocupándose de un pájaro herido, y Cannat y yo escuchábamos, un poco adelantados, el triste recitar de una pobre ciega.

»De unos seres que ya nada tenían que ver conmigo, la ceguera era la única de sus desgracias que aún me conmovía.

»Quise probar mi influencia sobre Cannat.

»—Devuélvele la vista —le pedí sin vacilación.

»—¿Estás loca? ¿Por qué iba a hacer eso? —me preguntó.

»—¿Y por qué no? —le pregunté a mi vez—. Siento lástima por ella.

»—¿No creerás que eso me importa? —me respondió, cargando toda su despreciativa ironía en la entonación de las palabras.

»Bien, pues, en ese momento, Cyr y Shallem nos alcanzaron.

»—Cyr —le dije—, el tío Cannat dice que, si tú quieres, le devolverá la vista a esa mujer, para que veas cómo lo hace.

»—¡Oh, sí! ¡Sí, tío, sí, quiero verlo! —se entusiasmó Cyr.

»Yo miré a Cannat, con mi media sonrisa de triunfo, sabiendo que no querría defraudarle.

»Y no lo hizo. Cogiendo por el brazo, de mala gana, a la mujer, con la resistencia de ésta y sin dedicarle una sola palabra, la llevó a un callejón apartado. Y allí, ante la devota mirada de adoración de Cyr, en menos de un minuto la devolvió la visión.

»Cyr aplaudía maravillado. La mujer, sumida en un éxtasis místico, creía estar ante un enviado de Dios. Shallem le miraba receloso; yo, triunfante.

»—¿Has visto cómo se hace, Cyr? —le preguntó Cannat, y yo me alarmé porque noté como la expresión de fierecilla estaba aflorando a él.

»—¡Oh, sí, sí! —le contestó Cyr—. ¿Podré hacerlo yo algún día?

»—No te hace ninguna falta —le aseguró Cannat.

»Y la mujer, entretanto, se había tirado a los pies del desdeñoso Cannat, que trataba de apartarse de ella como de un ser repugnante, y en medio de un llanto efusivo ella gritaba: "¡Milagro, milagro! "Y luego comenzó a interrogarle sobre a quién debía aquel prodigio.

»—Al arcángel San Miguel —la respondió Cannat. Y de una violenta patada consiguió desasirse de ella.

»—¡Un ángel! —comenzó a gritar la mujer, a pesar de ello, con una espléndida sonrisa iluminando sus ojos—. ¡San Miguel! ¡San Miguel!

»—Exacto —dijo Cannat. Y luego, dirigiéndome una significativa mirada, agregó—: Pero agradéceselo a tu benefactora, porque ahora, para complacerla a ella, voy a darte una visión del mundo como ningún humano haya conocido jamás.

»Y la mujer, en plena ferviente oración ante el mirífico enviado divino que había obrado el milagro, vio cómo se despegaba del suelo, ascendiendo y ascendiendo, en cuerpo y alma, hacia el cielo, y como, desde tierra, cuatro figuras diminutas contemplaban cómo se alejaba, cómo se detenía un instante, y cómo, luego, comenzaba a caer, igual que un pelele de plomo.

»–¡Detenla, Cannat! –le gritó Shallem–. ¡Detenla!

»Y, como su hermano no obedeciera, cogió al niño y ocultó a sus ojos el horror.

»La mujer se estrelló contra el suelo, muerta antes del choque probablemente, quedando convertida en un amasijo desmembrado, amorfo y aplastado en medio de un charco de grasa y sangre.

»Mi petrificada mirada encontró la elocuente y retorcida de Cannat.

»–¡No vuelvas a hacer jamás algo así delante del niño! ¿Me oyes? ¡Jamás! –aullaba Shallem.

»Pero los ojos, los oídos, la atención de Cannat, estaban fijos, clavados en mí.

»–¡Ya ves! –exclamó–. Hasta en los ángeles halló el Señor defectos...

La mujer dejó de hablar y se acarició una ceja con la yema de su dedo índice.

El padre DiCaprio se relajó, y, al tratar de servirla un vaso de agua con mano temblorosa, derramó su contenido por toda la mesa.

–Lo lamentó mucho –dijo, levantándose nerviosamente para secarla con las pequeñas servilletas de papel.

Mientras él la limpiaba meticulosamente, la mujer se levantó con calma y empezó a recorrer la habitación.

El sacerdote volvió a sentarse y la observó mirando entre las rejas de la ventana. Se quedó callado, esperando ansioso, hasta que ella, en silencio, se volvió para averiguar si había terminado, y, viendo que era así, continuó:

–Shallem se enfadó tremendamente con él. Le dijo que se fuera, que no quería verle más, que era insensible e irresponsable, y un montón de cosas más que no pensaba en absoluto y a las que Cannat ni siquiera atendía. Pero se fue, altanero y con un falso aire ofendido. Y no volvimos a verle hasta... –La mujer desvió los ojos al techo y soltó un conato de risa–, hasta el día siguiente por la noche, cuando Shallem, angustiado ante la aparición de las presencias, no tardó un segundo en llamarle.

»Y Cannat acudió de inmediato, sin hacer gala de la menor prepotencia, sin asomo de arrogancia, vanidad o rencor, y sin el más mínimo síntoma de enfado o de recordar, siquiera, que quizá debería estarlo. Con absoluta y desinteresada lealtad y amor.

»Era como si existiese un pacto entre ellos por el cual el recuerdo de sus discusiones se borraba instantáneamente de la memoria de ambos, no bien se producían.

El sacerdote lanzó un suave y casi imperceptible silbido. La mujer y él se miraban a los ojos con la relajada y profunda intimidad de los viejos amigos.

»–Y Shallem, claro –dijo él–, sin duda supo lo que ocurrió entre ustedes durante su ausencia.

»–Pues naturalmente, pero jamás se hizo el menor comentario acerca de ello. A mí me sobraban las razones para no hacerlo. La primera, y más lógica, que era absurdo comentar con Shallem algo que ya sabía y, evidentemente, no quería mencionar. Aunque, por supuesto, ignoro si en algún momento habló de ello con Cannat. La segunda, que la presencia de Cannat era imprescindible para la supervivencia de Cyr, y yo no quería crear un clima enrarecido que le hiciese desagradable su estancia entre nosotros. La tercera consistía en mi negación a constatar el hecho de que, para Shallem, Cannat era lo primero en la Tierra o en el Cielo, y que sería completamente indiferente a mis quejas o chismorreos, a no ser para acabar enfadándose conmigo. Y la cuarta, la que reinaba sobre todas las demás, la más extraña y definitoria, que yo, simplemente, no quería perder a Cannat. Tal era la poderosa fuerza con que me atraía, al igual que la llama a la polilla.

»Mis naturales deseos de estar a solas con Shallem se veían satisfechos durante largas temporadas. Cannat no significaba un estorbo en este sentido. Y, cuando le veía regresar, mi corazón latía de tal forma que sentía vergüenza de mí misma, y también miedo de lo que Shallem pudiese llegar a imaginar.

—¿Me está diciendo que le quería? —inquirió, alarmado, el confesor.

—No podía evitarlo cuando hablábamos a solas sobre nuestro común amado, envueltos en raptos de ternura, cuando veía su expresión mientras abrazaba a mi hijo o curaba las alas de algún pájaro herido. Toda su belleza divina afloraba entonces y, ¡se parecía tanto a Shallem! Pero, recuerde también lo que ya le he dicho: que su magnetismo era desmesurado y lo ejercía sobre todos los seres vivientes, que éramos incapaces de sustraernos a él. Y, no piense que era algo voluntariamente provocado. A menudo era completamente indiferente a él.

»Las alcahuetas continuaban asediándole. Algunos hombres le hacían proposiciones amorosas. Todos los caballeros y, por supuesto, las damas, ansiaban conocerle. Desde las mesas vecinas nos ofrecían invitaciones que él siempre declinaba. El conocer humanos le parecía fastidioso y aburrido, y el tener que tratar con ellos, decididamente insoportable.

»Muchos jóvenes pintores y escultores llamaron a nuestra puerta requiriéndoles como modelos, suplicándoles que posaran para ellos con la apariencia de tal o cual dios mitológico. Y esto era algo que Cannat no podía soportar, que nos importunaran en nuestro hogar, que allanasen nuestra intimidad. Naturalmente, él casi siempre se encargaba de que el mismo nunca nos molestase por segunda vez. Pero había excepciones a esta regla, y podría hablarle de muchas ocasiones en las que Cannat mostró tolerancia e incluso algo más, sin que yo pudiese descifrar nunca cuál era la clave que unía a los mortales dignos de su parcamente administrada bondad.

La mujer, que aún permanecía de pie, de espaldas a la ventana y mirando al confesor, estiró su cuerpo placenteramente y se volvió a la luminosa luz del día.

—A pesar de los numerosos viajes que hacíamos fuera de Florencia, la ciudad acabó por aburrirles.

»Cannat no hacía más que hablar de un incógnito lugar en América, donde los europeos aún no habían llegado y donde él era conocido entre los indígenas como un dios vivo.

»Hastiado de las masivas oleadas de humanos que colapsaban las calles de nuestra pequeña ciudad, Shallem no le dio a Cannat el trabajo de convencerle. Ni tampoco a mí.

»Abandonamos Florencia a los cinco años del nacimiento de nuestro hijo.

»Sólo lamenté una cosa: la pérdida de Leonardo.

CUARTA PARTE

I

»Qué difícil es relatarle lo que sentí ante aquel nuevo mundo. Un mundo que me resultó más desconocido e inquietantemente extraño de lo que nunca hubiera imaginado.

»Un mundo de peligros permanentes para el común de los mortales. Pero yo no era tal. Y, nada más llegar, Cannat se ocupó de dar a Cyr, lo que Shallem me había dado a mí. Las enfermedades de aquel mundo podrían matarlo, se justificó. Y ahora era más hijo suyo de lo que nunca lo había sido de su propio padre.

»Todo me resultaba maravilloso y exótico. Todo me sorprendía.

»La inmersión en la oscura selva me producía una sensación de agobiante inmovilidad. No existían los espacios abiertos. Era como estar sumergida en un mar de troncos y fronda y gigantescas raíces que emergían, como anclas poderosas y firmes, del húmedo y rojizo suelo. Las lianas, bejucos y todo tipo de epifitas y plantas parásitas de bellísimas flores eran una abrumadora constante allá donde dirigiese la vista, como medallas multicolores adornando los troncos.

»La casi impenetrable muralla que formaba la exuberante vegetación, obligaba a muchos animales a habitar en las copas de los árboles, alimentándose de hojas y frutos, y bebiendo el agua que se acumulaba en las grietas y huecos de los troncos, sin aventurarse a descender nunca al suelo.

»Las serpientes le tomaron tanta afición al sabor de mi carne que no me acostaba una sola noche sin haber padecido el dolor de sus mordiscos. Sin embargo, no me ocasionaban más daño que las picaduras de cualquiera de las múltiples variedades de infectos mosquitos que perturbaban constantemente mi sueño.

»Pero no fue la selva en sí la que me causó la inenarrable impresión de haber traspasado las fronteras de la realidad para penetrar en un mundo imaginario, un glorioso mundo de civilizada prosperidad, soberbio en su grandeza y desarrollo, pero, a la vez, bárbaro y cruel, supersticioso y fanático, ignorante y oscurantista. El último bastión de los dioses. El santuario privado de Cannat.

»La noche. El momento más oportuno para que un dios caiga de los cielos convertido en una bola de fuego.

»–Siempre me presento así –comenta Cannat con toda naturalidad.

»Desde el lugar donde nos hallamos se divisa el firmamento en toda su inmensidad. Miríadas de estrellas palpitantes sobre el oscuro telón abovedado. Negrura y luces plateadas. Un observatorio natural.

»Y la bola de fuego acaba de estallar en mil pequeños fragmentos más luminosos que las mismas estrellas, y sus ascuas caen, todavía encendidas, en cada uno de los rincones de la gran ciudad. Apenas puedo respirar ante el espectáculo anonadante que se acaba de descubrir a mis ojos.

»–Quedaos aquí –nos dice Cannat–. Debo cumplir con mis deberes de dios.

»Y nos deja ocultos en la oscuridad. Al final del extremo norte de la Avenida de los Muertos. Donde la selva parece haberse detenido, ex profeso, para dejar espacio a la obra del hombre. Un lugar que sólo las serpientes osan frecuentar a aquellas horas. Pero, ¡qué magnífica visión se ofrece a nuestros ojos! La Avenida de los Muertos: un kilómetro de longitud, al menos, cien metros de ancho. Una inmensa extensión donde las grandes pirámides escalonadas y truncadas, que, como un ejército en perpetua guardia, se suceden una tras otra flanqueando ambos lados de la Avenida, aseguran, por los siglos, el imperturbable descanso de sus reyes. Y en su centro exacto, un enorme estanque es el culminante corazón de una larga fila de ellos más pequeños, que se nos aparecen como alegres islas flotantes de bellísimas flores. Entre pirámide y pirámide se alzan descomunales esculturas de piedra que representan criaturas pretendidamente antropomorfas. A veces, sólo una extraña cabeza humana de dos metros de alto e insólitos colmillos animales. Otras veces, son desnudas figuras de cuerpo entero, femeninas, masculinas o hermafroditas que, en ocasiones, forman singulares grupos heterogéneos.

»Y, rematando el extremo sur de la Avenida, toda ella excelentemente iluminada con antorchas, se abre una gigantesca rotonda en cuyo núcleo un altísimo templo piramidal preside la interminable alineación de tumbas, en toda su longitud.

»Las gentes parecen surgir de todas partes, envueltas en ropajes de estampados geométricos multicolores. Se gritan unos a otros y gesticulan enloquecidamente señalando hacia el templo, presos de absoluta felicidad. Miro hacia allí, y, en su cumbre, destacando como una libélula en plena oscuridad, distingo la inconfundible y prodigiosa figura de Cannat. "¡El dios ha llegado! –claman–, ¡El dios ha regresado! ¡Kueb ya está aquí!" Y el dios extiende sus brazos presentándose ante sus devotos.

»En pocos minutos, el enfebrecido clamor de millares de voces grita al unísono el nombre de Kueb a los pies del dios.

»Desde tanta distancia soy incapaz de distinguir la expresión en el rostro de Cannat.

»Los fieles adoradores continúan llegando sin interrupción, y la masa de ellos comienza a aproximársenos peligrosamente.

»Cyr está sentado, boquiabierto, sobre los hombros de su padre. La expresión de ambos no es, en absoluto, diferente de la del resto de los fieles. La mía tampoco.

»Apenas puedo vislumbrar gran cosa, pero, de una puerta situada en la mitad del templo ha surgido una figura ataviada con ricos ropajes, tan dorados como el cabello de su dios. La figura levanta las manos y el silencio se produce al instante. Súbitamente, el pueblo cae rendido a los pies del dios con las rodillas hincadas en la tierra, la cabeza gacha, los brazos uno sobre otro pegados al pecho. Mudos, inermes, en señal de absoluto respeto. El sacerdote mismo se ha dado la vuelta y está adorando a Kueb de idéntica manera.

»–Quiere que vaya con él –dice Shallem.

»"No vayas, Shallem –le ruego sin hacer uso de mi voz–. No quiero verte allí arriba, sucumbiendo a esta horrible mascarada".

»–Pero hay muy buena vista –se burla, haciendo descender al niño, que le está pidiendo que le lleve consigo.

»Y ya tengo la mano del niño dentro de la mía cuando veo que no es una, sino dos, las figuras que resplandecen en la cúspide de la pirámide.

»No bien los fieles se aperciben de esto, se produce un clamor de pasmada perplejidad. La misma perplejidad que yo siento.

»Cannat ha alzado con la suya la mano de Shallem. Entre el pueblo se produce un inequívoco barullo de júbilo. Saltan, gritan, se abrazan unos a otros. Un auténtico estallido de alegría.

»–¡Mira a papá! ¡Mira a papá! –me grita Cyr, tirándome del brazo arrebatado de emoción.

»El ensordecedor tumulto me resulta desquiciante.

»"¡Kueb, Oman! ¡Kueb, Oman!", vociferan.

»–¡Quiero verles más de cerca, mamá! –Y, en mi aturdimiento, me dejo arrastrar demasiado cerca de la masa.

»La gente me parece espantosa. Piel oscura y muy baja estatura, contrahechos, desgarbados. Narices muy chatas, facciones hundidas, frente huidiza, orejas desproporcionadas. Sólo los oscuros ojos resultan un elemento hermoso en aquellas extrañas faces.

»Y, por imposible que parezca, el clamor continúa aumentando. Así transcurren interminables minutos, mientras, de entre las pirámides, continúan apareciendo personas que corren para alabar a sus dioses. Pero, ¡Ay!, la turba de delante de nosotros ha aumentado tanto que, descuidadamente, absorta como estaba, he dejado que lleguemos a estar a apenas un par de metros por detrás de ellos. Y, sin que siquiera me diera cuenta, algunos se han percatado de nuestra extraña presencia. Mi larga melena rubia no pasa desapercibida alumbrada por un charco de luna.

»Al punto nos convertimos en un nuevo núcleo de admiración. Todas las cabezas se vuelven hacia nosotros profiriendo ininteligibles sentencias. Confusos, asustados, pero sumamente curiosos, algunos de ellos comienzan a avanzar, con cautela, hacia nosotros, mientras las voces de otros, menos audaces, tratan de levantarse por encima de la multitud. La alarma por nuestra presencia se expande, como una ola, en dirección al templo. Múltiples cabezas se dan la vuelta e intentan alzarse por encima de otras, tratando de divisarnos. Y los loores a los dioses se convierten en un confuso rumor, en nuestra cercanía. Cyr se agarra a mí, visiblemente asustado, y yo, más asustada todavía ante las intrigadas miradas de aquella raza tan desconocida, sólo puedo pensar en el nombre de su padre.

»Un murmullo de admiración estalla cuando el dios Oman se materializa junto a mí.

»–¿Te has asustado? –me pregunta, con los ojos resplandecientes.

»–No. Yo... son tan extraños –balbuceo.

»–¿Y mi niño? ¿Tenía miedo?

»–Son muy feos, papá –le contesta, con una graciosa mueca de desagrado.

»Y papá se ríe.

»Todo muy natural.

»La multitud, desconcertada, ha quedado casi en absoluto silencio.

»–Venid –nos ordena Shallem.

»Y, cogiéndonos de las manos, súbitamente nos encontramos al lado de Cannat, en la cima del templo piramidal.

»Shallem tenía razón. Desde allí la vista es espectacular. No sólo por los miles de fieles que desde abajo contemplan, anonadados, a la nueva familia de los dioses, sino porque se obtiene un panorama completo de toda la inmensa ciudad, íntegra y milagrosamente construida en piedra, que se extiende a ambos lados de la Avenida de los Muertos, y cuyas calles, perfectamente planificadas, confluyen inevitablemente en ella. Por detrás del templo, en un espacio rectangular, se levanta un enorme y ampuloso edificio cuyas ventanas están alumbradas por luces mortecinas, al igual que todas las ventanas de la ciudad. Es, sin duda, el palacio real, y está rodeado de otras construcciones más pequeñas, aunque igualmente suntuosas, que sirven para las funciones comerciales y administrativas. Hay un mercado, bastante grande, resguardado por soportales. Pero en toda esa zona no hay una sola señal de vida. Toda ella se concentra por delante de nosotros. En la asombrosa y espectacular Avenida de los Muertos.

»Bastantes metros más abajo, el sacerdote nos observa a Cyr y a mí con mirada de molesta perplejidad. Seguramente se pregunta quiénes somos y cuál será la explicación que más le convenga inventar para manipular, adecuadamente a sus intenciones, los crédulos cerebros de sus fieles.

»Me siento absolutamente trastornada cuando me doy cuenta de lo que está sucediendo. Me acabo de convertir en diosa. ¿Qué historia inventará el sacerdote? ¿Qué nombre me darán a mí? Las gentes nos aclaman fervorosamente sacudiendo sus puños en el aire en un violento gesto.

»Comienzo a sentirme completamente embriagada, aturdida ante aquella situación enajenante.

»Le miro la cara al dios Kueb. ¡Qué fría expresión! ¡Qué dura y desacorde con aquel envanecedor momento! Había pensado que, como mínimo, estaría excitado y sonriente, contento de ser recibido de aquella apoteósica manera por tan nutrido grupo de adoradores. Pero ahora está mirando a Shallem y éste tiene la vista fija en las estrellas. Cyr y yo somos los únicos que parecemos tener conciencia del lugar en donde nos hallamos, de los miles de fanáticos gritando como locos, pidiendo, quizá, algún favor a sus dioses, o, simplemente, alegrándose de su regreso.

»Cyr está saludando a la multitud, que sonríe, fascinada, sin dejar de gritar.

»–¡Soy el dios Cyr! –aúlla, repetidas veces, a pleno pulmón.

»Y, de pronto, el escándalo cesa y se convierte, primero en un rumor lejano, y luego sólo en un murmullo apagado, y, por fin, el silencio absoluto, respetuoso. El niño dios ha hablado.

»–¡Soy el dios Cyr! –vuelve a clamar en la muda quietud de la noche.

»Y el pueblo permanece atento, inmóvil, expectante.

»–¡Soy el dios Cyr, hijo del dios Oman y de la diosa Ishtar! –añade con total desparpajo. Como si llevase toda su vida ensayando aquel papel.

»–¡Cyr! –Le regaño en un susurro– ¿Qué estás diciendo? ¡Cállate ahora mismo!

»Pero Cannat y Shallem se ríen, como si estuvieran tremendamente orgullosos.

»–Cyr, no hay que hablar con ellos –le enseña Cannat con tono paternal.

»–¿Por qué no? –pregunta él.

»–Estropearás el juego, si lo haces. Un dios debe ser distante, silencioso, enigmático. Es preciso para mantener el misterio. No deben conocerte en absoluto; ni tus faltas y debilidades ni, con mayor motivo, los límites o extensión de tu poder. No hay que poner coto a su imaginación ni darles una sola pista acerca de ti mismo, porque, si lo haces, ya no podrán imaginarte a su antojo, sino que te conocerán tanto como a sí mismos y dejarán de soñar contigo como algo perfecto e insuperable. Pues te verán tan próximo, asequible y cotidiano, como si fueras de su familia. A no ser que les des muestras constantes de tu poder; y eso es algo muy molesto. ¿Ves? Es por ese problema de la cotidianeidad por el que tu madre, que debería estar allá abajo, postrada a mis pies con todos los demás, se encuentra aquí, entre nosotros, entre los dioses.

»–Cannat, basta –le corta Shallem, viendo la maliciosa sonrisa que el dios Kueb me regala.

»–¿Qué? –inquiere el inocente dios– Sólo era para que Cyr lo entendiera. Ella sabe dónde está su lugar. Yo mismo se lo expliqué. No lo has olvidado, ¿verdad, Juliette?

»–No. No he olvidado nada de ello, pérfido.

»Y Kueb, inmutable, se ríe.

»–Un nombre muy adecuado para tu madre, Cyr –comenta–. Ishtar, la diosa babilónica del amor. Bien, ¿no vas a decirles nada más, dios Cyr?

»Cyr se muerde el labio inferior, pensativamente. Sus ojos resplandecen excitados, pero sin malicia o arrogancia. Aquello no era un juego. Él ERA el dios Cyr. ¿Por qué no, si su padre y su tío, evidentemente, lo eran?

»–No. No debo hacerlo –responde con ingenuo pesar.

»Y Kueb sonríe a su inteligente discípulo.

»–Vayámonos de aquí –añade–. Hacen un ruido inaguantable. Contemplemos las estrellas desde otro lugar, Shallem.

»–¿Tan pronto? –pregunta el dios Cyr, observando, extasiado, a la muchedumbre.

»–Ya hemos soportado suficientes humanos en esa maldita Europa, Cyr. Aquí seremos libres.

»Y el dios Cyr se queda mirando a Kueb respetuosamente, hasta que éste le toma en sus brazos y juntos desaparecen en el aire oscuro de la noche, seguidos por el dios Oman y por la diosa Ishtar.

»Cannat disponía de una casa de piedra, no excesivamente grande, perdida y devorada por la jungla. Parecía una solitaria miniatura completamente fuera de lugar en medio de aquel verdor exuberante, sabiamente escondida a la perpetua sombra de los tupidísimos árboles que llegaban casi hasta su puerta. La vegetación crecía incluso en su interior, y, al parecer, era el refugio predilecto de centenares de monos. No era muy grande, como le digo, y su construcción era idéntica a la de las casas de la ciudad: un par de pisos sobre una base rectangular y tejados muy inclinados. Ninguna originalidad especial ni la más mínima decoración exterior que la hiciese destacar, pero me quedé estupefacta cuando examiné su interior: su casa era el más impresionante museo que se pueda imaginar. Una colección de objetos artísticos como nadie en el mundo poseía. Piezas únicas de periodos que me resultaban inidentificables. Extraordinarias esculturas sedentes de diorita, obsidiana y alabastro descansando sobre pedestales tan suntuosos como la propia joya o diseminados descuidadamente sobre el suelo. Retratos de faraones alternándose con negras estelas de escritura cuneiforme, con sencillos sarcófagos etruscos de terracota o egipcios de oro bruñido, esmaltes y resplandecientes piedras preciosas. La cola de caballo del sátiro Marsias se introducía dentro de un canope de alabastro sin el menor miramiento. Un crismón de oro colgaba del cuello del Ka de algún desventurado faraón egipcio a cuyos pies yacía un pschent blanco y rojo, símbolo de la unión del Alto y Bajo Egipto, que, probablemente, le había pertenecido en vida. Cyr había entrado y curioseaba por todas partes en aquel desván de las maravillas. Me quedé mirando a Cannat con cara de pasmado asombro.

»–Sí, lo sé –me dijo encogiendo los hombros con gesto de desenfado–. Debería poner orden... y limpiar un poco...

»Toda la planta baja presentaba la misma penosa mezcolanza de objetos imponderables tirados aquí y allá sin la menor organización, y apenas visibles bajo capas de polvo tan gruesas que parecían barro, excrementos de animales, y telas de araña tan resistentes que hubiese podido tejerme un vestido con ellas.

»Un monito, aposentado sobre el ternero de mármol que portaba un moscóforo griego, se reunió con sus compañeros para dar la bienvenida a Shallem y a Cannat, no sin antes obsequiarme con los desperdicios de una fruta exótica que acababa de comer.

»En medio de aquel caótico desbarajuste observé que, ocultos en un rincón, y mezclados con unos arpones de marfil y unas figurillas de incalculable edad, unos antiquísimos objetos musicales trataban de pasar desapercibidos, sabedores de que el próximo acorde que les fuera arrancado los transformaría en polvo: un arpa minoica, un sistro fenicio con el símbolo de la svástica, promesa de vida feliz...

»La planta tendría unos cien metros cuadrados y era completamente diáfana, de modo que de un vistazo podía admirar la totalidad de las maravillas o localizar una concreta. No había cajas o fundas cubriendo los objetos, pero, a pesar de ello, se conservaban espléndidamente.

»–Vayamos al piso superior –dijo Cannat–. Creo que estará más limpio.

»La estrecha escalera se encontraba adosada a la pared derecha, y varias ventanitas se abrían a ella con objeto de facilitar el paso a la mayor cantidad posible de la mortecina luz que había conseguido traspasar la barrera vegetal. Al final de la escalera, una inamovible puerta de hierro macizo convertía el interior en un reducto infranqueable. Cannat la abrió sin siquiera tocarla.

»El segundo piso era, al igual que el primero, una enorme habitación sin separaciones de ningún tipo. No obstante, era evidente que aquella planta era la que Cannat consideraba su hogar. Había una gruesa pátina de polvo, claro, y también algunas telarañas finas y pequeñas, pero no el lamentable desorden del piso inferior.

»La planta, iluminada por diez ventanas recubiertas de rejillas de hierro, consistía en un enorme y sencillo cuarto de estar –dormitorio donde todos los estilos artísticos habidos hasta aquella fecha, yo diría que de todas la civilizaciones que habían existido, estaban representados por los múltiples y variados objetos que, con gran gusto y cuidado, la decoraban. A pesar de la suciedad todas las piezas parecían como recién creadas, como si hubieran recibido un trato exquisito durante toda su larga existencia; tal vez estuvieran en posesión de Cannat desde el momento mismo de su fabricación. Y no se limitaban a ser meros objetos ornamentales; era evidente que Cannat les daba un uso de lo más práctico. Como una hermosísima crátera de Dypilon, que en manos suyas se había transformado en macetero para unas plantas marchitas por falta de cuidados. Las ánforas romanas seguían sirviendo al mismo uso de mil años atrás: estaban llenas de vino y se alineaban meticulosamente en una especie de armarito de baldas creado para tal efecto.

»En el extremo de la habitación más alejado de la puerta de

acceso, muy juntas, había dos grandes camas de plumas de fabricación indígena. Cerca de ellas, lucían un precioso cabinet chinesco de nogal decorado con marquetería, sobre el que descansaba una antiquísima Venus pequeña y de protuberantes formas, muy parecida a la de Willendorf, y un arcón y un credenza adosado a la pared, donde guardaba sus objetos personales; joyas del siglo XVI, sus últimas adquisiciones. Algunas esculturas griegas, entre ellas una de Hermes y otra de Apolo, se encargaban de acotar el espacio dedicado al dormitorio. Fuera de él, había pocas cosas prácticas más: dos mesas de hechura indígena, un par de triclinios romanos donde recostarse a descansar, y cuatros klismos, unas sillas griegas muy elegantes, convenientemente distribuidas.

»Pero esto no era todo. El suelo estaba íntegramente cubierto de alfombras, de todas las procedencias y estilos, en perfecto estado de conservación aunque polvorientas, pues ninguna de ellas debía superar los cincuenta años. Veinte cuadros de asunto mitológico y considerables proporciones, algunos de ellos con el inconfundible estilo de Botticelli, se ocupaban de decorar las paredes. Observé que, en la práctica totalidad de ellos, Cannat y Shallem eran los protagonistas. Y todos esos cuadros, a juzgar por el tema y el estilo, debieron de hacérselos artistas florentinos. Aquí y allá se veían estatuas griegas o retratos romanos que me parecía guardaban no poco parecido con alguno de los dos.

»Cuanto había en esta planta era infinitamente más suntuoso, rico y espléndido que lo que acababa de admirar a mi entrada a la casa. Incluso había un par de deslumbrantes sarcófagos egipcios, dorados, esmaltados y cuajados de gemas, todavía con sus momias dentro.

»A Cannat le encantaban las piedras preciosas, en especial las azules, y las utilizaba como objetos decorativos, colgándolas de las paredes o adornando con turquesas y zafiros los cuellos de sus estatuas marmóreas.

»Parecía un desatino absoluto, algo fuera de lugar, el haber reunido todos aquellos objetos de culto, de civilizaciones ya desaparecidas, en aquella pequeña e inaccesible habitación en medio de la jungla.

»—Todo esto son recuerdos —me dijo Cannat—. Bonitos recuerdos de toda una vida. No los colecciono. Sólo los guardo. Tienen un significado para mí; y para Shallem, muchos de ellos, también. Los toco, los miro, y me hacen revivir los momentos pasados. Mira, ¿ves esta paleta de maquillaje y este espejo de obsidiana? Me los llevé de los aposentos de una reina de Egipto. ¡Qué noche tan deliciosa la hice pasar! Este retrato me lo hizo un joven romano que murió demasiado joven. ¡Pobre! Y aquella alfombra... Todas las hermosas indias que la tejieron pasaron por mis brazos, ¡Ah! Lo mismo que la delicada oriental que me vendió ésa otra. Desgraciadamente muchos de mis recuerdos se han ido deshaciendo con el paso del tiempo. ¡Soy demasiado viejo!

»—¿Y esto qué es? —le preguntó Cyr, sosteniendo un vaso de alabastro en el que se representaba una procesión de musculosos hombres desnudos portadores de alguna ofrenda.

»—Ten cuidado, Cyr. Es un recuerdo irrecuperable, como todo lo que tengo aquí. Es de un lugar que ya no existe, Uruk, se llamaba. Tiene más de cuatro mil quinientos años.

»Cyr dejó escapar un silbido de admiración.

»—Es un vaso que utilizaban en sus ritos ceremoniales, dentro hay un cilindro, ten cuidado con él.

»Y yo cogí el sello—cilindro sumerio de las manos de mi hijo y examiné curiosamente sus relieves.

»—¿Esa ceremonia te la dedicaban a ti? ¿Tú eras su dios? —inquirió Cyr.

»—Sí. Tú padre y yo éramos unos de sus dioses. Por eso, es muy importante...

»Y, de repente, Cannat se interrumpió. Shallem le estaba mirando, apoyado en el mismo tronco de mármol y con idéntica postura a la del Apolo que se sostenía en él. Y, como él, estaba desnudo de los pies a la cabeza.

»Y allí, comparándolo con aquella maravilla griega, me percaté una vez más de la magnitud de su belleza. La fortaleza de su pecho, su perfecto tono muscular, la robustez de sus esbeltas piernas, las pronunciadas eminencias óseas de su pelvis, tan excitantemente eróticas, y que el Apolo, como una pálida alucinación a su lado, trataba de imitar a su fría, dura e inanimada manera.

»Cannat no dijo nada. Anduvo hacia él, y, sin perder un segundo, por el camino comenzó a despojarse de su ropa, que arrojó descuidadamente sobre el arcón que su hermano había dejado abierto. Ya desnudo junto a él, enlazó un brazo en el suyo y le besó cálidamente en el hombro.

»–Te quiero –susurró.

»E introdujo la mano en su cabello y entresacó un mechón, que contempló como quien admira un tesoro

»Yo nunca antes había visto a Cannat desnudo. Era de una perfección absoluta. Tenía las apetitosas nalgas altas y redondeadas, y tan tersas como si hubieran sido cinceladas en mármol y luego transformadas en carne sonrosada; una invitación a la lujuria. El mínimo movimiento ponía en tensión un cúmulo de músculos y tendones que afloraban delicadamente a la superficie de todo su cuerpo. Su cuello era robusto, pero más fino que el de Shallem, y su piel de un tono casi dorado.

»Shallem le miraba ahora fijamente, con la misma expresión de admiración y embeleso que si le viera por primera vez. Pero, pronto, muy despacio, se aproximó a él y le beso suavemente en los labios.

»Vi cómo este beso se hacía cada vez menos contenido, más profundo, más acalorado; el modo en que Shallem respondía a sus caricias, presionándole contra sí.

»Y cuando vi los ojos de Cannat, que, en medio de este beso, me penetraban como hierros candentes, supe lo que pretendía; algo que él mismo, en una ocasión me había explicado. En pocas palabras era esto: fundirse con Shallem, hacerse uno con él como lo fuera antes de que su Padre los dividiera.

»No era éste un hecho físico, naturalmente, como el mísero coito humano que tan pálida e inconscientemente intenta emularlo. Sus cuerpos caerían, inermes y despreciados, abrazados, quizá, pero sus almas se harían una sola, perfecta, y tan excesivamente fuerte y poderosa como lo había sido antes de que Dios, tal vez por esta causa, decidiera convertirlas en dos.

»Cannat me había explicado que en medio de este éxtasis el tiempo no contaba. Que la precisión de romper su abrazo místico era forzosa por deseo de Dios –ese Dios cuyo reflejo veían y adoraban el uno en el otro a falta de Su propia Faz que contemplar–, pero, a la vez, insoportable; tanto que a menudo soslayaban su deseo por temor al consiguiente sufrimiento de la separación. Me había dicho que, en una ocasión, al conseguir dividirse de nuevo, se habían dado cuenta de que habían transcurrido más de doce años.

»Aquél era, pues, el sumo sacrificio que mi presencia imponía a Shallem. No podía ceder a aquel deseo pues una vez consumado le dominaría de tal modo que quizá me abandonase durante años. Pero para Cannat era una tortura inaceptable cuya causante, una vez más, era yo.

»Vi refulgir sus ojos y me di cuenta de que Shallem ya no parecía ver otra cosa sino a él, de que sus músculos se habían relajado y se encontraba a merced de la voluntad de su otra mitad, como si ya no le quedasen fuerzas para luchar contra el deseo.

»Y entonces, deseando acabar como fuera con aquel peligro, miré el sello–cilindro de cinco mil años de antigüedad, que todavía sostenía en mi mano, y en un acto compulsivo, lo estrellé contra la dura pared de piedra.

»Cayó, hecho trizas, exactamente bajo el cuadro de Venus y Adonis que Leonardo había pintado para mí.

»Todos se volvieron a mirar.

»Cannat nos contemplaba alternativamente a las piezas y a mí con el rostro desencajado.

»Le vi, furibundo, corriendo hacia donde yo estaba; plantada, como una estatua más, en el centro de la habitación.

»Empecé a gritar y a correr, llena de pánico, pero no tardó dos segundos en alcanzarme. Sus manos me alzaron en el aire como a una muñeca de guiñol. Una me cogió por el cuello, otra me sujetó por el vientre, levantándome por encima de su cabeza. Escuché, enloquecida por el terror y los gritos de todos nosotros, que Shallem le rogaba que me dejara mientras trataba de obligarle a bajar los brazos; que Cyr, visiblemente asustado, saltaba junto a él pidiéndole que me soltara. Entonces Cannat miró a la pared y supe que iba a lanzarme contra ella.

»Y ése hubiera sido mi destino si Shallem no me hubiese aferrado por mi largo vestido. Cannat, frustrado, me arrojó al suelo por delante de él y caí en los brazos de Shallem.

»Luego me dejó, asustada y temblorosa, y se acercó al lado de Cannat, que, acuclillado en el suelo, recogía los fragmentos de su reliquia.

»Shallem se agachó junto a él y, pasándole los brazos por el cuello, le besó suavemente la sien y el cabello.

»—No me digas nada si la mato –gruñía Cannat entre dientes–. Por favor, Shallem, no me digas nada. Me las va a pagar.

»Y Shallem apoyó su mejilla en la cabeza de él y acunándole como a un niño, le susurró:

»—Cálmate, Cannat, cálmate.

»Lamenté sinceramente lo que había ocurrido. Comprendía perfectamente el valor que tenía para Cannat el tesoro que le había destrozado. Pasada la cólera inicial, pareció quedar sumamente apenado durante muchos días. Y, cuando le miraba de reojo y contemplaba su triste expresión, mi corazón se partía, agobiado por el sentimiento de culpa. Pero Cannat sabía esto de sobra y exageraba su aflicción con objeto de mortificarme.

»De hecho, había reconstruido el sello y volvía a ocupar su primitivo lugar dentro del vaso ritual de Uruk. Pero, a menudo, le encontraba con él en la mano, mirándolo tristemente como si fuera irrecuperable, cuando, en realidad, lo había restaurado de tal manera que de nuevo hubiera podido plasmar sus relieves, rodando indefinidamente sobre una capa de arcilla blanda, con la misma eficacia de los tiempos inmemoriales en que fue creado. Pero él no paraba hasta conseguir encogerme el corazón, hasta que captaba mi atención y me veía desviar la vista, culpable y avergonzada, por haber destruido su irremplazable recuerdo.

»–¿Me hubieras matado por romper un cacharro de piedra? – le pregunté un día en que nos encontramos los dos a solas. Él, sentado sobre una alfombra con la espalda apoyada sobre su cama.

»Me miró, cerró los ojos un momento y se llevó el dedo índice a la frente, como si estuviera pensando algo.

»–Veintisiete mil doscientos quince –dijo.

»–¿Qué significa eso? –le pregunté.

»Y, con su más malévola sonrisa, me contestó:

»–Es el número de días que aún me faltan para perderte de vista. Si puedo soportarlo... ¿No lo recordabas? Tus días están contados... ¡Y el tiempo es tan intransigente!

»Entonces quise acercarme a él, no sé con qué intención, y, cuando estuve a un metro de distancia, una descarga eléctrica me repelió. Lancé un chillido de dolor, sorpresa e indignación.

»–¡Canalla! –le grité.

»Él se limitó a reír.

»–No te quiero cerca de mí –me aclaró–. No te haré daño. Pero apártate de mí.

»De nuevo intenté ir hasta su lado, y otra vez la descarga me sacudió.

»–¿,Qué es eso? –le pregunté, temblando tras el choque.

»–Un ahuyentador de humanos molestos –me contestó–. Lo he creado especialmente para ti. ¿Te gusta? Destruiste algo mágico para Shallem y para mí. Pero, como siempre, no entiendes nada.

»Nuestra conversación continuó baldíamente. Y todo lo que saqué de aquella tarde, fue que Cannat se protegiera de mí con aquellas malditas descargas, que tan divertidas le resultaban, durante varios meses.

»Ellos no habían vuelto a tocar sus ropas, andaban día y noche completamente desnudos. Y yo, por supuesto, había acabado por despojarme de casi todas las mías. Al principio, tenía cierto pudor a causa de las posibles miradas lascivas que Cannat hubiese podido lanzarme, pero, cuando me vio desnuda por primera vez en aquel lugar apenas se inmutó. Sólo me dirigió una breve mirada de aprobación, y no por las gracias de mi cuerpo, sino por el hecho de que al fin le hubiese permitido encontrar la libertad. Así es que pronto perdí la vergüenza porque, para ellos, el que anduviéramos desnudos era tan normal como el que lo hicieran el resto de los animales, y no tenía nada que ver con el sexo o la lujuria.

»A menudo pretextaba un dolor de cabeza para dejar que se fueran solos y poder seguirlos a hurtadillas. Me fascinaba hacerlo.

»Solían ir al río, y allí, entre innocuos caimanes y serpientes pitón, se entregaban al placer del baño.

»Yo los espiaba, perfectamente oculta entre el denso follaje. Se limitaban a disfrutar en el agua, a sentarse en la orilla escuchando plácidamente los sonidos de las aves, o a jugar con los preciosos jaguares que se acercaban para acariciar con sus cálidas y agradables pieles la fina y delicada de ellos. Cuando no había ningún jaguar en las proximidades, se veían rodeados de pécaris, ciervos, tapires, monos, agutíes, capibaras, aves de brillante y multicolor plumaje, y así hasta una lista interminable de adorables animales. Eran como polos magnéticos que atraían a su lado a toda la población capaz de percibir su presencia, y que corría a dar y recibir amor.

»Y ellos estaban encantados. En su mundo, en su salsa. Parecían más libres, más felices.

»Dos años pasaron, agradablemente. De vez en cuando, Cannat fingía no haberme perdonado del todo y, especialmente si estaba de buen humor, hacia estallar sus descargas. Era un juego para él.

»Yo, comprensivamente, les dejaba salir solos, aunque me pidieran que fuera con ellos, porque sabía que les encantaba su mutua y exclusiva compañía. Y también, porque no deseaba ser pasto de las incontrolables pirañas, o que un cocodrilo me arrancase un brazo, y porque había cosas que, simplemente, no deseaba hacer, como materializarme y desmaterializarme, o no podía hacer, como jugar con los jaguares o los ciervos.

»Y esto último tenía a Cyr completamente desesperado. Cuando los animales le rechazaban, o sea, siempre que intentaba acercarse a ellos, se echaba, irremediablemente, a llorar. Y yo también, a menudo. Nos quedábamos mirándoles desde lejos, padeciendo el rechazo del demonio en el Cielo. Era lo único que no podíamos compartir con ellos, y, precisamente, era también lo que más hubiéramos deseado. Cyr adoraba a los animales y no podía comprender el porqué, no sólo no era correspondido, sino que le amenazaban con sus colmillos gigantescos o, más doloroso aún, salían huyendo ante su presencia. Y cuando, las innumerables veces que se producía una escena así, corría a su lado llorando y preguntando por qué, por qué y por qué, se limitaban a mirarle como a una pobre y lastimosa criatura y a besarle compasivamente.

»Cuando nos quedábamos solos Cyr y yo, me daba cuenta de lo apesadumbrado que se sentía porque casi nunca le dejaban ir con ellos.

»–En Florencia estábamos siempre juntos –me decía con la cabeza gacha.

»–Pero esto no es Florencia –le respondía yo–. Éste es el último vestigio del paraíso. Y les pertenece. Debemos dejarles disfrutarlo a solas, o, de lo contrario, acabaremos por perderles. ¿Lo comprendes?

»Pero él, por supuesto, no quería entender porque no podía ir a donde fuera su padre, no podía hacer lo que su padre hiciera y por qué, sobre todo, su padre no parecía desear su compañía tanto como él necesitaba la suya.

»Las presencias del otro mundo continuaban apareciendo constantemente en busca de una oportunidad, un descuido, que les hiciese posible llevarse a nuestro hijo.

»Pero no eran, ni mucho menos, fuertes espíritus celestiales como Shallem y Cannat, sino sólo débiles espíritus que en su día ocuparon un cuerpo humano y que no deseaban volver a él, como antes le decía.

»¿Recuerda las enormes figuras de las que le he hablado, las que estaban situadas entre pirámide y pirámide? Allí era donde Cannat encerraba a los espíritus demasiado fastidiosos. Como puede comprender, no hallaba en ello ninguna dificultad. Era, simplemente, un acto molesto, como tener que sacudirse un pegajoso mosquito. Pero su poder era tan desmesurado que, de ser necesario, hubiera podido encerrar allí dentro a cualquiera de sus propios hermanos. Y lo que Cannat hacía, nadie podía deshacerlo, salvo él mismo.

»A la ciudad de día no íbamos jamás. Cannat lo tenía rigurosamente prohibido. Nos había hablado de los espantosos sacrificios humanos que continuamente inmolaban para él. También decía que arrancaban el corazón de sus enemigos y luego se lo comían y se bebían su sangre, porque creían que así les transmitían su poder y su fuerza. A Cannat le parecía muy divertido que hicieran aquello; mientras él no estuviera presente. Sentía una apabullante repugnancia por todos los actos sangrientos que los humanos realizaban, pero ninguna por los suyos.

»Algunas noches, sigilosamente, él solo o, en ocasiones, todos juntos, solíamos acudir al templo del dios Kueb a recoger las ofrendas alimenticias que los fieles depositaban para él, y que Cyr y yo consumíamos gustosamente: tortas bastante buenas, una especie de pasta hecha a base de semillas, y montones de exquisitas frutas. Aquellos obsequios bastaban para satisfacer al dios, aunque no era lo único que le ofrendaban. Cannat o Shallem entraban siempre los primeros para evitar que Cyr y yo tuviésemos que soportar la visión de los otros presentes que solía recibir.

»Pero, ahora déjeme describirle el templo más detalladamente. Como he apuntado antes, se trataba de una torre piramidal de base cuadrada. Estaba formada por tres plantas superpuestas cuyas dimensiones decrecían muy considerablemente conforme aumentaba su altura, aunque nosotros, para contemplar el cielo, nos instalábamos en la cúpula, es decir, sobre el techo del tercer piso, como si se tratara de un cuarto. De una terraza a otra se ascendía mediante escaleras exteriores y del primer piso partían tres larguísimas hacia el suelo. En la terraza superior se hallaba el templo propiamente dicho, y desde él los sacerdotes contemplaban los astros y trataban de interpretar su influencia sobre el destino de su pueblo, mientras que el altar exterior se encontraba en la primera terraza, perfectamente visible desde tierra y constantemente alumbrado por los fuegos sagrados. Sólo había dos vanos que se abrían al exterior, uno en el templo, y otro, que no era más que un soportal en el cual confluían las tres escaleras. De modo que, desde fuera, parecía una estructura completamente maciza.

»Cannat mismo les había mostrado, a su sutil manera, como debía ser construido, y su semejanza con los zigurats akadios era más que sospechosa.

»Como digo, pese a la falsa apariencia, al igual que en una pirámide egipcia por dentro había corredores y salas. Para acceder a ellas era preciso descender por una interminable escalera interior cuya única entrada se encontraba en el templo, o sea, en la terraza superior.

»La ascensión al templo era todo un acto de devoción, un

auténtico sacrificio por parte de los veneradores de Kueb. Debía haber unos trescientos escalones. En él, rezaban piadosamente y realizaban sus ofrendas votivas al dios. Aunque el templo estaba dedicado a Kueb, el dios Oman tenía un espacio dedicado para su propio culto, aunque de un modo secundario. En realidad, le estaba siendo levantado su propio santuario, de aspecto similar pero mucho más pequeño, en uno de los dos brazos que, perpendiculares a la Avenida de los Muertos, partían desde la gran plaza del templo mayor, y en el que ya había otros templetes consagrados a diversos dioses y diosas de naturaleza abstracta.

»Las representaciones que de ellos hacían nada tenían que ver con la realidad. Bueno, salvo por el hecho de que estaban completamente desnudos. Aunque había vastas figuras en piedra e incluso en terracota, y multitud de relieves con misteriosas escenas decorando las paredes del templo, entre todas destacaban dos magníficas esculturas finamente trabajadas. La de Kueb, de jade, con aplicaciones de oro en el pelo y zafiros en los ojos. La de Oman, de obsidiana, con pupilas de esmeraldas. A ambos los simbolizaban casi de idéntica manera: de pie, hieráticos, con la mirada al frente y una fría sonrisa, con una serpiente en actitud de morder asomando por la boca de cada uno de ellos y con enormes alas emplumadas a sus espaldas. Era evidente que en el pasado habían hecho gala de sus poderes. Además, Kueb portaba en su diestra un disco solar de oro macizo en cuya circunferencia había grabados cuneiformes y dibujos explicativos de los movimientos planetarios, y su zurda estaba en actitud de entregarles una pequeña tabla en la que un bajorrelieve representaba un modelo de zigurat. En cuanto a Oman, tenía en la palma de su mano derecha un pacífico jaguar sedente y en la izquierda un disco de plata más pequeño que el de Kueb y con grabados similares.

»No hacen falta explicaciones. El dios del Sol y el dios de la Luna.

»Cyr insistió en investigar el interior del templo. Cannat no quería llevarle. Le dijo que era desagradable, oscuro, feo y ma-

loliente, y que no tenía ningún deseo de encerrarse en aquella
inmundicia cuando tenía la orilla del río para disfrutar de la
cálida luz del sol sobre su piel. Por supuesto, Shallem era aún
más refractario. Pero, naturalmente, cuanto más trataban de
disuadirle, más deseos tenía él de entrar.

»A menudo solíamos pasar largas horas de la noche contemplando las estrellas desde lo más alto del templo. Lo hacíamos a escondidas, cuando los sacerdotes y sus alumnos no estaban allí. Procurando no llamar la atención a los de abajo.

»Tumbado placenteramente en aquel lugar, sumergido en
profundos pensamientos y con las estrellas titilando en sus ojos
azules, Cannat parecía más ángel que en ningún otro lugar.

»Pues bien, él, cuyo espíritu latía dentro de mi hijo, fue el
primero en darse cuenta de que Cyr, a hurtadillas, se había introducido en el interior del templo y se encontraba en problemas. Le estaba llamando.

»–¡Cyr se ha perdido en el maldito templo! –exclamó mientras se ponía en pie para saltar hasta la terraza del templo–. ¡Será...! ¡Haber entrado ahí después de lo que le dijimos!

»Shallem y yo le seguimos a toda prisa.

»El descenso por el interior del templo resultaba un verdadero infierno.

»El aire estaba completamente enrarecido. No existían en-
tradas para que pudiera renovarse, exceptuando la trampilla de
entrada. Y, debido a la carencia de oxígeno, las antorchas que
habían encendido para que yo no me cayese rodando por la
infinita escalera, se nos apagaban cada dos por tres.

»Llegamos a un pasadizo, estrecho, pero suficientemente
alto como para andar de pie sin agachar la cabeza. Sin duda
había sido construido a la medida del dios, pues ningún
indígena alcanzaba siquiera mi estatura. El túnel finalizaba en
una sala vacía pero íntegramente decorada con escenas sobre
los hechos del dios en las paredes y una representación del
firmamento en la lisa superficie del techo. Pero en esta sala
comenzaba el laberinto. De ella partían cuatro corredores de
idéntica apariencia. La atravesamos rápidamente, con Cannat a

la cabeza, que nos guió sin titubear por uno de ellos. Nuevamente desembocamos en una sala, de apariencia idéntica a la anterior, en la que volvían a abrirse cuatro túneles. Al final del que tomamos había una escalera más.

»Cuando acabamos de bajar sus innumerables peldaños, me quedé atemorizada ante lo que vi. Frené en seco, estupefacta, mientras Cannat continuaba inmutable su camino y Shallem me empujaba a seguir andando. Aquella habitación era un enorme osario que llegaba hasta el techo. En él, bien ordenadas en pilas sostenidas con tablas, se encontraban los cráneos de las víctimas que habían sido sacrificadas a los dioses. Sólo sus cráneos, limpios, pulidos, meticulosamente alineados en varias filas sobre cada estante. Teniendo en cuenta el tamaño de la sala, más tarde calculé que habría unos cien mil, como mínimo.

»Me quedé hechizaba contemplando las palpitantes luces rojizas de nuestras antorchas difuminando las imprecisas formas de las calaveras que alcanzaban a iluminar. Y, aunque muchas de ellas conseguían refugiarse en la oscuridad, bastaba un movimiento de mi brazo para verlas bailotear, derritiéndose como elásticos espectros de pálido hueso.

»Estaba totalmente petrificada. Mis sentidos tan muertos como los de cualquiera de ellos. ¡Y mi pobre niño andaba por allí perdido!

»Noté los cálidos brazos de Shallem alrededor de mi cintura y que me levantaba en el aire para sacarme de allí a la fuerza. Y yo aún seguía mirando para atrás cuando cruzamos el umbral.

»Otra vez nos encontramos ante un pasillo que desembocaba en una sala en la que se abrían cuatro vanos. Y Cannat había desaparecido. Shallem se plantó, dubitativo, delante de uno de ellos. Luego, llevándome de la mano, dio media vuelta y penetramos por un nuevo e interminable pasadizo. Comenzamos a vislumbrar una fuerte iluminación y a oír voces procedentes de su final; las suyas, seguro.

»Conforme llegábamos, comencé a percibir un trascendente hedor. Un olor más penetrante que el de un matadero. La sala no era muy diferente a las otras, salvo que estaba decorada con pinturas, en lugar de con bajorrelieves. Y fue en ellas en lo primero que fijé la vista nada más entrar. Y vi que las paredes laterales estaban salpicadas de sangre humana coagulada, que se pronunciaba extrañamente sobre las pinturas. Aparté la vista, atemorizada, y mis ojos cayeron sobre algo más terrible aún. El ara de los sacrificios, una losa de jaspe con un cuchillo de obsidiana encima, estaba instalada en el centro de la sala. Desvié la vista de nuevo hacia la pared y luego otra vez al ara, sucesivas veces, preguntándome cómo matarían a sus víctimas para que su sangre hubiese manchado las pinturas varios metros más allá. Y, de pronto, espeluznada, descubrí que sobre la losa de jaspe había tres corazones humanos que en mi imaginación aún sangraban y echaban vapor. Mareada, me agarré al brazo de Shallem, que observaba atentamente la escena entre Cyr y Cannat.

»Allí estaban, Cannat, inclinado sobre mi niño, zarandeándole del brazo y regañándole severamente. Y Cyr le miraba fieramente sin el menor temor o, siquiera, respeto.

»–¡Iré al infierno, si quiero! –le gritó, agitando violentamente su antorcha–. ¡Y tú irás a buscarme!

»Y Cannat le soltó el brazo y se quedó mirándole perplejo.

»Y Luego, dirigiéndose a su padre, continuó con lágrimas en los ojos:

»–¡Y tú, tú me odias porque soy humano! ¡Siempre me has odiado! ¡Crees que soy como ellos! ¡Igual que ellos! –Y extendió su bracito señalando con el dedo índice a la pared que daba al exterior del templo.

»–¿A qué viene todo esto? –rugió Cannat–. ¿De dónde has sacado esa idea?

»–¡Nunca te has ocupado de mí! ¡Nunca me has querido! ¡Pues yo tampoco te quiero! ¿Lo sabías? –siguió gritándole Cyr a su padre, sin hacer el menor caso de Cannat–. ¡Ni siquiera te preocupaste de hacerme invulnerable cuando llegamos aquí! ¡Estaría muerto si no fuera por él! –Y señaló a Cannat–. ¡Tú, padre maldito! ¿Por qué me permitiste seguir viviendo cuando no pudiste hacer de mí lo que hubieras deseado? ¿Por qué?

¡Dímelo! –Y golpeó el aire con sus puños y el suelo, fuertemente, con su pie derecho.

»–¡Cállate inmediatamente! ¿Me oyes? ¡Ya! ¡No sabes lo que dices! –grité yo, viendo la aturdida expresión de Shallem.

»–¡Me repudiaste en el momento de nacer! –continuó furiosamente, llorando al tiempo que gritaba, y sin despegar la vista de Shallem, que también parecía a punto de echarse a llorar.

»–¡Cierra la boca de inmediato o te convertiré en cenizas! ¡Te juro por el amor de tu padre que lo haré! –bramó Cannat.

»Y entonces, con repentina calma, mirándole a los ojos con los suyos cuajados de lágrimas, Cyr le susurró:

»–Tú eres mi padre, Cannat. Tú siempre has sido mi padre – Y, acercándose a él, cogió su gran mano entre las suyas, tan pequeñas, y se llevó su dorso a la mejilla–. Empeñaste tu libertad a cambio de mi vida. Me enseñaste cuanto es posible saber. Pusiste el mundo en mis manos. Tú siempre me has querido sin interés. Nunca me mostraste tu decepción porque no soy más que un mortal. Tú eres mi padre. Si hoy vivo, es gracias a ti. Tienes derecho a quitarme lo que es tuyo. Mi vida, incluso.

»–No eres justo con él... –murmuró Cannat nerviosamente.

»–¿Y lo fue él conmigo? –replicó Cyr, de nuevo rabioso–. No recuerdo un solo momento de intimidad entre nosotros. Me trata como a un apestado.

»–¡Eso es absurdo! –exclamó Cannat, dirigiendo su mirada al rostro crispado de dolor de Shallem.

»–¡No! ¿Sabes lo que ha esperado siempre? ¿Lo que siempre ha temido? Descubrir en mí un comportamiento humano. Algo que le avergonzara todavía más. Algo como esto...

»Y, dirigiéndose compulsivamente hacia el ara, tomó de ella uno de los tres corazones humeantes y, arrancándole un tierno pedazo con los dientes, comenzó a masticarlo.

»–¿Qué estáis mirando? –preguntó, y la sangre chorreó por las comisuras de sus labios–. ¡Es la sangre de mi enemigo! ¡Me hará más fuerte!

»E, inmediatamente, arrojó su antorcha a una esquina por detrás del ara y prendió sobre las ropas de un cuerpo caído.

Cannat corrió hacia él y le dio la vuelta. Era un sacerdote, y le había sido arrancado el corazón.

»—Fue fácil —continuó Cyr, exhibiendo el cuchillo de obsidiana en la mano ensangrentada por el blando corazón, que había vuelto a depositar en la bandeja—. Él mató a los otros dos, y no parecía tener remordimientos. Shallem no se sorprenderá si yo tampoco los tengo. Al fin y al cabo, sólo soy escoria humana. ¡Ah! Pero hasta en los ángeles halló el Señor defectos. Vosotros me lo enseñasteis. ¡Oh! ¡Pero qué desconsiderado soy! Tal vez queráis compartir el festín conmigo. Ya que os iba a ser ofrendado y no hacéis nada para impedirlo, sin duda os gusta.

»Y, tras tomar de la bandeja uno en cada una de sus manos, les arrojó los tibios corazones, que estallaron, blandos y sangrientos, sobre sus desnudos pechos.

»Cannat enrojeció de la ira. Se lanzó sobre él y, cogiéndole por la cabeza, se limpió el pecho con su cabello. Pero Cyr no emitió un solo sonido. Después le levantó y le sentó sobre el ara.

»—¡Y ahora escúchame bien, niño! —comenzó a decirle.

»Pero, viendo que Cyr le sonreía, se quedó callado, y se dio cuenta de que, con el cuchillo de obsidiana en las manos, cruzadas por detrás de su cuello, Cyr le acababa de cortar un mechón de cabello y se lo estaba mostrando.

»—Oro del dios —dijo, mostrando los dientes y la lengua, enrojecidos por la sangre del corazón humano—. Un relicario. Lo venderé uno a uno y me haré un humano rico.

»Cannat le miró, con mayor estupefacción que intención agresiva, y, dejándole sobre la mesa, se dirigió a Shallem, diciéndole:

»—Todo esto te está bien empleado. Querías una familia mortal y aquí la tienes: una mujer incapaz y un niño loco.

»Luego le miró fijamente, con expresión incitante, hablando con él sin mover los labios. Y Shallem frunció el ceño, como asustado de una propuesta diabólica y gritó:

»—¡No!

»Cyr continuaba sentado sobre el ara, balanceando los colgantes pies, mirándoles, desafiante, por encima de una intensa constricción en el rostro que delataba su profundo sufrimiento.

»–¿No, por qué? –gritó, al tiempo que saltaba del ara y se dirigía hacia ellos–. ¡Sé lo que te ha propuesto! ¡Devuélvelos a Florencia, te ha dicho! ¡Deshazte de ellos! ¿Y por qué no lo haces? ¿Hasta cuándo piensas seguir soportando al hijo que te odia?

»Shallem lo miraba con la boca, literalmente, abierta. Cannat con la expresión desencajada, esforzándose por contenerse.

»Fui yo quien, desplazándose velozmente a su lado, le cogió del brazo y plasmó una blanda bofetada en su rostro.

»Él se quedó completamente desconcertado. Nadie le había puesto la mano encima jamás. Me miró profundamente asombrado, como si no pudiese creer lo que acababa de hacerle.

»–Y ahora pedirás perdón a tu padre –le ordené con la voz endemoniada.

»Pero él no hacía sino mirarme espeluznado.

»–¡Haz lo que te digo! –aullé.

»–¡Basta! –gritó Cannat a mi espalda. Y, viniendo hacia nosotros, me golpeó violentamente, de forma que me soltara del niño, y lo cogió en sus brazos–. ¡Oh! –gruñó, mirándome enfurecidamente–. ¡Especie maldita capaz de dañar a sus propios hijos!

»Y, dicho esto, desapareció con el niño.

»Cuando nos quedamos solos, volví mi vista hacia Shallem y vi que también él me miraba como si no pudiera reconocerme en el cuerpo que acababa de abofetear a su hijo.

»Me sentí terriblemente avergonzada.

»–No le he hecho daño –murmuré–. Sólo... sólo quería...

»Y, sin hacerme el menor caso, echó a andar y le seguí apresuradamente.

»Cannat regresó a casa por la tarde. Solo, sin el niño. Se había quedado fuera jugando, dijo.

»Yo llevaba todo el día tratando, vanamente, de consolar a

Shallem. Al entrar, Cannat me miró inquisitivamente. Con un gesto le indiqué lo mal que se encontraba. Se había pasado toda la mañana lánguidamente postrado en la cama.

»Cannat se acercó a él.

»–Todo es culpa mía, Shallem –le dijo–. Sé que es culpa mía. Lo siento mucho.

»Shallem no se volvió para mirarle. Su mirada parecía perdida.

»–Tú no tienes culpa de nada –susurró–. Él tiene toda la razón. Absolutamente toda. Sólo en una cosa se equívoca: yo siempre le he querido. Siempre, Cannat. Nunca quise hacerle daño.

»–Ya lo sé, Shallem. Lo sé. Y él te quiere también. Habla con él, dile lo mucho que le quieres, que fui yo quien lo arrebataba constantemente de tu lado, que tú le hubieras hecho invulnerable si yo no me hubiera adelantado.

»–¿Todo eso es verdad? –musitó Shallem–. Es tan tranquilizante pensar que lo es...

»–Estás conmocionado y no piensas con claridad. Te sientes injustamente culpable. Porque nosotros no somos humanos, Shallem. No puedes fingir en todo momento que lo eres, comportarte siempre como ellos lo hacen. El amor humano no es más que exigente y egoísta necesidad, y él es sólo un niño mortal. Explícale vuestras diferencias, demuéstrale tu amor y todo se arreglará. Yo voy a marcharme, así podréis estar solos.

»–No sabré que decirle, Cannat. Tú eres tan hábil con los humanos... Los entiendes sin siquiera proponértelo. Pero yo... no consigo... Si siquiera me hubiese preocupado de mirarle a los ojos, habría sabido cual era su estado. Tengo ese poder y no me he molestado en usarlo con mi propio hijo. No creí que...

»Shallem se detuvo en seco. Cyr acababa de entrar en la habitación. Sonriente. Desafiante. En cada mano llevaba un agutí muerto, aún chorreantes de sangre, y los exhibía de la misma manera que el pescador orgulloso las grandes piezas recién cobradas.

»Con paso decidido, llegó hasta el pie de la cama y, regodeándose en el horror y sufrimiento que la faz de Shallem expresaba, arrojó los dos animales sobre ella.

»–¿Ves? –inquirió, con un malévolo rictus en los labios–. ¡Qué razón tenían al huir de mí!

»Shallem estaba descompuesto. No sabía cómo enfrentarse a su problema. Es más, exageraba desquiciadamente la situación, inventándose aspectos inverosímiles.

»–Es un castigo, Cannat –le dijo–. Una señal. Mi hijo se ha rebelado contra mí como yo me rebelé contra Él. De idéntica manera. Piensa que no le quiero, que le he abandonado. Es una réplica de mí. Un castigo.

»–¡Por favor, Shallem, no seas absurdo! –le replicó Cannat fuera de sí–. Tienes un simple problema doméstico humano, eso es todo. Escucha, puedo llevarlo a Florencia, con Leonardo. Con él estaría bien. Si sucediera algo él me avisaría y yo estaría allí en el mismo instante. Le visitaríamos a menudo.

»–¿Me estás diciendo que le eche de mi lado porque se rebela contra mis propios errores, que lo aparte a un sitio donde no moleste, que lo abandone a él, como nosotros fuimos abandonados? –le respondió Shallem como una acusación.

»–Estás sacando las cosas de su justo lugar. Padeces una obsesión enfermiza. Me iré durante unos días. Pero estaos muy atentos. Este mes cumple siete años, la edad a la que mataste a Chretien. No creo que Eonar pueda soportar que viva más que su propio hijo. Ese condenado vengativo... Han estado muy tranquilos últimamente, y tengo un presentimiento. Avísame a la menor señal.

»De modo que Cannat se fue y nos dejó solos para que tratásemos de restaurar nuestra frágil tranquilidad doméstica.

»En cuanto él partió, Shallem fue en busca de Cyr. Volvió solo y descorazonado. Nuestro hijo no sólo se había negado a perdonarle, encima le había echado la culpa de que Cannat le hubiera dejado. Cuando yo fui a buscarle, ni siquiera le encontré. En aquella espesura infinita era como buscar una aguja en un pajar. Esperábamos que volviese al oscurecer, pero, ¿por qué iba a hacerlo?, no había nada a lo que Cyr temiera. Al ver que no venía, Shallem salió de nuevo a por él. Lo trajo por la fuerza.

»Shallem empleó con él todo su celestial encanto. Pero esto no valía con Cyr. Mientras que a mí me cegaban sus ojos de ángel, él ni siquiera los advertía. No veía ningún ángel delante de él, sino sólo a su padre. Un ser que para él era tan normal y corriente como para usted pueda serlo el suyo. Y qué duro es descubrir los defectos de nuestros padres...

»Shallem se había inventado un discurso de débiles argumentos que le repetía una y otra vez sin cambiar una sola coma, y que había construido, básicamente, con las ideas que Cannat le había dado.

»Cyr le escuchaba, en silencio, y con las lágrimas rodando por sus mejillas. Después se levantaba y se alejaba de él sin siquiera una mirada, y Shallem se volvía a mí, con una conmovedora expresión de tormento.

»–Tú, en su lugar, acabarías cediendo, ¿no es verdad? –le decía yo.

»Él asentía y, acercándose al niño, volvía a expresarle lo mucho que le amaba.

»Cyr era duro y tozudo, pero, aunque parecía hacer oídos sordos a las súplicas de su padre, no era sino porque necesitaba saber si su amor sería lo suficientemente constante y verdadero como para resistir sus continuos desaires sin desfallecer en el intento de recuperar su cariño, por imposible que pareciese. Y la constancia e insistencia de Shallem resultaron satisfactoriamente insuperables. Le perseguía por cada rincón de la casa o de la selva repitiendo, una y otra vez, lo mucho que le quería y cuánto necesitaba su perdón. Si Cyr se subía a la copa de un árbol, él iba detrás. Si, imitando a los monos, descendía al suelo resbalando por una liana, con el fin de dejarle groseramente plantado, Shallem tomaba la misma liana y descendía también. Le despertaba por las noches y, sin la menor contemplación ante su sueño o amedrentamiento ante su hosquedad, iniciaba sus explicaciones hasta que advertía que el niño se había vuelto a dormir. El recuperar el amor de Cyr para él era un pensamiento obsesivo, constante, inacallable. Pero hubieron de pasar muchos días antes de que Cyr considerase que su padre había pagado lo suficiente.

»Pero, finalmente, lo consiguió, pues, como yo sabía, mi hijo estaba deseando sucumbir al amor de Shallem, sólo era cuestión de tiempo. Y a partir de entonces todo volvió a ser maravilloso.

»La vida en la selva era, de nuevo, la vida en el paraíso. Y no con un mísero Adán, sino con un verdadero y celestial Hijo de Dios.

»Ahora que Cannat no estaba, nos pasábamos el día los tres juntos. Shallem nos descubría los tesoros de la jungla tan orgulloso como si los hubiese creado él mismo. Estaba feliz, muy feliz. Aunque a veces le descubría mirando a su hijo con una expresión profunda e indescifrablemente pensativa.

»Una noche, dos semanas después de que Cyr se rindiera al cariño de su padre, me desperté inexplicablemente sobresaltada. Estaba amaneciendo, y de inmediato me di cuenta de que Cyr no dormía en la cama contigua. Miré por la habitación y allí no había nadie, salvo Shallem, que reposaba a mi lado. Le sacudí, presa de histeria, y le hice notar que el niño había desaparecido.

»–Tranquilízate –me pidió–. Todo está en calma.

»–Pero, Shallem, ¿y si ha sido lo bastante loco como para ir a la ciudad? Sé que va a ocurrir algo. Sé que Cannat tenía razón. ¡Lo sé! –afirmé nerviosamente.

»–Está bien. Vayamos a buscarle –concedió él.

»Aparecimos en una cualquiera de las calles, preguntándonos, con creciente inquietud, dónde podría estar. Anduvimos, llamándole a gritos, sin preocuparnos, en absoluto, de los vecinos, que, fascinados por nuestra inusitada presencia en sus calles, se asomaban incrédulos a las ventanas.

»–¡Las islas de flores! –exclamó Shallem súbitamente–. ¡Está allí! ¡Dios mío! ¡No puede ser! ¡Vamos!

»Me arrastró de la mano y atravesamos las calles a la carrera mientras yo no paraba de preguntarle, frenéticamente, qué era lo que sucedía.

»Pero no estábamos muy lejos de la Avenida de los Muertos, donde se encontraban las islas de flores flotantes, y, en seguida, divisé el horror con mis propios ojos.

»Al principio no quería creerlo. Pero, conforme la distancia se acortaba la evidencia de la realidad se cernía sobre mí como un gas deletéreo.

»Ambos estaban sentados sobre el contorno de piedra que rodeaba el estanque, con las manos llenas de flores acuáticas. Parecían entretenidos, jugando con ellas como dos viejos amigos. El niño, mi niño, tomaba una flor de las manos del joven de cabellos resplandecientes, de radiantes iris de tono indescriptible: de las manos de Eonar.

»Habían levantado la vista y nos estaban observando mientras nos aproximábamos. Dejamos de correr y anduvimos los últimos pasos tratando de dominar nuestros corazones. Nos detuvimos frente a ellos, en aparente silencio absoluto. Pero Shallem y Eonar hablaban alto y claro.

»—Cyr, ven conmigo —le dije yo.

»Y Eonar, mirándome, le pasó un brazo por encima del hombro para impedir que se moviera. Y, por primera vez en mi vida, escuché su voz.

»—No me esperabais, ¿verdad? —dijo simplemente.

»Para qué tratar de describirle lo indescriptible del timbre de su voz. Una voz viva, vibrante, armónica. Sólo su extrañísima entonación le delataba. Hablaba en francés, como todos nosotros, pero era como si él no lo hubiera escuchado o pronunciado antes jamás, y se estuviera limitando a recitar una frase aprendida mediante pronunciación figurada.

»Cyr quiso soltarse, pero Eonar se lo impidió suavemente.

»—¿Y dónde está tu siamés, que aún no ha venido? —le preguntó a Shallem.

»Y, en ese momento, Cannat, apareciendo sobre el agua del estanque por detrás de ellos, tomó vertiginosamente al niño en sus brazos y se separó unos metros de Eonar, corriendo con los pies falsamente apoyados en las flores flotantes.

»Eonar, sobresaltado, se levantó para volverse a averiguar lo sucedido.

»—Cannat —dijo, sin denotar sorpresa.

»Cannat salió del agua y yo me apresuré a recoger al niño.

»—Has tenido que venir tú mismo a cobrarte venganza —le espetó Cannat—. Claro..., todos tenemos hijos..., menos tú. Ninguno de los otros ha querido asesinar cobardemente al hijo de Shallem. Todos le quieren, pese a lo que, de algún modo, tú conseguiste que le hicieran. ¿Me contarás que arterías maquinaste para convencerles?

»—Hasta ahora sólo hay un hijo muerto —replicó Eonar—. Y es el mío.

»—Shallem tuvo un buen motivo para matarle. ¿Cuál tienes tú? El odio, únicamente, la venganza. Primero te la arrebató a ella, y luego le quitó la vida a ese digno hijo tuyo. Eso basta para ti, desde luego. ¿Fuiste tú quien le dictó su código a Hammurabi?

»La noticia de la llegada de los dioses se había divulgado entre los vecinos y un ruidoso y creciente corro de gente se estaba formando a prudente distancia.

»Cuando los dioses se quedaron en silencio y Eonar dirigió su mirada hacia los mortales, alguno de éstos debió pensar que resultaba oportuno aclamar a Kueb y a Oman, y, en cuanto empezó a hacerlo, fue rápidamente secundado por la muchedumbre.

»Eonar no se movió. La ilegible expresión de su semblante no se inmutó. Ni un ligero movimiento de una mano, ni un pequeño incremento en el ritmo de su respiración. Nada, excepto un simple, fugaz e indiferente vistazo, y las quinientas o mil inocentes personas que se habían congregado en torno a sus dioses estallaron en llamas.

»La escena fue peor que apocalíptica. La pobre gente gritaba y corría enloquecida. Se quitaban las ropas, se revolcaban por el suelo. Unos a otros trataban de apagarse desesperada e inútilmente. Era como si las llamas surgiesen de su interior. Los que corrían en nuestra dirección, con la intención de lanzarse al estanque, eran instantáneamente repelidos, salían volando, sus cráneos explotaban...

»Cyr y yo nos abrazábamos, gritando incontenibles. Ellos... ni siquiera les miraban. Ninguno de ellos. Su calma e indiferencia eran tan absolutas que si Cyr no hubiese estado a mi lado, chillando descompuesto, habría dudado que aquel holocausto fuese algo más que una mera alucinación.

»No parecían ver otra cosa que a sí mismos. Eonar tenía la mirada clavada en Cannat.

»—Espero que no te importe —le dijo, seriamente—. Tienes muchos. Y se reproducen con facilidad.

»Cannat no le contestó, pero era obvio que no le importaba lo más mínimo.

»—Defínete ya —le exigió Shallem—. ¿Por qué has venido, si sabes que no podrás con los dos?

»—Shallem —le respondió con el pausado ritmo de su voz—, hace mucho que perdiste tu dignidad, pero ahora..., ahora resultas patético. Dime, ¿no te sientes ridículo viviendo en esas pequeñas casitas humanas; utilizando sus extraños utensilios mortales; vagando de la mano de esa mujer, entre sucias catervas de humanos inficionándote con su contacto, por oscuras y estrechas callejuelas que apestan día y noche a fétido mortal? ¿Hasta ese punto has perdido tu identidad?

»—Estoy entre los seres que me aman —le contestó Shallem, fríamente—. ¿Quién te ama a ti, mortal o inmortal? Para bien o para mal, nosotros aprendemos, cambiamos, evolucionamos. Tú permaneces estancado desde el día de tu creación. No tienes horizonte. Ni siquiera vida. Y ahora contesta a mi pregunta, ¿por qué has venido?

»Eonar tardó unos instantes en contestar, mirando, distraídamente, como un espectáculo callejero gratuito, la masacre que había organizado.

»—¿De verdad habéis pensado alguna vez que realmente me importaba la vida de ese niño mortal, mi hijo, como vosotros lo llamáis? –preguntó, alzando el tono de su voz para luchar contra el fragor de los gritos y las llamas, y volviendo su rostro hacia sus hermanos–. Únicamente quise tenerlo para saber qué ocurriría, cómo sería él. Y fue como me temía. Como ese hijo de Shallem: un niño débil y enloquecido con el espectro de la muerte dibujado sobre su frente. La semilla del cuerpo terrenal sólo es capaz de producir niños humanos, hijos mortales. Basura. Quiero un hijo realmente mío, Cannat. Un hijo de verdad. Un hijo como tu Leonardo.

»–Nos alegramos por ti, y esperamos que nazca pronto y que crezca feliz –ironizó Cannat–. ¿Qué más? ¿O has venido sólo para compartir con tus hermanos tu deseo de paternidad?

»–Te quiere a ti –murmuró Shallem.

»–¿Qué? –inquirió Cannat, incrédulo.

»–Quiere que vayas con él –aclaró Shallem.

»–Siempre me ha molestado tu deplorable capacidad para entrometerte en los pensamientos ajenos, Shallem –confesó Eonar.

»–Es útil cuando se trata con demonios insidiosos como tú –le replicó Shallem. Y se acercó a Cyr y a mí, y cogió al niño en sus brazos.

»–¿Qué me dices, Cannat? –preguntó Eonar, ignorando su respuesta–. Shallem también puede volver, si quiere. No hace mucho lo deseaba y yo no quisiera privarte de su compañía. ¡No intentes eso, Shallem! No intentes desvanecerte con el niño en brazos, o recorreré el planeta tras de ti.

»–¿Por qué no te desvaneces tú? Has perdido la poca cordura que tenías si piensas que vamos a compartir contigo un minuto de nuestras vidas eternas –profirió Cannat.

»–¡Me odias injustamente, Cannat! Yo jamás he hecho daño a ninguno de mis hermanos y, sin embargo, tú me aborreces como si fuese el culpable de toda nuestra desgracia. Tu resentimiento arranca desde aquel día y lleva persiguiéndome millones de años. ¡Pero es injusto! ¿Acaso os obligué yo a tomar la decisión? ¿Me dirigí, secretamente, a vuestro oído, intentando convenceros con mi astucia? ¡Yo hablé por mí, y vosotros me secundasteis por vuestra única voluntad! Si yo hubiera callado, otro habría alzado la voz. Tal vez uno de vosotros dos.

»—Nadie te acusa como único culpable, Eonar —manifestó Shallem—. Todos lo fuimos.

»—Venid conmigo. Os lo estoy rogando. Siempre nos quisimos. Empecemos de nuevo.

»—No nos gustan las ínfulas de líder supremo que adoptaste —intervino Cannat.

»—Eso ha terminado —afirmó Eonar—. He comprendido que todos somos diferentes y que son esas mismas diferencias las que nos engrandecen individualmente. Todos estamos dotados de facultades distintas, pero igualmente admirables.

»—Cuidado, Cannat —le previno Shallem—. Ansía tu poder.

»—Sí. Lo reconozco. Siempre has sido el más fuerte, Cannat. Todo en ti resulta codiciable. Tu justificada altanería, el distante modo en que seduces a esos humanos y te mezclas con ellos, sin involucrarte en sus lastimosas vidas, pero disfrutando sin prejuicios de cuanto te pueden ofrecer. Fuiste el primero en reencontrar la felicidad, y has sabido mantenerla como un derecho inalienable e inherente a tu esencia. Y ES tu derecho. El de todos nosotros. Shallem tiene razón. No estoy vivo. No tengo pasado ni futuro. Me limito a alentar a través de los siglos como un ser vacío de toda esperanza. Tú eres mi hermano, siempre mi hermano predilecto, y por ello me rebajo a suplicarte. Ayúdame, enséñame, guíame por ese camino de felicidad que sólo tú conoces. ¿Estoy mintiendo, Shallem, son falsos los sentimientos que se infieren de mis palabras?

»Shallem denegó débilmente con un gesto de su cabeza. Cyr estaba en sus brazos con la cabeza hundida en su cuello, aterrado.

»A nuestro alrededor, a unos veinte metros de distancia el más próximo, yacían centenares de cadáveres carbonizados y otros cuyas llamas aún no se habían extinguido. Sí algún nuevo indígena todavía osaba hacer su aparición en la Avenida de los Muertos, se convertía en inmediato pasto de las llamas.

»—No os estoy amenazando con la vida del niño, aunque me

344

resulta incomprensible su valor para vosotros. Os estoy suplicando humildemente. Soy vuestro hermano y os necesito.

»—¿Pero realmente crees que lo que me estás pidiendo es posible? Con indiferencia de que yo esté o no dispuesto a aceptar, ¿piensas que, por el mero hecho de estar a mi lado, vas a cambiar un ápice en tu esencia? Mira a Shallem... La única felicidad que obtiene junto a mí es la que se deriva directamente de nuestro amor. Y tú y yo no nos amamos, Eonar. Ya estuvimos los tres juntos una vez, ¿recuerdas? ¿Y qué ocurrió? Cada uno de nosotros tomó una dirección diferente. ¿Por qué iba a ser distinto ahora que somos más orgullosos, más fríos, más intratables? Admítelo, somos criaturas solitarias. Lo lamento, pero ésta es la tierra que deseé pisar y la que seguiré pisando. Y si, desobedeciendo a nuestro Padre, escapé un día de esa prisión que tanto añoras y a la que pretendes hacerme volver, no pensarás que me recluiría en ella, de nuevo, por tu sola voluntad. Éste es mi sitio, y, lo siento, pero no puedo ayudarte a encontrar el tuyo.

»Eonar se quedó mirándoles a ambos con su ininterpretable expresión.

»—Estáis muy seguros de que no podría venceros —dijo—. Es muy posible que tengáis razón. Poco puedo contra vosotros. Sin embargo, Shallem, ¿hay alguna forma que yo desconozca por la que puedas impedir que mi fuego alcance la mantecosa carne de tu hijo? ¿No respondes? ¿Puedo interpretar tu silencio?

»—No te irás sin cumplir tu venganza, ¿verdad? —le censuró Cannat.

»—Ven conmigo y el niño vivirá. ¿Su vida no es lo suficientemente valiosa para ti? No te lo reprocho. Pero, quizá Shallem sí, ya que está en tu mano el salvar a su hijo. ¿Es él de la misma opinión? Dínoslo, Shallem, ¿prefieres que tu hijo muera antes que perder a Cannat?

»Shallem elevó la cabeza denotando el evidente desagrado que sentía ante él, y pronunció unas palabras que no pude comprender.

»—Es inútil, Eonar —sostuvo Cannat—. Lamento que te sientas

tan solo como para tener que recurrir a tan penosos ardides. Pero comprenderás que me abstenga de desperdiciar a tu lado los escasos y maravillosos años que le quedan a este último paraíso.

»Eonar dirigía su mirada sin apenas mover la cabeza. La pasó de uno a otro, lentamente, y, por último, la dejó fija en mí. Yo estaba pegada a Shallem, cogiéndome de su brazo, atemorizada.

»–Haz lo que estás pensando y tendré toda la eternidad para hallar el medio de hacer que te arrepientas –profirió Shallem–.

»Eonar le miró larga, profunda e inexpresivamente.

»–Piénsalo bien –insistió Cannat–, antes de hacerles daño. Siempre he querido probar mi poder contigo. Incluso te tengo reservado un sitio. Allí. ¿Lo ves? En aquella cabeza monstruosa. Lo malo es que tendrías que compartirla con unos cuantos espíritus de mortales. No creo que te gustara mucho.

»–Sabes que a mí no puedes hacérmelo –dijo Eonar con su voz plana.

»–¿Seguro? ¿Dónde está escrito? Lo probé con Shallem y lo conseguí, y tú no eres mucho más fuerte que él.

»Eonar hizo un largo y pensativo silencio mientras estudiaba a Cannat con su habitual hieratismo.

»–Puede que sea emocionante este futuro que me estáis prometiendo –dijo al cabo de unos momentos–. Un cambio apetecible en mi tediosa existencia. Sí, creo que aceptaré vuestra propuesta, la acepto encantado.

»Luego miró a uno y a otro con la misma anodina expresión.

»–Adiós, hermanos míos –dijo.

»–¡No! –gritó Shallem–. ¡No!

»Y tratando de defender al niño con su cuerpo, se dio la vuelta, abrazándolo y cubriéndole la cabeza con su mano, como si intentara protegerlo de la onda expansiva de una explosión.

»Todo fue muy rápido. Cyr empezó a gritar enloquecido de dolor. De pronto vi que Shallem se arrojaba al suelo sobre él y que, con su propio cuerpo, trataba desesperadamente de apagar las llamas que brotaban de su interior.

»En la silenciosa tranquilidad del cementerio en que se había convertido la amplia avenida, nuestros gritos descompuestos parecían llenar el mundo entero.

»Yo estaba desolada, tanto por la muerte de nuestro hijo como por la espantosa visión que me suponía ver a Shallem abrazándose destrozado a sus restos abrasados. Era evidente que lloraba, aunque de sus ojos no brotasen las lágrimas. Una escena aún más dramática que la que tantos años antes había tenido lugar bajo aquella hórrida tormenta en París.

»Eonar había desaparecido, y con él, Cannat.

La mujer pareció despertar súbitamente a la realidad. Estiró su cuello, rígido mientras hablaba, dejándolo caer hacia atrás y a los lados en una especie de gimnasia, tratando de relajarlo.

El padre DiCaprio mordisqueaba abstraídamente su blanco pañuelo.

—Era el tercer niño que Shallem y yo perdíamos. Para mí, mi tercer hijo —añadió ella.

Y, lentamente, cruzó la habitación hacia su litera, como si pretendiera tumbarse en ella. Pero luego, como si se sintiera en un trance y no supiera qué hacer, dio media vuelta y se quedó mirando al confesor en una clara petición de auxilio.

Éste se levantó de un salto en cuanto comprendió la situación, y, tomándola cuidadosamente del brazo, como si fuese una anciana, la ayudó a sentarse en la cama.

—Tranquilícese —la calmó—. Ya ha pasado. Túmbese. La traeré un vaso de agua.

Se dirigió con rapidez a la mesa y llenó precipitadamente un vaso, ignorando cómo el agua se vertía también sobre las finas hojas de su Biblia.

Y, cuando, tras haber corrido al lado de la mujer, la tendió el vaso de agua, vio, sin saber qué hacer, que ella estaba llorando.

—Juliette, Juliette, por favor, no llore... —Y sacó su propio pañuelo y se lo entregó.

"Todo saldrá bien", hubiera deseado decirle, "Todo se arreglará", y buscó desesperadamente un argumento que apoyara la idea de un final feliz que prometerle, pero no lo encontró.

Cuando ella hubo bebido, cogió el vaso y, rápidamente, lo devolvió a la mesa y regresó a su lado. Se sentó en el pequeño e incómodo lecho, junto a ella, que ahora estaba tumbada, y la tomó una de sus finas manos. Estaba un poco fría.

—Creo que le ha bajado la tensión —aventuró—. Está algo fría y muy pálida.

Ella no dijo nada, pero unió su mano a las de él. Lloraba en absoluto silencio.

—Juliette, yo... Si yo fuese Dios... Yo... La comprendo. De veras que sí. Daría cualquier cosa por poder ayudarla.

—Pero es que aún no se lo he contado todo... —susurró ella, intentando contener el llanto.

Durante unos segundos quedó en silencio, mientras se enjugaba las últimas lágrimas.

—Quiero levantarme —dijo—. Tumbada me siento como en el sofá de un psicoanalista.

El padre DiCaprio sonrió tiernamente y se incorporó para que ella pudiera hacerlo. Se sentaron a la mesa.

—Me hundí en un estado de profunda depresión —continuó ella, en seguida—. Sólo deseaba dejarme caer inánime sobre la blanda cama de esponjosas plumas y saciar mi llanto, inmersa en un dolor que creía justo recibir. Era como si no deseara salir de él, como si, inconscientemente, lo considerase el largo, duro y necesario expurgo de todos mis pecados. Pero Shallem no me lo permitía. Me despertaba al amanecer y me llevaba, por la fuerza, a recorrer la jungla, íbamos en busca de parajes recónditos que pudieran otorgarnos un poco de consuelo y distracción. Explorábamos y descubríamos, desganadamente, rincones escondidos en donde nunca habíamos estado y que ningún doloroso recuerdo nos pudiesen traer. Pero los recuerdos no necesitaban ser llamados. El rostro de nuestro hijo era un pensamiento firme, puro y constante en mi cerebro. No importaba lo que estuviese simulando hacer, la conversación que intentásemos mantener con esforzado y fingido interés, las bellezas que tratasen de impresionar mi retina, cegada por su sola y obsesiva visión.

»Shallem parecía entregado en cuerpo y alma a proporcionarme consuelo. Sólo la expresión de su semblante delataba el hondo dolor que él mismo padecía, pero que no se permitía expresar en mi presencia. Se mostraba fuerte, muy fuerte; sin dejar translucir más emociones que su ternura por mí. No obstante, cuando le observaba sin que él se apercibiera, un sentimiento de alarma estallaba en mi interior. Era algo más que el dolor que reprimía, más que la agudizada melancolía de su expresión. Era la rígida máscara de dureza, frialdad y distanciamiento que encubría, vanamente, al espíritu que bullía en su interior, atormentado y en absoluta soledad. ¡En cuántas ocasiones me pregunté si alguna vez Shallem habría dejado de sentirse solo!

»Cannat regresó cinco semanas después. Serio. Grave.

»Shallem y él se abrazaron con elocuente ternura. Luego Cannat me buscó con la mirada y me abrió su brazo para que me uniera a ellos. Nos abrazó y nos besó a los dos.

»–Está pagando –dijo–. Y pagará cien años de su eterna vida por cada uno de los que le robó al niño.

»El momento era demasiado emotivo, los sentimientos demasiado fuertes: mis lágrimas rodaron sobre su pecho desnudo mientras me agarraba a él y le besaba con todas mis fuerzas.

»Los años fueron pasando. Tiránicos e inmisericordes los primeros; después, arropándonos con la injusta pero piadosa manta del olvido, los siguientes.

»Por tanto, volvieron tiempos felices. ¿Cómo no habrían de volver en una vida tan larga?

»Pero, para Shallem, la manta del olvido no era de gruesa y tupida lana, sino un sutil y finísimo velo de transparente nipis que, de tanto en tanto, se alzaba con el viento, exponiendo al frío de la noche su piel desnuda.

»Al día siguiente del holocausto masivo, la ciudad se había convertido en una inverosímil ciudad fantasma abandonada en medio de la selva. Todos los indígenas habían huido despavoridos aquella misma mañana en que sus dioses, incomprensiblemente, se habían vuelto contra ellos.

»Cannat parecía aliviado. Como si le hubiesen librado de un peso molesto, de una actividad que, en realidad, le aburría, y que meramente realizaba por la inercia del apego al pasado.

»La ciudad desapareció rápidamente, invadida por el devastador ejercito de la lujuriante flora tropical. Las semillas germinaban con el mismo placer entre las piedras de las calles o los sillares de las pirámides que en las antes cuidadas zonas ajardinadas que rodeaban el palacio y las sedes administrativas.

»Nunca pude mezclarme con aquellas gentes; tampoco lo deseaba. Nunca llegué a conocer demasiado de ellos. Pero, cuando un año después, movidos por la curiosidad, acudimos a recorrer sus desérticas calles, como en una visita turística a una ciudad fantasma, me di cuenta de la gloria que habían conocido, la civilización que habían llegado a desarrollar. Contaban con escuelas, hospitales, bomberos... Cosas corrientes hoy, pero no en la Europa que yo había conocido.

»Anduvimos dando vueltas por las calles agonizantes, simulando desconocer, o, tal vez, evitando, nuestro auténtico destino. Pero finalmente, como distraídos, como por casualidad, encaramos una de las amplias calles que desembocaba a la mitad de la Avenida de los Muertos.

»Nuestros pasos nos llevaron hasta el punto mismo de la tragedia sin que nadie hiciera nada por impedirlo. El escenario estaba completamente cambiado. Los estanques se habían secado y las flores habían muerto. Toda grandiosidad y artificial belleza había desaparecido. La vegetación se había alimentado de las cenizas de los muertos.

»Yo no sentí nada de particular. Quiero decir que mi pena era, de por sí, tan intensa, que el simple hecho de estar en aquel lugar no era capaz de incrementarla. Entiéndame, yo revivía cada día la muerte de mi hijo como si hubiese ocurrido el anterior. No necesitaba tumbas ni relicarios para acordarme de él o de lo sucedido con toda viveza.

»Pero, creo que ya le he referido con bastante amplitud el poder de evocación que para ellos tenían los lugares o los objetos. Le he expresado el fervor con que Cannat, en ausencia de Shallem, recorría nuestra casa de Florencia mirando y escuchando a través de las ropas, los libros, los cuadros, los jarrones, cualquier cosa. Y supongo que ha entendido que los recuerdos que guardaba en su casa de la jungla servían exactamente al mismo objetivo. Comprenderá ahora, fácilmente, que ni las flores estaban muertas ni seca el agua del estanque para Shallem y para Cannat. Para ellos era como realizar un viaje al pasado. Estaban en el mismo lugar y en el mismo tiempo, salvo que no podían intervenir en la acción.

»Vi sus ojos moverse de un lado a otro compulsivamente, y la expresión de su cara pasando de la nada a la ira creciente. Todo estaba sucediendo por segunda vez. Comencé a sentir un insoportablemente creciente dolor en la mano. Shallem, ausente, cegado por la ira, tratando, vanamente, de intervenir en la escena desde la lejanía del tiempo, me la estaba estrujando abstraídamente hasta quebrar sus delicados huesos.

»–¡Shallem! ¡Shallem! –exclamé, pero Shallem estaba lejos–. ¡Cannat, socorro!

»Cannat, aunque lejano también, volvió rápidamente y en seguida se dio cuenta de la situación.

»–¡Shallem! ¡Shallem! –le gritó, al tiempo que le sacudía violentamente.

»Yo lancé un alarido de dolor. No sólo no regresaba, sino que su presión se había hecho tan intensa que mis huesos parecían a punto de estallar.

»Entonces Shallem despertó. Se quedó atónito por lo que me había hecho y por el profundo estado en que había caído.

»–Shallem, ya pasó –le consoló tiernamente Cannat–. ¿Es que nunca aprenderás? Dime, si llorásemos cada día por todas las penas que sufrimos en nuestra vida eterna, ¿cuántas horas habrían de tener nuestros días? Todos le queríamos, pero no volverá porque lloremos. Tú elegiste esto –y me señaló–. Unos pocos años para verles sufrir todas las miserias de la mortalidad y luego morir ante tus propios ojos. Nacen para envejecer y la vejez es sufrimiento. Sus cuerpos sienten dolor. Padecen hambre, sed, ignorancia, confusión: pensamientos y necesidades que no existen en nuestro lenguaje. Nacen avocados al sufrimiento y te arrastran con ellos en su viaje de pesadilla. No somos mortales, Shallem, te lo repito por milésima vez. No podemos vivir con ellos porque no podemos morir como ellos. Ni siquiera podemos comportarnos como ellos por más que tú simules lo contrario. ¿Es que no te das cuenta del abismo que te separa de ella, de todos ellos? ¿No lo ves? Son como materia muerta a la que hubiera que dotar de vida, como un libro en blanco sobre el que fuese necesario escribir. Hiciste una elección errónea y ahora arrostras las consecuencias. Aprende y basta. No has tenido un hijo mortal y ha muerto. Has tenido miles de hijos mortales y ninguno de ellos vive. Murieron sin que tú te enterases o preocupases por saberlo; y así debe ser.

»Shallem le miró con la expresión desconcertada y dolorida.

»—Y ahora —siguió diciendo Cannat—, cógela a ella y largaos de aquí. Éste es un recuerdo que no deseo guardar.

»Cuando Shallem y yo nos alzamos en el aire, las piedras de la ciudad abandonada volvieron a su origen en el vientre de la Madre Tierra.

—¿Quiere decir que provocó un terremoto? —intervino, fascinado, el confesor.

—Así es —respondió la mujer.

—¡Oh! —exclamó él—. ¿Y la ciudad desapareció íntegramente?

—No. Algún resto debió quedar. Pero las pirámides, los templos, las cabezas, las estatuas, todo cuanto había sido erigido en las cercanías del estanque desapareció para siempre.

—Cinco años después de aquel día —estaba contando ella ahora—, Cannat nos convenció para tener otro hijo. Mi tiempo fértil se acababa, dijo, con su característica falta de tacto y consideración.

»Yo lo estaba deseando, aunque no sabía cómo pedírselo a

Shallem tras la muerte de Cyr. Cannat me ayudó. Dijo que también era el deseo de Shallem, que le vendría bien para distraerse, y que si lo pensábamos más sería demasiado tarde. Shallem sabía que todo marcharía bien aquella vez. Que nadie podría impedirle inmortalizar a su hijo y dotarle de los poderes de un dios, de modo que accedió.

»Pero hay algo a lo que debo hacer referencia antes de continuar.

»Fue a través de pequeños detalles que me di cuenta, unos días después del regreso de Cannat.

»–Leonardo ya no existe, ¿verdad? –le pregunté.

»Él sacudió la cabeza negativamente.

»–Tuve que hacerlo –dijo, con pesadumbre–. Necesitaba el poder que Leonardo podía transmitirme para enfrentarme a Eonar. De lo contrario no hubiera conseguido vencerle.

»–¿Mataste a tu hijo por vengar al de Shallem? –le pregunté, incrédula.

»–No. Para que Shallem pudiera hallar la paz –me respondió–. ¿Qué querías que hiciera? ¿Qué me quedase mirando, por toda la eternidad, como la ira insatisfecha le pudría el alma? Nadie sino yo podía conseguirlo. Pero nunca sin el poder de Leonardo. Resultó fundamental. Y, ¿sabes?, ahora no existe un solo ángel en la Tierra o en el Cielo más poderoso que yo.

»Me quedé atónita, no había pensado en que Cannat era realmente más poderoso que el propio Eonar.

»–Y ahora escuchas las almas como si fueran palabras –aseguré, horrorizada ante este hecho.

»Sí –me respondió, y, con un gesto despectivo, agregó–: Pero no te preocupes. No me molesto en escuchar la tuya.

»Me sentí horriblemente al saber que mi Leonardo no existía. Me di cuenta, entonces, de que todos los seres nacidos de mujer a quienes había amado habían muerto de horrible manera.

»–Leonardo no sufrió –me dijo de pronto–. Simplemente su lado humano dejó de existir.

–Luego mentía –comentó el sacerdote–. Leía su pensamiento, a pesar de todo.

–Pues naturalmente. Nunca dudé que le encantaría hacerlo si conseguía el poder. Bien, pues, como le iba diciendo, Shallem y yo decidimos engendrar un nuevo hijo. Bueno, ellos deseaban una niña, en realidad, pero yo quería otro niño, otro pequeño Shallem que pudiese acunar en mis brazos.

»Leger nació un maravilloso día de verano en un parto sobrenatural y totalmente distinto a cualquiera de mis dos anteriores. Ellos estaban tan emocionados como niños. Era como si fuese su primer hijo y lo hubiesen concebido en común.

»–Cannat ayúdame a incorporarme, alcánzame la otra almohada –le decía yo, mientras les veía, nerviosos y expectantes, asomando la cabeza a la altura de mis piernas.

»Y Cannat corría diligentemente y me colocaba a la espalda las almohadas dobladas.

»–¿Estás bien así? ¿Te duele algo? Muy despacio, recuerda, debes hacerlo muy despacio –me decía.

»Por fin comenzó a asomar la oscura cabecita de mi hijo y Shallem puso sus manos sobre ella.

»–No empujes bruscamente –no paraba de repetirme Cannat–. Sólo debe asomar un poco la cabeza.

»Evidentemente Cannat nunca había dado a luz un hijo. Obedecer sus instrucciones constituía un suplicio.

»La cabeza asomó.

»–¡Ahora, Shallem! ¡Ahora! ¡De prisa! ¡No te arriesgues! ¡No esperes más! –exclamó–. ¡Tú quieta! ¡No empujes! ¡No te muevas!

»Shallem se inclinó sobre la cabecita, en una especie de estado de concentración, y permaneció así durante un tiempo que se me hizo interminable, un minuto, quizá. Luego levantó la cabeza y vi que estaba muy congestionado.

»–¡Cannat! –exclamó–. ¡Lo he conseguido!

»–¡Pues claro que sí, Shallem! ¡Ya puedes empujar, Juliette! ¡Vamos! ¡Deja que nazca esta preciosidad! Saludemos a nuestro pequeño Leger.

»–Lo llamaremos Alois –dije a Cannat.

»–Sí, claro, Alois –convino él con toda docilidad.

»Unos fuertes empujones y Leger acabó de dejar mi cuerpo de la manera más indolora.

»Shallem lo sostuvo en sus manos como si fuera el primer bebé que veía en su vida.

»–Qué diminuto es –le dijo, preocupadamente, a Cannat–. ¿No es demasiado pequeño?

»–Es perfecto –le respondió, mirándole con tanto orgullo como si fuera suyo–. Pero hay que quitarle toda esa porquería.

»–¡Vamos! ¡Acercádmelo aquí! ¡Quiero verlo! –exclamé yo, furiosa porque no lo hacían, y deseando poder levantarme para arrancárselo de las manos.

»Cannat me señaló imperiosamente con el dedo y dijo:

»–Luego lo verás. Ahora sigue con lo tuyo. Todavía no has acabado.

»Por un momento me pregunté que querría decir, pero en seguida me di cuenta de que no sentía ninguna sensación de alivio, sino que era más bien como si aún no hubiese dado a luz. Sentí una nueva contracción.

»–¡Shallem! ¡Shallem! –le llamé asustada–. ¿Qué me está ocurriendo?

»–No te preocupes, amor. Todo va bien. Es una sorpresa – me respondió él.

»–Cállate y haz igual que antes. No empujes demasiado fuerte. Nuestra Eve va a nacer –añadió Cannat, con su amabilidad característica.

»Puede imaginarse usted, padre, que me quedé absolutamente estupefacta. Ni por un momento lo había sospechado. Pero, he de decir, que una vez pasada la lógica perplejidad inicial no hubiera podido llegar a sentirme más feliz y encantada.

»Se repitió exactamente la misma operación que con Leger. Shallem se inclinó sobre ella, no bien comenzó a despuntar su cabecita, e hizo de ella una poderosa belleza inmortal.

»–Eve –susurró Cannat, con veneración, mientras Shallem la sostenía en sus brazos con tanta delicadeza como si temiera que se deshojara.

»–Se llamará Arlette –dije yo.

»–Sí, por supuesto, Arlette.

»Poco voy a referirle acerca de los años que vivimos con mis hijos, porque no ocurrió durante ellos cosa alguna que tuviese repercusiones futuras. Fueron años de plena felicidad. Ellos crecieron en el paraíso como jóvenes y adorados Robinsones. Todas las cualidades que el pobre Leonardo poseía, y que ya le detallé, las disfrutaban ellos dos, además de algunas otras. No eran débiles y dependientes mortales, como Cyr lo había sido. Pero no tengo tiempo de vanagloriarme de ellos... Sólo añadiré que Cannat se mostró muy cauteloso, temeroso, a veces, de interponerse de alguna manera entre Shallem y los niños. Al igual que hacía yo, a veces, con todo el dolor de su corazón, les hacía irse a los tres solos con cualquier excusa y se quedaba acompañándome a mí.

»Pero, al cumplir los dieciséis años, empezaron a manifestar un cierto nerviosismo y malhumor esporádicos que no tenían que ver sino con el explosivo y desatendido advenimiento de su madurez sexual. Como quiera que la insatisfacción de su creciente apetito les estaba volviendo irascibles y crónicamente enojados, aunque, como es lógico, ellos desconociesen la causa, Shallem decidió llevarlos, por unos días, a vivir entre los hombres.

»Sus atónitos ojos descubrieron la miserable pequeñez de los mortales. Observaron la absurda tragedia cotidiana de los más jóvenes, la dolorosa indefensión y el patético aspecto de los mayores. Los contemplaron, espeluznados, en su sufrimiento y en su dolor, en sus enfermedades e imperiosas necesidades cuya insatisfacción derivaba en la muerte, en sus inverosímiles limitaciones físicas y psíquicas, en su desconocimiento de todas las cosas. Y todo lo observaban desde alguna misteriosa y lejana región de superioridad.

»Cuando regresamos a casa habían cambiado notablemente. Habían perdido parte de su alegría. Estaban más unidos que nunca. Los encontrábamos constantemente cuchicheando en cualquier rincón escondido y su conversación cesaba tan pronto oían nuestros pasos. Habían formado una especie de sociedad secreta en la que no se admitían más miembros. Ni a Shallem, ni a Cannat, ni, naturalmente, a mí. A mí, a quien, a menudo, les descubría observando de reojo, como a un animal exótico y recién descubierto.

»Ignoro qué atractivo descubrirían ellos en la civilización humana. Mil veces me lo pregunté y jamás encontré la respuesta: pero, a petición suya, a aquella primera visita se sucedió otra, y luego otra y otra y otra más. Y llegó el día en que decidieron probar sus propias alas. "Demasiado jóvenes –dijo Shallem–. Dejad que se formen vuestros cuerpos".

»No sé si a los dieciocho años los cuerpos de Eve y Leger se habían acabado de formar o no, pero a esa edad anunciaron que deseaban irse por unos días, pero solos, esta vez. Shallem ya no podía establecer más prorrogas. ¿Qué sentido hubiera tenido, además, si es el destino ineludible de todo padre el llorar ante la marcha de sus hijos?

»Como ocurre con algunas especies de pájaros, se sucedieron una serie de idas y venidas antes de su abandono definitivo. Regresaron a los pocos días de su partida para luego volver a marcharse, retornar e irse una vez más. Pero las ausencias eran cada vez más prolongadas. Finalmente sus regresos se convirtieron en meras visitas.

»Como sucede con cualquier familia, nos sentimos súbitamente solos cuando los hijos se fueron. Todos parecíamos un poco tristes, y el continuar con las diversiones que habíamos compartido con ellos no hacían sino acrecentar la sensación de vacío.

»–Hagamos un viaje –propuso Cannat–. Como ellos. ¿Cuánto tiempo llevamos aquí? ¡Tengo sed de mujeres y de sangre!

QUINTA PARTE

–I–

»¿Cuál es la razón de la atrayente fascinación que las serpientes despiertan sobre aquellos que las consideran animales inmundos?

»Yo no conozco la respuesta. Jamás deseé abandonar la jungla ni conseguí explicarme su deseo de hacerlo.

»¿Por qué volver a las pobladas Asia o Europa cuando quedaban tantos territorios que aún no habían sido hoyados por el destructivo pie del hombre?

»"Observemos la lenta evolución del animal maldito", decían.

»Así, recorrimos el planeta sin establecernos durante demasiado tiempo en ningún lugar concreto. Cannat contaba con centenares de tranquilas y suntuosas residencias. "Lo mejor para los dioses", decía.

»Shallem –nunca había dejado de hacerlo–, caía cada cierto tiempo en profundos estados contemplativos. Pero ahora Cannat no precisaba preguntar la causa. Y yo, aunque no era capaz de leer con tanta claridad su alma, tampoco lo necesitaba. El viejo tema milenario se había visto reforzado el día en que Cyr se rebeló contra su padre. Él, silenciosa y obcecadamente, nunca había cesado de dar vueltas y más vueltas sobre su hipotético significado.

»–¡No tuvo significación alguna! –se desesperaba con él Cannat–. ¡Pura casualidad! ¡Tú eres el único que se empeña en buscar paralelismos!

»–¿Y cuando mató a los agutíes? –insistía Shallem obstinadamente–. ¿Acaso no fue por la misma causa y con la misma intención con la que tú y yo matamos humanos?

361

»–¡Por el amor de tu hijo, Shallem, déjale descansar en paz! ¿No ves que lo único que hizo fue repetir una historia que de sobra conocía y que sabía que tendría efecto sobre ti, que no te dejaría impasible? ¡No quieras ver lo que no existe, te lo suplico! –le decía, casi furioso–. No hay nadie, Shallem, nadie –le susurraba luego, conmovido ante su dolor–, que espíe nuestros movimientos, que valore nuestras acciones en la espera de que un día la balanza se incline hacia el lado del perdón. No hay un guía que ilumine nuestro camino mediante enigmáticos símbolos. ¡Lo único que hay son esas malditas y falsas fantasías humanas que han calado en tu blando y susceptible cerebro! ¿Acaso nuestro Padre nos hablaba, cuando sí quería hacerlo, mediante extrañas charadas indescifrables? ¿No tiene ya voz? ¿No tenemos nosotros poderosos oídos que alcanzarían a escucharle desde el otro lado del universo?

»–Veo que tienes razón. Pero aún me queda otra esperanza. Yo fui padre, reconocí mis errores y obtuve el perdón de mi hijo. Tal vez Él, algún día, desee que le suceda lo mismo –añadía Shallem, como un niño empecinado.

»–Sí, mi dulce Shallem –le respondía Cannat con un tierno beso–. Sigue soñando...

»Usted, en un cálculo rápido, se habrá dado cuenta de que para cuando abandonamos la selva yo ya había superado, con creces, la cincuentena. La senectud, en aquella época. No obstante, mis células no envejecían con la imparable velocidad con que lo hacían las de los mortales corrientes. A esa edad yo aparentaba unos treinta y cinco años, y aún me quedaban unos cuarenta y seis años más. Bastante tiempo. Tenía motivos para ser feliz.

»Ellos decían que el tiempo no existía, que era una estúpida invención humana en su afán por controlarlo todo. Los planetas se mueven, el universo cambia, los seres vivos cumplen su ciclo vital. Eso es todo. Apliquésele el nombre que se quiera, existe un breve camino de transito obligado que conduce, inexorablemente, a la vejez y la muerte. No hay pócimas mágicas ni fuentes de la eterna juventud. No sería bueno para el hombre. El cuerpo debe morir para que el alma descanse, para que alcance la libertad.

»Creí morir cuando, a los pocos años de retomar la dieta de la supuesta civilización, perdí mi primer diente. Supe que a ése no tardarían en seguirle todos los demás. Entonces no observábamos una higiene tan escrupulosa como la de hoy, no existían los cepillos de dientes...

»Las patas de gallo comenzaron a atormentarme poco tiempo después. Tan visibles, estropeando el bello encuadre de mis ojos, marcándose más y más profundamente cada año...

»Me dio un síncope cuando descubrí la velocidad con que las canas invadían mi pelo. Con ellas adquiría, justa y definitivamente, la espantosa denominación de "vieja".

»Parecía que nunca iba a llegar el fatídico momento. Pero, sin olvido, aunque con demora, se iba aproximando.

»En la década de 1570 ya había perdido toda mi belleza. Bueno, no toda. Pero, sí, desde luego, toda lozanía y frescura de juventud. Cada mañana despertaba temiendo que aquel sería el día en que descubriría una mueca de repugnancia en el rostro de Shallem. Porque yo, ya, a sus ojos de belleza eterna e inmutable, debía resultar francamente desagradable. Vivía temblando en el miedo continuo de llegar a advertir que su amor se estaba resquebrajando, que el ardor de sus besos comenzaba a disminuir. Contemplaba, con mirada celosa y asesina, a las mujeres en quienes, por pura casualidad, posaba su vista, pensando, con el corazón constreñido por la angustia y el dolor, que cualquiera de ellas podría sustituirme, que cualquiera de ellas era más hermosa que yo. ¡Qué lejos habían quedado los días en que me pavoneaba a su lado, vestida como una reina, por las calles de París y Florencia! Aún me envolvía con galas espléndidas, pero ya no era ningún cisne.

»Sin embargo, pese al modo constante y ferozmente inquisitivo en que escrutaba su rostro en busca de una mueca de pena o disgusto, o estudiaba las variaciones en el tono de su voz al hablarme, esperando percibir los incontenibles quiebros acompañados de una triste mirada huidiza que me revelasen lo que las palabras no harían jamás, nunca observé el menor signo delator o la mínima variación en su trato hacia mí.

»Parecía ciego a mis cambios, como si no fuese capaz de percibirlos.

»—Debiste hacerme caso —le dije un día—. Ochenta años eran demasiados... Te agradezco que no me permitas advertir los tristes sentimientos que mi envejecimiento te causan, pero, de todas formas, me siento tan mal, tan... avergonzada, ante este estado que no puedo evitar, que no puedo detener...

»—Juliette —me respondió con su voz más seductora—, no has cambiado un ápice a mis ojos. Pero, ¿es posible que aún no lo hayas comprendido? Lo que yo amo de ti es lo que se oculta a la fría y física visión de los hombres. Lo bello, lo inmutable, lo imperecedero, lo inmortal. Es igual hoy que hace trescientos años, que dentro de doscientos más. No es poesía de ciego enamorado lo que te estoy diciendo. No es la piadosa mentira de un amante conmovido ante el dolor de su amada. Mi visión empieza donde la humana termina. Pero, ¿cuántas veces he de repetirte lo mismo?

»No sé. Creo que fueron unas mil más, antes de que por fin me convenciera de que Shallem siempre me amaría, de que era mi alma, sola y exclusivamente, la que le había atado a mí desde aquella noche en el puerto de Marsella. ¡Qué difícil es comprender eso para un ciego espíritu humano! Entonces, avergonzada hasta la humillación, me acordaba del inmenso pavor que yo había sentido cuando, tras dar a luz en Florencia, esperaba el regreso de un Shallem de incógnito aspecto a quien no estaba segura de poder amar. ¡Cómo había sufrido entonces, tratando vanamente de autoconvencerme de que podría amarle bajo cualquier forma en que se presentase, aunque en lo profundo de mi alma conocía la excesiva y vergonzante importancia que su cuerpo tenía para mí! ¡Y qué diferente sería la reacción de él, consolando con amor infinito e imperturbable, desde el portento de su exuberante belleza, a la vieja desdentada y quejicosa con quien, tan orgullosamente, paseaba de la mano por las calles del mundo entero! ¡Qué vil, qué sucia, qué humana, me hacían sentir esos pensamientos! ¡Qué desleal! ¡Qué indigna de su amor!

»Cuando caminábamos por la calle la gente debía pensar que él era mi hijo; o mi nieto, tal vez. Pero, al fin y al cabo, aún podía caminar a su lado con el porte erguido, un cuerpo esbelto, a pesar de los años y cierto maduro atractivo en el semblante. Algunos hombres todavía se fijaban en mí. Y yo, en mi eterna e ignorante vanidad humana, procuraba que él se percatara de que aún no resultaba repelente a los ojos de los mortales.

»Al principio, Cannat me hacía numerosos comentarios sobre mis canas y mis arrugas. No eran mordaces, sino, más bien, producto de la sorpresa. Como si, en realidad, nunca hubiese esperado en serio que yo llegase a envejecer. De hecho, parecía sumamente molesto. Criticaba los cambios que sufría mi cuerpo como si estuviese en mí mano el controlarlos. Y parecía exhortarme a quitarme un vestido que no me favoreciese y del que pudiera deshacerme a voluntad. Después, con el tiempo, se acostumbró, y dejó de percibir, tan pormenorizadamente, mi tránsito hacia la vejez.

»A pesar de todo, yo continuaba siendo profundamente feliz, aunque ya no me reconociera en el espejo. El miedo a perder a Shallem acabó disipándose. Su cariño por mí no hacía sino incrementarse. Pasábamos juntos y a solas más tiempo cuantos más años transcurrían. Sus besos se hacían más tiernos y pasionales, y me hacía el amor cada día como si fuese la última vez.

»La última vez –repitió la mujer, con la mirada flotando sobre las ropas de su confesor.

Durante unos segundos pareció que todo había acabado, que no encontraría las fuerzas para continuar su historia. Se inclinó sobre la mesa y, apoyando en ella su codo izquierdo, dejó que su cabeza descansara sobre la mano. Su cuello parecía un tallo tronchado. El sacerdote no sabía qué pensar o qué decir. Luego ella cerró los ojos, y con su dedo índice comenzó a masajearse la suave curva entre ellos. Después, tras incorporar fatigosamente la cabeza, con la mano débilmente apoyada en la barbilla, como si le fuese necesario sostenerse en ella, miró al confesor.

–¿De qué le estaba hablando? –le preguntó, pero no pareció que no lo recordara, sino que no fuese capaz de continuar.

–Me contaba acerca de su vejez –contestó él–. Pero.... hay algo... –empezó él, con el aire perplejo de quien tiene una duda inquietante pero no se atreve a desarrollar su pregunta.

–¿Sí? Hable sin miedo –le animó ella.

Él desvió los ojos hacía la ventana y, durante unos momentos, quedó cegado por la intensidad de la luz.

–Es su aspecto –dijo por fin, en un tono bajo y mirándola directamente–. Es evidente que su cuerpo no es el de la anciana que me está describiendo...

La mujer le sonrió.

–Enseguida llegaremos a eso –le tranquilizó–. No me haga ir más deprisa de lo conveniente. ¿Puedo continuar ahora, o hay algo más que desee preguntarme?

El sacerdote agachó la cabeza pensativamente. Pero no buscaba algo más que preguntarle, sino que se cuestionaba la pertinencia de hacerlo.

–Vamos, adelante –le pidió la mujer–. ¿Qué es lo que da vueltas en su cabeza?

–Bueno... Es sobre lo que me ha contado antes –comenzó él, tímidamente–. Algo que ha quedado en el aire... Usted, seguro, debió sentir algo cuando..., bueno, quiero decir que su hijo, Cyr, hubiera tenido una oportunidad de sobrevivir si Cannat hubiese aceptado la propuesta de Eonar, ¿o me equivoco?

–No.

–Sin embargo, me ha parecido entender, Shallem desestimó totalmente esa posibilidad. No quiso que Cannat le abandonara, o que éste padeciese el sacrificio, aunque fuera la única posibilidad de salvar al niño. Ninguno de los dos estuvo dispuesto al sacrificio a pesar de lo mucho que le querían. De hecho, parece que no se lo plantearon ni por un momento. Imagino que usted debió pensar algo, sentir algo ante este hecho.

La mujer le miraba muy seriamente, como si estuviera experimentando una súbita antipatía hacia él.

—¿Rencor? —inquirió ella.

—Sí, rencor —respondió, alarmado a la vez que arrepentido de su decisión de preguntar. Se dio cuenta de que había tocado un nervio sensible—. Exactamente.

La mujer se puso en pie y, calmosamente, se acercó al confesor. Cuando se detuvo a su lado, él, instintivamente, desplazó su espalda hacia el lado contrario sobre el respaldo de la silla, lo más lejos que pudo antes de llegar a perder el equilibrio. Su mano derecha estaba alerta, dispuesta a protegerle el rostro. Pensaba que ella iba a pegarle.

—Esa cuestión me martirizó durante mucho tiempo —dijo ella—. Las palabras de Eonar sonaban a propuesta formal. El que Cannat aceptase parecía una salida, pero no era una posibilidad real. Y no porque él fuese un monstruo. Cyr iba a vivir, sin duda, más que yo, más de cien años. Cien años separado de Shallem, cien años en compañía de Eonar. ¿Hubiese aceptado usted? —La mujer calló un momento hasta que el padre DiCaprio agachó la cabeza mientras la sacudía en señal de negación—. ¿Y sabe lo que más me torturaba y, al mismo tiempo, me impedía cualquier rencor contra Cannat? La vergonzosa seguridad de que yo jamás habría aceptado el separarme de Shallem, ni siquiera por muchos menos años. ¿Cómo podía entonces reprochárselo a Cannat?

La mujer miró unos momentos al confesor, de forma ausente, y, luego, dio media vuelta y anduvo unos pasos por la habitación. Él, aliviado, se sentó correctamente en la silla y su expresión se relajó.

—Lo de Shallem era otra historia —prosiguió ella sin mirarle—. Usted tiene razón, él ni siquiera lo dudó. Ni por un solo instante. Si alguna vez me hubieran preguntado cuál hubiera sido su reacción en un caso así, si habría aceptado la propuesta, yo hubiera respondido: "Bajará la vista, se entristecerá, mirará a Cannat con sus ojos descompuestos, luego a mí, luego al niño, después de nuevo a Cannat y por fin, dirá: No." Pero Shallem ahorró todos esos pasos. Es lógico, en realidad. Él tenía bien claras sus prioridades, no le hacía falta sopesar nada, como yo lo hacía. Ya le he dicho que desde el mismo día en que Cannat hizo su aparición en Florencia supe que no había criatura en el mundo capaz de inmiscuirse entre los dos. Que Shallem le amaba por encima de todas las cosas. Por encima de mí y de quien se pusiera por delante, ya fuera mortal o inmortal Con Cyr sólo habían compartido sus siete años de vida. ¿Qué podía ser eso para ellos, comparado con su mutua y eterna compañía? Por lo tanto, no me sentí sorprendida, aunque sí dolida. No hubiera sido tan rápida, clara y firme la reacción de un padre humano. Seguro que no. Y Shallem no tuvo jamás el menor remordimiento por esta causa. Es que ni siquiera se lo planteó. Era como si las palabras surgidas de la boca de Eonar, de puro inaceptables, no hubiesen pasado de ser una broma que nadie hubiese llegado a tomarse en serio. Nunca habían sido una opción real, sino sólo vano tráfico de huecas palabras. ¿Consigo explicarme con suficiente claridad? –preguntó, volviéndose a mirar al sacerdote.

–Sí –afirmó él rápidamente–, sí.

–Verá, ese amor que ellos se profesaban era el núcleo de la fascinación en que me tenían sumida. Nada que derivase de él me parecía monstruoso, muy al contrario. Sé bien que para ambos supuso un sacrificio el ponerlo por encima de la vida de Cyr; sé, asimismo, que Cannat se hubiese ido con Eonar si hubiese advertido un solo instante la duda en los ojos de Shallem, que se hubiese sacrificado por él, a pesar de la traición que a sus ojos habría significado aquella duda. Y este conocimiento contribuía a hacer de mí una observadora ciega e insensible a todo cuanto excediese el estudio de aquel amor que me deslumbraba. Pero no puedo ocultar el que, durante mucho tiempo, lamenté el no haber apreciado algún indicio de dubitación cuando Eonar le preguntó. Sin embargo, Shallem era más que mi amor, era mi dios. Todo lo que él hiciese estaba bien hecho. Todo era disculpable. Para todo encontraba justificación. Pero ahora no quiero hablar más de esto. Usted quiso saber si yo me había sentido herida, y, sí, lo estuve. ¿Le parece suficiente? ¿Puedo continuar?

–Por favor. Se lo ruego.

–Gracias –susurró la mujer, y, mientras pensaba, se sentó de nuevo a la mesa y observó, compadecida, las hojas, ahora secas y arrugadas, de la Biblia de su confesor. No hizo ningún comentario al respecto–. Hablábamos de mi vejez, ¿no es cierto? –preguntó.

–Sí, eso es.

–Yo ya no estaba para muchos trotes –continuó explicando ella–, de modo que nos establecimos en una preciosa y señorial mansión en la verde y tranquila campiña inglesa, muy cerca de Stratford on Avon, el pueblecito donde Shakespeare había nacido no mucho antes.

»Por la extensa propiedad de Cannat cruzaba un alegre riachuelo cuyas márgenes se cuajaban de cólquicos rosados en otoño y de cárdenos lirios siberianos en la primavera. Pero la mansión era excesivamente grande y desapacible. No resultaba confortable porque Cannat no la había habitado nunca, y el escaso mobiliario con el que la había adquirido era viejo, descuidado e impersonal. Hubimos de cerrar muchas habitaciones que no usábamos jamás, y, así, nos concentramos en la zona de la casa que más horas de sol recibía. O hubiera debido recibir, porque el sol casi nunca salía. La casa se encontraba perennemente helada. El permanecer caliente, una vez te alejabas dos pasos de cualquiera de las gigantescas chimeneas, era tan imposible como el salir a pasear sin regresar empapados. "¿Es que la lluvia nunca cesa en Inglaterra?", me preguntaba. Sin embargo, cuando el sol nos sorprendía con su mirífico y añorado esplendor, resultaba una visión infinitamente más especial y aclamada que la de los cotidianos luminosos amaneceres mediterráneos.

»Cannat me dejó amueblar la casa enteramente a mi gusto. Compramos armarios de roble decorados con cabezas de medallón y cupidos italianizantes; bancos, taburetes y sillas con profusión de blandos cojines de seda; aparadores para guardar la vajilla de plata y esmaltes que exponíamos en la parte superior, revestidos de telas de colores vivos; tocadores panelados y decorados con tela plegada; muebles tapizados y arcones de marquetería importados de Flandes y Alemania o fabricados por artesanos emigrados; camas de cuatro postes en forma de cariátides, y soportes de torneados bulbosos, vestidas con ricas y alegres telas. Una exuberancia de maderas talladas, pintadas e incrustadas, según el gusto inglés. Todo a la última moda.

»Las paredes se llenaron de cuadros modernos, los suelos de alfombras multicolores. Contratamos el suficiente servicio doméstico y un par de jardineros. Sin embargo, ningún rey de antaño gozaba de hogares tan confortables como el de un obrero de hoy. Como le digo, la casa parecía perpetuamente sumida en las tinieblas de un frío húmedo y desmoralizante. O, tal vez, así lo veía yo, a mi avanzada edad. ¡Había tanto que andar en aquella casa para trasladarse de una habitación a otra! ¡Tantos escalones hasta llegar al dormitorio!

»Cannat y yo pasábamos largos momentos de intimidad durante las temporadas en que Shallem se hallaba en lo que Cannat denominaba "su estado místico" o "su estado contemplativo". Planeábamos juntos actividades que podían distraerle; definíamos los puntos clave que debíamos tratar en nuestras respectivas argumentaciones, con las que luchábamos por liberarle de sus obsesiones; íbamos de compras y le traíamos regalos, sobre todo perros, muchos perros. Como hacen los admiradores con sus ídolos, disfrutábamos hablando de Shallem, nosotros dos, comentando sus palabras, sus movimientos; explicándonos mutuamente algo que hubiera dicho o hecho en ausencia del otro; hablando de su dulzura, de la belleza de todo su ser. Cannat me describía las cosas que mis ojos mortales no podían ver, la realidad, la esencia de Shallem. Y parecíamos dos amantes con la baba cayendo mientras hablábamos de nuestro hijo, arrebujados, muy juntos, entre los almohadones de seda del banco frente a la chimenea.

»A menudo, sentados en ese mismo banco, contemplando de

tanto en tanto el oscuro cabello de Shallem, que leía algún libro recostado sobre la ventana, Cannat, acariciando suavemente mi rostro con el dorso de sus dedos, me revelaba secretos de los que aún no me había hablado o, simplemente, me repetía explicaciones que yo no había entendido en su momento. De pronto, Shallem se levantaba y, en súbito silencio, le seguíamos con la vista mientras cogía el hurgón y su cabello caía en cascada al inclinarse para atizar el fuego. Luego se erguía, con toda su apostura, y, apoyando el codo en la repisa del hogar, nos miraba contemplándole embobados.

»–¿De qué hablabais? –nos preguntaba.

»Estábamos unidos por Shallem, absorbidos por Shallem. Aquél era, sin duda, su poder.

»No obstante, en algunas ocasiones en que se sentía molesto conmigo por haberles interrumpido, sin querer, en su intimidad, o por cualquier otra causa, o sin ninguna absolutamente, Cannat se acercaba por mi espalda y, rodeándome con sus brazos como un tierno amante, me susurraba una cifra, un número cada vez más bajo.

»–Tres mil setecientos veintidós días para librarme de ti – musitó un día a mi oído. Y luego mordisqueó suavemente mi oreja, me dio un beso junto a ella y después se marchó.

»¡Tres mil setecientos veintidós días! Poco más de diez años, cuando yo ansiaba la eternidad junto a Shallem...

»Aquel día comencé a comprender los sabios motivos de mi ángel al querer negarme el conocimiento de la fecha de mi muerte.

»Los días previos y posteriores a los 7 de Agosto de cada año se habían convertido en un suplicio particular. Cada uno que transcurría era un paso que Caronte avanzaba en mí dirección, una arruga más sobre mi frente, otro velo de opacidad que se extendía sobre mis ojos.

»El lejano y fugaz estremecimiento de los primeros años se había convertido en una idea fulminante y obsesiva. Iba a morir. Faltaba muy poco para mi muerte. Pero yo no quería morir, era feliz. No quería dejar a Shallem, a mi Shallem, tan tierno y vulnerable. Yo sabía que él me necesitaba, que mi muerte anunciada supondría un grave golpe para él. Para él, que debería ser su artífice y a quien sorprendía, a veces, contemplándome con una expresión de infinito sufrimiento cuya causa podía adivinar. Y Cannat también descubría esas miradas y penetraba hasta el fondo de su significado. Nos miraba, circunspecto y pensativo, enojado ante el nuevo conflicto del que yo era la causante directa, mientras su aguda mente consideraba la viabilidad de aplicar el singular lenitivo que podría paliar el dolor que atormentaba a su hermano.

»Yo trataba de disimular mi angustia por no acrecentar la de Shallem, pero, ¿cómo hubiera podido ocultársela, aun en el caso de que no hubiese tenido la capacidad de verlo en mi alma?

»Llevaba la fecha grabada a fuego. Pensaba que cualquiera podía leerla inscrita en mi frente. Era una idea única, torturante. Un sentimiento omnipresente que subyacía por debajo de cada frase que pronunciaba, de cada mirada que dirigía. "Quiero vivir, Dios mío, no quiero morir –suplicaba–. No quiero volver a empezar. No quiero perderle".

»A veces, paseando distraídamente por la campiña, de pronto, el pensamiento acudía a mi mente con la violencia de un misil destructivo. Frenaba en seco y me llevaba la mano al corazón desbocado. Entonces, Shallem me abrazaba fervorosamente y me inundaba con sus besos bajo la reflexiva mirada de Cannat.

»–Trescientos treinta –me anunció éste un día. Y me dio un vuelco el corazón.

»Pero no fue un malicioso susurro al oído ni tenía motivos para estar enfadado por nada. Se había quedado plantado frente a mí, con una ilegible seriedad en el rostro.

»–¿Sabes lo que Shallem está padeciendo por tu culpa? –me acusó, como si yo, deliberadamente, hubiese elegido morir para mortificarle a él.

»–Sí –contesté fríamente, sin molestarme en discutir la irrefutable lógica de Cannat.

»Se acercó más a mí y me miró con su habitual altivez. Padecía una irritación escondida, silenciosa.

»En aquel momento pensé que me iba a matar. Que iba a hacerlo con la intención de ahorrarle a Shallem el penoso trago final, los últimos y más dolorosos días.

»–¿Vas a matarme ahora? –le pregunté. Y, aunque atemorizada, el tono de mi voz no denotaba la menor emoción.

»Me miró como si no hubiera hablado. Sus ojos eran hielo azul sobre los que se reflejaban las rosas de nuestro jardín. Tenía las manos cruzadas a la espalda y su ondulante pecho destacaba poderoso. Nunca le había visto tan serio, tan callado. Normalmente Cannat me resultaba transparente. Nunca tenía necesidad de ocultar sus sentimientos, fuesen estos agradables o no. Dio un paso y se puso a mi lado, mi brazo rozándose contra el suyo, pero nuestros cuerpos en sentido opuesto.

»–¿Qué te pasa? –le pregunté asombrada.

»Pero la fina y delicada línea de sus labios permaneció inmutable.

»Sus gélidos zafiros centelleantes no se desviaban de mí. ¡Y qué fascinación me producían!

»Giró, y, situándose a mi espalda, me rodeó con sus brazos, como le gustaba hacer. Durante largo tiempo escuché su respiración junto a mi oído; alerta, esperando recibir la muerte en cualquier instante. Su mano me apartó el cabello por detrás de la oreja dejando espacio para un suave beso, y luego otro, y otro, descendiendo por mi mejilla. "Quiere matarme sin dolor —pensé—. Sin que yo me lo espere".

»—No quiero morir así —gemí—. Quiero despedirme de Shallem.

»Siseó en mi oído y volvió a besarme. Yo temblaba. Estaba a su merced. Shallem había ido hasta el pueblo en busca de un cerrajero. Después, apoyó su mejilla sobre la mía y dejó sus brazos tranquilamente cruzados sobre mi pecho. Se quedó así largo tiempo, completamente abstraído.

»—No queremos que Shallem sufra —susurró, por último—. ¿Verdad?

»Y, de pronto, sentí que estaba libre y que Cannat se había evaporado.

»Supongo que debía haber supuesto que Cannat no se quedaría de brazos cruzados contemplando las lágrimas de Shallem. Pero tampoco imaginaba que los días finales llegarían a ser tan trágicos.

»Nunca nos separábamos. Siempre de la mano, siempre abrazados, siempre llorosos.

—Pero usted podía haberle pedido que prolongara su plazo. Al fin y al cabo, fue usted quien lo impuso —intervino el sacerdote.

—¿Y qué? ¿Prolongar el sufrimiento? ¿Y durante cuánto tiempo? No. Pedirle eso hubiese sido incrementar su dolor, y el mío, también. Y no tenía ningún objeto. Aquello ya no era vivir.

»Las palabras de Shallem en Florencia reverberaban en mi cerebro. "No debes conocer la fecha de tu muerte", me había dicho, y se había negado a fijarla, a revelármela, pero yo había insistido, le había acorralado, como una bestia injustamente furiosa, gritándole inconmovible a pesar de su angustia. Y había conseguido ochenta largos años de vida cuasi–inmortal. Pero ya habían pasado. ¡Y cuántos me habían parecido cuando Shallem dijo: "¡Ochenta!" ¡Qué perpleja me había quedado! Pero, ¿qué eran ochenta años en su compañía?

»Llegó un momento en que la angustia quedó estancada. Ya no crecía más. Era un simple pensamiento en la mente, puro y constante y desprovisto de emoción.

»—Quince días —dijo Cannat—. Y de nuevo la angustia estalló como negros fuegos de artificio en una mañana soleada.

»Yo no podía soportar la idea de perder a Shallem y de causarle dolor.

»—Te encontraré donde quiera que estés —me dijo él—. Te arrancaré de tu cuna y te traeré conmigo. Crecerás a mi lado y volverás a enamorarte de mí.

»—¿Y si resulta que soy un varón? —bromeé tristemente.

»¿Y eso qué importa? —me preguntó.

»—Nada —le respondí—. Absolutamente nada. —Por fin lo había comprendido.

»Saboreaba de un modo morboso cada palabra que cruzábamos, cada paso que daba, cada objeto que miraba, cada seda que abrazaba mis brazos desnudos, como si fuese la última vez. "Nunca más volveré a escuchar esa frase en sus labios —pensaba—. Quizá no vuelva a salir el sol en los días que me quedan y nunca más vuelva a apreciar el verdemar de sus ojos", "Nunca más volverá a besarme en este lugar exacto", o, "Tal vez sea esta la última ocasión en que haya visto en su rostro ese gesto que tanto me emociona", "¿Volveré a cortar una rosa, a inhalar su delicado perfume, a pincharme con sus fieras espinas, o será ésta la última vez?" La última vez que me ponga este vestido, que visite esta habitación cerrada, que abra aquel cajón, que Cannat se acerque a mí por la espalda y me suma en un vergonzante y terrorífico éxtasis.

»–¿No le ves? –me dijo otro día Cannat–. ¡El de la azada sonríe a tu lado!

–Pero, ¿tanto la odiaba aún él? –preguntó, perplejo, el sacerdote–. Después de tanto tiempo... ¿Por qué ese inagotable deseo de mortificarla, si pronto iba a librarse de usted?

–No. No era un deseo de mortificarme, sino de crear en mí un estado de ánimo extremo, de ponerme a punto para sus planes, como pronto comprenderá.

»Los dos días anteriores al señalado, Shallem y yo no salimos de nuestro dormitorio. Ni tan siquiera comí. Apenas hablábamos. Pasé las horas con mi cabeza recostada contra su pecho, húmedo por mis lágrimas.

»Por fin llegó el día. Fue como si me arrancara mi propia alma. Algo que hubiera estado tan agarrado a mi ser como la carne a los huesos. Shallem me besó, del mismo modo que había hecho en Orleans. De pronto me sentí débil, seca y vacía. Tan anciana como nunca lo había sido. Shallem me miraba como un joven arqueólogo que, imprudentemente, acabase de exponer a la luz del sol un antiquísimo tesoro, y estuviese a punto de transformarse en polvo ante sus ojos. Me sentía agotada, derrumbada, como si el peso del mundo acabase de caer sobre mi pecho. Era evidente que me quedaban horas de vida; puede que algún agónico día.

»Shallem me bajó en brazos hasta el salón y me sentó junto a la ventana. No quería desperdiciar mis últimas horas postrada en la cama. Quería disfrutar de una escena familiar más. Y tenía que ver a Cannat, por supuesto. Había compartido con él ochenta años de mi vida. Casi tanto tiempo como con Shallem.

»Cannat estaba sentado cerca de la chimenea; parecía un hombre con un nudo en la garganta. No podía soportar mi visión. La visión de la muerte. Le pedí a Shallem que fuese a cortarme algunas flores: deseaba hablar con Cannat a solas.

»–Ya sé que es absurdo que te lo pida –le dije–. Pero necesito oírte que estarás siempre con él, que tú le consolarás hasta que logré recuperarse –las lágrimas comenzaron a nublar mi cansada vista–. Una vez me aseguraste que su dolor no duraría mucho tiempo, que tú estarías allí para ayudarle a superarlo. Cuando yo no esté, trata de que se reúna con nuestros hijos. Eso le ayudará.

»Cannat se levantó de su asiento y vino hasta mí. Jamás le había visto tan peligrosamente serio. Me hubiera asustado, de no ser porque todo había acabado ya. Las lágrimas rodaban por mis mejillas, a su libre voluntad.

»–¿Ves? –sollocé–. Ya casi te has librado de mí –me limpié los ojos con las manos y sorbí a través de mi ocluida nariz–. Ahora ten cuidado de que no vuelva a enamorarse. –Me cubrí los ojos con las manos y lloré con todas mis ganas, imparablemente.

»–¿Deseas morir? –me preguntó.

»Le miré como a un idiota; de sobra conocía él la respuesta.

»–Pero él me buscará. Me lo ha prometido –le aseguré, aunque no quería hacérselo saber por temor a que tratara de impedirlo.

»–Él no se inmutó lo más mínimo. Me pregunté si me habría oído, pero era seguro que sí.

»–Gracias por los buenos momentos, Cannat –le dije–. Fueron muchos. Y por todas las cosas que me enseñaste, tan pacientemente, a pesar del criterio de Shallem. Y por no haberme matado, pese a lo mucho que lo deseabas. Sé que hubo algo más que odio entre tú y yo; sé que nunca te he sido del todo insoportable.

»–Trata de calmarte, por favor –me pidió–. Shallem regresa con las flores.

»Rápidamente, me enjugué las lágrimas con el borde de mi vestido. Cannat corrió a interceptar a Shallem y, tomando las flores de sus manos, le dijo.

»–Shallem, ¿quieres ir a buscar una manta? Tiene frío.

»Shallem subió presurosamente a por la manta. Él dejó las flores desparramarse sobre una mesa y volvió a mi lado. Se quedó, rígido, mirándome.

»–Tú conseguirás aliviarle, ¿verdad? No permitirás que sufra, ni por esto ni por otra causa –insistí.

»Cannat se arrodilló a mi lado y tomó entre las suyas mis arrugadas y temblorosas manos.

»–¿Harías cualquier cosa por él? –me preguntó con voz queda.

»–Cualquiera –respondí sin vacilar. Después, de forma vaga e imprecisa, me cuestioné cuál sería el pensamiento concreto que había provocado aquella pregunta.

»Durante largos momentos continuó con la vista fija en mí, aunque no me veía. Estaba inmerso en una dura batalla. Súbitamente, su expresión perdió su dureza, como si habiendo tomado una difícil decisión tras mucho reflexionar, por fin se hubiese relajado.

»–He escuchado tu plegaría –me dijo.

»Me quedé atónita, por el oscuro tono de su voz aún más que por sus misteriosas palabras. Sus ojos refulgían llenos de aliviado placer.

»–¿Qué plegaria? –le pregunté–. ¿A qué te refieres?

»–Quiero hacerte un regalo –continuó con voz tranquila–. Algo que un día te prometí.

»No supe a qué se refería. Intenté recordar qué podría ser, pero nada que pudiese estar de alguna forma relacionado con aquel momento me venía a la memoria.

»–¿El qué? –pregunté finalmente.

»Él me miró enigmáticamente.

»–No hay tiempo para que te lo explique. Es algo que te hará feliz –dijo. Y siguió mirándome muy fijamente, estudiando mi reacción, como si esperase que por sus vagas palabras yo adivinase el misterio

»Me quedé totalmente perpleja. No se me ocurría qué podría ser.

»–No sufrirás daño alguno, te lo prometo –me susurró–. Vamos ahora a por ello, antes de que Shallem regrese.

»–Pero, ¿adónde hay que ir? –le pregunté, mientras me ayudaba a levantarme de la silla y me tomaba en sus brazos.

»–Lejos –me dijo sonriendo–, pero no te preocupes, no tardaremos.

»Y me dio un suave beso en la mejilla.

»De pronto nos hallamos en un lugar desconocido para mí. Era un lindo pueblecito en un valle nevado y amurallado por altísimas y blancas montañas. Tiritaba: hacía un frío congelante. Estábamos frente a la puerta de un colmado. Cannat me indicó que mirase dentro. A través de sus cristales pude ver el interior. Había una muchacha despachando a una señora que llevaba a una niña pequeña de la mano.

»–Mira a la joven –me ordenó Cannat.

»Ya lo estaba haciendo. Era imposible no fijarse en ella. Sin duda alguna destacaba allá donde fuera. Era casi tan hermosa como yo lo había sido. Su cabello era rubio y radiante como el mío y sus ojos de un azul cristalino, bellísimo, como lo fueron los míos. Pero ella era una mujer nórdica, y su estructura ósea era diferente a la mía. El puente de su nariz más corto y elevado, su frente más redondeada y pequeña, sus pómulos más salientes, su cutis rubicundo, más que rosado. Era una hermosura diferente, menos clásica y perfecta que la mía, pero que resultaba atrayente y graciosa.

»–¿Te gusta? –me preguntó Cannat–. ¿Te parece un cuerpo bello, digno de ti?

»Le miré, estupefacta, mientras mis pensamientos deslavazados comenzaban a entrar en conexión. La clienta salió con su niña y la chica se quedó sola, dentro de la tienda. Cannat me empujó al interior y echó el cierre de la puerta.

»La muchacha se quedó paralizada al verle.

»–Vos –murmuró, y le miraba como a una aparición.

»Él la sonrió. Una sonrisa maliciosa, burlona.

»–Yo –dijo en el mismo tono que ella y abriendo los brazos a la altura de su pecho–. ¿Me habéis echado de menos, amor?

»La muchacha no dijo nada, estaba claramente petrificada de terror.

»–Veréis –continuó él, con la expresión burlesca–, no puedo vivir sin vos, de modo que he decidido llevarme algo vuestro conmigo. Espero que os parezca bien, porque tanto os dará, si no.

»–Por favor, señor, mi padre.... está en la trastienda... –suplicó ella en un mal acentuado inglés.

»–¿Ah, sí? –inquirió él, con total indiferencia–. Pues esperemos que el pobre no salga, o morirá como su hijo.

»La cara de ella se constriñó.

»–Ven –la ordenó él, con los ojos fulgurantes.

»Y la muchacha salió de detrás del mostrador y se plantó delante de nosotros, con el rostro sereno, sin oponer la menor resistencia.

»Cannat me la señaló de arriba abajo, orgullosamente.

»–¿Eh? –interrogó, mirándome, como si solicitara mi opinión acerca de una mercancía de exquisita calidad.

»Yo la contemplaba a ella por evitar la mirada de él, cayendo, lentamente, en la perturbadora comprensión de su oferta. Me sujeté a su brazo. Mi cerebro estaba congestionado y temblaba por el miedo y por el frío. No quería creer el propósito de Cannat.

»Me besó en la sien.

»–Mi madre está cansada –dijo dirigiéndose a la chica, y me acercó una rústica silla de madera e hizo que me sentara.

»–Vamos, querida Ingrid, dame un último beso –dijo luego, encaminándose hacia ella.

»Ella no se movió, parecía hipnotizada.

»–Cannat, quiero irme de aquí –me oí suplicar.

»Él sujetó la cabeza de Ingrid y la miró, tranquilo y sonriente. Por un momento pareció que ella deseaba desasirse, pero su impulso no fue mayor que el ataque de un gorrión.

»–Cannat, ten piedad –le rogué yo–. Yo no quiero esto, no quiero. No me obligues, por el amor de Dios. Deja en paz a esa chica. Nunca consentiré en algo así, ¡nunca!

»Ahora Cannat tenía la boca muy abierta sobre la de ella, que parecía desmayada. De pronto, me di cuenta de que él la estaba alzando de tal forma que sus piernas colgaban en el aire. Era como un pingajo oscilante sostenido por los brazos férreos de él. No parecía que la besase de forma natural, sino, más bien, que pretendiese succionar sus dientes, su lengua y hasta sus entrañas. Ella sufrió un súbito espasmo, y luego otro, como si tras un paro cardiaco la estuviesen aplicando un electroshock, y sus brazos y piernas se sacudieron violentamente en el aire. El beso seguía sin declinar su intensidad, pero ella ya no se movía, no parecía estar viva. De repente, él la soltó y ella cayó al suelo carente de vida.

»Durante un momento, Cannat me pareció un dragón sacado de los cuentos que narraban en mi infancia. Fue como si expulsara una bocanada de fuego. Su rostro fue fugazmente monstruoso mientras parecía arrojar de su interior, como un producto mefítico que hubiese inhalado por accidente, el vómito contaminante del alma de ella. Después tosió, carraspeó y escupió al suelo con teatrales gestos de repugnancia.

»–¡Rápido! –me dijo. Y se quedó frente a mí, mirándome fijamente.

»A pesar de mi horror, me sentí invadida por un sueño instantáneo y dulcísimo que se apoderó de mi voluntad. De súbito, me di cuenta de que ya no estaba prisionera de mi cuerpo y de que el de Cannat había desaparecido. Ahora era etéreo y estaba a mi lado. Yo estaba espantada, con los ojos clavados en el cuerpo de la chica.

»–Dios mío, ayúdame –imploraba yo–. No permitas que esto ocurra. No dejes que me obligue.

»–Ahora es el momento –me decía Cannat mientras tanto–. ¡Ahora!

»Fue como una orden divina que no hubiera opción a desobedecer o, siquiera, cuestionar. La espera no se podía prorrogar un segundo más. Me sentí absorbida por el cuerpo de Ingrid con una fuerza incontenible y sobrenatural, y, en una fracción de segundo, simplemente, estuve dentro. Mi voluntad no había contado para nada.

»De momento, pensé que estaba en mi propio cuerpo. Todo había transcurrido envuelto por la nebulosa irrealidad de un sueño. Una inquietante y fugaz fantasía onírica. Al abrir los ojos esperaba encontrarme sentada en la silla, con el mostrador frente a mí, y ver a Ingrid muerta en el suelo. Pero la visión que obtuve desde aquella perspectiva en la que ignoraba encontrarme me dejó confundida.

»Vi un par de pelos morenos rizándose sobre la blanca pátina de polvo que cubría el suelo de madera, luego, las piernas de Cannat elevándose ante mis ojos como las de un gigante. Me di cuenta de que estaba tirada en el suelo. ¿Qué eran aquellas extrañas ropas de algodón tan simples y ordinarias, que surgían bajo mi mirada? Hice un esfuerzo y me volví a mirar hacia la silla en que debía encontrarme. Estaba vacía. Pero mi anciano cuerpo yacía en el suelo, junto a ella. Había caído sin vida. Lancé un ahogado grito de terror e hice ademán de arrastrarme hacia él. La cabeza me dolía enormemente porque Ingrid se la había golpeado al caer, y también el trasero y el brazo derecho. Las lágrimas corrieron por las mejillas de aquel cuerpo tan calientes como siempre habían corrido por el mío. Mi cabeza era un torbellino de amargos pensamientos. Cannat me levantó del suelo y me puso ante sí para observarme, como si fuese la primera vez que veía aquel cuerpo.

»—¡Qué radiante hace lucir tu espíritu a este mísero cuerpo! —me dijo, y enjugó mis lágrimas con sus dedos.

»—¿Qué es esto, Cannat? ¿Qué me has hecho? —seguí llorando yo, presa del más indescriptible de los horrores al escuchar mi propia y extraña voz.

» Él se rió, como ante una niña pequeña sorprendida por el sabor del vino.

»—¿Qué te he hecho? —Me sonrió—. Te he regalado una nueva vida. Un cuerpo bien seleccionado, joven, sano y espléndido. ¿No lo entiendes? Una nueva vida junto a Shallem. Una vida que puede ser muy larga. Este cuerpo sólo ha vivido dieciséis años. Casi nuevo y todo tuyo —Y se quedó mirándome sonriente, como si esperase que se lo agradeciera.

»—Pero yo no quería esto... —murmuré entre sollozos, sujetándome a él porque no podía dominar aquellas piernas y apenas era capaz de mantenerme en pie. Además, la debilidad producida por la falta de dominio de aquel inmenso cuerpo se veía incrementada por la traumática visión de mi propio cadáver, del cual no podía despegar los ojos.

»Cannat se rió de nuevo, como si la niña no se acostumbrase al sabor del vino.

»—Estarás encantada en cuanto te calmes y reflexiones –me aseguró–. Te acostumbrarás en seguida. Sólo ha cambiado tu imagen ante el espejo. Nada más.

»Me quedé mirando descompuesta mi propio cuerpo, ya definitivamente perdido, tendido en el suelo. Impulsivamente me solté de Cannat para acercarme a examinarlo, mejor dicho, para arrojarme a él, para abrazarme y llorar sobre él, pero, de inmediato, perdí el equilibrio y las nuevas piernas se doblaron. Cannat evitó que me cayera.

»—Tú me lo pediste –me dijo, de pronto con un tono grave en su voz–. Tú lo deseabas. No querías morir. Rezabas día y noche porque no querías morir. Tu petición, tu súplica, era tan evidente como las lágrimas en tus ojos. Y sabías que sólo había dos dioses capaces de escuchar tus plegarias, de responderlas. Sabías que Shallem y yo conocíamos tus pensamientos y tus deseos. No te atrevías a decirlo en alta voz, pero no ignorabas que no tenías necesidad. Shallem lo veía, yo lo veía. Nos suplicabas con la voz de tu alma que no te dejáramos alejarte, que no te dejáramos morir. Dejaste en manos de tus dioses el actuar o no. Pues bien. Uno de ellos te respondió.

»—No era mí intención... –musité, anonadada por sus palabras y conmocionada por el nuevo timbre de mi voz.

»—¿Te consuela esa creencia? –me preguntó, impertérrito–. Yo alcanzo a ver lo que tu conciencia no osa admitir. Tú me lo pediste. Pero, tranquila, siempre puedes consolarte, si persistes en engañarte, con el pensamiento de que no lo hiciste de viva voz. Dejémoslo así. Yo te obligué. Ingrid no ha muerto por tu causa. Tu conciencia está limpia.

»—¡Pero esto es monstruoso! –grité–. ¡Es horrible! ¡No podré soportarlo! ¡Shallem nos odiará a los dos!

»Fue un triste error por mi parte el alzar la voz. El padre de Ingrid salió de la trastienda y Cannat lo mató sin demora ni ganas. Simplemente cayó fulminado nada más asomar la cabeza. Después me miró con la misma expresión de seriedad que antes. Como si nada hubiera pasado. Como si no acabara de asesinar a un ser humano con la mayor indiferencia.

»–No te preocupes por eso –continuó–. Sí, es cierto que le dará una pataleta. Pero no durará mucho, y habrá merecido la pena. Y ahora, ¿estás preparada para volver?

La mujer quedó en silencio y contempló al padre DiCaprio con una extraña sonrisa. Su peculiar sonrisa etrusca.

–¡Santo Cielo! –exclamó él–. ¡Es escalofriante!

La mujer se rió.

–Cannat tenía razón: a Shallem le dio una auténtica pataleta. Mucho más que eso. Se puso furioso de verdad, como nunca en la vida.

»Se quedó espeluznado cuando me vio, de pie, en medio del salón principal, con los ojos abiertos como platos y esperando, aterrada, su reacción. No hace falta que le diga que me reconoció de inmediato, claro, a pesar de mi nueva envoltura carnal. Se quedó parado nada más posar su mirada sobre el extraño cuerpo, y parecía no dar crédito a sus ojos.

»–Shallem... –musité, temblorosa, a través de mi nueva voz, que me disociaba aún más de mí misma–, yo no quería...

»Pero él estaba pasmado y no se movía, no decía nada. Permaneció así durante un tiempo infinito. Yo no sabía qué hacer. "¿Me odiará a mí?", me preguntaba. De pronto, su rostro se convirtió en una tormenta. Sus ojos lanzaban rayos y su voz comenzó a tronar.

»–¿Dónde está? –gritaba con toda la potencia de sus pulmones–. ¿Dónde está él?

»Y comenzó a llamarle a gritos y a buscarle por toda la propiedad, a pesar de que sabía que ya no estaba allí. Me quedé en casa, asustada, casi escondida en un rincón, autoconvenciéndome de que lo de menos para Shallem era la nueva apariencia de mi cuerpo, de que yo no me había convertido, de súbito, en un ser extraño y entrometido. Hubiera dado cualquier cosa por no verme en aquella situación, por no padecer el temor de enfrentarme al odio de Shallem. Qué difícil me lo estaba poniendo. Al rato volvió, con la cara roja y desencajada.

»—Yo no quería, Shallem —empecé, incapaz de quedarme callada sosteniéndole la mirada—. Ni siquiera sabía lo que pretendía hacer hasta que fue demasiado tarde. Él me obligó.

»—¿Ah, sí? —dijo.

»Me miró tan dura y sombríamente que deseé con toda mi alma convertirme en la anciana decrépita de la silla junto a la ventana, a quien tanto había amado. Me fijé en que había una manta sobre la silla. La que él había ido a buscar para mí, veloz y amorosamente. Ahora parecía odiarme. Deseé estar muerta.

»—¡No le pedí que lo hiciera! —continué, histérica—. ¡Jamás le hubiera pedido una cosa así! ¡Sabía que tú no querías y, de todas formas, ni siquiera recordaba que una vez me dijo que podía hacerlo!

»—No —me dijo, con una voz desconocida e impersonal—. Sé que no ha sido culpa tuya. —Pero permanecía ceñudo y alejado de mí, y sin hacer ademán alguno para acortar la distancia.

»De pronto estallé en lágrimas dejándome caer al suelo.

»—¡Por el amor de Dios —le supliqué—, acaba tú mismo conmigo o deja de mirarme así! ¡Haz que él deshaga lo que ha hecho! ¡Dejemos las cosas como estaban o mi vida se convertirá en un infierno! ¡Por favor, prefiero morir! ¡Prefiero morir en paz!

»Y seguí repitiendo: "Prefiero morir", hasta que sólo se convirtió en una única sílaba ininteligible bajo los espasmos del llanto.

»Él se acercó y se arrodilló en el suelo junto a mí. Sentí sus manos alrededor de mis hombros y su cálida vocecita, otra vez la de siempre, a mi oído.

»—No estoy enfadado contigo, amor mío. De verdad que no.

»—No me odies, te lo suplico. No me detestes —sollocé.

»—No, no. Claro que no te odio —me consoló—. Ha hecho bien en desaparecer, el muy...

»—Pero, Shallem —dije, mirándole fijamente a los ojos—, hay una forma sencilla de poner fin a esta pesadilla. Este cuerpo es mortal, totalmente mortal, puede ser fácilmente destruido. Lo haré ahora mismo, si tú quieres, y será como si esto nunca hubiese sucedido.

»De pronto, su piel palideció, su expresión se descompuso, pareció espantarse ante la idea, como sí le hubiera propuesto algo completamente descabellado.

»–¡No! –exclamó al punto, atónito–. ¡No!

»Di gracias al Cielo, porque yo jamás hubiera reunido el valor de suicidarme, hablaba puramente de boquilla y por la exigente necesidad de escuchar la negativa de sus labios, de saber que, pese a todo, él aún me quería a su lado. Y así era, ciertamente.

»Pasé el resto del día acurrucada entre los brazos de Shallem. Y, el abandonarlos, el ponerme en pié, el moverme siquiera muy ligeramente y exponerme a percibir el diferente peso de mis brazos y piernas, la extraña sensibilidad de la pálida y rolliza piel, la potencia del joven corazón, me causaba un terror exacerbado.

»Me quede hundida entre los cojines de seda cuando Shallem se levantó para traerme unas frutas. En la espera, no moví un solo músculo, ni tan siquiera los ojos. Me atemorizaba el que aquellas extremidades desconocidas, que pretendían ser parte de mí, invadiesen mi vista. Ni tan siquiera me atrevía a pensar. Trataba por todos los medios de mantener la mente en blanco mientras aquella masa cerebral, ajena a mí, comenzaba a esforzarse por informarme de los rostros y lugares que había conocido.

»Grité desesperadamente pensando que enloquecía, que mi ser se anulaba, que estaba perdiendo por completo mi identidad. Shallem acudió de inmediato y volvió a consolarme, a abrazarme.

»–¡Veo cosas, Shallem! –grité entre lágrimas–. Personas que no conozco, sitios donde no he estado. ¡No permitas que me vuelva loca! ¡No quiero ser otra persona!

»–Cálmate –me susurró–. Cálmate. Es sólo que tu espíritu investiga su nuevo cuerpo. Se encuentra extrañado porque no es el cuerpo virgen de un recién nacido. Pronto habrá acabado.

»—¡No quiero que lo haga, Shallem! —grité sin consuelo—. ¿No puedes impedirlo? ¡No quiero ver estas cosas que me aterran! ¡No quiero saber nada de ella!

»—No, no debo hacerlo. Es preciso que lo adaptes a ti. Pronto todos sus recuerdos estarán borrados —me respondió, y me acarició suavemente la cara como si no viese que no era la mía—. No sufras. No durará mucho.

»Aún apenas podía creer lo que me estaba ocurriendo. Sólo sabía que aquella era la peor pesadilla que había padecido jamás.

»—¿Por qué me ha hecho esto, Shallem? ¿Por qué lo ha hecho? —le pregunté mientras enjugaba mis lágrimas con sus dedos, igual que pocas horas antes lo había hecho su hermano.

»Y, pensativamente, dirigió su mirada al vacío mientras tomaba entre las suyas mis desgarbadas manos, descansándolas sobre la basta falda.

»—No sé —susurró—. No lo sé.

–III–

»No puede imaginar las sensaciones que me invadieron cuando esa noche, con un tacto extraño y tembloroso, me despojé, frente al espejo, de las simples ropas que portaba aquel cuerpo. El descubrir que aquellos ojos, brillantes y pulidos, que me devolvían la mirada, eran los míos, que aquellos senos, demasiado exuberantes, surgían de mi propio pecho. Lo mismo me daba que el cuerpo fuese hermoso u horrible, era, simplemente, un monstruo terrorífico que se había apoderado de mí; nunca yo de él.

»Luego me introduje en nuestro lecho común y, como cualquier noche, recibí las caricias y los besos de mi amado que no denotaron ni mayor ni menor pasión que cualquier otra.

»Aunque las visiones habían dejado de atormentarme al despertar la mañana siguiente, los primeros días fueron verdaderamente espantosos. Un calvario aún peor que aquél del que había escapado. Me sentía aprisionada dentro de un traje aterrador cuyo contacto me repelía y que ni por un segundo me permitía olvidarme de él. Si me sentaba, intentando leer, me quedaba embobada y sorprendida contemplando las rítmicas oscilaciones del desconocido y voluminoso pecho mediante el cual respiraba. En medio de las comidas, me alienaba cuando me apercibía de las rudas manos que manipulaban los alimentos, de los gordezuelos brazos que las sostenían. Entonces sentía una absorbente e inexcusable necesidad de tantear el rostro con las manos: aquellas carnosas protuberancias rosadas cuyo extraño tacto me hacía irreconocibles los labios de mi amado, los pómulos salientes, en lugar de mis delicadas facciones. Sentía un vómito continuo, como si habiendo asesinado a mi propia madre, hubiese sido condenada a deshacerme del cadáver cada día de mi vida.

»Sin embargo, con el transcurrir de los días, esta sensación de aturdimiento y miedo poco a poco se vio desplazada por otra harto distinta: la del placer que suponía manejar aquellas manos firmes que obedecían mis órdenes sin la menor queja temblorosa; la de sentirme segura sobre aquellas piernas, robustas como columnas, que jamás flaqueaban, y cuyas rodillas nunca se doblaban amenazando la integridad del resto del cuerpo. Y qué decir de la agudeza de aquellos ojos, que, incluso a la mortecina luz de las velas, eran capaces de distinguir el más ligero cambio de expresión en la faz de mi amado. Aquello era la juventud ya olvidada. Cosas que, cuando disfrutaba de mi joven cuerpo legítimo, me habían parecido tan simples, actos tan naturales, ahora me deslumbraban con la apariencia de poderes sobrenaturales de los que me hubiera visto repentinamente dotada.

»Nunca como entonces me di cuenta de cuan odioso era el estado de vejez que había padecido y que, de forma tan sutil y gradual, se había apoderado de mí sin que apenas me diera cuenta, hasta que había acabado por acostumbrarme a él de tal modo que ya no era capaz de distinguir claramente sus síntomas; como si el derramar el vino, cada vez que pretendía acercar la copa a mis agrietados labios, o el dejar impregnado de mechones de cabellos blancos el suave cepillo, o el tener que hacer diez altos en el camino cada vez que subía la escalera para ir al dormitorio, hubiesen sido, de siempre, circunstancias ingénitas y connaturales a mi persona, y no el producto de un largo y triste proceso de decadencia.

»El nuevo cuerpo era más basto que el mío, más fuerte, en consecuencia, y tenía que hacer un esfuerzo por suavizar mis gestos. Salvo por ese detalle, acabé por sentirme en perfecta comunión con él, como si fuese mío por derecho propio.

»El espíritu de Shallem desapareció durante aquella noche,

regresó al amanecer, para, de nuevo, desvanecerse: andaba buscando a Cannat.

»–No le he encontrado y rehúsa ponerse en contacto conmigo –me explicó, irritado, tres mañanas después.

»–Pero, Shallem –le pregunté inquieta–, ¿con qué intención le buscas? ¿Qué piensas hacer?

»–Tengo que hablar con él –me contestó–. No está bien lo que ha hecho. No es justo para ti.

»Me quedé estupefacta con la respuesta que se me quedó sujeta a los labios, como si hubiese salido a la fuerza impulsada por un huracán interior, y, en el último instante, hubiera conseguido agarrarse a ellos: "¡Pero si a mí no me importa!" Eso fue lo que iba a decir. Y el simple pensamiento de haber llegado a pronunciar semejante sentencia hizo enrojecer mi lechosa piel para todo el día.

»"¿Tenía razón Cannat? –me pregunté–. ¿Sería ésta la respuesta que anhelaba a mi súplica inconsciente a los dioses poderosos?"

–¿Y lo era? –preguntó el confesor.

–Nunca tuve todas las respuestas a mi comportamiento consciente, conque imagínese a mis actos inconscientes. ¿Las tiene usted?

–No –respondió él.

–Usted puede juzgar por mí y de forma más objetiva, porque sabe lo mismo que yo. Se lo he explicado todo y con franqueza. Pero, créame que no merece la pena que nos detengamos en este punto, pues, si bien en su momento me pareció tan importante como a usted ahora, los acontecimientos posteriores lo reducen a la nada a la hora de juzgarme. ¿Quiere preguntarme algo más?

–Sí, hay algo –contestó al tiempo que se inclinaba ansiosamente sobre la mesa como si pretendiera estar más cerca de ella–. No acierto a comprender por qué lo hizo Cannat. Porque el sufrimiento de Shallem no hubiera durado mucho tiempo, según sus propias palabras. ¿La quería a usted? ¿Se había aficionado a su compañía? Sólo eso justifica el que estuviera dispuesto a pasar a su lado otros sesenta años, más o menos, cuando siempre estuvo tan deseoso de que al fin les dejara solos. Y eso si Shallem no volvía a prestarle su propio espíritu y ese plazo aún se hacía más largo...

–Naturalmente, pasé incontables horas cuestionándome esas mismas preguntas. De haberme odiado, lógicamente a Cannat nunca le hubiera compensado paliar el año, poco más o menos, de sufrimiento de Shallem tras mi muerte, a costa de tenerme a mí por el medio durante otros sesenta, aproximadamente, como usted bien dice. Por tanto, me resultaba cómodo y sugestivo pensar que ése que usted ha apuntado era el motivo. Yo me había convertido en una especie de mascota, suave, dulce, manejable e inofensiva. Como un perrito, salía a recibirle alegremente cuando volvía de sus viajes; nunca ponía objeciones a sus propuestas, es más, siempre las apoyaba; era comprensiva y astuta, y sabía reconocer cuando un momento no me pertenecía, cuando debía desaparecer y estorbarles lo menos posible porque deseaban estar solos, porque lo necesitaban de una forma que nosotros no podemos ni imaginar, aunque yo intuía. Y no era avara con ese tiempo. Les rogaba que marchasen juntos a tal cual país lejano en donde podían comprar cualquier chuchería que simulaba se me había antojado, o que fuesen a visitar a nuestros hijos, ellos dos solos, porque yo consideraba que mi vejez los habría espantado. Y en esos viajes, a petición mía, a menudo pasaban dos o más días juntos y a solas. Y eso era mucho tiempo, teniendo en cuenta que no necesitaban ni un segundo para ir y volver del lugar más alejado de la Tierra. Además, por la noche, a menudo notaba que el cuerpo de Shallem estaba vacío a mí lado, y entonces sabía que estaban juntos en algún lugar, y me alegraba. Creo que mostré inteligencia comportándome de este modo y que ellos siempre lo apreciaron. Era necesario que yo no me convirtiese en una lapa pegada al cuerpo de Shallem. Cannat hubiera acabado asesinándome, seguro, y, muy probablemente, Shallem habría terminado hastiado de mí. Recuerde que nuestra naturaleza era completamente distinta: había un millón de cosas que yo no podía entender ni compartir con ellos.

»A mí me gustaba la compañía de Cannat, a pesar de que en ocasiones pretendiese hacérseme odioso y llegase a causarme terror, y él lo sabía. Y estoy segura de que a él también le gustaba la mía, puesto que la reclamaba en multitud de ocasiones. A menudo era él quien me buscaba para que les acompañase a los dos a pasear, o para que fuese con él a algún determinado lugar, o, simplemente, para dialogar conmigo sobre cualquier tema. Y, todo esto que le estoy contando, venía sucediendo así casi desde que nos conocimos. Por ello, era tentador pensar que a Cannat le diera lástima perderme y que ello, unido a su incapacidad de soportar el dolor de Shallem, le hubiese impulsado a darme una nueva vida.

»Sin embargo, otros pensamientos en contradicción cruzaban mi mente como fugaces centellas que ella soslayaba corno ideas contrapuestas a sus deseos y a sus simples y más gratas respuestas; aunque, en su profundidad, subyacía la conciencia de que aquella no era la verdad, al menos no la única, no la decisoria. Cannat necesitaba un motivo poderoso para enfrentarse con la terrible invectiva de Shallem por no haber respetado el imprescindible descanso de mi alma. Él sabía que, al menos en principio, a Shallem no le gustaría nada aquello. Incluso yo lo había sabido. ¿Por qué, sino, no lo había llevado él mismo a cabo?

»Por tanto, siempre intuí que había algo por encima de la suficiencia de mis razones. Aunque tardé mucho tiempo en averiguar qué era.

–¿Y qué era? –preguntó impaciente el confesor.

La mujer se rió.

–También usted tardará un poco. Debo contar las cosas por orden – Se puso seria, de repente, mientras miraba a un lugar indeterminado del vacío–. Porque ahora estamos llegando al que fue el peor de mis pecados, y debe tener los oídos muy atentos. Debe comprenderlo todo claramente, todo el proceso.

El sacerdote miró anhelante la botella de agua vacía, pero no dijo nada, no deseaba distraer a su confesada, que luchaba por narrar los sucesos de forma coherente.

–Bien. Shallem persistió en su búsqueda durante varios días más, pero, lógicamente, su única esperanza era que Cannat deseara ser encontrado. Y no lo deseaba. Volvía siempre de muy mal humor. Creo que maldije mil veces a Cannat por haberme abandonado en aquellas circunstancias. Por abandonarme, repito, no por haberlas creado, pues, aunque me encontraba todavía muy intranquila por la delicada situación que se había creado entre ellos dos, y veía el futuro de forma incierta, ya había acabado por acostumbrarme al nuevo cuerpo, o al menos no me espantaba de él; Shallem me quería lo mismo y me trataba como siempre lo había hecho, o mejor, tal vez, por consolarme del trauma al que Cannat me había sometido. Lo que significa que yo comenzaba a ser feliz como no lo era desde hacía varios años. Atroz. ¿No? Pero tenía una larga vida por delante. Mi único deseo era que todo se solucionara cuanto antes y volviéramos a la normalidad. Y esa normalidad a la cual aspiraba incluía a Cannat. Increíble. ¿Verdad? Monstruoso. Pero hubiera sido hipócrita por mi parte el haberle odiado eternamente por concederme lo que yo deseaba tener: la vida, en lugar de la muerte. Eso no puedo negarlo, aunque nunca me hubiese parado a pensar en los posibles medios para conseguirla.

»Yo, como una hábil arpía vengativa, hubiera podido intentar mantener a Cannat separado de Shallem hasta el día de mi muerte. Quizá lo hubiera conseguido, utilizando en mi provecho el acto innatural cometido por él en contra de la voluntad de Shallem. Había sido algo demasiado horrible como para que Shallem hiciera oídos sordos a mi dolor. Lo hubiera comprendido si yo hubiese insistido en mantenerme alejada de él para siempre. Aunque ellos, seguro, hubiesen seguido manteniendo sus invisibles entrevistas privadas. Y durante unos días esta idea me pareció maravillosa. Sería una venganza supina, perfecta. Me ensoñaba pensando en el momento en que Shallem le diese la noticia; hubiese dado cualquier cosa por poder ver su expresión al escuchar que no volverían a vivir juntos mientras yo existiese. Y pensar que era él mismo quien me había facilitado tan fácil victoria. ¡Cómo se odiaría a sí mismo por haberme devuelto la vida, y cómo me odiaría a mí!

»Pero mi venganza perdía la gracia y el sentido al pensar que yo no tendría oportunidad de contemplar esa faz transmutada. Que sufriera ante mis ojos malévolos y burlones durante una buena temporada, sí, eso sí. Pero, ¿para qué quería que sufriese si yo no podía reírme en su cara ante mi primer triunfo; convertirme en el blanco de sus miradas asesinas; ser el objeto de sus terroríficas bromas, ante las cuales yo ansiaba gritar tanto de placer como de pánico; ser seducida por el fuego de sus susurros abrasando mi piel, sumergiéndome en un estado febril, sin saber si obtendría de él el éxtasis o la muerte, o tal vez ambas cosas? ¿Para qué intentar que desapareciese para siempre de mi vida, o, mejor dicho, que se transformase en un omnipresente fantasma entre Shallem y yo, para quien, tarde o temprano, yo pasaría de ser la pobre víctima indefensa a la causante de su divina soledad? Podía augurar mi propia ruina y el triunfo final de Cannat, ante cuyos hipnóticos ojos, brillantes como luceros azules, no podría volver a extasiarme al arrullo de su mágica voz que me hablara de épocas pretéritas, de mundos increíbles, de seres de otros planetas, de su propia historia, con su brazo sobre mis hombros y las crepitantes llamas del hogar danzando sobre nuestros rostros. ¿No volver a sentir el corazón galopando en mi pecho, mis ojos saliéndose de las órbitas ante visiones que en otros tiempos me hubiesen podido conducir a la muerte? Deseaba espeluznarme, gritar, en el convencimiento de que nunca me haría ningún mal, por más que me amenazase.

»Nunca se me ocurrió en serio la idea de tejer una trama contra Cannat por estas y otras razones, la más evidente de ellas, que jamás hubiese sido capaz de manipular de semejante manera los sentimientos de Shallem. No era el deseo de venganza el que podía moverme contra Cannat, sino sólo el de jugar con él. Esto era algo que había aprendido con el transcurso del tiempo: que había habido muy pocas veces en las que mi vida hubiese corrido auténtico peligro en manos de Cannat; que me amenazaba como una vieja costumbre en cuyo significado apenas se repara; que los sustos que me causaba no eran sino bromas, diversión a la que yo había acabado por acostumbrarme, o más, por cogerla el gusto. Pero, lo que sí deseaba era abofetearle una y mil veces, impunemente, mientras le exigía una respuesta al porqué de sus acciones.

»Pienso que Cannat hubiera debido explicarme su propósito, y que si no lo hizo fue porque la decisión final le sobrevino con la urgencia y rapidez de un rayo. ¿Qué hubiera respondido yo?, se preguntará usted, ¿y usted mismo? ¿Qué hubiera contestado ante una oferta semejante? No me responda. Probablemente no hallaría la auténtica respuesta a no ser que se encontrase en la misma situación en que yo lo estuve. Teorizar es fácil cuando la pregunta es pura fantasía, cuando no existe una posibilidad real, pero en la práctica nuestras respuestas varían... Creo que sólo había un pensamiento que, tal vez, hubiese hecho que me negase. El recordatorio de las palabras de Shallem hablándome acerca de la necesidad de la muerte para el descanso del alma.

»Pero yo estaba viva, despierta y descansada. Plena de una vitalidad que deseaba derrochar a manos llenas.

»Como diez días después de los hechos, Cannat se puso en contacto con Shallem.

»—Le he dicho que no se atreva a aparecer por aquí –me dijo.

»—Pero, Shallem, ¡ésta es su casa! –le hice ver yo.

»—Que se vaya a otra –me contestó.

»Esas charlas se prolongaron durante dos meses, hasta que, un día, sorprendí a Shallem en el cuarto de Cannat, sentado en la cama con uno de los birretes de éste en la mano y en plena ensoñación.

»—Llámale ahora mismo y pídele que vuelva –le grité desde la puerta.

»Se quedó sorprendido y algo avergonzado. Me acerqué a él y me senté a su lado.

»—Shallem –le dije tiernamente–, lo hizo por ti. Y yo no puedo decir, con la mano en el corazón, que no deseara seguir viviendo al precio que fuera. No quería dejarte. Para evitarlo hubiera hecho cualquier cosa voluntariamente, tal vez incluso esto si hubiese llegado a preguntarme. Él lo sabía. Y ahora me alegro de que haya sucedido. ¿Crees que soy un monstruo por ello?

»Él me miró y dijo dulcemente:

»—No. Pero la responsabilidad es suya, sólo suya. Yo nunca lo hubiera consentido, él lo sabía.

»—Pero ya está hecho, y tú no querrías dar marcha atrás, ¿verdad que no?

»Acarició, amorosamente, mi extraña mejilla. Yo estaba cada vez más pasmada, preguntándome cómo era posible que me mirase exactamente como miraba a su antigua Juliette. Sus ojos de ángel me sonrieron.

»—Nunca —susurró su deliciosa voz.

»Cannat reapareció una mañana, más de un mes después de aquel día, y nos encontró jugando con los perros en el campo, en el colmo de la felicidad. Era muy astuto. Estuvo espiando, seguramente aguardando pacientemente, un momento como aquél. ¿Cómo iba Shallem a atreverse a reprocharle nada, si aquella felicidad en la que nos había sorprendido se la debíamos a él?

»Cuando Shallem le vio sus ojos resplandecieron, y, luego, su expresión se tornó artificialmente circunspecta. Se acercó a Cannat y se quedó frente a él durante unos minutos, hablándole con palabras que mis limitados oídos humanos no podían captar.

»—¡Oh, Shallem, por favor, más diatribas no! ¡No te disgustará tanto mi acción cuando no le pusiste inmediato remedio! ¿O estás esperando a que lo haga yo? ¿Lo hago? ¿Quieres que lo haga? ¿Es eso?

»—¡No! —gritó Shallem—. ¡Ya no! ¡Pero sabías lo que no debías hacer y por qué!

»—¿Por qué sufrir cuando existía un remedio tan sencillo? —preguntó Cannat enojándose seriamente.

»—¡E innatural! —aulló Shallem.

»–¡Tú sabes que era su deseo! ¿No la oíste, acaso, suplicar, lo mismo que yo? Tú mismo hiciste una vez lo que no debías por salvar su vida mortal. Y lo hubieras hecho de nuevo, ¿verdad? Lo deseabas tanto como ella misma; que no muriese, que continuase a tu lado.

»–¡Pero no lo hubiese llevado a cabo! ¡Sabía que no era justo!

»–Mira Shallem, la próxima vez seré un niño bueno, ¿de acuerdo? Pero ahora, o son éstas las últimas palabras que hablamos respecto a este tema, o me iré hasta que se te pase. ¿Lo prefieres así? ¿Es mejor si me voy?

»Shallem lo miró un momento, suspiró, sacudió la cabeza, y dijo:

»–No.

»Durante mucho tiempo había imaginado lo que sentiría yo, y cuál sería su reacción, si me atrevía, como deseaba, a abofetear a Cannat. Había llegado al convencimiento de que debía hacerlo, de que era lo debido, lo apropiado, como si él fuese un caballero y yo una dama ofendida. Cien veces me había visto a mí misma penetrando en su alcoba, donde le encontraría sorprendido y desnudo. Me quedaría en el umbral durante unos segundos mientras él advertía mi mirada dura y helada. Él, que, al entrar yo, estaría inclinado guardando su ropa en el arcón, (así me gustaba imaginarlo), se incorporaría de inmediato, en guardia, con su mirada hundiéndose hasta el fondo de mi ser y los labios ligeramente separados. Daría un portazo, sin quitarle de encima la insultante mirada y, tras unos instantes, me acercaría a él. A partir de aquí mi fantasía encontraba diferentes salidas. A veces todo ocurría de un modo normal, es decir, yo le abofeteaba y él me devolvía la bofetada, o bien, yo le abofeteaba y él se echaba a reír, o yo le abofeteaba y él se quedaba estupefacto mientras yo le decía lo que Shallem y yo pensábamos de él y le exigía unas respuestas que él me daba y que yo me imaginaba distintas de una fantasía a otra, para luego abandonar la alcoba, orgullosamente, dejándole abochornado; ésta claro, era la esencia de toda fantasía. Pero otras fantasías eran más perturbadoras, y aunque variaban ligeramente, (a veces conseguía golpearle, otras él detenía mi mano), compartían el mismo desenlace: yo, siempre la antigua Juliette, la verdadera, tumbada sobre las blancas sábanas de seda del lecho de Cannat. Era evidente que a él le atraía aquel cuerpo que ya había sido suyo, que lo había escogido de entre los miles que conocía. Y yo me preguntaba si aún lo desearía.

»No sólo no me atreví a pegarle, sino que, cuando le tuve delante, me sentí dolida y recelosa, y deseé apartarme de él, y mirarle sólo desde lejos. Sabía que debía odiarle, despreciarle, pero era incapaz de ello. Sin embargo, ¿de qué otra forma digna podía comportarme ante él, sino fingiendo esos lógicos sentimientos aunque no existieran, o no, al menos, en la medida en que hubieran debido? ¿Cómo iba a simular que todo seguía igual, que nada había cambiado, que no había obrado en mí el más diabólico de los milagros?

»No cruzamos una sola palabra durante aquel primer día. Él me miraba insistentemente y yo, que no me apartaba de Shallem, no sabía cómo interpretar sus miradas.

»–¿Ya eres feliz? –me preguntó al día siguiente, durante un minuto en que nos encontramos a solas.

»–¿Feliz? –le respondí–. Me has encerrado en una cárcel de carne. Me duele cada minuto de mi vida, cada instante de mi existencia innatural, cada partícula de este cuerpo que jamás será mío.

»Él se rió suavemente.

»–Genial –me dijo–. A mí me duele Shallem, a Shallem le duele el mundo, y a ti te duele tu existencia. Así, a todos nos duele algo. Y, por cierto, hace siglos que alientas de forma innatural...

»Esto fue todo por aquel día. Pero yo ansiaba más, mucho más. Y esos breves comentarios despertaron mi odio hacia él. ¿Por qué había siempre de burlarse de mí, incluso en aquellas circunstancias? ¿Por qué no me trataba siquiera con un poco de respeto?

»Los dos días siguientes cruzamos constantemente nuestras miradas, deseosos de hablar y sin que ninguno dijese nada.

»Le busqué al tercero, un milagroso día soleado, casi cálido, por la campiña de nuestra propiedad. Le encontré tumbado junto al arroyo, con una mano introducida en sus límpidas y alegres aguas, disfrutando de su música y de la fragancia de las flores silvestres. No estaba desnudo, pero únicamente vestía una camisa blanca de seda, remangada y abierta hasta la cintura. Su serenidad, el éxtasis en el que se hallaba sumergido ante aquellas simples maravillas que lo rodeaban, su indeclinable belleza, que cada día me sorprendía con mayor fuerza que el anterior... Me pareció una visión celestial. Un ángel gozando de la gloria del paraíso, antes de que les fuese arrebatado. Me quedé observándole a prudente distancia. Sacó la mano del agua y salpicó unas margaritas con las gotas que resbalaban por sus dedos. Una mariquita debió cosquillearle en su pierna desnuda, pues la sacudió descuidadamente y se llevó la mano al lugar sin pensar en la causa de su molestia, y luego, cuando giró la cabeza para mirársela y vio partir de ella a la mariquita, se sentó y anduvo rebuscando entre las flores, como si temiera haberla dañado. Después volvió a tumbarse de nuevo, con la mirada sobre su arroyo.

»Me pareció un momento de lo más inoportuno, sobre todo porque en aquel instante no podía sentirlo, pero, de todas maneras, me acerqué a él y se lo solté:

»–Te odio.

»Se dio la vuelta para mirarme, pues estaba de espaldas.

»–¿Sí? –respondió–. Desahógate con un árbol, le importará lo mismo que a mí.

»Y en aquel momento volví a odiarle de verdad.

»–¿Por qué eres tan detestable conmigo? ¿Y por qué me has hecho esto?

»–¡Esto! –exclamó incorporándose–. ¡Ha! ¿Así llamas a lo que te he dado y por lo que la humanidad vendería su alma? Ya estás acostumbrada a ese hermoso y sano cuerpo, no lo niegues. ¡Ni que te hubiera arrancado de uno maravilloso! ¡Si estabas a punto de morir!

»–¡Pero esto es monstruoso! Me siento como si hubiese cometido un acto diabólico, de tal forma que me duele cada momento de felicidad. Como si no tuviese derecho a ella y algo dentro de mí saltara imponiéndome la penitencia del recuerdo de mi supervivencia preternatural.

»–Luego admites que eres feliz.

»Me di cuenta de que me había delatado.

»–Esporádicamente –le dije.

»–Olvídate de ello –me contestó–. No permitas que te obsesione. Yo no te di opción de elegir, ¿recuerdas? Por tanto, no eres culpable de nada.

»–¿Seguro? ¿De verdad lo piensas, o sólo lo dices por consolarme? –inquirí, aunque no deseaba escuchar ninguna respuesta.

»–Es absolutamente cierto. Pero yo sabía que no me lo reprocharías. Y no lo haces, ¿verdad?

»¿Cómo se atrevía siquiera a sugerir que no lo hiciera, que no le guardase rencor? ¿Y cómo era posible que en verdad no lo hiciese?

»–¿Por qué lo hiciste? Tienes que decírmelo –le pedí con voz suplicante mientras él se ponía en pie.

»–Lo hice por amor –me respondió secamente–. Nunca he realizado un solo acto en el que no me moviese el amor.

»Ardí en deseos de preguntarle si era únicamente el amor por Shallem el que le había movido.

»–Y, ahora –añadió–, no vuelvas a hacerme esa pregunta nunca más, porque nunca te daré otra respuesta y sólo conseguirás irritarme, ¿entendido? Y, no te preocupes, pronto te encontrarás bien. Se te pasará en seguida.

»Y de pronto, me encontré mirando al espacio vacío, sin haber obtenido una sola respuesta y con la seguridad de que nunca volvería a atreverme a preguntar, salvo, quizá, en algún momento de extrema intimidad.

»No fue en seguida, pero, efectivamente, aquella penosa y amarga sensación se fue suavizando lentamente, aunque el recuerdo del expolio permanece hasta hoy, imborrable, en mi memoria, y aunque aún no pueda contemplarme en un espejo sin sorprenderme ante el misterio de mi existencia.

»Aunque, en principio, había arreglado yo misma mis antiguos trajes, adaptándolos a mis nuevas formas, demasiado melancólica y perturbada como para ocuparme en adquirir otros nuevos, Shallem consideró que eran telas demasiado oscuras y rancias para una mujer tan joven, y me llevó a París en busca de las más hermosas creaciones. Y, mientras las ordenanzas francesas se esforzaban, inútil y estúpidamente, en reprimir el lujo, allí, en la habitación de nuestro hotel, las más eficientes modistas adornaban mis vestidos con guipures y crespones de oro.

»No es difícil deducir que la intención de Shallem no era otra que la de procurarme distracciones, de modo que no me encontrase, como solía, explorando atentamente los más baladíes detalles de mi fisonomía, o sumida en un estado de apariencia catatónica mientras sondeaba mi nueva mente en busca de pensamientos, sentimientos o ideas con las que en el pasado no hubiese simpatizado.

»Nuestra vida transcurría felizmente. Yo, dentro de mi nuevo y vigoroso cuerpo, sólo había experimentado un cambio que me tenía ligera, aunque agradablemente sorprendida. Me encontraba en permanente estado de nerviosismo y excitación. Gozaba de unas energías extraordinarias que no encontraba el modo de gastar. Por ello, comenzamos a viajar de nuevo.

»Pero el mundo era demasiado pequeño. En un periodo de veintidós años visitamos cincuenta y cinco de las residencias de Cannat. Una a una las fui redecorando y habilitando para las cortísimas temporadas que pasaríamos en ellas. Ellos contemplaban, perplejos, el frenético ritmo que les imponía y que, a menudo, les costaba trabajo seguir. Tanta era mi euforia que comencé a aproximarme más que nunca a Cannat, porque, en mi inquietud, Shallem me resultaba ahora una compañía demasiado pacífica y necesitaba la exuberante vitalidad de su hermano.

»A veces les veía observándome, circunspectos los dos, cuando regresaba yo sola de montar a caballo o de cualquier otra actividad que significase mantener mi cuerpo en movimiento, y advertía que encontraban algo en mí que les tenía intranquilos. Pero yo procuraba calmarles diciéndoles que hacía cuarenta años que no disponía de un cuerpo tan sano y vigoroso y que sólo estaba disfrutando de mi segunda juventud, pues debía sacarle el mayor partido posible. "Ven aquí, siéntate con nosotros", me instaban, y yo lo hacía y a los dos minutos volvía a levantarme.

»Cannat padecía un miedo tan obsesivo a que mi cuerpo sufriese daño o enfermedad mortal, que solía desconcertarme. Me prohibía montar a caballo por miedo a que me cayera y muriese súbitamente; me perseguía, cuando abandonaba la casa a escondidas para ir hasta las poblaciones cercanas, (a veces sólo por el placer de verle aparecer a mi espalda), asustándome con montones de presuntos asesinos que podían acabar con mi débil carne en cualquier momento. Para él, todo humano era un peligro para mí.

»–Ten cuidado –me decía, con su dedo vigoroso oscilando ante mis ojos–, o acabarás muerta por los de tu propia especie.

»Y así estaba escrito que debía ser, por más que él tratara de impedirlo. Pero yo disfrutaba con sus temores, con sus desvelos y cuidados, a los que no deseaba detenerme a encontrar intrincadas explicaciones, sino tan sólo ilusionarme con la creencia de que únicamente eran un reflejo de su cariño.

»Pero yo era feliz, tan feliz..., que a veces pensaba que iba a explotar. Valoraba la vida más de lo que nunca lo había hecho. Salvo cuando había estado a punto de perderla, por supuesto. Ahora, hasta la más vulgar brizna de hierba me parecía única y maravillosa.

»Sin embargo, pronto comencé a espantarme ante la inusitada velocidad a la que envejecía aquel cuerpo absolutamente mortal. Con sólo unos treinta y seis años ya presentaba algunas canas y pequeñas arrugas. Esto me sorprendió muchísimo, me acongojó, pues, gracias al espíritu de Shallem, mi cuerpo legítimo a esa edad era casi el de una niña.

»A los cuarenta años de vida del cuerpo, me sentía como si hubiese vivido un milenio. Solicité volver a la tranquilidad de la campiña inglesa y lo hicimos. Mi vigor se había esfumado, y ahora era yo quien declinaba las invitaciones de ellos para el más tranquilo de los paseos. Estaba simplemente agotada. Y, de nuevo, asustada ante la inminencia de la vejez y la muerte. A veces me arrepentía de no haber permitido que Shallem volviera a hacerme invulnerable, pues, naturalmente, él me lo había propuesto. Y no es que no lo aceptara porque no lo desease fervientemente, sino porque intuía en Shallem un miedo incierto a las consecuencias de otra vida demasiado larga para mí ya fatigado espíritu. Sin embargo, en cada día de mi vida hubo al menos un momento en que estuve tentada a hacerlo. "Bueno — me decía–, cuando sea un poco mayor. Que detenga este impulsivo envejecimiento. Sí, que lo detenga, que se haga tan lento como el de mi propio cuerpo. ¡Oh! ¡Qué fugaz es la vida mortal!"

»Yo sabía que durante los veinticuatro años de mi existencia en aquel cuerpo robado, Shallem no había cesado de lanzar contra Cannat continuas y pequeñas invectivas por haberme obligado a introducirme en él. Mi vigor era para él una consecuencia inesperada e insólita, pero directa y desdichada, de aquel acto. Sin embargo, mientras había poseído aquella desbordante energía, yo no me había sentido, en absoluto, desdichada. Mi cuerpo era tan robusto y estaba tan acostumbrado al frío que no había enfermado ni una vez desde que yo lo poseía.

»Hasta que, un día, mi corazón pareció cansado de tanto latir. Me metí en la cama, sin atreverme a moverme, porque el menor gesto me causaba la pérdida de conciencia.

»–¿Lo ves? –me preguntó Cannat, furioso, desde el pie de la cama–. ¿Por qué te negaste a que Shallem te hiciese invulnerable? ¿Pensabas que podrías librarte tú sola de las miserias de la mortalidad? –Luego se acercó a mí y me cogió las manos–. Sólo hay dos soluciones –susurró, y miró a Shallem, que ocultaba su rostro, fingiendo contemplar la campiña a través de la ventana–. No hace falta que te las deletree. ¿Cuál prefieres?

»Mi tenue pulso se aceleró. Miré a Shallem, que se hacía el loco, como si no nos oyera.

»–Shallem, date ahora mismo la vuelta y ven aquí –le gritó Cannat impacientemente.

»Shallem no tuvo más remedio que hacerlo.

»–Creo que es más sensato que busquemos otro cuerpo – continuó Cannat, en voz baja, mirándome cálidamente, al tiempo que se sentaba sobre la cama, a mi lado–. Este ya está muy viejo. ¿No te parece?

»Le estaba observando completamente estupefacta por la tranquila serenidad de que su voz dotaba las atroces frases que pronunciaba, de tal modo que me parecían desposeídas de todo contenido.

»Shallem estaba ahora a mi lado, inquieto, torturado, pero incapaz de intervenir en el desarrollo de los hechos. Su mirada huía de la mía; la de Cannat, en cambio, era firme y exigente. La inseguridad de Shallem me arrancó las lágrimas.

»Mentiría si dijese que nunca había imaginado lo que ocurriría cuando llegase aquel momento; nuevamente, la hora de mi muerte corpórea. Y las dos opciones que planteaba Cannat se habían pasado por mi mente: recibir de nuevo el espíritu de Shallem o, quizá, apropiarme de un nuevo cuerpo.

»"¿Me dará una nueva vida Cannat? –me había preguntado–, ¿O será el propio Shallem quien lo haga? ¿O, tal vez, ninguno de los dos? ¿Y yo aceptaré, si alguno me lo ofrece? Aceptaré, desde luego, si Shallem me lo propone, pero, ¿y si es Cannat quien lo hace, en contra, una vez más, del criterio de Shallem? No, no creo que se atreva –Y el corazón me saltaba de miedo y de dolor ante tal contingencia–. Pero, ¿y si lo hace? Lo dejaré todo en manos de Shallem". Eso había determinado: que fuese Shallem quien decidiera.

»–Shallem es quien debe decidir lo que se ha de hacer, si es que ha de hacerse algo –dije, mirándole–. Mi corazón, mi alma, mi vida, le pertenecen.

»Shallem se angustió más todavía. Yo sabía que él hubiera deseado que yo, simplemente, me negase de modo recusable a seguir viviendo, que, sinceramente, me hubiese cansado de la vida y no estuviese dispuesta a aceptar una tercera; incluso aunque él mismo me lo pidiese, lo cual habría de hacer para tranquilizar su conciencia. Era cruel por mi parte, pero astuto, el desviar hacia él toda responsabilidad. Él me adoraba y nunca escogería el perderme. Estaba segura de ello. En su interior se debatía el terror a perderme con el temor a que algo malo acabase sucediéndole a mi alma extenuada. Pero, hasta entonces, no había pruebas de que nada fuese a ocurrir.

»Shallem miraba a Cannat con grave y dolorida expresión. Estaba tan serio que empecé a asustarme. ¿Y si me había confiado demasiado?

»De improviso, Cannat se levantó de la cama.

»–Shallem –le dijo, encarándose con él–, ella está bien. Apura la copa hasta el final antes de decirla adiós.

»Mirando a Cannat, el rostro de Shallem se había vuelto tan severo que mi pulso comenzó a sufrir las consecuencias de la preocupación que me embargaba. Parecía seriamente enfadado con él. Me llevé la mano a la boca temiéndome lo peor. Shallem me miró y, pronto, desvió la vista hacia la lejanía que se divisaba a través de la ventana, hacia el escape.

»–Shallem –musitó Cannat, poniéndole una mano en el hombro, atónito ante su actitud.

»Shallem viró bruscamente para desasirse y rodeó la cama en dirección a la ventana. Parecía un hombre a punto de firmar la sentencia de muerte de su madre.

»Cannat le siguió con la vista y luego se aproximó hacia él. Estaba mudo de asombro.

»–Shallem –volvió a susurrar.

»Yo estallé en lágrimas.

»–Cannat, basta –imploré.

»–¡Shallem! ¡Su corazón puede pararse en cualquier momento! ¿Es que no te das cuenta? –le acució Cannat.

»Qué espectáculo increíble significaba para mí el ser testigo del fervor con que Cannat defendía mi vida.

»–¡La quieres! ¡Sé que la quieres! –le gritó a Shallem.

»–¡La quiero demasiado para hacerle esto! ¡No quieres aceptarlo! –aulló éste, volviéndose violentamente hacia él–. ¡No puedo soportar el pensamiento de perderla, pero aún es más insufrible el de llevar su alma a la perdición! Si la dejo ahora, la buscaré, la recuperare.

»–Shallem, mi Shallem –susurró Cannat, con el tono paciente de quien corrige a un niño simple de sus desvaríos–, sabes que puede que ni siquiera regrese a este planeta. Si la dejas ahora, la perderás para siempre. Eso es todo. No hay más.

»Shallem se tapó desesperadamente los ojos con las manos; después los oídos.

»–¿Debo hacerlo yo –comenzó a gritar Cannat–, para que, de nuevo, tu conciencia quede tranquila y durante los próximos cuarenta años puedas atormentarme con el recuerdo de los actos sacrílegos que cometo para tu satisfacción y en tu nombre? Esta vez no será así, Shallem, lo siento.

»–¿Qué quieres decir? ¡Jamás hubiera osado pedirte algo así! –exclamó Shallem.

»–Desde luego que no. Naturalmente que no. Bastaba un fugaz deseo en tu alma que tu hermano sabría atender. ¡Y lo tuviste! ¡Atrévete a negarlo! Esta vez no será igual, Shallem, desengáñate. No iré a buscarla ni huiré con ella en los brazos devolviéndotela en un joven cuerpo para que puedas tener la falsa ilusión de no haber podido hacer nada para impedirlo. ¿No quieres remordimientos? Calla y crúzate de brazos. No tardará en morir.

»–¡Oh, Dios mío! ¡Dios mío! –gimió Shallem, con el semblante crispado. Y acercándose a la cama se apoyó sobre uno de sus postes torneados.

»Cannat se quedó mirándole con el rostro endurecido, cargando su peso sobre el cristal de la ventana y con los brazos cruzados sobre el pecho.

»Shallem alzó la vista y me miró con una indescriptible expresión de tristeza, de desesperación. Después, avanzó lentamente y, arrodillándose junto a mí, me tomó una mano. ¡Cómo lamenté ser la causante de la amargura que sus dulces ojos reflejaban!

»–Perdóname, amor mío –me susurró–. Perdóname.

»Y me besó en la mejilla, y, durante largo tiempo, permaneció con su rostro hundido en el mío.

»Cannat se acercó a nosotros decidido, y dijo resueltamente:

»–Bien. Ella está demasiado fatigada. Ve tú, entonces, y trae otro cuerpo adecuado para ella. No te preocupes, yo la cuidaré. No dejaré que muera.

–Luego Shallem aceptó, pese a todo –observó el sacerdote.

–Para mi alivio, sí –corroboró ella–. Aunque no tuve la certeza de que lo haría hasta que se marchó.

»–¿Por qué haces esto? –le pregunté a Cannat cuando Shallem hubo desaparecido–. ¿Por qué preservas mi vida aun a costa de causarle a él semejante dolor?

»Él se acercó a mí con sus ojos azules chisporroteantes.

»–No te excites –me dijo–. Es peligroso.

»Y se sentó en la cama, a mi lado, mirándome con una intensa expresión de placer, y acariciándome la mejilla como solía.

»–Todo ha salido bien –murmuró–. Necesitaba saber hasta qué punto le atas, y ahora lo sé. Y me ha satisfecho la respuesta.

»Yo no comprendía el sentido de sus palabras, pero estaba demasiado agotada para seguir sonsacando sus inextricables respuestas.

»Shallem regresó al cabo de una media hora, con una chica en brazos. Ella le miraba hipnotizada, como si de pronto hubiese descubierto a su príncipe azul. No sé lo que la habría hecho. La dejó en el suelo, cerca de mí. De improviso, la chica pareció despertar y su semblante se llenó de pavor al darse cuenta de la situación, del lugar desconocido en que se hallaba, súbitamente, y de las extrañas personas que la rodeaban. Y eso que desconocía el motivo por el que había sido trasladada a mi habitación.

»–Espléndida –comentó Cannat–. ¿De dónde la has sacado?

»–De Londres –contestó Shallem.

»–¿Londres! Debiste ir más lejos. Alguien podría reconocerla –le amonestó Cannat.

»–¿Qué hago aquí? –gimió la chica, con el rostro traumatizado y una voz que me pareció encantadora–. ¿Quiénes son ustedes? Por favor, díganme dónde estoy.

»Cannat se rió quedamente.

»–Adorable –dijo.

»La muchacha trató de escapar hacia la puerta y Shallem la interceptó y le dio una bofetada.

»–No vuelvas a intentarlo –la advirtió. Y la arrojó a los pies de mi cama.

»Y ella comenzó a llorar a gritos.

–¿Y usted que sintió entonces? –preguntó el sacerdote.

–Inquietud –contestó la mujer, tras unos segundos–. Era consciente de que la vida de aquella mujer iba a ser sacrificada por mi causa. De que ella iba a morir para que yo pudiese seguir viviendo. ¿Era justo aquello? Desde luego que no. Yo era perfectamente capaz de distinguir entre el bien y el mal. Pero también sabía que a menudo el hombre mata con mucho menor motivo que el de salvar una vida. Cuando yo muera mañana, por ejemplo, ninguna vida será salvada. Ninguna de las personas de cuyos crímenes me acusan resucitará. Y, sin embargo, esta sociedad ha decidido sacrificar mi vida en aras de la nada más absoluta. Hoy, como entonces, existen asesinos que ejecutan a sus víctimas por sólo unas monedas; e, incluso, a veces, por un simple sentimiento de molesto odio. La vida humana, en aquellos tiempos, no tenía el valor de los presentes. La esclavitud; las ejecuciones tras procesos secretos en los que, a menudo, el reo no llegaba a conocer los cargos que se le imputaban ni menos las pruebas que existían en su contra, y en los que no tenía la menor oportunidad de defenderse; las ejemplares torturas públicas convertidas en espectáculos callejeros: eran cosas que nos resultaban tan naturales como hoy un partido de rugby. Yo mataba en defensa propia. Y estoy segura de que, en mi caso, ellas hubieran hecho lo mismo. Esto no justifica mis crímenes, soy consciente de ello.

»Shallem no sentía la menor piedad por la mujer. La maltrató deliberadamente, como si ella fuese la culpable de su dolor. Aunque Shallem ya no parecía sentir dolor, sino sólo odio. Un odio que pagaba con aquella mujer. No comprendí por qué hacía tal cosa, por qué la trataba con semejante brusquedad. Me sentí mal. Una cosa era la muerte instantánea e indolora, pero otra el hacerla padecer innecesariamente.

»Luego temblé. No por la muerte inminente o por el sufrimiento de ella. Sino por el nuevo cambio a que me iba a someter.

»Shallem, con una arrogancia extraordinaria, observó atentamente a la chica, tendida en el suelo llorando. De pronto, el cuerpo de ella comenzó a padecer convulsiones; su boca se abrió, sus ojos se desorbitaron. Enseguida quedó desgalichada en el suelo, como una marioneta una vez terminada la función. Lo observé todo, fascinada.

»Después, Shallem me miró a mí. Y fue como la otra vez, sólo que aún más rápido. Un adormecimiento instantáneo, la observación del cuerpo que me esperaba, ahora sin resistencia ni negativas, y, luego, la sensación de ser aspirada por él.

»Shallem besó la escocida mejilla que antes había abofeteado y cuyo dolor ahora padecía yo, y me ayudó a levantarme. Miré mi antiguo cuerpo, desfallecido en estado de coma, sobre la cama.

»–Shallem, el alma de la chica... –dijo Cannat–. No la quiero rondando por mi casa.

»Shallem le miró como a un monstruo y luego posó sus ojos sobre un ángulo del techo y mi viejo cuerpo se movió. El alma de la chica había penetrado en él. Empezó a gemir agónicamente. Se había dado cuenta de todo.

»Shallem me tenía abrazada mientras yo contemplaba hipnotizada, a través de mis nuevos ojos, el calvario de aquel ser encerrado en mi vieja y enferma masa de carne. Y ella me miraba ahora, es decir, se miraba a sí misma, al borde del delirio.

»Vi a Cannat dirigiéndose a la cama y sacando de ella el cuerpo condenado.

»–Me desharé de ella –dijo. Y la llevó a la campiña y dejó que el viento extendiera sus cenizas entre los rosales.

»A Cannat no le gustaba dar explicaciones a los humanos. De modo que, después, se deshizo también de nuestro servicio: un matrimonio ya mayor; mi doncellita, huérfana y casi una niña; y su hermana, poco mayor que ella. Nadie llamaría nunca a nuestra puerta preguntando por ellos.

–V–

»Era la edad de mi espíritu, desde la fecha de su venida al mundo   en Saint Ange, de ciento veintiséis años. Aunque habían transcurrido cuatrocientos veintiséis desde el nacimiento de Juliette Cressé. Era el año del Señor 1624.

»Mi cuerpo era hermoso. De pelo más oscuro que el anterior, largas y rizadas pestañas sombreando los ojos grises, y facciones delicadas.

»Durante las primeras horas de la posesión, sufrí la tortura de las extrañas visiones procedentes del joven pero repleto cerebro de la chica. Volví a tener miedo. De que no cesasen jamás, de tener que padecer para siempre la memoria de aquellos seres y lugares ignotos. Pero, al igual que la primera vez, mi espíritu dominó aquella carne borrando de ella todo recuerdo, toda mácula.

»Los primeros días padecí la lógica perturbación. Algo parecido al tormento anterior, pero mucho menos acusado, más vago e indefinido. Ahora no era una primeriza, y sabía que pronto me acostumbraría a las nuevas sensaciones. Me sentía más débil, en realidad, porque el cuerpo lo era más que el de Ingrid, aunque pronto aprendí a manejarme con soltura y a medir la fuerza que había de emplear para cada actividad. Pero era una debilidad puramente física, porque de nuevo había renacido a la vida dentro de aquella carne de unos veinte años y me sentía, interiormente, pletórica de energía. Exuberante en mi *joie de vivre*.

»Al principio, Shallem no me quitaba la vista de encima. Y Cannat observaba sus miradas y me reconocía, a su vez, estudiando cada uno de mis gestos, de mis palabras, las nuevas costumbres o actitudes extrañas que pudiese desarrollar, las variaciones en mi gusto; siempre en busca de algún indicio de alteraciones en mi personalidad que pudiesen llegar a derivar, o simplemente sugerir cambios negativos en mi espíritu; en definitiva, que pudiesen llevar a Shallem al disgusto y al arrepentimiento por su acción.

»–¿A qué vienen esas vestimentas tan sobrias, tan fúnebres? Tú nunca has llevado esos tonos tan rancios –me decía Cannat preocupado.

»–Es la moda en París –le contestaba yo–. Ya no se llevan los trajes subidos de color. Las pasamanerías de oro y de plata han sido prohibidas por Richelieu.

»–He visto vestidos más alegres en un velatorio. Estoy seguro de que puedes encontrar telas como las que siempre has usado –me porfiaba–. Y si no, iremos a Oriente a buscarlas.

»Otras veces las disputas se referían a mi modo de alimentarme.

»–¿Por qué comes tantas naranjas? Nunca te habían gustado tanto las naranjas –me decía.

»–Siempre me han gustado las naranjas –le contestaba yo–. Pero este año son más dulces que nunca. Están deliciosas.

»Pero lo que más le preocupaba era mi modo de hablar, de desenvolverme. Se disgustaba si me veía interesada por las cosas de los humanos, salvo que fuese por el arte, novelas, vinos, ropas, o joyas. Incluso mis pensamientos resultaban constantemente fiscalizados.

»–¿Desde cuándo te interesa la política humana? ¿Qué puede importarte a ti? –me censuraba.

»–No me importa en absoluto. Se lo he oído comentar a los criados. Eso es todo –me defendía yo.

»Los recelos desaparecieron a los pocos meses. El nuevo cambio no parecía haberme afectado sustancialmente. Mi espíritu no había sufrido daños. O eso parecía.

»Durante cincuenta años habité feliz y pacíficamente en el interior de aquel cuerpo, pero ni uno solo de sus días había transcurrido sin que dejara de preguntarme qué pasaría cuando, de nuevo, llegase al final del trayecto. Hasta que, un día, visitando la iglesia de Saint–Blaise de Dubrovnik, me sorprendió una especie de derrame cerebral que me dejó totalmente incapaz e indefensa.

»Estaba caída en el suelo cuando volví en mí, como si hubiera estado arrodillada rezando, pues tenía un rosario en las manos entrelazadas. Vi que estaba vestida de negro, un color que yo nunca usaba. Y esto me extraño. Luego vi que mis manos habían cambiado, que sus dedos eran largos y afilados y llevaban sortijas que jamás había visto. Y empecé a temblar. Pero aún no comprendía. Estaba algo mareada. Comprobé que tenía vello, abundante y oscuro, en mis, extrañamente delgados, brazos. Me quedé perpleja. Unas manos me ayudaban a levantarme. Era Cannat, a él le reconocí de inmediato; a mí misma no volvería a reconocerme jamás. A partir de ahí sólo tardé unos instantes en darme cuenta de lo que había ocurrido, que de alguna manera, yo, otra vez ya no era yo, que me habían introducido en un nuevo cuerpo. Pero no recordaba mi último cuerpo profanado, sino el mío, el legítimo. Al no haber estado preparada, al no haber tenido ni siquiera conciencia de mi gravedad, pues no había tenido tiempo de apercibirme de nada, la conmoción fue tal que me desaté en gritos desaforados. Fue espantoso lo que ocurrió entonces.

»–¡Cálmate, cálmate! –me decía Cannat sacudiéndome–. ¿Quieres que tenga que matar a todo el mundo aquí dentro?

»Y entonces, una mujer de unos cuarenta años, llegó, gritando, hacia nosotros por el pasillo central. Se abalanzó furiosamente sobre Cannat dirigiéndole un agitado discurso en su lengua, tirándole de la ropa y tratando de apartarlo de mí. Era, evidentemente, la madre de la chica que ya no existía. La mujer, al igual que la hija, vestía ropas humildes de tonos oscuros; estaba muy delgada y ojerosa, como si padeciese disgusto o enfermedad.

»Pero había más gente en la iglesia. Abrí los ojos y vi que cuatro o cinco mujeres de edad avanzada se habían acercado en auxilio de la madre, que ahora yacía en el suelo del pasillo luchando por volver a incorporarse al ver que Cannat me obligaba a salir de entre los bancos, con evidente intención de sacarme de la iglesia. Y yo, mientras me sentía guiada por sus brazos, no podía apartar mi vista de ella, acongojada y sufriendo por ella como si en verdad fuese mi madre. Se levantaba del suelo extendiendo sus brazos hacia mí, intentando retenerme por el borde de mi falda, y yo, como en un trance, extendí también un brazo hacia ella, como para no decepcionarla o porque no supiera, realmente, si aún era su hija. Y, de pronto, todas las mujeres cayeron sobre nosotros, pegándoles a ellos y pretendiendo rescatarme de sus brazos. Mientras yo, en mi delirio febril, me decía fugazmente: "Las van a matar. Las van a matar a todas". Y gritaba:

»–¡No! ¡No!

»–¡Haz que se aparten, Shallem! ¡Haz que la suelten! –gritaba Cannat.

»Y Shallem, haciendo uso de una fuerza que nunca hasta entonces le había conocido, cogió una a una a las mujeres y las lanzó por el pasillo hacia el altar, a poca distancia del suelo, como en una jugada de bolos, para evitar que se estrellaran contra aquél. Habían quedado todas perplejas y doloridas, y la madre, herida y gimiente, luchaba por volver a levantarse.

»La atónita mirada del Saint–Blaise de plata dorada sobre el altar, fue lo último que vi antes de que Shallem se abrazase a Cannat y desapareciésemos de aquel lugar.

»No podía quitarme de la mente el dolor de la madre. Los ojos de la hija, sus tan parecidas facciones, eran un recordatorio constante. La veía llorando, tendida en el suelo de la iglesia, y pensaba que aún seguiría llorando y suplicando a su santo en el mismo lugar. Y el cuerpo de la pobre chica no sólo no era hermoso, ni siquiera gracioso, sino débil y enfermizo y continuamente aquejado de dolores.

»–Fue una urgencia –me decía Cannat–. Da gracias de que al menos fuese joven.

»Pero esa dolorosa posesión pareció hacerme despertar de un sueño. Como si aquella hubiese sido la primera vez, tomé conciencia del horror del fenómeno. Me miraba de continuo en los espejos, advirtiendo que no lograba dotar de una chispa de alegría aquellos tristes ojos oscuros. En aquel cuerpo abatido y enfermizo era menos yo de lo que nunca lo había sido en ninguno de los otros dos. No conseguía estar en comunión con él.

»Los oí cuchichear a mis espaldas durante varios días. Discutiendo la solución a tomar. Yo quería salir de ahí, huir de él.

»–Tengo algo para ti –me dijo Shallem una noche, una quincena después de los hechos.

»Habíamos vuelto a nuestra casona de Stratford on Avon, cuyos días ahora me parecían, más que nublados, inmutablemente oscuros y tormentosos. Entonces existía una *public house* en el pueblo que tenía el nombre de "Red Horse". Durante tres noches habíamos acudido a ella sin que yo encontrara en tan ruidoso local sino angustia y aturdimiento. Ellos habían fingido que les gustaba, pero el motivo de nuestras visitas era bien distinto. Sólo pretendían que me acostumbrase a la visión del joven cuerpo de una de sus camareras, una que recibía las constantes atenciones de Cannat, y en cuyo lecho se había encontrado éste la noche anterior.

»Aquella noche me hicieron observar, sutilmente, la gracia de la chica, su encanto. Hablaban de su nariz respingona, de sus pecas, de su estropajoso cabello rojizo, y de sus modales, bruscos, más que ágiles, como si fuesen dignos de eterna alabanza. Yo estaba casi embriagada de cerveza cuando, varias horas después de nuestra llegada, Shallem comenzó a explicarme lo bien que estaría allí dentro, lo robusto y bien constituido que era; que no podía continuar así, deprimida y angustiada, y que todo cambiaría cuando tomase un nuevo cuerpo, pues aquel que ahora poseía no había sido más que una solución de emergencia. Me preguntó si me gustaba, si pensaba que estaría a gusto en él. Me dijo que no tenía por qué ser aquella noche, que podía tomarme tiempo, hacerme a la idea, verme dentro de él, o escoger otro, si prefería. Estaba aturdida según le escuchaba, y en aquel momento únicamente ansiaba una cosa, algo que nadie en el mundo, quizá Dios sí, podría devolverme: mi amado, mi querido, mi añorado legítimo cuerpo inalienable. Y aun lo hubiera recibido gustosa siendo viejo y achacoso, pues no era su belleza lo que me hacía añorarlo. Según Shallem me hablaba, paseé las yemas de mis lánguidos dedos por su rostro eterno; ¿por qué no envejecer juntos, mi amor, morir juntos, vivir eternamente juntos como almas inmortales en el paraíso?, me decía. Y deseé que él pudiese envejecer y morir, para extinguir mi deseo de arrastrarme, eternamente, cuerpo tras cuerpo enajenado, en pos de sus pasos inmortales. Pero él no podía morir, ni envejecer un día, una hora, un minuto, siquiera un segundo de un tiempo que, bien lo decían, no existía en realidad. Le dije que sí, que lo hiciéramos aquella misma noche, en un sitio tranquilo, sin que ella sufriese o gritase, sin violencia, sin traumas.

»Cannat se la llevó a la parte trasera de la taberna y allí, de un beso, como hiciera con Ingrid, la arrancó el alma.

»Y con ello, un pedazo de la mía acababa de morir. Durante sólo quince días había poseído el cuerpo de la chica de Saint–Blaise y me había deshecho de él, no porque fuese a dejar de existir de forma inminente, sino porque no resultaba lo bastante bueno para mí. La había matado a ella, y también a su madre. Y todo por quince miserables días. Me sentí más sacrílega que nunca. Pensé que debía haber permanecido en él, aceptado mi culpa, mi cruz; que debía haber envejecido en él; que la chica estaría en aquel momento ante Dios, señalando su cuerpo abandonado, reclamando justicia. Pero, no había muerto absolutamente en vano, ella me había salvado, aunque sólo hubiese permanecido un minuto en él, me habría salvado.

»–Pronto volverás a ser feliz –me aseguró Cannat.

»A la mañana siguiente, Shallem y yo abandonamos Stratford on Avon, a donde no sería conveniente volver en los próximos años. Shallem me llevó a conocer las curiosas tribus de África. Lugares maravillosos donde no existían espejos ni recuerdos. Creo que fui feliz casi desde el momento en que pise tierra extraña, con toda su fascinación y hermosura, y no dispuse de un minuto en el día para pensar.

»Necesitaba, además estar a solas con él. Él era la paz, sus ojos, la visión de la Gloria Celestial. Y tras múltiples horas hundida en su pecho, escuchando sus dulces palabras, volví a recuperarlas: la Paz, la Gloria.

»Pero cada día me sorprendía a mí misma pensando en Cannat. Y más le echaba de menos cuanto más feliz era.

»Y allí, en África, bajo la inmensa bóveda cuajada de palpitantes estrellas, Shallem retornó a hablarme de Dios, de su angustia inextinguible, de su hambre inmortal, de su corazón desgarrado ante el silencio de un Padre inconmovible a quien cada día clamaba en busca de una palabra de Amor.

»–Pero Él me escucha –susurraba, con sus ojos fijos en el firmamento–. Él sabe que le amo, que no soporto la existencia sin Él... Y un día retornaré a Él. Le arrancaré el Amor, lo quiera o no lo quiera.

»–¿Cuándo Shallem? ¿Cuándo volverás a Él? –le preguntaba yo, angustiada ante la idea de perderle.

»Él se daba la vuelta para mirarme a los ojos, para besarme, para susurrarme:

»–Cuando tú..., ya..., no debas seguir siendo mortal...

»Casi tres meses después, apareció Cannat. Llegó, feliz, al reencuentro con los suyos, como siempre, besándonos y abrazándonos y contando sus fechorías.

»–¿Has visto? –me susurró, indignado, en un aparte–. ¡Ya está otra vez con sus... sus...! ¡Mañana mismo me lo llevaré de aquí!

»Y yo le miré, embobada, sonriente: ya era intensamente feliz.

»En los ciento sesenta años siguientes, hasta 1834, fui dichosa través de cuatro cuerpos diferentes. Entonces, en esa fecha, ocupé el siguiente, el que hacía el número siete.

»Pasaron veinte felices años. El cuerpo era sano y no sufría más que ligeros constipados. Aún podía durar muchos años en perfecto estado. Sin embargo, había comenzado a envejecer.

–VI–

»El pensamiento me sorprendió en nuestro piso de París. Iba a ser mi cumpleaños y Cannat había salido en busca de mi regalo. Sí, porque yo aún lo celebraba la fecha de mi nacimiento en Saint–Ange. Shallem degustaba una copa de borgoña, de pie, junto a la ventana, mientras contemplaba las plácidas aguas del Sena acariciando Notre–Dame. Iba vestido a la ligera y confortable moda masculina de la época: un pantalón oscuro y suelto, y un chaleco drapeado de oro sobre su camisa blanca de mangas amplias.

»–Shallem –le dije–, cuando vaya a morir de nuevo, ¿qué ocurrirá?

»Me miró sorprendido ante una pregunta de respuesta tan obvia.

»–Tendrás un nuevo cuerpo –me dijo–. Ya lo sabías.

»Me acerqué a él. Me rocé con él, sensual, seductoramente. Me ofreció su copa. Bebí.

»–Shallem –susurré–, si ése ha de ser el fin, ¿por qué demorarlo? ¿Por qué he de padecer, entretanto, los sufrimientos de la vejez?

»Me contempló incrédulo.

»–A partir de ahora puedo morir en cualquier momento –continué–. El corazón es más débil, las enfermedades más devastadoras, una mala caída podría ser fatal. Ya me han salido canas y varices. Pronto me volveré temblorosa y encorvada, y mis manos y mi rostro se consumirán; mi piel se volverá pergamino y perderé visión y oído. Por favor, sálvame de eso, Shallem.

»Parecía pasmado, como si jamás hubiese esperado algo así.

»–¿Qué tiene de malo –pregunté con la más inocente de mis voces–, si, de todas formas, se ha de hacer?

»Se quedó mirándome, confuso, pero sin saber qué replicar a mi argumento.

»–Todo irá bien, Shallem –insistí–. Yo estoy bien, ya lo ves.

»Y me miró como si no lo viera en absoluto. Dejó la copa sobre una mesita y se sentó en un sillón. Él meditaba, y yo sólo ansiaba influir en sus pensamientos, en su decisión final, a toda costa.

»–Empiezo a estar cansada, Shallem. Ya no me es fácil sostener el ritmo.

»Tenía la cabeza agachada y se cubría la boca con la mano, cerrada como una pequeña caracola, pensativamente. Le acaricié su sedoso cabello, se lo besé. Pero cuando le forcé a mirarme y vi sus ojos, tan entristecidos, al instante me arrepentí de mi petición.

»–Olvídalo, mi amor, mi vida –le pedí, mientras mis labios se derretían sobre su rostro–. Olvídalo, por favor. No quise hacerte sufrir. Nunca lo haría, ángel mío. Antes prefiero morir.

»No lo hice aposta, por supuesto. Pero creo que mi arranque determinó su inmediata resolución.

»–Tienes razón –susurró entre mis besos–. Debí ser yo quien lo pensara. Lo haremos mañana.

»–¡Oh, Shallem! ¿Estás seguro? ¿No te hará sentir mal? –le pregunté llorosa.

»–No, amor mío. Estarás bien –me contestó.

»Cannat no se lo creía cuando se enteró, con toda profundidad, más a través de la nítida visión que obtuvo en la habitación, que por la poco fiable versión de mis palabras.

»–No juegues con Shallem, arpía –me increpó–. No intentes manipularlo a costa de sus sentimientos o pondré fin a tu juego para siempre.

»–No le manipulo –me defendí–. Fue totalmente sincero.

»–Más te vale –me amenazó. Y no bromeaba.

»Al día siguiente recorrimos la ciudad en busca de un cuerpo bello y vigoroso que me satisficiera; de una nueva víctima. Era la primera vez que escogía por mí misma el que habría de ser mi nuevo físico. Apenas pude pegar ojo en toda la noche imaginando cómo sería aquella experiencia, qué sentiría al elegir, entre el interminable desfile de ignorantes y hermosas muchachas, a la que habría de sacrificar su vida para que yo aumentase la calidad de la mía. La emoción real sobrepasó con creces todas las expectativas de mi imaginación. Fue una excitación fuera de toda comparación, y no, únicamente, por el lógico deleite de la selección de mi futura apariencia, sino, también, por el maléfico placer que el poder de otorgar la muerte o respetar la vida me suponía.

»Así, anduvimos por el inmenso escaparate de las calles de París estudiando, atentamente, los especímenes de hembras humanas que se paseaban ante nosotros. Pero ninguna parecía cumplir mis exigencias. Quería algo perfecto, memorable. Alguien de belleza equiparable a la que yo había poseído en mi auténtico cuerpo. Pero en todo cuerpo hallaba defectos, por inapreciables que fuesen, que me hacían desistir del deseo de poseerlo: una mueca desagradable, un cabello de un color impreciso, una voz chillona. Ellos no cesaban de señalarme cuerpos que me hubiesen servido perfectamente; pero yo me limitaba a arrugar la nariz y mirar para otro lado. Llevábamos caminando todo el día cuando, hartos de mi indecisión, me amenazaron con regresar al piso. Entonces comencé, apresuradamente, a indicarles algunas mujeres que me parecieron suficientemente agradables, si no auténticas beldades. "Esa está embarazada, la otra está enferma, aquella es demasiado débil", me decían. Finalmente, encontré una. No era ninguna hermosura, pero tenía carisma. Algo de eso, tan incierto, que no sabemos definir. La pillé sonriendo a Shallem, y vi, indignada, que había conseguido arrancarle una inocente sonrisa.

»–Ésa –me apuré a decir, señalándola descaradamente con mi dedo fieramente extendido, como una perversa bruja de cuento–. Ésa.

»Y ésa fue.

»Nuevamente, los años transcurrieron fugaces en mi eterna felicidad. Ocho, hasta que me vi afectada por una extraña alergia que juzgué insoportable. Había aparecido de pronto y con una virulencia inusitada, llenando mi cuerpo de un picante y enrojecido sarpullido para el que no parecía existir alivio duradero.

»No necesité pedir nada a Shallem de viva voz. Mis lánguidas miradas suplicantes, los silenciosos ruegos de mi alma, insensibles al dolor que le causaban, lo habían dicho todo.

»Esta vez me encontré en la densa selva romana, como una diosa hambrienta de sangre, escogiendo, sin el menor reparo, de entre las bellezas morenas, el cuerpo que habría de poseer.

»No tengo justificación, ni aun tan banal como la de una alergia, para lo que ocurrió la siguiente vez, unos diez años después. Simplemente, me quedé prendada de la voz de cierta cantante de ópera y pensé que, con su cuerpo, adquiriría el dominio de la voz. A Cannat le encantaba también, de modo que no tuve ningún trabajo para convencerle de que me trasladase a él.

»No advertí a Shallem de que pensaba hacerlo. De hecho, la idea se me ocurrió de pronto, y pensé, como necia excusa, que le agradaría que pudiese cantar para él. Tal vez, lo único que pretendí al no decírselo, fue el evitar las posibles trabas que opondría. En el instante de verme por primera vez en mi nuevo envoltorio, apenas pareció sorprendido; era como si fuese un hecho al que esperase asistir de un momento a otro, y que, simplemente, ya hubiese llegado. Pero, momentos después, me miraba como si me encontrase enferma de muerte, tristemente; pero era, a la vez, una mirada dura y de reproche, como si yo misma hubiese propiciado esa enfermedad.

»Yo había intuido el disgusto de Shallem, desde luego, pero quiero que usted comprenda que no era la muerte en sí, que por mi causa había de traer a las mortales, la que le hacía sufrir, no: eran la falta de escrúpulos que había comenzado a apoderarse de mi alma y mi ausencia de remordimientos las que le atormentaban como evidencias de la enfermedad de mi espíritu, de la cual se consideraba causante.

»Algún tiempo después, cuando estuvo totalmente olvidado, volví a hacerlo. Y, si así de fácil me había resultado aquella vez el que Cannat me diera lo que yo deseaba, igual me resultó la siguiente, y también la próxima, y la otra, y la otra. Mis razones eran cada vez más nimias. Un molesto enfriamiento, una torcedura de tobillo, eran las excusas que necesitaba para justificarme ante Shallem, desdeñando sus ofertas curativas con pretextos absurdos. Y, a menudo, toda razón sobraba. Salía a solas con Cannat, mi confidente, y regresaba con un cuerpo cualquiera del que me hubiese encaprichado. A veces, por el mero deseo de experimentar la impresión de contemplarme en el espejo con un color de ojos o de cabello que nunca hubiese tenido.

»—Me gustaría verte con aquel cuerpo —me decía Cannat—. ¿Cómo crees que te sentaría?

»—Probémoslo —le contestaba yo, sin mayor inquietud o emoción que si hablásemos de un vestido.

»Y, cuando aparecía por la puerta embutida en el nuevo cuerpo que había enajenado, aleatoriamente y sin el menor motivo, mostrándoselo a Shallem como le mostraría un sombrero, él me miraba como si nada que yo hiciese pudiese llegar a sorprenderle.

»Pero, después, sus dolorosos y perturbadores silencios, sus torturadas expresiones, me hacían jurarme a mí misma, una vez más, que jamás volvería a repetirlo sin su conformidad.

»Pero caía y caía una y otra vez. Era un negro abismo hacia el vacío, un juego mortífero, una ludopatía criminal. No podía dejarlo. Era incapaz de reprimir la insaciable ansia compulsiva, el deseo que me arrastraba. Apenas habité unas horas en algunos cuerpos, unos días, en otros. Un defecto en la visión, un cabello áspero, o simplemente, otro cuerpo más apetecible que se cruzara en mi camino, eran causas sobradas para solicitar de Cannat lo que tanto le divertía darme. Había temporadas, no obstante, en que le hallaba reacio e imposible de convencer: era por causa de Shallem. De modo que tenía que conformarme con lo que tuviera hasta que el ánimo de Shallem volvía a tranquilizarse. Pero, esto tardaba en ocurrir cada vez más y más tiempo. Entonces, me olvidaba de mí misma y de mis diabólicas exigencias, y Cannat y yo nos aliábamos para entregarnos amorosamente a su cuidado, a su consuelo.

»Sin embargo, su distanciamiento era cada vez mayor, sus ausencias más prolongadas. Cada vez hallábamos más dificultades para sacarle de sus estados contemplativos, para devolverle a nuestro lado. La enfermedad de mi espíritu, cuyo efecto visible era el vértigo de que se hallaba poseído, le infligía un desconsuelo total que nunca mencionaba, pero que yo intuía y Cannat me reprochaba, pese a que él mismo era el propiciador de mis locuras, y aun el causante, en ocasiones. Pero, viendo el daño que Shallem sufría debido a ello, decidió poner fin a mi enloquecido frenesí. Así, el desenfrenado ritmo de mi vida se ralentizó, porque, aunque el control de mis impulsos me resultaba imposible, Cannat ya no me ayudaba a satisfacerlos, por más que me arrojase llorando a sus pies. De este modo, hube de sacarle mayor partido a mis cuerpos, habitándolos durante mucho más tiempo y disimulando, constantemente, ante Shallem, mis ímpetus y arrebatos, por temor a que sufriera al advertir aquello en lo que, sin poder evitarlo, me estaba convirtiendo.

»Y, así, habíamos llegado a las décadas finales del siglo XIX.

»En 1890 me quedé a solas con Cannat por unos días. Leger estaba teniendo ciertos problemas que requerían la atención de su padre.

»Mucho tiempo había pasado desde aquella temible época en Florencia en que me había sentido aterrada bajo las alas protectoras de Cannat. No mentiría si dijese que ahora me sentía su igual, por más ridículo que pueda resultar el escucharlo y que me avergüence el decirlo. Incluso, hasta me ilusionó la idea de pasar unos desenfrenados días a solas con él. ¡Qué bien íbamos a pasarlo los dos! Hacía mucho tiempo que había dejado de asustarme o sorprenderme. Ahora, ansiaba su compañía como años antes hubiese deseado la de un amigo mortal. A él tampoco le importó quedarse a solas conmigo. Yo me había convertido en una mascota más traviesa y divertida de lo que él nunca hubiera sospechado que podría llegar a ser, incluso, más que Shallem. Y es que, Shallem había dejado de encontrar sentido a sus espantosos crímenes. Ya nunca le acompañaba de cacería, ni escuchaba, complacido, la hórrida y detallada descripción de sus matanzas. A veces, incluso le recriminaba, moderadamente, por unos actos que, según él, Cannat realizaba por la mera inercia de la costumbre.

»–Es posible –le contestaba Cannat, irritado–. Pero, aun así, me divierten.

»Cuando nos quedamos solos, Cannat me preguntó si quería acompañarle a divertirnos como se divierten los ángeles. Estando Shallem presente, nunca se hubiese atrevido a proponérmelo, ni yo a aceptar, si hubiera osado hacerlo. Pero Shallem no estaba.

»Recuerdo perfectamente aquella noche de verano. Vivíamos en la fastuosa Viena, por entonces. Allí, disponíamos de un lujoso y céntrico pisito, muy cerca del Teatro de la Opera. Cuando estábamos los tres juntos acudíamos, de vez en cuando, a las funciones. Pero, lo que más nos gustaba, era la música de Strauss. Lógicamente, engalanados como siempre íbamos, no pasábamos desapercibidos entre los nobles que llenaban el Teatro de la Opera. Por ello, recibíamos múltiples invitaciones a las fiestas de la nobleza que, alguna vez, aceptamos, por el solo placer de deslizarnos por los suelos pulidos y bajo las gigantescas arañas deslumbrantes de los palacios, al son del Danubio Azul. En realidad, creo que durante aquellos años no dejamos de bailar ni uno solo de los cuatrocientos setenta y nueve maravillosos valses de Strauss. Pero acudir a esas fiestas de sociedad significaba involucramos en el mundo de los humanos, exponernos a soportar su compañía, a su molesta conversación. Por ello, preferíamos el anonimato de los bailes populares, aunque no estuviesen rodeados de tanto boato y esplendor. Mientras Shallem y yo bailábamos un vals tras otro, hasta que la orquesta acababa tocando para nosotros solos, Cannat buscaba por el salón una damita atrayente con quien compartir el lecho. Si era soltera, la galanteaba y luego desaparecía con ella; si estaba casada, la seducía más discretamente y esperaba las instrucciones de ella.

»Le iba a contar lo que ocurrió aquella noche. En primer lugar, fuimos a bailar a un salón cercano al palacio del Kursalon. Bailar con Cannat era flotar en un ensueño idílico, sumirse en una embriaguez onírica a la que no se deseaba poner fin. Abría los ojos y veía a hombres y mujeres cuchicheando acerca de nosotros, las miradas frívolas e insinuantes que las jóvenes le dirigían, la admiración de los caballeros. Pero todo eso me hacía sentir incómoda. No deseaba ser el blanco de las miradas de los mortales. Únicamente quería que sirviesen de telón de fondo a nuestras vidas, a nuestros continuos pasos de baile; pero que se comportasen con nosotros como si fuésemos fantasmas a los que no pudiesen ver ni escuchar. Evidentemente, eso resulta imposible cuando se danza entre los brazos de un ángel.

»Dejamos temprano el salón de baile y tomamos el ruidoso automóvil eléctrico que habíamos adquirido, para pasearnos por la Ringstrasse bajo el estrellado cielo nocturno vienés. Luego, lo dejamos aparcado a orillas del Danubio y ascendimos las empinadas escaleras hasta la iglesia de San Esteban. En sus alrededores había, aún hoy las hay, gran cantidad de tabernas donde catar los caldos de las últimas cosechas; o buenas cervezas, si se prefería. Pedimos sendos *heurigen* en la taberna más cercana a la iglesia y nos acomodamos en una mesita en el exterior desde donde podíamos ver las aguas del Danubio. Pero todo estaba muy en calma; demasiado. Sólo un grupito de cinco jóvenes y exaltados socialdemócratas, bebiendo cerveza en una mesa contigua a la nuestra daban sonido a la noche.

»Naturalmente, usted ya se imaginará que la diversión que Cannat me había propuesto poco tenía que ver con bailar valses o visitar las sucias tabernas. Yo sabía que había aceptado presenciar la muerte aquella noche.

»Cannat estaba mirando fijamente a los cinco muchachos. Cuatro de ellos vestían muy pobremente, tanto que hasta daban pena. Pero, el quinto, parecía de una clase social más elevada, sus modales eran más refinados, y más culta su forma de expresarse. Sin duda se consideraban a sí mismos los representantes de la nueva intelectualidad de la época. Parecían ajenos a todo cuanto no fuesen sus planes para reformar el mundo. Demasiado frágiles e inocentes para interesar a un Cannat hambriento de violentas dificultades.

»Yo le observaba excitada, preguntándome qué pensaría hacer.

»—Este lugar carece de emoción –dijo, mirándome–. Será mejor que busquemos diversión en otra parte–. Y arrojó unas monedas sobre la mesa y me ayudó a levantarme.

»Pero, entonces, cuando íbamos a continuar ascendiendo en busca de otras tabernas más concurridas, ocurrió algo inesperado. Escaleras abajo, la música de un barco atrajo nuestra atención.

»–Parece una fiesta –comenté.

»–Es una fiesta, señorita –intervino el muchacho elegante, hablando en francés al igual que yo lo había hecho. Se puso en pie y se acercó a nosotros–: mi fiesta de cumpleaños. Y estaría encantado si una hermosa dama y un caballero extranjeros como ustedes, se dignasen ayudarme a soportar el tedio de un evento tan vergonzosamente infantil. Por su aspecto deduzco que son personas de mundo y de conversación infinitamente más interesante que la que han tenido la mala suerte de escuchar en esta mesa. ¿Me harían el honor de acompañarme a mi pequeño barco, si no les ata otro compromiso?

»Cannat acogió sonriente la inesperada invitación. Le tomé del brazo, de mala gana, pues no deseaba otra compañía que la suya, y nos dirigimos todos juntos al barco. Recuerdo que Cannat se había enzarzado por el camino en una documentada conversación sobre política austríaca que me tenía completamente sorprendida. ¿De dónde habría sacado él, a quien no le interesaba en absoluto nada de lo humano que no significase directamente diversión o placer, todas aquellas informaciones? De las mentes de ellos, probablemente. Parecía un exaltado más, imitando a la perfección los remilgados modales humanos de la época y sus fanáticos discursos.

»El barco estaba lleno de gente de toda condición y edad que recibió entusiásticamente al muchacho, que se había presentado con el nombre de Otto Adler, y al que perdimos rápidamente de vista entre la multitud, pues parecía una persona muy querida y solicitada.

»Yo me sentía perdida y extraña entre aquellos alborotadores seres humanos a quienes, hacía mucho tiempo, había perdido la costumbre y el gusto de tratar. Me apretujé contra Cannat.

»–Quiero irme. Odio estar aquí –le dije–. Odio a estos extraños.

»Él me sonrió y me rodeó con sus brazos.

»–Aguanta un poco y verás –me susurró al oído.

»Y me llevó a un lugar tranquilo en la popa del barco para evitar que la gente acabase aplastándonos.

»–¿Crees que lo has visto todo? –me preguntó, sonriendo pícaramente–. ¿Crees que ya no puedo sorprenderte?

»Yo le sonreí a mi vez, preguntándome, ansiosa, qué tramaría. Aquello empezaba a ponerse bien, me dije.

»El insoportable tumulto que la gente producía parecía no ir a extinguirse nunca. Era tan irritante como el de una monstruosa discoteca contemporánea.

»Pero, de pronto, comenzó a suceder algo tan extraordinario que la embarcación entera enmudeció, atónita.

»El barco había comenzado a elevarse. Los invitados se habían quedado perplejos hasta tal punto que, sin poder dar crédito a sus sentidos, ninguno se atrevía a decir una sola palabra al respecto. Ascendíamos muy despacio y sin el menor bamboleo, limpiamente. Cada uno permanecía en su lugar, y sólo la bebida en las copas se tambaleaba ligeramente. Pero, en la oscuridad de la noche, la tenue sensación que se apreciaba al elevarnos podía confundirse con una ilusión sin fundamento.

»Mi espalda se apretaba fuertemente sobre el pecho de Cannat y me asía a sus brazos, que se cruzaban sobre el mío. Giré un poco la cabeza y vi sus pequeños y afilados caninos, su adorable expresión de encantadora fierecilla salvaje. Me sonrió, y sus brazos me rodearon con más fuerza, como si estuviese protegiendo a su cachorro de un peligro inminente.

»Cuando la altura se hizo evidente, y las luces de las ventanas y, luego, los tejados de las casas, surgieron bajo nuestras cabezas, hombres y mujeres estallaron en gritos de histeria. Mi corazón palpitaba desenfrenado ante el espectáculo de terror que Cannat había creado. Vasos y copas empezaron a rodar por el suelo, arrojados de las bandejas por los enloquecidos camareros. Algunos caballeros se precipitaron por la borda cayendo estrepitosamente a las aguas del Danubio, cuyo curso seguíamos desde unos veinte metros de altura. Y continuábamos ascendiendo. Las personas se aferraban a los mástiles y a cuantos objetos aparentemente firmes existían sobre la cubierta, pese a que nos deslizábamos bonanciblemente y no parecía existir posibilidad de caída. Los gritos de "¡Dios! ¡Dios mío, ten piedad! ¡Perdónanos", se convirtieron en una quejumbrosa letanía.

»Tras mi espalda percibía las agitadas oscilaciones de la breve y silenciosa risilla de Cannat. Sólo él y yo permanecíamos quietos y callados, observando el comportamiento universal que el pánico desata en los seres humanos. Por encima del anárquico griterío, la voz de Otto Adler llamaba al orden y al sosiego desde algún lugar oculto por la multitud. Me llamó la atención y lo busqué con la mirada. De pronto le vi, discurseando subido sobre un tonel, y sujeto al palo mayor.

»Cannat se dio la vuelta, sin soltarme, para contemplar el paisaje que dejábamos atrás. Habíamos abandonado el lecho del río y ahora navegábamos por encima del oscuro campo, salpicado, de cuando en cuando, por las mortecinas lucecillas de las dispersas viviendas.

»Diez minutos después, los gritos se habían ido extinguiendo casi por completo. Casi todas las mujeres estaban caídas en el suelo de la cubierta, roncas y exhaustas, rezando y llorando. Muchos hombres continuaban tensa y desesperadamente agarrados a los aparejos o a la rueda del inútil timón, repasando su vida, sudorosos, musitando también sus oraciones; pero, los más valientes observaban la altura y el recorrido sujetos a la borda.

»Mi corazón palpitaba enloquecido por la emoción. Me pregunté qué sentirían los humanos, cuál pensarían qué era la fuerza que había producido aquel milagro.

»–Más deprisa, Cannat. Más deprisa –le pedí malignamente, viendo que la respuesta de los agotados mortales ante el terror parecía haberse apagado–. ¿Puedes?

»Desde luego que podía. La velocidad se incrementó gradualmente, la gente pareció reanimarse y, de nuevo, comenzó a chillar enloquecida. Sorprendidos de improviso, algunos de los valientes que se habían asomado como nosotros cayeron por la borda. Una mujer, desesperada por el pánico, se arrojó voluntariamente. Sus gritos frenéticos y, ya, afónicos; sus indescriptibles expresiones, en las que el terror más puro frente a lo desconocido adquiría la forma de un interrogante ante aquel suceso sobrenatural e inexplicable que sólo un mortal entre ellos era capaz de comprender, me empujaron de tal forma al vértigo de la creciente excitación que comencé a chillar exaltadamente y mis gritos sobresalieron por encima de todas las voces. Pero yo no gritaba de miedo ni arrebatada de sentimiento ante el sufrimiento ajeno, sino porque me pareció una broma magistral el simular un falso terror y un inexistente vínculo emocional con aquellos seres cuyo pánico yo misma había propiciado y cuyas aterradas expresiones me causaban supina diversión.

»—¡Más deprisa! ¡Más deprisa! —le pedí a Cannat de nuevo, arrobada por el placer de la velocidad y excitada por el pánico a mi alrededor.

»Y, cuando la velocidad se incrementó aún más, volví a chillar y me tiré del cabello, enloquecida, al tiempo que miraba a Cannat y me reía en medio de un éxtasis diabólico. Él se rió también, y, comprendiendo mi juego, comenzó a gritar desaforado y como lleno de terror. Éramos como esos niños que, dejándose arrastrar por inciertas emociones, se deleitan gritando a pleno pulmón en los inofensivos cochecitos de una montaña rusa.

»—¡Más rápido, Cannat! —exclamaba yo, entre grito y grito—. ¡Más! ¡Más!

»Y, de repente, la velocidad aumentó hasta un punto que ningún humano había conocido. Al principio, vi muchos cuerpos mortales saliendo despedidos por encima de nuestras cabezas. Luego, la oscuridad se hizo total; como si la Tierra, la Luna y las estrellas hubiesen desaparecido, y todo lo conocido se redujese a aquella nave invisible en un vertiginoso viaje por el universo. Los sentidos se embotaban hasta hacer imposible el pensamiento, pero yo seguía gritando, o intentándolo:

»—¡Así! ¡Así! ¡Así!

»Y no sé cuánto tiempo duró el inenarrable placer de la velocidad, pero se me hizo demasiado breve. Después empezó a frenar, algo violentamente para mi cuerpo mortal, y pronto advertí una desvaída franja blanca luminosa que, lentamente, adquirió forma elipsoidal, y luego circular y resplandeciente: la familiar Luna, que volvía a iluminar la noche.

»Cuando perdimos suficiente velocidad, miré por la borda y observé el lugar en que estábamos. Pequeñas montañitas arenosas extendiéndose hasta el infinito. Eso era cuanto se podía ver.

»Nos quedamos parados por completo, flotando en el aire sobre el mar de dunas, y traté de recuperar el aliento. El silencio era absoluto. Muy pocas personas habían conseguido permanecer a bordo, pero, los que aún quedaban, continuaban enloquecidamente aferrados a los mástiles con brazos y piernas, sin osar, siquiera, levantar la mirada. Nosotros éramos los únicos que, por algún milagro que desconozco, seguíamos en pie.

»Las velas estaban hechas auténticos jirones; en realidad, era difícil adivinar que aquellos hilachos colgantes hubiesen sido velas. Los trinquetes habían sido arrancados de su lugar, lo mismo que los masteleros y el palo de mesana, que, por cierto, había aplastado a dos mujeres en su caída.

»Empecé a reírme con una risilla histérica, blasfema. Cannat echó a andar conmigo de la mano, sorteando las jarcias dispersas por todas partes. Se detuvo junto a un cuerpo sangrante, que alzó la cabeza al percibir su proximidad, y que murmuraba, vanamente, unas frases incomprensibles.

»—Una fiesta encantadora, Herr Adler. Muy original —se burló Cannat, con su voz más fresca y jubilosa—. Pero, temo que ahora habrá de dispensarnos si le dejamos tan temprano. Nos ha fatigado tanto alboroto.

»Y, de improviso, me di cuenta de que mis pies habían perdido el apoyo de la cubierta del barco; mejor dicho, de que el barco había desaparecido bajo ellos y Cannat me sostenía entre sus brazos. Tuve la fugaz visión de un barco cayendo e incrustándose entre las blandas arenas de un desierto que serviría de lecho eterno a Otto Adler y a los pocos que no habían muerto por el camino, y donde nunca jamás sería descubierto por el ojo humano. O, tal vez, sí.

»Yo estaba arrebatada. Es posible que continuase riéndome enloquecida. No lo recuerdo bien.

»–¿He alcanzado tus expectativas? –me preguntó Cannat.

»–Las has superado –le contesté con la voz quebrada, orgullosa de él, y con las mejillas encendidas por la excitación.

La mujer quedó en silencio. El padre DiCaprio parecía estremecido.

–Pero, en aquellos momentos..., ¿usted no sentía nada en absoluto por los seres humanos que acababan de morir? –preguntó.

La mujer se encogió de hombros e hizo una elocuente mueca.

–Nada –contestó–. No me importaron nada. Cuando reparé en ello, tiempo después, me sentí algo avergonzada. Al fin y al cabo, no eran más que pobres inocentes que no habían hecho daño a nadie, supongo; y, entonces, sentí lástima por el amable Otto y por sus exaltados amigos.

–¿Luego regresaron a Viena inmediatamente? –preguntó el sacerdote.

–Así es. Regresamos directamente a nuestro piso. Habíamos tenido suficiente. Pero la diversión continuó a la noche siguiente.

–No quisiera escuchar... –comenzó el padre DiCaprio, enjugándose la frente con su pañuelo.

–¡Oh! Pues lo siento. Porque es su obligación, ¿no? No salimos con planes fijos a la noche siguiente, salvo el de tomar un coche de caballos que nos llevara al lugar en que habíamos aparcado el automóvil; bastante lejos, como sabrá si conoce Viena. Pero, no se preocupe; no pensábamos matar al cochero. En realidad, lo más fácil hubiera sido que nadie hubiera muerto aquella noche. Sólo pretendíamos dar un simple paseo bajo el fresco nocturno, ya que, como le he dicho, creo, era verano, y el sol pegaba fuerte durante el día. Pero los hados tramaron un destino diferente.

»Cuatro tipos se estaban dedicando a destrozar nuestro cacharro, justo cuando llegamos a él.

—¡Oh, no! —exclamó el confesor—. Los mató de inmediato.

La mujer sonrió.

—No. Me temo que no —contestó—. Eran gallitos de pelea e iban armados con unas de esas pistolas de arzón que se hacían entonces. Por lo tanto, decidieron hacerle frente.

—Con lo cual él, sin duda, estuvo encantado —aventuró el sacerdote.

—No muy especialmente. Consideraba que las armas de fuego carecían de emoción. ¿Comprende? Pero se sintió verdaderamente enfurecido al ver que habían destruido nuestra propiedad. No había lugar para la diversión, sino sólo para el castigo. Creo que se hubiera limitado a liquidarlos rápida y limpiamente de no haber sido porque ocurrió algo más. Un quinto delincuente surgió de las sombras, me sorprendió por la espalda y, sujetándome, le amenazó con el filo de un cuchillo de cocina sobre mi garganta. Estaba tan nervioso que apretó demasiado y me lo clavó, de forma que proferí un grito y la sangre empezó a brotar de mi cuello. Estaba verdaderamente asustada. Los dos que portaban armas de fuego tenían a Cannat encañonado.

»—Su dinero, su reloj, sus joyas, caballero, si no quiere sufrir un daño irreparable —le amenazó el más joven de los ladrones, y los otros, tres golfos de aspecto vomitivo, se echaron a reír.

»Pero Cannat se había vuelto hacia mí y tenía los ojos clavados en mi tembloroso atacante. Yo estaba casi llorando cuando el cuchillo cayó el suelo y el individuo me soltó.

»—Pero, Johann, ¿qué haces? ¿Te has vuelto loco? —Oí que le recriminaba el mismo joven de antes, que parecía el líder del grupito.

»Johann se había quedado tan exánime como una momia, y continuaba mirando a Cannat, completamente ido. Me puse la mano en el cuello y me asusté al ver lo mucho que sangraba.

»—¡Cannat! —exclamé, asustada.

»Y él se acercó rápidamente a mí y me cubrió con su cuerpo.

»–¡Malditos! –le oí susurrar enfurecido–. ¡Malditos!

»–¡Mátalos, Cannat! –le rogué–. ¡Mátalos!

»Oí una extraña explosión, como de grandes bolsas de agua que estallaran. Cuando Cannat se apartó de mí y pude mirar, lo que vi me revolvió las entrañas. No, no tema; no tengo intención de hacerle ninguna cruenta descripción.

»Johann era el único que quedaba vivo. Le observé mientras Cannat me examinaba el cuello. Tenía la expresión vidriosa y petrificada de una momia etrusca.

»–Shallem hubiese sabido que esto iba a ocurrir –se recriminó Cannat, enfadado consigo mismo–. Lo hubiese presentido.

»–No te preocupes –traté de confortarle–. Es sólo un rasguño.

»–Igual que es sólo un rasguño podías estar muerta si te hubiesen disparado inesperadamente con esas armas –dijo, y señaló al lugar desde donde, los ahora despojos humanos, nos habían amenazado con unas armas que ya no existían.

»–No te atormentes. No ha pasado nada –insistí–. Ha habido muertes que Shallem no pudo evitar, que presintió demasiado tarde, o que no presintió.

»Me apretó el hombro y me llevó contra sí. Después, se dio la vuelta y contempló a Johann, que parecía un animal disecado.

»–Éste ha sido el causante de todo –dijo, rabioso–. Para ti, algo especial.

»Y le puso la mano en el cuello y Johann pareció resucitar y se echó hacia atrás, de modo que quedó apoyado contra el coche.

»–Tus amigos se han ido –le dijo Cannat–. Pero lamentan no haber podido despedirse. Tenían prisa.

»Y le señaló los restos humanos, apenas reconocibles como tales, y el muchacho estalló en desquiciados alaridos. Cannat levantó las manos hacia su rostro, con intención de quitarle las redondas gafitas que llevaba, y él, aterrado, se lo cubrió con las manos.

»–¿No querrás que se rompan? –le preguntó, quedamente,

Cannat.

»Y se las quitó y las arrojó con tal fuerza sobrenatural, que, desde la acera donde estábamos, atravesaron la calzada y la avenida y fueron a caer dentro del río. El muchacho gemía lleno de pánico, y aún me dio más asco a causa de ello.

»–No lo mates deprisa –dije–. Haz que sufra.

»–Desde luego, madame –me contestó Cannat, sin quitarle la vista de encima. Y, luego, se dirigió a él–. ¿Qué, de especial, podríamos hacer contigo?

»Y, durante varios segundos, pareció meditar seriamente, con una mano cubriéndole la boca y el codo apoyado sobre el otro brazo.

»–Juliette, dame tu sortija –me pidió, finalmente.

»Cannat había hecho engastar en oro tres de los zafiros que guardaba en su casa de la selva. Los tres eran enormes e idénticos y nos había regalado uno a Shallem y otro a mí. A esa sortija se refería.

»Ignoraba con qué intención me la pedía, pero, excitada como estaba, preferí no retrasar con preguntas el desarrollo de los hechos, y, rápidamente, me la saqué del dedo y se la tendí. Él se la mostró al chico.

»–¿Te gusta? –le preguntó. Y me fijé, entusiasmada, en que sus dientes brillaban como diamantes.

»El muchacho asintió, temblando. Cannat estaba encima de él, por lo que tenía medio cuerpo doblado hacia atrás sobre la portezuela del coche.

»–¿Sí? ¿Te gusta tanto como para vivir en él? Tu casa no es tan hermosa, ¿verdad? –le preguntó Cannat.

»–Cannat, no, no quiero –dije yo, adivinando sus intenciones–. Si lo metes ahí tendré que soportarlo sobre mi dedo el resto de mi vida.

»–Te regalaré otro –me aseguró sin mirarme.

»–¡No! –insistí–. ¡Quiero ése!

»Y, entonces, vi que Cannat no me estaba haciendo ningún caso y, por los ojos desorbitados del chico, supuse que había comenzado a extraer su alma y que tardaría segundos en habitar en mi piedra por toda la eternidad. Creo que no lo dude. El sangriento filo del cuchillo que me había herido brillaba a mis pies bajo los rojizos reflejos de una farola cercana. Lo cogí y se lo clavé en el corazón. Luego lo solté, de súbito, como si su sordo quejido de dolor me hubiese quemado el alma.

»—¿Y tú eras la que quería que sufriera? —me preguntó, indignado, Cannat—. Nunca he visto una muerte más rápida y piadosa.

»Yo estaba paralizada, contemplando, hipnotizada, la sangre que manaba de la herida que yo había abierto; la estúpida expresión del chico, que, apoyado en el coche, no había llegado a caer al suelo. Me toqué el cuello y percibí la humedad de mi propia sangre.

»—¿Nos vamos ya, Cannat? —le pregunté, mirándole bravamente a los ojos.

»Dudó un momento, pues me miraba enfadado y con un matiz de sorpresa. Luego asintió.

»Aquélla fue la primera vez que maté con mis propias manos, a sangre fría y sin ningún remordimiento; porque, desde luego, no considero las veces que lo hice en defensa propia. Pero, comprendiendo la debilidad de mi cuerpo y los peligros a que estaba expuesto, al día siguiente adquirí mi propia pistola. Un juguete, en realidad, que me hallaba ansiosa por probar. Pues, no tanto lo había comprado para defenderme de los poco probables peligros que pudiesen acecharme, como para resarcirme de la impotencia que había padecido en las manos de aquel criminal, experimentando, por mí misma, el poder sobre la vida y la muerte.

»Durante tres pacíficos días esperé la ocasión adecuada para utilizar la pistola que llevaba incómodamente atada al tobillo y cubierta por la falda. Un borracho me dio el pretexto mientras Cannat buscaba un carruaje que nos llevase a casa tras un paseo, pues nuestro automóvil también había ardido.

»El hombre se detuvo a mi lado y me dijo cualquier cosa con su aliento apestoso, luego me pasó un brazo por los hombros y comenzó a hablarme con voz gangosa. Me sentí vomitar.

Me agaché, extraje la pistola de su lugar y disparé sobre él a quemarropa, sin cruzar una palabra o darle tiempo para huir o, siquiera, para darse cuenta de que un arma amenazaba su vida. Cannat lo había visto todo. Vino hasta mí y me arrebató la pistola hecho una furia. Durante unos segundos sólo me miró, como si no estuviera seguro de lo que debía decir. Señaló mi vestido, lleno de sangre. Parecía boquiabierto, mudo de asombro.

»—Nunca —dijo por fin, con sus ojos ardiendo ferozmente ante los míos—, nunca jamás hagas una cosa así delante de Shallem. ¿Me oyes?

»—Pero, Cannat —traté de defenderme, confusa ante su inesperada reacción—, este hombre me estaba molestando.

»—Sólo tenías que haberme llamado. Le has matado sin necesidad, y tú no puedes hacer eso. No debes. ¿Sabes lo que significaría para Shallem si llegara a enterarse de que andas por ahí matando sin razón? ¡Sería el fin!

»—¡Pero este hombre me estaba asustando! ¿Quién sabe?, podía llevar un cuchillo escondido o pretender hacerme algún daño —alegué, en un gemido.

»—¡Guárdate tus falsedades! —exclamó—. Aunque fuese verdad que hubieses pensado eso, que no lo es, Shallem nunca lo vería así. ¿Quieres perderle? Déjate llevar por tus instintos humanos. Es el camino más rápido.

»Pasé incontable tiempo cuestionándome mi comportamiento durante los días que había pasado a solas con Cannat. ¿Por qué el sufrimiento de aquellos que ya no eran mis congéneres me había enloquecido de tal manera? ¿Por qué había querido y conseguido equipararme a él, matando con indiferencia y sin piedad? ¿Por qué había buscado venganza en un pobre mendigo borracho? ¿Por qué, Shallem y él, no podían soportar el verme matar, cuando ellos lo hacían sin darle la menor importancia? Pero ninguna de mis preguntas hallaba respuesta.

»Cuando Shallem regresó, sentí una paz inmensa que ya había olvidado y todo volvió a la normalidad. Había estado quince días sin él; una eternidad.

»No obstante. Cannat se apostaba a mi lado, como un guardaespaldas, vigilando mis actos y escuchando mi conciencia, y amenazándome con penas terribles si me desviaba del buen camino.

»El tiempo pasó en absoluta tranquilidad, pero los pensamientos sobre lo ocurrido en aquellos días me reconcomían el alma. Pero no era un pesar por lo que había hecho, sino por lo que no había sido capaz de sentir: pena, piedad remordimientos, compasión..., sentimientos que ya no podía sentir por ningún humano. Y no lo lamentaba tanto por mí misma como por el cierto hecho de que mi crueldad causaba la amargura y el intenso disgusto de Shallem, quien se culpaba de cuanto de malo le sucedía a mi espíritu, y quien no había tardado dos minutos en conocer mi vergüenza. Y, para entonces, ya era un hecho irrefutable el que mi alma estaba sufriendo profundos trastornos. Nadie podía permanecer ciego a esa evidencia; ni siquiera yo.

–VIII–

»Y, entonces, gradualmente, un extraño fenómeno me empezó a afectar.

»Comencé a sufrir períodos en los que me sumía en una especie de sueño constante. Era un inextinguible cansancio vital perpetuamente insatisfecho. Me era imposible salir de paseo sin quedarme dormida apoyada en el brazo de Shallem; me dormía comiendo, leyendo, conversando. Luego, de repente, mi espíritu resurgía cayendo en un estado de demencia y excitación que no hallaba la vía de extinguir, pues, para entonces, el cuerpo en que habitaba, falto de ejercicio, se había convertido en un enfermizo despojo humano incapaz de signo alguno de vitalidad. Así, durante esos despertares espirituales, enloquecía dentro del cuerpo desgastado hasta que, de nuevo, hallaban uno nuevo para mí, del que disfrutaba, con un vigor indescriptible, hasta que volvía a sobrevenirme el letargo.

»Pero, debe comprender que el origen de esa constante inquietud y de ese adormecimiento de los que le hablo era puramente espiritual, en absoluto físico. Era mi alma quien luchaba por vivir y mi alma quien sucumbía ante la vida. Por ello, la excitación era una intranquilidad interna que yo ignoraba cómo afrontar y que derivaba en amargos fenómenos físicos, pero que no encontraba en ellos sus fuentes.

»Y fue en medio de uno de esos períodos de ansiedad, o más bien de locura, cuando comencé a cuestionarme la actitud de Shallem, su comportamiento conmigo. Y en aquel momento de demencia llegué a la conclusión de que su amor hacía mí era indeciso, ambiguo, de que aún andaba irresoluto y vacilante cuando llegaba el momento de decidir sobre la continuidad de mi vida. Desde el principio había conocido el porqué de sus recelos respecto a insuflarme su espíritu, pero ya no lo podía entender. Si, de todas formas, continuaba existiendo, ¿por qué permitir que sufriera siquiera un catarro cuando él lo podía evitar? Es más, ¿por qué consentir el sufrimiento de mis constantes migraciones, cuando él podía convertir cualquier cuerpo humano que escogiese en eterno, inmutable, invulnerable, cuando podía evitar todo padecimiento y envejecimiento, como hubiera podido hacer con mi propio cuerpo original y no quiso? Estos pensamientos no me sobrevinieron de la noche a la mañana, eran pequeñas espinitas que llevaba clavadas en mi alma desde siglos atrás; tal vez desde el mismo momento en que supe que Shallem hubiera podido garantizar para siempre la existencia y el esplendor de mi cuerpo legítimo y, sin embargo, había rehusado hacer uso de ese poder. No me importaba cuáles hubiesen sido sus razones. Al principio las había aceptado, comprendido, él había hecho lo mejor para mí, pero ahora, ¿qué sentido tenían? Y, no obstante, Shallem hubiera sufrido lo indecible si yo le hubiese pedido una pizquita de su espíritu para restaurar el mío, a pesar de que era la única cosa en el mundo capaz de salvarlo. O así lo suponía yo.

»Me enojé con él. Me pareció negligente. Consideré su falta de iniciativa como una simple manifestación de su apatía hacia mi persona, prescindí de lo evidente: su debate interno, su lucha consigo mismo causada por el conocimiento de que mi bien y su deseo de seguir junto a mí eran opuestos e incompatibles. Él quería que viviese, pero no tanto como ansiaba mi muerte, ¿o era justo al contrario? Shallem no soportaba continuar dándome la vida terrenal ahora que mi enfermedad se había hecho patente, pero era incapaz de negármela; seguiría dándomela, en la esperanza de que un día yo misma la rehusara, o la perdiese de forma fortuita sin que él estuviese delante para poder devolvérmela, o hasta el día, que ya se vislumbraba, en que la agonía de mi espíritu le arrancase más lágrimas que nuestra separación y mi dolor ante su rechazo.

»Y a mí, todo aquello, en mi aflicción, se me antojaba simple pasividad, desidia por su parte.

»A veces me sorprendía mirándole fija y abstraídamente, con el ceño fruncido, y, sobresaltado, desviaba la vista rápidamente, se levantaba y se iba, en la angustia de que la petición que temía brotase por fin de mis labios. Y esta actitud suya, este miedo, esta consternación, me hicieron disuadirme una y otra vez. Sin embargo, mientras sentía algo de inquina porque no me lo propusiese él, no hacía sino preguntarme: "¿Sería capaz de negármelo?", y este pensamiento me reconcomía el alma. No podía vivir con la duda, pero no me atrevía a preguntar, temerosa de la respuesta. No obstante, el que cayera sobre él, mortificándole con mis exigentes deseos, y tal vez con mis reproches, sólo era cuestión de tiempo.

»—Me niegas lo único que podría devolverme la paz —se dio la vuelta y contempló, acongojado, mi ceño y mis ojos desorbitados.

»Me sentía presa de un ataque de rabia. Era mucho el tiempo que llevaba esperando, vanamente, su posible reacción ante el degradado estado en que me había hundido, muchas las veces que había imaginado lo que habría de decirle.

»Era de noche. Shallem acababa de descorrer la tupida cortina de terciopelo granate de nuestra alcoba, y un charco de luz plateada penetraba a través de la ventana.

»—Ya sé que no tienes ninguna obligación de hacerlo —continué—, que sólo el amor te podría empujar a ello.

»Me miró de hito en hito, paralizado.

»—El amor me impide hacerlo —susurró apenas.

»—¿El amor? Debe ser una de esas extrañas cábalas que mis limitaciones humanas me impiden comprender —musité irónicamente, y los ojos me dolían por la furia que asomaba a ellos.

»—Lo entiendes perfectamente —dijo en un tono más alto.

»—¿Por qué habría de entenderlo? Yo te lo daría todo. ¡Todo! —exclamé—. Mi cuerpo, mi vida, mi alma, mi existencia inmortal. ¡Todo! —Iracunda, anduve hacia él y me detuve a unos tres pasos de distancia—. ¿Sabes lo que creo? Que te aferras al respeto a esas leyes divinas sólo cuando te conviene. Y ahora es el caso, ¿verdad?, ¡porque estás harto de mí!

»Levantó la mirada y exhaló un suspiro.

»–No es cierto –dijo, sacudiendo la cabeza–. Nada de lo que dices es cierto. Y tú no lo crees realmente. No puedo darte lo que me pides, no puedo jugar con los límites de tu alma. No se trata de leyes divinas que hayan de ser respetadas, sino de desenlaces atroces que han de ser evitados. Tú pretendes someterte voluntariamente a un castigo eterno, y yo no voy a ser su artífice.

»–¡Pero todo cambiaría si compartieses conmigo tu espíritu! ¡Estoy segura de ello! Volvería a ser lo que fui. Mi espíritu recobraría sus fuerzas, su salud, no necesitaría descanso...

»–¿Crees que si eso fuera posible no lo hubiera hecho ya? –me interrumpió en un grito, acercándose más hacia mí–. ¡Sólo mi Padre puede sanar tu espíritu! ¡Yo únicamente podría retenerlo eternamente! ¿Quieres que lo haga?, ¿que me pase los siglos viéndolo rendirse ante síntomas que ni siquiera conozco, hasta que, finalmente, indignado y compadecido ante tu agonía, mi Padre te arranque de mi lado?

»–No. Yo... –musité anonadada. Se había acercado tanto a mí que le había puesto la mano en el pecho para impedir que siguiera avanzando. Su inesperada explosión casi había extinguido mi fuego.

»–Yo puedo curar tus heridas mortales –prosiguió–, pero las inmortales, ésas, son cosa de Dios. Puedo unirme a tu espíritu, pero no fundirme con él. Sólo Él puede hacerlo. Por eso, habrás de acudir a Él..., un día.

»–Y ese día está próximo, ¿verdad? –afirmé. Él bajó la mirada, incapaz de contestar–. Y con esto no he hecho sino acercarlo, verificar tus temores. Hace tiempo que me hundo en el abismo y no hay nada que pueda salvarme –estallé en lágrimas y me abracé a él–. ¡Oh, Shallem! ¿Podrás perdonarme el daño que te he hecho? –le supliqué–. ¡No era yo quien hablaba, lo juro! Esto es lo más horrible, no era yo. Ya no soy dueña de mis actos o mis palabras, ni tan siquiera de mis más íntimos

444

pensamientos. Yo no he dudado de tu amor, no he podido hacerlo. No te ha hablado con esa ira injusta y descontrolada. Es como si el espíritu de Dios me estuviera abandonado poco a poco; igual que la llama de una vela, al llegar a su final, se extingue lentamente.

»Shallem me acunaba entre sus brazos y siseaba intentando hacerme callar.

»–Pero, finalmente –me consolaba–, todo saldrá bien. Resistiremos mientras podamos. Todo irá bien.

La mujer, en silencio, miraba distraídamente al vacío.

–Eso que ha dicho me ha recordado algo –dijo el sacerdote–. Unas palabras bíblicas; palabras de Dios. Dicen algo así como: "No permanecerá por siempre mi espíritu en el hombre, porque no es más que carne. Ciento veinte años serán sus días".

–Es cierto, sí. Pero sigamos. En 1935, tras un largo periodo de contrición y autorepresión, mi ansia de violencia, tanto tiempo contenida, estalló como una bomba de relojería. Cuando Cannat salía solo, me moría de ganas de acompañarle y presenciar los horrores que, erróneamente, suponía que llevaba a cabo noche tras noche. Y, tanta era mi insistencia y el melancólico estado de abatimiento en que me sumía ante sus negativas, que, en alguna ocasión consintió en ello. Pero, entonces, se limitaba a llevarme a cenar y a algún espectáculo que no me ofrecía la menor diversión, y regresaba a casa enojada con él y decepcionada porque mis agresivas expectativas se habían visto completamente frustradas. Pero Cannat no estaba, en modo alguno, dispuesto a fomentar mi impulsiva e irracional violencia. Yo sabía por qué. Me daba cuenta de que Shallem respiraba aliviado cuando sondeaba mi alma al regreso de aquellas salidas. Y, entonces, yo me avergonzaba de mis pensamientos, de lo que había deseado ver hacer a Cannat, y lloraba y luchaba por arrepentirme y volver a ser lo que Shallem había amado.

»Pero, los acontecimientos se precipitaron solos. Yo había adquirido una pistola automática para mi presunta defensa, que solía llevar en el bolso cuando, por casualidad, salía sola, y que trataba como una joya. Pues bien, era un anochecer de Enero; había salido a comprar cualquier alimento cuando escuché los gritos de una mujer provenientes de un callejón de Manhattan. Tuve miedo, pero también sentí una embargadora emoción. Con mucho cuidado de que no me viera quien quiera que fuese, asomé mi cabeza al fondo del callejón con la pistola en la mano.

»Era una niña de no más de catorce años la que estaba gritando bajo el peso de un violador de unos dieciséis; pero había otros dos muchachos esperando su turno y riendo como enloquecidos villanos de opereta. Me fijé en que no tenían arma alguna. Me acerqué a ellos con la pistola firmemente sujeta ante mi pecho palpitante. Estaban en mis manos, tenía el poder de matarlos, y aquel conocimiento me excitaba como ningún otro en el mundo.

»Esperé hasta que los tres se hubieron dado cuenta de mis intenciones. Estaba muy nerviosa, mi respiración agitada, sudorosa.

»—¡Oh, señorita, qué miedo nos da! —se burló, con un grosero movimiento de caderas, el que la había estado violando y que ahora se había apartado de ella para enfrentarse a mí—. Vamos, suelta eso, preciosa. Ni siquiera sabes cómo manejarlo.

»Entonces, uno de ellos trató de huir e, inmediatamente, todas las fibras de mi ser recibieron la alarma y mi cuerpo entero se tensó. El muchacho recibió un tiro en el pecho y cayó fulminado. Pero, de improviso, el insolente, aquél a quien había pillado in fraganti sobre la chica y que aún seguía a su lado, sacó una navaja y, poniéndola sobre el cuello de ella, me amenazó con su muerte. La niña lloraba asustada.

»—La mataré —decía él.

»Y, usándola como escudo, pasó ante mis ojos, dispuesto a escapar.

»Y, entonces, disparé a la chica, y vi cómo caía al suelo resbalando, pesadamente, de entre sus brazos.

La mujer sonrió, pero no miraba al sacerdote, sino que parecía absorta en su recuerdo.

—Disfruté con la estupefacta expresión de él al darse cuenta de lo que yo había hecho y al comprender que ya estaba muerto —continuó narrando la confesada—. Como él había dado un paso atrás al percibir el disparo, y, luego, se había quedado inmóvil y gimiente, el cadáver de la niña se había deslizado por su cuerpo hasta quedar con su espalda apoyada sobre las temblorosas piernas de él.

»—Por favor —lloriqueaba él—. Por favor.

»—¡Oh! ¿Era eso? —dije, altiva y más consciente que nunca de mi poder—. Ella tenía que haberte pedido que, por favor, no la violaras, y no lo hizo. ¿Fue ése su error?

»Toda su blanda debilidad afloró en forma de llanto. Sentí asco de él, repugnancia. El tercer chico era de bastante menor edad, unos diez años, tan solo, y se había acuclillado en el suelo cubriéndose la cabeza con las manos, gimiente y aterrado. Me preocupó que pudiese intentar alguna tontería mientras me ocupaba del otro y le disparé un tiro en la cabeza. Sin emoción, porque era al insolente a quien quería ver sufrir.

»Él, el único que quedaba vivo, gritó, e, impedido de moverse por el peso de la chica, cayó al suelo al intentar escapar. Me acerqué a él y le sonreí sin dejar de apuntarle; ahora, con el brazo extendido y con una calma absoluta. Pero, entonces, apareció alguien en la boca del callejón. Lo reconocí de inmediato, a pesar de la oscuridad que había ido cayendo con rapidez durante el poco tiempo que llevaba allí. Entonces, en un impulso inexplicable pero incontenible, me apresuré a disparar contra el chico y lo dejé muerto de dos balazos.

»La figura de Shallem, con su oscuro cabello suelto sobre los hombros y un largo abrigo negro de lana, se detuvo a mi lado. Contempló los cadáveres. Me sentí morir del horror. Tenía la pistola en la mano y no sabía qué hacer con ella. Trataba, neciamente, de esconderla, como si con ella ocultase a los muertos. La cara de Shallem no reflejaba sorpresa, sino dolor. Un dolor lacerante.

»—¿Por qué la mataste a ella? —me preguntó en un murmullo inaudible—. ¿Lo sabes?

»Sentí un vahído y deseé desmayarme para poner fin a aquel nefasto, insufrible, momento. Sacudí la cabeza en un gesto de negación. No me atrevía ni a mirarle y, sin embargo, él lo hacía con tanta intensidad que me torturaba. Gracias a Dios, alguien había avisado a la policía, y hubimos de desaparecer, urgentemente, ante su llegada.

—Pero, ¿por qué la mató? —preguntó el padre DiCaprio.

—Por el placer de contemplar el terror en la cara del chico, supongo. Era un bravucón que pensó que iba a salirse con la suya, pero nadie hubiera esperado una reacción como la mía. Su cara de perplejidad me entusiasmó. Aun hoy la recuerdo claramente, y podría reírme mucho tiempo a costa suya.

—¿Se arrepintió usted de lo sucedido? —preguntó luego el sacerdote, intentando superar la impresión.

—Desde luego. Me arrepentí de que Shallem se hubiese enterado.

—¿Pero no del crimen?

—No. Ni siquiera me paraba a pensar en ello. Yo no pensaba en que mis acciones estuviesen bien o mal en sí mismas, sino sólo en que pudiesen causar el disgusto de Shallem, que era mi propio disgusto. Lo demás no me importaba en absoluto.

—Volvió a matar, ¿verdad? —preguntó el confesor.

La mujer sonrió fríamente.

—No —dijo—. Jamás. Cierto era que había perdido todo respeto por la vida humana, y que me hubiera resultado más sencillo descargar una ametralladora en un supermercado que fumigar insecticida sobre un mosquito repelente. Pero, aunque me resultase fácil de hacer, no encontraba particularmente divertido el matar sin motivo alguno, sin que mediara la menor provocación. Era distinto cuando estaba con Cannat, porque entonces me sentía arrastrada a una vorágine compulsiva que compartía con él. Y, juntos, nos reíamos y disfrutábamos como si el mundo fuese un inmenso parque de atracciones. Su pasión, su exuberante alegría de vivir, su dominio sobre un mundo que reinventaba cada día, me empujaban, me vivificaban. Pero, sola, ¿qué emoción podía sentir? Yo nunca fui una psicópata, no era mi mente la que estaba trastornada por algún trauma Freudiano. Entiéndalo. Pero, aunque el asesinato me hubiese causado placer en sí mismo, la trágica expresión de sentido dolor que Shallem mantuvo hasta varios años después, me disuadía de toda nueva intentona criminal.

La mujer se levantó de la mesa y deambuló, lentamente, por la habitación.

—Al día siguiente, por la mañana —se dispuso a contar ahora— Cannat me encontró sola, sentada en el sofá del saloncito de nuestro lujoso apartamento, hojeando una de esas estúpidas revistas. Me levantó, cogiéndome de un brazo, y me sacudió con tal violencia que me pareció que me lo iba a descoyuntar.

»—¡Estúpida! —me gritó, con los ojos llameantes—. ¡Te mataré! ¿Me oyes? ¡Cumple con tu cometido o te mataré!

»—¿Qué dices? —le pregunté, perpleja y dolorida, intentando desasirme—. ¿Qué cometido?

»Me agarró entonces por el cabello y me arrojó sobre el sofá. Hacía cientos de años que no le veía tan iracundo; no contra mí, al menos. Se inclinó sobre mí y me acorraló con sus brazos.

»—¿Por qué demonios piensas que aún sigues viva? —preguntó, deleitándose en la lenta y rugiente pronunciación de las palabras.

»Sentí extrañeza, más que auténtico terror.

»—Dímelo tú —le exhorté desafiante, sintiendo el calor de su pecho sobre el mío y su aliento traspasando mi piel—. Siempre he sospechado que existía una interesante respuesta. Sí, dime por qué has defendido ardorosamente mi vida durante más de trescientos años incluso en contra de sus deseos. ¿Qué ocurrió para que, en el último instante, decidieras entregarme el cuerpo de Ingrid?

»—Limítate a cumplir lo que te ordeno. ¡Obedéceme! —gritó poniéndose en pie.

»Durante unos segundos me miró con furia contenida y luego dio media vuelta con intención de abandonar la habitación.

»Me levanté, rabiosamente, tras él.

»—¡No! —exclamé—. ¡Quiero respuestas!

»De súbito, giró sobre sus talones y me cogió por el cuello con su mano derecha.

»–Lo que ocurrió entonces –dijo en un fiero susurro–, está ocurriendo ahora, necia.

»–¿Y qué es? –balbucí, ahogada, pero sin arredrarme–. Dímelo de una vez por todas.

»–¡Tus cambios están llevando a Shallem al abismo! –gritó, incrementando la presión sobre mi cuello.

»Le clavé mis largas uñas sobre las manos con todas las fuerzas que pude y conseguí que me soltara, más por asombro ante mi atrevimiento que por otra causa.

»–¿Y quién es el culpable? –prorrumpí fuera de mí–. ¿Quién me ha arrastrado, inmisericorde, a este perpetuo estado de febril desasosiego, a esta falta de conciencia, escrúpulos y sentimientos? He matado y no siento la menor emoción. Me has forjado a tu imagen y semejanza. Mi humanidad ha muerto.

»–Gracias a Dios –musitó.

»–No a Él, eres tú quien la ha asesinado. Me has sumergido en la vorágine del horror y esto no puede acabar bien. Debe tener un fin.

»–Yo diré cuando ha llegado el fin

»–¿Tú? ¿Y por qué tú y no Shallem? ¿Alguna vez cuentas con él para algo, a riesgo de que se interponga en la consecución de tus fines?

»–¿Ya no recuerdas las veces que te has arrojado a mis brazos, suplicante, implorando un nuevo cuerpo, una nueva vida?

»–Tú me indujiste a ello. Me guiaste al horror, a la enfermedad espiritual, a sabiendas de lo que acabaría sucediéndome.

»–Y Shallem no tuvo nada que ver, no pudo negarse –ironizó.

»–Utilizaste sus sentimientos como utilizas todo mi ser. ¿Por qué? –grité–. ¿Cuál es la finalidad de que continúe existiendo?

»–No puedo decírtelo –masculló furibundo.

»–¿Por qué no? –volví a gritar.

»–Porque es un secreto que debo ocultar a los ojos de Shallem y tu alma es tan transparente como ese cristal.

»Me quedé mirándole como si de pronto hubiera perdido todo mi coraje y ya no supiera qué decir. Agaché la cabeza. Sabía que no iba a sacar nada en claro. Di media vuelta y me derrumbé en el sofá. Oí que se acercaba, lentamente, por detrás, y luego sentí que me rodeaba la cabeza con sus brazos, delicadamente, cruzándolos bajo mi cuello. No encontré ánimos para rechazarle.

»—Quisiera decírtelo —susurró sobre mi oído, y cada fibra de mi ser se estremeció—. Quisiera compartir contigo mi carga. Pero eso sería malo para todos. Te advertí que Shallem no debía verte matar jamás, que debías ser tierna y dulce como siempre, que debías controlarte.

»—Tú no lo entiendes —murmuré—. No soy yo quien actúa, no me reconozco. Es una zona escondida, un yo que no soy yo y cuyos impulsos no puedo dominar.

»Aún vuelvo a estremecerme cuando revivo sus labios paseándose desde mi sien hasta la comisura de los míos. Cerré mis ojos y suspiré sin poder evitarlo.

»—Hablas de tu humanidad perdida. ¿Es que alguna vez has sido humana? —susurraba él sobre mi piel—. Tu espíritu era un ente atormentado y sin lugar en la Tierra hasta que Shallem se cruzó en su camino y lo rescató. Detestabas a la humanidad entera, renegabas de ella. ¡Si me atreviese a explicarte lo que tu alma había vívido antes de volver al mundo en Saint–Ange! ¿Por qué crees que Shallem te eligió?

»—Dímelo —susurré, mientras mis labios parecían buscar por sí mismos la caricia de los suyos.

»—No puedo —continuó, negándome su beso—. Es tabú para Shallem.

»—También lo era lo que me hiciste —seguí, capturando su rostro entre mis manos y buscando desesperadamente su boca sin conseguirla—. Y ello no te detuvo.

»—Pero el fin justifica los medios, dicen los mortales. —Y huyó de mi beso dirigiendo sus labios de nuevo hacia el lóbulo de mi oreja—. Y no hay fin que justifique el que yo haga lo que me estás pidiendo. Además, algún día me lo echarías en cara, como hacéis con todo lo que yo hago por vosotros. Parece que ése es mi destino, ¿no?

»—Cannat —susurré, concentrando mis fuerzas en crear el deseo de apartarme de él, mientras las lágrimas nublaban mi vista—, ¿no lo ves? Carezco incluso de la más débil voluntad. Trato de luchar y no lo consigo. Mis deseos me arrastran con ellos.

»—No te preocupes. Esto es natural, y a Shallem no le importa en absoluto. No son las pasiones de tu cuerpo las que debes dominar, sino las de tu alma.

»Luego levantó mi mano derecha y contempló el enorme zafiro que me había regalado, y que yo siempre llevaba en el dedo índice.

»—Porque, si no lo haces —continuó en un susurro—, será mi pasión la que te destruya. Me gustaría esta sortija para mi mano izquierda..., contigo dentro.

»Y, de pronto, me soltó y rodeó el sofá hasta quedar delante de mí.

»—Se lo que Shallem quiere que seas —me amenazó—, o no serás ninguna otra cosa.

La mujer había tomado la maltrecha Biblia y jugaba con sus arrugadas hojas distraídamente.

—Cambié de cuerpo enseguida —explicaba ahora—, por si algún testigo había presenciado lo sucedido, y, además, nos trasladamos a vivir a un lugar más hermoso y tranquilo, y de nombre sugerente. ¿Lo adivina? Los Ángeles. Mi tumba.

—Aún no está muerta —dijo el sacerdote.

La mujer se detuvo y le miró sorprendida durante unos segundos, como tratando de encontrar un oculto significado a la evidencia de aquellas simples palabras. Luego sonrió y de nuevo, muy erguida y expectante, ocupó su lugar en la silla frente a la de él.

—Pero mi sentencia ya está firmada —dijo quedamente.

El sacerdote agachó la cabeza, como si aquella realidad fuese culpa de su propia negligencia.

—Sí —susurró.

—En Los Angeles adquirimos un apartamento en un lugar sobre el que no voy a darle ninguna pista —continuó ella—, para evitar tentaciones que acarrearían su muerte segura.

—¿Quiere decir que ellos están aquí? —pareció emocionarse el sacerdote.

—¿Lo ve? —dijo ella sonriéndole— No debe conocer más de lo estrictamente necesario, por su propio bien.

»Al poco de llegar, caí en uno de mis estados letárgicos que resultó aún más intensamente agudo que los anteriores. Durante esas temporadas me volvía indefensa y mimosa, y Shallem era incapaz de negarme el menor capricho. Por ello, no bien me recuperaba, se apresuraba a concederme un nuevo cuerpo donde mi espíritu recuperaría la alegría largo tiempo dormida.

»Pero mis letargos eran cada vez más largos y profundos que los anteriores. A veces pasé casi medio año en un estado poco menos que vegetal. Como el de esos ancianos que dormitan constantemente, pasando más tiempo en el lado de la muerte que en el de la vida, y, cuando despiertan, parecen extrañados y a veces enojados por su vuelta, y confundidos primero y luego decepcionados por el lugar en que se hallan.

»Pero yo no me enojaba por haber regresado, sino por haberme ido. Lo hacía sin darme la menor cuenta. A veces, cuando me despertaba tumbada en mi cama, no tenía la más mínima noción de cómo había llegado allí. Mi último recuerdo podía ser un paseo por la playa, una cena en un restaurante, una película en un cine cuyo final no podía recordar... Y cuando volvía en mí, me quedaba desconcertada al no estar donde yo suponía. En ocasiones era incapaz de soportar el horror de lo que me ocurría y estallaba en gritos al recuperar la conciencia. Shallem corría a mi lado y, a pesar de mí misma, comenzaba a atormentarle con mis preguntas.

»—¿Pero qué me pasa, Shallem? ¿Qué es esto? ¿Es que nunca va a cesar? ¿No hay nada que podamos hacer?

»Pero no había nada que pudiese ser hecho, ningún remedio esotérico que pudiese ser aplicado, ninguna pócima sobrenatural. Se abrazaba a mí durante horas, en un desconsuelo que me hacía aborrecerme por no haber sabido controlarme; y entonces era yo quien acababa tranquilizándole a él, diciéndole que todo iría bien, que acabaría superando aquel trance. Pero ninguno de los dos lo creíamos.

»En 1985 la situación se había hecho completamente insoportable. Pero, aún así, sobrevivía. ¡Y a costa de cuántas vidas, Dios mío, que nada me importaban! Shallem no podía más. Lo leía en sus ojos húmedos de dolor, en su expresión eternamente consternada. Sufría continuamente. Incluso cuando éramos felices podía ver en él el sutil velo del dolor cubriendo su rostro, nunca olvidado, nunca dejado de lado.

»Recorrimos de nuevo los lugares hermosos: cada rincón de mi añorado Mediterráneo; la querida Florencia, en la que poco había cambiado; el hermoso París, donde poco resultaba reconocible; incluso Egipto, donde paseé mis ojos con una visión distinta.

»Fue... como una melancólica despedida.

»Al regreso de aquellos viajes no fui yo, sino Shallem, quien cayó en uno de sus estados contemplativos. Cannat se pasaba el día detrás de él, del mismo modo que si fuera su amante. Se sentaba junto a él y le estrechaba entre sus brazos, mudos los dos durante horas. Le besaba, le traía regalos, le contaba historias, le hacía reír, le animaba con sus zalamerías. Lo mismo hacía yo. Pero todo era inútil esta vez.

»–¿Es por mi culpa? –le preguntaba yo desesperada–. ¿Estás tan triste por mi causa? Si es así, quisiera desaparecer...

»–No, mi amor, no tiene nada que ver contigo –me contestaba.

»–Estás pensando en Dios, entonces... ¿Ha hablado contigo?

»Él negó silenciosa, dolorosamente. Me senté sobre él y le besé en la mejilla.

»–Y, ¿estás seguro de que puede oírte cuando le hablas? –le pregunté, reteniendo su rostro entre mis manos.

»–Tan seguro como de que me oigo yo –susurró–, porque yo, soy Él.

»Hubiera dado cualquier cosa por poder decir algo que le consolara, pero no encontraba qué.

»–Yo también rezo cada día por ti, Shallem. Ya sé que, a mí, qué caso me va a hacer..., pero Cannat también se lo pide, él me lo dijo.

»–¿Lo hizo? –me preguntó, mirándome asombrado–. Él también Le desea; tanto que ni siquiera se atreve a manifestarlo. Incluso a mí procura ocultarme sus sentimientos, y no se atreve a rogarle a Él porque no podría soportar Su rechazo.

»–Pero lo ha hecho –apunté yo, aspirando la fragancia que

se desprendía de su cabello–. Le ha rogado, al menos por ti.

»–Le quiero tanto... –susurró, apoyando su cabeza contra mi pecho.

»–Lo sé, mi amor, sé lo mucho que le quieres –le respondí con un nudo en la garganta.

»–...tanto que tengo miedo de que sufra por mi causa, de que no sepa comprender, de que piense que le amo menos que a Él, y no es así..., no es así. No quiero estar donde él no esté como no quiero existir si él no existe, pero he de intentar recuperar Su Amor, he de intentarlo aunque Cannat trate de disuadirme, aunque me llame iluso como hace siempre...

»Shallem se interrumpió abruptamente y levantó su cabeza de mi pecho, alarmado. La puerta de entrada se acababa de abrir, Cannat regresaba.

»–Nunca le había visto tan mal, Cannat, lleva así demasiado tiempo. Está ausente todo el día, ¿adónde se va?, ¿qué hace? –le acucié yo unos días después, aprovechando un baño de Shallem.

»Cannat, sentado en el sofá, me miraba con apatía absoluta.

»–¿No me vas a responder? –insistí desesperada–. Tú debes saberlo. Está tramando algo, algo que me asusta, algo que quiere y no quiere hacer. ¿Qué es?

»–Eres muy aguda para ser mortal –me respondió, y su voz, baja y serena, incrementaba la ironía de sus palabras–. Sólo has tardado cuatrocientos años en darte cuenta.

»–Dime qué es, te lo suplico. Intuyo que es algo que no debería hacer. ¿Es posible que haya algo peligroso para él? ¿Lo hay?

»–Pregúntaselo a él –me contestó sin ninguna emoción.

»–Él no quiere hablar más de ello. Sufre si lo intento.

»–Yo también.

»–¿No me vas a contestar? Siempre hemos hablado de él, nos hemos aliado para intentar ayudarle, y lo hemos hecho bien juntos. ¿Por qué esta vez no?

»–Porque ya no hay nada que yo pueda hacer sin matarle de

pena. Es inútil.

»–¿Inútil el intentarlo? ¿Te rindes? ¿Le dejas solo cuando más te necesita?

»Cannat se levantó del sofá y me miró a través del palpitante fuego de sus ardientes zafiros.

»–Esta vez –me susurró–, el no interferir es la gran prueba de amor.

»En 1994 Cannat me sacudió con la noticia.

»Llevaba unos días que le encontraba extraño, asustado, triste y circunspecto. Su furia siempre dispuesta a estallar, su perpetua alegría, sus lances de seducción, todo había desaparecido. Aproveché que Shallem no estaba, para hablar con él. Le encontré en su habitación, tumbado sobre la colcha de seda de su cama, completamente desnudo. No importaba; yo también estaba medio desnuda. Siempre lo estábamos, en realidad.

»–¿Qué quieres? –profirió, cuando aparecí en el umbral.

»No hice caso de su acritud. Penetré en el dormitorio y cerré la puerta tras de mí. Durante unos instantes simplemente permanecí de pie, contemplando su áspera pero triste mirada. Su cuarto era muy impersonal, como todo el resto de habitaciones de aquel apartamento que ninguno habíamos encontrado el gusto ni el ánimo de redecorar. No había mucho allí que le perteneciera realmente. Parecía un mero lugar de tránsito que supiese que habría de abandonar en cualquier momento. Un suelo de moqueta verde claro, un par de esas láminas modernas de diseños geométricos enmarcadas, una pequeña butaca y un teléfono.

»Cannat seguía mirándome de muy mala manera, pero no me importó. Me acerqué a la cama y me tumbé junto a él, contemplando su cuerpo aunque quería evitarlo, pero procurando no dejarme llevar por el prodigio de su aspecto.

»–Dímelo –le pedí, en un apagado y temeroso susurro.

»La hostilidad desapareció de su rostro y su expresión se tornó brusca y simplemente, apenada.

»–Estamos unidos por el dolor –le dije–, como nunca lo hemos estado.

»Retiré tiernamente un ligero mechón de su rubio cabello que se había enzarzado entre sus largas pestañas.

»–Sé que el fin se aproxima –proseguí, con un fuerte dolor en la garganta–. Pierdo a Shallem, y no hay nada que pueda hacer para remediarlo.

»Él me miraba con sus ojos azules desbordantes de luz, pero tristes, silenciosos.

»–Los dos lo perdemos –susurró, con una involuntaria inflexión en la voz. Y su rostro era una máscara de tranquila amargura.

»–¿Tú? –pregunté–. ¿Por mi culpa?

»Negó con un suave movimiento de su cabeza.

»–Explícame –le rogué, mientras contemplaba y sentía bajo mi mano la tersa y palpitante blancura de su vientre–, enséñame, como siempre lo has hecho, mi ángel. Comparte conmigo tu dolor.

»–Le he estado perdiendo durante los últimos cuatrocientos años –murmuró–. Va a cometer una locura, y ya no hay nada que pueda hacer para impedirlo.

»–Empieza desde entonces –le pedí–, desde 1600.

»–Tenías razón –me confirmó quedamente–. Te utilicé a ti, y también los sentimientos de Shallem.

»No sentí nada, fue como si dispusiera de un interruptor interno capaz de apagar mis emociones. Del mismo modo que estaba allí, acariciando la belleza de su desnudez, sin que ninguno de los dos sintiese más emoción que la del atenazante sufrimiento.

»–Fue tras la muerte de Cyr, cuando adquirí el poder de Leonardo, cuando pude escrutar, con toda claridad, el alma de Shallem –me explicó en un inaudible hilo de voz–. La rebelión de Cyr le había marcado mucho más de lo que yo había podido sospechar. ¿Recuerdas las tonterías que se le ocurrían? Creía reconocerse en su hijo y, al tiempo, había visto reflejado en sí mismo, en el padre, el sufrimiento de Dios. Todo eran absurdos, imaginaciones. Pero la idea fue tomando cuerpo a partir de entonces: cruzar la línea, abandonar el planeta, ir en busca del Padre. Nunca me dijo nada, intentó ocultar esa idea en lo más profundo de su alma, de forma que yo no intentase disuadirle. Pero mi poder es demasiado fuerte. Esperó a 1600, la fecha en que tú, sin duda, ibas a morir. Entonces lo intentaría, se iría, rompería la prohibición del Padre. La única cosa en el mundo por la que Él, probablemente, pondría fin a su existencia. Fue así que decidí darte el cuerpo de Ingrid. Yo sabía que él nunca te dejaría mientras fueses una indefensa mortal, que nunca te dejaría mientras le necesitases. Por eso le convencí para que te diera el siguiente, y el otro, y el otro. Pensé que con el tiempo aquella estúpida idea acabaría desapareciendo. Pero sólo conseguí causarle un dolor cada vez mayor al hacerle ver cómo tu espíritu enfermaba hasta el punto de la agonía. Piensa que todo es culpa suya... y está dispuesto a poner fin. No me lo ha dicho, creo que ni siquiera se lo ha dicho a sí mismo, pero no consentirá que tomes un sólo cuerpo más. Y cuando éste que tienes muera y tú te liberes, él partirá... camino de su destrucción. Y yo, simplemente, moriré de dolor.

»"Siempre quise contártelo –prosiguió–. Incluso antes de introducirte en el cuerpo de Ingrid estuve a punto de hacerlo; pero no podía arriesgarme a que Shallem conociera mis motivos. Yo puedo ocultárselos, pero tú no.

»Mi rostro estaba hundido entre la almohada y su cuello. No podía refrenar la angustia, las lágrimas. Sabía que debía intentar asimilar lo que me acababa de confesar, que había cosas que debía decir, preguntar, aclarar; pero no era capaz de pensar en nada, sino sólo en llorar y llorar.

»–Pero ahora ya nada importa –añadió, ladeándose suavemente para posar sus manos sobre mi cuerpo–. Siento haber tenido que llevarte a este extremo, pero lo hubieras hecho por propia voluntad. Lo sé.

»Seguí llorando durante largo rato, lo más silenciosa y reprimidamente que podía. Por fin, levanté los ojos y le miré.

»–Tienes que salvarle –dije–. Tienes medios para retenerle, estoy segura. Tú eres el más poderoso, puedes impedirle que abandone la Tierra.

»–¿Y qué haría? ¿Ridiculizarme con amenazas que él y yo sabemos que jamás cumpliría?

»–¡Pues cúmplelas entonces! –exclamé–. ¿No es eso mejor que asistir impertérrito a su suicidio?

»–¿Y durante cuánto tiempo debería retenerle convertido en mi esclavo? ¿Durante toda la eternidad? Si le sumo en el infierno ansiará la Gloria con más fuerza que ninguna otra cosa del mundo. Eso es lo que ya le ha ocurrido. Cualquier acto de violencia sólo serviría para incrementar su deseo. Si hubiera un camino, ¿crees que no lo seguiría?

»Me quedé vacía, desesperada.

»–¿Tiene alguna oportunidad de encontrar esa Gloria que busca? ¿Alguna oportunidad de que Dios le perdone, de que no le destruya en el intento de recuperar Su Amor? –pregunté.

»Él me miró con los labios apretados.

»–Si no fuese así –me dijo–, me iría con él.

»Me abracé a él, sin poder reprimir la turbulencia de mis lágrimas.

»–Pero, ¿sabes? –continuó diciendo en voz baja–, Shallem nunca podría ser destruido, en el sentido exacto de la palabra; volvería a su origen, a Dios; volvería a fundirse con Él, le enriquecería a Él, como Leonardo me enriqueció a mí... Nosotros nunca morimos, porque no somos sino Dios.

»–Por favor, por favor, te lo suplico –sollocé con mi rostro hundido en su pecho–, no permitas que yo muera antes de saber que se ha salvado. Te lo suplico por el amor que compartimos, por nuestra devoción hacía él. Tú entiendes lo que siento, por qué debo saber que ha alcanzado la felicidad.

»Él me abrazó fuertemente.

»–Sí, te lo prometo. Pase lo que pase, vivirás hasta que Shallem... se haya salvado.

»–Cannat, dime, ¿cómo puedo acabar con mi espíritu si él no lo consigue? –le pregunté.

»–Sólo Dios puede hacerlo –me contestó.

»–¿Tú no?

»–No, sólo puedo acabar con el mío, provocando a Dios como Shallem lo va a hacer. Sólo que yo no tengo ninguna posibilidad de salir airoso –Y sonrió levemente.

»Permanecimos juntos y abrazados durante mucho tiempo. Creo que estaba medio dormida de agotamiento cuando la puerta se abrió y Shallem penetró en la habitación.

»Parecía contento, al principio, como si tuviera alguna noticia graciosa que darnos. Se quedó asombrado cuando reparó en mis lágrimas; perplejo, cuando vio nuestras expresiones; paralizado, cuando leyó nuestras almas. Cerró los ojos con fuerza y se llevó la mano a la boca; un gesto demasiado humano para un ser tan sensible. Nos miraba a uno y a otro con el entrecejo fruncido por la pena y los ojos húmedos, nunca llorosos. Shallem nunca pudo llorar. Dios no le creó para sufrir y, sin embargo, le abocó al sufrimiento, le condenó al infierno, le alejó de Su lado.

»Cannat se levantó y se puso frente a él sin pronunciar en voz alta una sola palabra. Así pasaron minutos, mirándose, haciendo expresivos gestos que delataban la discusión que mantenían y que yo no podía escuchar.

»Yo también me había levantado de la cama, angustiada, y les miraba como a mimos en un teatro. Sufriendo ante mi impotencia para comprender, imaginé lo que se estarían diciendo. Al principio la cara de Shallem era de afligida sorpresa. Como si no pudiese creer que Cannat hubiese accedido al conocimiento de sus intenciones cuando él había luchado por impedírselo. Shallem no se había acostumbrado a la idea de que ahora Cannat dispusiera de su misma capacidad para leer las almas. "¿Cómo es posible?", parecía haberse preguntado. Pero después se enojó, tal vez porque Cannat le había ocultado su conocimiento durante tanto tiempo, y porque le había manipulado a mi costa. Pero el enfado fue sólo una sombra pasajera en su rostro. Ahora nosotros sabíamos, los dos, y eso era horrible para él, algo imprevisto que le había dejado anonadado. Y la pena volvía a enturbiar su rostro. De repente, se volvió hacia mí, y me pareció ver que sus labios temblaban. Después se me acercó, tambaleante, apoyándose en los muebles a su paso, como si acabara de levantarse de una silla de ruedas y temiese perder el equilibrio. Casi no se atrevía a sostenerme la mirada.

»–Nunca hubiera querido que te enterases así –me dijo con la voz quebrada–. Yo tengo la culpa de la enfermedad de tu alma. He sido un egoísta y un cobarde. Pero ahora he de reunir el valor necesario para permitir que te separes de mi lado. Aunque ello me cause más dolor que ningún otro hecho en el mundo. Cuando te deje, buscaré mi camino, y, si lo encuentro, te buscaré donde quiera que estés, en cualquier parte del universo.

La mujer estaba llorando. Las lágrimas corrían silenciosamente por sus mejillas. Se las secó con las manos. El padre DiCaprio la tendió su pañuelo, ella se lo agradeció e hizo uso de él.

–Lo siento –dijo cuando se hubo calmado–. Mi único deseo era permanecer a su lado o reunirme con él en el Cielo o en el infierno, si éste hubiese existido –continuó, enjugándose aún las lágrimas con el pañuelo del sacerdote–. Pero iba a perderle a él y a perder, también, una vida que sin él no me importaba conservar.

»No pude resistir más. Me abalancé a sus brazos y lloré incontenibles.

»–Di que podrás perdonarme, amor mío –me pidió él.

»–Te quiero, Shallem, te quiero –sollocé yo–. No hay nada que deba perdonarte. Todos somos culpables de mi existencia. Pero no me arrepiento de nada, de nada que haya podido hacerme permanecer un minuto más a tu lado, salvo por el dolor que ello te haya causado.

»Me tenía tan apretada que apenas podía respirar. Así lo deseaba yo.

»–Pero esperaré a que tú estés en paz antes de irme –añadió.

»–No –le dije–. No. Necesito vivir hasta saber que tú has alcanzado la tuya para poder encontrar la mía. Pero, ¿y Cannat? –pregunté entre lágrimas–. ¿Cómo podrá soportar tu ausencia? ¿Lo has pensado?

»–Cannat y yo somos una misma esencia que Dios dividió –me contestó–. Estaremos juntos eternamente mientras ambos alentemos. Volveré a su lado no bien la faz de nuestro Padre me vuelva a contemplar con amor. Él sabe que lo haré.

»–Si Él no te destruye antes –observé.

»–No lo hará. Sé que no lo hará –me contesto.

»–¿Cómo, Shallem? ¿Cómo lo sabes? –preguntó Cannat con su serenidad completamente perdida y viniendo hacia nosotros–. ¿Te lo ha dicho Él, soñador? ¿Te ha pedido Él que acudas a su encuentro? Tú sí le has llamado, ¿no es cierto? Miles, millones de veces. ¿Te ha contestado alguna vez, una sola? Te precipitas al abismo, Shallem, y me arrastrarás en tu caída. Llámale, Shallem, insiste, persevera, hazle saber de tu amor, pero no te arriesgues a alejarte de la Tierra sin Su consentimiento.

»–Os suplico a los dos, por lo más sagrado, que no me obliguéis a quedarme –susurró Shallem agónicamente, separándose de mí para huir de la cercana mirada de Cannat–. No puedo soportar por más tiempo Su ausencia, mi vacío. Necesito recuperar la paz, volver a Él.

»"Esta Tierra que amábamos, agoniza desertizada por millones de humanos destructivos. Nuestro paraíso es ahora un vertedero de residuos químicos, un campo de pruebas nucleares que puede explotar en cualquier momento. No queda nada suyo que yo ame o reconozca. El fin de todos ellos está próximo, pero, ¿qué van a dejar tras de sí? No puedo soportarlos más, Cannat, son una plaga de termitas sobre mi alma. Los detesto tanto que te pediría que acabáramos con todos ellos en un solo día si ello pusiese fin a nuestro dolor. Pero no sería así. Sólo hay un remedio para nuestra agonía.

»–No te librarás de ellos tan fácilmente –le contestó Cannat– porque yo siempre estaré aquí –Después, su voz se volvió casi imperceptiblemente trémula cuando añadió–: Volverás aunque Él te acepte, ¿verdad Shallem? No me abandonarás en el infierno.

»Shallem se dio la vuelta y le abrazó y besó, y susurró algo a su oído.

La mujer levantó y ladeó la cabeza y se quedó mirando al techo durante unos segundos. Cuando volvió la vista al sacerdote, vio que éste no había dejado de observarla.

–Qué poco sentido tiene llorar –dijo ella–. Y, sin embargo, podría llorar eternamente.

»Shallem me regaló sólo unos pocos días más después de aquello. Era lo mejor acabar cuanto antes con aquel agónico sufrimiento que ninguno podíamos soportar. Fueron cuatro angustiosos días en los que los tres nos unimos en cuerpo y alma.

»Sería instantáneo, me dijeron, tan pronto Shallem desapareciese estaría junto a Dios, bien como la esencia individual que era, o bien, como... Dios mismo, absorbido por Él. De cualquier forma, volvería a unirse a Él, como ansiaba hacer. Y Cannat lo sabría nada más producirse.

»–Si yo desaparezco detrás de él –me dijo–, sabrás que Shallem ya no existe y que yo seguiré su suerte. No pienso padecer un solo segundo de un dolor que jamás declinaría.

»–No me atormentes más –le supliqué yo, porque su infinito amor me arrancaba las lágrimas–. No quiero que tú también sufras. Además, prométeme que no me dejarás sin antes acabar con mi vida.

»Él me miró gravemente.

»–Sí, claro –dijo–. No te preocupes. Tampoco consentiré que tú sufras.

»Es indescriptible lo que padecí el día de su marcha. Y lo que padeció Cannat, también. Hasta el último instante esperé que tuviese piedad de Cannat. Pero no la tuvo. Nos dejó a los dos, por más que nos amaba, como Cannat me había presagiado que ocurriría.

»Nos besamos, nos abrazamos, lloré junto a ambos por última vez. Hubiera dado cualquier cosa por poder ir con él. Finalmente, desapareció de entre nuestros brazos en el salón de nuestro apartamento de Los Angeles; y como hubiera adivinado, su último beso, su última mirada, fueron para Cannat.

–X–

La mujer quedó en silencio, con los ojos fijos en un punto cualquiera de la mesa, tan profundamente entristecida como si todo lo que había contado acabase de tener lugar.

–¿Y entonces? –preguntó impaciente el confesor–. Shallem se salvó, ¿verdad? Se tuvo que salvar.

La mujer le contempló con una tierna sonrisa.

–Desde luego que tenía que salvarse –susurró con los ojos otra vez nublados por las lágrimas–. Y lo hizo. Al fin contempló el sereno rostro de su Padre. Encontró la Luz, la Paz, la Gloria, la Dicha. No hubiese sido Dios si no le hubiese aceptado, ¿verdad? –sollozó.

–No –contestó él, emocionado–. No lo hubiera sido.

–Cannat y yo nos pusimos como locos de alegría.

»–¡Lo ha conseguido! –gritaba él–. ¡Está viéndole y yo lo hago a través de sus ojos! ¡Oh, Shallem, Su Amor al fin! ¡Jamás había sido más feliz! ¡Le abraza! ¡Le perdona! ¡Le ama!

»Cannat me lo iba describiendo y yo gritaba y lloraba de alegría.

»Más tarde, cuando la euforia cedió, nos sentamos juntos en el sofá, y yo, con los nervios agotados, le cogí del brazo y apoyé mi cabeza sobre su hombro.

»–Ahora ha llegado el momento de que cumplas lo que siempre has deseado –le dije–. Podrás poner fin a mi vida sin que nadie te amoneste por ello. Tú le recuperarás pronto, seguro; quizá yo también, algún día. Pero ahora debo irme, como él quería, y prepararme para ese momento. Por fin podrás librarte de mí.

»Y levanté la cabeza para poder mirarle.

»Y me quedé totalmente perpleja. Me estaba observando boquiabierto, atónito.

»–Yo no tengo por qué hacer tal cosa –me dijo, con un tono de enfado–. ¿Por qué habría de querer librarme de ti? Shallem te ama, y yo no voy a matarte cobardemente en su ausencia. Además, yo nunca te he odiado. ¿Pensabas que sí?

»–¡Pero me prometiste que lo harías! –exclamé conmocionada.

»–Y lo hubiera hecho, por supuesto, si Shallem hubiera dejado de existir individualmente. No te habría dejado sola en el tormento, no lo dudes. Pero está vivo, y sabe todo lo que pasa aquí. Hablará conmigo como siempre lo hemos hecho, y, sin duda, me preguntará por ti. ¿Qué pretendes que le diga? ¿La maté, no bien te diste la vuelta, porque no me apetecía su compañía?

»–¡Pero si él sabe que no quiero seguir viviendo, que no debo! ¡Él mismo se ofreció a hacerlo!

»–Eso es falso –aseveró–. Él se habría quedado hasta verte morir, pero sólo en un caso extremo te hubiese matado.

»–Me niegas la paz, el descanso. Yo jamás te haría algo así, jamás. ¿Qué te he hecho yo para que me impongas esta condena?

»–No te pongas melodramática. Yo estaré a tu lado, te cuidaré hasta el día de tu muerte natural. Y no pondré ningún obstáculo cuando ésta llegue.

»–Tú sabes que yo no tengo el valor para suicidarme –me obstiné–. ¡Lo sabes!

»–Ni debes hacerlo –se burló–. Dicen que es pecado mortal.

»–¿Y cuando de nuevo me aletargue? ¿Cuando mi cuerpo ya no sirva para nada?

»–Será desagradable, pero haré lo que pueda por ayudarte. Igual que hasta ahora. Piensa que tendrás noticias de Shallem todos los días, y que, cualquiera de ellos, puede visitarnos. ¿Qué más puedes pedir? Ahora que está en la Gracia de Dios, Shallem buscará la forma de ayudarte. Ya lo verás.

»–Pero tú puedes ayudarme ahora. Cuanto antes me muera

antes me recuperaré y antes volveré a estar junto a él –insistí desesperadamente.

»–No voy a hacerlo.

»–¿Por qué? ¿Shallem te pidió que cuidaras de mí? –le pregunté.

»–Tal vez no tuviera necesidad de hacerlo, ¿no lo has pensado?

»–Siempre surge la necesidad por innecesaria que sea. Hasta yo te pedí un día que cuidaras de él. Qué absurdo, ¿no?

»–Y no supe hacerlo. Pero ahora sabré cuidar de su tesoro mortal. Date tiempo a ti misma –dijo levantándose y encaminándose a la puerta–. Dentro de unos días desearás vivir tanto como siempre lo has deseado. Shallem no está muerto, está vivo y más feliz que nunca. Ese pensamiento debería bastarte para ser dichosa. No es como si hubieras de sufrir por su destrucción.

»Me quedé aplanada en el sofá durante horas, pensando en mi espantoso destino, pero, también haciendo mío el gozo de Shallem.

»Sin embargo, no podía soportar la existencia sin él. Entendía ahora, perfectamente, el vacío que él había experimentado ante la ausencia divina; porque él era mi dios, y, sin él, mi único pensamiento era la muerte.

»Cannat volvió a ser intensa y milagrosamente feliz, como sólo él podía serlo. Odiaba este siglo, no obstante, porque era incapaz de colmar sus gustos de esteta. Me dijo que debíamos irnos más adelante en el tiempo, descubrir lo que ocurriría después. Ellos jamás habían saltado en el tiempo por un motivo tan baladí. Decían que el destino de la Tierra era empeorar progresivamente, y que lo que había que hacer era disfrutar del momento actual, cualquiera que fuese, porque siempre sería mejor que el por venir. Pero, ahora Cannat tenía un motivo diferente para querer saltar. Acortar el tiempo que le separaba de Shallem.

»Me negué. Estaba convencida de que a Shallem le causaría

un disgusto espantoso. Y así debía de ser. Porque a los pocos días Cannat dejó de insistir; presumí que lo había consultado con él. ¡Oh, sí! Porque hablaban constantemente. A veces, Cannat paseaba absorto a mi lado, sin decir palabra, y, de repente, estallaba en carcajadas.

»–Ven aquí –me decía en ocasiones–, Shallem quiere verte.

»Y me ponía ante sus ojos y me transmitía las palabras de Shallem.

»Aquello era un milagro incomprensible para mí. Pero no tenía más que contemplar la inalterable expresión de felicidad de Cannat para saber que era verdad cuanto me decía. Y Cannat me contagiaba, como siempre, con su propia dicha.

»Comencé a preguntarle, con insistencia infantil, cuándo vendría Shallem, cuándo podría verle yo. Él me sonreía y me acariciaba el rostro como a una niña.

»–No tenemos tu misma medida del tiempo –me contestaba– Aún tardará.

»–¿Años? –preguntaba yo.

»–Sí, años –respondía.

»–¿Cuántos? –insistía.

»–No lo sé. Bastantes aún.

»–¿Más de cinco?

»–Tal vez. Es posible. No puedo asegurarlo.

»–Pero, ¿por qué no viene siquiera un momento aunque luego se vuelva a ir? ¿Ya se ha olvidado de mí? –porfiaba yo.

»–No. No se ha olvidado de ti. Necesita estar alejado de este hediondo planeta una buena temporada. Y, si regresara ahora, no tendría fuerzas para volverse a marchar. Tú le retendrías con alguna de tus lacrimógenas escenas de dolor. Y todavía es demasiado pronto.

»Cannat estaba tan eufórico y agradecido a Dios por haber respetado la vida de Shallem que se comportaba casi completamente bien.

»A veces me arrancaba de la lectura o del televisor y me arrastraba hacia la puerta exclamando:

»–¡Divirtámonos! ¡Matemos unos cuantos humanos!

»Pero nunca lo hacía, sino que me llevaba a los buenos restaurantes y también al cine, el invento humano al que menos objeciones ponía. Pero a la salida de las sesiones refunfuñaba siempre, cuando no protestaba durante toda la película.

»—¡Qué anodino! ¡Qué carente de imaginación! ¡Me hubiera dormido, si pudiese hacerlo! ¡Malditos humanos con sus míseras y banales historias mortales! Lo he hecho por ti. Sólo por ti.

»Yo recordaba entonces las muchas veces que acudimos los tres juntos al cine. Solíamos aguantar hasta el final, aunque no nos gustase la película, por el mero placer de abrazarnos en silencio contemplando la hipnótica luminosidad de la gran pantalla

»—Creo que voy a hacerme actor —nos decía luego en casa Cannat, mientras se retocaba el largo y rubio cabello ante el espejo—. Recibiré cartas de mujeres enamoradas de todas partes del mundo y no dejaré ni una sola sin catar. ¿Qué os parece? ¿Soy suficientemente guapo?

»Shallem y yo reíamos, y yo me acercaba a él, contemplando el brillo de sus trajes de alpaca y el resplandor de sus ojos brillando como gemas bajo la luz artificial.

»—Bueno, no te desanimes por eso —bromeaba yo—. No todos los actores son guapos.

»Me llevó también a visitar a mis hijos, que ahora vivían en la India. Yo les vi sólo de lejos, como venía haciendo durante los últimos cuatrocientos años. Seguían siendo exactamente lo mismo: dos bellezas prodigiosas, distantes e inmutables. Sólo su expresión había cambiado y aparecía turbada por un cierto aire de melancolía e incomprensión, idéntico al de su padre. Cannat estaba prendado de ellos, pues, contemplarlos era para él, literalmente, contemplar a Shallem. Desde luego, ellos habrían muerto instantáneamente si Shallem hubiera desaparecido. Una pena en la que no había reparado especialmente en su momento. Al fin y al cabo, para mí el mundo entero habría muerto con Shallem.

»Pero yo seguí sintiendo mi propia muerte como una necesidad improrrogable. Había llegado al convencimiento de que

Shallem jamás volvería mientras yo continuase en la Tierra. Y tan segura estaba de ello como de que mi espíritu despertaría un día en sus brazos. Ansiaba morir para reunirme con él, y este pensamiento no era incierto y etéreo sino que creía en él con la seguridad de la palabra que mi dios me había dado. "Te buscaré en cualquier rincón del universo", me había prometido.

»No había alivio para el vacío de mis noches solitarias. Salvo cuando, a menudo, Cannat se acostaba junto a mí, por confortarme, y yo me quedaba apaciblemente dormida con el rostro reposando sobre su pecho, arrullada por sus inmortales latidos, envuelta por su extraordinario calor, y aspirando su delicioso perfume de ángel. Entonces encontraba la paz. Y, cuando cerraba los ojos, me daba cuenta de que en verdad Shallem y él eran una misma esencia indistinguible.

»De vez en cuando, con total pasividad, reunía el valor de pedirle de nuevo a Cannat que pusiese fin a mi existencia. Pero él ya ni siquiera me contestaba. Me miraba colérico y con los ojos muy abiertos, y luego sacudía la cabeza como había hecho tantas veces cuando había querido decirme sin palabras "¿Qué puedo hacer contigo? ¡Nunca aprenderás!".

»Pero Cannat solía dejarme por las noches. A veces en cuerpo y alma, otras sólo su alma. Necesitaba su propio mundo, su intimidad. Fue así que una noche desperté acalorada y presa de una gran congoja y nerviosismo, y, encontrándome sola, decidí vestirme y salir a dar un paseo por las calles de la ciudad.

»Me puse un vestido corto de piqué blanco, unas cómodas, pero muy altas alpargatas que había comprado en Madrid y un pequeño bolsito de paja donde siempre metía las llaves y el monedero. Me sentía sola. Tremendamente sola. Las calles estaban alegres e iluminadas y muy concurridas. Era verano, y la gente en vacaciones huía del calor de sus casas.

»Me gustaba pasear por Los Ángeles. Siempre encontraba rostros conocidos, familiares; aunque ellos no conociesen mi existencia.

»Cogí un taxi hasta Taco Bell y pasé un buen rato allí, tomando un refresco mientras observaba la animación.

»Cuando acabé la bebida me levanté y me marché. Pero quise andar un poco antes de tomar un nuevo taxi hasta el vacío silencio de mi hogar.

»Era ya bastante tarde, y la calle estaba desierta y sepulcral. Cuando decidí coger un taxi, ninguno pasaba, de modo que no tuve más remedio que seguir andando y andando.

»Las hermosas y cálidas casitas unifamiliares se extendían ante mis ojos. Y las escenas que imaginé en su interior me hicieron recordar a mi propia familia inmortal, el esplendor de unos tiempos que jamás recuperaría; y las lágrimas inundaron mis ojos. Ansié con todas mis fuerzas llegar a casa y que Cannat estuviera en ella esperándome impaciente y preocupado; que me echara una buena reprimenda, sí, un sermón durante el cual me arrojaría a sus brazos. Mi príncipe, mi ángel oscuro, que guardó mi vida, hasta el último instante, por motivos que nunca llegué a comprender.

»Me quedaban kilómetros y kilómetros hasta casa bajo un calor sofocante cuando vi luz en una de las casas y sombras que se movían en su interior. Era una casa de líneas modernas, muy limpia, muy pulcra, como si estuviese recién pintada. Me sentía tan cansada que la idea de pulsar el timbre y pedir que me dejaran utilizar su teléfono para llamar un taxi se me antojó excepcional.

»Y eso fue lo que hice. Atravesé el pequeño jardín, subí los tres escalones y toqué el timbre por dos o tres veces. Entonces escuché el sonido de algo que caía y se rompía, como un enorme jarrón. Y, sorprendida, vi salir por la puerta lateral las oscuras figuras de tres hombres que corrían al amparo de la oscuridad.

»Imaginé algo terrible. Nadie me abría y mi curiosidad era casi tan grande como la urgencia de verme en el taxi camino de mi casa.

»Me aproximé, cautelosamente, a esa puerta lateral que había quedado abierta y entré por ella. Me encontré en la cocina. Una de esas grandes y preciosas cocinas con un islote central y todo el mobiliario y los electrodomésticos empanelados a juego. Me deslicé de puntillas y fui a parar a la entrada principal. De ella partía una escalera, y también se entreabría la puerta de doble hoja de una gran habitación, justo enfrente de la cocina, que, por los muebles que podía ver sin esfuerzo, me pareció el salón. Yo no quería hablar. Era evidente que los tipos a quienes había visto salir huyendo no eran precisamente miembros de la familia. Sin duda habían entrado a robar y aún podía quedar alguno escondido.

»Con mucho cuidado, asomé la cabeza a través de la puerta del salón y atisbé el interior. Vi sus muebles clásicos, su sofá situado a la mitad de la habitación, mirando, estudiadamente hacia la televisión, la mesa en el rincón comedor, rodeada de cuatro sillas tapizadas a juego con el sofá. No había nadie, de modo que entré, sigilosamente, en busca de un teléfono. Mientras lo buscaba me pregunté qué habría ocurrido. ¿Habría alguien en la casa cuando entraron los ladrones? No lo parecía. Pero, de pronto, cuando rodeé el sofá, descubrí, apilados tras él, los cadáveres de un niño y una niña de unos cinco y siete años, y el de una chica de unos quince, completamente bañados en sangre. Los tres habían sido apuñalados.

»Lo que ocurrió entonces fue un conjunto de vertiginosas secuencias de pensamientos. Consideré que era un milagro que Shallem había puesto en mi camino para librarme del dolor de vivir. Era la respuesta a mis plegarias: la solución. Volví a la cocina, con el corazón desbocado, y busqué un paño y un producto líquido para limpiar el polvo. Con toda la rapidez de que fui capaz, limpié picaportes, muebles, mesas..., borré toda huella de los criminales, si es que la había, pues me pareció que llevaban guantes. Tiré por el váter el paño y después regresé a la cocina, guardé el líquido donde lo había encontrado, y tomé uno de los cuchillos de trinchar la carne. Regresé con él al salón y estudié, fría y palpitante a la vez, los lugares en que habían sido heridos los niños. Después, en cada uno de esos orificios, introduje mi propio cuchillo, más grande que el que los asesinos habían utilizado, y lo revolví en el interior de los cuerpos, de modo que no fuese posible adivinar que no era con aquel arma con la que habían sido asesinados. Luego reanudé la búsqueda del teléfono. Estaba en un mueble especial junto a la pared del fondo. Lo descolgué, tecleé unos números y hablé.

»–¿Policía? Sí. He cometido un triple asesinato.

SEXTA PARTE

La mujer se recostó contra el respaldo con las manos cruzadas sobre la mesa, y, quietamente, observó al confesor, con sus ojos enrojecidos, como si esperase de él un veredicto.

—Es todo —confirmó ella ante su silencio. Y descruzó las manos para adoptar una postura pensativa, con su mirada fija en la huidiza de él.

Entretanto, él parecía deliberar nerviosa y vanamente consigo mismo, como si, reconociendo que había llegado su turno, luchase por encontrar qué decir.

—Usted... —logró farfullar con la mirada fija en su Biblia—, buscó la muerte deliberadamente. Va a ser ajusticiada por unos crímenes que no cometió.

—Eso no tiene ninguna importancia. Cometí muchos otros —respondió ella.

Él levantó la cabeza para mirarla tímidamente.

—Pero sólo a Dios corresponde juzgarla por ellos —dijo, recuperando su temple—. El hombre puede enjuiciar los crímenes humanos, pero, lo que usted me ha contado..., esos poderes divinos que la instaron a utilizar, esa locura que se apoderó de usted, de forma inevitable e involuntaria... ¿Hasta qué punto era dueña de sus actos si su espíritu había enfermado? —preguntó, y su voz se había vuelto enfática y convincente, como si de pronto hubiese visto la verdad ante sus ojos—. Nadie bajo el Cielo tiene capacidad para dictaminar sobre su responsabilidad. Ellos la arrastraron a ese estado que usted no podía dominar. Ellos eran la fuerza, la sabiduría, podían obligarla a cualquier cosa, convencerla de lo que quisieran, manipularía. ¿Qué era usted, sino una pobre mortal indefensa en las garras de unos dioses impíos y crueles?

–¿Y quién es usted para juzgarlos de tal manera, con semejante rabia? –preguntó ella indignada–. Dios ha juzgado ya a uno de ellos y lo ha salvado. ¿Recuerda? ¿Se atreve usted a condenarlo?

–Sólo pretendo hacerla comprender que quizá usted se juzgue demasiado duramente –dijo él, inclinándose hacia delante–. ¡Tiene la respuesta delante de sus ojos! ¿No la ve? Si Dios le ha salvado a él, ¿qué no hará con usted, su víctima? Él es parte del Espíritu Divino, un Hijo en la Gracia de Dios. Fue una dulce criatura sensible torturada por su insaciable sed de Amor; un corazón desgarrado por el silencio del Padre, por el dolor de un Dios inasible y esquivo; un alma sembrada de inextinguible amargura ante su eterno deseo, ante su hambre inmortal. ¿Cree que ahora no la ayudará, como prometió, ahora que Dios lo escucha, de nuevo, como a Su Hijo? Es parte de Dios. ¡Parte de Dios! ¿No lo entiende? ¡Es Dios, directamente, quién la ama a usted! ¿Qué daño puede desearle?

La mujer continuaba mirándole atenta y pensativamente. Desplazó el peso de su cuerpo hacia el lado izquierdo e introdujo la uña de su dedo índice entre sus labios, como si pretendiera morderla, pero sin hacerlo. Después, dejó caer laxamente las manos sobre su regazo.

–Es verdad –dijo–. Yo sé que usted tiene razón. Pero no puedo evitar sentir miedo. Ahora que es lo que es, ¿permitirá Dios que volvamos a estar juntos? ¿Podrá él volver a la Tierra? ¿Le consentirá Dios que vuelva a la compañía del pequeño demonio que es Cannat? ¿No tratará, quizá, de impedirle que caiga bajo su negativo influjo? Y, ¿qué será de los dos, si lo intenta? No quiero, no quiero pensarlo.

El sacerdote, quedó, durante unos segundos, pálido y boquiabierto.

–Eso no es posible –reaccionó luego–. Dios no haría una cosa así. Al contrario, Shallem podría suponer una influencia positiva sobre Cannat.

La mujer sonrió y pareció ruborizarse de placer, como una

niña convencida con un débil pero oportuno argumento que deseara fervientemente creer.

—Además —continuó el sacerdote—, Shallem desafiaría al Cielo por él, ¿no es cierto?

—Sí —afirmó ella—. Los dos lo harían. Eso es lo peligroso.

Se quedaron mirándose a los ojos en absoluto silencio, como íntimos amigos que no necesitasen hablar, sino sólo compartir el momento, disfrutar de la presencia del otro.

—¿Realmente desea morir? —musitó él.

—No. Es sólo algo que debe ser hecho perentoriamente.

—¿No se arrepiente de haber llegado hasta aquí? ¿No daría marcha atrás si pudiera?

—¿Cómo puede preguntarme eso después de lo que le he contado?

El sacerdote agachó la cabeza.

—¿No va a darme la absolución? —preguntó ella suavemente, con los ojos tristes e inocentes.

—¿Yo? —preguntó él en tono de asombro—. ¿A usted que está bajo la directa y divina protección de un ángel del Señor? ¿Qué más necesita?

La mujer bajó la cabeza y contempló distraídamente sus propias manos que jugaban a entrelazarse apoyadas sobre sus piernas. Permaneció así durante largo tiempo hasta que, cuando, súbitamente, levantó la mirada hacia el confesor y abrió la boca como dispuesta a compartir un pensamiento con él, las palabras se congelaron en su garganta. Se quedó observándole, con los labios entreabiertos y la expresión atónita.

La de él estaba desencajada, petrificada de horror. Ni siquiera parecía respirar. Se había quedado inmóvil con los aterrados ojos clavados en algo por detrás de la mujer. Algo que ella presintió de inmediato.

Sintió los dorados brazos desnudos deslizándose por su cuello, descansando cruzados sobre su pecho. Cerró los ojos, estremecida, y el aire escapó violentamente de su garganta. Ladeó un poco la cabeza al percibir la cosquilleante caricia del suave cabello y luego el cálido contacto de la mejilla del ángel sobre la suya. Pero no intentó huir, sino que cruzó sus propios brazos asiéndose a los que la rodeaban. Pareció que la aparición apenas la causaba sorpresa, sino que, más bien, recibía con resignación lo inevitable.

El sacerdote quedó mesmerizado observando los acerados ojos azules que el ángel había alzado hacia él, con perverso y amenazante desdén. Los dientes del ángel se veían claramente, como si el exhibirlos tuviese un estudiado propósito. Parecían como recién tallados en marfil, espléndidos, como si nunca hubieran sido usados y su utilidad fuese la de un expresivo y rico ornamento; el confesor vio resplandecer sus caninos y, tal vez por el miedo que sentía, le parecieron algo más afilados que los de un ser mortal. El ángel tenía la cabeza ligeramente agachada, pero la mirada elevada, de modo que las puntas de sus largas pestañas se unían a las tupidas cejas, de un rubio más oscuro que el del hirsuto cabello, lo que contribuía a dotar a su rostro de una inquietante expresión felina.

–¿Me conoces? –preguntó el ángel. Levantó una de sus manos abiertas hacia el confesor–. Esta es la garra de un dios impío y cruel –dijo. Y el sacerdote pudo ver su blanca palma expuesta y las marcadas venas verdeazuladas que surcaban la suave y fina piel de su muñeca, y se agarró con ambas manos al borde de la mesa.

El ángel buscó ahora la mirada de la mujer, volviendo el rostro de ella con su mano. Ella abrió los ojos al sentir este gesto y le miró, a la vez con resignación y con el ligero aire asustado de una niña traviesa. Él sacudió la cabeza represoramente y chasqueó la lengua repetidas veces. Después pronunció una suave frase en francés que el sacerdote, que continuaba clavado en su asiento, no pudo entender y apenas oír.

–¿Cuántas veces he de decirte que el suicidio es un grave pecado? –volvió a hablar el ángel, muy lenta y sosegadamente. Su voz gozaba de una dulce y exquisita cadencia, pues parecía emplearla como el más sutil instrumento musical.

La mujer no dijo nada. Por varias veces desvió su vista y de nuevo la volvió a él.

—Eso ya no tiene nada que ver conmigo —susurró después—. Esto es sólo un cuerpo en el que no debería estar. Yo ya estoy muerta y ahora sólo me queda resucitar. Tú no quisiste ayudarme.

—Te auguré que esto ocurriría —musitó el ángel sobre los labios de ella—. Pero antes te mataría yo que consentir que murieses a manos de los condenados.

—Hazlo entonces —pidió ella en un hilo de voz—. Pon fin a esta pesadilla. No dejes que ellos me torturen. Sálvame.

—¿Te ha divertido este mortal? —preguntó el ángel, sin atender a los ruegos de ella, observando la aterrorizada expresión del padre DiCaprio—. Parece gracioso. ¿Quieres que lo llevemos con nosotros?

El sacerdote se sobrecogió de tal manera que todos sus músculos se contrajeron más de lo que parecía posible. Abrió los ojos desmesuradamente y se aferró con tal fuerza a la mesa que sus dedos adquirieron un tono cárdeno.

—¿Llevemos? —preguntó la mujer—. ¿Es que piensas arrebatarme la paz que tú te niegas a darme? Ya no te hago falta. Cumplí mi misión mientras pude. ¿Por qué he de continuar sufriendo?

—No vas a sufrir. Confía en mí. Y deja tus discusiones hasta que lleguemos a casa, a este humano no le interesan nuestros problemas domésticos, Juliette —dijo el ángel sonriente. Y, soltando a la mujer, que le miraba ahora verdaderamente asustada, salió de detrás de ella y se dirigió, calmosamente, al aterrado confesor, que admiró, sin quererlo, la desnudez de su cuerpo

—¡Oh! —exclamó el ángel—. Lo siento. ¡Qué ángel más descuidado soy! Me olvidé de cubrirme con los tules y las gasas.

El sacerdote pudo ver el poderoso pecho lampiño del ángel, el tenuemente dorado tono de su piel, en la que músculos y tendones emergían como esculpidos en alabastro.

El ángel le contempló sonriente durante unos segundos y luego se rió suavemente.

El sacerdote dio un salto hacia atrás con su silla al tiempo que una exclamación de terror brotaba de sus labios cuando el ángel extendió su mano hacia él y, tirando suavemente de una cadenita de oro medio oculta entre sus ropas, extrajo de su pecho una pequeña cruz que pendía de ella.

–¿Crees en él? –preguntó, con la cruz sobre su mano, a escasos centímetros del cuello del confesor, que asintió mientras la nuez subía y bajaba en su garganta.

–¿Crees en Dios? –volvió a preguntar el ángel, casi en un susurro, y sus labios estaban tan cerca del rostro del confesor que éste pudo sentir las palabras abrasando su piel.

Los labios del sacerdote trataron de recuperarse de su parálisis, pero no lo consiguieron. Volvió a limitarse a asentir. El cabello del ángel caía a ambos lados de su rostro como una cortina de oro que le aislara del mundo. No veía nada sino la espléndida faz del ángel. Los ojos del ángel, tan cercanos a los suyos, iluminaban su maravillosa presencia adueñándose de todas sus emociones. Percibió el perfume del ángel como una deliciosa esencia embriagadora y cerró los ojos, extasiado, al sentirse envuelto por su sobrenatural calor.

–Entonces esperas reunirte con Él. Lo siento, pero no será tras esta vida mortal –se burló el ángel–. ¿Crees en el infierno? –preguntó ahora, y el sacerdote negó con un gesto.

La expresión del ángel se tornó repentinamente hosca.

–¡Pero el infierno existe! –exclamó–. ¡Vosotros lo habéis creado y alimentáis su fuego cada día!

La mujer se levantó bruscamente y se asió del brazo del ángel, quien atraía hacia sí el rostro del confesor tirando de la fina cadena, que al romperse, quedó colgando entre los dedos del ángel. Al tratar de mantener la distancia, las manos del sacerdote se encontraron con la piel desnuda del ángel, y, rápidamente, las retiró con un grito, como si hubiesen sido abrasadas.

–Cannat –dijo ella sin emoción en la voz–, no le mates, por favor.

Y el sacerdote tembló más que nunca, con las manos levantadas sobre su cara en actitud vanamente protectora.

–¿Que no le mate? Dame una buena razón para que no lo haga.

—No hay ninguna razón que pueda convencerte a ti —contestó la mujer—. Para mí sí la hay. Él me escuchó sin juzgarme y trató de consolarme. ¿Qué motivo hay para que tú debas juzgarle a él?

—Se me ocurre algo —dijo el ángel, volteando en el aire la cadenita—. ¿No crees que ya es hora de que pruebes un cuerpo masculino?

—¡No! —gritó la mujer aterrada. Y el rostro del sacerdote pareció desencajarse—. ¡Me prometiste no interferir! ¡Dijiste que me dejarías morir en este cuerpo!

—Pero piensa en lo divertido que sería ver a este hombre luchando por defender su vida dentro de ese cuerpo tuyo. "Soy el sacerdote Christian DiCaprio —gritaría— Un ángel me robó mi cuerpo y se llevó a la asesina dentro de él." Y aún seguiría gritando de camino a la muerte, dentro de su nuevo cuerpo de mujer: "¡Les digo que soy el padre DiCaprio! ¡Créanme, por amor de Dios!" Lo leeríamos en los periódicos, incluso puede que saliese por televisión. ¿Crees que alguien te creería, Christian?

El sacerdote apenas podía respirar. Miraba al ángel, presa de pánico, con los ojos desorbitados.

—Nnnno, sseñor —tartamudeó, temeroso de que su silencio pudiese irritar al ángel.

—¿Señor? ¡Qué formalismo! ¿No te gusta mi nombre? —preguntó el ángel, agachándose ligeramente hacia él.

El sacerdote afirmó enérgicamente.

—¿Sabes quién me lo puso? —inquirió el ángel.

—Sssí —afirmó el confesor.

—Pronúncialo —exigió el ángel susurrante—. Pronuncia mi nombre.

El confesor se pasó la mano por la húmeda frente y trató de cobrar aliento.

—Cannat —dijo de golpe, como si temiera ser abrasado por la simple palabra.

—Repítelo —pidió el ángel—. Pero mirándome a los ojos.

El sacerdote apretó los ojos fuertemente y jadeó. El ángel sonrió.

El sacerdote luchaba con todas sus fuerzas contra el pavor que sentía. Todo su cuerpo temblaba y sus ojos no parecían dispuestos a obedecerle. Pero el ángel continuaba aguardando, a pocos centímetros de él. Poco a poco, con el pecho a punto de estallarle, levantó la mirada hacia los ojos del ángel. Durante unos segundos, prendado de ellos, pareció olvidarse de lo que había de decir.

—Padre —le llamó la mujer, que no había soltado el brazo del ángel—. Padre.

—Cannat —pronunció él por fin, embriagado, sin apartar su vista de los ojos del ángel.

Y éste se rió.

—Muy bien, Christian —le dijo—. Has hablado de tú a tú con un ángel. ¿Te sientes superior ahora? ¿Especial?

El sacerdote había clavado en él su mirada tan profundamente que parecía ausente.

El ángel se enderezó y se volvió hacia la mujer.

—Haremos un trato —dijo, lanzando la cadena hacia el pecho del confesor—. Vendrás conmigo sin protestar y él vivirá. En caso contrario, vendrás conmigo de todas formas y él morirá. Soy generoso, ¿no?

El sacerdote escrutó ávidamente a la mujer en espera de su respuesta. Ella le miró sólo unos segundos y luego volvió su vista al ángel.

—¿Pero, por qué, Cannat, por qué? —le pregunto.

—Me gusta el aroma de tu alma —respondió el ángel.

Ella meditó durante unos momentos sin apartar la vista de los ojos inmaculadamente azules del ángel, ni sus pequeñas manos del brazo de él.

—Pero, le dejarás aquí. No le llevarás con nosotros —le exigió.

—Desde luego, le dejaré aquí —contestó el ángel—. Me gustará saber cómo explica tu desaparición.

—Está bien —respondió ella—. Seré un buen perrito. No ladraré, no me resistiré, no tendrás que ponerme una correa.

El ángel se rió.

—No entiende que lo hago por su bien —dijo dirigiéndose al sacerdote, quien se encontraba mareado por la violencia de sus palpitaciones—. ¿Me has echado de menos? —la preguntó luego a ella.

—¿Por qué tardaste tanto? —inquirió ella, inexpresiva.

—Quería que disfrutaras de la compañía humana. ¿Te ha gustado?

—No.

—En el fondo sólo ha sido una aventura más, ¿verdad? Contabas con que el príncipe rescataría a la princesa de los dragones, como siempre lo hizo. Honestamente, ¿no es así?

—Quiero volver con él, Cannat. Ésa es la única realidad.

—Te diré unas cuantas verdades cuando lleguemos a casa —aseguró el ángel, molesto—. Ahora despídete de tu amigo antes de que me harte de su estúpida expresión. Hace mucho que no fulmino a nadie y debería ejercitarme.

La mujer contempló la cara de horror del sacerdote, que no podía despegar la mirada del ángel.

—Padre —le llamó—. Padre.

—¿Eh? —dijo él, como si despertara de un sueño.

—Se han disipado sus dudas para siempre, ¿verdad?

Él asintió compulsivamente, como si no pudiese parar de hacerlo, y comenzó a tartamudear.

—No pu.... no es po..., no debe..., debe...

—Adiós, padre. Me ha resultado reconfortante, de veras — se despidió ella, al sentir el abrazo del ángel.

—¡Oh, no te entristezcas, Christian! —exclamó el ángel—. No es un adiós, sino un hasta luego. Estaremos en contacto —y guiñó un ojo al sacerdote.

Durante mucho tiempo, el confesor permaneció inmóvil, con la mirada fija en el vacío antes ocupado por el ángel y la mortal.

La habitación quedó en la quietud más absoluta. El sacerdote se sintió tan solo como si jamás hubiese conocido la soledad hasta aquel momento. Todo parecía un sueño sin sentido, pero era una realidad evidente: las viejas mantas estaban arrugadas porque la mujer se había recostado en ellas; su silla había quedado ladeada al levantarse violentamente; el pañuelo del sacerdote estaba engurullado y húmedo en el lado de la mesa que había ocupado ella; su cadena, rota, cerca de él; y el aroma de la habitación..., sutil pero cierto..., el inconfundible perfume del ángel.

Quiso levantarse, aun sin saber con qué intención, y sus piernas flaquearon tanto que cayó de rodillas. Se arrastró hacía el punto exacto en que el ángel se había desvanecido y puso, cautelosamente, la palma de su mano sobre él. Después, acercó su nariz hasta acabar con la mejilla tendida en el suelo.

—¡Ah, por cierto!, diré cuando salga por la puerta, no se molesten en buscar a la mujer. Vino un ángel y se la llevó —dijo el sacerdote con la voz cada vez más alta—. Ja, ja, ja. ¡Vino un ángel y se la llevó! ¡Vino un ángel y se la llevó! ¡Vino un ángel y se la llevó!

FIN

Sobre la autora

 Ángeles Goyanes, nació en Madrid, ciudad donde reside cuando no está viajando, su gran afición. Es diplomada en Turismo e historiadora, así como experta en nuevas tecnologías.

Además de diversos relatos y artículos de prensa y de investigación, ha publicado las novelas *La Concubina del Diablo*, *El Maestro Envenenador* y *Herencia Maldita*, con gran reconocimiento de público y crítica. Su pasión por ahondar en las distintas culturas junto a sus conocimientos históricos marcan fuertemente sus obras.

Pertenece a diversas organizaciones a favor de los derechos de los animales y de los niños. Junto a la defensa de estas dos causas, escribir es su actividad favorita.

http://www.angelesgoyanes.com

OTRAS OBRAS DE LA AUTORA

Habiendo vivido una existencia difícil y abrumado por el terror a una nueva vida tras de su inminente fallecimiento, un multimillonario, firme creyente en el budismo y la reencarnación, empleará sus últimos días en planificar su próxima vida. Obsesionado con la idea de encontrar el modo de transmitir a su yo futuro sus bienes actuales, buscará la ayuda de un conocido, un prestigioso experto en doctrinas orientales, con la intención de que, a su muerte, sea el encargado de buscar a la criatura en quien se haya reencarnado, de procurarle un hogar perfecto y de conseguir que su fortuna vuelva a pasar a sus manos. El joven se mostrará reticente a aceptar la proposición, considerándola producto de una mente enferma. Sin embargo, años después, el destino hará que la propuesta haya de ser reconsiderada. Suspense, intriga y terror psicológico marcan esta novela de original argumento y sorprendente final.

Una mañana de 1470 el joven Ghezzo Bardi entabla amistad en Florencia con un pintor callejero llamado Leonardo da Vinci. Con su ayuda Ghezzo podrá estudiar a su lado en el taller del reputado maestro Verrochio. Cuando el padre de Ghezzo muere de forma misteriosa, junto con todos los demás cocineros de la taberna en la que trabaja y a la que se había incorporado Leonardo como camarero, Ghezzo se adentra en el estudio de las sustancias venenosas en un intento de descartar sus temores de que su amigo Leonardo, ascendido a jefe de cocina tras la muerte de todos los cocineros, haya tenido alguna responsabilidad en el suceso. La hermosa Florencia, Venecia con su insólito Consejo de los Diez, y el Milán de Ludovico el Moro son algunos de los escenarios que el libro recorre.

CPSIA information can be obtained at www.ICGtesting.com
Printed in the USA
LVOW120211300312

275320LV00011B/15/P